5,55

CW00373129

MOI, FRANCO

Manuel Vázquez Montalbán

MOI, FRANCO

ROMAN

*Traduit de l'espagnol
par Bernard Cohen*

*Présentation, chronologie et index
par Carlos Serrano*

Éditions du Seuil

Le texte original de l'édition espagnole a été abrégé
pour l'édition française en accord avec l'auteur.

TITRE ORIGINAL
Autobiografía del general Franco
ÉDITEUR ORIGINAL
Planeta, Barcelone

ISBN original : 84-08-00149-3
© Manuel Vázquez Montalbán, 1992

ISBN 2-02-028963-6
(ISBN 2-02-019856-8, édition brochée)

© Éditions du Seuil, octobre 1994, pour la traduction française,
la chronologie et l'index, et mars 1997 pour la présentation

Le Code de la propriété intellectuelle interdit les copies ou reproductions destinées à une
utilisation collective. Toute représentation ou reproduction intégrale ou partielle faite par quelque
procédé que ce soit, sans le consentement de l'auteur ou de ses ayants cause, est illicite et constitue
une contrefaçon sanctionnée par les articles L. 335-2 et suivants du Code de la propriété intellectuelle.

Moi, Franco *ou l'autobiographie d'une Espagne présente*

C'est une petite voix fluette et monocorde qu'on est censé écouter ici, celle que tant d'Espagnols ont entendue, de gré ou de force, pendant tant d'années à chacune des grandes occasions – celles que le régime tenait pour telles, du moins – et qui descendait alors vers eux depuis un balcon du Palais d'Orient à Madrid ou leur arrivait par la radio : celle de Franco. On retrouve sa rhétorique un peu guindée, son éloquence courte, ses phrases compassées mais sans emphase, un lexique surtout, Espagne, Patrie, Honneur, Victoire, Armée, Guerre, que hantent quelques fantasmes appelés Défaite, Politique, Démagogie, et surtout la vieille et obsessionnelle Conspiration judéo-maçonnique, remise au goût du jour par la greffe d'un Communisme international omniprésent, bref tout cet univers mental du dictateur que Vázquez Montalbán avait déjà commencé à explorer avec *Los demonios familiares de Franco* (1987). Et ses haines : envers le président Manuel Azaña par exemple, auquel Franco n'a jamais pardonné la réforme militaire des premières années de la République qui affectait sa carrière ou, plus intimement, d'avoir voulu défaire ce qui était son grand œuvre, l'Académie militaire de Saragosse dont le futur dictateur avait été le directeur zélé et le réformateur consciencieux entre

1928 et sa fermeture, en 1931. Mais Azaña représente plus que tout cela, qui n'est déjà pas peu. Il est aussi un des représentants éminents de cette *anti-Espagne* qui est, pour Franco, la cause de tout, du déclin historique d'une Espagne entourée d'ennemis aux défaites militaires de son armée sur les divers champs de bataille coloniaux où elle est engagée, depuis Cuba en 1898 jusqu'aux campagnes marocaines des années 1910 et 1920. Stéréotypes, donc, tics de langage et de raisonnement, chevilles d'une pensée qui a besoin d'elles pour argumenter face aux spéculations tortueuses et souvent malveillantes des intellectuels « inspirés par l'étranger », ces ennemis toujours à l'affût, ou pour justifier méticuleusement une démarche simple qui ne laisse guère de place au doute, voilà de quoi sont faites ces pages. S'y esquisse aussi une philosophie politique qui tient en peu de mots : *sin prisa y sin pausa* et *no hay mal que por bien no venga* (« lentement mais sûrement », « à quelque chose malheur est bon »), des proverbes donc, à la saveur archaïque, qui se répètent et scandent le texte. C'est qu'aussi la prudence et l'attente sont pour cet homme des qualités essentielles qui lui permettent d'éviter les nombreux pièges qui guettent le conspirateur avant le triomphe de sa conspiration ou de déjouer, une fois le triomphe obtenu, les complots, petits ou grands, des déçus, des rivaux ou des ambitieux et de se garder de tous les dissidents de sa propre cause. Par-delà, ces proverbes résument sans doute une façon d'être – entêtement, ruse, calcul –, plus qu'un savoir : ils dépeignent l'homme.

Mais justement, c'est Franco qui parle ici, et on écoute son récit du premier jour, ou presque, jusqu'à la veille de sa mort. L'itinéraire suit celui de l'Histoire, découpée en grandes tranches d'une vie bien scandée par les étapes d'une carrière : l'enfance, l'Afrique, l'entrée dans le monde, la guerre, la consolidation du régime… Des parties, donc, plutôt que des chapitres, fragmentées mais pas au point de nuire à l'intellection d'un parcours qui est tout à la fois celui d'un homme et celui d'un pays puisque l'un se pense sans cesse et presque exclusivement dans son rapport à l'autre. Aussi bien, ce récit est-il une forme de plongée dans l'histoire de l'Espagne, dont il épouse les contours et emprunte les couleurs. Pourtant, plutôt qu'une chronique historique, il s'agit d'une descente au fond de l'*intrahistoire* – pour reprendre, détourné, un terme inventé par Unamuno à la fin du siècle dernier –, une vision de l'intérieur, le revers intime d'une histoire trop publique. Avec sa longue collection des *Pepe Carvalho*, Vázquez Montalbán a écrit quelque chose comme une série nouvelle d'*Épisodes nationaux* à la façon, repensée, d'un Galdós moderne : au fil de l'enquête, le lecteur parcourt les diverses étapes de la *transition* démocratique et du post-franquisme, et le regard désabusé du *privé* n'est que la façon de confronter les espoirs lyriques de la lutte d'antan, illusoires sans doute, aux réalités désenchantées d'un présent qui n'est évidemment pas à leur hauteur ; en somme, de lire l'histoire à travers la nostalgie d'une autre histoire, confronter l'histoire qui a été à l'histoire qu'on aurait souhaité. Rien de tel ici, où le pacte de lecture de cette *Autobiographie*, c'est la fiction de Franco racontant le franquisme. Sans scrupules, sans détours et, bien sûr, sans regrets ; mais le racontant en fonction de lui-même, de sa perspective personnelle et non à travers le regard et le bilan qu'en feraient l'historien et encore moins l'adversaire. Dans les *Pepe Carvalho* l'enquête, dans l'intimité de personnages de fiction, débouche sur une interrogation relative à l'improbable sens de l'histoire ; dans ce

Moi, Franco la démarche est inverse et le rappel des faits trop connus de l'histoire réelle conduit à saisir au plus près les ressorts intimes d'un homme.

Mais un homme, c'est toute une société, et pénétrer l'intimité de Franco, c'est s'avancer dans l'étrange galaxie des Franco, avec frères et sœurs, des cousins fidèles ou des nièces rebelles, une mère surtout, très vite érigée en Mère face à un père qui ne correspond guère à l'attente du redoutable fils : sans doute buveur, en tout cas coureur, parti pour Madrid en laissant l'épouse et sa portée pour y vivre avec une concubine, vaguement suspect de sympathies maçonniques, il incarne d'une certaine façon tout ce que Francisco Franco, le deuxième de ses rejetons, né en 1892 au Ferrol en Galice, exécrera le restant de sa vie : l'action du futur Caudillo découlerait-elle du besoin d'effacer cette tâche pourtant indélébile d'un père si peu conforme à l'image que recherchait le fils ? Mais le clan des enfants n'est pas moins surprenant. Si Nicolas, le frère aîné, sera toujours l'acolyte fidèle du puîné, nouveau Lucien auprès de celui qui compare parfois sa carrière à celle de Napoléon, Ramón le troisième des frères, aviateur brillant, conspirateur républicain flirtant avec les anarchistes dans les premiers temps de la République, mais vite déçu dans ses ambitions politiques, reste énigmatique : malgré son ralliement tardif au soulèvement organisé par son frère, une haine solide l'a longtemps opposé à Francisco, qui la lui rendra bien, du moins jusqu'à sa mort aux commandes de l'avion qui le mène des Baléares à la Péninsule. Tout au long de leur vie, et après la mort de Ramón encore, ces deux frères se sont vus, se sont surveillés du coin de l'œil, ont réglé leurs comptes réciproques par l'artifice de la fiction : au bref récit, significativement intitulé *Abel mató a Caín* (*Abel a tué Caïn*), que Ramón Franco publie en 1932 ou 1933 dans une collection qui porte le titre flamboyant de *La Novela proletaria,* son frère Francisco, installé au pouvoir, répondra une dizaine d'années plus tard avec le scénario de *Raza* que, sous le pseudonyme de Juan de Andrade, il publie en 1942 et que portera à l'écran le cinéaste José Luis Saénz de Heredia, cousin germain de José Antonio Primo de Rivera, le fondateur de la Phalange. Or les deux récits se répondent, traitent d'affaires de famille, où deux frères aux engagements contraires s'opposent violemment avant de finir presque par s'entretuer. Les détails importent peu : ce qui ressort de cette mauvaise littérature, c'est la complexité d'un roman familial où dominent l'esprit de clan comme le règlement de comptes ; ou encore, lorsque la stratégie l'exige, l'abandon au sort des armes : Franco laissera fusiller certains de ses proches pour ne pas se voir reprocher d'avoir préservé les siens lorsqu'il ordonnait de faire fusiller lui-même ceux dont il estimait devoir se débarrasser. Sous l'esprit de famille bonhomme, que cultivera chaque fois un peu plus le Dictateur vieillissant, on perçoit le grouillement du nœud de vipères, et en son sein la résolution calculée, la froide décision qui permet de superviser une à une les sentences des tribunaux de guerre et de confirmer sans frémir d'une lettre rouge les condamnations à mort. Ou qui planifie une guerre longue : car il ne s'agit plus seulement de vaincre, mais bien d'éliminer la mauvaise herbe que près de deux siècles de libéralisme ont fait pousser en Espagne : « il ne s'agissait pas de gagner une guerre, mais de purifier le pays... », dit quelque part le Franco de Vázquez Montalbán.

Car, malgré tout, il s'agit bien de cela : du Franco de Vázquez Montalbán. A la lecture de cette seule phrase, on est fondé à s'interroger : mais qui, en fin de compte, parle ? D'où provient ce discours, d'où émanent ces paroles que le lecteur lit comme si les égrenait la bouche de Franco lui-même alors que celui-ci – qui a beaucoup écrit pour un général de l'armée espagnole du moins – n'a laissé que peu de confidences, à part les *Apuntes personales sobre la República y la guerra civil* récemment publiés. *Autobiographie du général Franco* est le titre original de ce livre, parfaitement rendu en français par ce *Moi, Franco* qui reprend les marques formelles de l'incipit de tout texte autobiographique, mais que viennent démentir la mention du nom de l'auteur, Vázquez Montalbán, et du genre, « roman ». Qui parle donc ? L'« Introït » par quoi s'ouvre le volume fixe d'emblée les règles de ce jeu mouvant : un écrivain antifasciste, Pombo, plutôt raté et voué aux manuels et travaux de divulgation, retrouve, une fois la démocratie revenue, le fils d'un de ses compagnons de clandestinité, devenu puissant éditeur et qui, pour payer les dettes héritées des luttes passées de son père et se donner bonne conscience envers l'écrivain, lui passe commande : écris un livre pour nos enfants, raconte-leur qui était Franco. Le récit découle de cette prémisse : dire qui est Franco non pas en se tournant vers le passé mais vers l'avenir ; non pas raconter une fois de plus la guerre, mais, en bon technicien de la vulgarisation, tenter de faire vivre un Franco justifiant son action pour les siècles à venir. Le livre alors entrecroise des paroles : celles de Franco, imaginées par Pombo, et celles de Pombo lui-même qui l'interrompt, le corrige, et oppose aux explications minutieuses et justificatrices du Dictateur moribond ses propres témoignages, des pans entiers de sa propre vie de fils de vaincu, de son enfance dominée par la peur et la honte. Mais cette démarche repose sur un principe : il faudra éviter le « sarcasme », ne pas tomber dans le piège qui ferait de « Franco sa victime, le martyr de sa création littéraire » ; et Pombo, plus loin, rappelle encore son engagement stylistique : « Je ne veux pas t'offrir l'atout d'un total manque d'équanimité, mais je ne veux pas non plus te faire le cadeau de la moindre tentative pour atteindre une impossible objectivité... » Ce principe n'est pas sans conséquences : pensé, écrit, réfléchit depuis Franco lui-même, ce Franco de fiction acquiert une densité humaine qui l'éloigne de la caricature ou du pamphlet ; par moments il s'attirerait presque la sympathie. C'est que, rédigée par un vaincu de la guerre, cette *Autobiographie* fractionnée, dans laquelle s'opposent et se confrontent la voix de Franco et celle de Pombo, où sont convoqués les proches et les ennemis en qualité de témoins à charge ou à décharge, finissent par constituer une mosaïque où n'apparaît plus une vérité unique qui serait l'irrécusable signification qu'un historien démiurge assignerait aux événements. Au contraire. De cet entrelacement des discours, c'est plus l'opacité des choses qui ressort que l'évidence d'une cause. Ou, pour le dire en d'autres termes, l'histoire ne prétend plus dire le sens de l'Histoire. Bien sûr, le narrateur, ce Pombo fantomatique, est présent pour rappeler les crimes, pour dire les infamies là où l'autre narrateur – toujours Pombo ou déjà Vázquez Montalbán ? – fait dire à Franco tout le bien qu'il a voulu pour l'Espagne ou l'excellence de ses intentions restauratrices. Et le narrateur, toujours mi-Pombo, mi-Vázquez Montalbán, s'il n'oublie pas les erreurs de la République ou les crimes commis par ses propres défenseurs, sait rappeler, lorsque c'est nécessaire, qui a mis le feu aux poudres et donné, comme il l'écrit, « le coup d'envoi de la course à la cruauté ». Mais quand cela est-il nécessaire ? Quand convient-il d'intervenir ?

Lorsque le *Caudillo* exagère, en rajoute, va décidément trop loin. Ce qui revient à dire, lorsque, emporté par son élan, le narrateur, Pombo, le fait aller trop loin, et doit rectifier les propos qu'il vient de lui prêter, en leur opposant le démenti de sa propre expérience. Jeu étrange, donc, où le même Pombo dit et se dédit, affirme et infirme, avance peut-être le noir pour prêcher le blanc et en tout cas est à la fois l'auteur présumé des paroles du Dictateur et le premier de ses objecteurs. Vázquez Montalbán, de plus haut, tire alors les ficelles de ce tréteau de marionnettes mises en abyme puisque c'est lui, bien sûr, qui met dans la bouche de Pombo les mots que Pombo doit mettre dans la bouche de Franco… Pur jeu littéraire, alors? Voire. On retrouve bien ici, pour une part, des techniques narratives que Vázquez Montalbán a expérimentées ailleurs, dans *Galindez* par exemple, ou même dans les meilleurs *Carvalho*, la fragmentation des unités discursives et une même volonté de trouver un langage romanesque qui sache tout à la fois renouer avec les exigences du récit et faire sien l'inévitable scepticisme de l'ère du soupçon. Mais, ici comme ailleurs au demeurant, ce style c'est déjà le sens et non un simple procédé. Dans les ambiguïtés des discours imbriqués de *Moi, Franco* ce qui se lit sans doute, c'est toute l'ambiguïté de l'Histoire. Et faire écrire l'autobiographie de Franco par un de ses irréductibles opposants, n'est-ce pas aussi dire qu'il y a du franquisme dans tout Espagnol, parce que tout Espagnol, victorieux ou vaincu, a vécu le franquisme comme une partie de lui-même : inexorablement. Dès lors sous le heurt des opinions ou des expériences qui s'opposent, s'esquisse comme la complicité d'un dialogue furtif entre deux mondes indissociables. Depuis la démocratie retrouvée, née d'un *consensus* obligé mais lourde d'ambiguïtés, il ne s'agit certes pas de regretter la Dictature ou de se prêter aux jeux troubles des « Avec Franco, on était mieux » : mais, de retour de bien des aventures, il s'agit d'affirmer qu'un devoir de mémoire s'impose envers ceux qui, trop tôt ou trop héroïques pour une époque revenue des héroïsmes, ont vu leur vie inextricablement imbriquée au franquisme au point qu'on ne peut les évoquer aujourd'hui qu'en évoquant le franquisme. Écrire la vie intime du franquisme c'est alors, paradoxalement, la seule façon de retrouver l'espoir de ceux qui l'ont combattu et de leur permettre de survivre à l'oubli auquel risque de les condamner une démocratie trop volontiers amnésique : « nous sommes en train de vous oublier, Général, et oublier le franquisme revient à oublier l'antifranquisme, cette exigence culturelle, éthique, pleinement généreuse, mélancolique et héroïque… », écrit Pombo (ou Vázquez Montalbán ?) aux dernières pages de son livre. C'est dans les silences du général Franco qu'on entend les murmures de ceux qu'il a voulu, précisément, faire taire, la clameur étouffée des laissés pour compte d'une histoire qui ne s'est jamais tout à fait pliée à leurs rêves mais dont ils ont été les agents de l'ombre, ces combattants anonymes de l'antifranquisme. Leur voix émerge, au fil des pages, face à la parole du Dictateur mais face aussi à celle d'une historiographie aseptisée qui ne voudrait plus les connaître autrement que comme de vagues *bruits*, des sons parasites qui viendraient altérer fâcheusement le discours trop serein qui décrète le passé définitivement révolu : condamnés à retourner au silence à peine sortis du silence. Sous et à travers la parole recréée de Franco, c'est la revendication d'une autre voix, d'autres discours, de multiples autres textes qu'on entend, comme gages d'une autre Histoire à construire. De la sorte ce *Moi, Franco* ne peut plus se lire seulement comme un nouveau roman sur un dictateur à l'agonie, un pendant espagnol à *L'Automne du patriarche* : il devient au fil de la lecture l'autobiographie réelle de l'Espagne présente.

Paris, décembre 1996

Manuel Vázquez Montalbán est né en 1939 à Barcelone. Essayiste, poète et romancier, il écrit sur les thèmes les plus divers avec une vision toujours critique de la réalité et un grand sens de l'humour. Projeté sur la scène internationale grâce aux aventures du privé Pepe Carvalho, il a obtenu en France le grand prix de littérature policière 1981. Son roman Galíndez lui a valu le Premio Nacional de Narrativa 1991 et le Prix Europa 1992. Il a reçu pour L'Étrangleur le 40ᵉ Premio Nacional de la Crítica, et en 1995 le Premio Nacional de las Letras pour l'ensemble de son œuvre.

Mais nous venons de voir que le bruit est traduit aussi par une certaine forme, un certain spectre, dans lequel certaines composantes sont plus fréquentes que d'autres. Il est lié au degré de désordre relatif de l'univers (entropie) par rapport au degré d'ordre imposé par le signal (entropie négative ou négentropie), comme l'ont montré les travaux de Szilard et de Brillouin. Einstein a montré que l'énergie globale fournie par le bruit était d'autant plus grande que le canal lui donnait plus d'occasion de se manifester, donc que sa *bande passante,* c'est-à-dire l'ensemble des formes aléatoires qu'il pouvait transmettre, était plus large. Par ailleurs, il a montré que si ce bruit était en dehors des signaux accidentels ou intentionnels (brouillages, diaphonie), c'est-à-dire superposition accidentelle de deux messages destinés à des correspondants différents l'un sur l'autre, si, par exemple, ce bruit était lié à l'agitation spontanée des atomes ou des électrons qui constituent le support matériel du canal de communication. Il était normal que ce bruit augmente (toutes choses égales d'ailleurs) avec la température : plus la température des circuits est élevée, plus l'agitation des particules de ces circuits est grande, plus elles font du bruit. C'est l'une des raisons pour lesquelles les circuits électroniques les plus sensibles que réalise la technologie (futures mémoires d'ordinateurs, canaux émetteurs de télévision ultra-sensibles) sont mis artificiellement à des températures extrêmement basses, aussi voisines que possible de cette limite imaginée par les physiciens sous le nom de zéro absolu.

Du mot BRUIT in *La Communication. Les images, les sons, les signes, les théories et techniques. De N. Wiener et C. Shannon à M. McLuhan,* Paris, Denoël, 1971.

Introït

A peine l'avais-je dit que je m'en suis repenti. Ernesto s'est contenté de me répondre un « Ah, bon ! » si classiquement neutre qu'il en devenait franchement dédaigneux. « Ton père et moi, il nous suffisait d'un regard pour nous comprendre » : j'ai cru possible de l'émouvoir, comme j'y arrive avec moi-même si j'y emploie assez d'énergie, en évoquant le souvenir de son père Julio Amescua, en ses plus belles heures, petit-fils, fils, puis père d'éditeurs, qu'il repose en paix, Julio, maintenant que les particules de ses cendres se sont à jamais dissoutes dans la mer de tous ses étés. Non, de presque tous ses étés : durant la Guerre civile, il n'était pas venu les passer à Jávea, Xàbia selon la transcription actuelle, car ses parents l'avaient emmené encore au berceau à Burgos, où son père devait apporter son expérience d'éditeur aux publications du camp franquiste. Par la suite, le jeune Julio m'avait confié plus d'une fois par quels tourments il avait dû passer, adolescent, à cause de la collaboration d'une partie de sa famille au franquisme, même s'il pouvait revendiquer un oncle maternel fusillé par les nationalistes après un simulacre de procès devant un tribunal d'exception. Nous étions à l'université, au début des années cinquante ; Julio s'employait à organiser les premières cellules étudiantes du PCE, et j'avais dû lui révéler un jour que mon père avait été prisonnier politique et ami personnel d'Azevedo*, dont on parlait chez nous avec la dévotion craintive que manifestaient les vaincus de la Guerre .civile en préservant leurs traditions derrière les rideaux tirés.

---

* Les noms suivis d'un astérisque sont cités dans l'Index biographique à la fin de l'ouvrage. *[N.d.É.]*

Mon comportement méfiant, dissimulateur, était aux antipodes de l'audace conspiratrice de Julio, et bien que j'aie pu maintes fois penser qu'il conspirait comme un *señorito*, un garçon de bonne famille conscient d'une certaine impunité, il était vraiment le premier partant lorsqu'il s'agissait de coller des affiches, de faire un lancer de tracts ou de placer des pétards à la Faculté pour célébrer telle ou telle date marquante du régime militaire, c'est-à-dire quasiment tous les jours.

Vu mes origines et la position de ma famille durant la guerre, que je sois entré à l'université tenait du miracle, et j'étais donc, statistiquement, l'un de ces rarissimes étudiants d'extraction prolétarienne. J'avais entrepris tardivement la préparation du baccalauréat lorsque le travail de mon père devint à sa sortie de prison un peu plus stable, comme candidat libre dans une école de la rue Goya où je finis par gagner ma vie en donnant des cours de rattrapage le soir, tandis que le dimanche je percevais les reçus des assurances-enterrement de la compagnie « El Ocaso » en tant qu'auxiliaire de l'emploi paternel. J'avais vingt ans révolus quand je passai l'examen, et arrivé à l'université je m'inscrivis en auditeur libre en philosophie et en lettres, car ma journée de travail à l'école de la rue Goya commençait à sept heures du soir et je continuais à percevoir les assurances-enterrement tous les dimanches à Vallecas, quartier auquel la compagnie avait affecté plusieurs percepteurs, dont mon père. J'avais honte d'évoquer mes activités devant mes compagnons d'études, pour la plupart des compagnes d'ailleurs, des sœurs thérésiennes, ou quelques curés qui avaient besoin du titre universitaire pour pouvoir ouvrir des collèges religieux « agréés » et avoir ainsi le droit d'examiner les élèves comme ils l'entendaient. Parmi cette foule de jeunes filles rangées, de bonnes sœurs et de curés, des personnalités comme celle de Julio Amescua ne pouvaient que trancher. J'évoque là une université antérieure à celle, très politisée, que je connus lors de ma dernière année (1956-1957), une université qui sortait seulement des années quarante, lorsque les matons du SEU[1] imposaient encore leur loi et menaçaient la sécurité physique des monar-

---

1. Syndicat des étudiants lié au régime franquiste. *[N.d.T.]*

chistes eux-mêmes. En quatre ans, je constatai un spectaculaire changement d'attitude parmi les nouvelles promotions, moins timorées, plus audacieuses sur tous les terrains, celui de la politique comme celui de l'amour. Mais quand Julio m'avait proposé d'intégrer la première cellule étudiante du PCE[1] j'avais failli me trouver mal, la poitrine envahie par le fourmillement de la terreur et la tête pleine de souvenirs de la Guerre civile mais surtout de l'après-guerre, parce que mon père avait été un vaincu. C'est justement lui qui m'avait inculqué la peur en tant que moyen de survie, avec son existence de taupe, même s'il n'en était pas une au sens strict, se contentant, en allusion à ce qu'avaient été son histoire et la nôtre, de m'administrer de petits coups sur les doigts : « ... Ne te mêle pas de politique, fiston, rappelle-toi ce qui m'est arrivé. »

Précisément pour cette raison, je voyais dans la politique le moyen de prendre une revanche méritée, mais à mon avis si la plupart d'entre nous, et indépendamment du camp dans lequel s'étaient retrouvées nos familles respectives durant et après la guerre, sont devenus antifranquistes, c'est en réaction à la laideur morale et esthétique du régime, à sa bouffonnerie médiocre et brutale de fascisme nain, à sa liturgie bredouillante, éthylique même, comme si elle avait été orchestrée par des sous-officiers de caserne transformés en metteurs en scène de cette fantochade. La supercherie de ce régime était, avant tout, visuelle, et à l'avenir il faudra que les historiens ajoutent à leurs analyses l'image de ces sanglants histrions. Et si je répondis oui à Julio ce fut pour ne pas perdre la face, pour ne pas démériter. Si je trouvai assez de cœur et de tripes ce fut pour ne pas rester derrière ses grandes enjambées de conspirateur.

Lorsque je commençai à rencontrer d'autres universitaires communistes plus jeunes et moins affectés par l'après-guerre, les Pradera, Múgica, Muguerza, ou Sánchez Dragó si célèbre de nos jours, je fus impressionné par la spontanéité de leur détermination, moi à qui il avait tant coûté de la ressentir à un bien moindre degré. En plus, ils étaient très coureurs, surtout Sánchez Dragó, qui obtint les faveurs d'une ravissante petite,

---

1. Parti communiste espagnol. *[N.d.T.]*

une blonde si mes souvenirs sont bons, aux yeux diamantifères, qui s'appelait, et il ne pouvait en être autrement, Luz. Je n'ai jamais appartenu à cette élite, à cause des difficultés professionnelles qui ont jalonné toute ma vie et pour des raisons disons linguistiques : en arrivant à l'université, je ne disposais pas des codes nécessaires à la fréquentation intime de ces jeunes qui, pour la plupart, étaient issus de la maigre bourgeoisie éclairée dont disposait ce pays, ou qui en tout cas n'appartenaient pas à mon monde, jonché des gravats qu'avaient laissés toutes sortes d'effondrements. Je me sentais d'une certaine façon un intrus, et je désirais quitter aussi vite que possible ce Parnasse pour devenir un bon professionnel, et non un intellectuel. Mais il était inévitable qu'il m'en reste quelque chose et ainsi, pendant ces années-là, contribuai-je à ourdir la résistance intellectuelle du pays, à l'ombre des commissaires culturels du Parti, les Muñoz Suay, Jorge Semprún, José Antonio Bardem ou López Salinas. Et même après avoir achevé mon cursus, avoir postulé à des postes d'enseignant dans le secondaire, avoir fait le « nègre » pour presque toutes les maisons d'édition (par ailleurs peu nombreuses) de Madrid à la charnière des années cinquante et soixante, je m'efforçai de rester en contact avec des groupes de pensée qui essayaient d'éditer des revues et d'exprimer leur point de vue.

Je fis ainsi partie du comité de rédaction informel des *Cuadernos de Arte y Pensamiento*, où je rencontrai des gens étonnants, comme César Santos Fontenla ou un certain Maestro qui savait tout du passage de la quantité à la qualité et se référait abondamment à Sartre, ce qui ne paraissait pas très orthodoxe en ces années où, après ses positions sur les événements de Budapest et de Poznan, on ne savait plus très bien si Sartre était un petit-bourgeois existentialiste ou un pont obligé entre l'idéalisme bourgeois le plus éclairé et la pensée matérialiste dialectique. Maestro connaissait par cœur les *Perspectives de l'homme* de Garaudy, et il était très disert sur les ponts entre les différentes cultures du xxᵉ siècle. Quant à Santos Fontenla, il manifestait un tel engouement pour le cinéma qu'il pouvait, en pleine Gran Vía, devant une affiche de Maria Schell dans *Les Frères Karamazov*, imiter le style de l'Autrichienne dont il était un fan acharné : « Elle ne crée pas les personnages, elle les porte enkystés en elle. » Jamais je n'avais imaginé cette femme douce remplie de personnages enkystés. Mais n'allons pas trop vite. Au début de ma dernière année à l'université, il y eut de grandes manifestations étudiantes, et nous fûmes quelques cadres étudiants du PCE à être arrêtés, en compagnie de jeunes militants d'autres groupes d'opposition moins réprimés par le régime. A l'époque, mes qualités demeuraient secrètes et Julio était l'un des rares à savoir et vouloir les goûter. C'était surtout ma capacité de synthèse qui l'émerveillait : « Tu as une capacité de synthèse prodigieuse ! » Plus spécifiquement, il y avait celle que je faisais entre Freud et Marx, mon unique secret étant d'avoir eu accès aux écrits de Trotski sur cette question, que j'avais trouvés dans un carton dissimulé par mon père dans la cuisine, comme s'il avait préféré enterrer vivants les signes distinctifs de son identité, ce qui me semblait encore plus lâche que de les avoir détruit de ses propres mains. Mais je ne pouvais révéler à Julio que ma source était Trotski, car je savais qu'il était alors très dogmatique, qu'il aurait froncé le sourcil et lâché un dédaigneux : « Ah, Trotski... ! » qui aurait sérieusement entamé ses bonnes dispositions à mon égard.

Fin 1956, je connus de nouveaux déboires, Julio fut arrêté lui aussi, et il faut reconnaître qu'il passa par la Direction générale de Sécurité d'un air gaillard, alors que nous, qui ne pouvions revendiquer ni prestige professionnel ni respectabilité sociale, étions prostrés. Julio garda son attitude provocante malgré les deux claques qu'il reçut alors, la première de l'un des chefs de la Brigade politico-sociale, la seconde de son père lorsqu'il fut autorisé à voir son rebelle de fils dans le bureau du dirigeant suprême de cette Tcheka blanc-bleu. Moi, ils m'administrèrent deux ou trois fois le nerf de bœuf, m'envoyèrent plusieurs coups de poing dans le ventre et m'obligèrent à rester accroupi des heures durant sans me laisser appuyer le cul sur le mur. La police me montrait ses rapports sur mes antécédents familiaux, et j'avais l'impression d'avoir perdu la guerre tout comme mon père, de l'avoir perdue pour toujours, définitivement. Après notre transfert à la prison de Carabanchel, Julio nous remonta à tous le moral, et l'appétit puisqu'il partageait généreusement les colis qu'il recevait de chez lui, du chorizo que j'aimais beaucoup mais qui lui donnait des renvois. J'étais le favori dans la distribution de ce chorizo, et Julio démontrait ainsi aux autres que j'occupais une place de choix dans son estime. Las, sa famille réussit à le faire sortir grâce à des influences bien placées et à la facilité qu'avait son père de tutoyer presque tous les ministres, notamment ceux de l'Éducation, quels qu'ils fussent. Il avait été à tu et à toi avec Sainz Rodríguez*, puis avec Ruiz-Giménez*, et quand Rubio fut nommé il se rappela bien vite qu'il pouvait aussi le tutoyer. Julio fut libéré, et je me retrouvai sans chorizo. Il est vrai que Julio continua à nous faire parvenir des paquets de temps en temps, toujours plus irrégulièrement certes, mais sa famille, persuadée que sa déviation idéologique résultait de mauvaises fréquentations, voulut mettre de la distance en l'envoyant au MIT pour qu'il suive des études commerciales à la célèbre école du Massachusetts.

Je ne le revis qu'au début des années soixante, désormais de l'autre côté, de l'autre côté du bureau sous-directorial d'Amescua SA Editores. Il m'embrassa, nous évoquâmes le passé en nous tutoyant, du même côté de la table, mais quand il fallut passer aux choses sérieuses, en l'occurrence approuver ou non mon projet de collection sur les hétérodoxes espagnols, il revint à son fauteuil et, sans se départir de son exquise amabilité, il me remit dans le mien en examinant comme un patron le bien-fondé de mon projet. Lequel était prématuré. Les attaques contre la culture officielle devaient être menées en profondeur, mais il ne fallait pas commencer la maison par le toit. Le contrôle du patrimoine et son filtrage étaient essentiels à la vérité du régime, aussi essentiels que de « vous avoir enlevé votre mémoire à vous les Rouges » *(sic)* et d'empêcher la formation d'une nouvelle culture critique au moyen de la répression directe. Puisque nous ne pouvons pas être aussi forts qu'eux, ajouta Julio, nous devons nous montrer plus malins. En quelques mots, il m'avait fait savoir qu'il n'était plus un Rouge mais un possibiliste, et il me rasséréna quelque peu en me confiant une biographie condensée du Cid, pour laquelle j'avais carte blanche. Cette commande fut pour moi une véritable bénédiction. Elle ne me rapporta pas ce dont j'avais besoin, car Julio était implacable quand il discutait argent, mais elle me donna un peu de cœur au ventre, ce qui ne saurait être plus vrai : Lucy et moi, en effet, faisions survivre notre plus très jeune ménage de jeunes diplômés rouges au chômage et sans le sou en mangeant un soir chez ses parents, un autre chez les miens, avec parfois un menu à dix ou douze pesetas dans les gargotes des abords de l'Opéra, ou dans la zone purement étudiante d'Argüelles. A partir de là, ma collaboration avec Julio Amescua se poursuivit. Lorsqu'il hérita des éditions et de leur direction, je crus qu'il allait récompenser le long tribut que j'avais payé à la littérature de vulgarisation en publiant mon roman jusque-là inédit *Tu ne reviendras jamais chez toi*, mais il ne cessa d'émettre des objections, la censure par-ci, la politique éditoriale par-là, jusqu'au jour où, au début des années soixante-dix, il me dit : « C'est un autre roman que tu dois écrire. Je t'ai rendu service en ne publiant pas celui-là. Il n'est pas à la hauteur de ton talent. » Les temps étaient difficiles pour moi, la rue était en effervescence et, à la maison, une crise terrible couvait : Lucy partit avec les enfants en invoquant non pas la cruauté mais l'inconsistance mentale, grief qu'aucun juge n'aurait retenu mais que je lui concédai, car comment partager sa vie avec quelqu'un qui vous croit invisible ?

J'avais rencontré Lucy à la Faculté. J'étais en fin d'études, elle ne faisait que commencer mais elle y allait fort en tant que déléguée de sa classe au SEU, fille d'un ancien combattant de la Croisade franquiste déçu par le régime, un de ces phalangistes dits authentiques qui avait transmis à sa progéniture ses propres contradictions. Cette petite appartenait à la section féminine de la Phalange, à sa fraction la plus contestataire, ce qui rendait possible la discussion avec elle : plus encore, ce fut Julio en personne qui me chargea de « la travailler », euphémisme qui en ces années-là et dans ce contexte ne signifiait rien d'autre qu'une approche politique. Les jeunes filles du début des années cinquante, aussi avancées fussent-elles – et sur le plan sexuel Lucy ne l'était aucunement –, ne couchaient avec personne sans être passées devant le curé. Je devais noter un certain changement à la fin de cette décennie ou plutôt au début des années soixante : elles acceptaient de faire l'amour si leur partenaire leur faisait des promesses d'avenir, c'est-à-dire si leur odorat féminin leur laissait présager que les concessions prématrimoniales ne seraient pas un acompte à fonds perdus. Je travaillai Lucy avec une telle efficacité qu'elle finit par me déborder sur la gauche, pour toujours, et aujourd'hui encore elle se refuse à militer dans n'importe quelle organisation de gauche parce qu'elles lui paraissent toutes réformistes. J'avais même craint qu'elle ne rejoigne l'ETA [1], car dans les années soixante elle ne ratait pas un enterrement clandestin des héros *etarras*, à telle enseigne que je l'avais surnommée « la Veuve de l'ETA » et que je m'étais demandé si elle ne serait pas capable de proposer l'appartement où elle vivait avec nos enfants depuis notre séparation pour en faire une base d'appui d'un quelconque « commando Madrid ». Mais je me sentis rassuré le jour où elle commença à dire pis que pendre de l'ETA et à proclamer qu'ils n'arrivaient pas à la semelle des terroristes palestiniens, qui eux au moins mettaient en jeu leur vie et l'Histoire. Il avait dû se passer quelque chose au cours de ses expériences *etarras* qui expliquait cette explosion de mauvaise humeur, mais depuis des années nos relations s'étaient suffisamment envenimées à propos de nos deux enfants et je ne voulais pas rechercher en plus des motifs politiques de conflit. Depuis 1962, elle m'a catalogué comme révisionniste : au cours de l'une de nos entrevues sous surveillance à la prison de Carabanchel, j'avais exprimé des doutes sur la Trinité métaphysique de l'État de classe, du Parti unique et du Prolétariat, telle qu'elle s'était incarnée dans le communisme soviétique. J'étais alors en train de lire Gramsci en italien, et Lucy me jeta à peu près ce que Julio me répondait quand je faisais allusion à Trotski : « Ah, Gramsci… ! » Non. Il ne lui plaisait pas, pas plus que le réformisme de Santiago Carrillo *, le verbalisme maoïste, l'anticommunisme viscéral de tous les mouvements hyper-communistes qui devinrent à la mode à partir de 1968. Au fond, c'est moi qui ne lui plaisais pas : elle m'utilisait comme *sparring partner* sexuel, politique et moral, et ma propension à rationaliser la hérissait, comme si rationalité signifiait castration et insatisfaction sexuelle. Mes

---

1. Organisation indépendantiste basque dont les « commandos Madrid » faisaient partie. Ces commandos ont commis plusieurs attentats spectaculaires jusqu'en 1987, lorsque leur direction fut démantelée. *[N.d.T.]*

lectures en psychanalyse me poussaient à considérer que Lucy était peut-être insatisfaite sexuellement, évidemment par ma faute, du moins le pensais-je au début : mais pourquoi était-il aussi évident que je fusse l'unique responsable de son insatisfaction sexuelle et historique ? Des années plus tard, lorsqu'elle apprit à conduire et qu'elle prit la pilule, je me rendis compte que je devais partager cette responsabilité avec un nombre modeste mais suffisant d'amants, et qu'alors il fallait choisir : ou bien la gauche masculine de Madrid était très peu douée pour le sexe, ou bien le problème ne venait que d'une Lucy s'ingéniant à tomber amoureuse d'athlètes historiques en des temps où cette espèce commençait à disparaître. Mon échec conjugal m'affecta si intimement que je n'en ai jamais parlé à quiconque. Depuis l'enfance, j'étais persuadé qu'un tel échec est comme une mort partielle causée par tout ce que l'on abandonne et tout ce que l'on détruit. Ainsi le croyait-on dans mon milieu, ainsi l'avais-je appris au cinéma, par les feuilletons radiophoniques, et par les boléros.

Mon dévouement pour le Parti était d'une certaine manière compensatoire, même s'il m'avait valu deux fois la prison dans les années soixante, et si Julio veillait à ce que mes honoraires soient rigoureusement versés à Lucy et tenait à m'envoyer des colis alimentaires où figurait immanquablement le chorizo, sans que je ne me risque jamais à lui dire qu'à moi aussi il donnait désormais des renvois. Je savais que je pouvais lui demander de temps à autre quelques sous pour une cause clandestine, et il me fit l'honneur de me donner sa première signature de protestation, en septembre 1975, contre l'exécution des *etarras* et des membres du FRAP[1], la dernière orgie sanguinaire de Franco. Puis Julio apparut tel qu'il était, un antifranquiste secret qui s'était conduit toute sa vie comme un exilé intérieur, mais qui avait envoyé assez de signes pour que la société civile antifranquiste le considère comme l'un des siens. C'était ce genre d'attitude dont la transition avait le plus besoin : pas d'héroïsmes excessifs, pas de témoignages trop accablants pour la cruauté franquiste. Qui avait envie de voir ainsi contredite sa neutralité ?

1. Organisation d'extrême gauche. *[N.d.T.]*

Julio Amescua était un héros « léger » comme le voulait l'époque, et il fut sur toutes les listes des futurs ministères, élaborées aussi bien par l'UCD que par le PSOE[1], et même nous, les communistes, n'aurions pas craché sur lui, d'ailleurs je lui proposai d'être candidat au Sénat pour le Parti lors des premières élections et il se montra ému, évoquant ma synthèse de Marx et de Freud, et tant de combats communs, mais pour le bien de cette maison d'édition qui nous faisait tous deux manger il ne pouvait se compromettre.

Le climat de sincérité de cette conversation m'ayant rendu nostalgique, je lui déclarai que cette fameuse synthèse entre Freud et Marx, je la devais à Trotski. Ce fut à ce moment que je découvris combien les racines idéologiques plongeaient loin en Julio, car il eut une moue poliment dédaigneuse et dit : « Ah, Trotski... ! » Mais il était particulièrement ému et communicatif ce jour-là, et il m'expliqua enfin pourquoi il avait cette dent contre Trotski : « Il y a un moment clé dans l'histoire du communisme mondial, c'est cette rencontre à Vienne entre Trotski, Staline et Boukharine. Staline est en train de travailler sur la question des nationalités, son allemand est médiocre, n'oublions pas qu'il est le fils d'une paysanne et d'un saoulard, un ex-séminariste mal dégrossi... Alors que Boukharine et Trotski, eux, parlent parfaitement l'allemand, ont fait tous les deux des études supérieures, sont capables de développer des heures et des heures durant des idées hautement abstraites... Staline, lui, a dû peiner pour entrer dans la dialectique hégélienne, tu me suis ? Bien. Trotski rapporte cette rencontre comme un mauvais souvenir, il s'arrête sur une notation mineure, je dirais même frivole dans le contexte formidable de cette époque : il se rappelle que Staline avait les yeux " glauques ", non, mais tu te rends compte ? Un camarade aussi incontournable que Staline, et l'autre se souvient seulement de ses yeux glauques. Le petit-maître bourgeois, le marxiste frivole face à l'intellectuel prolétaire. C'est pour cela que je ne suis pas étonné de voir que toute la pensée politique de Trotski découle

1. UCD : Union chrétienne démocrate.
   PSOE : Parti socialiste ouvrier espagnol. *[N.d.T.]*

de cette malformation de base. Staline avait les pieds sur terre, mais Trotski pouvait se permettre le luxe de rêver des révolutions totales et universelles sans tenir compte de la capacité de riposte de l'ennemi, tu me suis ? C'est Staline qui a eu raison dans son diagnostic de la situation des années vingt et trente, mais surtout trente. Oui, je sais bien que nous, les intellectuels, nous sommes gênés par sa brutalité, sa grossièreté, tout ça. En fin de compte, qui sommes-nous, d'où venons-nous, où allons-nous ? Mais quel capitalisme pouvait rivaliser avec le capitalisme réel si un socialisme internationaliste ne pouvait y parvenir ? Eh bien, un capitalisme d'État, et c'est ce que Staline forgea d'une main de fer, parce qu'il n'y avait pas d'autre moyen, pendant que Trotski partait au Mexique inspirer des manifestes surréalistes à Breton et lancer des déclarations hyperlibérales sur l'art et la culture. Marcial, Trotski était un couillon. »

Bouche bée, j'assistais là à la révélation des profondes convictions communistes de Julio, mais il ajouta qu'il ne voulait pas être sénateur, que même s'il le voulait il ne le pouvait pas, et moi, le fruit de son attachement au communisme, je devais me résigner, mais, en revanche, il laissa la voie libre à la publication de mon roman, *Introït*, au début des années quatre-vingt, dans la collection de prestige, il me le répéta trois fois, de prestige, de prestige de la maison. Même si je n'étais pas un auteur littéraire connu, je jouissais d'un certain crédit en tant que vulgarisateur, notamment pour mes résumés de livres d'histoire à l'usage des jeunes et des enfants, et ce fut peut-être pour cela que mon roman fut accueilli avec un intérêt injustifié dans le cas d'un novice comme moi. Peut-être quelques-uns parmi les jeunes critiques qui m'accordèrent leur attention avaient-ils découvert le démon de la lecture à travers mes œuvres mineures, et me manifestèrent-ils pour cette raison un intérêt immérité. García Posada, dans les colonnes du quotidien *ABC*, écrivit que mon œuvre était doctrinale et qu'il fallait la lire comme telle. Je suis avec attention les publications de ce critique, et je peux dire que rien de ce qui est doctrinal ne lui est étranger, il est très doctrinal, comme je les aime. En revanche, le jeune Goñi, dans *Cambio 16*, m'offrit une recension volubile, primesautière, spirituelle, vingt lignes lui suffisant pour résumer la face cachée du livre et ajouter une plaisanterie distante mais, en lisant bien, chaleureuse. Rafael Conte, dans *El País*, avait visiblement beaucoup plus travaillé son texte, une critique qui me toucha car Conte disait que j'avais « poursuivi la littérature toute une vie durant », et sans se risquer à proclamer que je l'avais atteinte il expliquait très bien mon roman pendant les trois quarts de son article, prouvant qu'aucune de mes clés ne lui avait échappé. Il consacrait le dernier quart à me donner des conseils pour écrire mon prochain livre. Cette critique me remua particulièrement, parce que je sais combien Conte aime la littérature, à tel point qu'il la protège comme s'il s'agissait d'une fille en fleur menacée par toutes sortes de violeurs, qu'il ne voudrait bien confier qu'à des écrivains chevaleresques. Je lui envoyai un mot de remerciement pour le grand cas qu'il avait fait de mon roman, en lui promettant de m'amender avec le prochain. Le surprenant intérêt causé par *Introït* eut plus d'impact sur moi que sur Julio car, lorsque je lui remis *La solitude empire avec la nuit*, son seul commentaire fut que le titre était beaucoup trop long. Ensuite, sans établir vraiment une relation de cause à effet, Julio apparut sur une liste comme plus que probable ministre socialiste de la Culture, attrapa une des pires leucémies qui soient, et mourut à Seattle dans le pétrin, selon le récit de l'un de ses hagiographes résolu à lui tailler une biographie de quasi Ho Chi Minh de l'antifranquisme, le « quasi » étant superflu puisque la seule chose qu'il n'attribuait pas à Julio était d'avoir expédié dans les airs, grâce à une charge d'explosifs, la voiture du chef du dernier gouvernement franquiste, Carrero Blanco*. Je peux dire que la mort de Julio Amescua m'affecta comme si disparaissait alors une partie de ma propre mémoire, d'autant qu'elle survint à une période de difficultés économiques et psychologiques pour moi. J'avais accepté de faire partie de la reconversion de personnel décidée par Julio, en échange d'indemnisations qui me paraissaient ahurissantes (trois millions de pesetas !) et surtout de la garantie de pouvoir poursuivre mes collaborations jusqu'à l'âge de la retraite. Une fois notre divorce consommé, cependant, je dus non seulement accorder à Lucy une pension compensatoire à la perte de sa virginité en 1957, j'imagine, mais aussi verser de l'argent à poignées pour réparer les désastres de notre fille cadette, Angela, en l'honneur d'Angela Davis, une emmerdeuse jetée de toutes les facultés, de toutes les écoles d'art, y compris dramatique, et même de tout un tas d'académies de méditation et de gymnastique orientale, mais par ailleurs très bonne cliente des médecins avorteurs et des cliniques de désintoxication. En dehors de la période des amours, Angela passait de la maison de sa mère à la mienne, et j'ai toujours eu l'impression qu'elle choisissait ses moments les plus amers, les plus désespérés, les plus inquiétants, pour venir se réfugier dans ce sombre appartement sur cour hérité de mes parents rue Lombía, base stratégique du plan de résistance économique finale que je prépare pour ma retraite. Le garçon, Vladimir, ne nous causa jamais d'autres soucis qu'idéologiques : étranger à toutes nos causes, il se présenta brillamment au poste d'avocat-conseil de l'État, et actuellement aide le gouvernement dans son programme de désertification sociale des Asturies, zone de mémoire ouvrière aguerrie et, semble-t-il, condamnée par ce qui s'appelait jadis la division internationale du travail. La future Europe unie n'a besoin ni du lait, ni du charbon, ni de l'acier des Asturies, et mon fiston s'emploie avec une tenace efficacité au désarmement laitier, industriel et minier de cette région. La dernière conversation que nous avons eue ensemble à propos de politique s'est mal terminée : alors que je lui rappelais qu'en 1962 j'étais allé en prison à cause de ma solidarité avec les mineurs des Asturies, il m'a répondu que sa solidarité à lui était universelle et macro-économique : « En sauvant les Asturies à coup de subventions gouvernementales, nous appauvririons l'Espagne, l'Europe, le Nord en général, et sèmerions les germes de terribles désordres à venir. » Où qu'il se trouve, il me téléphone toujours pour le Nouvel An, et j'imagine que si on lui parle de moi il a un sourire assez tendre et dodeline vaguement de la tête, comme si elle n'arrivait pas à se faire une idée de moi.

Quand Julio mourut en 1990, je venais d'atteindre la soixantaine et il me restait à peine trois cent mille pesetas en banque. La différence avec les trois millions était partie dans un petit cadeau à mes enfants, qui ne m'en furent pas reconnaissants, et dans un voyage à Leningrad pour voir l'Institut Smolny, le palais d'Hiver, le croiseur *Aurore*, car je craignais que la liquidation définitive des acquis de la révolution d'Octobre ne balaie aussi ses lieux mythiques. Mais tout était encore à sa place, et un officier de marine en rade qui avait la charge du croiseur, en apprenant que j'étais espagnol, me donna l'accolade à la soviétique puis évoqua ces années pendant lesquelles l'URSS et l'Espagne républicaine avaient lutté ensemble contre le fascisme, le tout sous l'œil ironique de ma guide, toute jeunette mais bien au fait du moindre trait espagnol, enthousiasmée par l'idée d'un retour du tsar car l'une de ses arrière-grand-mères avait été la gouvernante d'une princesse impériale. Était-ce d'Anastasia, elle ne s'en souvenait pas très bien. Je trouvai une URSS bourrée de tsaristes, et quand je vis à la télévision Gorbatchev s'efforcer d'inculquer la pédagogie parlementaire au premier Congrès démocratique, dans un « tour de force » avec Sakharov qui ne parvint pas à le faire sortir de ses gonds, je compris qu'il essayait de retirer lentement le bouchon, mais qu'une fois sa mission achevée sortiraient de cette bouteille les effluves de ce que la révolution d'Octobre n'avait pas remplacé, mais seulement laissé entre parenthèses dans l'Histoire. Je me promenai dans le Leningrad révolutionnaire et le Moscou institutionnel comme au milieu des décors d'un film déjà en boîte, avec la même impression que j'avais un jour éprouvée à Tabernas, dans la province d'Almería, en parcourant un village de l'Ouest abandonné qui avait servi aux tournages des « westerns spaghetti » des années soixante. Ma guide m'apprit que, pour eux, le socialisme représentait ce que le Mouvement national était pour nous, une matière barbante qu'il fallait apprendre pour terminer ses études secondaires et supérieures. Rien de plus. Je restai ébahi devant l'hôtel Lux de Moscou, évoquant ces temps où il avait abrité les internationalistes du monde entier, y compris des dirigeants communistes espagnols comme Fernando Claudín*, qui fut un implacable vice-roi pour la colonie des exilés espagnols de Moscou, ainsi que me le rappelèrent malicieusement les *niños de la guerra*, ces vieux enfants de la guerre auxquels j'allais rendre visite au Centre espagnol, un repaire de naufragés de l'Histoire, de cette espèce rare de survivants de la Guerre civile. Moi, je n'avais jamais été stalinien, ni même réellement prosoviétique, mais combien de fois avais-je fait cadeau de mon silence, avais-je été complice de la trahison d'un si grand espoir ? Ah oui, les synthèses secrètes de Marx et de Freud, en cachette du régime de Franco, de Julio, du Parti, mais en cette fin de siècle il ne restait plus de tout cela que l'industrie multinationale de la psychanalyse freudienne.

A mon retour d'URSS, ma bourse était aussi vide que mon esprit. Je téléphonai à Ernesto Amescua pour lui rappeler la promesse que m'avait faite son père. Je connaissais ce petit depuis que son père me l'avait envoyé, adolescent, pour qu'il me montre ses poèmes et que je lui donne un coup de main. « Je ne peux pas l'adresser à un auteur de prestige, Marcial, car ils se feraient réciproquement de l'ombre. Je te l'envoie à toi, comme à un chef de bureau. S'il veut se consacrer à la littérature, il doit commencer du plus bas. » J'avais essayé d'introduire un peu de poésie dans ce ramassis de sensations adolescentes, tandis qu'Ernesto me contemplait bouche bée, comme s'il se retrouvait devant la littérature faite homme. Ce petit m'avait plu d'autant, quand son père m'avait annoncé qu'il avait abandonné toute velléité littéraire et était parti étudier le management aux États-Unis. Un patron se doit d'être un bon patron et parfois de réprimer d'autres pulsions créatrices qui pourraient ruiner sa position et celle de tous ceux qu'il fait manger. Je n'appréciais guère entendre Julio dire qu'il nous faisait manger, nous, la centaine d'employés fixes ou épisodiques d'Amescua SA, mais je comprenais ses raisons et je lui proposai, en vain comme toujours, de rejoindre le regroupement des petits patrons qu'animait le PCE. Il était resté très radical, et trouvait que la présence de patrons ou de curés au sein du PCE allait à l'encontre de l'idéal révolutionnaire. C'est le début de la fin de la rationalité révolutionnaire, avait-il l'habitude de dire sans que nous n'ayons jamais pu aller jusqu'à en discuter. Et donc, enhardi par nos rencontres poétiques passées, je demandai un rendez-vous à Ernesto qui me reçut à bras ouverts, s'assit d'abord devant moi, nos genoux se touchant presque, mais une fois épuisée notre quote-part de nostalgie et d'évocation rétrospective de la grandeur paternelle, quand j'en vins à évoquer le besoin d'un travail à long terme, il se mit debout, passa de l'autre côté du bureau et commença à truffer la conversation de mots anglais, en premier lieu *timing* et *feeling*, ces deux termes concernant au premier chef ma requête puisque le *feeling* que lui et toute l'entreprise ressentaient à mon égard devait s'adapter au *timing* de production qu'il s'était fixé. Il prit un air méditatif et imposa ainsi un silence dont je profitai pour rechercher des traits paternels dans les siens, et en effet ils se ressemblaient, même si Ernesto était plus fragile, je ne parle pas ici de son physique, semblable à celui de son père, mais de sa manière de s'exprimer qui me faisait penser à un laboratoire de relations publiques, avec un savoir-faire trop évident pour peu que son interlocuteur ne fût pas un simplet, ou un inférieur apeuré. Je n'étais pas un simplet, mais je commençai à trembler quand je constatai que, dans nos relations, le *timing* comptait plus que le *feeling*.

Après avoir médité, il me désigna d'un doigt et entreprit un monologue qui au début eut à mon oreille l'effet d'une musique sentimentale. Il faut que tu fasses la connaissance de mon fils aîné, il a douze ans et passe le peu de temps que nous avons ensemble à me poser des questions. Pour les garçons de cet âge, ou bien tout est très nouveau, ou bien tout est très vieux. Il faut que tu le connaisses. Un jour, je t'enverrai, comme mon père l'avait fait avec moi. L'autre fois, il m'a demandé : Papa, c'était qui, Franco ? Tu saisis la question ? Et moi, je te la repasse : Qui était Franco ? J'allais répondre à Ernesto ce que je pensais honnêtement de Franco lorsqu'il me coupa : Non, ne me le raconte pas à moi, raconte-le à mon fils. Quand ? Où ? Non, ce n'est pas là l'important, c'est le comment. Et c'est là que je fais appel à ton talent de vulgarisateur : imagine que tu es Franco, toi. J'eus un rire forcé. Ne ris pas, parce que tu vas voir que l'idée va te plaire. Tu es Franco, et tu es quasiment à l'article de la mort. Alors, quelqu'un qui a ta confiance, ta fille, ou ton médecin, ou le chef du gouvernement, ou quiconque, te dit : Votre Excellence, il se pourrait que les nouvelles générations reçoivent une vision falsifiée de votre personne et de votre œuvre. Qui sait comment tournera cette Espagne que vous, etc., etc. Excellence, vous devriez narrer votre vie aux Espagnols de demain. Et moi, je te dis que toi, toi dans la peau de Franco, tu dois conter sa vie aux générations de demain. C'est-à-dire que je te propose d'écrire une autobiographie imaginaire de Franco qui sera le premier volume d'une série intitulée : « Aux hommes de l'an 2000 ». Je me retins de répondre aussitôt, calculant, cherchant une phrase qui saurait exprimer mon amertume mais aussi ma reconnaissance. Tu surestimes ma capacité à prendre de la distance, trouvai-je finalement, et il arqua un sourcil, un seul : Mais pourquoi devrais-tu prendre de la distance ? Tu es un professionnel de la vulgarisation, non ? Alors mets-toi dans la peau de Franco et disculpe-toi devant l'Histoire. Pour tout le reste, c'est ton affaire. Mais c'est que... C'est que... Je me risquai à lui dire que Franco avait été une ombre qui avait pesé sur mon enfance, sur ma vie, sur celle de ma famille, et qu'il y aurait aujourd'hui une amère ironie à devenir son autobiographe, un peu comme un biographe secret, un biographe de cour. Non, non, tu te trompes complètement. C'est toi qui vas signer le livre, pas Franco, parce que autrement tu penses bien que les descendants ou n'importe quelle fondation franquiste me tomberaient dessus. Tu dois appliquer la même fausse objectivité que Franco aurait employée pour lui-même, et tu dois donner le ton de cette collection dans laquelle paraîtront par la suite Staline, Hitler, Lénine... Deux millions d'avance sur les droits d'auteur, trois millions à la remise du manuscrit, et je te garantis une première édition de vingt mille exemplaires.

Mon père n'était revenu à la maison que cinq ans après la fin de la Guerre civile, et il ne fut plus jamais le même. Plus d'une nuit ils avaient été sur le point de l'amener à la corvée de bois, et pour cette raison il ne sortit plus jamais le soir, il n'alla plus jamais au cinéma, ni au théâtre, il avait peur de la nuit, de rester à jamais prisonnier de ses entrailles pleines de sang séché. Je grandis dans l'ombre de sa peur, je bataillai contre Franco avec autant de honte que de peur pour réaliser finalement qu'il n'avait été vaincu que par la biologie, et que l'oubli dans lequel étaient tombées ses reliques n'était même pas ma victoire puisque l'on me passait commande de les en sortir et de les transformer en souvenir pour les temps à venir. Je m'assis dans le bureau exigu de mon petit appartement sans lumière de la rue Lombía, cette rue qui est comme le parent pauvre du quartier de Salamanca, cet appartement familial où j'avais échoué après un bref tour du monde qui débuta par notre logis matrimonial d'Argüelles et se conclut dans une mansarde de Malasaña durant mes deux ans de liaison avec la trésorière de la cellule du quartier de Maravillas. Je n'aurais jamais dû me fourrer dans cette affaire sentimentale, et je ne peux expliquer mon aveuglement que par cette folie masculine intériorisée qui se développe comme une tumeur cérébrale à partir des quarante ans, dans mon cas presque les cinquante, la folie de vouloir recommencer, de tenter une seconde jeunesse inspirée par celle de sa partenaire, tel un comte Dracula en manque de sang frais pour faire face aux ténèbres de l'éternité. Francesca, très italianisante et eurocommuniste, n'était certes pas une jouvencelle, mais elle avait à peine plus de trois lustres et l'idée m'obséda que je pouvais encore séduire quand je vis combien mon épaisseur historique la ravissait : la guerre, l'après-guerre, le militantisme à la rude époque... Mais un couple ne vit pas d'épaisseur historique, et après deux ans je m'aperçus que Francesca, comme Lucy, commençait à donner l'impression de partager sa vie avec l'homme invisible. J'eus honte de me répéter en racontant nos guéguerres de 56, de 59 avec la visite d'Eisenhower, de 62 avec la grève des Asturies et l'affaire de Munich, de... Mais c'est qu'elle appartenait à la dernière promotion historiciste, qui est demeurée sans succession jusqu'à aujourd'hui puisque, par exemple, sans parler de mon fils, ma fille Angela n'est pas du tout historiciste. Comme sa mère, c'est une rebelle frustrée mais sans la moindre inquiétude historique, et c'est pourquoi elle a tant besoin d'échecs personnels, privés, de ne sentir de camaraderie qu'avec elle-même, de cultiver à la fois l'apitoiement sur soi et le narcissisme sous le regard culpabilisé de sa mère et de son père. La trésorière de Maravillas était très mignonne, blonde, les yeux diamantifères, et je ne sais pourquoi elle me rappelait ce désir à peine formulé dont me priva Sánchez Dragó dans les années cinquante, cette Luz dont je n'ai plus eu de nouvelles même si Fernando m'avait promis qu'il me passerait un jour un coup de fil pour m'aider à retrouver sa trace, car chaque fois que nous nous rencontrons, Fernando et moi, nous commençons par une controverse idéologique pour finir en parlant de Luz, par ma faute, parce qu'elle est le seul élément personnel que nous partageons, et qu'il faut bien parler de quelque chose. Quant à Lucy, elle ne m'appelle que pour m'annoncer qu'elle ne peut plus supporter Angela, ou pour me demander où est Angela, question qui me fait immanquablement frémir car elle annonce des jours et des nuits de recherche dans les pensions les plus modestes de Madrid, et même à travers les terrains vagues les plus glauques.

Je ne milite plus. Je ne cotise plus. De temps à autre, je vais à une manifestation contre l'OTAN, contre le nucléaire, contre la guerre du Golfe, ou bien je fais un tour à un meeting de Carrillo ou d'Anguita pour comparer et m'étonner, surtout à ceux de Carrillo. Je me souviens du jour où je l'ai salué lors d'une rencontre entre forces du travail et de la culture, et où, en me présentant, le secrétaire s'est trompé : Santiago, voici un écrivain très célèbre, Alvaro Pombo... Marcial Pombo, l'ai-je corrigé à sa grande confusion, mais Carrillo a dissipé le malaise : Vous êtes lié aux Pombo de Santander ? Non, non, tous les Pombo que je connais sont galiciens, entre Sarria et Lugo, ma famille se trouvait par là-bas car mon grand-père... Carrillo ne m'a pas laissé le temps de raconter que mon grand-père avait possédé quelques lopins de terre en Galice, et que mon père avait été l'ami d'Oscar Peréz de Solis, et d'Azevedo, surtout d'Azevedo. Il m'a donné l'accolade à la soviétique et il est passé à autre chose. Donc je vis en pleine phase terminale épique, éthique, esthétique, je suis désormais entièrement responsable de mon visage et de mon âme, et le corps de Franco inhumé dans la Vallée des Martyrs m'a été confié pour que je le ressuscite. Et pourquoi pas ? La question s'adresse à cet *alter ego* que me renvoie le miroir tout piqué de ma salle de bains. Le ressusciter pour le tuer : ne suis-je pas en condition de réaliser le rêve d'une moitié de l'Espagne vaincue, celle qui a été vaincue ? Cinq millions de pesetas. Peu importe qu'il se vende beaucoup. Je pourrais me débrouiller avec une traduction et mettre de côté ces cinq millions, qui avec les intérêts proposés par les banques m'assureraient un revenu à vie de cinquante mille pesetas mensuels, à ajouter aux quarante ou cinquante que je pourrais gratter sur la pension alimentaire quand je serai définitivement à la retraite. *« Je n'ai jamais été mû par la recherche du pouvoir »* :

tu pourrais commencer par cette phrase, mais on t'accuserait alors de tout gâcher par le sarcasme dès la première ligne. Non. Tu ne peux pas t'exposer à laisser croire que Franco est ta victime, tu ne peux en faire un martyr de ta création. Ce serait sa victoire *post mortem*.

Ma mère me disait toujours de regarder tout droit les gens et les choses. Paquito, tu as des yeux qui intimident...

Enfance et confessions

Ma mère me disait toujours de regarder tout droit les gens et les choses. Paquito, tu as des yeux qui intimident. Et dans le miroir de notre salle de bains grande et froide, la salle de bains d'une famille patricienne mais peu argentée, je voyais mes yeux, grands, noirs, brillants, tristes et durs, les yeux d'un chef zenata, comme devait me le dire Carmen* lorsque nous commençâmes à nous fréquenter à Oviedo, car elle avait été impressionnée par le récit illustré de la vie d'un capitaine zenata. Les Zenata, qui appartenaient au peuple berbère, furent des soldats aguerris aux ordres des Ommeyades. Nomades, agressifs, endurcis, ils furent déplacés jusqu'aux régions les plus montagneuses d'Al Andalus et là se soulevèrent plusieurs fois contre les Arabes, servant de troupes mercenaires à divers roitelets du sud-est de l'Espagne, finissant par constituer la majorité ethnique de certains de ces royaumes. J'ai pu les rencontrer sur leurs propres terres, à travers le Maghreb, je parle des semi-nomades du Rif, et je peux attester de leur courage, qui allait jusqu'au mépris de la vie, de la leur et de celle d'autrui. Paquito, tu as des yeux qui intimident, mais il n'était pas question pour moi d'intimider ma sainte mère, à laquelle je réservais et réserve encore une bonne part de mon amour, presque autant qu'à mon Espagne bien-aimée. J'ai toujours su que ma mère et l'Espagne avaient quelque chose en commun : deux femmes immaculées, énergiques et fragiles, joyeuses et attristées, qui n'ont pas toujours eu la vie et l'histoire qu'elles méritaient. Mes yeux l'ont discerné dès l'instant où ils ont commencé à voir. Paquito, s'il survient un problème regarde bien en face et le problème et ceux qui te le causent. Ma mère croyait au pouvoir de mes yeux magnétiques, elle le disait,

29

j'aimais entendre sa bouche prononcer Paquito, ce diminutif qui m'exaspéra du jour où je compris qu'il n'était pas toujours affectueux dans la bouche des autres. Je ne comprenais pas pourquoi tout le monde appelait mon cousin Francisco Franco Salgado-Araujo Pacón, et moi Paquito, même s'il était un peu plus âgé que moi et, bien entendu, beaucoup plus grand et plus fort. Mais la grandeur des hommes se mesure-t-elle à leur âge et à leur taille ? Nous sommes tels que nous croyons être, et nous devons ignorer le regard délibérément dépréciateur des autres. C'est un principe qui vaut non seulement pour les hommes, mais aussi pour les peuples : l'Espagne ayant été victime du regard réducteur des autres et de sa timidité à croire résolument en elle-même, la mission d'Espagnols méritants, et modestement la mienne aussi, fut de lui apprendre que la stature d'un peuple n'est pas définie par ses frontières, mais par l'ombre qu'il projette sur l'Histoire. Lorsque je regarde en arrière et que je revois l'enfant que je fus, je ne le vois pas complexé par quelques centimètres en plus ou en moins, mais parfois surpris devant la différence entre les contours que les autres nous attribuent et ceux que nous avons réellement, et dont seuls nous-mêmes, et quelques autres, sommes conscients.

Je suis né à El Ferrol, dans la nuit du 3 au 4 décembre 1892 à minuit trente, l'année du quatrième centenaire de la découverte des Amériques et de l'unification du territoire de l'État espagnol grâce à la conquête du royaume arabe de Grenade par les Rois catholiques. Le 17 de ce mois, en l'aumônerie militaire de San Francisco, je fus baptisé Francisco, Paulino, Hermenegildo, Teódulo, fils de l'intendant de vaisseau don Nicolás Franco et de Pilar Bahamonde*, descendant d'une nombreuse lignée de Franco et de Bahamonde qui appartient à l'histoire de la glorieuse Marine espagnole.

Un peu moins de « h », Général. En vérité le nom de votre mère s'est toujours écrit Baamonde, jusqu'à ce que vous-même, en pleine phase d'envol légendaire, lui ayez ajouté un « h » intercalé pour lui faire gravir un échelon social.

Ma famille paternelle était installée à El Ferrol depuis 1737. Le premier Franco se prénommait Manuel, était de Cadix, et fournisseur de la Marine. Il avait épousé María de Viñas de Andrade, issue d'une illustre famille galicienne. On a émis beaucoup d'hypothèses sur l'origine du nom de Franco, selon certains adopté par des juifs convertis bien que personne n'ait pu prouver quoi que ce soit quant à l'origine hébraïque de ma famille paternelle, alors qu'en revanche ce nom a été généralement donné à des émigrés européens qui se fixèrent le long du chemin de Saint-Jacques-de-Compostelle dès les xie et xiie siècles, et qui étaient alors déclarés « exempts », « francos », c'est-à-dire libres des impôts dont étaient frappés les natifs. Huit ou neuf siècles constituent une ancienneté bien suffisante pour que me chagrine l'hypothèse d'une origine non espagnole de mon lignage, et de plus, au cours de ces huit ou neuf siècles, les Franco ont toujours été au service de l'Espagne, en premier lieu de sa Marine. Et si cela ne devait pas suffire, voici la lignée de ma mère, Pilar Bahamonde y Pardo de Andrade, avec son arbre généalogique aux puissantes branches : Bermúdez de Castro, Tenreiro, Losada, Basanta, et Taboada. Si mon père était intendant de vaisseau, suivant la tradition d'une famille vouée à la gestion de l'Armada, ma mère était, elle aussi, fille d'intendant, don Ladislao Bahamonde Ortega de Castro-Montenegro y Medina, et ma grand-mère était une Pardo de Andrade Coquelin y Soto. Cette rencontre entre deux escouades généalogiques tellement similaires n'a rien d'étonnant, car El Ferrol était le principal bastion de la Marine espagnole et, depuis la perte du rocher de Gibraltar, la pierre de touche de la dignité nationale sur des mers menacées par l'ambition britannique. Les Anglais avaient tenté de s'emparer d'El Ferrol en 1800 et 1805, mais la cité sut se défendre et d'une certaine manière acquit en ces occasions la conscience d'être le fer de lance de la capacité de résistance de l'Espagne. De là découle la prépondérance sociale des marins, et notamment du commandement de l'Armada. El Ferrol est toujours demeuré particulièrement sensible aux victoires et aux défaites de l'Espagne.

Mes parents habitaient une maison rue de la María, une maison typique du Ferrol avec ses grandes galeries vitrées, ses trois étages et sa mansarde. Ici virent le jour les frères Franco Bahamonde, Nicolás* en 1891, moi en 1892, Pilar* en 1894, Ramón* en 1896 et Mari Paz dite «Pacita» en 1898, dont l'existence fut brève puisqu'elle mourut en 1903 d'une fièvre que les médecins ne surent faire tomber. Ma mère racontait toujours qu'au cours de ces quatre mois d'agonie elle entendait un frottement dans le poumon chaque fois qu'elle approchait son oreille du petit corps qui s'affaiblissait de jour en jour, sauf les yeux, vivants comme les miens, verts comme ceux de mon frère Ramón. La maison de la rue de la María était assez vaste pour que mes parents louent le rez-de-chaussée à une dame d'âge moyen qui vivait là avec sa fille unique. Au premier étage, pour plus de commodité, vivait mon grand-père paternel Ladislao et quand ma mère resta seule elle s'y installa. Je partageai une chambre avec Ramón jusqu'à ce que nous sépare mon entrée à l'Académie militaire de Tolède en 1907, mais, étant donné la faible différence d'âge entre mes frères et moi, nous avons grandi à l'unisson, partageant maintes expériences. Nicolás, lui, aimait surtout être dehors, ce qui ne me rebutait pas mais je préférais toutefois rester de longues heures auprès de ma mère dans le salon, pendant qu'elle travaillait à son ouvrage et me racontait des histoires de fils méritants qui revenaient toujours à la maison juste à temps pour recueillir le dernier soupir de leur mère. Pilar et Ramón faisaient du tapage dans le grenier, elle rebelle et intrépide, lui fantasque et imprévisible, traits de caractère qu'ils conservèrent toute leur vie.

Dans la salle de séjour, il arrivait à ma mère d'arrêter la course de son aiguille ou de son récit pour demeurer silencieuse, comme à l'écoute d'un bruit ou d'une pensée, et moi je l'imitais, essayant de voir et d'entendre ce qu'elle seule, sans doute, pouvait percevoir. De toutes les pièces de la maison, c'est celle que j'arrive à reconstruire dans ma mémoire : la grande table-guéridon ovale au centre, avec sa nappe de velours sombre, couverte des derniers numéros d'ABC ou du Correo Gallego où ma mère suivait jour après jour les faits d'armes et les aventures dans lesquels nous nous voyions engagés, Ramón et moi ; un divan, une image du Sacré-Cœur, pathétique mais exalté par la profonde piété de ma mère, un coin bibliothèque où travaillait la *couturière lorsqu'elle venait une fois par semaine à la maison, et surtout la présence de ma mère, rassurante, souriante, bienveillante. Regarde tout droit les gens et les choses, Paquito, tu as des yeux qui intimident.* Du grenier nous parvenaient parfois les pleurs de Ramón, quand Pilar lui avait joué quelque mauvais tour, et lorsque nous arrivions, ma mère et moi, il fallait mettre de l'ordre dans ce débarras, car ils avaient sorti les uniformes de parade endormis dans les malles, déroulé de vieux tapis momifiés par la poussière, sorti d'antiques et pauvres colliers de perles multicolores pour se déguiser en Dieu sait quelles chimères, essayant d'imiter les modèles trouvés sur des gravures de mode qui sentaient le moisi. Des années plus tard, à une époque antérieure à notre Croisade de libération, quelqu'un vint me raconter que l'on avait vu Ramón, sa femme et des amis affublés d'habits exotiques passer dans l'aurore après une nuit blanche. Je ne m'en suis jamais ouvert à quiconque, mais je me rappelai cette scène dans le grenier de notre maison d'El Ferrol, les yeux verts de Ramón, pleins de triomphe parce qu'ils avaient réveillé l'âme endormie de la demeure et nous avaient obligés à nous intéresser à ses espiègleries. La maison a beaucoup changé depuis, sous la houlette de ma femme qui a pu transformer cette habitation de la classe moyenne en une petite villa, reflet non de mon statut particulier mais de la relation entre ce statut et celui de l'Espagne. Carmen en a toujours été persuadée, depuis le début de mon ascension : « L'apparence est tout ce que nous pouvons voir, Paco », et elle n'avait pas besoin de me le rappeler parce que j'ai toujours réussi à être net et élégant dans la mesure de mes moyens, qui ne furent jamais importants.

Le jugement que porte votre sœur Pilar sur cette réforme domestique dans *Nous, les Franco* n'est pas aussi approbateur : « Le Caudillo racheta cette maison à la mort de ma mère. Ma belle-sœur Carmen y entreprit de grandes transformations, ce qui est fort dommage car elle a effacé tout souvenir de la demeure de notre enfance. Oui, c'est très dommage parce qu'elle avait son charme, qu'il aurait fallu conserver en signe de respect pour ce qui fut le premier foyer du Caudillo. Je crois qu'il aurait été très intéressant pour les futures générations de voir la véritable maison dans laquelle le Généralissime passa ses premières années. De même, ne serait-il pas digne d'intérêt de visiter aujourd'hui la maison natale de Napoléon, aussi modeste eût-elle été ? Habituellement, de telles bévues sont le fait de ceux qui n'éprouvent aucun respect envers l'Histoire. Que ce soit l'épouse de mon frère qui ait agi ainsi ne manque pas d'étonner. Cela prouve combien ses manières à lui étaient simples, et le peu d'importance qu'il se donnait. Mais cela n'en reste pas moins triste. »

C'est la providence – d'autres disent le hasard – qui nous fait naître de parents déterminés, dans un lieu déterminé, et dans un contexte social, économique et culturel qui demeure hors de notre contrôle. L'important est d'avoir pleinement conscience de ses origines pour trouver la racine de son identité. A quel point la particularité historique et géographique d'El Ferrol rendit-elle ma vie différente, et différente aussi l'histoire de l'Espagne contemporaine que la providence, dans une large mesure, plaça entre mes mains ? Dans des actes manuscrits du XIᵉ siècle conservés aux Archives générales de Galice, on trouve déjà le nom de Ferrol, ville qui depuis 1858 peut revendiquer le titre de cité par concession royale, mais sa valeur intrinsèque tient à sa condition d'excellent port naturel, fait déjà avéré au XVIᵉ siècle et qui le fut plus encore aux XVIIIᵉ et XIXᵉ, quand l'Espagne résistait à l'agonie impériale sur toutes les mers face aux escadres modernes de France et d'Angleterre, quand El Ferrol fut à la fois le refuge et la plate-forme essentiels de la résistance navale de l'empire. Le 25 août 1800, l'escadre de la perfide Albion attaqua le port mais ne put le soumettre malgré la puissance de ses effectifs. Par un heureux hasard, une escadre espagnole bien moins nombreuse, commandée par l'amiral Juan Joaquín de Moreno, y relâchait. Mais, comme toujours, la négligence des politiciens avait laissé la place fort mal préparée pour résister, et encore moins pour vaincre : le port et les fortins manquaient de soldats, à terre pas un seul canon n'était prêt, et les réserves de vivres ne couvraient que la consommation courante, mais, comme toujours aussi, l'improvisation et le courage ainsi que les dieux celto-ibériques vinrent à notre secours, et cinq cents, je dis

34

bien cinq cents soldats espagnols réussirent à contenir l'offensive de quatre mille Anglais, alors que dans la place et aux alentours s'enrôlaient jusqu'à deux mille combattants qui se lancèrent au combat en donnant des preuves d'immense courage, si bien que les Anglais hésitèrent, redoutèrent des pertes trop élevées s'ils s'obstinaient à vouloir prendre le port, et repartirent par où ils étaient arrivés en espérant que Vigo ferait une proie plus facile. Les Anglais revinrent en 1804, et nous imposèrent un blocus qui ne fut levé qu'en 1805, au prix de nombreuses batailles navales qui nous donnèrent la victoire à nous et à nos alliés français.

Trafalgar. Le 2 mai. La guerre d'Indépendance. La perte progressive des colonies. Les luttes fratricides entre libéraux et absolutistes tout au long du XIXe siècle, la conjonction de la conspiration franc-maçonne anti-espagnole et de l'apparition des idées destructrices, l'ouvriérisme et la lutte des classes... Et cependant El Ferrol demeurait fidèle à lui-même et à son destin, un destin à la mesure de ses impératifs stratégiques, cité repliée sur elle-même, se contentant de quelques rues et de quelques familles d'élite au service de la Marine, avec en plus une population auxiliaire d'ouvriers des chantiers navals, de commerçants ou de petits artisans qui n'étaient pour rien dans le caractère de cette ville dominée par l'impressionnante carrure de ses arsenaux. La vie sociale y était aussi intense que compartimentée. Le monde des officiers de marine était le plus fermé, même les officiers techniques n'y avaient pas accès. Ensuite venait la société civile, consciente de son état subalterne et l'acceptant sans rechigner, même si elle cherchait à jouer un rôle dans la cité en animant des centres associatifs et récréatifs comme le casino d'El Ferrol ou le Cercle de l'artisanat, en organisant des manifestations privées et publiques, certaines aussi louables que la Cabalgata de la Caridad, destinée à recueillir de l'argent et des jouets pour les enfants pauvres, d'autres moins recommandables ou franchement insupportables comme les carnavals, fêtes de nature païenne, absurdes, qui se transformaient en tumultes dominés par les masques les plus vulgaires, se croyant tout permis derrière l'impunité que leur conférait le déguisement. A ces moments, il fallait particulièrement éviter la rue Real, et ma mère nous conseillait de rester loin de cette pagaille, profitant de l'occasion pour nous mettre en garde contre les dangers d'une fête basée sur la dissimulation du visage, qui était, qui est le miroir de l'âme. Mes frères et moi n'en avons pas été pour autant rebutés par la vie des rues, car un enfant est un enfant et en dépit des conseils isolationnistes de ma mère j'ai participé à de fameuses batailles de cailloux en compagnie de Chalin, Monchito et Vierna contre la bande du port, un ramassis de galopins loqueteux commandés par El Piojo, « Le Pou ». Je ne pourrais expliquer le sobriquet mais je me rappelle combien il était brutal malgré son jeune âge, de cette brutalité qu'ont coutume de manifester les classes économiquement faibles pour exprimer une rage explicable mais insensée. Pour le reste, mes jeux étaient ceux d'un enfant de l'époque, et variaient selon les saisons. Nous avions l'habitude de jouer sur la place près de chez nous, ou sur la promenade devant la maison de mes grands-parents et de mes cousins. Lorsque nous avions plus de temps, nous allions jusqu'au paseo de Suances. Les jours de fête, nous partions en excursion aux environs de la ville, dans les villages au bord de la ria, ou bien nous montions avec ma mère, jamais avec mon père, jusqu'à l'ermitage du Chamorro, à l'ouest d'El Ferrol au flanc du pic du Douro, là où se rendaient à genoux de nombreux fidèles et où tant de fois ma mère alla prier la Vierge pour le salut de ses fils en danger. A chacun de mes retours au pays après mon premier séjour en Afrique, j'accompagnais ma mère qui voulait ainsi tenir ses promesses et remercier la Sainte Mère de la bonne étoile sous laquelle elle m'avait placé. Je ne voudrais pas donner de ma mère la fausse image d'une bigote, au contraire : sa foi sincère ne la tenait pas loin du monde et, moins informée mais parfois plus sage que mon père, elle savait comprendre et juger les événements politiques et sociaux dont nous étions témoins. Ainsi, elle opposait au mal-être des travailleurs la charité lumineuse de l'éducation qu'elle leur dispensait lors de cours du soir patronnés par l'Église, et aux malheurs de l'Espagne que je lui dépeignais si souvent elle opposait des appels à la patience comme « A quelque chose malheur est bon », ou « Garde confiance, Paquito, ce qui est aujourd'hui l'enclume sera demain le marteau ». Deux affirmations qui m'ont dispensé leur lumière *toute ma vie : ce qui peut paraître un malheur, un dommage, un contretemps, ne nous oblige-t-il pas à faire mieux ? Et il est bien vrai qu'à force de servir d'enclume nous nous rebellons jusqu'à nous transformer en marteau.*

Dire que la société de l'El Ferrol de mon enfance était fermée peut faire l'effet d'un lieu commun, jeter les bases d'un préjugé. Les officiers de pont de l'Armada en formaient naturellement la classe supérieure, dont l'hégémonie, incontestable, ne pouvait être partagée ni avec le commandement d'un autre corps d'armée ni bien entendu avec les couches subalternes de la Marine. Une sensibilité de votre époque, dont l'égalitarisme frise parfois l'irrationnel, trouvera peut-être monstrueux qu'en ce temps-là les enfants des familles de la Marine n'aient pu jouer avec des enfants de civils sans susciter la réprobation, à moins que ces derniers n'aient appartenu aux plus hauts niveaux du tiers état. Mais c'était là une façon de protéger l'esprit de corps, l'âme d'une cité en alerte, d'une vigile face à la mer hostile aux destinées de l'Espagne, et puis à quelque chose malheur est bon. Tout petit encore, j'ai compris la signification profonde de tels préjugés : « Avec Mercéditas on ne joue pas à chat perché parce que son père est quincaillier », préventions que ma sœur Pilar finit par ressentir dans sa propre chair, parce qu'elle épousa un ingénieur des Ponts et Chaussées et non un marin, Pilar qui prenait toujours le contre-pied, Pilar la rebelle qui ne voulut pas suivre la consigne de toutes les jeunes filles de bonne famille d'El Ferrol, qui n'étaient pas des pichoneras : « pêcher un beau sous-lieutenant de vaisseau ». De mon temps – je ne sais ce qu'il en est aujourd'hui –, on appelait pichoneras, « poulettes », les filles issues de familles appartenant aux corps subalternes de l'Armada, d'industriels ou de commerçants.

En évoquant l'El Ferrol de son enfance, à peu près inchangé depuis l'époque où vous et vos frères étiez adolescents, votre nièce Pilar Jaraiz*, une socialiste, se montre moins étriquée que vous lorsqu'il s'agit de juger l'ambiance morale et culturelle de cette société : « Les années passant, ces souvenirs me reviennent à l'esprit et je me demande : " Comment, dans un tel climat, ne sommes-nous pas tous devenus idiots ? " A l'époque, j'ignorais ce que signifiaient certains mots, des mots magnifiques comme liberté, égalité, je n'avais pas idée de ce qu'était la recherche d'un idéal commun à toute l'humanité, le respect de valeurs humanistes sans lesquelles il n'est pas de dignité. Tout cela, je l'ai appris avec le temps, au prix d'une réputation d'idéaliste et d'utopiste à moitié cinglée dont je suis fière et que j'accepte de tout mon cœur. »

Je suis donc né de souche à la fois marine et militaire, au service de l'Espagne et de son bien commun, tant du côté paternel que maternel, et dès ma prime enfance j'ai hérité d'un mandat social préexistant à ma propre destinée, inspiré par la conduite et le rôle de mes aînés au sein d'une cité taillée à leur mesure. Un lignage sans tache, que je devais mériter et perpétuer pour mes descendants, et si possible exalter par mes propres actions. Mais une glorieuse ascendance n'a rien à voir avec le niveau de vie, et je suis reconnaissant, aussi bien à mon père qu'à ma mère, de n'avoir jamais été dispendieux et de s'être montrés avec nous à la fois généreux et austères. Je me souviens par exemple des cadeaux des Rois mages, modestes et raisonnables : des poupées pour Pilar et des armes pour nous trois, mais Pilar n'était jamais d'accord, elle disait que nous la rouions de coups d'épée alors qu'elle ne pouvait se défendre avec ses poupées. Pilar était du genre à prendre les armes, et des fois j'aimais lui causer des frayeurs en lui jouant des tours pour la désarçonner, justement elle, si difficile à désarçonner. Un jour, pendant que nous jouions à la maison, nous nous hissâmes en haut d'une grande armoire et quelqu'un me poussa, affirmant plus tard qu'il ne l'avait pas fait exprès. Je tombai tête la première sur le sol et eus très mal, mais je fis semblant de m'évanouir pour voir comment les autres réagiraient. Nicolás ne pouvait que répéter : « Mais quoi ? Comment c'est arrivé ? », Ramón profita de mon inconscience pour m'agonir d'injures, et Pilar, après s'être lamentée comme une pleureuse, alla chercher un seau d'eau glacée qu'elle me versa dessus. Cela suffit à me ressusciter, mais je surmontai le choc et attendis encore quelques minutes avant de me lever et de claironner : « Je ne suis pas mort, et vous, vous êtes des ânes. »

Nous allions pêcher à La Graña dans un canot à rames que nous louions, toujours accompagnés par une domestique, et si nous arrivions à attraper un poisson nous rentrions à la maison pleins d'un enthousiasme que je n'ai plus jamais éprouvé malgré les grosses prises que j'ai pu faire en ces vingt-cinq dernières années de pêche et de chasse assidues. Avec mon père, nous partions en longues, interminables promenades dont il profitait pour nous enseigner l'histoire, la géographie, la botanique, la minéralogie, car c'était un homme cultivé et très instruit. J'ai déjà dit qu'avec ma mère nos excursions nous menaient surtout à l'ermitage du Chamorro, dont la Vierge suscitait sa particulière dévotion, surtout lorsque Ramón et moi entreprîmes la carrière des armes et que ma mère lui adressait ses prières pour que nous demeurions en vie. La légende dit que l'image de la Vierge apparut un jour quand on fendit une pierre, qui a été conservée et que le peuple vénère au point de monter à son sanctuaire à genoux, par un chemin de croix des plus agrestes. Le temps a passé, ma mère était morte et j'étais devenu le chef de l'État quand j'ai ordonné d'y construire une route également jalonnée en chemin de croix. Presque toutes les visites à El Ferrol postérieures au décès de ma mère n'ont eu pour moi d'autre but que d'évoquer le souvenir de la maison qui avait été la nôtre et de me rendre à l'ermitage de la Vierge du Chamorro.

Ma sœur Pilar ne manque pas une occasion de dire en public qu'elle a toujours pensé que Nicolás était le plus intelligent d'entre nous, Ramón le plus intéressant, et moi un garçon normal, un peu plus astucieux et réfléchi que la moyenne, mais normal. Je sais que Carmen n'apprécie pas ces remarques, mais elles éclairent une partie de ma vie et m'amènent à me demander à quel moment précis la personnalité d'un homme se définit. J'étais plus contemplatif que timide, attentif plutôt que silencieux, et il est faux que mes compagnons de jeux m'aient appelé en raison de mon aspect chétif Cerillita, Mauviette, ainsi que le prétend de temps à autre Pilar. Elle a tout simplement oublié qu'à El Ferrol il était normal que les bandes de galopins loqueteux accusent les autres d'être des cerillitas, motif plus que suffisant pour provoquer des batailles à coups de pierres dont je me suis toujours tiré sans dommage grâce à ma très grande agilité naturelle, accentuée en ces années-là par ma faible corpulence. Nicolás manifesta depuis son plus jeune âge une étonnante habileté à se tirer des situations les plus difficiles, et une facilité non moins étonnante à se gagner la sympathie de tout le monde, sauf de mon père qui se montra toujours sévère avec lui, sans toutefois en venir aux extrémités que racontent certains historiens au cerveau enfiévré.

Des historiens au cerveau aussi peu enfiévré que Hill ou Ramón Garriga attribuent à monsieur votre père une particulière dureté envers vous mais surtout envers Nicolás, l'aîné, qui fut ainsi obligé de rester puni toute une journée sous le divan où il avait couru chercher refuge contre l'ire paternelle provoquée par de mauvaises notes. La tradition orale d'El Ferrol a conservé l'image d'un don Nicolás fêtard, buveur et enjoué quand il se trouvait hors de chez lui, mais qui se transformait en Jupiter tonnant dès qu'il franchissait le seuil de la maison familiale de la rue de la María. D'une taille élevée pour son temps, les hanches larges mais les épaules étroites, un corps de baril, doté d'une voix de stentor et d'arguments irréfutables, votre père fut votre premier ennemi intérieur.

Malgré la sévérité dont il était l'objet, Nicolás se montra toujours très conciliant avec notre père, peut-être parce que son comportement demandait une compréhension particulière. Entré à l'École navale, il fit pourtant des études d'ingénieur car, comme il aimait le dire, « je ne suis pas du bois dont on fait les héros, comme Paco ou Ramón, et puis on vit mieux dans la marine marchande que dans la marine de guerre ». Il ne se trompa pas dans son choix, et il obtint son premier emploi à la Compañía Transmediterránea qui appartenait à l'homme d'affaires Juan March*, contact qui devait jouer un rôle fondamental pour son avenir et pour l'histoire de l'Espagne. Il vécut à Valence pendant quatorze ans, et parvint très jeune à la tête de l'Union maritime du Levant, manifestant ainsi une précocité propre à tous les Franco. Il était exubérant sans aller jusqu'à l'excentricité de Ramón, créatif, ingénieux, généreux de son temps, de son argent, et du temps et de l'argent des autres. Alors que ma carrière militaire croisa fréquemment celle de Ramón,

mes rencontres avec Nicolás se limitaient aux vacances d'été à
Pontedeume, au temps où ma mère était encore de ce monde, et
il était le plus drôle de tous : par son bavardage et ses jeux, à lui
seul il donnait un sens aux journées parfois ennuyeuses d'un été
passé à ne rien faire. Il avait comme personne le sens du loisir. Il
me raconta que les propriétaires de sa compagnie l'avaient
rappelé à l'ordre parce qu'il arrivait au bureau à midi et demi et
en repartait à une heure : « Je ne comprends pas ce que cela peut
leur faire. Ils m'ont confié une entreprise qui n'était que chaos et
banqueroute, et je l'ai réorganisée de telle manière que je
m'enorgueillis aujourd'hui de ce que les arsenaux marchent au
mieux et tournent bien grâce à la nouvelle orientation qui a été
prise. Ils devraient pourtant comprendre que j'ai été comme
l'horloger qui, après avoir assemblé la montre et obtenu qu'elle
donne rigoureusement l'heure et la minute, n'a plus d'autre
fonction que de la remonter et de contrôler qu'elle fonctionne
bien. Comprenez que je suis l'horloger de ces arsenaux, et soyez
assurés que je consacre à ma tâche bien assez de temps pour
vérifier que tout marche normalement. » Ensuite, il se mêla de
politique en compagnie de Lerroux*, l'un de ceux qui fécondè-
rent l'œuf de serpent de la IIᵉ République. Lorsque se produisit
le soulèvement, Nicolás flaira ce qui allait se passer et prit ses
distances avec Madrid tombé aux mains des Rouges, pour venir
à mes côtés et m'aider dans l'apprentissage de mes responsabilités de Caudillo. Puis, quand émergea mon beau-frère Serrano
Suñer*, il sut prendre du champ sans claquer la porte et accepta
le poste d'ambassadeur à Lisbonne, où il me servit d'homme de
liaison avec le gouvernement portugais allié et avec le prétendant au trône don Juan de Bourbon*. De temps à autre me
parvenaient des informations sur sa vie dissolue et ses opérations
contestables dans son travail, mais je me souvenais alors de sa
parabole de l'horloger et je répondais, sans doute de manière
sibylline pour les autres : « Pourvu qu'il remonte la montre et
veille à ce qu'elle marche bien... »

Pilar... Pilar. Que dire de ma sœur Pilar ? Elle a toujours eu
beaucoup de caractère, et aurait fait un magnifique militaire si
cela avait été possible, ou peut-être, mieux encore, un magnifique colonel de la Garde civile. Bien que plus jeune que moi,

c'était elle qui habituellement nous soumettait à son arbitraire, et non le contraire. Un jour qu'elle m'avait traité de cerillita et que, âgé de sept ans à peine mais déjà très réfléchi, j'essayais de lui faire entendre l'absurdité de son accusation, elle me proposa : « Si tu te laisses marquer le bras au fer rouge, je ne t'appellerai plus jamais Cerillita. » Ce surnom m'exaspérait tellement – et je répète qu'il était très courant parmi certaine racaille d'El Ferrol – que je me prêtai à l'épreuve et Pilar, du haut de ses cinq années, enleva une épingle de ses cheveux, la fit chauffer jusqu'au rouge vif dans les braises du foyer, et l'appuya sur mon bras. Je regardai la brûlure attaquer ma peau, puis je relevai les yeux pour les fixer dans les siens. Mon regard ne l'impressionna pas, au contraire, elle semblait satisfaite, morbidement satisfaite par l'expérience, et alors, sans retirer mon bras, je remarquai avec dédain : « Quelle odeur de chair brûlée ! » Et elle enleva l'épingle. Elle en fut très fâchée, et continua à m'appeler Cerillita jusqu'à mon entrée à l'Académie militaire de Tolède. Mon père lui passait tout, et ma mère se montrait impuissante devant son effronterie, et sa spontanéité. Quand elle exigeait de mon père qu'il lui réserve un peu de la sévérité dont il faisait preuve avec moi ou Nicolás, il haussait les épaules, regardait Pilar comme si elle lui était étrangère, et disait d'un ton sentencieux : « C'est une femme. Débrouillez-vous entre vous. » Par la suite, quand ma mère demeura seule avec Pilar et Ramón, elle sua sang et eau pour la ramener à la raison, mais ne fut soulagée que lorsqu'elle épousa Jaraiz en 1915. Ce n'était ni un marin ni même un militaire, mais un ingénieur, certes très consciencieux, et un carliste acharné[1]. Le pauvre Jaraiz mourut peu après la guerre, laissant Pilar et de nombreux enfants dont une fille, nommée Pilar elle aussi, Pilar Jaraiz qui donnait de la bande sur la gauche malgré un séjour de deux années dans les prisons rouges, dont je la tirai au prix d'un marchandage imposé par ma sœur : « Ou bien tu sors mes enfants des griffes des Rouges, ou bien je passe la ligne et je rallie l'autre camp pour les protéger. »

---

1. Mouvement absolutiste clérical qui, du temps de Ferdinand VII, revendiqua pour héritier du trône don Carlos María Isidro, comte de Molina, initiateur de la branche dite carliste des Bourbons. [N.d.T.]

Dans les années trente, lors de mes séjours à Madrid où tantôt j'avais une affectation et tantôt j'en attendais une, il nous arriva, Carmen et moi, de vivre sous le même toit que Pilar, son mari, et leur abondante nichée. Carmen était contrariée par l'aplomb exagéré que ma sœur Pilar montrait à mon égard, et de l'usage abusif qu'elle faisait de l'épaule de porc aux feuilles de navet, qui d'après elle était mon plat préféré et que, depuis ma mère, personne ne réussissait aussi bien. Le soulèvement la surprit à Pontedeume, et lorsqu'elle me revit, désormais Caudillo, à Salamanque, elle me fit une scène en me reprochant de ne pas avoir averti la famille de ce qui se préparait. Mais enfin, tentai-je de la raisonner, comment aurais-je pu mettre à l'abri tous les Franco, les Jaraiz, les Puente, les Salgado-Araujo, sans donner l'alerte aux services de renseignements républicains? Elle n'a jamais digéré d'avoir été ainsi abandonnée, mais à Pontedeume elle prit la tête du soulèvement et, fusil de chasse sur l'épaule, se consacra à organiser les réserves de vivres et à contrôler l'approvisionnement, initiation à la gestion domestique qui lui fut du plus grand secours quand elle se retrouva veuve.

« Je travaillai dur : inspections, charpenterie métallique, vis... Mes amis m'avaient désignée, et je retroussai les manches. Évidemment, mon nom plaisait : c'était naturel, logique. Mais ce fut la seule aide que j'obtins du Caudillo. Et je n'en voulais pas plus. Je me rappelle qu'au tout début du soulèvement j'étais à Pontedeume quand un milicien me braqua sur le cou sa carabine. Il prétendait avoir reçu l'ordre de me tuer. Je lui répondis : " Baisse ce canon, il peut partir tout seul et alors nous aurons l'air fin. S'il m'arrive quoi que ce soit, les troupes de mon frère vont arriver et elles ne laisseront pas une pierre l'une sur l'autre. Mais tu ne te rappelles donc pas quand ta femme a eu une hémorragie et qu'elle se vidait de son sang? Qui es-tu alors venu trouver, avec la bénédiction de Dieu? Qui es-tu venu appeler à quatre heures du matin? Tu ne te rappelles pas qu'avec ma voiture je vous ai emmenés à l'hôpital de Santiago, et que, grâce à moi, ils vous ont traités divinement, sans vous demander un centime? Il faut croire que la guerre rend les gens idiots. " Et je suis donc restée, comme on dit, à la tête de

43

Pontedeume. Il y avait une *copla* qui proclamait : " El Ferrol, au Caudillo, Pontedeume à sa sœur ", et cela n'a rien d'étonnant. Pendant les manifestations en hommage aux victoires nationalistes, les gens du village me plaçaient au premier rang, parce que avec mes " *Viva España !* " et mon enthousiasme je donnais du cœur à tous. »

Mariano Sánchez Soler, dans son *Villaverde : grandeur et chute de la maison Franco*, apporte quelques précisions sur la remarquable vitalité de doña Pilar Franco, veuve Jaraiz : « Entre l'Espagne du marché noir et celle de la relance économique des années soixante, doña Pilar réussit à acheter une résidence évaluée à douze millions de pesetas, un appartement à chacun de ses nombreux enfants, une petite propriété agricole à La Coruña, et " quelques titres " en valeurs boursières. Un vrai miracle, pour une retraitée qui touchait trente-huit douros par mois. » « Ma mère, écrit la fille socialiste de Pilar Franco, s'effondre quand elle perd un proche. Elle, si volontaire dans la vie, perd tout courage devant la mort et alors tout le monde doit s'occuper d'elle. La disparition de mon père ne fut pas une exception, ce qui est bien compréhensible en raison de la soudaineté de ce coup et de la relative jeunesse de celui-ci, cinquante-quatre ans... Ma mère s'en tira bien et put gagner quelque argent, mais ces sommes, outre qu'elles ne me regardent pas, n'ont rien à voir avec ce qu'on lui attribue. Au contraire, je pense que durant des années certains ont profité de sa bonne foi et l'ont copieusement trompée. De plus, il y a eu des racontars auxquels elle-même a fini par croire, comme cette histoire d'appartement qu'elle aurait offert à chacun d'entre nous. C'est inexact, et plus de la moitié de ses enfants, dont je fais partie, n'ont reçu aucune aide financière, que par ailleurs elle n'était pas tenue de nous apporter, et dont nous n'avions pas besoin. »

Au fond, Nicolás sut toujours éviter les complications, et il avait l'habitude d'affirmer : « Deux héros dans la famille, cela suffit. » Moi, je ne les recherchais pas, mais quand elles se produisaient j'y faisais front et ne perdais pas la face. Ramón, en revanche, les attirait comme un paratonnerre attire la foudre.

Enfant, il était aussi remuant que Pilar, mais ce qui chez ma sœur était l'expression d'une force psychologique irrépressible devenait chez Ramón pur exercice de funambulisme. Il aimait se promener sur des filins tendus au-dessus du vide et nous contempler de là-haut en souriant, comme s'il prouvait ainsi sa supériorité. Mon séjour à l'Académie militaire de Tolède nous sépara et quand je revins à El Ferrol en 1910 pour prendre en charge le régiment numéro 8 de Zamorra je le retrouvai, alors qu'il se préparait lui aussi à rejoindre l'institution tolédane. J'avais dix-huit ans, Ramón quatorze, mais si nous étions de taille égale ma minceur, que je conservai jusqu'à mon mariage, et sa constitution plutôt robuste nous faisaient paraître le même âge, quand bien même je m'étais laissé pousser la moustache. Je désirais que ma vie bien ordonnée, disciplinée, dominée par les valeurs transmises par notre sainte mère, lui serve d'exemple, mais son esprit farceur ne connaissait pas de limites, même à quinze ans. Cela ne signifie pas qu'il ait été étranger aux vertus militaires, puisque une fois à l'Académie il fut le 37ᵉ de sa promotion sur un total de 413 cadets, résultat doublement méritant étant donné les nombreuses mises aux arrêts qui lui furent infligées en raison de sa conduite tapageuse, voire indisciplinée. Lui aussi quitta l'Académie en criant : « L'avancement ou la mort ! », et il rechercha dans la campagne d'Afrique l'espoir de l'un et le risque de l'autre. Il était sorti de l'Académie en 1914 et, un an plus tard, il se trouvait dans les troupes régulières, où il fit preuve d'un héroïsme téméraire qui lui valut le surnom de « Chacal ». La vie est ainsi faite que, pour de nombreux compagnons d'armes, je fus jusqu'en 1936 « Franquito », le petit Franco, et mon frère, qui avait à peine vingt ans, « Le Chacal ». En Afrique, nos chemins se croisèrent parfois et je me rappelle le jour où il m'annonça qu'il envisageait de changer d'arme et de rejoindre... l'aviation. Capitaine d'infanterie, Ramón suivit un cours d'aviation en 1920, et dès le début de l'année suivante les journaux parlèrent de lui, quand il gagna un prix pour avoir atteint une altitude de 5 895 mètres en aéroplane. Par la suite, il se couvrit de gloire dans le ciel du Maroc contre l'ennemi : 82 heures de vol, 54 missions de bombardement et 10 de reconnaissance durant le dernier semestre de 1921. En-

semble, nous avons participé au débarquement d'Al-Hoceima en 1925, moi sur terre, lui dans les airs, moi lieutenant-colonel, lui capitaine, car il n'avait pas été blessé en action, ce qui ralentissait son avancement, par ailleurs moins rapide dans l'aviation. C'est peut-être pourquoi il se consacra aux vols expérimentaux à la fin de la guerre du Maroc, et réussit l'exploit de traverser l'Atlantique en 1926 avec le Plus Ultra, traversée qui figure dans les annales de l'aviation universelle et qu'il réalisa en compagnie du brave Ruiz de Alda, martyr de notre Croisade, du capitaine Durán et du mécanicien Rada, un homme courageux mais politiquement funeste, pour une bonne part le propagateur des idées gauchistes qui firent de mon frère un rebelle de 1927 à 1936, avant qu'il ne revienne dans le droit chemin et ne rejoigne les troupes de l'Espagne authentique.

Les exploits de Ramón sur le Plus Ultra, et d'autres voyages qui ne se terminèrent pas aussi bien, m'emplissaient d'orgueil, même si des langues ennemies faisaient courir le bruit calomniateur que j'étais vexé d'être moins connu que Ramón et d'être souvent appelé « le frère de l'aviateur ». En 1927, on lui éleva un monument à El Ferrol, une plaque portant nos deux noms fut apposée sur notre maison natale, et la joie de ma mère n'eut d'égal que tous les pleurs qu'elle avait versés en pensant aux dangers que nous courions, Ramón et moi. J'avais appris qu'il s'adonnait à la roulette et à d'autres jeux de hasard que j'interdis dès que j'occupai la magistrature suprême, des précédents familiaux m'ayant prévenu contre cette passion malsaine. Et c'est en jouant au Casino de Saint-Sébastien que Ramón rencontra celle qui allait devenir sa « première épouse » : je dédaignerai la nuance soupçonneuse que donnent les guillemets, mais il est notoirement connu qu'il se maria sous l'emprise de la boisson avec une artiste de casino, Carmen Díaz, ce qui lui ferma les portes du palais et fendit le cœur de ma mère d'un nouveau coup de poignard, encore une plaie dans ce cœur de Mater Dolorosa.

Dans les témoignages des Franco, surtout les vôtres et ceux de Pilar, j'ai relevé une attitude assez pincée à l'égard des beaux-frères et des belles-sœurs, comme s'ils n'avaient jamais pu être à votre hauteur. Victimes de choix de ce dédain génétique, un tantinet tribal et minifundiste, et ici je m'adresse à vous quasiment de Galicien à Galicien, Général, les deux femmes qu'épousa Ramón Franco auraient été à la fois la cause et la conséquence de sa folie croissante. Mais la présentation que vous faites de sa première épouse, Carmen Díaz, ne correspond en rien à celle qu'elle-même en fit dans *Ma vie avec Ramón Franco*, mémoires dictés à José Antonio Silva, ou réécrits par lui. Non, elle n'était pas une entraîneuse de casino accrochée aux basques de ce jeune officier qui était alors un petit héros de la guerre d'Afrique. Elle avait dix-neuf ans quand elle connut Ramón et venait de passer son baccalauréat après être sortie du collège parisien du Sacré-Cœur, car son père travaillait en France comme ingénieur chez Renault. Elle fit sa connaissance à Madrid : « Il n'était pas grand, un mètre soixante à peine, il avait un peu de ventre et commençait à perdre ses cheveux frisés, mais je ne vis rien de tout cela : je ne vis que ses yeux. Pas même son uniforme orné des insignes d'aviateur et de la barrette de la Médaille militaire. » Carmen Díaz sut comprendre toute la rage occulte et la généreuse vitalité qui bouillonnaient dans ce fou toujours prêt à extérioriser ce que vous, Général, avez à jamais gardé en vous. « Il vous regardait tout droit, comme pour vous transpercer, de ses yeux verts très beaux et très arrogants, mais qui cachaient quelque chose. Je ne le découvris que plus tard : ils dissimulaient ses peurs, ses traumatismes, ses complexes, ses rancœurs d'enfant à qui les autres gamins disaient qu'il n'avait pas de père, sa haine de la société mesquine et cancanière d'El Ferrol, sa fierté et son angoisse d'être tel qu'il était. » Ce fut cette femme qui sut le mieux deviner votre frère : « Il vivait en permanence avec l'idée de contredire tout le monde. »

Non seulement il blessa ma mère et se ferma les portes du palais, mais il brisa aussi sa carrière puisqu'il ne demanda pas l'autorisation de se marier ainsi que sa condition de militaire l'y obligeait. Je ne veux plus dissimuler ce mariage scandaleux et cette vie dissipée car il y eut ensuite la rédemption, cet acte de contrition suprême qu'est la mort pour un idéal chrétien. On ne peut pas être foncièrement mauvais quand on est prêt à risquer sa vie, mais Ramón digéra mal son exploit du Plus Ultra, et pas une de ses fêtes, avec sa dame, ne se termina sans bagarre, surtout quand un homosexuel passait par là : Ramón ne pouvait supporter les homosexuels, et au lieu de leur réserver la compassion que mérite celui qui observe une conduite antinaturelle, parfois dictée par des instincts maladifs innés, il les agressait avec une folle violence. Je lui avais dit à maintes reprises que les homosexuels sont capables de se montrer des plus héroïques comme des plus couards, conclusion à laquelle j'étais parvenu en les voyant agir dans les troupes régulières ou dans la Légion. Mais ce que l'on pouvait dire à Ramón, à ce Ramón enivré par le succès, ne servait à rien. Et ce fut cette véritable obsession du succès qui le conduisit à la tentative insensée de réaliser le premier tour du monde aérien, entreprise qui se termina par un naufrage au large des Açores et qui faillit lui coûter la vie, à lui et à González Gallarza qui devait m'être d'une telle utilité pendant la Croisade. « Toi, Paco, tu ne sais pas ce qu'est la vie. » « Mais toi, la vie, tu la vis ou tu la gâches ? » Ramón croyait que gâcher sa vie était la meilleure façon de la goûter, et il faisait un étalage compulsif de sa vitalité face à cette vie médiocre et ascétique qu'il jugeait être la mienne. L'alcool par exemple, auquel il s'adonnait tant, eh bien il ne savait ni le supporter en quantité ni en déguster la qualité. Alors que j'étais basé à Tétouan, un soir Carmen invita Ramón à dîner. Au moment du café, ma femme découvrit avec horreur qu'il ne restait plus qu'un fond de bouteille de cognac français, et me prit à part pour me demander comment sortir de ce mauvais pas. Près de cette bouteille s'en trouvait une de cognac espagnol, presque pleine, que je lui proposais de transvaser. Nous servîmes donc du cognac espagnol dans une bouteille de cognac français, et Ramón consacra une bonne partie de la soirée à gloser sur la supériorité du cognac français sur l'espagnol. Il but la moitié de la bouteille, puis se permit encore de remarquer : « Mais que fait une bouteille de cognac français dans une maison pareille ? » Carmen prenait mal ces petites piques. Moi, je me contentai de répondre : « Attendre d'être savourée par des palais aussi raffinés que le tien. »

Enfants de la même mère et du même père, et cependant, que

de différences entre nous ! La volonté de Dieu, sans doute, mais les sciences modernes soulignent l'existence de gènes qui conditionnent le caractère, et en analysant la normalité établie du mien par rapport à celui des autres membres de la famille, je me pose la question : où commence l'exception, où se termine la règle ? Non que j'aie été un homme trop prudent, incapable de se rebeller, et je l'ai prouvé en m'affrontant à des instances bien supérieures qui ne comprenaient pas notre mission en Afrique, ou lorsque je me suis soulevé au nom de l'Espagne contre cette République de Rouges et de francs-maçons. Mais ma conduite ne fut jamais excentrique, bien au contraire : elle résultait de la plus stricte rationalité et d'un calcul à la fois éthique et stratégique, Dieu m'ayant doté de la capacité à distinguer le bien du mal. La religion nous enseigne que l'être humain est un animal doué de raison et je ne le conteste pas, mais depuis toujours j'ai été surpris par la conduite des excentriques, qui sans aller jusqu'à la folie, c'est-à-dire à la perte de la rationalité, font de l'extravagance le trait essentiel de leur personnalité. Dans ma famille, mon frère Ramón fut un excentrique toute sa vie même s'il sut mourir comme un almogávar, un défenseur de l'Espagne impériale, et j'associe à son image celle de ma tante Gilda, la sœur de mon père, vieille fille affectueuse et imprévisible, qui ne pouvait s'empêcher de commettre de petits larcins, de pommes de terre par exemple, qu'elle emportait de chez nous même quand Nicolás et moi lui glissions des messages pliés entre les tubercules : « Tante Gilda, on sait que c'est toi », « Tante Gilda, on va te dénoncer à l'infanterie de marine ».

Quant à ma mère, mes biographes ont déjà assez évoqué le respect que je lui témoignai dès que je fus en âge de comprendre sa grandeur d'âme. Même ces misérables biographes qui ont tenté de falsifier le sens de mon existence, parce que finalement ils voulaient falsifier celui de l'Espagne, n'ont pu éviter de reconnaître la grandeur de cette femme d'exception. Elle avait des traits fins, une ossature délicate et harmonieuse qui donnait à son visage les ombres et les lumières d'une beauté hors du commun, à la fois lumineuse et triste. Ses yeux, doux en général, pouvaient cependant proclamer soudain la défense de la dignité, jamais offensée car personne ne pouvait offenser cette frêle mais *indestructible forteresse de dignité. Elle n'était ni plus ni moins que cela, une femme d'exception, une mère exceptionnelle idolâtrée par tous ses enfants. Tous me parlent encore d'une femme dotée d'une distinction naturelle très remarquable, toujours vêtue avec austérité mais dont les mouvements gracieux et harmonieux rehaussaient la modestie et la discrétion. De caractère, elle était à la fois douce et énergique, d'une bonté naturelle qui la poussait à se montrer charitable jusqu'à la limite de ses faibles moyens financiers, et ce qu'elle ne pouvait donner matériellement elle l'offrait sur le plan spirituel en apprenant à lire aux ouvriers analphabètes qui venaient à l'école religieuse. Dans une société comme celle d'El Ferrol où les jeunes filles de bonne famille n'étaient censées apprendre que ce qui leur permettrait de trouver un bon mari, son ouverture d'esprit alla jusqu'à laisser ma sœur Pilar préparer un diplôme d'institutrice.*

Sur ce point, Général, vous coïncidez entièrement avec la première épouse de Ramón, Carmen Díaz, et avec le témoignage direct de votre nièce, qui se souvient de sa grand-mère maternelle avec une tendresse inentamée par les quarante-six ans écoulés entre la mort de Pilar Bahamonde (1934) et la date de parution de son *Histoire d'une dissidence* : « Je n'ai pas l'intention de transformer ces souvenirs en panégyrique de ma grand-mère Pilar, tâche qui ne me séduit aucunement. Mais je dois dire que lui rendre visite était pour moi une véritable libération. A ses côtés on ressentait une paix et une confiance qui gagnaient tous ceux qui vivaient dans son entourage, et qui nous apportaient une sorte de répit spirituel. J'étais une petite fille comme les autres, avec ses caprices et ses impertinences, mais jamais elle ne me réprimanda ni ne m'adressa un mot dur. Si d'aventure elle comprenait qu'elle devait me faire une remarque ou me proposer son aide, il lui suffisait d'une observation, d'une suggestion, toujours formulées avec calme et amour ; ce qui aurait pu être une remontrance devenait une conversation, ou un conseil discret. La seule peine que j'aie éprouvée par sa faute a été sa mort, et le vide qu'elle laissa en moi. Pour le reste, je l'ai toujours vue considérer avec indulgence les erreurs des subordonnés, se montrer pleine d'abnégation avec la famille, fidèle aux amis, et manifester une réserve respectueuse devant ceux qu'elle pouvait juger supérieurs à elle par leur charge ou leur rang social. Elle ne fut jamais servile, et l'un de ses traits essentiels fut sa grande dignité, sans rien de l'orgueil déplacé de ceux qui font trop de cérémonie. Quarante-six ans se sont écoulés depuis sa mort, mais elle reste vivante dans ma mémoire comme un de ces êtres que l'on rencontre rarement dans sa vie. Ma grand-mère Pilar était toujours vêtue de noir, on aurait dit que quelque chose de très profond était mort en elle, et qu'elle en portait le deuil éternel. »

Mon père. Voici un élément familial dans lequel certains ont voulu voir le talon d'Achille des Franco, le seul point faible par lequel on pourrait les blesser et les tuer. Vaine prétention. Avant toute chose, mon père fut un marin qui consacra toute sa vie au service de l'Espagne et mourut en 1942 avec le grade d'amiral, après avoir reçu les saints sacrements et avoir été veillé par ses deux fils encore en vie, Nicolás et moi. Il manquait Ramón, qu'il repose en paix, son préféré peut-être, ce que je ne prétends pas nier bien que mes biographes aient parfois souligné cet aspect des choses avec malveillance, mais enfin nous étions là, les Franco, pour le racheter de la part sans doute la plus obscure de lui-même. Mais n'ai-je pas lutté toute ma vie pour sortir l'Espagne de sa part la plus obscure ? Je me souviens de lui comme d'un homme plus sévère envers nous qu'envers lui-même, aussi emporté et provocateur que le fut Ramón, ne se contenant plus quand survenaient des tempêtes familiales qui me heurtaient parce que ma mère en était toujours la première victime. C'est tout ce que je puis dire. Combien de portraits de patriarches domestiques rappellent-ils celui de mon père ? S'il fut un modèle pour moi dans les domaines que je considérais positifs – sa force de travail et son sens exemplaire du service –, en revanche ni sa conduite ni son caractère ne surent m'inspirer. L'autorité ne se manifeste pas en élevant la voix ou en employant la force, mais dans la détermination du regard de celui qui commande. Mon père était un excentrique, comme ma tante Gilda ou comme Ramón, et cela jusque dans ses opinions politiques : fidèle au fond à la monarchie qu'il avait prêté

serment de servir, c'était aussi un libéral, rebelle jusqu'à l'excès,
selon moi une victime de ce climat de libertinage libre-penseur
qui envahit l'Espagne à la faveur de sa crise historique. Les
détracteurs de mon père l'ont traité d'« écervelé » alors qu'il
aurait fallu parler d'excentrique, de personnalité peu disposée à
se soumettre aux règles du qu'en-dira-t-on.

Sa carrière débuta dans le Madrid de 1878, au commencement
de la Restauration, après l'assassinat du général Prim* par la
franc-maçonnerie, au côté de nostalgiques républicains que
n'avait pas convaincus l'effondrement de la Ire République,
gouvernée par des traîtres et des pusillanimes. Il occupa son
premier poste important à Cuba, dont il garda un souvenir
extraordinaire en raison de la douceur du climat et d'une
existence de jeune officier célibataire, mais où il déplora le
désengagement militaire de la métropole.

De retour à El Ferrol, la ville l'insupporta terriblement et il
remua ciel et terre pour obtenir une autre nomination outre-
mer, aux Philippines cette fois, où il se rendit en 1888. J'étais
fasciné par le récit de son voyage : Suez, l'océan Indien, les
détroits, Manille, et enfin Cavite. Cuba et les Philippines, ce qui
restait de l'Empire espagnol de Charles Ier et de Philippe II sur
lequel le soleil ne se couchait jamais, étaient deux témoignages
vivants de l'échec de la politique de la métropole, où ce que
l'anarchie ne détruisait pas pourrissait sous l'effet de l'alcool, des
femmes indigènes et du jeu. Leur statut d'ultimes colonies
attiraient sur elles la convoitise d'aventuriers récemment débar-
qués qui se livraient à un pillage éhonté, trahissant ainsi l'esprit
dans lequel les Rois catholiques, quatre siècles auparavant,
avaient entrepris la christianisation du continent américain. Mon
père remplit fort dignement sa tâche à Cuba puis aux Phi-
lippines, et on a beaucoup exagéré les errements de sa vie
personnelle, le comportement d'un homme célibataire loin de sa
terre natale, peut-être trop extraverti et privé de la crainte
salutaire de Dieu. « Un pays qui peut nommer des fonctionnaires
à l'autre bout de la Terre a encore l'horizon ouvert devant lui »,
dit-il un jour devant nous tandis que, du cap Porriño, il jetait un
regard songeur sur la mer après nous avoir parlé des coutumes
philippines et expliqué que les fameux « châles de Manille »

étaient en fait chinois, transitant seulement par les Philippines
pour être vendus en Espagne. « Quand tu seras jeune fille je
t'offrirai un châle de Manille », promit-il à Pilar, dont la seule
réaction fut de bougonner que des châles de Manille, il y en avait
de toutes les tailles...

Je ne peux que regretter, Général, qu'en raison de la censure
imposée par vos soins sur la vie culturelle espagnole vous n'ayez
pu vous rendre compte que votre père, zélé fonctionnaire en
effet, fut aussi un fêtard et un coureur de jupons qui laissa plus
que des souvenirs au cours de ses frasques coloniales. La revue
Opinion, éditée par le franquiste de renom José Manuel Laria, a
révélé le 26 février 1977 que votre père avait eu un fils à Cavite,
fruit de ses amours trentenaires avec la fille d'un compagnon
d'armes, qui était encore presque une enfant : « Il était célibataire, précisait la revue, mais il n'avait pas précisément la
réputation d'être un puritain. Au contraire, on le tenait pour un
viveur, grand amateur d'aventures amoureuses. L'une d'elles ne
resta pas sans conséquences : il séduisit une jeune Espagnole de
seulement quatorze ans, Concepción, qui se retrouva enceinte
de lui. L'enfant naquit le jour des Saints-Innocents de 1889, et
fut baptisé sous le nom d'Eugenio. Don Nicolás le reconnut peu
avant de quitter définitivement les Philippines pour revenir en
Espagne. Le problème fut en tout cas résolu lorsque la jeune fille
se maria à un autre militaire quelque temps après. Eugenio
s'intégra à la nouvelle famille, s'entendit bien avec ses frères,
tout en conservant le nom de famille de Franco. » On dit
qu'après la perte des Philippines en 1898 Eugenio Franco partit
en Espagne, voulut devenir marin mais n'y parvint pas plus que
vous, trouva un emploi de topographe dans l'administration et
garda le nom de Franco sans pour autant tenter d'établir une
relation quelconque avec vous, surtout à partir de 1939. L'existence supposée de ce frère d'outre-mer a été sommairement
niée par votre sœur Pilar : « Après la mort du Caudillo, une
publication espagnole a prétendu à grand bruit avoir retrouvé un
demi-frère à nous qui aurait vécu à Madrid. Selon cette source,
ce monsieur, dont on reproduisit plusieurs photographies et des
déclarations tapageuses, serait le fils de don Nicolás et d'une

demoiselle, fille de militaire, résidant aux Philippines. Ce monsieur ajoutait qu'il n'avait jamais voulu importuner le Caudillo, ne serait-ce que pour lui signaler son existence. C'est ce que j'ai lu dans cette méprisable revue, mais une fois de plus il s'agit d'un mensonge. Don Nicolás, bon comme il l'était, aurait-il pu négliger un fils ? Mon père était célibataire quand il vécut aux Philippines, c'est incontestable, il gardait de nombreux souvenirs de ces îles et nous en parlait souvent, mais quand il revint sur la Péninsule il rencontra ma mère et l'épousa. Seulement, à la mort du Caudillo, des rumeurs tout à fait loufoques ont commencé à se répandre : des " fiancées ", ou qui se prétendaient telles mais qui ne l'avaient jamais été, des amoureuses qu'il aurait eues à El Ferrol... Dans notre ville natale, il a badiné avec telle ou telle, mais rien de plus. Toutes ces fiancées, de même que ce demi-frère fantôme n'ont jamais existé. »

Je ne me suis jamais exprimé publiquement sur l'expérience dramatique que constitua la rupture entre mes parents, rupture relative si l'on veut puisqu'elle ne fut jamais sanctionnée légalement. En récompense de son travail, qui demeurait étranger aux aléas de sa vie privée, mon père fut nommé à Madrid et, contre toute logique, ma mère et les plus petits demeurèrent à El Ferrol, tandis que mon frère Nicolás entrait à l'École navale et moi à l'Académie de Tolède. A Madrid, mon père finit par atteindre le grade de vice-amiral, mais loin de chez lui il retrouva ses habitudes de célibataire dont profitèrent des gens sans scrupules pour l'éloigner des liens sacrés du mariage. Si j'en parle, c'est pour vous mettre en garde, vous les jeunes : il est si facile de se laisser aller, et si difficile de faire face à ses responsabilités ! Moi, je me suis regardé dans ce miroir, et j'ai voulu durant toute ma vie protéger ce qui est sacré de mes propres faiblesses. Le vin, le jeu, les femmes... Comme ils peuvent combler les sens de leur inanité, et comme ils peuvent causer du tort aux innocents dont le sort dépend du joueur, de l'ivrogne, du licencieux ! Je dois cependant dire à la décharge de mon père qu'il n'oublia jamais de subvenir aux besoins de sa véritable famille, et qu'il ne renonça pas à son autorité parentale sur ses enfants.

Parmi ces gens sans scrupules qui, à ce qu'il paraît, firent dévier du droit chemin un don Nicolás Franco déjà entré dans la cinquantaine, Francisco Salgado-Araujo, votre cousin Pacón, a distingué celle qui fut sa fidèle compagne jusqu'à la mort, Agustina Aldana, qu'il décrit comme une jeune fille blonde, aux yeux bleus, très belle et très douce, originaire de la province de Ségovie, et maîtresse d'école malgré ses humbles origines. La famille d'El Ferrol contribua à faire prospérer la fable selon laquelle Agustina avait été la servante de don Nicolás et qu'elle était parvenue, par des moyens illicites, à devenir sa compagne de lit. Pilar Franco réfuta la réputation bien établie de buveur qu'avait son père : « Il souffrait un peu de rhumatismes, et comme il redoutait des crises il prenait seulement la moitié d'un petit verre de vin. Ma mère lui disait : " Salir un verre pour ça, ça n'en vaut pas la peine. " Et lui répondait : " Toi, tais-toi, le vin ne me réussit pas. " Quant à Agustina, Pilar la détestait tant qu'elle complota avec vous, tout-puissant Caudillo, et parvint à l'empêcher de veiller le cadavre de don Nicolás, séquestré dans le palais du Pardo après sa mort en 1942. « Mon frère Nicolás, au fond, était un grand sentimental. Preuve en fut l'orgueil avec lequel il arborait le bâton de commandement de notre défunt père, dont il hérita bien que je soupçonne le Généralissime de l'avoir réclamé pour lui. Évidemment, Nicolás ne pouvait le lui céder, car Paco n'avait pas appartenu à la marine de guerre comme lui. De plus, il revenait de droit à Nicolás, qui était l'aîné, et il portait le même nom et prénom que notre père. Le Généralissime comprit tout cela et ne voulut pas insister. Il démontra aussi qu'il était sentimental par son attitude envers Agustina, la femme qui vécut avec notre père durant ses dernières années, dont il mit en ordre le veuvage afin qu'elle ne reste pas sans rien. Moi, je me suis toujours dit qu'elle ne pouvait avoir droit à une pension de veuvage, puisque mon père et Agustina n'étaient pas mariés. Je ne sais comment se débrouilla ce bon Colás, mais il trouva un moyen. » En fait, ils s'étaient mariés, à leur manière : l'excentrique intendant de l'Armada avait organisé un simulacre de mariage et un banquet de noces à la Bombilla, établissement où le Madrid distingué de cette époque venait s'encanailler, et où il dansa le chotis avec Agustina, et avec d'autres encore. Les nouvelles parvinrent à El Ferrol et aux oreilles de doña Pilar Bahamonde qui refusa d'y prêter attention. Mais sa petite fille Pilar Jaraiz, votre nièce, elle, se souvient d'avoir « entendu les servantes échanger avec d'autres personnes, quand j'avais douze ans, des commentaires très pittoresques et sans doute très exacts sur la " noce " de mon grand-père Nicolás. Une des servantes de ma mère avait dit à la blanchisseuse que le père de madame, c'est-à-dire le grand-père Nicolás, s'était marié dans une auberge mal famée mais très connue de Madrid, que sa nouvelle épouse s'appelait Agustina et que la noce avait donné lieu à une grande fête avec lampions, fritures et serinettes... J'avais quinze ans révolus quand je connus mon grand-père, à son domicile madrilène où ma mère m'avait envoyée. Nous y allions du vivant de la grand-mère Pilar, et nous continuâmes après la mort de cette dernière. Il était toujours avec Agustina quand il nous recevait, et tous deux paraissaient contents de nos visites. En ce temps-là, c'était une femme d'âge moyen, aux vêtements de couleurs discrètes, une jupe grise et un gilet vert bouteille, par exemple, ou un tailleur marron à petits motifs. En été, elle mettait des robes à manches courtes, bleu marine ou dans des tons neutres. Elle était toujours d'apparence très modeste. Elle portait les cheveux courts et libres, lisses, bien peignés, avec une raie sur le côté droit, et une permanente qui se remarquait beaucoup et qui à coup sûr ne venait pas d'un coiffeur chic. Elle avait l'air d'une simple femme du peuple. Elle s'habillait bien, mais sans élégance notable, ses vêtements étaient bon marché et ses souliers, noirs, à talon moyen. Elle n'était ni grande ni petite, bien-portante sans être grasse, paraissait robuste et travailleuse. Ma mère l'appelait " la gouvernante " et à ma connaissance elle n'alla jamais chez elle. Il me semble qu'elle n'avait plus de relations avec son père. Agustina avait des mains de femme laborieuse, des mains rouges et assez épaisses qu'elle ne protégeait certainement pas avec des gants de caoutchouc quand elle se chargeait de tous les travaux domestiques. Elle avait un gros grain de beauté au bas du menton à droite, et portait toujours des boucles d'oreilles en or très simples et discrètes. Elle avait des cheveux châtain clair, la peau blanche. Mon grand-père se montrait posé et déférent avec elle, sauf quand il se fâchait pour une raison quelconque et qu'il se mettait à crier après nous tous. Je suis certaine qu'Agustina s'occupait très bien de lui, et gardait une patience sans bornes devant tous ses écarts ».

Il faut dire qu'à la mort de ma mère mon père revint à plusieurs reprises à El Ferrol, retrouvant sa maison, notre maison, pour y vivre certaines fois avec sa concubine, sans aucun respect pour l'aura que la forte personnalité de ma mère avait laissée sur ce foyer. Pis, il se promenait en ville avec un air de défi, son amie au bras et tirant par l'autre main une fillette qui devait être une lointaine nièce de cette femme, mais que la rumeur finit par faire passer pour sa propre fille. Je me rappelle qu'à la mort de ma mère tous les parents proches furent obligés de se retrouver chez le notaire, et que je m'y rendis en compagnie de mon beau-frère. Il avait l'air d'un « dandy » à côté de mon père dont le visage était empâté, les vêtements en désordre, et le chapeau aux bords gigantesques extravagant. « Papa, je te présente mon beau-frère, Ramón Serrano Suñer, qui est aujourd'hui avec nous en tant qu'avocat. » Mon père ne fit pas un geste mais jeta un regard en biais à Ramón : « Avocat, avocat !... Tu veux dire punaise de barreau ! » Ramón ne s'en formalisa pas car il était déjà au courant de ses excentricités ; quant à moi, rien ne pouvait plus m'étonner de sa part. Jusqu'à sa mort, nous ne nous reparlâmes que très rarement, et j'ai voulu ignorer certains commentaires politiques qu'on lui attribua pendant la guerre et l'immédiat après-guerre, à coup sûr inventés par mes ennemis, qui furent aussi ceux de l'Espagne.

Et vous avez bien fait de les ignorer, car leur existence ne fait pas de doute, à en croire, entre autres, le témoignage de votre nièce Pilar Jaraiz. Le vieil intendant se moquait d'un pays qui avait fini sous la dictature de « Paquito », conchiait Hitler et Mussolini, qu'il accusait de vouloir réduire l'Espagne en esclavage alors même que vous leur destiniez les épithètes les plus flatteuses et proposiez « un million de poitrines espagnoles pour défendre l'Allemagne ». Lorsque l'on faisait référence devant lui

à son fils en tant qu'« homme politique », il demandait :
« Qu'est-ce que vous appelez un homme politique ? » et un jour
que vous aviez ressorti pour la énième fois l'une de vos antiennes
préférées, Général, celle de la conspiration judéo-maçonnique,
le vieux Nicolás Franco explosa : « Que connaît-il de la franc-
maçonnerie, mon fils ? C'est une société qui abonde en hommes
illustres et honorés, évidemment bien supérieurs à lui par le
savoir et l'ouverture d'esprit. Il ne fait rien d'autre que de leur
lancer dessus toutes sortes d'anathèmes et de péchés imaginaires, et pourquoi ? Pour dissimuler ses propres fautes sans
doute. »

*Mais je ne voudrais pas trop m'attarder sur la personnalité de
mon père. Ses défauts ne provenaient pas que de lui seul, mais
aussi des ravages qu'avait produits dans les esprits, y compris au
sein des forces armées, le relâchement de la discipline de pensée
propre à la tradition espagnole, basée sur les trois principes
fondamentaux que les traditionalistes du XIXe siècle avaient
revendiqués haut et fort : Dieu, la Patrie, et le Roi. Mon père se
proclamait chrétien mais en réalité, à sa manière, il s'était
beaucoup trop éloigné de Dieu, ce qui explique ses errements
par la suite. Ma mère avait été si près de Lui, et mon père en fut
si loin jusqu'à ce que je parvienne à le faire revenir au sein de
l'Église ! Ma fin est proche. Je ne recherche pas les méditations
religieuses, ce sont elles qui viennent me chercher pour évoquer
surtout la fin dernière, le moment de retrouver nos chers
disparus, plaisir si doux qu'il mérite tous les sacrifices par
lesquels il faut passer pour l'atteindre, de même que finit par
arriver la permission méritée par le soldat qui a accompli toutes
ses tâches. J'ai hâte de me retrouver avec ma mère, avec Pacita,
cette petite sœur dont l'image s'est estompée dans ma mémoire,
avec Ramón, et même avec mon père ; oui, malgré tout ce que
l'on dit, je suis plus sûr de retrouver mon père au ciel que ce
pauvre Ramón. Quand mon père fut à l'agonie, je lui envoyai
deux prêtres qui avaient ma confiance, l'aumônier de mon
régiment et mon directeur de conscience, le père Bulart. Dans
son délire de moribond, il confondit ces deux missionnaires avec
les curés qui allaient le marier à son illégitime compagne,*

engagement religieux qu'il avait été poussé à envisager et auquel il était prêt. Il ne l'était pas, en revanche, pour les saints sacrements, et ce fut la présence de ma sœur Pilar, la mise à l'écart de la malfaisante compagne et de sa fille, ainsi que la force de conviction des deux prêtres qui le poussèrent à se confesser et à recevoir l'extrême-onction, si bien que mon père obtint la purification finale après une vie qu'en tant que fils respectueux mais distant je ne dois pas juger. J'ai forcé son retour au sein de l'Église, comme j'ai forcé l'Espagne à revenir à son essence catholique.

La dissipation de l'esprit moderne ne doit pas conduire à sous-estimer le rôle des ennemis occultes de l'ordre, des agents diaboliques de la division et de la destruction de pays appelés par Dieu à constituer la réserve spirituelle de son œuvre sur cette Terre. L'Espagne unie, unique, impériale, qui pâtit du harcèle-ment extérieur en forme de guerre psychologique et idéologique contre une hégémonie gagnée sur les mers et les champs de bataille, eut à affronter depuis le XVIIIᵉ siècle l'action des forces destructrices intérieures, en liaison avec les sectes. Pour garder l'esprit en alerte, il convient de lire, avec patriotisme et dévotion, l'Histoire des hétérodoxes espagnols de notre grand polygraphe Marcelino Menéndez y Pelayo. Selon ce géant intellectuel de notre temps, les Lumières furent la cause première de la corruption du peuple espagnol, l'ennemi implaca-ble d'une antique science espagnole basée sur la connaissance à partir de Dieu de l'œuvre de Dieu. Il ne manqua pas alors, pas plus qu'aujourd'hui, d'intellectuels courageux, de penseurs reli-gieux et civils, qui osèrent s'opposer aux enfants de Voltaire et de Rousseau, et de dénoncer dans cette philosophie la création monstrueuse de sophistes impudents, qui n'a pu inspirer que ruines, dévastations, massacres, rapines, sacrilèges, bannisse-ments, rage, férocité comme jamais encore on n'avait eu à les déplorer dans l'histoire de la folie humaine.

Et certains prétendent que la pensée ne peut commettre de délit, selon la maxime de Lombroso, alors que la pensée négativiste se diffuse, pervertit lorsqu'elle s'organise dans les sectes et qu'elle devient un délit de corruption sociale. La pensée d'Érasme avait vainement tenté depuis la Renaissance de miner *les fondations de l'Espagne catholique, puis ce fut le tour des jansénistes, premiers coryphées du Mal, annonciateurs de futurs excès philosophiques. Réformistes déguisés, les jansénistes espagnols agirent dans l'ombre de l'impuissant Charles IV, puis la franc-maçonnerie, à travers de hauts dignitaires de la cour de Charles III et Charles IV – les Floridablanca, Aranda, Jovellanos, Godoy –, entreprit de détruire la forteresse espagnole, et l'empire lui-même. Maçons, ceux qui convoquèrent les Cortes de Cadix, maçons, les agents de la rébellion contre la Mère Espagne à travers l'Amérique, à commencer par San Martín et Bolivar. L'évidente grandeur militaire des « libérateurs » autoproclamés ne peut faire oublier leur nature d'agents chargés de détruire l'œuvre de l'Espagne sur instructions des loges de Londres, de Paris et de Vienne, véritable cinquième colonne agissant pour le compte des ennemis de la vigueur espagnole. Et tout au long du XIXe siècle ce fut la franc-maçonnerie qui affaiblit l'ordre ancien sans le remplacer par un ordre nouveau, qui suscita les boues dans lesquelles se perdirent, plus que dans les mers lointaines, les escadres et les armées d'une Espagne minée de l'intérieur.*

Je me souviens d'une promenade aux alentours d'El Ferrol avec mon père, mes frères et deux cousins plus âgés, et de l'indignation paternelle qui saisit alors notre géniteur en constatant que l'Espagne n'était plus gouvernée. Je dois ici m'arrêter sur la personnalité de mon cousin germain Francisco Franco Salgado-Araujo, « Pacón », surnom dû à sa haute taille, et qui établissait une inévitable comparaison avec moi, Paquito, le tout petit Francisco. Fils d'un officier de marine mort en service, il avait aussi perdu sa mère très tôt, et mon père fut donc son tuteur, ainsi que celui de ses frères. J'ai été en quelque sorte l'héritier de cette tutelle toute ma vie, puisque partout où j'étais envoyé Pacón me suivait, tantôt à sa demande, tantôt en réponse à mes requêtes car je savais qu'il se sentait plus tranquille à mes côtés, et il fut mon ombre, au titre d'aide de camp ou de secrétaire, jusqu'à ce qu'il prenne sa retraite. C'est peut-être grâce à cette intimité que sa carrière militaire se développa si favorablement, non que j'eusse tenté quoi que ce soit pour faciliter sa promotion, mais parce qu'il profita d'une certaine

manière des événements historiques que je vécus coup sur coup,
depuis la campagne d'Afrique jusqu'à la Guerre civile.

Votre cousin Pacón, le lieutenant général Francisco Franco Salgado-Araujo, confirme lui aussi dans son livre *Ma vie avec Franco* le caractère original de son tuteur, c'est-à-dire de votre père, mais il garde une certaine tendresse en évoquant la mémoire de ce gros monsieur qui le considéra presque comme son fils et occupa la place laissée vide par son propre père. « Notre tuteur, qui en ce temps-là devait avoir dans les quarante-cinq ans, aimait beaucoup se promener avec ses enfants dans les environs d'El Ferrol et, naturellement, nous venions aussi, mon frère cadet et moi. Nous avions à peu près le même âge que son fils Nicolás, et quelques années de plus que Paco. Durant ces longues promenades par les routes, les chemins et les montagnes de la *ria*, il fortifiait notre culture et notre union fraternelle. Mon tuteur, un homme intelligent et affable, parlait sans cesse, nous décrivant les différentes espèces de terrain, d'arbres, d'oiseaux, de bestiaux, et ainsi de suite, tout ce qu'il jugeait important que nous sachions, comme les communications télégraphiques et téléphoniques, l'électricité, etc. Si nous empruntions un chemin côtier et qu'un bateau était bien en vue, il s'empressait de le détailler, s'assurant que nous apprenions tout de la technologie et de la terminologie maritimes, que je n'ai jamais oubliées depuis. Je me souviens aussi parfaitement de ses magnifiques exposés de l'histoire navale d'El Ferrol. Le débarquement d'une flotte de vingt navires de guerre anglais commandée par le vice-amiral John Warren, qui commença le 28 août 1800, il nous le conta ainsi sur le théâtre même de l'événement, la plage de Doniños. »

Malgré ses défauts, mon père était un homme sévère et instruit qui connaissait par cœur toute l'histoire de la grande Espagne, et pouvait choisir un belvédère dominant la baie pour citer l'exclamation de Pitt quand il la vit pour la première fois :
« Si l'Angleterre avait eu un tel port sur ses côtes, mon gouvernement l'aurait ceint de murailles d'argent. » Mais où l'Espagne appauvrie de 1898 serait-elle allée chercher l'argent de

telles murailles ? Et ce fut lors de l'une de ces promenades, alors que le désastre américain avait déjà été consommé, que mon père, entre des digressions érudites sur l'art de naviguer et d'impressionnants recours à sa mémoire à propos de la classification des navires, nous parla pour la première fois de cet élément irréductible de la race espagnole qui apparaît dans les moments de crise, quand le besoin s'en fait le plus sentir, depuis le temps des almogávars. « Papa, qui étaient les almogávars ? » « C'étaient des guerriers émérites de la race espagnole... Durs à la fatigue et au travail, résolus dans la bataille, habiles et décidés dans la manœuvre. Aucun autre peuple n'égale leur courage dans l'Histoire... » « Comme c'est bien d'être almogávar ! Pourquoi n'y en a-t-il plus, aujourd'hui ? » « Quand il en faut, il n'en manque pas. C'est seulement ce beau nom qui s'est perdu, mais l'almogávar demeure à jamais le soldat d'élite... Le volontaire pour les missions dangereuses et difficiles, les troupes de choc et d'assaut... Leur esprit demeure dans les veines du peuple espagnol, et s'exprime en toute occasion. Face au complot maçonnique qui a miné nos propres rangs et nous a fait perdre l'empire, les almogávars un jour reviendront. » Puis il demeura absorbé dans ses pensées, tandis que nous nous mettions à courir à travers les sentes et les bois, enrichissant notre vocabulaire de termes péjoratifs hérités du désastre : « Insurgé ! », « Franc-maçon ! », « Mambis ! », nom donné aux insurgés cubains à la fin du XIXe siècle.

L'idéalisation du père est ici évidente, d'un modèle de père que vous vous étiez inventé pour le scénario du film *Raza*. Même les données historiques concernant les *almogávars* proviennent de ce film, à commencer par l'erreur consistant à appeler « espagnole » une troupe de mercenaires catalano-aragonais qui exista bien avant l'apparition d'une conscience nationale espagnole. La condamnation de la franc-maçonnerie par monsieur votre père n'est pas plus convaincante, car il flirtait avec elle. Dans *Raza*, vous vous êtes autorisé à le surévaluer, et avez fait de lui le capitaine Churruca, pas moins que Churruca, nom aristocratique de l'un des héros de la bataille de Trafalgar. Curieusement, dans ce roman-scénario, vous tuez à la fois votre père et votre frère Ramón. Au premier, affublé du nom de Churruca, vous offrez la dimension d'un héros maritime dans un combat inégal avec les Américains au cours de la guerre de 1898, et au second, Pedro dans le roman, vous réservez un assassinat perpétré par ses ex-complices, les miliciens rouges. Je laisse tout cela entre les mains des psychiatres.

Particulièrement préoccupé par le sort de nos escadres et de nos armées, comment El Ferrol pouvait-il accueillir la nouvelle du désastre de Santiago de Cuba en 1898, puis de celui de Cavite ? Désormais, l'Espagne ne comptait plus dans le monde. « L'Espagne conserve une armée héroïque, mais elle n'a plus de marine », titrait La Voz de Galicia, et mon père brandissait le journal devant nos yeux d'enfant écarquillés tout en déblatérant contre les politiciens, les rois et les militaires qui nous avaient jetés aux poubelles de l'Histoire. J'avais six ans en 1898, mais je vivais à El Ferrol et sur la branche d'un arbre généalogique à la puissante frondaison navale : est-il donc surprenant que j'aie pris alors conscience du désastre avec une acuité bien supérieure à celle d'un enfant de mon âge placé dans un autre contexte ? Dans les zones d'ombre de ma mémoire, je conserve le souvenir de la surprise que causa à mon père mon enthousiasme patriotique quand, épée de bois au côté, je me hissais sur une chaise et me mis à défier tous les ennemis de l'Espagne : « Rustres ! Coquins ! Félons ! » J'ignorais alors le sens exact de ces épithètes, piochées dans le vocabulaire des chansons de geste de la Reconquista citées dans les livres d'histoire que ma mère lisait à la lumière du foyer, mais mon audace infantile suscita chez ma sainte mère une admiration ouverte, et une satisfaction réservée mais évidente dans les yeux de mon père, qu'il plissait comme s'il cherchait à établir la relation entre ma stature physique et ma stature patriotique.
Le désastre de 1898 entraîna d'immédiates et déplorables conséquences matérielles. La rupture des relations avec les colonies provoqua la disparition de multiples commerces, de nombreux postes de travail civils, les classes moyennes durent réduire leur train de vie et la misère fit son apparition parmi les économiquement faibles. Résultat ? Émigration, tumultes

sociaux justifiés par les idéologues de salon, et les efforts du gouvernement en vue de limiter le désenchantement des officiers de l'Armada ne furent pas bien compris par de nombreux civils, qui se mirent alors à brandir le drapeau antimilitariste.

Un enfant peut-il avoir réellement conscience de tels désastres ? Cela dépend de son entourage familial, de son éducation. Mes frères et moi avions appris à lire et à écrire à la classe des petits d'un collège mixte dirigé par deux demoiselles, doña Asunción et doña Paquita. Tout près de la maison, c'était un peu ce que l'on appelle aujourd'hui un jardin d'enfants[1], à l'évidence encore un emprunt étranger. Le collège du père Marcos Vázquez, où je poursuivis mes études primaires et secondaires, n'était guère plus éloigné de la maison, mais pour la préparation au baccalauréat je dus aller à La Coruña et passer l'examen à l'Institut général technique, accompagné de Pacón qui était toujours aussi orphelin. Ce fut dans ces deux premiers établissements, et surtout sous le contrôle de ma mère, que je reçus une éducation à la fois religieuse et patriotique, idéaliste si l'on veut. J'avais été impressionné par l'exemple de l'arbre qui pousse tordu mais qui, si on le redresse à temps, trouve sa droiture et sa raison d'être ; mais si le jardinier l'abandonne, il restera un arbre à jamais tordu. Cet exemple me semble, aujourd'hui encore, valable pour les personnes, les peuples, les sociétés. L'école me dispensa les connaissances habituelles à cette époque, heureusement imprégnées d'une approche chrétienne de la science et de l'histoire, même si les thèses corrosives de la Ligue de l'enseignement libre et de pédagogues anarchistes commençaient à s'infiltrer dans les établissements scolaires et universitaires. Elles n'avaient, grâce au Ciel, pas touché l'école du père Vázquez, et je garde un souvenir ému de mes premiers livres de lecture, de mes encyclopédies, de mes ouvrages d'histoire sainte, de ces manuels d'arithmétique qui me préparèrent si bien aux futurs calculs de logistique et de balistique, et surtout de cette patiente éducation calligraphique avec différentes plumes, celle pour les pleins, celle pour les déliés, celle pour les rondes, celle pour les lettres gothiques...

---

1. En français dans le texte. *[N.d.T.]*

Ces livres de textes nous guidaient vers Dieu sur le plan spirituel, et sur le plan temporel dans l'amour de la famille et de la patrie. Je frémis encore à cette phrase de mon premier livre de lecture à propos de la Reconquista, des huit siècles de lutte pour libérer l'Espagne de l'invasion arabe : « Pauvre Espagne, toujours soumise au joug étranger, toujours sublime et majestueuse dans le combat pour l'indépendance de notre territoire ! »

Dieu. Dieu était omniprésent dans tous ces livres. Même les exemples grammaticaux les plus primaires se basaient sur la définition de Dieu : « Je suis qui Je suis », sublime exemple pour le verbe « être ». Et c'était Dieu qui inspirait l'histoire bien comprise, c'est-à-dire en tant que branche des sciences morales, qui désignait l'Espagne comme le bras séculier de la religion vraie et de l'Église, et c'était Dieu qui venait consoler l'ouvrier et le paysan quelquefois injustement maltraités par la cupidité ou les lois des hommes. L'Espagne. Dieu. La famille. Lumineuse triade qui veillait sur les livres d'instruction morale des garçons et des filles.

Les livres sérieux, ceux qui nous transmettaient des connaissances véritablement fondamentales pour notre future éducation, étaient avant tout les encyclopédies, de premier niveau, de niveau moyen, et supérieur. C'étaient des livres merveilleux qui n'avaient rien de commun avec l'encyclopédisme maçonnique, bien au contraire, puisque leur ambition était de dispenser un savoir ordonné par la religion et la morale. Mes matières préférées étaient l'histoire sainte, l'histoire, la géographie et la géométrie, cette dernière surtout parce qu'on nous faisait construire des maquettes volumétriques en carton, dont la plus compliquée à réaliser était l'icosaèdre. Je les réussissais impeccablement, alors qu'au contraire tous les polyèdres que construisait Ramón avaient l'air de monstres géométriques qui faisaient bien rire mon père : « Ramón, tu viens encore d'inventer un nouveau polyèdre ! » Mais il n'eut jamais un mot d'éloge pour mes icosaèdres absolument parfaits. Livres très constructifs, les encyclopédies ne respectaient cependant pas toujours la discipline morale et patriotique des ouvrages de formation spirituelle. Ainsi, l'une d'elles affirmait que Charles III avait réalisé moult réformes comme le percement des canaux d'irrigation, la mise en exploitation des terres incultes, la protection du travail et, dans les cités, l'installation des réverbères pour l'éclairage et pour la sécurité du passant un peu éméché, la création du corps des serenos [1] pour les rondes de nuit, et l'utilisation de chariots pour ramasser les ordures. On pouvait admettre ces preuves de modernisme tellement hygiénique, mais pourquoi ne disaient-ils pas que c'est grâce à ce roi que la franc-maçonnerie s'infiltra jusqu'aux plus hauts sommets de l'État ? C'est pourquoi le père Marcos nous conseillait de compléter notre apprentissage historique avec des livres qui dénonçaient les idées prorévolutionnaires de plusieurs ministres de Charles III et de Charles IV. Par exemple, dans Mon livre de lecture, il était reconnu que Charles III avait introduit de nombreuses réformes en Espagne, mais que « malheureusement, il se laissa tromper par ses ministres et expulsa du royaume plus de cinq mille jésuites ». Ce roi avait été éduqué à l'étranger et il n'était donc pas insensible aux vents encyclopédistes du prétendu « Siècle des Lumières ». Dans l'un de ces ouvrages d'histoire universelle, que je relus quand je me rendis à Londres représenter le gouvernement espagnol au couronnement de George V, il était question de ce mal du siècle (le XVIIIᵉ, en l'occurrence) qui inspira le développement des sociétés secrètes lancées dans une lutte à mort contre le trône et l'autel. Apparues en Angleterre précisément, elles s'étendirent à la France, à l'Italie et à l'Allemagne, liant ses adhérents par de terribles serments. Elles tenaient des cérémonies secrètes, faisaient usage de formules mystérieuses, respectaient leur propre hiérarchie et, sous prétexte d'intentions philanthropiques, cultivaient de pervers projets. Condamnées par le pape, elles avaient particulièrement combattu les jésuites, ces soldats spirituels de la papauté qui furent successivement expulsés du Portugal, de France et d'Espagne, ce qui laissa le terrain libre aux faux philosophes. La réaction catholique reprit le culte du Sacré-Cœur, auquel ma mère fut tellement fidèle, et fit des jésuites ses principaux défenseurs. A la mort du père Marcos Vázquez, un laïc qui avait sa confiance le remplaça, don Manuel Comellas Coimbra, mais c'était déjà l'époque où je devais aller à

---

1. Veilleurs de nuit. [N.d.T.]

La Coruña. Pacón était toujours avec moi, et là-bas nous logions dans l'un des appartements de l'excentrique tante Gilda, aussi imaginative que ladre puisque nous devions dormir, Pacón et moi, sur un matelas jeté par terre. Ces jours d'examen loin d'El Ferrol étaient aussi des moments de liberté : seuls maîtres de notre temps, nous parcourions La Coruña, un peu intimidés par sa taille et par sa physionomie de cité ouverte en comparaison avec El Ferrol et son allure de bastion.

On raconte, et je veux bien le croire, que ces flâneries vous menaient généralement au port, où étaient en partance les paquebots bondés d'émigrants galiciens qui fuyaient la misère sur terre et la mort pour trois sous en mer. Dans les coulisses se tramait une sourde lutte pour embarquer, on vendait tout ce qu'il fallait vendre pour payer son billet, c'était une nouvelle traite d'esclaves économiques, blancs cette fois, qui partaient pour les Amériques dans un état d'esprit très différent de celui des conquistadores déprédateurs qui avaient effectué le même trajet quatre siècles auparavant. C'est dans ce port, que vous parcouriez en compagnie de Pacón, que s'embarqua pour Cuba une partie de ma famille, à commencer par ma grand-mère une fois ses enfants mis au monde, afin de gagner quelque argent et de permettre à mon grand-père d'édifier à Souto une maison assez grande pour abriter toute cette marmaille. Femme de ménage à La Havane, nourrice à Madrid, elle se retrouvait enceinte entre chaque voyage pendant que mon grand-père, le meilleur tailleur de pierre de la contrée, continuait à construire la maison, le puits, et à veiller sur leurs premiers, et bien modestes, effets personnels.

Sans doute vos yeux se sont-ils arrêtés une fois sur le paquebot *Alfonso XII* même si, de par votre monarchisme strictement génétique, vous avez toujours été plus fidèle aux Autrichiens qu'aux Bourbons, ce qui peut expliquer que vous ayez vu en Alphonse XIII*, fils d'un Bourbon et d'une Habsbourg, la synthèse correctrice d'une déviation dynastique. Eh bien, sur ce même paquebot monta mon père à l'âge de quinze ans, fugitif d'une lignée de tailleurs de pierre et de culs-terreux, à la recherche d'emplois disponibles à La Havane ou à Santiago de

67

Cuba, sans savoir qu'il ne pourrait échapper au destin de sa classe.

Pacón et moi voulions tous deux devenir marins et entrer à l'École navale, fermée après 1898 pour «difficultés budgétaires», quand elle rouvrirait, mais l'État en décida autrement, nous privant de ce rêve. Que faire ? Si nous ne pouvions servir la patrie sur les mers, nous la servirions à terre. Nous nous rabattîmes sur l'Académie d'infanterie de Tolède. Lors de la sélection, je rencontrai Camilo Alonso Vega*, orphelin comme Pacón, son père ayant été tué en 1898 dans les combats autour de Santiago de Cuba, et dont l'amitié m'a accompagné jusqu'à ce jour. En tant qu'orphelin de guerre, Camilo Alonso avait sa place assurée à l'Académie, mais ce n'était pas mon cas, ni celui de Pacón qui fut recalé à cause du dessin. J'entrai pour ma part à l'Académie à un rang modeste, très loin derrière Camilo qui ne manqua pas de me rappeler ce détail, du moins jusqu'au jour où je devins généralissime ; ensuite, il l'oublia, ou ne jugea pas opportun de me le rappeler. Pacón fut accepté à la sélection suivante, et nous nous retrouvâmes donc tous les trois à l'Académie, où j'étais entré à l'âge de quinze ans.

Quelle formation avais-je reçue avant de franchir le portail de cette glorieuse institution tolédane ? D'abord, celle que me transmit ma mère, religieuse, historique, humaine, puis celle que je reçus de mon père, encyclopédique plutôt qu'encyclopédiste malgré ses foucades libres-penseuses ; puis l'enseignement officiel épuré par les critères rigoureusement catholiques du père Marcos et de ses collaborateurs, à une époque où les programmes scolaires étaient à l'image de la politique de la Restauration, un va-et-vient entre conservatisme et libéralisme... Mais c'est ce que j'avais vu de mes propres yeux et entendu de mes propres oreilles qui me prédestinait surtout à l'état de marin ou, à défaut, de militaire, de serviteur de la patrie. Si j'avais suivi les conseils de mon père, qui me jugeait trop chétif pour la carrière militaire, j'aurais sans doute étudié une discipline quelconque, à contrecœur car, selon moi, aucune d'entre elles ne pouvait me permettre de servir l'Espagne autant qu'en devenant militaire ou prêtre. Ma mère aurait bien voulu que Ramón devienne curé, alors que, moi, ma volonté me poussait vers les armes, et c'est pourquoi je répondis à mon père que je voulais entrer à l'Académie d'infanterie de Tolède. Contrarié par cette décision, il prit toutefois l'avis de mon maître et j'assistai à leur conversation, conscient que mon avenir se jouait là, mais sans savoir que celui de l'Espagne allait aussi s'y décider. Mon maître, don Manuel Comellas Coimbra, se montra très clair : « C'est un garçon tranquille, qui dessine fort bien, étudie comme il faut, ni triste ni joyeux. Il est très équilibré. » « Équilibré ? se demanda ou me demanda mon père. Suffit-il d'être équilibré pour devenir militaire ? Rien d'autre ? Être plus grand par exemple, ou avoir une autre voix... Voyons, Paquito, imagine que tu te tiens devant tes hommes et que tu dois leur crier " Viva España ! ", mais pas un " Viva España ! " de ténor comique dans une zarzuela, un " Vivaaaaaaaa Españaaaaaaaa ! " viril, de chef qui a tout ce qu'il faut bien placé. Allez, Paquito, fais-nous-en un. » Avec le temps, l'habitude des harangues et la sûreté de mes arguments, on réussit à faire de moi un orateur, mais dans le bureau de don Manuel Comellas, ce « Viva España ! » attendu ne passa pas mes lèvres, et au regard trop sceptique de mon père je répondis par un regard incisif, de ceux que ma mère aimait tant, et je peux dire que mon père baissa les yeux en murmurant : « Qu'il étudie ce qu'il veut. Mais si l'examen d'entrée est oral, ce petit ne passera pas. » Et donc je passai des mains de mon maître à l'Académie de Nuestra Señora del Carmen, dirigée par le capitaine de corvette Saturnino Suanzes et destinée à former ceux qui voulaient entrer à l'Académie navale ou militaire. Une amitié indéfectible allait m'unir à son fils Juan Antonio, et c'est d'El Ferrol que mes amis les plus fidèles sont venus : Camilo Alonso Vega, Juan Antonio Suanzes, Pacón, et « Pedrolo » Nieto Antúnez, l'amiral qui, bien qu'un peu plus jeune que nous, sut toujours jouer sur tous les registres dans ses relations amicales et politiques.

Le 30 août de l'année qui précéda mon départ pour Tolède se produisit une éclipse de soleil de deux minutes et quarante-deux secondes particulièrement visible depuis El Ferrol, qui se trouvait dans la zone de complète obscurité. Toute la ville s'était transformée en un rassemblement d'astronomes improvisés, postés dans les rues, les cours, sur les guérites, les balcons, les toits, un verre fumé sur l'œil pour contempler un soleil barbu, et, comme si la ville ne suffisait plus, des centaines de citadins s'égaillèrent dans les vallées, les champs, sur les collines, avec le verre bien sûr mais aussi avec des empanadas et de solides tranches de jambon et de chorizo. L'observation astronomique aiguisait autant l'appétit que les pèlerinages populaires. Nous nous trouvions à La Graña, et mes frères et mes cousins se disputèrent à grand tapage les meilleurs morceaux de verre si bien que je les fis taire et les invitai d'un geste à se montrer respectueux devant la profondeur du mystère scientifique auquel nous étions en train d'assister. Même mon père se tut et me regarda avec une certaine considération. Plus tard, tante Gildita affirma que les éclipses de soleil n'étaient pas un bon présage : « Le soleil est l'œil de Dieu, et quand il se ferme c'est la mort pour les héros. » Puis, tout en pétrissant la longue chevelure de Pilar, elle continua dans ses fantaisies, se demandant si le soleil fait du bruit quand il naît à l'Orient et se couche à l'Occident. Des mois plus tard, je me rappelai les paroles prémonitoires de la tante Gildita quand fit naufrage le croiseur Cardenal Jimenez de Cisneros, benjamin de nos arsenaux. Il se perdit en heurtant un haut-fond non signalé. La défaite s'acharnait sur nous par ce coup inattendu. Après l'angoisse, la tristesse, vinrent les questions et finalement l'indignation : l'Espagne était-elle donc si pauvre qu'elle ne pouvait même pas disposer de cartes fiables de ses côtes les plus fréquentées ? Était-ce un hasard si la zone située au-dessous du Finisterre s'appelait la Côte de la Mort, pour avoir englouti tant de bateaux et de marins ? Un journal d'El Ferrol, commentant cette tragédie, affirmait sans appel : l'Afrique commence aux Pyrénées. C'était la première fois que je lisais cette phrase et elle m'indigna tellement que je la critiquai avec colère devant qui voulait m'entendre, le dernier étant mon père qui saisit au vol ma pensée plus que je ne tentai de la lui expliquer. « Nous mépriser ainsi, c'est une honte. Que reste-t-il de notre dignité nationale ? » Mon père me regarda d'abord avec curiosité puis avec une certaine lassitude : « Paquito, Paquito... Grandis un peu plus et pense un peu *moins. » Mais moi, je me disais : Ne t'en fais pas, aujourd'hui tu es l'enclume, demain tu seras le marteau.*

Une nuit de pleine lune, vers la fin de la première décennie de ce siècle, mon père, qui avait alors cinq ans, était en train de faire paître les quelques vaches de la famille. Je ne sais pourquoi votre récit de l'éclipse m'y fait penser, mais, semble-t-il, personne ne lui avait encore expliqué que la pleine lune n'est pas un soleil bizarre mais le signe que la nuit tombe, et il poussa en avant ses bêtes dans la montagne, attendant que ce soleil si pâle se réchauffe. Il y resta jusqu'à ce que mes grands-parents partent à sa recherche pour lui enseigner la différence entre la lune et le soleil, la nuit et le jour. Une vieille photo prise à Lugo me laisse penser que mon père était en ce temps-là un pasteur trop menu pour tenir tête à ces vaches, et notamment à la Rubia, rétive et à la corne belliqueuse, mais qui ne sut jamais prendre la mesure exacte de cet enfant qui l'aiguillonnait avec l'habileté précoce d'un valet d'arène.

Mon voyage à Tolède, où je devais passer mes examens, allait être l'occasion de me faire une première et rapide image du pays. Il fallait prendre le train à La Coruña ou à la gare de Betanzos, mais le trajet par mer jusqu'à La Coruña, de deux heures, était plus facile et plus commode que les sept heures, ou davantage, de diligence entre El Ferrol et Betanzos ; car la construction de la future liaison ferroviaire avançait au rythme de tous les chantiers publics de cette époque, dont personne ne savait quand ils s'achèveraient, malgré l'intérêt que, dans ce cas précis, la Marine y portait. J'avais reçu la convocation à me présenter à l'Académie de Tolède par une chaude journée de juillet. Accompagné par mon père, j'entrepris le trajet jusqu'à Madrid ; ce fut d'abord un enchantement de traverser la Galice, malgré l'inconfort dû au tracé tourmenté de la voie et à son piètre état. Les conditions de voyage s'étaient pourtant notablement améliorées grâce à quelques wagons à passerelle pour les voyageurs de première classe, qui pouvaient ainsi se détendre les jambes pendant le trajet. La partie la plus harassante était le tronçon entre Lugo et Léon, avec ses innombrables tunnels et les fumées étouffantes qui obligeaient sans cesse à ouvrir et à fermer les fenêtres pour tenter de mieux respirer. Bientôt la végétation se raréfiait et des montagnes pelées commençaient à se profiler, égayées seulement par la tache verte des vignes de la vallée du Bierzo.

Je dois avouer que ce premier voyage, en compagnie d'un père austère et rigide auquel il manquait la confiance et la sollicitude pour être cordial, ne se révéla pas des plus amusants. Quelle différence avec ceux qui suivirent, au milieu des camarades ! En débouchant dans la vaste plaine de Castille, le train semble se jeter en avant, comme pour rattraper le retard pris au cours de la partie montagneuse du trajet. Nous avions une nuit à passer dans ce vacarme ferroviaire avant de nous réveiller au pied de la sierra. Ici se dressait Ávila, recluse dans ses vieilles murailles, et plus bas le palais de l'Escorial d'où Philippe II gouvernait le monde, puis aussitôt le plateau de Madrid avec ses modestes villages et ses minuscules résidences d'été. Enfin, après un arrêt interminable pour attendre le droit d'entrer, ce fut l'arrivée à la gare du Nord, le charivari des porteurs et la sortie pour héler les voitures de louage ou les omnibus des hôtels : nous étions enfin dans l'heureux Madrid aux cinq cent mille habitants ! Mais notre étape fut des plus courtes : quelques heures pour se rafraîchir, rendre visite à des parents et passer prendre une lettre de recommandation, avant d'attraper l'après-midi le train pour Tolède. Ainsi, à part les avenues et les rues principales à peine entrevues, la capitale de l'Espagne garda pour moi son inestimable mystère. Cette pratique des lettres de recommandation dépassa totalement mon entendement : selon moi, c'était un vice qui corrompait la société, qui ne pouvait aider en rien l'entrée dans un établissement militaire et n'avoir que des effets contraires à ceux recherchés. C'est ce que je dis à mon père, qui finit par en convenir. De plus, ces lettres n'avaient quasiment pas de valeur. Comment aurais-je su alors que, vingt et un ans après, devenu directeur de l'Académie militaire centrale, la tâche me reviendrait de corriger de tels abus… ! En fin d'après-midi, nous partîmes pour Tolède, un parcours de deux heures en train. Près de l'arrivée, en traversant le ravin, nous eûmes pour nous le superbe panorama de la cité, couronnée par l'Alcazar avec en contrebas la cathédrale et les principaux monuments qui émergeaient des toits de la vieille ville. En face de la gare, nous attendaient les typiques voitures à six chevaux qui, après avoir passé le Tage sur le vieux pont d'Alcántara, devaient remonter difficilement la côte du Miradero jusqu'à la traditionnelle place du Zocodover, rendez-vous des oisifs et des commerçants, où la circulation s'interrompait pour se disperser dans le labyrinthe d'étroites ruelles sombres qui donnent tout son caractère à ce quartier antique, endormi dans son histoire. Là nous attendait celui qui devait s'occuper de moi pendant mon séjour à l'Académie. Il nous conduisit rue Horcho de Bizcochos où nous nous installâmes. Je devais me présenter le lendemain à l'Académie. L'impression que me fit l'entrée, et la solennelle place d'armes dominée par la statue de Charles Ier avec sa plaque disant « Je mourrai en Afrique ou j'entrerai vainqueur à Tunis », ne peut se raconter ; l'émotion que produisirent sur moi ces glorieux bâtiments, ces pierres séculaires, ravissait mon cœur et dépassait tous mes rêves.

D'Académie militaire centrale, l'institution de Tolède n'était plus en ce temps-là qu'Académie d'infanterie, car depuis 1893 l'Espagne ne disposait plus d'un centre d'enseignement militaire général, pourtant si nécessaire à une armée moderne. Elle s'était installée dans le vénérable Alcazar, en reprenant le palais de Charles Ier d'Espagne et V d'Allemagne (Charles Quint), encore en travaux lorsque je traversai la place du Zocodover pour me présenter à l'examen d'entrée, crible sévère mais justifié qui n'allait laisser passer que trois cent quatre-vingt-deux aspirants-cadets. Il se produisait si peu de chose dans cette ville, et la présence de l'Académie exerçait sur elle un tel attrait, que les examens se déroulaient non seulement en présence de parents des aspirants et d'officiers qui venaient s'y intéresser, mais aussi d'un large public qui s'agglutinait près des salles de classe et jusque dans les escaliers de la glorieuse forteresse. Les candidats défilaient jour et nuit devant des jurys implacables, simulant parfois des manœuvres sur le tableau noir dont les professeurs militaires indiquaient le déroulement du bout de leur baguette. Dehors nous attendaient la foule des badauds et l'effervescence de la place ou de la rue del Comercio, dans un Tolède entièrement envahi par les impétrants et leurs mentors, parents ou non : hôtels, bars, billards, tailleurs, tailleurs surtout car dès que nous étions certains d'avoir été reçus il fallait aller chez le tailleur commander les tenues réglementaires, démarche aussi urgente, ou presque, que d'aller aux Postes et Télégraphes annoncer la bonne nouvelle à la famille, parce que l'on risquait toujours de ne pas avoir les uniformes prêts à la date fatidique. Je ne veux pas arborer des médailles qui ne me reviennent pas, et de toute façon Camilo Alonso Vega ne me laisserait pas usurper celle-là, puisque toute sa vie, jusqu'au jour où, généralissime, je lui fis ravaler sa phrase d'un simple regard, il s'est vanté d'avoir été reçu septième à l'examen d'entrée en soulignant que je ne m'étais retrouvé que vers le milieu des 383 reçus... J'étais assis à une petite table sur la place du Zocodover quand l'un de mes compagnons arriva avec la nouvelle : Franquito, ils t'ont pris !

Le 9 juillet parut la liste des reçus au Journal officiel, que je lus de retour à El Ferrol où je passais mes vacances en essayant de digérer un événement longtemps et douloureusement attendu : le départ de mon père à Madrid, pour embrasser une destinée qui se transforma de facto en un abandon de foyer, non avec la vilenie de celui qui abandonne entièrement sa famille puisque mon père assuma toujours ses responsabilités financières et ne permit pas que ma mère ou mes frères et sœur, qui étaient encore à sa charge, se retrouvent dans le besoin, mais abandon de foyer tout de même, et honte stoïquement endurée par ma mère qui, durant plus de vingt ans, se résigna à vivre avec l'espoir que tout rentrerait dans l'ordre et redeviendrait comme avant. Il faut encore ajouter à son honneur que, chaque fois qu'elle savait que je devais passer par Madrid, elle m'encourageait instamment à rendre visite à mon père, et pour ne point la décevoir je m'exécutai à plusieurs reprises, en m'arrangeant toujours pour que nous nous rencontrions seul à seul, hors de la présence de celle qui prétendait en vain prendre la place de ma mère.

Fin août 1907, je revins frapper à la porte de l'Académie, et sitôt entré je fus bien convaincu d'une chose : ou bien je parviendrais à m'imposer et à devenir un homme, ou bien la vie militaire me tomberait dessus de toute sa gloire, mais aussi de tout son poids. Pour commencer, il fallut subir les brimades contre les « bleus », qui dans mon cas prenaient notamment ma taille pour prétexte. On m'appelait Franquito parce que j'avais l'air d'un petit garçon, et ce surnom me faisait encore plus souffrir que celui de Paquito, bien qu'avec les années « Franquito » n'ait gardé qu'une nuance affectueuse pour mes camarades de promotion qui continuèrent à m'appeler ainsi jusqu'à mon accession au grade de généralissime, l'usage de « Paquito » disparaissant aussi à ce moment. Les brimades étaient donc à l'ordre du jour, elles avaient déjà coûté la vie à un cadet ; ayant eu à en souffrir, je les ai toujours eues en horreur, et si je ne suis pas parvenu à les bannir des casernes j'ai pu les faire disparaître des académies militaires, car il est intolérable que les officiers du futur se forment à travers les humiliations. A l'Académie n'avaient pas cours les brutalités si courantes dans les casernes, mais il se produisait des abus de pouvoir et des manifestations d'arrogance que je n'étais pas disposé à tolérer. A peine arrivé, quand mon équipement me fut remis, l'« ancien » qui servait d'auxiliaire à notre sous-officier se planta devant moi, me jaugea de la tête aux pieds et cria :

– Celui-là, qu'on lui donne un mousqueton plus petit !

Je me mis en position fixe et interrogeai :

– Puis-je savoir à quoi cette mesure est due ?

Le solide gaillard, qui devait par la suite devenir un camarade et un ami, recommença à parcourir ma stature d'un œil narquois et déclara :

– Parce que si on te confie un mousqueton d'homme tu vas t'effondrer par terre.

Je me tournai vers le sous-officier :

– Je peux porter le même équipement que tous les autres.

Et c'est ce que je fis, en arrivant à ignorer tous les mots et les visages qui me revinrent alors en tête : Paquito, Franquito, Cerillita... J'étais encore un enfant qui n'avait pas achevé sa croissance, je n'étais pas de petite taille pour l'époque mais je le paraissais à cause de ma faible corpulence et de mon visage enfantin que n'arrivait pas à vieillir l'ombre de moustache que je cultivais trop assidûment. Franquito par-ci, Franquito par-là, et *donnons-lui un mousqueton plus petit, un seau d'eau glacée un jour, un examen médical un autre, et ainsi de suite, à tel point que ce harcèlement finit par me faire oublier mes livres et par compromettre mes chances de réussite aux examens. Je finis par attraper une férule qui pesait plus d'une arrobe et par la lancer à la tête de l'impertinent. On me conduisit devant le colonel, et quand je lui expliquai les raisons de mon geste il me somma de lui donner les noms de ceux qui m'accablaient de leurs vexations. Mais là, c'était une autre histoire : si je lui avais donné la cause de ma réaction, je ne donnerais pas ceux qui l'avaient provoquée, et je préférai être mis aux arrêts pour sauver mon honneur personnel et celui de ma corporation. Le colonel en personne, une fois ma peine purgée, me convoqua dans son bureau, me tendit la main et me dit : « Monsieur l'aspirant, on vous appelle Franquito mais vous êtes un Franco de bout en bout... » A quelque chose malheur est bon : quel grand dicton ! Ce châtiment fut bien payant puisqu'à partir de ce moment les brimades cessèrent et je fus pris en affection par tous mes camarades, une affection qui m'accompagna tout au long de ma carrière militaire et politique. Oui, celui qui a été l'enclume peut un jour devenir le marteau.*

L'impression que vous avez laissée à vos condisciples de l'Académie militaire s'est modifiée avec le temps, à partir de vos succès africains je suppose, puisque selon le témoignage du colonel Vícente Guarner personne n'aurait pu penser que vous alliez devenir Franco, Franco, Franco ! Vícente Guarner avait un an de moins que vous, et cependant il était de la promotion de votre cousin Pacón : « Pour nous, Franco était un Galicien triste et renfermé, toujours mélancolique ou déprimé, d'aspect commun, brun, court sur pattes, avec une voix de fausset, et à la culture livresque peu étendue. Contrairement à ce que soutiennent ses biographes, il se trouvait à la queue de sa promotion. Des six ou sept cadets que nous étions à nous retrouver ensemble de temps en temps, on aurait pu prédire de n'importe lequel qu'il serait dictateur, sauf de lui. »

Si j'avais mis fin aux brimades par des moyens virilement expéditifs, je ne cessai pas pour autant de supporter les réprimandes sans lesquelles l'âme d'un soldat ne peut se modeler, dans cette obéissance aveugle qui n'empêche pas sa raison de fonctionner mais qui lui commande le silence ou, si elle veut s'exprimer même pour critiquer, d'attendre que les ordres aient été accomplis. Cependant j'aimais les classes, la vie entre camarades qui me laissait toujours me retrouver seul avec moi-même quand je le désirais, les rues de Tolède n'offrant d'ailleurs pas de distractions extraordinaires à celui qui ne recevait que deux pesetas hebdomadaires pour ses dépenses personnelles. Elle faisait plaisir à voir, toute cette jeunesse martiale arpentant les artères de l'impérial Tolède, toujours impeccablement habillée car l'Académie exigeait de nous une apparence aussi propre que devaient l'être nos âmes. Tout cadet disposait de trois vareuses, une de drap sombre pour les cérémonies et deux grises pour chaque jour, de deux paires de pantalons rouges et de deux en tissu gris, le tout pour 325 pesetas, de l'époque évidemment, mais qui ne représentaient rien en regard de la splendeur de ces vêtements. Nous avions aussi un sabre en acier de Tolède (35 pesetas), une épée de parade (25 pesetas), une pèlerine noire à collet (80), et un bonnet de drap dont je ne me rappelle plus le prix. Avec ces deux pesetas par semaine, nous pouvions nous acheter des casse-croûte et nous faire raser une fois par le barbier ambulant. Nous pouvions sortir de l'enceinte militaire une ou deux heures chaque jour, à moins d'être aux arrêts, ce qui put m'arriver car il était difficile de rester sans cesse dans les limites du règlement. Je vais vous donner un exemple : j'étais en deuxième année, c'était un dimanche et je m'étais déjà mis d'accord avec Pacón pour aller rejoindre plus tard un de ses oncles de passage à Tolède, un civil qui voulait nous régaler d'un bon goûter. Pacón, qui a toujours été un peu naïf, ne trouva rien de mieux que d'aller intervenir en ma faveur au poste de garde avec sa pèlerine sur les épaules, ce qui d'un point de vue civil était tout à fait logique puisqu'il pleuvait, mais qui était une violation flagrante du règlement intérieur de l'Académie. A peine était-il entré que l'officier de garde désignait la porte en lui disant : « Monsieur, présentez-vous immédiatement aux arrêts pour être entré dans un poste de garde revêtu de votre imperméable, au lieu de le porter plié sur le bras comme l'exige le règlement. » Nous ne partageâmes donc pas les gâteaux mais le cachot, et bizarrement Pacón, contre toute logique, s'exclama en tapant du poing sur la table la plus proche : « Ces militaires sont des ânes ! »

Au cours de l'une de ces explorations en compagnie de Pacón et de Camilo, nous allâmes jusqu'au couvent Saint-Paul où je demeurai en arrêt devant l'épée avec laquelle ce saint apôtre des Gentils avait été décapité, et qui, semble-t-il, avait été retrouvée par le glorieux cardinal Gil de Albornoz*. Elle disparut en 1936, le gardien du couvent l'ayant dissimulée dans une cache connue de lui seul, pour la garder hors de portée des Rouges. Le gardien fut assassiné mais emporta dans l'autre monde son secret. Depuis l'an de grâce 1950 je suis à la recherche de cette épée, et je ne me rends jamais à Tolède sans encourager les autorités locales à la retrouver. En vain malheureusement mais, grâce à un parchemin du musée de la Sainte-Croix qui reproduisait les deux faces de la flamberge en grandeur nature, la fabrique d'armes de la ville en exécuta une copie fidèle, avec les inscriptions Neronis Cesaris mueri et Quo Paulo truncatus capite fuit. Era CVIII, travail d'autant plus scrupuleux que je leur avais expliqué que le Greco avait certainement représenté la véritable épée dans son tableau de La Décapitation de saint Paul. Obstiné comme je le suis, je ne me contente cependant pas de cette reproduction, aussi belle soit-elle, et je continue à insister pour que l'on retrouve l'original.

Ce fut à Tolède que je devins un homme, un apprenti soldat qui voyait dans sa fonction un mariage avec l'Espagne, l'Espagne humiliée et spoliée des derniers siècles. Un jour, un historien américain m'a demandé comment s'était passée ma jeunesse : « Ma jeunesse ? Voyez-vous, je ne peux guère en parler. A quatorze ans j'étais cadet, et dès ce moment je ne fus plus un adolescent mais un homme, sur les épaules duquel pesaient des responsabilités bien plus étendues que son âge et sa fonction ne le supposaient. » Tolède fut aussi pour moi la découverte d'une partie essentielle de l'histoire d'Espagne, la première cité espagnole de mon existence qui, contrairement à El Ferrol et à la

Galice, s'ouvrait sur l'intérieur du pays et non sur l'horizon marin, oui, une ville de l'Espagne profonde, casanière mais saine malgré les touristes qui commençaient à y affluer, attirés par un Greco très à la mode parmi les snobs européens. C'était le cardinal Aguirre qui veillait alors à la santé morale de Tolède, menant croisade contre la presse libérale et s'assurant que le Sacré-Cœur passât en procession dans une cité dont les réjouissances publiques se limitaient à quelques fêtes de quartier. Pas plus qu'aujourd'hui, je ne pouvais rester aveugle aux infortunes de ces cités accablées par la décadence de l'Espagne, et j'étais tout particulièrement impressionné par les mendiants qui s'agglutinaient autour de l'Académie, en l'attente des piécettes que nous faisions tomber dans leur paume sale ou dans leur béret informe. Le plus populaire d'entre eux était un certain Carrero, un vieil extravagant toujours vêtu d'un pantalon d'un rouge passé, d'une vareuse grise et d'un calot militaire, garde-robe qu'il s'était constituée grâce à la charité des élèves de l'Académie.

Si à El Ferrol les jeunes filles recherchaient les officiers frais émoulus de la Marine, à Tolède elles réservaient leur intérêt, enjoué mais toujours d'une élégante modestie, à ces cadets qui seraient bientôt la fine fleur de l'armée espagnole. La place du Zocodover était ce qu'elle avait dû être depuis ses origines arabes : un souk accueillant aussi bien le marché des agneaux pascals que les concerts tapageurs de serinettes, qui avaient été interdits durant un temps on ne sait pourquoi mais qui heureusement se donnaient de nouveau au moment de mes études. Cette interdiction absurde a toujours été pour moi la preuve que, s'il faut parfois prohiber, cela ne peut être que pour le bien commun et non pour l'égoïste satisfaction d'un pouvoir arbitraire.

Le marché du Zocodover était particulièrement attrayant le mardi, même si ce jour-là il ressemblait encore plus à un souk, comme je pus les découvrir par la suite au Maroc. Habits, grains, vaisselle, poterie, fromages artisanaux, ferronnerie, chorizos, boudins, outres, c'était un pittoresque mélange qui obéissait à un ordre immémorial parfaitement connu des Tolédans mais qui au début me fit l'effet d'un labyrinthe d'objets et de senteurs. Pour les étrangers, c'était sans doute un avant-goût de l'Afrique, mais ils ne se rendaient pas compte qu'avec leurs chapeaux coloniaux, leurs jumelles, leur déguisement de safari ils constituaient pour nous un spectacle tout aussi étrange, attirant comme les mouches des gamins à l'affût de quelques pièces de monnaie, quémandage poignant qui me soulevait le cœur et m'obligeait à fuir par les ruelles aux pavés disjoints, esquivant des bourricots surchargés, des porteurs d'eau, des barbiers qui exerçaient leur office en pleine rue sans rien d'autre qu'une chaise, un rasoir, des ciseaux mal aiguisés et une cuvette pleine de savon parfumé, quand ils ne passaient pas directement le blaireau sur le pain de savon. Les journaux disaient que les touristes étaient des excentriques, des hurluberlus ; moi, je pensais que c'étaient des poseurs qui aujourd'hui observaient et demain raconteraient des sornettes sur ce qu'ils avaient vu, ajoutant encore aux calomnies dirigées contre l'Espagne, même s'ils laissaient de belles sommes dans les magasins d'armes damasquinées. Tout en sachant que nous en avions besoin, je me suis toujours méfié du tourisme.

La nouvelle promotion recevait un nouvel uniforme : col et poignets de drap carmin, épaulettes dorées, casquette anglaise remplaçant le képi, bleue à filets carmin avec l'emblème et la couronne espagnols. Ce fut un mois et demi d'entraînement pénible, qui le fut moins dès que j'eus surmonté ma réticence devant le cheval d'arçon : j'étais solide finalement. Ainsi arriva le 13 octobre 1907, jour où nous prêtâmes serment au drapeau et où je criai « Oui, je le jure ! » avec une force qui eût étonné mon père et qui domina la voix de tous mes compagnons de rang, m'attirant par la suite des commentaires incapables de m'offenser, parce que n'offense pas qui veut mais qui peut. Puis les études débutèrent, essentiellement fondées sur le Règlement provisoire pour l'instruction théorique des troupes d'infanterie, un bon manuel mais quelque peu dépassé et mal tenu à jour puisqu'il ne reprenait pas les nombreuses expériences par lesquelles nous avions eu à passer durant la guerre de guérilla contre les insurgés cubains et philippins et qui nous auraient été tellement utiles pour nous préparer à affronter le Maure. Je dévorais les livres de la maigre bibliothèque de l'Académie, surtout ceux consacrés aux enseignements des campagnes passées et à l'art de la guerre. Parmi les ouvrages espagnols, je fus particulièrement impressionné par celui de Franjul, *Mission sociale de l'armée*, qui ne figura à la bibliothèque que l'année suivante mais qui fit rapidement parler de lui car il était le premier à considérer l'armée comme un élément vertébrant la société, au même titre que l'Église, dont on prétendait négliger la mission alors que pourtant nous, les militaires, étions de plus en plus conscients du rôle que nous jouions implicitement, et quelquefois explicitement. Cette passion pour la lecture commença à Tolède et m'accompagna durant toute la Guerre civile : j'ai toujours voyagé avec une valise pleine de livres, centrant peu à peu mon intérêt sur le droit, l'histoire et l'économie, mais j'ai aussi lu, avec un soin et un plaisir variables, tous les classiques de la philosophie, et notamment saint Thomas d'Aquin.

Mes études se révélèrent stimulantes, adaptées et d'une surprenante modernité étant donné les faibles moyens dont disposait l'armée et la mauvaise volonté que lui manifestaient les responsables politiques. Elles étaient bien sûr dominées par l'enseignement de l'art de la guerre d'infanterie, mais ne négligeaient pas d'autres matières et se consacraient avec pertinence à la connaissance des armes, de la topographie, de la physique, de la télégraphie et de la photographie, ce qui fit naître en moi une véritable passion pour la photographie en particulier et pour la culture de l'image en général, et surtout pour le cinéma. Nous avions des professeurs endurcis par nos récentes défaites mais aussi pleins d'espoir et qui, invités par des académies étrangères, pouvaient ensuite nous faire partager un savoir plus moderne. La période durant laquelle notre Académie fut dirigée par le colonel Villalba vit l'adoption du système de simulation militaire à deux niveaux, celui des petites unités et celui du mouvement d'une division complète. Connaissances théoriques, entraînement physique, exercices tactiques, perfectionnement logistique... Non, je n'ai pas à me plaindre de la formation militaire reçue, et moins encore de la formation intellectuelle dans cette Académie où il me fut donné de fréquenter des jeunes gens habités par les mêmes ambitions militaires, et des professeurs témoins ou complices – il y avait de tout – de la conjuration anti-espagnole. Ce fut aussi à cette occasion que se produisit un événement capital dans ma vie et, *toute fausse modestie étant désormais inutile, dans l'histoire de l'Espagne.*

Au début du mois d'avril 1909, on nous envoya dans un campement des Alijares pour un exercice visant à repousser l'attaque d'une force ennemie. Elle se produisit le 3, à une heure et demie du matin. Les cadets, dont je faisais partie, se déployèrent, défendirent leurs positions avec acharnement, et quand le clairon de l'ennemi sonna le cessez-le-feu nous fûmes envahis par la joie de la victoire. Alors, sur l'horizon chargé de poussière et de fumée, apparurent « les attaquants » et parmi eux, menant deux compagnies du régiment du León... le roi ! Le jeune Alphonse XIII avançait d'un pas martial mais quelque peu embarrassé par la longueur excessive de ses jambes, le sourire et le teint pâles mais ses lèvres d'autant plus rouges, comme je pus le constater lorsque le soleil se leva et que tous les participants à la manœuvre, les os moulus par cette longue tension soudain dissipée, firent cercle pour donner libre cours aux commentaires, critiques et analyses. Dans ma promotion figurait Alphonse d'Orléans, prince de sang et futur cadre militaire de premier plan sous mes ordres durant la Croisade, bien qu'il eût aussi répondu aux ordres de la franc-maçonnerie à d'autres périodes de sa vie. Mais un prince est un prince, un roi est un roi, et Alphonse XIII, qui irradiait bienveillance, simplicité et majesté, était, en toute occasion et sans conteste, le roi. Chez moi, on m'avait inculqué le respect du roi en tant qu'arbitre providentiel, fruit d'une sélection naturelle d'un pouvoir séculaire, et cette conviction abstraite, théorique si l'on veut, me fut confirmée par la personnalité fascinante d'Alphonse XIII. J'ai été à plusieurs reprises favorisé par son attention et son traitement, et j'ai souvent dit qu'il avait été le meilleur des Bourbons que nous ayons eus, en dépit de cette époque de décadence morale, sociale et politique fomentée par la franc-maçonnerie et le communisme. Il avait tout pour être un grand roi, et ses erreurs n'atteignirent jamais le niveau de ses possibilités. Sans la néfaste influence des forces de désagrégation, Alphonse XIII aurait été un roi digne des grands souverains d'Autriche, Charles Ier (Charles Quint) et Philippe II, car pour être Bourbon il n'en appartenait pas moins à la maison d'Autriche. Je ne lui ai jamais

*connu qu'un seul défaut, semble-t-il héréditaire : Sa Majesté
fumait de très jolis petits cigares à bout de carton et ceints d'une
bague avec la couronne royale, et il les distribuait en veux-tu en
voilà à tour de bras dans nos rangs en faisant des plaisanteries
parfois osées. Je n'ai jamais pu en accepter parce que j'ai
toujours su me garder de ce vice et, si j'ai toléré que le prince
Juan Carlos*, son petit-fils et le futur héritier de la couronne
d'Espagne, fume en ma présence, c'était en souvenir de son
grand-père et de sa généreuse propension à distribuer ses royaux
cigarillos.*

Mon père m'a rapporté, à cinquante ans de distance, l'impression qu'avait éprouvée ma grand-mère, dans le Madrid de la fin
des années dix, en voyant Alphonse XIII descendre la Castellana
en calèche découverte et s'arrêter soudain devant un bâtiment
imposant qu'elle n'avait pu reconnaître. Le roi se leva de toute
sa taille en dépliant ses jambes interminables, sous les yeux
écarquillés de cette toute jeune femme au ventre sans cesse
fécondé, trapue comme les paysannes de son pays et sidérée par
la stature de la royauté. Ils avaient en commun l'instinct
dynastique : tout roi n'a d'autre préoccupation que de perpétuer sa dynastie, par la paix ou par la guerre, coûte que coûte,
et ma grand-mère elle aussi se trouvait à Madrid pour raisons
dynastiques, vendant le lait qu'avait fait monter dans ses seins la
naissance de mon oncle Manolo pour récolter les économies
qui satisferaient le besoin frénétique de pierres et de champs
de mon grand-père, pesuadé de ne pouvoir débarrasser sa
descendance des siècles de servitude que par la possession
de biens immobiliers. Dans un petit hôtel particulier de la
rue Zurbano, elle donnait le sein à un enfançon aux cheveux de
paille, dont un bras était plus court que l'autre, héritier d'une
lignée aux noms dignes de la rubrique nécrologique du bien-
pensant *ABC*.

*Jadis, il était relativement facile de veiller à la moralité du
peuple puisque l'Église se chargeait de son éducation et qu'il lui
suffisait de transmettre les connaissances indispensables au
travail et au salut de l'âme. Mais avec l'apparition des masses,*

l'éducation devint un problème social et l'Espagne déchirée du XIXe siècle s'enfonça dans un conflit opposant différentes philosophies de l'enseignement, essentiellement entre traditionalistes et libres-penseurs. Il me fallut attendre l'Académie pour commencer à recevoir une formation de base réellement cohérente, sous l'autorité morale de professeurs militaires qui avaient vérifié dans leur chair les raisons du désastre espagnol. Parfois, lorsque je me rappelle combien le savoir avait un sens chez nous et combien il en avait peu hors des murs de l'Académie, je me dis que nous, les militaires, sortions de nos écoles avec des idées limitées mais claires alors que les civils pouvaient avoir beaucoup d'idées mais qu'elles étaient des plus confuses. Morale spartiate, respect de l'autorité et de la hiérarchie, retour à l'Espagne du Siècle d'or, certitude que les militaires formaient la colonne vertébrale de ce pays invertébré qu'avait disséqué avec une finesse remarquable mais parfois destructrice Ortega y Gasset*, tels furent nos principes de base, tous inspirés par le mot d'ordre : « Honneur et Patrie ». Dans son livre, le général Franjul reprenait une bonne partie de la démonstration de son homologue français Lyautey quant au rôle d'une armée vivant en temps de paix plus que de guerre, et même si nous, les jeunes officiers, gardions comme objectif de préserver les derniers vestiges de notre Empire africain et de regagner si possible d'anciennes zones d'influence, nous savions aussi que le pouvoir civil était incapable de faire régner l'ordre et qu'à sa moindre défaillance il nous appartenait de prendre le contrôle des rues ou des routes pour l'imposer. Mais puisque nous étions le garant de l'ordre, pourquoi ne pas appliquer cette prérogative à la réorganisation systématique de l'État et de la société ? Je ne voudrais pas précipiter mes conclusions, mais je ne peux m'empêcher de souligner dès à présent que les deux périodes les plus prospères de l'Espagne moderne coïncident avec un régime de dictature militaire, celui de Primo de Rivera* entre 1923 et 1929, et celui que sous mon commandement la glorieuse armée espagnole instaura après la Croisade de 1936-1939, qu'il faudrait appeler Démocratie organique.

Ma troisième et dernière année d'Académie fut caractérisée par la complexité et l'impatience, complexité des matières étudiées et impatience dans l'attente du dernier jour, de la remise du diplôme marquant le début d'une carrière militaire qui, avec le déclenchement de la guerre en Afrique, s'annonçait passionnante. Nous gardions en tête notre devise, « La promotion ou la mort », tandis que nous nous consacrions à des disciplines aussi variées que la tactique des trois armes, la géographie militaire de l'Europe, les règlements, le matériel offensif portable, les fortifications, les voies ferrées, le télégraphe, ou l'histoire militaire. Il fallait aussi étudier obligatoirement l'anglais et le français (avec cours de perfectionnement), l'allemand ou l'arabe en option. L'escrime, le fleuret, le croquis de campagne, le tir... Mais avec les événements d'Afrique les cours théoriques se réduisirent au profit des exercices pratiques et tactiques, et cette année-là encore nous fûmes honorés par la présence d'Alphonse XIII, accompagné cette fois de Manuel II du Portugal : lors de ces exercices, le roi commandait mon groupe, à ma grande fierté et satisfaction. Cette présence assidue d'Alphonse XIII aux côtés de l'armée fut la cause principale de notre monarchisme, engagement positif même s'il arriva souvent à certains de nos supérieurs de ne plus savoir où s'achevait leur fidélité à la monarchie et où commençait leur responsabilité envers la patrie... J'ajouterai seulement que, sur les trois cent douze sous-lieutenants de ma promotion, quatre-vingt-seize moururent durant la Guerre civile, dont l'immense majorité dans le camp national, et qu'en 1950 figuraient à notre tableau d'honneur quatre titulaires des lauriers de San Fernando, la plus haute distinction militaire espagnole, et douze de la Médaille militaire. Une fois encore, le mystère qui lie un être humain à son destin personnel apparut dans les résultats de la promotion. Sur trois cent douze, j'arrivai en deux cent cinquante et unième position : le jugement de l'Histoire allait-il me réserver le même rang ?

Ce fut enfin le grand jour du 14 juillet 1910. Dans la superbe cour de l'Alcazar de Tolède dominée par la statue de notre plus formidable césar, Charles Iᵉʳ d'Espagne et V d'Allemagne, nous étions alignés au garde-à-vous, cadets déjà devenus sous-lieutenants d'infanterie. Aux galeries ornées de velours et de tapisseries se penchaient des douzaines de jeunes filles qui paraissaient n'attendre qu'un signal pour voleter joyeusement, telles des palombes, au-dessus de notre juvénile audace. Après la messe, alors que la solennité de la cérémonie ne nous empêchait pas de jeter un œil vers l'assistance émue formée par nos proches, les fanfares éclatèrent en hymnes glorieux, celui de l'Espagne en premier lieu. L'emblème de l'Académie arriva aux mains du porte-drapeau sortant pour passer à celles de son remplaçant dans la nouvelle promotion, et mes yeux brouillés de larmes virent dans ce geste toute la vérité profonde dont l'armée était porteuse, la défense de la patrie résumée dans le plus éminent des symboles, le drapeau national. Quand on nous appela à rompre les rangs, je me laissai emporter par le tumulte, je sentis que proches et amis me prenaient dans leurs bras, mais tous comprirent que j'étais absent, absent en moi-même, ravi par l'extase intime d'avoir découvert le sens de ma vie, de ma mission. Ma mère fut celle qui remarqua le plus combien j'étais ému et, tout en me caressant la joue de la main qui avait essayé de me faire signe pour me ramener à la gaieté ambiante, elle soupira et dit : « Il y a bien de quoi être ému, en des murs aussi vénérables. » « Vénérables, oui, répondis-je, et ici l'Histoire ne manque pas de femmes aussi courageuses que toi. » « Moi, courageuse ? Pauvre de moi ! Je n'ai pas d'autre courage que celui que me donnent les saints Évangiles. » Elle ne se rappelait plus que Tolède, berceau de notre catholicisme, avait compté des femmes remarquables comme doña Berenguela, l'épouse d'Alphonse VI qui, du haut d'un donjon du vieil Alcazar, observa impassible l'approche des troupes mahométanes lesquelles, constatant le faible nombre de loyaux chevaliers qui veillaient sur la reine, rendirent hommage à une telle bravoure en passant leur chemin sans l'importuner. Ici encore, dans les oubliettes de l'Alcazar, l'exemplaire doña Blanca de Bourbon paya pour sa force d'âme tandis que son irresponsable mari, Pedro le Cruel, s'abandonnait à des amours impures avec María de Padilla... Pendant que j'égrenais ces exemples, un cercle attentif s'était formé autour de nous et quelqu'un lança : « Comme vous voyez, Señora, votre fils connaît mieux les pierres que les livres. » Je regardai tout droit la personne qui s'était ainsi exprimée et dont je ne veux plus me rappeler le nom, puis je *répliquai : « Malheureux celui qui, à cause des livres, a oublié de lire les pierres. »*

Vraiment ? Ne vous contentez-vous pas ici de paraphraser ce que vous avez imaginé dans *Raza*, lorsque José, c'est-à-dire vous, reçoit le diplôme de cadet ?

« Luis : Comme vous voyez, Señora, votre fils connaît mieux les pierres que les livres.

« José : Contrairement à toi, Luis, qui as négligé les pierres pour les livres. Et tu ne sais pas ce que tu as perdu. A quoi sert un peu plus de mathématiques dans une vie d'homme ? En revanche, quelles leçons nous donnent les pierres !...

« Luis *(un peu froissé)* : Je n'en ai pas oublié l'Histoire pour autant, et tu connais l'intérêt que je lui ai porté.

« José : Oh oui, premier de la classe, excellent pour rabâcher les récits froids et sans âme d'un auteur parmi tant d'autres, des pages d'histoire dénuées de leur feu originel, des lignes et des mots que le vent emporte... Voyons, te rappelleras-tu qui fut le premier alcade de cet Alcazar dans les murs duquel nous avons passé trois années ?

« Luis : Bien sûr. Alphonse VI.

« José : Non. Lui a conquis Tolède, a ordonné sa construction. Le premier gouverneur de la ville fut Rodrigo Díaz de Vivar, le Cid. Écoute, Isabel, toi qui sais apprécier ces choses : un jour, j'ai voulu le graver là, sur cette pierre, mais l'officier de service est sorti et m'a envoyé paître. Un peu plus et il me mettait aux arrêts ! Il n'a pas compris ! *(Il interroge d'un air malicieux.)* Et ces tours ? Œuvre d'Alphonse X Le Sage, mais nous les regardons avec la frivolité des ignorants. »

Convenez qu'il est assez déplaisant de ridiculiser les premiers de la classe après nous avoir avoué votre rang peu brillant dans votre promotion ! Trente ans après avoir obtenu votre diplôme de justesse, au moment d'écrire *Raza*, déjà grisé par les compliments flatteurs de vos courtisans, vous êtes remonté dans le temps pour régler leur compte aux deux cent cinquante cadets qui avaient osé vous devancer, sans doute excellents pour rabâcher les récits froids et sans âme d'un auteur parmi tant d'autres...

Quand éclata la guerre du Maroc, nous souhaitâmes tous finir nos études au plus vite pour partir au combat, non seulement parce que nous voulions servir la patrie mais aussi parce que c'était là l'occasion de mettre à l'épreuve notre volonté et nos connaissances, et de gagner distinctions et promotions. Mais nous étions en même temps conscients de l'hostilité que les forces anti-espagnoles fomentaient contre l'armée, à l'intérieur comme à l'extérieur. On était en pleine explosion de l'antimilitarisme social encouragé par ceux qui affaiblissaient encore plus l'Espagne chancelante en désignant l'armée à la haine de la populace. La manifestation la plus dramatique et révélatrice de cet antimilitarisme démagogique se produisit sans aucun doute lors de la Semaine tragique de Barcelone, révolte civico-anarchiste contre la levée des troupes destinées à l'Afrique et pétrie de sentiments antiétatiques et anti-espagnols sur lesquels jouèrent presque toutes les forces politiques catalanes avant de s'en détourner en voyant comment la lie du peuple s'emparait de la rue et dressait ses barricades. La crise de l'État espagnol, c'est-à-dire de la patrie, était utilisée dans des buts sécessionnistes par des courants centrifuges basques, catalans, galiciens, catalans surtout car ils bénéficiaient de la complicité d'agents économiques, politiques, sociaux. Il est vrai que certains régionalistes modérés de Catalogne comme Cambó* participèrent à la nécessaire modernisation de l'État, mais la tentation séparatiste demeurait au fond de tous les esprits, et dès que l'occasion s'en présenta elle voulut s'exprimer. Pour démanteler l'Espagne il fallait s'en prendre à l'armée, ce qui explique les conflits permanents entre séparatistes et militaires, qui débutèrent en 1905. Les événements de la Semaine tragique, quatre ans plus tard, présentaient un danger plus grand encore car pour la première fois y apparut le spectre de l'Espagne rouge et démembrée, et le risque que les forces modérées soient débordées par la pression de la rue. Une fois encore, ce fut l'armée qui fut appelée à rétablir l'ordre, un ordre que le pouvoir politique ne savait que déstabiliser.

L'image des foules prenant d'assaut les couvents et déterrant les cadavres de religieuses pour les entraîner dans une danse obscène hanta les cauchemars de ma jeunesse, mais me mit aussi en garde contre les débordements auxquels peut conduire cette nouvelle subversion que j'eus à combattre notamment lors de la mission suprême que fut la Croisade. Un autre aspect de la Semaine tragique qui me frappa beaucoup fut la campagne internationale anti-espagnole contre l'exécution du prétendu professeur Ferrer Guardia, instigateur intellectuel de la révolte et maître à penser de régicides tel Mateo del Morral. Dans les principales capitales européennes, le drapeau espagnol fut piétiné, insulté, brûlé, et à Bruxelles on alla jusqu'à élever un monument à cet individu ! Je lus avec enthousiasme et fierté la lettre patriotique que Luca de Tena*, le directeur d'ABC, mon quotidien préféré comme il l'avait été de ma mère, adressa par télégraphe aux principaux journaux du monde entier pour toucher l'opinion publique internationale, et qu'ABC publia dans son intégralité et que je ne citerai que partiellement : « ... Ferrer a été jugé par un tribunal légalement constitué qui a agi dans le respect des lois et des droits de l'accusé garantis comme dans les cours de justice de tous les pays civilisés. Il n'a pas été jugé pour ses idées, mais pour sa complicité avec les révolutionnaires qui, à Barcelone, s'étaient livrés au pillage, à l'incendie, au viol de religieuses, au meurtre de femmes et d'enfants. Sur la foi des témoignages de républicains et de radicaux, il a été reconnu complice de tels crimes. La session du conseil de guerre s'est déroulée publiquement, Ferrer a pu choisir librement son avocat qui a travaillé sans aucune entrave et qui, contrairement à certaines rumeurs, n'a pas été empri-sonné. Pendant de longues années, Ferrer avait pu publier des livres, enseigner à l'École moderne, répandre ses thèses anar-chistes qui prônaient le saccage et l'assassinat : c'est dire qu'il n'a pas été condamné pour ses idées. Ceux qui veulent calomnier l'Espagne devant l'Europe travestissent la réalité. Les fusillés de Montjuich, dont on parle aujourd'hui comme s'ils avaient été des centaines, n'ont été qu'au nombre de quatre en l'espace de deux mois et demi. Quant aux allégations de torture, il s'agit d'un infâme mensonge... » Lorsque j'ai eu à prendre en main les plus hautes destinées de la patrie, je me suis moi aussi retrouvé plus d'une fois en butte à de semblables campagnes de diffamation : avec la mise en scène de la destruction de *Guernica*, avec l'emprisonnement de López Raimundo, ce communiste responsable des troubles barcelonais de 1951, avec le jugement et l'exécution de Julián Grimau*, avec les procès de Burgos contre le terrorisme de l'ETA, avec, il y a seulement quelques jours, fin septembre 1975, la condamnation à la peine capitale de cinq terroristes... Compassion ? Oh, que non : ce qui les anime, c'est la volonté de nuire à l'Espagne, de défendre communistes et francs-maçons ; si dans le passé ils craignaient notre puissance, ils sont aujourd'hui enragés par la sérieuse raclée historique que nous leur avons administrée lors de notre Croisade de libération.

Étonnante, la persistance de ce kyste mental Ferrer Guardia dans la conscience collective de la contre-révolution espagnole... De nos jours encore, vos historiens, qui appartiennent presque au XXIᵉ siècle, continuent à voir une conjuration anti-espagnole dans la campagne internationale contre l'exécution de cet homme en 1909, et vous-même, en votre temps, avez remercié les Allemands d'avoir, en entrant dans Bruxelles en 1939, renversé le monument dédié à ce professeur catalan devenu un symbole de la gauche martyre. Mais quasiment aucun historien sérieux ne met aujourd'hui en doute que Ferrer Guardia fut le bouc émissaire du gouvernement de cet Antonio Maura* que vous admirez tant et qui voulut ainsi châtier les anarchistes de s'être élevés contre l'interventionnisme militaire au Maroc, prétexte d'une partie de l'oligarchie espagnole puisque le comte de Romanones en personne était actionnaire des Mines du Rif, tout en satisfaisant le jeune roi tenté par les aventures belliqueuses. La bourgeoisie catalane cautionna cette entreprise d'intimidation, tant elle était effrayée par la montée d'une protestation qui ne se contentait pas de défendre la cause nationaliste mais en venait à critiquer les structures étatiques de la Restauration. Vous étiez tous trop aveuglés par l'espoir de la promotion et de la mort pour ne pas comprendre que le cadavre de Ferrer Guardia fut autant manipulé que votre héroïsme de jeunes officiers drogués de patriotisme. Tellement aveugles en vérité que vous n'aviez même pas été capables de lire ni d'entendre un discours prononcé devant les Cortes de Madrid par le leader catalan modéré Francesc Cambó : « Il faut se replacer, Messieurs les députés, dans le contexte social espagnol d'août, septembre et octobre 1909. J'étais à Barcelone quand Ferrer fut arrêté, et deux députés républicains vinrent m'apporter cette nouvelle. Aucun des deux ne doutait en son for intérieur que Ferrer ait mérité la peine de mort, aucun des deux ne pensait que les tribunaux éviteraient de lui infliger la peine capitale, mais à ce moment ils me dirent : " Non, Ferrer ne sera pas exécuté ; Ferrer est trop fort, il ne sera pas exécuté ; Ferrer est trop fort, et la justice pliera devant lui, parce qu'elle aura peur. " *(Murmures.)* C'était là l'état des esprits à Barcelone, et dans toute l'Espagne pendant les semaines qui s'écoulèrent de son arrestation à son exécution. Les membres du parti radical ne réclamèrent pas sa grâce, ils furent au contraire ses accusateurs durant le procès. Et nous, qui étions neutres dans cette affaire, ne la réclamâmes pas non plus. Personne, je répète, personne n'a demandé la grâce de Ferrer. S'il existe une culpabilité pour le passage de Ferrer devant le peloton d'exécution, elle appartient à tout le corps social, en particulier celui de Barcelone. Nous, citoyens de Barcelone, avons tous fusillé Ferrer en ne demandant pas sa grâce. *(Applaudissements.)* »

L'esprit antipatriotique qui se dissimulait derrière l'antimilitarisme fut cultivé en Espagne par la franc-maçonnerie comme par les mouvements de gauche, jusqu'à ce que Moscou apparaisse ouvertement comme le centre de diffusion des consignes hostiles à la civilisation chrétienne. Barcelone, en dépit de sa réputation de capitale du bon sens, du seni comme l'appellent les Catalans, était le bastion de l'antimilitarisme où proliféraient maçons et anarchistes : en 1871 déjà, le général Baldrich avait dû bombarder le quartier de Gracia, où s'étaient réfugiés les mutins opposés à la levée des troupes. La pourriture antimilitariste se répandait jusque dans ces chansons populaires qu'à mon grand étonnement mon père connaissait par cœur et fredonnait parfois, excentricité que je ne pouvais comprendre de la part d'un homme qui avait défendu l'empire aux Philippines et à Cuba :

> *Crions : Vive le peuple*
> *Et la République des nations*
> *A bas les droits du sang,*
> *A mort l'Inquisition !*
> *Assez de rois, de tyrannie,*
> *Mères dont le cœur s'est brisé*
> *En voyant vos fils mobilisés,*
> *Retrouvez courage et chantez :*
> *Vive notre République et la liberté,*
> *Pour Castelar, Orense, pour Pierrad,*
> *Vivat !*

Originaire, comme moi, d'El Ferrol, Pablo Iglesias, par ailleurs fondateur du Parti socialiste ouvrier espagnol, le PSOE, poursuivit des années plus tard cette propagande antimilitariste, sournoise et traître, alors même que nos armées se trouvaient engagées en Afrique : «Qu'est-ce que la guerre? Un crime contre l'humanité. Oui, un crime que nous tous, et en particulier les ouvriers qui en sont les premières victimes, devons combattre, condamner, dénoncer, en déployant tous les efforts possibles pour empêcher qu'il s'accomplisse.» Il est certain qu'il était un temps où les riches échappaient au service militaire en payant une quote-part. Cette inégalité devant les devoirs militaires donna lieu à beaucoup de démagogie et de discours sur la «lutte des classes», mais s'il est vrai que la richesse encourage parfois l'égoïsme et l'individualisme il y eut et il y aura toujours des riches bien conscients de leurs responsabilités, respectueux des préceptes de ce Catéchisme des riches du père jésuite Ruiz Amado que Carmen me fit lire durant notre séjour à Saragosse. La justice sociale a été l'une de mes grandes préoccupations à la tête de l'État, et vous me permettrez de citer une partie du passage de ce livre consacré aux contreparties ou difficultés que suppose l'accumulation de la richesse :

– Il n'existe pas de loi naturelle traçant des limites à l'extension de la propriété.
– Certes, aucune loi naturelle ne limite a priori le droit d'acquérir de nouveaux biens, mais ce droit doit tenir compte des besoins des déshérités.

– *Mais pourquoi le riche devrait-il se préoccuper de ces besoins ?*

– *D'abord, en raison de la fraternité proclamée par le Christ entre tous les hommes, ensuite parce que l'extension des possessions du riche exclut le pauvre de la jouissance des biens matériels.*

(...)

– *Sans grandes fortunes, point de grands travaux, de grandes œuvres, qui sont au bénéfice de toute la communauté, pauvres compris.*

– *Aussi est-il bon qu'il y ait des riches, et c'est pourquoi Dieu consent à ce que certains s'enrichissent légitimement. Pourtant c'est mal que certains riches consacrent leurs biens en excédent non à entreprendre des œuvres pour le bien commun mais à satisfaire les vaines exigences de leur imagination, tandis qu'autour d'eux les indigents souffrent.*

(...)

– *Si les riches remplissaient leurs devoirs envers les pauvres, il leur manquerait, pour s'enrichir, le mobile pernicieux de l'égoïsme, mais il leur resterait d'autres motivations très stimulantes.*

– *Lesquelles donc ?*

– *Le désir de progrès, qui étreint tous les nobles cœurs ; le désir de faire le bien de l'Humanité ; le désir d'améliorer ses conditions de vie en même temps que celles des autres ; l'amour de sa propre famille, de la Patrie, et de l'Humanité ; et surtout l'amour et le respect de Dieu, qui partage diversement les talents et qui demandera à chacun un compte exact de ceux qu'Il lui a confiés.*

Face à la démagogie séparatiste, la guerre d'Afrique, qui causa les désordres de 1909, n'était pas seulement justifiée : elle était indispensable pour nous sortir du sentiment d'échec dans lequel nous vivions depuis 1898. La provocation vint des Maures, qui ne respectèrent pas les accords signés en 1902 par la France et l'Espagne sur le découpage du Maroc en deux zones de protectorat qui tenaient compte des querelles intestines entre les différentes ethnies et les petits despotes locaux. L'Allemagne, jalouse de cet arrangement, ne fut pas étrangère à la propagation d'idées séditieuses parmi les Berbères, et nous en arrivâmes ainsi, en 1909, au premier affrontement ouvert : le 9 juillet, quatre cents Kabyles du Rif attaquèrent une installation militaire espagnole, tuant un mineur et quatre soldats de l'escorte. Le 11, ce fut encore plus grave : une harka (groupe de guerre kabyle) forte de six cents hommes fondit sur une compagnie espagnole de deux mille soldats, et la mit en déroute. Comment aurait-il pu en être autrement, alors que la troupe se rendait au Maroc à contrecœur, et que nos officiers étaient déconcertés par les valses hésitations de politiciens sans esprit de suite ? Comme les harcèlements indigènes se poursuivaient, le général Marina, commandant de la place de Melilla, demanda des renforts à Madrid. Maura, qui était à la tête du gouvernement, décida d'intervenir. La gauche arriva avec ses sornettes : la guerre du Maroc visait simplement à contrôler les ressources du sous-sol marocain, c'était une intervention impérialiste, et patati, et patata… Et quand bien même c'était ainsi, comment une nation poursuivant sa croissance pourrait-elle renoncer à des réserves de matières premières ou d'énergie ? Pourquoi fallait-il accepter le rôle de colonie, et non celui d'empire ? L'Histoire retient-elle le silence des agneaux ou le hurlement du loup ? L'ordre de mobilisation de Maura provoqua la réaction populaire au départ des troupes à Barcelone et la Semaine tragique déjà évoquée. Mais nous, à Tolède, n'avions qu'un souhait : partir pour l'Afrique. En dernière année, je m'étais porté volontaire avec l'appui du directeur de l'école, le colonel Villalba, lui aussi désireux d'entrer dans la bataille. Camilo et Pacón, avec un an de retard dans leurs études, avaient fait de même. Je fis appel à mon père pour qu'il utilise son entregent à Madrid, mais tout se révéla inutile et je reçus une nomination mortifiante, lieutenant à la garnison d'El Ferrol, dont le seul avantage était de me rapprocher durablement de ma mère et des paysages de mon enfance, qu'à ce moment je trouvais insipides. J'étais angoissé à l'idée de devoir me contenter du tableau d'avancement, alors que j'avais à ma portée ce dont rêve tout militaire désireux de prouver sa valeur : une guerre. Et une guerre patriotique contre les Infidèles qui pouvait compenser nos déboires de 1898…

Je consacrais une bonne part de mes temps libres à tenir compagnie à ma mère. Au cours des dix-sept mois pendant lesquels je végétai à El Ferrol, ce qui m'arriva de plus positif fut de rejoindre l'Adoration nocturne[1], en juin 1911 pour être exact, pour beaucoup en raison du plaisir que je savais lui faire ainsi. A dix-sept ans, j'étais le plus jeune lieutenant d'Espagne, situation à laquelle je me suis habitué puisque, jusqu'à celui de général, j'ai toujours été le benjamin de mon grade. Je souhaitais tellement partir d'El Ferrol que je décidai avec Pacón et Camilo de répondre sans plus attendre à l'ordre d'incorporation à la garnison de Melilla, que le colonel Villalba, qui venait de perdre cinq officiers dans la campagne du Kert, nous fit parvenir au début du mois de février 1912. Mais il fallait s'acquitter de la pénible tâche d'en informer ma mère. Ce n'était pas à une académie militaire que je me rendais, mais à la guerre, et, en dépit de sa résolution maintes fois prouvée, cette nouvelle, pas plus qu'à n'importe quelle mère, ne pouvait lui plaire. Les adieux me bouleversèrent. Elle promit de monter à l'ermitage de la Vierge du Chamorro afin de prier pour moi, et me fit jurer qu'après chaque action militaire je lui enverrais un bref télégramme : « Sain et sauf ». Je respectai ce serment durant les deux campagnes d'Afrique, craignant qu'elle soit encore plus inquiète en lisant les journaux, toujours plus intéressés par les faits de guerre des frères Franco. Il me semble que Ramón lui envoya aussi des télégrammes apaisants, mais tel que je le connaissais je crains qu'il ne l'ait fait que très irrégulièrement. « L'avancement ou la mort ! », l'appel était si impérieux que je surmontai mon émotion et que Camilo, Pacón et moi sautâmes dans la première embarcation qui nous rapprocherait de La Coruña et de l'Afrique, un ferry, le Palmira, et cela malgré les réticences du capitaine devant le gros temps qui sévissait. A peine sorti du port, le ferry devint une coquille de noix sur la mer déchaînée. Camilo était livide, Pacón avait adopté ce visage de circonstance bien à lui, et nous regardions tous les trois vers la Marola, cette pointe assassine qui avait étripé tant de bateaux et inspiré le dicton : « Celui qui passe la Marola à tous les ports arrivera. » Ce fut un voyage insensé, six heures agrippés à une barre métallique rivée au plafond d'une coursive intérieure.

---

1. Dévotion non liturgique créée en 1810 à Rome, préconisant un temps déterminé d'adoration devant le saint sacrement pendant la nuit. [N.d.T.]

Dehors, l'océan semblait résolu à ruiner nos courtes carrières militaires, mais il nous laissa finalement parvenir à La Coruña où nous poursuivîmes notre route jusqu'à Melilla. Camilo et moi fûmes envoyés au régiment d'Afrique basé à Tifasor, près de Kert, Pacón au régiment numéro 59 de Melilla, stationné à Ras Medoua. Son cœur se fendit quand il comprit que nous nous séparions. Il a toujours manifesté un besoin de dépendance vis-à-vis de ma personne que seule Carmen a su m'expliquer de manière convaincante en me disant : il a une mentalité d'orphelin.

L'appel de l'Afrique

Pour un garçon de Galice ayant à peine connu les neiges et le soleil implacables de Castille durant son séjour à Tolède, débarquer à Melilla, dans le Melilla du premier quart de ce siècle, c'était plonger dans un roman de Jules Verne, se retrouver dans un tableau exotique débordant de couleurs et de chaleur. Zuloaga, ce grand peintre qui m'a impeccablement immortalisé sur la toile, aimait dire qu'il ne faut pas confondre luminosité et couleur, et que celle-ci est plus à son avantage sous des cieux nuancés comme au Pays basque que sous le soleil aveuglant de la Méditerranée ou des pays africains. Je vois mal ce qui les départage, mais en tout cas Melilla était en 1912 une fantasia de couleurs, de costumes, de langues, de races, où Espagnols, juifs, Maures, Indiens et Européens coexistaient dans une apparente tranquillité alors qu'à quelques kilomètres, voire quelques mètres, commençait la zone traîtresse des embuscades et de la mort. Malgré les commentaires désobligeants sur notre action au Maroc qui nous parvenaient de la Péninsule, j'avais tout juste vingt ans et l'immense désir de vérifier au combat ce que j'avais appris, de confirmer à mes propres yeux la maturité atteinte à l'Académie de Tolède. A mon arrivée, les troupes régulières indigènes, formées de natifs au service de l'Espagne et placées sous le commandement d'officiers venus de la métropole, étaient devenues opérationnelles. Les gouvernants, et le roi en personne, avaient insisté pour que nous-mêmes évitions autant que possible les engagements directs, car ils voulaient s'épargner des pertes qui auraient pu indigner les civils, comme cela s'était produit pendant la Semaine tragique de Barcelone. La mort ne devait toucher que les militaires, sans

97

distinction de grade, mais surtout ne pas s'en prendre aux civils de la métropole qui des gradins suivaient la corrida, et des gradins les mieux ombragés. Les Maures que nous commandions se battaient pour de l'argent et plus d'une fois, après avoir reçu leur solde, ils avaient trahi la trop grande confiance de leurs officiers en les assassinant : il fallait donc les attacher court, ne tolérer aucune familiarité, et dormir avec le pistolet sous l'oreiller. En attendant le destin, je découvrais Melilla, une ville forgée par la présence espagnole et dont la population nous soutenait sans réserve, consciente qu'il y allait de sa survie et de la sauvegarde du patrimoine accumulé par plusieurs générations, avec un casino qui abritait une vie sociale positive, contrairement à ce qu'elle était devenue à El Ferrol, où, comme je l'ai déjà signalé, la chienlit réformatrice, anti-espagnole, antimilitariste avait commencé à se répandre.

De février à décembre 1912, je participai à différentes missions de surveillance et de harcèlement, et demandai aussitôt à être versé dans les forces régulières, qui se retrouvaient plus souvent sur le terrain, et où le mérite au combat était donc mieux apprécié. Nous couvrions la zone d'Oukhwan, et nous eûmes notre compte d'escarmouches et de faits d'armes signalés, sur lesquels je ne m'étendrai pas mais qui me valurent ma première décoration de terrain : la croix de première classe du Mérite militaire, avec barrette rouge.

Vous admettrez, Général, que cette médaille ne signifiait pas grand-chose : « ... pour être demeuré sans récompense pendant trois mois en opération », c'est-à-dire que vous n'avez été décoré que pour avoir fait votre travail pendant douze semaines.

Ces premières expériences furent à la fois fort stimulantes et déprimantes. Un baptême du feu entraîne une dépense émotionnelle comparable à celle d'un examen, mais dans ce cas ou bien vous êtes reçu ou bien vous perdez votre vie et celle de vos subordonnés. Le langage particulier de cette guerre contre les Kabyles, guérilleros qui ne respectaient aucune des règles de l'art militaire et nous obligeaient donc à improviser sans cesse, avait recours à des termes comme harka, pacos, blocao, que je finis par utiliser aussi spontanément que si je les avais connus depuis toujours. La harka, c'était une bande de rebelles marocains, formation d'irréguliers caractérisée par sa grande mobilité et sa prédilection pour les harcèlements ponctuels, qui pouvait se transformer ensuite en unité plus nombreuse et plus structurée et pour affronter un ennemi affaibli jusque dans des batailles conventionnelles. On appelait *paco* le franc-tireur maure, et *blocao* un petit fortin improvisé pour défendre une position. Si l'odeur de la poudre, comme on dit, et celle, indéfinissable, du sang et de la mort contribuaient à l'excitation, en revanche la dépression nous guettait sans cesse, avant ou après le combat, car la politique nous poursuivait dans les faits de guerre. Nous nous battions avec la crainte que nos pertes provoquent des scandales, état d'esprit bien différent de celui qui consiste à lutter en essayant de perdre le moins d'hommes possible. Mais dans cette guerre d'Afrique, sauf lorsque n'étaient concernées que les troupes indigènes (les Réguliers) ou plus tard la Légion, l'opinion publique de la métropole, manipulée par les politiciens anti-interventionnistes, se montrait facilement troublée dès que les pertes se faisaient plus nombreuses.

Ce fut l'une des raisons pour lesquelles je demandai à être versé dans les Réguliers, la principale étant que la zone d'opérations se déplaçait vers Ceuta, où les harkas du légendaire Al Raïssouni étaient sorties de leur passivité, voire de leur complaisance, et causaient de lourdes pertes à nos effectifs. Pour que l'Espagne puisse exercer pleinement ses droits sur le Maroc, il était d'une importance stratégique de se rendre maîtres de la ville de Tétouan et d'en faire la capitale du protectorat. Al Raïssouni s'opposait farouchement à ces plans, et il était sur le point de s'emparer d'Alcazarquivir quand se produisit un affrontement qui allait faire beaucoup pour le prestige militaire, certes discuté, de Gonzalo Queipo de Llano*. Ce dernier était à l'époque commandant, officier médiocrement noté pour ses états de service sur la Péninsule mais qui, en revanche, s'était distingué pendant la guerre de Cuba. Sur le front, son attitude était imprévisible, comme elle l'avait toujours été depuis qu'il s'était enfui du séminaire à l'âge de quatorze ans pour s'engager dans l'armée : alors qu'Alcazarquivir était sur le point de tomber aux mains des rebelles, Queipo, à la tête de soixante-treize cavaliers, mena une charge suicidaire qui ouvrit une brèche dans les positions ennemies et permit une intervention efficace de nos troupes.

Il est bon que vous commenciez à retenir les noms de grands guerriers de la campagne d'Afrique, ceux-là mêmes que l'on retrouvera plus tard lors de la Croisade espagnole. Emilio Mola Vidal* était là aussi, à un poste de commandement, tandis que d'autres jeunes officiers montaient à découvert pour gagner les honneurs et la gloire. Basé à Tétouan, je pris part à de rudes combats tandis que, dans la Péninsule, libéraux et conservateurs s'opposaient sur la nécessité de poursuivre une politique minoritaire ou de battre en retraite. En l'espace d'une seule bataille, j'en appris aussi long sur la guerre et sur moi-même que durant toutes mes études. Riche d'enseignements fut aussi le commandement des indigènes, bons soldats mais mercenaires avant tout, qui pouvaient vous trahir au premier changement de lune. L'engagement peut-être le plus important de cette période fut celui de Beni-Salem, où Emilio Mola et moi combattîmes pour la première fois sur le même front et où le commandant José Sanjurjo* se distingua particulièrement, obtenant ainsi les lauriers de San Fernando, la médaille à laquelle aspire tout militaire espagnol. Le général Berenguer*, qui dirigeait les opérations, remarqua mon comportement et fit l'éloge de mon sens du commandement et de ma capacité de décision devant les officiers supérieurs qui observaient nos évolutions sur le terrain.

Personne ne mettait en doute mon courage et mes qualités de chef, et l'homme de guerre que j'étais devenu parvenait à la maturité de même que l'homme tout court. Deux ans après mon arrivée en Afrique, à vingt-deux ans, je jouissais d'un grand prestige auprès de mes compagnons et de la troupe en général, mais toute l'assurance que je manifestais dans mon service et dans l'application des règlements si soigneusement appris se muait en timidité lorsque je sortais des sphères strictement militaires. C'est pourquoi je me fis une discipline de m'intéresser à tout ce qui se passait au-delà des murs de la caserne et de mieux connaître les mécanismes de la vie civile. Toute ma vie, *chaque fois que j'ai eu à prendre une décision importante, je l'ai prise en uniforme, mais le jeune Franco de cette année 1914 qui allait voir éclater la Première Guerre mondiale n'était en civil qu'un petit gars encore démuni devant les multiples facettes du comportement humain ; or, si je voulais prétendre diriger ce tout complexe qu'est une unité militaire, rien de ce qui est humain ne devait m'être étranger. Je savais que parmi les affabulateurs du régiment, surtout ceux qui me connaissaient le moins bien, on me surnommait « l'homme sans les trois M », « sin miedo, sin mujeres y sin misa », sans peur, sans femmes, sans messe. Dérisoire généralisation : il y a un temps et un endroit pour tout, pour la peur, pour les « femmes », et pour les messes, et c'était dans la fièvre de la bataille qu'il me paraissait criminel de ressentir de la peur : il faut alors démontrer un courage froid, seulement échauffé par les exhortations et même, Dieu me pardonne, par les blasphèmes. En ce qui concerne la religiosité, elle me fut léguée par ma mère et ne put qu'être renforcée sous l'influence de mon épouse Carmen qui se révéla une dévote accomplie, peut-être en réaction à un milieu familial excessivement laïque et libéral. Quant aux femmes, je n'ai jamais appartenu au troupeau de paons qui se pavanent en faisant grand tapage de leurs conquêtes féminines et qui confirment souvent ce dicton castillan : « Dis-moi de quoi tu te vantes, et je te dirai ce qui te manque » ; mais j'ai toujours été un homme conscient de sa virilité, laquelle m'a inspiré une éthique fondée sur le respect de la femme et des commandements de l'Église, parce que le sexe faible est une proie facile pour les cyniques qui s'en vont après avoir satisfait leurs appétits, sans se préoccuper de l'humiliation et des dommages parfois irréparables qu'ils ont causés. Cette virilité bien comprise explique pourquoi, adolescent, j'ai toujours été attiré par le beau sexe, d'abord à El Ferrol puis durant toutes les étapes de ma fulgurante carrière, jusqu'au jour où, rencontrant Carmen à Oviedo, je sus qu'elle serait la femme de ma vie, qu'elle était destinée à perpétuer ma descendance, à accomplir cette mission providentielle qui est le fondement de la relation matrimoniale voulue par Dieu pour nous transmettre un peu de sa toute-puissance créatrice.*

Les mauvaises langues militaires qui vous ont survécu, Général, ont confirmé que vous n'êtes jamais allé « voir les putes », et vous pardonnerez la franchise de cette expression de corps de garde, mais ils se rappellent que vous aimiez énormément que les autres vous racontent leurs aventures dans les bordels réservés à la troupe. Vous-même, longtemps après, vous aviez des souvenirs attendris pour ces cantinières qui, lorsqu'elles parvenaient à pêcher un légionnaire pour l'épouser, se montraient aussi fidèles qu'un chien perdu sans collier ayant trouvé un nouveau maître.

Ma sœur Pilar, que je ne vois pas beaucoup, ne manque pas une occasion de me rappeler que j'écrivais jadis des vers à ses amies, sans doute à celles qui me plaisaient. Je me souviens surtout d'Angeles Barcón, la seule blonde qui m'ait attiré dans ma vie, sans pouvoir me rappeler si son père s'opposait ou non à nos relations. D'après ma sœur Pilar, elle me tenait envoûté. Moi ? « Mais évidemment, une blonde, au pays des brunes… » A part Angeles, et je ne sais pourquoi, les blondes m'ont toujours fait l'effet d'une espèce lointaine, d'un troisième sexe, dirais-je, moins humain que celui auquel appartiennent les brunes. Certes, il ne faut pas généraliser, mais toute ma vie j'ai constaté plus de dédain et d'ingratitude de la part des blonds que des bruns. Nous avons ici le cas d'Eva Perón ou de mon beau-frère Serrano Suñer, qui s'était échappé de la zone sous contrôle des Rouges pendant la guerre, déguisé en femme au bras d'un homme venu le chercher à l'hôpital. « Ramón Serrano Suñer, ce blondinet si délicat… Que n'aurais-je pas donné pour voir le " beau-frèrissime " habillé en femme ! » se plaisait à lancer ma sœur, qui ne pouvait pas le souffrir : « Heureusement qu'il a repris des vêtements d'homme quand il est devenu ministre ! » Ah, Pilar, la terrible Pilar, Pilar l'indomptable et l'indomptée… Elle a toujours eu une langue de vipère, et je ne me fie pas assez à sa mémoire pour lui confier mes propres souvenirs amoureux. Ce qui est certain, c'est que j'éprouvai à Melilla ma première inclination sérieuse, adulte dirais-je même si j'avais alors vingt ans, et de temps en temps j'ai pour cette époque le regard du vieil homme qui se contemple à soixante ans de distance comme s'il observait un inconnu. A l'approche de Noël, j'avais obtenu ma première permission de longue durée, ce qui me permit de mieux me familiariser avec la vie sociale de Melilla, dont le casino était le centre de rayonnement et où se distinguait la famille du colonel Subirán, beau-frère et aide de camp du général Luis Aizpuru, haut-commissaire espagnol au Maroc et futur ministre de la Guerre. La solitude du jeune homme est un terrain de prédilection pour les émois amoureux, et je ne fis pas exception en cédant à l'attraction de Sofía Subirán, la fille du colonel, une personne aussi belle que charmante, qui jouait du piano et chantait remarquablement. Un chroniqueur d'El Telegrama de El Rif avait écrit à son propos : « Les yeux magnifiques de Sofía Subirán, dans ce ravissant visage, gagnent une intensité fabuleuse dans la pénombre de cette loge. Ils brillent comme des joyaux, des pierres précieuses d'un éclat rarissime que vient protéger la courbe arquée de ses longs cils. » Nous appelions « l'assaut » ce moment où un jeune officier commençait à faire sa cour : innocentes rencontres de jeunes filles qui n'avaient pas encore fait leur entrée dans le monde et de militaires effeuillant la première marguerite de l'amour. Le général Aizpuru tenait maison ouverte tous les vendredis, on jouait du piano et parfois une voix féminine chantait des ritournelles à la mode, les moins grossières bien entendu, les autres étant réservées aux chanteurs de rue qui les interprétaient avec pour seul accompagnement un porte-voix en zinc qu'ils embouchaient d'une main en proposant leur marchandise de l'autre, puisant dans le répertoire de Raquel Meller, La Goya, Consuelo Hidalgo, Luisa Vila, La Bella Chelito, Luisita Esteso, La Preciosilla... J'ai toujours été un grand amateur de ces chansons populaires, mais je leur préfère les zarzuelas qui me paraissent être une musique plus sérieuse. Dans ces réceptions, on dansait le chotis, le paso doble, la mazurka, la habanera : pour ma part je n'ai jamais été doué pour la danse, bien que léger et mince, du moins jusqu'à mon mariage et à mon installation à Saragosse. Il n'était pas facile d'obtenir une danse de la señorita Subirán tant elle était sollicitée, et je choisis plutôt de provoquer des rencontres pour lui parler, ou de lui envoyer des lettres et des cartes qui se mirent à indiquer la montée du mercure dans le thermomètre de la curiosité, plus que de l'amour.

– Quel homme était donc Franco, doña Sofía ?

– Il était délicat, très délicat. Attentionné. Un véritable homme de cœur. Quand il se fâchait, il était un peu spécial, mais toujours délicat. Il avait beaucoup de caractère, se montrait très aimable. A cette époque, il était très, très mince, on n'arrive pas à croire qu'il ait tant changé par la suite. Avec moi, il se montrait excessivement attentionné, au point d'en devenir fatigant parfois : il me traitait comme une grande personne, alors que j'étais encore une enfant... Je crois qu'il était trop sérieux pour son âge. C'est peut-être pour cette raison qu'il ne me plaisait pas. Il m'ennuyait un peu... Mais il insistait... Des lettres, que j'ai déchirées quand il s'est marié, des cartes postales dont j'ai conservé une vingtaine. Des fois nous parlions à la fenêtre de ma maison qui donnait sur la rue, et quand je voyais venir mon père je le prévenais et alors il détalait comme un lapin. Même les Rouges ne l'ont pas fait courir comme ça ! Si je vous dis que l'homme qui a fait le plus courir Franco dans sa vie a été mon père, il n'y a rien à ajouter, non ? Tous les soirs, nous allions au théâtre, cela ne nous coûtait rien... Franco avait un abonnement dans les loges du bas, parfois il me faisait un signe pour m'annoncer qu'il m'envoyait une lettre. Ma tante Caridad s'en apercevait, le disait à mon père qui l'interceptait et la déchirait... Je le rendais jaloux avec un autre officier, Dávila, le frère du futur ministre, mais lui continuait à m'écrire : « Très chère amie, de retour à ma position au front je vous envoie ces cartes postales pour vous dire à quel point j'ai regretté de ne pas avoir eu l'occasion de vous dire au revoir. En espérant que les jours passent assez vite jusqu'au moment où j'aurai la joie de vous revoir, Je vous salue, Votre bon ami Francisco Franco. » C'étaient des cartes très jolies, qui prouvaient son bon goût et sa finesse. Il se montrait plus intime dans ses lettres, c'est bien dommage que je les aie déchirées, mais plus tard il m'a semblé juste de détruire des lettres d'amour écrites par un homme marié... « Celui qui attend se morfond, Sofía, et moi, j'attends et j'espère. Francisco Franco. » Je ne lui avais jamais laissé penser que ses sentiments étaient partagés, et donc cette lettre du 6 avril 1913 m'a surprise car elle exprimait un reproche à mots

couverts : « … Il y a de cela plusieurs jours, je me suis
la place en espérant qu'avec tout le temps écoulé, et la
en laquelle j'avais cru que vous teniez ma tendresse, nous
parlerions et que j'obtiendrais une réponse de votre part mais, et
il me fait peine de le reconnaître, mes efforts en ce sens sont
restés inutiles. Je peux fort bien comprendre que les circonstances n'aient pas été de mon côté, mais elles ne pourront jamais
justifier que vous manquiez à me voir, et seule l'indifférence
paraît être la cause de votre comportement… » Des années plus
tard, lors d'une traversée vers la Péninsule, il rencontra mon
frère Carlos, aujourd'hui lieutenant général, et s'arrangea pour
que la conversation lui permette d'obtenir de mes nouvelles. Il le
fit avec tact, je vous ai déjà dit qu'il était toujours très correct. Et
il lui est même arrivé de donner des frayeurs à certains de mes
prétendants en faisant valoir sa supériorité hiérarchique… Mais
dites, il était tout de même sur le point de se marier… Oui, nous
nous sommes fréquentés jusqu'à son mariage… Ensuite j'ai
déchiré les lettres. A l'époque, c'était son frère Ramón qui était
célèbre, pas lui. On l'appelait « le frère de l'aviateur »… Oui,
beaucoup de gens m'ont dit que je ressemblais à doña Carmen
Polo, physiquement c'est possible mais pour le reste je suis très
différente, car moi, je ne suis pas du tout commandeuse, alors
qu'elle, attention… Mais moi, je ne l'aurais pas laissé faire tout
ce qu'il a fait… Par exemple, il ne se serait pas promené sous un
dais. C'est le genre de pompe qui n'appartient qu'à Dieu, et mon
père devenait vert de rage quand il le voyait faire ça… Je
connaissais des cousines de Paquito, elles me disaient toutes :
« C'est bizarre, Paquito n'a pas du tout envie de se marier ! »
Moi, je ne l'ai pas épousé car tel n'était pas mon destin, mais si
j'avais joué la coquette j'aurais fait passer un mauvais quart
d'heure à l'autre dame qui, lorsqu'elle venait ici, donnait des
instructions à la capitainerie pour que personne ne s'adresse à
elle avant qu'elle ne l'ait fait elle-même, authentique… Je me
repens de ne pas avoir dit oui à un autre prétendant que j'avais à
La Coruña, par amour-propre… Mais, avec Paquito, ce n'était
pas une affaire d'amour-propre : tout simplement, il ne me
plaisait pas.

Sofía Subirán, Général, a fait ces déclarations en 1978 à Vicente Gracia, autorisant en même temps la publication de quelques-unes de vos cartes postales : en majorité, des portraits d'adolescentes et de nymphettes, exhalant une perversité de Lolitas que les rétines de l'époque, à part celles de Lewis Carroll, n'étaient peut-être pas en mesure de détecter.

La différence d'âge et de contexte rendit toutefois cette relation impossible. La señorita Subirán ne risquait qu'un savon de son père, ou sa réputation, que mon assiduité confortait pourtant au lieu de la compromettre, tandis que moi, je risquais ma vie à chaque sortie... Et puis, l'activité guerrière est tellement prenante et exigeante qu'elle relativise et finit par faire oublier ces appétits intimes qui alors ne resurgissent qu'en temps d'accalmie ou de paix. Si je restais fragile sur le plan sentimental, je l'étais chaque jour moins sur le champ de bataille : il m'avait bien fallu m'endurcir quand les balles sifflaient autour de moi, et je les bravais avec une impassibilité qui n'était pas inspirée par la folie mais par la certitude que j'étais entre les mains de la Providence. Certains de mes actes de bravoure firent grand effet sur mes compagnons et aussi sur l'ennemi, qui en arriva à estimer que j'avais la « baraka », la chance des élus de Dieu. Il est absolument vrai qu'un jour, en première ligne, j'étais en train de boire de l'eau à une gourde quand une balle la transperça ; je posai un pied sur le parapet, brandis la gourde percée vers l'ennemi, et criai : « Montrez voir si vous visez mieux ! » Ceux qui prétendent que j'ai sorti cette réplique d'un western sont des menteurs : il se peut que John Wayne ou un autre héros de fiction ait prononcé une phrase de ce genre, mais moi, je le fis en plein moment du muet, et même si j'aimais déjà beaucoup le cinéma je ne vois pas comment j'aurais pu copier la bravache d'un héros de pellicule.

Tandis que nous luttions pied à pied au Maroc et combattions la terrible guérilla d'Al Raïssouni, l'entrée en guerre de l'Europe poussa les dirigeants allemands à tenter d'acheter, littéralement, au gouvernement espagnol ses droits sur le sol marocain, car ils savaient que les riches gisements de minerais étaient indispensables à leur industrie de guerre. Même au sein de l'armée s'élevèrent alors des voix prônant l'abandon du Protectorat, comme celle du général Primo de Rivera, le futur dictateur, ennemi déclaré de l'intervention en Afrique. Malgré les rumeurs contradictoires qui nous parvenaient, nous étions là pour combattre, et le 1er février 1914 fut pour moi un bon jour, avec la bataille de Beni-Salem, aux abords de Tétouan, à la suite de laquelle je fus proposé au tableau d'avancement pour devenir capitaine. « La promotion ou la mort » : pour l'heure, c'était la promotion, tandis que ma réputation s'étendait jusque parmi l'ennemi et sur la Péninsule.

Si la campagne d'Afrique comblait notre désir de promotion, nous aurions éprouvé le plus grand intérêt à participer au conflit en Europe, en raison de la technologie avancée utilisée et des progrès qu'il fit réaliser à la science et à l'art de la guerre. Mais puisque l'Espagne était divisée quant au bien-fondé de l'intervention au Maroc, comment aurait-elle pu adopter une position unifiée à propos de la participation à la Grande Guerre ? Les flottements des hommes politiques et la crainte de l'insubordination de l'arrière-garde, c'est-à-dire notre impuissance, voilà ce qui nous empêcha de participer à cette passionnante épreuve. Mais à quelque chose malheur est bon, et ma demande d'avancement fut agréée : en mars 1915 j'étais capitaine, arborant trois étoiles sur ma veste et ma casquette. Mes ordres étaient alors de maintenir en sourdine notre activité militaire, afin d'éviter que les étincelles marocaines ne mettent le feu aux poudres et ne précipitent une intervention allemande contre le Protectorat français. J'occupai des postes non opérationnels à Ceuta et Tétouan qui me permirent d'apprendre à connaître les impératifs organisationnels de la machine militaire, des finances à l'intendance. J'avais prouvé que je savais commander en première ligne, évoluer dans les situations les plus délicates, mais aussi m'occuper de la solde du soldat, et personne ne pouvait rivaliser avec moi dans l'application des ordonnances militaires que je connaissais toutes par cœur, de même que la liste des rois de la Vieille Espagne, des affluents de l'Èbre ou des sept péchés capitaux. Je m'étais préparé à devenir un excellent professionnel, avec autant et même plus de zèle que je l'aurais fait dans un autre métier, car du nôtre dépendaient directement le début et la fin, la vie et la mort. Quelle responsabilité !

Les ordonnances sont la loi de la vie militaire, et la discipline sa logique. On m'attribue encore une dureté excessive au cours de mes commandements en Afrique : certains exemples allégués sont des inventions, d'autres sont vrais et j'en suis fier. Ceux que l'on raconte concernent de simples soldats, victimes parfois mortelles de ma rigueur, mais l'on oublie ceux qui s'appliquèrent à des officiers, même de grade plus élevé que moi. Je devais avoir vingt et un ans et j'étais alors lieutenant dans les Réguliers à Melilla lorsqu'un soldat d'artillerie, avec toutes les circonstances aggravantes possibles, dont celle d'être au front, tua un sergent. Le tribunal qui le jugea était formé d'un colonel et de deux capitaines de son régiment, et de deux officiers appartenant à d'autres unités qui devaient être désignés au sort. Je fus l'un d'eux. Le colonel, grand, gros, imposant avec ses énormes moustaches, estimait que l'accusé, dont la conduite avait toujours été satisfaisante, ne méritait que douze ans de prison. Les capitaines s'empressèrent de lui apporter leur soutien. Comme ils n'attendaient même pas de connaître mon avis avant de signer l'arrêt, je leur dis : « Un moment, messieurs. D'après les ordonnances que voici, un soldat qui tue un officier au front doit être passé par les armes. Maintenant, puisqu'il s'agit comme vous le dites d'un jeune homme de bonne conduite, nous devons adresser une supplique au roi pour que la peine soit commuée : c'est Sa Majesté, et personne d'autre, qui est en mesure d'accorder le pardon. » Le colonel bondit sur ses pieds : « Ce qui est fait est fait, le jugement est prononcé ! » Je ne cédai pas : « Pardonnez-moi, mon colonel, avec tout le respect que je vous dois, je suis contraint de vous dire que le ministre de la Guerre sera tenu par moi informé de tout ceci, afin qu'il puisse trancher. » Je revins à mon régiment, m'assis à une machine à écrire pour rédiger mon rapport au ministre. Résultat : le colonel fut muté. Je tombai sur lui par hasard au moment où il quittait Melilla, et il me lança : « Lieutenant, vous m'avez b... » Je lui répondis : « Non, mon colonel, je n'ai fait que mon devoir. A vos ordres, mon colonel. »

Al Raïssouni paraissait dompté, ce qui nous permit même de construire la ligne ferroviaire qui allait relier Tétouan à la frontière française. *Il restait quelques guérillas incontrôlées mais qui ne bénéficiaient pas de son aide, aussi parut-il opportun de faire le ménage et de laisser Ceuta hors d'atteinte de toute prétention belliqueuse. Le haut-commissaire espagnol au Maroc, Gómez Jordana, ordonna donc à plusieurs unités stationnées à Tétouan de rejoindre Ceuta pour les opérations de nettoyage : parmi elles, le deuxième tabor des Réguliers dont ma compagnie faisait partie. Dans la nuit du 28 au 29 juin 1916, nous nous déployâmes en silence pour rejoindre les positions d'où nous donnerions l'assaut sur El Buitz, un centre de guérilla qui nous avait causé bien des soucis. Nous nous retrouvâmes devant une résistance inattendue, et la première compagnie, y compris son capitaine, Palacio, fut implacablement décimée. C'était mon tour : je donnai l'ordre de gravir la colline jusqu'à la côte d'Aïn-Yir, et je montrai l'exemple en avançant en première ligne le pistolet à la main puis, lorsqu'un soldat tomba blessé à côté de moi, en reprenant son fusil, en armant la baïonnette et en appelant à l'assaut avec une telle force de persuasion que j'aurais aimé que mon père m'entende à ce moment. Je me retournai pour vérifier que mes hommes me suivaient, puis fis de nouveau face à l'ennemi quand je sentis soudain l'impact d'une balle dans mon ventre. J'eus l'impression que le monde basculait, et moi avec. Une main posée sur la blessure d'où jaillissait le sang, je pensai à la peine que j'allais causer à ma mère, mais je ne fermai pas les yeux : je regardai la mort en face afin de l'intimider, car si le conseil de ma mère valait pour les êtres humains, pourquoi pas pour elle ? Il a été dit que j'avais alors perdu connaissance, que je m'étais abandonné passivement au soin de mes compagnons, racontar infondé qui m'empêcha de recevoir les lauriers de San Fernando, la plus haute distinction que puisse recevoir un militaire au combat à condition qu'il demeure « en pleine conscience ». La vérité, c'est que les Maures nous encerclaient dans un défilé où onze des quinze officiers que nous étions furent touchés, et que malgré ma blessure au foie je continuai à donner des ordres et à diriger les opérations depuis ma civière. Plus encore : comme un médecin militaire passait à côté de nous, je lui demandai de s'occuper de moi, mais il me répondit que le lieutenant-colonel du régiment était lui aussi blessé, et qu'il était prioritaire. N'ayant plus la force de recharger mon pistolet, j'ordonnai à mon aide de le faire pour moi, et quand un second médecin apparut sur notre position je le braquai sur lui, ce qui l'arrêta net. Mais ce geste se révéla inutile : c'était le docteur Cuevas, un bon ami à moi qui m'assista extraordinairement durant les dix jours qu'il me fallut attendre avant d'être évacué à l'hôpital, où j'entrai avec la satisfaction d'avoir pu dégager mes troupes du défilé et couper la retraite des Maures. Si je dois la vie sauve au docteur Cuevas, il me faut toutefois lui reprocher de m'avoir fait perdre les lauriers de San Fernando puisque, trop empressé d'exagérer la gravité de mon état, il rédigea un rapport alarmiste, arguant que j'étais sur le point de perdre connaissance, sur lequel le procureur responsable de l'attribution de cette distinction s'appuya pour me la refuser. Mais enfin, si j'avais perdu cette « pleine conscience », aurais-je eu la présence d'esprit de remettre le portefeuille contenant la paie de la troupe, vingt mille pesetas, en avertissant : « Ne perdez pas un sou ! »? Seulement alors, je pus m'évanouir.*

Quand avez-vous troqué votre timidité congénitale pour la suffisance, et la certitude d'être appelé à de hautes destinées ? Vos compagnons, pourtant complaisants, remarquèrent ce changement après votre passage à Oviedo et votre incorporation à la Légion, et quelqu'un qui n'a rien de complaisant, Vicente Guarner, militaire demeuré fidèle à la République, a offert en 1979 une interprétation plausible de votre évolution à partir de votre rapide ascension en Afrique : « Dès lors, une ambition effrénée s'éveilla en lui, le poussant dans le rôle du *señorito* fanfaron et présomptueux, à la limite du narcissisme. Il en vint même à changer son aspect physique en s'affinant et en arborant une minuscule moustache. Calculant soigneusement chacun de ses pas et de ses gestes, il réussit, alors qu'il occupait un poste aussi anodin que le centre de recrutement d'Oviedo, à franchir tranquillement les échelons jusqu'au grade de général, prenant soin de fréquenter cette " bonne société " locale si admirablement décrite par Clarín dans *La Régente*, et prétendant, sans grand succès au début, à la main d'une demoiselle bien dotée mais dont la fortune, due à des oncles d'Amérique, n'était plus ce qu'elle avait été. Lorsque cet histrion inépuisable qu'était Millán Astray* forma avec l'assentiment du roi la Légion étrangère sur le modèle français, il écrivit aux trois plus jeunes commandants d'infanterie pour leur proposer d'en diriger les *banderas*, sorte de petits bataillons : Franco prit le commandement du premier et y fit régner une discipline qui confinait à la cruauté. Son peloton disciplinaire suait sous les havresacs remplis de pierres, tandis que les légionnaires rétifs étaient systématiquement fusillés. Franco n'a jamais éprouvé de scrupules humanitaires, la compassion et le respect de la souffrance d'autrui n'entraient pas dans sa mentalité. Ce fut à ce moment qu'il adopta un masque fallacieusement impassible et sévère. » Quant à la scène héroïque où vous supportez stoïquement la douleur et brandissez un pistolet pour réclamer un docteur, elle a connu divers traitements hagiographiques. Selon les versions officielles, vous étiez alors un blessé désarmé qui souffrait en prenant son mal en patience. C'est seulement près de cinquante ans plus tard, dans le récit que vous avez fait au docteur Soriano et qui apparaît dans le livre *La Main gauche de Franco*, que vous reconnaissez avoir été poussé par l'instinct de survie à monopoliser un médecin militaire sous la menace d'un pistolet.

J'étais dans un état si grave que l'aumônier, le père Quirós, accepta de me confesser et de m'administrer les derniers sacrements. On m'installa pour ce faire sur un cacolet d'artillerie, un soldat indigène servant de contrepoids. J'ai encore le souvenir de cette confession prononcée entre deux évanouissements, les mâchoires serrées par la douleur, et d'avoir entendu confusément des voix commenter l'impossibilité de m'évacuer de la première ligne. C'est donc là que je reçus la visite de mes parents réunis par mon infortune : ma mère réconfortée par la foi en la Vierge du Chamorro et fortifiée par ses prières, mon père digne et ému par mon attitude stoïque devant la douleur. A quelque chose malheur est bon : grâce à cette blessure, que nous pensions presque tous être mortelle, je fus promu au rang de commandant, je reçus la croix de la reine María Cristina, et, devant le refus de m'accorder les lauriers de San Fernando,

111

j'engageai un recours qui n'aboutit que de nombreuses années plus tard, une fois gagnée la Croisade de libération.

Pas d'accord : selon mes informations, vous l'avez obtenue le 13 mai 1939, quand vous étiez déjà Caudillo, sur la demande de la Mairie et de l'Administration provinciale de Madrid, le décret ayant été signé par votre ami le général Dávila.

Après une permission de deux mois passés à El Ferrol pour une convalescence entourée des soins de ma sainte mère et de tous mes proches qui m'accablaient de leurs attentions, je retournai à mon poste à Tétouan pour recevoir presque aussitôt mon avancement et ma feuille de route : j'étais versé au régiment princier d'Oviedo. A Oviedo et à Madrid, où je me rendis encore plusieurs années afin de subir des contrôles médicaux à cause de ma blessure, ma réputation m'avait précédé grâce aux récits des correspondants de guerre espagnols, mon nom figurait déjà dans la mémoire de mes compatriotes et dans celle du roi, toujours attentif à l'apparition et à la trajectoire de nouvelles étoiles militaires. Plus tard, sans que j'y sois pour quoi que ce soit, un monument fut élevé à El Buitz pour commémorer ma blessure de guerre. Quant au père Quirós, qui avait si bien préparé mon âme à se présenter devant Dieu, il finit par devenir aumônier en chef de l'armée de l'air.

Ma première étape africaine était donc terminée. Je remis mon commandement le 4 mars 1917, partis à Madrid pour faire contrôler mes blessures à l'Hôpital militaire, et parvins à Oviedo avec trois malles et deux valises dont une comme toujours remplie de livres. A vingt-cinq ans à peine, j'étais le plus jeune commandant de l'armée espagnole. J'allais faire là deux découvertes essentielles : celle de l'amour, et celle du communisme. En effet, c'est à Oviedo que je rencontrai ma future femme, et c'est à Oviedo que je pris connaissance du coup d'État soviétique mené par les communistes, puis par mimétisme des mouvements de révolte dans le monde entier, manipulés par les organisations politiques et syndicales qui se retrouvèrent bien vite sous la férule de Moscou et de la IIIᵉ Internationale. La guerre d'Europe, comme on l'appelait alors, passa au second plan dès que les bolcheviques, après l'abdication du tsar, débordèrent la fragile démocratie bourgeoise dirigée par un socialiste pusillanime, le néfaste Kerenski, avant d'instaurer ce qu'ils nommèrent la dictature du prolétariat, en fait la dictature d'un parti qui n'était pas seulement athée mais totalement dépourvu d'âme. Je devais maintes fois, à propos du comportement de bourgeois qui s'autoproclamaient progressistes comme Azaña*, Alcalá Zamora* ou Negrín* lui-même, rappeler le précédent de Kerenski : d'abord les grands mots, la rhétorique, puis le putsch, la dictature, la brutalité étatique...

Les Asturies avaient alors deux visages diamétralement opposés : le bassin minier d'un côté, concentration ouvrière la plus explosive du pays, et de l'autre Oviedo, majestueuse capitale des propriétaires terriens, parfois implantés en Amérique, des professions libérales et des riches directeurs de mines qui voulaient ajouter une touche de distinction à leur ville et à leur existence. Au cours de la Première Guerre mondiale, le charbon des Asturies se vendit à prix d'or en Europe, ouvriers et patrons s'enrichirent sans que les premiers pensent à économiser pour le lendemain ni que les seconds en profitent pour diversifier les activités économiques de la région et se préparer au déclin minier en créant de nouvelles filières industrielles. C'est un Oviedo maltraité par l'Histoire, lors de la rébellion sécessionniste de 1934 comme pendant le siège de la ville conquise par les militaires qui me suivirent dans le soulèvement de 1937, que je garde en mémoire ; à l'époque, les intellectuels pédants l'appelaient « Vetusta », surnom littéraire que lui avait donné Fernando Alas Clarín dans La Régente, livre jugé important par les esprits savants mais qui présentait de graves dangers sur le plan moral et religieux, et qui était écrit dans un style tellement alambiqué que je n'ai jamais pu aller au-delà des cinquante premières pages. « Vetusta » par-ci, « Vetusta » par-là, ils n'avaient que ce mot à la bouche, les nouveaux riches du charbon et certains propriétaires qui avaient fait fortune à Cuba, tout ce monde flirtait avec les idées « progressistes » incarnées par le réformiste Melquiades Alvarez, le Kerenski local, un apprenti sorcier qui, dès les premiers jours de la Croisade de libération, fut assassiné par des démons confirmés, les Rouges.

113

Fiers de leurs écrivains, de leurs peintres, de leurs gloires locales, les habitants d'Oviedo croyaient vivre dans la ville la plus cultivée du nord de l'Espagne, ne concédant la supériorité à Bilbao qu'en matière de vie musicale. Cette caste dirigeante contemplait sans s'en alarmer l'audace grandissante des « taupes », sobriquet donné aux mineurs qui jusqu'alors s'étaient résignés à leur dur labeur mais se montraient chaque jour plus séditieux et plus excités par les thèses anarchistes, socialistes et syndicalistes. L'un des pionniers du communisme espagnol fut d'ailleurs l'Asturien Isidoro Acevedo, à qui l'on doit un roman incendiaire sur la condition des mineurs, précisément intitulé Les Taupes, et un récit de son voyage en Russie révolutionnaire, dont il revint aussi enthousiaste qu'aveugle puisqu'il ne sut rien voir des atrocités commises là-bas, contrairement à d'autres visiteurs, y compris de gauche, tels que le syndicaliste Angel Pestaña ou le socialiste Fernando de los Ríos. Mais au-delà de ce vernis intellectuel et snob, de cette dangereuse complaisance envers les bombes à retardement, la vie d'Oviedo était celle de toutes les capitales de provinces espagnoles à cette époque : fêtes patronales, ripailles, jeux de force, racontars, cancans. De toutes ces coutumes, c'étaient les fêtes patronales que je préférais car elles permettaient la double communion de l'homme avec Dieu et avec la nature. Ce fut aussi à Oviedo que je devins un grand amateur de cinéma, grâce aux séances du Salón Toreno, une des salles les plus élégantes d'Espagne, aujourd'hui disparue. J'aimais aussi la campagne avoisinante, surtout ces immenses greniers à blé asturiens, si majestueux à côté de ceux de Galice. Les Asturies étaient alors bien plus riches que la Galice minifundiste frappée par l'émigration, et la taille des maisons de maître d'Oviedo ou de Gijón le proclamait assez.

La tête pleine de paysages et de nostalgie – j'éprouvais le mal du pays pour l'Afrique, non pour ma terre d'origine –, je restais dans ma chambre de l'Hôtel de Paris à lire et à méditer durant les longues heures libres que me laissait mon nouveau poste. Mais ce dernier perdit de son exaspérante facilité lorsque le mauvais exemple de la révolution soviétique provoqua en Espagne une vague de luttes sociales de 1917 à 1919, notamment

dans les Asturies et en Catalogne où la propagande anti-
espagnole avait fait son œuvre, menée par des anarchistes
socialistes, et des communistes tels que Indalecio Prieto*, Angel
Pestaña ou encore Largo Caballero*. Et ainsi arriva l'été 1917,
pendant lequel, au cours d'une romería, de l'une de ces fêtes
patronales accompagnées d'une procession dans la nature, je
rencontrai une adolescente d'une beauté et d'une distinction
hors du commun, dont j'appris par la suite qu'elle était Polo par
son père et Meléndez Valdés par sa mère, malheureusement
décédée, et qu'elle appartenait donc à l'une des plus vieilles
souches d'Oviedo. Je dois dire cependant que, contrairement au
cliché du jeune officier de garnison coureur de dot, je ne pris
jamais en considération l'aisance matérielle de la famille de ma
future femme, au contraire : jusqu'ici, mes goûts s'étaient plutôt
portés sur des jeunes filles issues d'El Ferrol et des milieux
militaires en général, et mes sentiments à l'égard de Carmen
provoquèrent en moi une certaine hésitation, d'abord en raison
de la différence de fortune, ensuite parce qu'elle appartenait à
un monde très éloigné de la condition militaire. Mais elle se
montra si déterminée, elle fit si bien pour faciliter nos relations
que je n'eus pas le temps d'atermoyer, et je vérifiai une nouvelle
fois dans le tourbillon de l'amour qu'à quelque chose malheur est
bon. Carmen ayant reçu une éducation des plus châtiées, elle me
fit partager ses intérêts et ses lectures, surtout parce que les
préceptrices consciencieuses qui l'avaient prise en charge lui
avaient inculqué des valeurs strictement catholiques qui ne
correspondaient aucunement aux vues de son père, un libéral
conscient cependant de la nécessité d'éduquer les jeunes filles
dans le droit chemin. Elle me prêtait ses livres, moi ceux de ma
valise, et chaque fois que je lui demandais ce qu'elle avait trouvé
en moi pour tomber amoureuse, elle se mettait à rire en s'en
tenant à cette unique réponse : « Mais je n'en sais rien moi-
même ! En fait, tu me rappelles un chef zenata dont j'ai vu
l'image sur un calendrier. »

Les raisons sont sans doute diverses qui poussèrent une
demoiselle de la bonne société à imposer ses fiançailles avec un
soldat parvenu, et à s'abstenir depuis lors de porter des talons

hauts pour ne pas froisser votre susceptibilité d'homme en vous dépassant de plusieurs centimètres. Mais votre petite taille et votre voix fluette comptent certainement au nombre de ses motivations, elle qui avait été habituée avec son père, ses frères, ses proches, à des hommes tonnants et tonitruants. Car il y a plus, Général : bien des années après, quand votre veuve se fit présenter le fiancé de votre petite-fille Merry, « La Ferrolana » comme vous l'aviez surnommée en raison de son fort caractère, elle ne cacha pas sa joie de constater que Jimmy Giménez-Arnau, le prétendant, était petit : « Tu me plais, tu es petit comme Paco », lui dit-elle tendrement, confirmant une nouvelle fois le dicton selon lequel à quelque chose... Quant à cette histoire de lectures croisées, quels livres emportiez-vous donc dans cette fameuse valise à laquelle vos biographes font si souvent allusion ? Certaines de vos connaissances ont en effet noté votre intérêt pour l'histoire, notamment militaire, et l'économie, car vous avez été l'un de ceux qui comprirent que l'économie était la science indispensable à toute politique. Pour le reste, des parties d'échecs au Club automobile royal qu'il fallait remporter comme on gagne une bataille, jamais un verre de trop, ni une de ces aventures dites alors « galantes », et cependant la famille Polo prit de haut vos prétentions, manifestant le même mépris que vous autres, à El Ferrol, réserviez aux « poulettes » qui prétendaient se marier avec un officier de marine. Orpheline de mère, la jeune Carmen Polo avait été élevée par sa tante Isabel, qui allait devenir votre principal ennemi de même que votre futur beau-père Felipe Polo, un propriétaire très prospère et libéral aux yeux duquel les militaires n'étaient à peine que des gendarmes chargés de surveiller de loin ses terres. Ramón Garriga lui attribue cette exclamation peu flatteuse : « Marier ma fille à un militaire, c'est comme la laisser épouser un torero ! »

Mais j'en reviens à ma question : quels livres contenait-elle, cette valise ? Quelques mois après votre mort, j'ai pu par autorisation spéciale visiter vos anciens appartements privés au palais du Pardo et là, sur une table de travail étriquée, pas même sur des étagères, j'ai trouvé des rapports d'administrations provinciales, des bilans d'activité de gouverneurs civils, des brochures touristiques... Il doit bien y avoir une bibliothèque quelque part, ai-je insisté auprès de l'appariteur, qui s'est contenté de me montrer ces publications d'un air excédé et de me réprimander : « Et alors ? Vous ne la voyez pas ? » Mis à part les livres de droit et d'économie inspirés par la doctrine sociale de l'Église, qu'on vous avait vu lire durant vos années de formation dans l'intention de clouer le bec aux économistes, rares sont les ouvrages que, selon des témoignages écrits, vous avez effectivement lus : *La Paix impossible*, de l'invincible Emilio Romero, la *Critique de la démocratie* de Benoist, que vous avait recommandée votre beau-frère lorsque vous viviez à Saragosse, et don Ramón del Valle Inclán pour lequel doña Carmen, dans une interview à *Cronica*, vous attribue un improbable enthousiasme.

Mon beau-père, don Felipe Polo, était un hidalgo d'Oviedo, descendant de colons ayant fait fortune aux Amériques, quelque peu excentrique, mécène de l'Opéra local malgré sa surdité, et qui respectait avec une certaine légèreté la mémoire de sa défunte épouse. Il se targuait de posséder le meilleur attelage de la ville, qui le conduisait à sa belle propriété de San Cucufate de Llanera, « La Piniella », entourée d'arbres centenaires peuplés de merles et de chardonnerets que don Felipe, qui je le répète était sourd comme un pot, prétendait écouter avec ravissement. L'une de nos premières conversations, lorsque je fus accepté dans la maison des Polo, porta justement sur l'Amérique et sur les chevaux, en raison de l'activité de mon père à Cuba et de mon goût pour les promenades à cheval dans les rues d'Oviedo, quand je sacrifiais à ce prétendu sport qu'est l'équitation, où le seul sportif est bien l'animal. Mais Carmen aimait me voir en selle, car je lui rappelais des gravures équestres, du fameux chef zenata mais aussi de Napoléon III et de son oncle Napoléon Ier. Si nos fiançailles connurent un début difficile, ce fut parce que le père de Carmen, qui connaissait mon dédain pour la couardise, craignait que sa fille ne connaisse de la vie qu'une courte succession d'angoisses avant de se retrouver veuve. Mais l'attirance était réciproque, et nous résolûmes tous deux que, pour lui écrire, je glisserais mes lettres dans la poche d'un ami de son père, fidèle habitué du bar du Club automobile royal, et qu'elle les recevrait quand il se rendrait chez eux : routinier comme tout provincial qui se respecte, cet homme allait en effet toujours du club à la demeure des Polo. Je reçus aussi l'aide du docteur Gil, patriote à l'esprit martial et père de celui qui devint mon médecin traitant, Vicente Gil, « Vicentón » d'après le surnom affectueux que nous lui donnions. Le docteur Gil et son épouse nous permettaient de nous retrouver chez eux pour de brefs et rares moments de conversation intime qui me prouvèrent rapidement la fermeté d'esprit et la classe de Carmen : mes yeux ne s'étaient donc pas trompés, pas plus qu'ils ne se fourvoyèrent en décelant l'esprit loyal des enfants du docteur Gil, et notamment de Vicentón, loyauté non dépourvue cependant d'entêtement et de bravache, ce qui finalement lui a coûté son poste voici quelques mois. Vicentón, qui voulait être militaire, vint me voir quand je dirigeais l'Académie de Saragosse. Il était dans une situation tellement précaire que je glissai plus d'une fois un douro d'argent dans la poche de sa veste lorsqu'il nous rendait visite. Mais il était aussi fâché avec les comptes qu'avec les logarithmes, si bien que je lui dis un jour en toute sincérité : « Vicente, une académie militaire demande beaucoup, et les protégés n'y ont pas leur place. » Il reçut le message, se rabattit sur la médecine, et mit ensuite tout son savoir au service de ma bonne santé. Quand il ne savait pas, il apprenait, mais il était certainement plus doué pour être président de la Fédération espagnole de boxe que médecin d'un homme d'État. Non, il n'avait pas de don, mais il fit toujours oublier ses limites par son zèle, sa loyauté et une sincère affection. Il fit de ma santé sa grande cause.

A Oviedo, mon expérience la plus marquante fut donc l'amour, mais aussi ma première confrontation en tant que militaire aux difficultés sociales propres à la tragédie espagnole. Le 13 août 1917 éclatait la grève générale dans toute l'Espagne, les Asturies et leurs mineurs prenant la tête de la subversion orchestrée par un comité de grève dont les ténors étaient les socialistes Besteiro, Largo Caballero, Anguiano et Saborit. Dans les Asturies, ce fut le général Burguete qui commanda la pacification, un homme qui parlait et affabulait trop, promettant d'étouffer la rébellion et de « traiter les mineurs comme la vermine ». Par la suite, il voulut adhérer au Parti socialiste, qui le refusa, et finit au Parti communiste, où l'on accepte tout le monde. Je reçus l'ordre de quadriller une partie du bassin minier à la tête d'une compagnie d'infanterie, d'un groupe de fusiliers mitrailleurs et d'une section de la Garde civile. Je dois reconnaî-tre que nous ne rencontrâmes pas de résistance, que pas un bâton de dynamite, cette arme redoutable des mineurs, ne tomba sur notre colonne, et qu'au contraire j'entrepris avec eux un dialogue qui me permit de comprendre comment leurs mauvaises conditions de vie étaient manipulées par la politi-caille. Combien de fois la classe ouvrière n'a-t-elle dû endurer une logique et foudroyante répression alors que les instigateurs de la chienlit, intellectuels et politiciens, restaient bien à couvert et se gardaient ouvertes toutes les portes de sortie ! Tandis que nous devions, pour accomplir notre devoir, « traiter les mineurs comme de la vermine », à Madrid les membres du comité de grève étaient condamnés à la réclusion à perpétuité, à laquelle ils échappèrent grâce aux indulgences et aux amnisties. Mais les intellectuels qui avaient acclamé le soulèvement des mineurs des Asturies ou les grèves de Barcelone, furent-ils jamais inquiétés ? Miguel de Unamuno* prophétisait une mauvaise passe pour la démocratie libérale, et pariait sur la justesse historique de la révolte ouvrière et de la grève en tant qu'arme de combat. Mais que pouvait connaître des mines et des grèves un professeur de grec ? Et si l'on me réplique que sa qualité de philosophe l'autorisait à donner son avis sur tout ce qui est divin et humain, je dirai que moi aussi j'ai lu les grands philosophes, et qu'ils m'ont toujours paru être des gens de bon sens privilégiant le juste milieu, à l'exception du funeste Rousseau auquel revient la paternité de nombreux fléaux subis par le monde entier au cours des deux derniers siècles.

La grève terminée, je retournai à la routine, au club, à ma liaison intermittente avec Carmen. Mais la vie de garnison, même à Oviedo où la vie sociale et culturelle était animée, ne provoquait en moi que découragement : quelle épreuve que de passer des faits d'armes de la campagne d'Afrique à l'existence larvaire de la province, avec les inévitables soirées de discussion au club automobile royal de la rue Uría, épicentre de la bonne société d'Oviedo et de son quartier le plus prestigieux ! C'est là que je connus Joaquín Arrarás, mon excellent biographe qui était alors un jeune étudiant, le sculpteur Sebastián Miranda, et que je retrouvai Pacón, qui continuait à mener sa carrière militaire en me suivant pas à pas... Nous étions si jeunes ! Et l'inaction, la mélancolie d'une ville septentrionale, le vide des heures de loisir encourageaient des comportements qui frisaient parfois la mauvaise plaisanterie, des farces de jeunes qui sembleraient pourtant aujourd'hui bien innocentes comparées aux horreurs auxquelles une partie de la jeunesse contemporaine se croit autorisée. Je me prêtai à quelques-unes de ces farces, comme celle que nous jouâmes au médecin civil Pérez y Linares Rivas : avec Pacón et d'autres amis, nous nous étions déguisés en brigands, et un soir que le bon médecin sortait de sa partie quotidienne de jeu de l'hombre dans une respectable demeure d'Oviedo située loin du centre nous lui avions emboîté le pas avec des airs menaçants. « Allons-y, attrapons-le ! » nous étions-nous mis à crier, et nous avions couru vers lui en ouvrant de longs coutelas, mais nous n'avions pu réprimer notre fou rire, et notre victime, se rendant compte qu'il y avait supercherie, nous accabla de son indignation justifiée. Peu après, je reçus un télégramme du ministère de la Guerre, qui m'annonçait que ma requête avait été agréée et que les lauriers de San Fernando m'étaient attribués. La nouvelle fit peu à peu tache d'huile, et, quand nous étions déjà à la fête, Linares Rivas vint m'annoncer d'un ton facétieux qu'il était l'auteur du télégramme : de décoration, pas l'ombre. J'en fus fâché, n'ayant pas à pardonner ce tour même si c'était moi qui avais lancé le dangereux engrenage de cette dialectique. Je tirai la leçon de cette expérience en ne m'exposant plus jamais à être l'arroseur arrosé, mais je rompis aussi toute relation amicale avec ce médecin, parce qu'un militaire ne peut subir une telle offense, surtout lorsqu'elle salit quelque chose d'aussi sacré, d'aussi glorifié par l'honneur rendu à nos braves des braves.

On comprendra donc avec quel soulagement j'accueillais toutes les occasions de m'éloigner d'Oviedo, parmi lesquelles le stage de tir de précision qui me conduisit à Pinto, près de

Madrid, occasion providentielle puisqu'elle allait me permettre d'y rencontrer le légendaire Millán Astray, rencontre décisive dans ma vie et dans l'histoire de l'Espagne, sans laquelle on ne peut comprendre l'apparition et la vocation de la Légion, ou « Corps des étrangers », cette œuvre du lieutenant-colonel José Millán Astray Terreros, un compatriote de La Coruña. Qui était cet homme ? Avant tout, il faut dire que son physique en imposait : grand, sec, une voix faite pour haranguer, et une réputation militaire impeccable depuis son séjour aux Philippines où il était arrivé à l'âge de dix-sept ans à peine avec le grade de sous-lieutenant. Par la suite lauréat de notre école de guerre, devenu l'un de nos meilleurs experts en topographie, il n'aspirait comme tout véritable soldat qu'à repartir au combat et y parvint en étant envoyé en Afrique en 1912. Interventionniste convaincu, parvenu au grade de lieutenant-colonel et rapporteur de la commission technique de l'armée à Madrid, il se mit à jeter les bases d'une unité d'élite, le « Corps des étrangers » ou, comme il préférait l'appeler, la Légion. Il reçut le soutien moral et politique du général Berenguer, convaincu qu'il fallait employer contre les Maures « les armes les plus redoutables que l'on puisse manier contre ces infidèles, leurs codes et leur inconstance, les jalousies, les haines, les rivalités et les ambitions qui les rendent toujours prêts à la trahison ou à des pactes honteux, et incapables de s'unir pour une cause commune ». Millán alla en Algérie pour étudier le fonctionnement de la Légion étrangère française, et se rendit compte qu'une telle entreprise nécessitait un halo de romantisme et de littérature capable d'attirer des hommes prêts à tout, une mystique de la virilité et du dédain de la mort. Nous nous étions trouvés sur des théâtres proches durant ma première affectation au Maroc, mais ce fut en septembre 1918, à ce cours de tir pour officiers, que nous nous rencontrâmes pour la première fois ; une vive sympathie nous rapprocha aussitôt, à tel point que nous rédigeâmes ensemble le rapport de stage, et d'après ce qu'il me raconta plusieurs années après, il avait aussitôt vu en moi un des officiers de la future Légion, connaissant et admirant le début de ma carrière. Par l'ordonnance royale du 27 janvier 1920, il fut chargé de la création et de l'organisation du « Corps des

121

étrangers ». Des bureaux de recrutement furent constitués dans plusieurs villes espagnoles afin de mettre sur pied trois banderas, ou bataillons, chacun d'eux étant doté de deux compagnies de fusiliers, d'une unité d'automitrailleuses, de sapeurs, de services d'intendance et de munitions. Millán allait donner sa première forme « littéraire » à l'idéal romantique du légionnaire, avant que des écrivains patriotiques comme Ernesto Giménez Caballero* ou Luis Santamarina ne racontent superbement la gloire, l'héroïsme, la violence de ce corps d'élite : « La Légion t'offre la gloire et l'oubli », « Rien n'est plus beau qu'une mort héroïque, en l'honneur de l'Espagne et de son armée ».

A propos de la prose remarquable des deux auteurs que vous venez de citer, je ne résiste pas au plaisir de vous remettre en mémoire, Général, un passage de *En suivant l'aigle de César*, de Luis Santamarina, preuve suffisante du caractère belliqueux des fiers légionnaires, ou des fantasmes morbides qu'éveillaient leurs exploits. Vous-même, dans la première édition de votre *Journal d'une bandera*, parue avant que vous ne deveniez Caudillo, aviez raconté que les légionnaires coupaient habituellement une oreille au Maure qu'ils venaient de tuer : un trophée tauromachique. Dans les éditions suivantes, quand vous étiez désormais Caudillo par la grâce de Dieu, cette oreille triomphale disparut. Mais n'était-ce pas vous qui aviez écrit ces lignes de l'édition de 1922 : « Quand les autres unités arrivent à la position, le petit Charlot, trompette d'ordonnance, montre à ses camarades l'oreille d'un Maure : " C'est moi qui l'ai tué ! " dit-il. En passant dans le ravin il a vu un Maure qui se cachait derrière les rochers, l'a braqué avec sa carabine et lui a fait rejoindre le sentier où avançait la troupe. " Moi, civil, pas tuer ! Moi, civil, pas tuer ! " suppliait le Maure. " Pas tuer, hein, toi t'asseoir sur pierre là-bas ", et il décharge sur lui sa carabine, puis lui coupe une oreille, qu'il remonte comme un trophée. Le jeune légionnaire n'en est pas à son premier exploit » ?

Santamarina, lui, n'a rien à cacher quant à la morale de la Légion : « Cela s'est produit sur un plateau entre notre campement et le QG de Dar Driss. Les esprits étaient très échauffés car la veille, au cours d'une agression, les Berbères du Kert avaient tué plusieurs soldats et un commandant du régiment d'Alava, dont des forces avaient capturé à découvert, près du théâtre de combat, deux des Maures. L'un était jeune et mince, avec une djellaba de bonne qualité et un sac en cuir avec des franges et des dessins colorés. Le second, fort et basané, le Rifain typique. Les fantassins criaient, hors d'eux : " Lynchons-les ! A mort ! " A cette clameur se sont joints quelques légionnaires qui vagabondaient dans le campement. Avec toujours plus de rage, on répétait, comme en refrain : " Lynchons-les ! A mort ! "

« Dans un cas pareil, la Légion ne se fait pas prier et les autres, encouragés par l'exemple, renchérissent. Il s'est formé un cercle au milieu duquel les Maures couraient et glapissaient, repoussés au centre à coups de pied et à coups de pierres... A moitié morts, ils ont été traînés par les pieds... Le bleu glacial des couteaux n'a pas tardé à apparaître : oreilles, narines, doigts, que sais-je encore, on leur a tout coupé... Peu après, ces tristes restes brûlaient... (A l'écart, les policiers indigènes suivaient la scène avec de sombres regards de haine.) »

Entre 1920 et 1927, pas moins de huit banderas *allaient être constituées, chacune avec ses emblèmes distinctifs : pour la première, une branche de chêne que tiennent des sangliers entre leurs crocs, comme sur l'écusson de la maison de Bourgogne ; pour la deuxième, l'écusson de Charles I*er *sur fond rouge ; pour la troisième, un tigre ramassé sur fond bleu ; la quatrième avait la bannière de don Juan d'Autriche à la bataille de Lépante ; la cinquième, les armes du Grand Capitaine ; la sixième, celles du duc d'Albe, la septième celles du glorieux lieutenant-colonel Valenzuela, tombé le 5 juin 1923 alors qu'il commandait la Légion, et la huitième les armes de Christophe Colomb. Qui, mieux que Millán, pouvait inspirer cette armée chargée de transformer des épaves humaines, des apatrides, en «fiers légionnaires», en guerriers de l'Occident ? Il connaissait et citait par cœur des passages entiers du Bushidô, le code ascétique des samouraïs, répétant que le légionnaire espagnol devait leur ressembler, et très vite les phrases que ses hommes inscrivirent spontanément sur les murs de leurs casernements reflétèrent la philosophie de leur maître à penser : «La mort arrive sans* douleur », « Rien de pire que de vivre en lâche », « On ne meurt qu'une fois », « Aujourd'hui simple pion, demain capitaine de la Légion ! »… Millán lui-même donna l'exemple puisque les combats de la Légion lui valurent d'abord une sérieuse blessure à la jambe, puis la perte d'un bras dans une autre bataille, avant qu'une balle perdue de l'ennemi vienne lui enlever un œil et une partie de la mâchoire alors qu'il inspectait les tranchées. Il fut le militaire le plus mutilé d'Espagne, et pour l'Espagne, ce qui l'obligea à rester à l'écart des affrontements directs mais plus d'une fois nous dûmes l'empêcher par la force de venir en première ligne, car c'était un samouraï. Quand il reçut des décorations, dont la Légion d'honneur française, ce cyprès blessé par la hache prononça le serment de sa troupe et conclut par un « Vive l'Espagne ! Vive le Roi ! Vive la mort ! Vive la Légion ! ».

Comment aurais-je pu faire la sourde oreille à l'appel d'un tel homme ? Mais aussi, comment annoncer à Carmen qu'il faudrait retarder les préparatifs de la noce ? Bien que de dix ans plus jeune que moi, elle m'impressionnait par sa gravité et son allure, fruits de l'excellente éducation qu'avait supervisée sa tante Isabel Polo. Celle-ci avait confié l'instruction de Carmen au meilleur collège religieux de la ville, puis à des préceptrices anglaises et françaises. La dernière d'entre elles, Mme Claverie, avait eu une notable influence sur la jeune fille : femme de caractère, elle devait abriter Carmen et notre fille dans sa résidence du sud de la France lorsque le glorieux soulèvement national prit son essor. Je ne saurais dire si ce fut elle qui parla pour la première fois à Carmen d'Eugénie de Montijo, l'Espagnole qui parvint à être plus qu'une reine puisqu'elle fut l'épouse et parfois le maître en politique de Napoléon III, l'impératrice des Français. Dans la galerie de femmes adulées par Carmen figuraient, aux côtés d'Eugénie, Marie-Antoinette et Joséphine, la première épouse de Napoléon Ier. Quand je lui faisais remarquer ce que ce choix avait de contradictoire, elle me répondait : Marie-Antoinette est le symbole de la raison décapitée par la barbarie révolutionnaire, Joséphine celui de la femme capable de pousser son mari jusque sur le trône impérial, et Eugénie… Eugénie était la rencontre de la beauté et de l'esprit d'émulation, *et de plus elle était espagnole. Mme Claverie, en cultivant ces figures mythifiées dans l'imagination de Carmen, m'avait rendu la tâche plus aisée quand l'heure fut venue de lui révéler la proposition de Millán et la nécessité de remettre notre mariage à plus tard. Et, en effet, Carmen fut facilement convaincue, comprenant qu'une brillante carrière militaire finirait d'éliminer ler dernières réticences de sa famille envers une union apparemment déséquilibrée selon les critères sociaux et économiques.*

La noce se tint dans de meilleures conditions le 16 octobre 1923, lors d'un répit dans ma nouvelle mission africaine, et mon prestige était devenu tel qu'Alphonse XIII me récompensa en étant mon témoin de mariage, charge qu'il délégua au gouverneur militaire d'Oviedo. La famille Polo organisa une cérémonie de premier ordre, à laquelle prirent part mes frères et ma mère mais non mon père. Nous n'avions que très peu de temps pour goûter notre lune de miel à « La Piniella », la finca de mon beau-père, si peu que nous ne débouchâmes même pas la bouteille de champagne français qui nous avait été offerte. Le roi nous reçut en audience, ce qui combla d'aise ma jeune épouse, et me fit l'honneur de prendre mon avis sur les sentiments des troupes de la campagne d'Afrique à l'égard de Primo de Rivera, qui venait de se proclamer dictateur et dont l'hostilité à l'intervention au Maroc était bien connue. Les troupes, répondis-je, sont loyales à Votre Majesté et si Votre Majesté reconnaît la dictature elles seront fidèles à la dictature. Après l'audience royale, Carmen revint à Oviedo et je retrouvai mon commandement dans la Légion, préoccupé par l'attitude du général Primo de Rivera mais surtout hanté par ce qui me paraissait une nécessité fondamentale : une victoire militaire qui puisse conforter l'autorité de l'Espagne sur notre partie du Protectorat, et cela à jamais. Au-delà de mes sensations, le souvenir le plus étonnant que je conserve de mon mariage est l'article que lui consacra ABC : pour la première fois, le terme de caudillo était employé à mon propos, le journal m'appelant « le jeune Caudillo ».

Votre approche martiale de l'histoire, Général, vous fait passer trop rapidement sur ce qui constitua pour Oviedo le mariage du siècle. Rendez-vous compte : une Polo Meléndez

Valdés épousant un héros des guerres lointaines, « Franco l'Africain »... Les ultimes efforts déployés par votre beau-père pour que sa fille se rétracte, au vu des cruautés commises par les légionnaires dans le Protectorat, n'avaient pu la dissuader tant elle était convaincue que vous la feriez sortir d'Oviedo par la grande porte, de même qu'elle vous tirait de votre médiocrité ferrolanaise, en faisant aussi passer par la grande porte le petit bourgeois parvenu que vous étiez. Ramón Garriga rapporte que Felipe Polo montra à la future mariée un numéro du journal *El Sol* où était raconté comment la duchesse de la Victoria, marraine des troupes d'Afrique, avait reçu un présent des plus raffinés : « Ce matin, la duchesse de la Victoria s'est vu offrir par les légionnaires une corbeille de roses rouges, au milieu desquelles se détachaient, dans leur brune pâleur d'albâtre, deux têtes de Maures, choisies comme les plus belles parmi les deux cents coupées hier. » On raconte que votre fiancée en pleura d'épouvante, mais existait-il la moindre preuve que vous ayez tranché ces têtes personnellement ? Non. Les « fiers légionnaires » se chargeaient de transcender les mutilations infligées à l'ennemi en art floral, et ainsi la future mariée eut-elle le loisir de pleurer, cette fois d'émotion, en ce jour du 16 octobre 1923.

Votre nièce Pilar, la socialiste, était alors une adolescente qui accompagnait la matriarcale doña Pilar, votre mère, et ses jeunes yeux surent voir jusqu'où vous vous étiez hissé, et l'importance qu'allait désormais occuper dans votre existence le port de talons destinés à compenser la stature sociale de votre famille par alliance : « La demeure des Polo, raconte-t-elle, me fit grande impression. Somptueuse, elle ne ressemblait pas du tout à nos maisons d'El Ferrol. Je n'avais jamais vu de pareils salons : rideaux, tapis, meubles, objets de décoration, tout était d'un luxe discret, et de bon goût. Rien d'ostentatoire, tout à sa place, créant une harmonie qui faisait sentir que rien ne manquait ni n'était de trop : c'était un foyer très confortable et en même temps vivant et familial (...) Quand je vis pour la première fois la table du dîner, dans cette vaste salle à manger si bien décorée, dressée avec une argenterie et des verreries magnifiques, servie par des domestiques, je fus envahie par la peur de casser quelque chose. Il suffit d'avoir connu cette maison pour comprendre le goût, voire la passion, de l'épouse de Franco pour les pièces d'antiquité et les beaux meubles.

« La famille Polo, qui se montra des plus attentionnées à notre égard, se composait du père, veuf, et de ses quatre enfants, trois filles et un garçon. Je me souviens de lui comme d'un monsieur très grand, à la chevelure poivre et sel, au maintien impeccable et hautain, très séduisant, très bien mis et, sans aller jusqu'à l'affectation, parfaitement courtois et attentionné. Les trois filles, Carmen, Isabel et Zita, me parurent aussi belles que charmantes, et Felipe, le frère, me plut dès le premier instant, peut-être en raison de sa prévenance envers moi qui n'étais qu'une enfant : en tout cas, ses attentions me prédisposèrent en sa faveur. Quant à la fiancée, elle me fit penser à une femme française ; belle et distinguée, elle semblait appartenir à une caste supérieure. (...)

« Enfin, arriva le jour solennel. En grande tenue, nous arrivâmes à la maison de la future mariée une heure avant le début de la cérémonie puis, dans une des voitures de la famille, nous partîmes à l'église de San Juan.

« Je remarquai aussitôt le nombreux public qui se pressait sur les trottoirs tout au long du trajet, aux portes et autour de l'église. Cette noce était en effet, et ce n'est pas là un cliché, un événement social à Oviedo, puisque les Polo y étaient connus et considérés, et que le promis s'était vu cité et photographié un nombre incalculable de fois dans *Blanco y Negro* et d'autres publications espagnoles. Il commençait à être très populaire dans les milieux militaires et ailleurs, jouissant d'un prestige bien mérité mais peu courant pour quelqu'un d'aussi jeune que lui.

« Non seulement j'assistais au mariage, mais j'étais demoiselle d'honneur de la mariée, avec l'une de ses nièces. Le reste de la famille n'avait pas pu venir : ma mère était retenue par ses enfants en bas âge, Nicolás et Ramón par le service. Mon grand-père Nicolás, le père du marié, ne vint pas non plus, j'avoue que j'ignore encore pourquoi, mais sans doute lui était-il pénible de se retrouver devant ma grand-mère et devant son fils dans de telles circonstances.

« Nostalgie du temps passé, certainement, et déception à cause des temps qui allaient suivre : à évoquer tous ces moments, je pense aux transformations que subissent les êtres humains. Pourquoi les protagonistes de ces événements me sont-ils devenus à ce point lointains, étrangers ? Moi non plus je n'étais pas la même à cette époque, mais je peux dire qu'en changeant de position sociale ce couple devint dédaigneux, inamical, hautain. Pourquoi ? Étions-nous trop différents d'eux ? Voulaient-ils fréquenter du plus beau monde ? Franco changea-t-il à ce point en devenant chef d'État ? Mais la famille Polo, où passèrent sa courtoisie et son amabilité, qu'en était-il de son attitude affectueuse ? Et, en se plaçant d'un autre point de vue : quelle faute avions-nous pu commettre ? Leur avions-nous porté un quelconque préjudice ? Ou bien était-ce notre rang social qu'ils trouvaient trop médiocre ? »

Votre nièce, cordon-bleu à ce que l'on dit, en oublie de préciser le menu du banquet nuptial qui se tint dans la demeure des Polo : œufs impériaux, langoustes et langoustines en deux sauces, asperges, champignons, tournedos à la Périgourdine, glaces, pâtisseries, pâtes de fruit, café, cigares, liqueurs, le tout arrosé de Marqués de Riscal, de bourgogne 1902 et de champagne Pommery, et suivi de café, cigares, liqueurs. Le rata était de première ce jour-là, Général ! Puis la *finca* « La Piniella », immense propriété de 370 hectares, accueillit votre lune de miel pendant laquelle, en effet, le temps vous manqua pour déboucher la bouteille de champagne qui vous avait été donnée pour porter un toast à votre hymen. Votre dernière visite ici a eu lieu en juin 1974, quelques semaines avant votre attaque de phlébite. Votre démarche était alors devenue celle d'un vieillard.

Millán Astray voulait un corps d'élite inspiré de la Légion étrangère française, composé de soldats mercenaires auxquels il ne serait pas demandé de rendre compte de leur passé mais de faire preuve d'un courage sans limite, de soldats prêts à mourir et à tuer sans poser de questions. Je ne m'attendais pas à ce que Millán Astray me propose de devenir son adjoint. Ayant mis les choses au clair avec Carmen, je répondis une nouvelle fois à notre devise : « La promotion ou la mort ! », en espérant cette fois gagner mes galons de général. Je ne nie pas non plus avoir entendu à nouveau « l'appel de l'Afrique », cet attrait exotique

*qu'a toujours exercé le Sud mystérieux sur les soldats passés par
des expériences coloniales. Combiné à une froide évaluation de
mon plan de carrière et à la passion de servir la patrie, il me
poussa à accepter, et le 10 octobre 1920 je traversais à nouveau
le détroit pour rejoindre l'embryon de la Légion étrangère,
salmigondis sans cohésion aucune que nous allions rapidement
dresser et transformer en une redoutable force de choc face au
plus dangereux des chefs maures, Abd el-Krim*.*

Je ne sais si je dois me sentir honteux, Général, de vous
avouer qu'à peu près au moment où vous preniez ce commandement, mon père, tout juste âgé de quinze ans, arrivait sur une
tartane à La Coruña avec une valise de bois contenant peu de
vêtements, puisqu'il faisait chaud à Cuba, mais avec une bonne
provision de chorizos et de fromages cuits galiciens afin de ne pas
dépendre du rata de la troisième classe pendant la traversée de
l'Atlantique. Mon grand-père l'avait accompagné à l'embarquement et, après lui avoir offert dans un bistro du port « le dernier
repas correct que tu feras avant un bon moment », il le fortifia
philosophiquement de quelques conseils. Ce départ était en effet
en partie dicté par les circonstances. Ma grand-mère et mes
tantes les plus âgées travaillaient déjà à Cuba, faisant des
ménages afin de subventionner le toit de la maison natale, un toit
d'ardoises gris-bleu que j'ai pu encore contempler dans toute sa
splendeur à l'été 1948. En attendant l'argent, mon grand-père
s'était mis à creuser le puits avec l'aide de ses deux fils, restés
avec lui. Adolescent, mon père faisait déjà le petit coq et
supportait mal la rudesse excessive des ordres paternels. Au
cours de l'une de ces altercations, comme mon grand-père lui
avait renversé sur la tête le seau de terre qu'il venait d'extraire
du fonds du puits, mon père, maculé de boue et à moitié aveu-
glé, remonta au jour, dit tout ce qu'il avait sur le cœur, et décida
de devenir l'esclave d'inconnus plutôt que de son propre père. A
quelque chose malheur est bon, pensa mon grand-père, si vous
me permettez : il le laissa partir à Cuba contribuer au financement du toit, et échapper ainsi à la levée des troupes, ce qui lui
éviterait de mourir en Afrique. Voyez-vous, Général, cet
homme était un athée et un homme du terroir : comme les

Chaldéens, il pensait que l'univers s'arrêtait aux montagnes qui cernaient son horizon le plus lointain. Il n'avait pas eu à lire Dostoïevski pour être athée, car il déduisait de la dureté implacable de l'existence qu'elle ne pouvait en aucune manière procéder d'un créateur juste et miséricordieux. Il en était si convaincu que, malgré les malédictions proférées contre lui par la paroisse, il ne mit jamais un pied à l'église, même après la guerre, quand cette attitude était très mal vue et que la paroisse fut reprise par un prêtre militaire ancien combattant et ami du potentat local. Donc, tandis que mon père humait à la table de l'auberge le fumet de la dernière potée galicienne, l'aïeul lui recommanda d'avoir toujours en poche de quoi payer sa nourriture, et de ne jamais se mêler des affaires des autres, car la sagesse est de savoir s'occuper des siennes. Le tout jeune garçon qu'était alors mon père eut encore trois ou quatre jours à flâner à La Coruña en attendant que la mer veuille bien se montrer plus clémente, puis il monta sur le canot qui le conduisit à bord de l'*Alfonso XII* pour une traversée de trois semaines. A La Havane l'attendait un emploi de garçon d'hôpital à La Benefica, oui Général, la clinique de la toute-puissante communauté galicienne, et pourtant dans ses rêves il se voyait lire des livres, et en imprimer, voire même un jour en écrire un où il pourrait raconter pourquoi il se sentait triste chaque fois qu'il se rappelait avoir quitté le seul endroit de ce monde qu'il n'aurait jamais dû abandonner : La Havane.

Dès mon arrivée, j'entrepris la rédaction d'un journal relatant la vie de la bandera *placée sous mon commandement, la troisième, entre octobre 1920 et mai 1922, et qui fut publié sous le titre de* Journal d'une bandera. *Pas un combat important auquel je ne prisse part alors, jusqu'à la conquête d'Al-Hoceima, superbe victoire qui marqua le début de la consolidation à long terme du Protectorat espagnol, après la terrible défaite d'Anoual en 1921. J'en appris beaucoup sur la guérilla, qui fait partie intrinsèque de notre héritage puisque c'est nous qui l'avions inventée dans la lutte contre Napoléon et qui pourtant nous avait fait subir tant de pertes à Cuba et aux Philippines, sans que nous en tirions alors les enseignements. En*

Afrique, en nous familiarisant avec la lutte antiguérilla, nous pûmes aussi tester le recours à l'aviation et aux blindés, qui pour l'état-major servaient simplement à obtenir la victoire la plus rapide, mais qui éveillaient en nous la curiosité que tout militaire devrait éprouver envers les armes du futur.

Parmi ces innovations belliqueuses, que l'armée espagnole n'avait pas eu le loisir d'expérimenter au cours de la Première Guerre mondiale mais à laquelle elle s'essaya durant votre seconde campagne d'Afrique, figurait la « guerre chimique », conçue par un l'ingénieur militaire Planell, qui allait devenir ministre de l'Industrie après la Guerre civile : cent bombes, pas une de moins, de cent kilos chacune, héritées du conflit mondial, ont été alors lâchées par les chrétiens sur les Maures, selon le principe d'un prêté pour un rendu qui, d'après ses dires, permit à Hidalgo de Cisneros *, l'un des aviateurs qui s'employa sans broncher à les larguer, de n'éprouver d'abord aucun scrupule devant cette sale guerre : « Il est étonnant que j'aie dû attendre si longtemps pour me rendre compte de la monstruosité que j'avais commise en gazant des villages maures, mais ce fut l'invasion de l'Abyssinie par les Italiens qui me dessilla les yeux. Je me souviens encore très bien de l'indignation qui me saisit en lisant certaines déclarations d'un fils de Mussolini, aviateur, dans lesquelles il racontait avec une grande satisfaction ses bombardements contre les Abyssins sans défense. »

A la sauvage cruauté de l'ennemi nous devions répondre avec hardiesse et détermination, mais ces qualités auraient été inutiles sans le don d'observation et d'analyse, sans l'esprit pratique grâce auxquels je pus trouver une solution aux problèmes d'approvisionnement, essentiels, et aux questions d'organisation souvent inattendues que posait cette troupe, d'élite certes mais aux origines hétérogènes. C'est ainsi que je parvins à organiser une ferme qui nous approvisionnait en lait et en viande et, c'est tout dire, à trouver du thé pour les légionnaires britanniques. Prêts à mourir et à tuer, ces hommes de tous horizons se pliaient mal au fonctionnement normal des régiments réguliers et il ne fallait négliger ni la cuisine ni la pratique du sport pour pouvoir, sur le terrain, marcher à vive allure pour aller déloger au sommet des crêtes les pacos d'Al Raïssouni ou d'Abd el-Krim, le nouvel homme fort des Kabyles, un franc-maçon gauchiste et ambitieux qui avait apporté de nouveaux arguments idéologiques à la sédition indigène.

Ici, il convient de s'arrêter sur la défaite d'Anoual en juillet 1921. C'est la politicaillerie qui fut la cause indirecte de cette défaite historique et les politicaillons minaient notre arrière-garde. Le village était à quatre-vingts kilomètres de Melilla dont la garnison, appartenant aux troupes commandées par le général Silvestre, avait été entièrement décimée par les Rifains. L'accès à Melilla se retrouvait ainsi à découvert, et Millán Astray m'avait donné l'ordre de me rendre au plus vite dans cette ville démoralisée, en pleine panique collective qui poussait civils et militaires à s'agglutiner dans le port à la recherche de bateaux leur permettant de s'enfuir en Espagne. Il faut s'y arrêter, car ce désastre, comme l'exploitation politique qu'en firent les gauches en manipulant les conclusions de la commission d'enquête, présidée par le général Picaso, révélèrent la logique de deux attitudes fondamentalement opposées, patriotique et antinationale. Toute la littérature consacrée à cette défaite afin de la déguiser ou d'apporter de l'eau au pernicieux moulin des antimilitaristes néglige de souligner le rôle important du facteur humain, qui rend cet événement bien plus simple à comprendre, et encore plus déplorable. Le général Silvestre, Manuel Fernández Silvestre pour être précis, servait en 1920 à la Maison royale de Madrid en tant qu'aide de camp du roi et se languissait de la gloire de la lutte sur le terrain, alors que jeune officier il s'était distingué à Cuba puis en Afrique. Il pressa le roi de l'envoyer au Maroc. Alphonse XIII prit l'avis du ministre de la Guerre, Luque, franc-maçon de toute évidence, qui demanda à son tour à Berenguer, le haut-commissaire du Protectorat, de trancher pour ou contre la venue de Silvestre. Berenguer s'y refusa, pour des raisons avant tout personnelles. Mais Luque nomma Silvestre au Maroc, en lui confiant le poste de commandant en chef de Melilla, c'est-à-dire de la zone occidentale. Silvestre ne voulut pas attendre les troupes fraîches que Berenguer, qui se déplaçait à l'Est en remportant victoire sur victoire, lui promettait pour pacifier la zone occidentale. Il monta un corps expéditionnaire et pénétra dans la région des troubles, rencontrant d'abord des succès foudroyants, mais au prix de tels risques et de telles pertes que de nombreux militaires désapprouvèrent cet aventurisme. Silvestre voulait tout à la fois vaincre Abd el-Krim et conquérir Al-Hoceima, enclave essentielle à notre dispositif stratégique sur le flanc oriental. Ignorant toutes les mises en garde, même celles du vaillant commandant Benítez qui était à la tête de l'un de ses bataillons, il avança jusqu'à Anoual. Alors Abd el-Krim cerna nos soldats avec sa harka et entreprit une véritable partie de chasse. Silvestre lui-même se rendit compte de la catastrophe imminente, et transmit alors au commandant Benítez une consigne de sauve-qui-peut. Benítez lui répondit : « Les chefs, officiers et soldats meurent grâce à la stupidité de Votre Excellence, mais ne se rendent pas. » Et, en effet, il mourut à son poste. Quant au général Silvestre, on n'a jamais su s'il s'était suicidé ou s'il avait succombé aux mains de l'ennemi, mais son corps ne fut jamais retrouvé et la troupe se répéta longtemps, en forme de sarcasme, le télégramme présomptueux qu'il avait envoyé au roi : « A la Saint-Jacques, nous serons à Al-Hoceima ! » On racontait que la réponse du roi avait été : « Olé, les braves ! », mais elle a disparu, tout comme la dépouille de l'infortuné Silvestre.

On vous a dit aussi que les termes de la réponse du roi étaient plus énergiques encore : « Olé, le couillu ! »

Nous étions donc à Melilla, seuls face au danger, acclamés par une population qui voyait dans les emblèmes de la Légion la seule source de salut comme cela se produisit quinze ans plus tard sur la terre sacrée d'Espagne. Heureusement, le gouvernement responsable de la défaite tomba. Antonio Maura, le meilleur homme politique civil de ce siècle, l'auteur de la formule de « la révolution d'en haut », forma une équipe de coalition nationale résolue à ne pas se laisser intimider et à sauver la dignité de l'Espagne. Le portefeuille de la Guerre échut à don Juan de la Cierva, remarquable patriote qui mit sur pied une armée de 160 000 hommes lancée à la reconquête de *l'honneur national. Malgré les campagnes de dénigrement, Melilla retrouva son aplomb et nous nous préparâmes à la prochaine étape. Berenguer fut maintenu à son poste pour ne pas donner d'arguments à l'ennemi intérieur, et la Légion reçut carte blanche dans sa mission d'avant-garde de toutes nos forces. Je participai aux combats victorieux de Nador ouvrant la voie aux troupes de Sanjurjo, et il y eut alors dans nos rangs des actes de bravoure si admirables qu'ils paraissaient surhumains, mais c'est que j'avais promis à ces fiancés de la mort que pas un légionnaire tombé au combat ne resterait sans sépulture. La consigne était formulée exactement ainsi : « Morts ou blessés, tous doivent rentrer. » Je ne peux maîtriser mon émotion en me rappelant certains moments de cette période, insuffisamment traités dans mon* Journal d'une bandera, *par exemple, le respect terrorisé avec lequel les Rifains nous voyaient arriver, nous montrant parfois leur dos aux cris de « La Légion arrive ! », surtout quand ils savaient que je menais l'attaque, car moi j'avais la « baraka », je « savais y faire ».*

Votre compagnon d'armes Fermín Galán * ne s'était alors pas moins montré héroïque que vous, et avait été proposé pour les lauriers de San Fernando, mais alors que vous vous étiez appliqué à dresser ce piètre matériel humain pour en faire un usage technique, militaire, professionnel si vous voulez, cette expérience de la Légion lui ouvrit les yeux sur la violence du pouvoir et le rôle que les possédants assignent aux corps d'élite. Dans *La Barbarie organisée*, ce futur martyr de la République a décrit la sauvagerie de la Légion, comment on encourageait les plus bas instincts de ces soldats déracinés pour en produire des archétypes du patriotisme combattant. Selon lui, vos « fiers légionnaires » étaient simplement de la chair à canon qui servait des fins impérialistes. Vicente Guarner, un autre compagnon d'armes qui dut s'exiler après guerre pour être demeuré fidèle à la République, raconte que vous aviez donné l'ordre de fusiller deux légionnaires accusés d'un menu larcin. Il avait alors avalé sa salive pour tenter d'objecter à la décision d'un supérieur, et d'un supérieur tel que vous, en faisant valoir qu'elle ne respectait pas le Code pénal militaire : « Toi, tais-toi ! Tu ne connais rien à cette engeance, sans une main de fer le chaos s'installerait ici en un clin d'œil. »

Millán Astray n'avait pas, comme moi, la « baraka » : au cours de l'offensive du mont Arbouz, je me tenais à côté de lui, discutant des effets du pilonnage d'artillerie sur les accès à Nador, quand le chef de la Légion reçut une balle de plein fouet et tomba à mes pieds. Je l'installai moi-même sur sa civière puis, surprenant dans les yeux des soldats les plus proches une lueur d'hésitation et d'anxiété, je repris instinctivement le bâton de commandement et criai : « Vive la Légion ! En avant ! » Le jour même, nous nous rendions maîtres de ce sommet, où l'ennemi nous avait laissé un horrible souvenir : les cadavres maures criblés de notre mitraille, certains demeurés là depuis plusieurs jours, putréfiés dans leur défaite. Millán était un sacré bonhomme : « Ils m'ont eu, ils m'ont eu ! » avait-il d'abord émis en tombant. Nous le pensions mort quand il se releva comme sous l'effet d'un ressort pour tonitruer : « Vive l'Espagne ! Vive le Roi ! Vive la Légion ! » On l'emportait sur la civière que je donnais déjà l'ordre de l'assaut, secondé par Pacón. Rapidement, nous prîmes le contrôle de nos trois objectifs, les pointes de Nador, le mont Arbouz, et le village. Peu après, Pacón était à son tour blessé et devait être évacué.

Le malheur survenu à Millán Astray n'affaiblit pas la Légion, bien au contraire. A quelque chose malheur est bon : ce que nous perdîmes en harangues et en courage, car nous fûmes un moment privés du courage dont il était en vérité suréquipé, nous le gagnâmes en astuce et en maturité. Je pus entamer la réorganisation des banderas en établissant ma base à Dar Rouïss et, une fois le front stabilisé, je profitai de ce répit pour retourner en Espagne voir ma mère et Carmen, tandis que Millán Astray, rétabli de sa blessure mais qui allait désormais boiter jusqu'à la fin de ses jours, était appelé par Berenguer à prendre la tête des première, deuxième, et sixième bandera.

Le rapport Picaso montrait que le désastre d'Anoual était dû au défaitisme de nos hommes politiques et, alors que la gauche accablait l'armée et faisait porter l'entière responsabilité de la défaite au roi, ce dernier riposta dans un discours qui fit scandale *lorsqu'il affirma qu'il allait chercher à résoudre nos problèmes « dans le cadre ou non de la Constitution ». La tourmente répondait à la tourmente. Les militaires se regroupaient dans des juntes qui commençaient à prendre un aspect corporatif, mouvement dont l'avant-garde se trouvait en Afrique, où, du maçon Cabanellas* au monarchiste résolu qu'était Sanjurjo, les responsables militaires défendaient l'honneur de l'armée face au défaitisme des civils. Pendant ce temps, les blindés et l'aviation se préparaient à l'intensification du conflit, parce que nous savions que l'ennemi gardait sabre au clair et qu'il nous fallait venger la défaite d'Anoual. Je revins à mon poste fin mars 1922, prenant le commandement des banderas du front oriental alors que Millán se dirigeait sur Ceuta, zone moins exposée. La démission, ou le limogeage, de Berenguer, puis le coup d'État du général Primo de Rivera, partisan de l'abandon de notre présence en Afrique, nous alarmèrent : les efforts des meilleurs d'entre nous, de nos héros tombés au combat, n'auraient donc servi à rien ? Les juntes militaires de défense, constituées pour pallier l'incompétence des civils, n'en faisaient qu'à leur tête et, comme devait le dire don Antonio Maura, ne gouvernaient pas plus qu'elles ne laissaient les autres gouverner. Millán, écœuré, demanda à être mis à la retraite, et partit « vivre un peu » à Paris, comme il me l'annonça dans un message personnel. Ce fut Valenzuela qui le remplaça à la tête de la Légion, un brillant lieutenant-colonel dont les jours – mais qui aurait pu le savoir ? – étaient comptés : il devait mourir dans un corps à corps à la baïonnette le 5 juin 1923, en lançant les vivats légionnaires de rigueur, en l'honneur de l'Espagne, du roi et de la Légion.*

Avec l'instauration de la dictature de Primo de Rivera, la situation se compliqua. Des années plus tard, quand les affrontements entre les indépendantistes algériens et les troupes d'occupation françaises précipitèrent une grave crise politique en métropole, le général de Gaulle assuma le pouvoir en France, rompit le cadre constitutionnel de la IVe République pour bâtir la Ve sur la base d'un pouvoir exécutif fort sans précédent depuis Napoléon III, c'est-à-dire depuis Eugénie de Montijo. Mais ce même militaire parvenu au pouvoir en 1958 pour rétablir l'ordre accorda ensuite l'indépendance à l'Algérie et trahit ainsi une bonne part des espoirs de ceux qui, durant la Seconde Guerre mondiale, avaient vu en lui le sauveur et le garant de l'identité française. A ce moment, j'ai repensé à Primo de Rivera, qui avait été autorisé à frapper sur la table pour imposer l'ordre mais dont l'intention était en fait d'abandonner le Maroc, ou d'y réduire notablement le rôle de l'Espagne tel qu'il avait été défini avec la France. Mais nous, les jeunes officiers, ne partagions pas ces vues, ce qui explique notre houleuse rencontre à Ben Tieb en juillet 1924. Quelques précisions sur le contexte de cet incident. Le roi en personne, en deux occasions, m'avait demandé ce que je pensais de l'avenir de notre activité au Maroc, et je lui avais répondu qu'il passait par le débarquement à Al-Hoceima, la défaite militaire et donc politique d'Abd el-Krim, la pacification définitive des Kabyles, la consolidation du Protectorat. Le roi m'avait alors demandé d'en convaincre moi-même Primo de Rivera, comme s'il faisait plus confiance à la force de persuasion des officiers d'Afrique qu'à son autorité militaire et politique sur le dictateur. Après les féroces combats de Tizi Ouzou où Valenzuela perdit la vie, Primo avait excessivement temporisé face à Abd el-Krim, le laissant manifester un ascendant politique dangereux car il risquait de pousser à la révolte les Kabyles qu'il nous avait tant coûté de pacifier. Il fallait parler à Primo de Rivera, mais mes supérieurs au Maroc ne paraissaient pas vouloir s'y risquer : ils me chargèrent de le faire à l'occasion d'un déjeuner avec le dictateur, qui devait venir visiter notre position de Ben Tieb. « Franquito, me dit Sanjurjo, c'est toi qui offres le repas. »

Cela se passa dans un baraquement servant de dortoir et spécialement aménagé pour l'occasion. Comme les murs étaient couverts d'inscriptions reprenant le credo de la Légion, je demandai qu'on les efface lors de l'inspection que je passai opportunément, mais il en demeura une plus difficile à faire disparaître, sur une fenêtre, qui vantait l'agressivité aveugle et indomptable de la Légion. Primo de Rivera y fit allusion dans son discours en disant que, pour sa part, il aurait préféré à cette formule une autre insistant sur l'impérieuse nécessité de la discipline. En le remerciant d'avoir accepté notre hospitalité, je dis que les projets de retrait du Maroc faisaient peser sur nous une atmosphère d'appréhension ; que nous n'étions pas là pour satisfaire un caprice, mais pour accomplir les ordres que nous avaient donnés le gouvernement et nos supérieurs ; que, tout comme du temps où il commandait sa brigade de chasseurs, j'espérais qu'il écouterait l'inquiétude des généraux, des officiers et des sous-officiers, et qu'il saurait comme à son habitude les tranquilliser ; qu'en ce sens je ne pouvais résumer mes pensées que par le cri de « Viva España ! Viva España ! Viva España ! », que mes compagnons reprirent alors à en perdre haleine. Primo de Rivera me remercia, se dit honoré par la confiance qui lui était manifestée, et glissa que cette inscription, là-bas, devrait selon lui être remplacée par un hommage à « une discipline de fer ». Cette dernière remarque suscita un silence de mort, puis des mouvements d'humeur, et il n'y eut pas un seul applaudissement quand le dictateur se rassit. Il se releva alors avec précipitation, renversant un peu de son café, et me dit : « Si c'est ainsi, ce n'était pas la peine de m'inviter. » Je répliquai : « Je ne vous ai pas invité, j'ai obéi à un ordre du commandement en chef. Si cela n'est pas agréable pour vous, cela l'est encore moins pour moi. » « Malgré tout, je dois reconnaître que le corps d'officiers que j'ai rencontré ici est... » Il faillit dire « bon », mais se reprit in extremis : « ... mauvais. » Et moi : « Mon général, il était bon quand j'ai été nommé. S'il est mauvais maintenant, j'en porte la responsabilité. »

En partant, le dictateur annonça aux autres qu'ils pouvaient dormir tranquilles après cet incident, puisque moi seul l'avais provoqué et devrais en rendre raison. Peu après, Primo de Rivera me convoqua au quartier général, et me reçut à une heure du matin car il allait au théâtre après dîner. J'attendais dans l'antichambre lorsqu'il entra en compagnie du général Aizpuru, qui me dit aussitôt, dans l'intention évidente de se gagner les faveurs du dictateur : « La manière dont vous vous êtes comporté avec le général est inqualifiable. » « Ce qui est inqualifiable, répondis-je du tac au tac, c'est que vous puissiez me dire cela... » Mais Primo de Rivera intervint en s'adressant à moi : « Ne vous inquiétez pas, vous avez bien fait. » Puis nous entrâmes dans son bureau, eûmes tous les deux une conversation qui dura près de deux heures et pendant laquelle je fus

quasiment le seul à parler. Quelque temps plus tard, Primo de
Rivera invita les officiers à une réception, et déclara que sa visite
au Maroc lui avait beaucoup appris, qu'il ne prendrait aucune
décision sans consulter les responsables les plus qualifiés.

Une des personnalités les plus irréprochables du camp républicain durant la Guerre civile fut le général Hidalgo de Cisneros,
aviateur comme Ramón et grand ami de la brebis galeuse de
votre famille jusqu'au moment où il estima qu'il était trop
influencé par la bande nihiliste oscillant entre l'extrême gauche
et le parafascisme qui l'entourait. Laissez-vous décrire, Général,
par cet homme qui vous avait plus d'une fois pris dans son avion
durant cette épopée africaine que, par la suite, vous avez
présentée comme si vous en aviez été le seul et unique héros, les
autres ne vous servant que de faire-valoir : « Je fis aussi plusieurs
voyages avec Francisco Franco, qui venait de passer lieutenant-
colonel et envers qui je n'ai jamais ressenti la moindre sympathie. Tout le monde le détestait à la base de Mar Chica, à commencer par son frère Ramón, qui ne lui parlait presque pas.
Quand on demandait un hydravion pour le lieutenant-colonel
Francisco Franco nous essayions tous de nous esquiver, car son
attitude nous horripilait. Il arrivait à la base toujours à l'heure
tapante, sérieux comme un pape, très raide pour paraître plus
grand et masquer sa brioche naissante ; d'après son frère, sa
petite taille et sa tendance à l'embonpoint lui avaient toujours
donné des complexes. Après un salut des plus réglementaires, il
se renfrognait ou lançait une remarque désobligeante si l'avion
n'était pas prêt. Après, il s'installait à côté du pilote et ne
desserrait plus les dents jusqu'à l'arrivée, où il prenait congé
d'un air tout aussi martial, sans avoir quitté un seul instant sa
pose de militaire irréprochable qui le rendait si déplaisant. Je ne
lui ai jamais vu un sourire, ni une réaction amicale ou même
simplement humaine. Avec ses camarades légionnaires, il était
pareil, voire même plus cassant encore ; ils le respectaient et
visiblement le craignaient, car en tant que militaire il avait
beaucoup de prestige, mais il ne leur inspirait aucun sentiment
chaleureux. Franco paraissait antipathique de naissance. »
Et Cisneros n'était pas de parti pris, puisque, rédigeant bien

plus tard ses Mémoires dans son exil peu doré de Roumanie où le seul privilège qu'il avait demandé était de pouvoir boire du whisky d'importation, lui qui avait été un fils de bonne famille de la Rioja, il a pu évoquer avec respect des militaires qui avaient lutté dans l'autre bord, votre bord, comme Muñoz Grandes* dont il souligne l'honnêteté et la simplicité, ou Sanjurjo en personne : « Je n'ai jamais compris comment Sanjurjo en était arrivé à s'allier à des forces que, croyais-je, il méprisait. Comment cet homme, qui m'avait toujours paru simple, modeste, dépourvu de toute morgue, a-t-il pu commettre la scélératesse de trahir un régime qui lui avait témoigné sa gratitude et sa confiance en le nommant à un des postes les plus élevés dans la hiérarchie militaire ? »

J'avais agi en pensant sincèrement ne pas enfreindre ainsi la discipline. Celle-ci est la logique même de la vie du soldat : elle donne sa cohérence à un système voulant qu'un petit nombre conçoivent et que les autres exécutent. Surtout en temps de guerre, il faut la maintenir coûte que coûte. Lorsque nous prîmes Al-Hoceima, je déjeunai un jour avec des camarades quand l'un d'eux nous raconta d'un ton badin qu'on avait arrêté un déserteur qui non seulement était passé à l'ennemi mais avait voulu encourager d'autres soldats à le suivre. J'interrompis aussitôt notre repas, convoquai le sergent de la section à laquelle appartenait ce soldat pour vérifier les faits, qu'il me confirma. Certain de l'avoir identifié, je fis former un peloton qui le fusilla sur-le-champ : assumer un acte implacable ici et maintenant pour ne pas avoir à faire preuve d'une dureté illimitée demain. Vous, les jeunes d'aujourd'hui, ramollis par une paix que nous avons gagnée pour vous en réussissant à vaincre le totalitarisme communiste et nazi, serez peut-être surpris par une telle décision, mais ayez en tête que l'indiscipline, tel un termite, ronge le moral d'une armée et finit donc par la détruire. Oui, j'ai été critiqué pour mon comportement en Afrique, mais quand vous vous retrouvez devant des campagnes pacifistes, jeunes gens, soyez sûrs qu'elles sont orchestrées par les communistes afin de miner la forteresse chrétienne, ou par les francs-maçons, avec évidemment le même objectif.

Je ne sais plus en quelle année mon père se retrouva en plein milieu d'un cyclone, une main coincée dans une porte, de l'eau jusqu'à la ceinture, et le cerveau hanté par l'idée tenace qu'il allait mourir. Mais à La Havane les cyclones ne durent jamais longtemps, ils passent puis les gens se refont une ville et une vie jusqu'au prochain ouragan, à la prochaine inondation ou incartade d'une mer qui ne respecte pas la modeste mise en garde de la jetée et se précipite sur la vieille ville, profitant notamment de la petite anse qui se trouve entre la promenade du Prado et celle de La Infanta. Quand elles furent avisées que le toit de la maison était terminé au pays, ma grand-mère et mes tantes repartirent en Espagne, et mon père travailla de clinique en clinique, avec la solide réputation d'un garçon de salle consciencieux et capable de supporter les gardes de nuit. Il voulait économiser afin d'ouvrir un bar dès qu'il serait de retour en Espagne, peut-être à Puebla, ou alors à Luego, voire à La Coruña ou à Madrid... La jeunesse est ambitieuse. Mon père confia ces rêves au chirurgien Espalter, poète lyrique franc-maçon qui éprouvait une grande sympathie pour ce petit Galicien et qui l'instruisit sur l'histoire de cette île, passée de la colonisation espagnole à celle des États-Unis, sous l'épée de Damoclès interventionniste de l'amende-ment Platt. Cette loi autorisait les Yankees à intervenir à Cuba à tout moment, d'autant que la crise sucrière des années vingt leur avait permis de mettre l'économie cubaine en coupe réglée. Esparter, qui savait son Martí[1] sur le bout des doigts, lui prêta des livres en lui recommandant d'apprendre un métier, car il n'allait pas passer sa vie à ramasser les pansements usagés dans les cliniques, et puis un bar constituait un négoce hasardeux. Un métier, Celso, c'est toujours un métier : mon père s'appelait Celso Pombo, et le Pygmalion urologue lui présenta en 1925 des patients qui appartenaient à la Confédération nationale ouvrière de Cuba, des typographes. Pendant des heures volées au sommeil, il fréquenta donc un atelier de typographie de la rue Empedrado, près de la cathédrale, et tout en se familiarisant

1. José Martí : poète, essayiste cubain, mort en 1895 dans la guerre d'indépendance contre les Espagnols. *[N.d.T.]*

avec le cassetin et la linotypie, au cas où il voudrait tenter sa chance dans l'imprimerie d'un journal, il entendait de loin des voix mulâtres et prudentes s'échanger de mauvaises nouvelles à propos de la répression menée par le président Machado contre le mouvement syndical, qui alla jusqu'à l'assassinat du dirigeant des cheminots Enrique Varona, l'arrestation d'Alfredo López et de Julio Antonio Mella, plus tard assassiné au Mexique, accusés de promouvoir des associations marxistes. Le cerveau accaparé à la fois par le bar de ses rêves, son travail, l'apprentissage d'un métier vers lequel le poussait la force ingénieuse de la lecture, et enfin l'acquisition d'une conscience de classe, mon père s'aperçut que les travailleurs graphiques étaient plus tentés par l'anarchisme alors que lui se sentait plus attiré par le Parti communiste tout récemment fondé, et surtout par le très séduisant Julio Antonio Mella, un étudiant d'une grande beauté qui récoltait haut la main les adhésions ouvrières et féminines. Espalter intervint alors : « Écoute, Celso, les anarchistes sont des poètes, les communistes des pragmatiques. » La rumeur disait que Mella, trompant la vigilance policière, avait réussi à remettre un drapeau cubain au capitaine d'un navire soviétique qui mouillait dans la baie de Cárdenas. Mon père tomba sur un recueil de pensées de *Lenina*, comme on prononçait à La Havane le nom de guerre de Vladimir Oulianov. Sous une lampe au carbure dont il retrouverait encore la lumière dans l'Espagne de la guerre et de l'après-guerre, dans un cagibi d'une pension de la rue O'Reilly dont la galerie lui permettait d'apercevoir la place d'Armes et ses palais, les plus beaux que sa courte existence lui ait donné l'occasion de voir, mon père devint « plus ou moins » léniniste, comme il fut tout au long de sa vie « plus ou moins » émigrant, typographe, combattant républicain pour sa propre croisade, et puis, finalement, survivant. Mais en 1927, ne tenant compte ni des avertissements que lui avait donnés son père, ni de lui-même, il entra au Parti communiste cubain.

Certes, il y a francs-maçons et francs-maçons. C'est certain. La franc-maçonnerie contre laquelle j'ai lutté était la tendance sectaire, satanique, anti-espagnole, antichrétienne. Mais il existe aussi une franc-maçonnerie culturelle, un peu comme des « clubs maçonniques », qui a renoncé à la prétention de régenter le monde en secret. C'est pourquoi, à partir des années soixante, j'accentuai mes diatribes contre le communisme dans mes discours mais je commençai aussi à ne pas généraliser sur les francs-maçons, parce que après tout il en existait aux États-Unis qui approuvaient ma politique et qu'il aurait été stupide de s'aliéner. Et en Europe on peut bien trouver des francs-maçons chrétiens, qui n'ont rien à voir avec ceux que possèdent les démons de l'Histoire. J'avais entrepris de me documenter sérieusement sur la franc-maçonnerie à Melilla, après avoir été prévenu contre son influence sur la vie politique et même sur l'armée dès mon séjour à l'Académie de Tolède.

En Afrique, la franc-maçonnerie était agissante de part et d'autre des tranchées. Abd el-Krim, notre ennemi le plus opiniâtre et courageux, en était. Prosélytes, les francs-maçons savaient pourtant choisir leurs cibles : avec moi, ils ne s'y risquèrent pas, car ma position à leur égard était évidente, tandis que dans d'autres cas ils limitèrent leur zèle apostolique pour une raison ou pour une autre. La franc-maçonnerie était un refuge idéal pour le politicien timoré qui n'avait jamais tiré un coup de feu ni senti l'odeur de la poudre, comme pour le militaire du même acabit qui obtenait son avancement dans les bureaux mais jamais sur les champs de bataille. Si les hommes politiques me répugnaient, c'est parce qu'ils ne travaillaient pas pour l'honneur, pour la gloire de l'Espagne, mais pour cet art aussi minable qu'éphémère du troc et de l'intrigue, dans ce marais de combines qu'est la politique.

Je passe sur les temps morts de ma carrière entre l'Afrique et Madrid, dus aux aléas de la politique car si après l'incident de Ben Tieb Primo de Rivera avait modifié sa position à l'égard du Maroc, avec le soutien total du roi, il n'en restait pas moins soumis aux pressions de toutes sortes et même dans sa stratégie militaire il demeurait très sensible aux réactions de l'opinion publique. Mais le débarquement à Al-Hoceima, celui que j'avais imaginé un soir à Madrid alors que l'on me pressait de questions sur l'avenir de notre engagement en Afrique, sans savoir qu'il se produirait selon mes prédictions, approchait. La prise d'Al-Hoceima, point culminant de la pacification, aurait pu se produire plus tôt si l'armée d'Afrique n'avait été longtemps tenue pieds et poings liés par la stupidité crasse des politiciens et par les réticences initiales de Primo de Rivera. La collaboration déloyale de la France avec nos troupes, son outrecuidance devant nos faits d'armes dans le Protectorat avaient aussi été un frein, mais quand l'armée française connut de graves revers face à Abd el-Krim cette attitude fut reconsidérée, ce qui permit la conclusion d'un accord entre le général Pétain et Primo de Rivera en vue de la bataille d'Al-Hoceima : l'Espagne fournirait les forces de débarquement et la France l'appui naval. Ce que le corps des officiers espagnols a compté et comptera de meilleur était réuni là pour cette occasion : Primo de Rivera au commandement, Sanjurjo emmenant la division de débarquement, moi avec la Légion en avant-garde de la colonne venue de Ceuta, Goded* se chargeant de la colonne Fernández Pérez, tandis que le futur maréchal Pétain lançait une vigoureuse offensive terrestre de diversion contre Abd el-Krim. Mais le rebelle rifain, diaboliquement astucieux, comprit l'imminence du débarquement et mena une attaque sur Tétouan pour diviser nos forces. Enfin arriva le jour attendu. Nous nous retrouvâmes devant Morro Nuevo, transportés d'enthousiasme. Les croiseurs français et nos cuirassés entreprirent un intense bombardement des positions des insurgés. Nous pûmes commencer l'opération sous leur protection et celle de nos hydravions, sauf ceux pilotés par Lecea, Rubia, et mon frère Ramón qui restèrent immobilisés à cause de problèmes techniques. Trente-deux navires de guerre espagnols, dix-huit français, trente-deux canons sur le Peñon, soixante-dix avions d'attaque : un déploiement sans précédent dans l'histoire moderne de l'armée espagnole.

Nous sautâmes à la mer. De l'eau jusqu'à la poitrine, le fusil à bout de bras, nous prîmes pied sur la plage presque au coude à coude avec Muñoz Grandes. Je donnai aussitôt l'ordre d'attaquer les rochers qui nous surplombaient afin de profiter du désarroi que notre bombardement avait à l'évidence provoqué. Au soir du 8 septembre, la Légion contrôlait déjà le promontoire côtier et avait acculé l'ennemi au bord de la falaise. J'étais tellement certain de notre victoire que je pris le temps de poser, entouré par mes hommes, pour une photographie historique, *non sans avoir auparavant ordonné de stabiliser nos positions par des fortifications. Cette superbe attaque, audacieuse selon les conceptions militaires de l'époque, a depuis fait couler beaucoup d'encre; Eisenhower l'a étudiée quand il préparait les débarquements alliés, mais, si le dispositif tactique était parfait sur le papier, ce fut la détermination durant le corps à corps qui assura de manière décisive la victoire, une victoire très discutée sur le moment par les éternels défaitistes qui raillèrent Primo sous prétexte que tout ne s'était pas déroulé conformément au plan initial. J'appris, plusieurs semaines après, que Pétain avait beaucoup apprécié mon action à la tête de la Légion, et formulé alors un éloge qui m'a accompagné toute ma vie depuis lors : «Franco est la plus fine lame de toute l'Europe.» Mais je ne vous lasserai pas avec le compte rendu détaillé des opérations qui menèrent à la défaite totale d'Abd el-Krim, son départ en exil, la stabilisation du Protectorat espagnol et la mise en place de l'hégémonie franco-espagnole sur le Maroc.*

Pour ma part, je dois à Al-Hoceima d'avoir été nommé général de brigade. Il me fallait donc automatiquement abandonner le commandement de la Légion, que reprit Millán Astray. A trente-trois ans, j'étais, comme la presse ne manquait pas de le rappeler, le plus jeune général d'Europe. Comme pour ajouter à toutes ces satisfactions personnelles, le roi me fit l'honneur de me nommer chambellan, titre honorifique qui ne m'obligeait à aucun service à la cour et qui démontrait la déférence du souverain envers ma personne. Mais la victoire d'Al-Hoceima mettait à nouveau fin pour moi à l'appel de l'Afrique : en tant que général de brigade, je fus nommé à Madrid pour commander deux régiments, le «Inmemorial del Rey» et celui du León.

L'histoire de la guerre d'Afrique que nous avons apprise à l'école était forgée par vos thuriféraires, Général, et exaltait donc votre rôle jusqu'à la caricature, au point qu'elle en oubliait purement et simplement les noms de vos coreligionnaires, Sanjurjo, Goded, Muñoz Grandes, Valera, Queipo de Llano. Les ressorts économiques de ce conflit, le fait que la France et l'Allemagne se disputaient des restes d'empire tandis que la monarchie et l'armée espagnole y voyaient la dernière chance de maintenir une ambition impériale, ont déjà été suffisamment commentés par d'autres auteurs, et l'on ne peut manquer de percevoir le caractère hasardeux de cette guerre inspirée par l'honneur militaire et des raisons d'État que beaucoup d'hommes d'État eux-mêmes ne surent pas voir, à commencer par Primo de Rivera qui dut abandonner sa position en faveur de la non-intervention pour ne pas s'aliéner le soutien de l'armée. C'était votre guerre, à vous, ceux qui criaient « L'avancement ou la mort ! », mais votre propre mémoire, Général, se montre bien peu généreuse quand il s'agit de citer le nom de frères d'armes en Afrique qui devinrent vos ennemis durant la Guerre civile. Depuis son poste de pilotage d'hydravion, l'un d'eux, Hidalgo de Cisneros, a vu la bataille d'Al-Hoceima sous un autre angle : « Nous avions amerri le long du porte-avions *Dédalo* pour refaire le plein de carburant. Je montai à bord prendre un café et en sortant du carré je surpris un groupe d'officiers du navire en train d'observer à la jumelle Morro Nuevo, la position que nous venions de voir tomber aux mains du Corps des étrangers. Ils me dirent qu'ils regardaient comment les légionnaires jetaient à la mer, du haut de la falaise, les Maures qu'ils avaient capturés vivants. Quand on me prêta des jumelles, je pus voir en effet, horrifié, deux Maures tomber en virevoltant d'une hauteur de cent mètres. Je remontai dans mon appareil, envahi par une vive indignation devant le spectacle auquel il m'avait été donné d'assister. J'envoyai un message radio au commandant en chef de l'aviation pour lui rendre compte de la prise de Morro Nuevo, en soulignant le courage des troupes du Corps des étrangers, mais en expliquant aussi les forfaits révoltants commis par ces mêmes troupes avec leurs prisonniers. Pour conclure, je disais que de tels agissements déshonoraient l'armée tout entière. J'appris plus tard que le colonel Soriano avait, dès sa réception, transmis ce message à Primo de Rivera. Naturellement, Abd el-Krim ne pouvait pas faire de miracle : le combat était trop inégal, et ses troupes se firent écraser, non sans une courageuse résistance, par les gigantesques moyens qu'y avaient engagés l'Espagne et la France. Les opérations de la campagne du Maroc s'achevèrent donc avec la prise de la zone d'Al-Hoceima, et la reddition aux autorités françaises d'Abd el-Krim. »

Vous étiez bien vu par le roi, certes, et votre réputation de « courtisan » n'était pas entièrement infondée. Mais votre frère Ramón lui aussi – pourquoi omettez-vous de le rappeler ? – fut nommé chambellan, et son épouse – pourquoi ne l'avez-vous pas dit non plus ? – fut reçue par le couple royal tout comme doña Carmen Polo de Franco. A Madrid, Ramón Franco et sa femme ne pouvaient entrer dans un restaurant ou une salle de bal sans que toute l'assistance se mette debout pour applaudir. Et il n'est pas vrai que votre mère dévouée ait rejeté la belle-fille si mal dépeinte par les racontars familiaux qu'était Carmen Díaz : elle descendit plus d'une fois chez Carmen et Ramón, à Madrid, et votre belle-sœur la décrit comme une femme pleine de bonté et de douceur en qui elle voyait une seconde mère. « Ramón aimait profondément sa mère, raconte-t-elle, et je n'ai pas peur d'affirmer qu'il était son préféré, car il était le plus affectueux de tous, et celui pour lequel elle s'inquiétait le plus tant elle était effrayée par les dangers de l'aviation militaire. D'autant qu'il ne se passait pas un jour sans que Ramón nous rapporte la nouvelle que l'un de ses camarades s'était tué en vol. » Mais entre les fêtes et les mises aux arrêts pour outrage à l'autorité de Primo de Rivera – ou à n'importe quelle autorité –, votre frère, toujours flanqué de son inséparable ami, l'anarchiste Rada, se construisit une réputation de dissident qui ne le privait pas de bénéficier de l'estime complice du roi, noceur aussi. Elle ne l'empêcha pas non plus de tenter vainement son tour du monde aérien, où il faillit perdre la vie dans son naufrage près des Açores en compagnie de Ruiz de Alda et d'un autre officier, González Gallarza, devenu ministre de l'Aviation quand vous étiez désormais triplement Franco : « Franco, Franco, Franco ! » Même pendant cet accident, « le Chacal » conserva tout son sens de l'humour et de la folie : « Nous faisons le compte des vivres restantes, que je rationne de manière draconienne. Nous n'avons que très peu d'eau, et comme elle s'en va rapidement nous essayons de recueillir de l'eau de pluie ; d'un grain assez violent, nous obtenons en tout et pour tout un demi-litre d'eau plutôt sale. Puis nous nous rabattons sur le dernier recours, l'eau des moteurs, que nous pensions mauvaise et même imbuvable... A notre grande surprise et non moins grande joie, c'est en fait une eau claire et tout à fait buvable, dont nous disposons de cent trente litres, un véritable trésor que nous rationnons à deux litres par jour. Je me charge de la distribution des vivres, qui pourraient suffire huit jours mais que je prévois de faire durer un mois. Il faut que je surveille Ruiz de Alda qui, tenaillé un jour par la faim, a dérobé des biscuits pour les manger en cachette. Pour plaisanter, nous l'avons menacé de découper des steaks dans sa robuste cuisse. Au point le plus haut de l'hydravion, la cabine des moteurs, nous montons une garde scrupuleuse en nous relayant toutes les deux heures, avec l'arsenal de signaux dont nous disposons et une paire de jumelles très puissantes qui m'appartiennent. Bien que dangereuse et éprouvante, notre situation ne manque pas d'intérêt : alors que le monde entier attend la confirmation radiotélégraphique de notre arrivée à Horta, nous nous retrouvons tels des héros antiques abandonnés en plein océan, survivant tout seuls en l'attente d'un secours improbable, constatant avec inquiétude la disparition progressive de nos maigres réserves et le travail de sape que mènent les éléments pour vaincre la résistance de notre fragile coquille de noix. »

Notre premier domicile stable à Madrid se trouvait au numéro 28 du paseo *de la Castellana, quartier aristocratique de la capitale qui plut beaucoup à Carmen et où elle put entrer en relation avec le beau monde asturien et basque qui aimait passer de longues périodes à Madrid, voire s'y installer pour y vivre de ses rentes ou entreprendre de nouveaux investissements. Je ne répugnais pas à ces mondanités, mais je préférais réfléchir à ma charge, étudier et, de temps à autre, participer à des soirées de discussion comme celles de don Natalio Rivas, un homme politique d'un autre âge, du XIXe plus que du XXe, chez qui il m'arriva de servir de figurant pour le film de l'un des pionniers du cinéma espagnol. Dans les conversations mondaines, une idée destructrice, si elle est exposée avec brio, a le même poids qu'une pensée positive, et moi je regrettais l'économie de paroles qui caractérise la vie du militaire en campagne. Les plus crispants étaient évidemment les intellectuels, mais pas unique-*

ment les pédants de gauche sortis des cavernes de l'enseignement libre ou de la foire aux vanités qu'était l'Ateneo de
Madrid, avec au premier plan déjà Manuel Azaña, un républicain franc-maçon, ennemi juré de Dieu, de l'Espagne et du roi :
les intellectuels de la droite proclamée faisaient eux aussi les
frivoles, et les moutons n'aperçurent le loup qu'avec la chute de
la monarchie puis la proclamation de la funeste IIe République le
14 avril 1931.

En tant que général de brigade en fonction sur une place
militaire aussi importante que Madrid, j'avais plusieurs casernes
sous ma tutelle. Mon expérience de commandement m'avait
déjà fait comprendre qu'au lieu d'exercer un contrôle permanent
et tatillon sur les subalternes il est préférable de les surveiller à
distance et de les convoquer de temps en temps pour un bilan
sérieux. Je parvins ainsi à des relations remarquablement faciles
avec mes colonels, ce qui me laissa le loisir de satisfaire mon
inépuisable curiosité à l'égard du jeu politique, et de poursuivre
mes recherches en histoire et en économie, domaines que non
seulement j'étudiais, mais dont je m'entretenais avec des responsables au plus haut niveau. Un jour, en 1929, je me trouvais en
vacances à Gijón où Primo de Rivera passait lui aussi l'été, et il
m'invita à déjeuner avec Calvo Sotelo*, brillant ministre des
Finances. C'est l'occasion ou jamais, me dis-je : je l'interrogeai
sur la décision d'envoyer à Paris cinq cents millions de pesetas or
afin de revaloriser la monnaie, une mesure que je désapprouvais
car j'ai toujours été partisan d'accumuler l'or et les devises, non
pour thésauriser mais pour être capable d'investir. Calvo Sotelo,
assez présomptueux, me regardait de biais avant de me concéder
une réponse mi-ironique, mi-dédaigneuse. « Écoutez, Calvo,
répliquai-je, je vais vous donner un exemple. Supposons qu'apparaisse maintenant le gouverneur de la Banque centrale et qu'il
vous prenne en aparté pour vous dire : " Monsieur le ministre,
nous venons de nous rendre compte que nos réserves d'or n'en
sont pas, qu'il s'agit de cailloux. " Vous deviendrez blanc comme
linge, le général Primo de Rivera le remarquerait, et il serait
obligé d'en informer le gouvernement, en exigeant la plus
grande discrétion à ceux qui seraient dans le secret... » « Mais
quelles sornettes racontez-vous donc ? » explosa Calvo. Je ne

perdis pourtant pas mon calme. Je me contentai de le regarder fixement et de poursuivre : « Ce ne sont aucunement des sornettes. Le lendemain, vous vous rendriez compte qu'il ne se passe rien, ni le jour suivant, et l'angoisse se dissiperait rapidement... En bref : plus que d'avoir des réserves d'or, ici ou à Paris, l'important est d'investir, et, dans le cas présent, d'investir ces cinq cents millions en équipement industriel pour moderniser l'économie espagnole, plutôt que de les changer à Paris, parce qu'à cette allure nous allons vider les coffres de la Banque centrale. » Calvo resta froissé, mais il semblait réfléchir. Et je crois que le temps m'a donné raison.

Je comprends la stupéfaction de Calvo Sotelo devant ce général Je-sais-tout capable de contester sa politique de protection de la peseta pour affirmer quelques années après que l'une des raisons de la chute de la dictature de Primo de Rivera avait été la dévaluation de la monnaie nationale, l'oligarchie financière espagnole ayant été abusée par une politique de succès économiques à courte vue entre les deux crises mondiales que connurent les années vingt. Vous aviez dû lui faire perdre son calme, Général, avec vos attaques de logomachie lancées d'une voix criarde mais déjà trop assurée, sur les thèmes les plus divers, qui surprenaient même ceux qui vous connaissaient bien, sauf en présence de madame votre épouse, dont la simple apparition vous rendait quasiment muet comme si l'ancien élève de collèges provinciaux ne se sentait pas à son aise devant cette jeune femme élevée par des préceptrices étrangères. Plus tard, certains de vos anciens ministres, les plus audacieux, membres de l'Opus Dei, sont parvenus à la conclusion que l'économie n'avait jamais été votre fort, et je regrette de le dire, Général, malgré tous ces transbordements de livres dans votre fameuse valise. Les historiens, eux, affirment que votre pensée économique se réduisait à un interventionnisme étatique des plus autoritaires et rétrogrades, sans même une tentative de planification, votre unique conviction ayant été que la démocratie ne pouvait que freiner le progrès économique. Et c'est ce que vous souteniez encore en 1955, quand il était cependant clair que l'Europe ruinée par la Seconde Guerre mondiale renaissait de ses cendres sans pour autant se priver d'un système démocratique.

Dans nos réunions de la Gran Peña, le cercle que je fréquentais avec le plus d'assiduité, en compagnie de l'inséparable Pacón, je retrouvai d'autres officiers supérieurs en poste à Madrid, Millán Astray, Enrique Varela*, Luis Orgaz, Mola, et aussi Vicente Rojo* – d'un grade inférieur aux nôtres mais doté de beaucoup de qualités militaires qu'il allait malheureusement mettre au service de la cause républicaine. Je restai attentif aux dernières péripéties de la guerre d'Afrique, mais cette nostalgie de la guerre s'accompagna de la joie d'être père puisque, le 14 septembre 1926, à neuf heures et demie du matin, au domicile des Polo à Oviedo, 44, rue Uría, naquit notre fille Carmen*, « Nenuca ». Mon beau-frère Felipe et ma belle-sœur Ramona la parrainèrent lorsqu'elle fut baptisée à l'église paroissiale de San Juan del Real, recevant les noms de María del Carmen Ramona Felipa María de la Cruz Franco Polo Bahamonde Meléndez Valdés. La fillette arrivait, semble-t-il, pour me porter chance, puisque peu après fut exaucé l'un de mes rêves les plus chers : le Journal officiel de février 1927 annonça ma nomination au poste de directeur principal de l'Académie militaire générale de Saragosse. Primo de Rivera m'avait appelé pour me le proposer, mais je m'étais d'abord récusé malgré mes espoirs secrets tant j'étais convaincu que les mérites et les compétences de Millán Astray étaient supérieurs aux miens pour l'exercice d'une telle charge. Le dictateur me parla de la nécessité de penser à une nouvelle génération d'officiers formée par des professeurs capables de leur transmettre l'expérience triomphale et galvanisante de la guerre d'Afrique. « Personne n'a autant d'admiration pour Millán que moi, mais il se trouve que vous êtes mon candidat à la direction de l'Académie, et je vous préviens que vous êtes aussi celui du roi. » Il me fallait donc renoncer définitivement à participer aux derniers combats en Afrique. Je me rendis alors au Maroc pour prendre définitivement congé de mes fiers légionnaires, et de là, les yeux tournés vers la Péninsule et vers ma nouvelle fonction, je compris qu'à quelque chose malheur est

151

bon, que j'allais devenir le Pygmalion d'une suite de promotions de jeunes officiers.

Il se produit encore un certain parallélisme d'itinéraire entre vous et ma famille, Général. Début 1928, mon grand-père tombe malade d'avoir tellement borné son champ, et exige donc que mon père vienne prendre la tête d'une propriété si épuisante. Mon père déteste bêcher et creuser, il a lu quelques livres, amélioré ses connaissances, prêté la main à l'impression de certains pamphlets, il s'est en quelque sorte marxisé, et il redoute d'être arrêté dès son retour pour insoumission ; mais l'appel du sang est plus fort et il quitte Cuba à jamais, ne cessant par la suite de la regretter. Déjà vieux, quand l'hiver rendait encore plus obscur le sombre appartement de la rue Lombía, il ne cessait de murmurer, comme une litanie : « Moi, je suis fait pour les Tropiques. » Mon père revient donc, travaille ses terres tout en faisant appel à quelque modeste influence madrilène pour que l'accusation d'insoumission soit retirée, car même les pauvres, Général, peuvent approcher les puissants de Madrid dès lors qu'ils savent rester à leur place : ma tante servait chez un fournisseur de l'armée – de lait condensé, si mes souvenirs sont exacts –, on connaît le grand rôle que joue l'intendance dans la vie militaire, et, grâce à un général d'intendance, mon père fut autorisé à effectuer un bref service militaire non loin de ses terres. Mais mon grand-père ayant recouvré la santé, son fils voulut prendre du champ et réussit à gagner Madrid où il continua à lire, trouva un emploi d'imprimeur, suivit une formation d'instituteur et se fit de nouvelles relations. C'est alors qu'il put rencontrer certains des fondateurs du PCE, auxquels il raconta ses expériences cubaines sans être jamais vraiment pris au sérieux parce que chez nous, pas plus à gauche qu'à droite, on n'a jamais vraiment pris au sérieux les relations avec les Amériques. Un après-midi de la Sainte-Lucie, patronne des modistes, mon père et ma mère se rencontrèrent dans une guinguette près du couvent de San Antonio de la Florida. Ma mère était petite main chez doña Consuelo Nieva, couturière du beau linge madrilène, et sa fréquentation, par la porte de service, de nombreuses maisons patriciennes du quartier de

Salamanca l'avait éloignée de ses ascendances, paysans et pêcheurs de Murcie. Mon père avait du bagou, et il était blond à un point déconcertant. Ma mère avait de l'esprit, et une tendance à la fuite en avant qu'elle ne put jamais satisfaire. Contre l'avis des grands-parents maternels, ils rassemblèrent leurs revenus et s'installèrent dans un appartement en sous-sol de la rue de la Escalinata, à deux pas du palais d'Orient et donc des lieux où se produisit la fin de la monarchie. Fin 1930, mon père entra au PCE tandis que ma mère continuait à être une fervente partisane de Raquel Meller et de Luisita Estello[1]. Il lisait des abrégés de Lénine, elle les romans à l'eau de rose de María Teresa Sesé. Mais, bien après, ce fut elle qui conserva sans peur ses souvenirs de « Rouge » alors que mon père les dissimulait dans un carton, avec ses livres maudits, derrière un faux mur de l'appartement de la rue Lombía, celui de mes grands-parents, où je vins au monde – quasiment en penalty – le 27 juillet 1930. On m'appela Marcial tout court, mais en 1939 on dut me baptiser pour que je ne sois pas considéré comme enfant naturel. Moi aussi, j'ai plusieurs noms : Marcial, Celso, Evaristo Pombo Larios Tourón. Oui, moi aussi.

1. Chanteuses populaires espagnoles. *[N.d.T.]*

Les affinités ne sont jamais électives

Mon séjour à Saragosse de 1928 à 1931, à la tête de l'Académie militaire, est l'une des meilleures périodes de ma vie, non seulement en raison de l'intérêt que je pris à guider spirituellement les futurs officiers de notre armée, mais aussi pour l'accueil extraordinaire que me réserva la capitale de l'Aragon. Provisoirement, je me logeai dans une caserne proche de la fameuse porte depuis laquelle Agustina de Aragón dirigea les tirs de résistance contre les troupes de l'invasion napoléonienne. Mais la municipalité, comprenant que cela ne pouvait constituer un foyer pour Carmen et la petite, m'alloua un appartement dans un quartier récent, près de l'église de Santa Engracia, où nous reçûmes bientôt la visite du frère et de la sœur de Carmen, Felipe et Zita. Cette dernière finit par demeurer de fait en permanence avec nous, et elle devint l'une des jeunes filles les plus fêtées et admirées de la bonne société aragonaise. J'effectuai plusieurs voyages à l'étranger pour me tenir au courant des dernières nouveautés en matière d'enseignement militaire, dont je revins très favorablement impressionné par les innovations françaises que je pus découvrir à l'école de Saint-Cyr. Cette occasion marqua le début d'une amitié avec le directeur de l'époque, le glorieux Pétain que je connaissais déjà, amitié qui résista au mauvais traitement réservé par l'Histoire à ce maréchal exemplaire. Comme toujours, j'admirai la précision des Allemands lors d'une visite à l'« Infanteriaeschule » de Dresde, mais cette armée réduite par les Alliés à cent mille hommes ne pouvait évidemment pas rivaliser en 1928 avec le splendide déploiement des troupes françaises. Au centre d'entraînement des officiers dirigé par le général von Seeckt, je pus toutefois constater que l'esprit du militarisme prussien n'était pas mort, et c'est pourquoi la fulgurante avancée des forces hitlériennes en 1939 ne me surprit aucunement : une culture militaire ne s'improvise pas, elle peut passer par des périodes d'abattement, d'humiliation, voire de quasi-anéantissement, mais tôt ou tard elle resurgit pleine de force, ainsi que je me l'étais dit tant de fois en repensant à la splendeur militaire passée de l'Espagne. Je dois signaler que, sans avoir été inutiles, ces voyages n'ajoutèrent pas grand-chose à cette illustre école qu'est la guerre ; malgré la faiblesse de nos moyens, les campagnes d'Afrique nous avaient appris à savoir remplacer l'exercice du pouvoir par le courage et l'imagination. De retour à Saragosse, j'organisai le premier examen d'entrée pour rendre le 25 juillet un verdict qui parut sévère : sur 785 candidats, 215 seulement furent acceptés. C'est que, conformément à mon habitude, je ne tolérai pas le favoritisme : si les candidats n'étaient pas à la hauteur, fussent-ils enfants, frères, cousins, gendres, neveux de qui que ce soit, ils n'étaient pas admis. La seule recommandation acceptée était celle d'être le fils d'un militaire tombé au champ d'honneur : ceux-là avaient leur place assurée.

Je peux me vanter de ce que 95 % des éléments des trois premières promotions de Saragosse ont combattu pour notre cause pendant la Guerre civile de libération. Le colonel Campins, sous-directeur de l'Académie, fut certes fusillé en 1936 pour avoir refusé de se joindre à notre soulèvement national, mais je dois reconnaître à sa décharge qu'il fut un excellent collaborateur au temps de l'Académie, et que son épouse Dolores Ronda fut l'une des plus sympathiques amies et alliées de Carmen dans l'organisation d'une vie sociale où les officiers de notre école côtoyaient les meilleurs éléments de la société locale. Les noms d'autres enseignants de l'Académie figurent encore dans l'histoire militaire et dans notre histoire tout court : ainsi les généraux Alonso Vega ou Franco Salgado-Araujo, l'inévitable Pacón. Ce fut une époque de formation, d'autant que Primo de Rivera, si souvent en avance sur son temps, avait abonné une série d'officiers supérieurs au bulletin L'Entente internationale contre la IIIe Internationale, organe de lutte contre la pénétration communiste dans les cercles militaires, et que j'écrivis quelques contributions à la Revue des troupes coloniales. Les cadets grandissaient droit, à l'abri des deux grands fléaux des centres de formation militaire : les brimades contre les nouveaux, et les maladies vénériennes. Ces deux ennemis implacables de l'esprit militaire m'obsédaient depuis ma jeunesse, mais je peux affirmer que là où j'ai exercé mon commandement il n'y a jamais eu ni brimades, ni syphilis, ni communisme, ce qui me permit de souligner dans mon discours aux cadets de l'Académie du 14 juillet 1931 : « Les maladies vénériennes qui ont pu par le passé dégrader et tenir à leur merci notre jeunesse ne sont jamais apparues dans ce centre, grâce à une vigilance de tous les instants et à une prophylaxie appropriée. » On peut le comprendre comme on voudra, mais là où j'ai commandé et pu imposer certaines normes sanitaires, il n'y a pas eu de syphilis, et il n'y en aura pas.

C'était un plaisir que de contempler mes cadets, comme de voir Zita poser pour Sangroniz, un grand portraitiste local, ou se promener avec moi à cheval, en compagnie d'illustres notables de la ville. Nos salons étaient ouverts à la meilleure société de Saragosse, qui nous rendait volontiers la politesse : loin de la réalité et du mythe de l'enfermement endogamique des familles militaires, je mis en pratique une politique de relations publiques dont Carmen, jeune mais rompue aux usages du monde, était une pièce essentielle. Ce fut chez le contrôleur des Finances Lope Onde que je rencontrai un jeune avocat ambitieux, Ramón Serrano Suñer, ami personnel du fils du dictateur, José Antonio Primo de Rivera*. Très cultivé, partageant les mêmes vues que moi sur la régénération nécessaire de l'Espagne, il sut vaincre ma méfiance instinctive à l'encontre des politiques : je parlai de lui en termes très favorables à Carmen, et il fut bientôt un habitué de nos soirées à tel point que Carmen découvrit qu'il venait plus pour Zita que pour nous. Mon épouse a toujours admiré les hommes élégants et éloquents, mais en cinquante ans de vie commune je n'en ai vu qu'un seul l'impressionner autant que Serrano Suñer : López Bravo*, ministre de l'Industrie dans le gouvernement de décembre 1962. Carmen se délectait en l'écoutant parler, et coupait parfois mes objections pour laisser la fine dialectique de l'avocat se développer librement : « Tais-

toi, Paco, laisse parler Ramón. » Et je m'exécutais volontiers, conscient des problèmes majeurs que je devrais un jour affronter pour l'avenir du pays. Un autre intellectuel de ses amis, Jesús Pabón, était nettement plus insupportable : ce cuistre commentait devant moi les batailles napoléoniennes comme s'il était un stratège accompli et moi un étudiant en polémologie. Avec le temps, cependant, il devint un auxiliaire satisfaisant de ma politique culturelle, et apprit à m'écouter. Pour en revenir à Serrano Suñer, je dois dire que je fus surpris par son antimonarchisme, que j'attribuai au fait qu'il descendait de l'un des présidents de la Ire République, le Catalan Estanislao Figueras... Mais non, il raisonnait, me citait divers théoriciens en politologie car il a toujours beaucoup lu, et se retrouvait d'accord avec José Antonio Primo de Rivera, celui qui par la suite allait fonder la Phalange espagnole. Depuis ses fort brillantes études, il était très proche de ce dernier. Son antimonarchisme ne faisait pas de lui un républicain, et avec le recul du temps je crois comprendre que, comme à son habitude, il ne savait pas très bien ce qu'il voulait mais pouvait tout sacrifier au plaisir d'une belle formule qui ferait réagir la claque des intellectuels. Se considérant lui-même comme tel, il essayait d'influencer mes lectures, presque toujours dans le sens de la critique de la société de masse née de la révolution industrielle et de la démocratie égalitariste qui reconnaissait les mêmes droits politiques au savant et à l'imbécile.

C'est peut-être à Saragosse que m'est venu le goût de la chasse, parce que là-bas on partait à cheval derrière le lièvre à travers les grands espaces de l'Aragon et je devins un chasseur émérite. J'aimais par-dessus tout les exercices tactiques, que je considérais comme indispensables à la formation des cadets, depuis la haute montagne jusqu'au passage de rivières à gué, bref toutes les situations qui m'avaient révélé mes limites sous le feu. De temps à autre, Pacón et moi, nous nous rendions à Madrid pour consultations, ou à Valence pour voir mon frère Nicolás. Au cours de l'un de ces voyages à Valence, je pus constater que, même si les champs de bataille étaient loin, je gardais la « baraka ». J'étais au volant de ma voiture personnelle, en compagnie de Carmen et de Pacón, lorsque le véhicule dérapa, donna d'une roue contre une borne qui se cassa, mais quelque chose d'autre le freina et, après un tonneau, il s'immobilisa sur le flanc en plein milieu de la route. A cette époque, le progrès impulsé par notre Mouvement n'avait pas encore fait proliférer les voitures sur les axes routiers d'Espagne : nous ne fûmes donc pas emboutis par d'autres automobiles, et malgré l'état lamentable de la nôtre je constatai que nous étions tous sains et saufs, mais complètement bloqués à l'intérieur. Un groupe de jeunes gens qui passait par là nous aida à en sortir ; comme je leur donnais un pourboire de cent pesetas, à l'époque une somme fabuleuse, Pacón fit une remarque sur ma prodigalité, à laquelle je répondis : « De cette manière, je les encourage à rester efficaces et serviables. »

Je n'étais pas seulement l'objet de toutes les attentions ; mon nom était désormais inscrit dans la pierre, depuis que, le 10 février 1926, la mairie d'El Ferrol avait fait apposer sur ma maison natale une plaque proclamant « l'admiration et l'affection » de la ville à mon égard. A la première plaque allait succéder presque immédiatement la première rue baptisée à mon nom. Depuis lors, tant d'avenues, de rues, de places, de villages ont reçu mon nom que je ne peux en tenir le compte, mais je me souviens bien de la première rue dédiée au général Francisco Franco, en mai 1929, à Saragosse, dans le quartier de l'Arrabal, non loin de l'Académie militaire. En ce temps-là, tout paraissait nous sourire : l'Académie faisait l'admiration de notre peuple et des étrangers, Carmen était l'une des principales figures de la vie sociale, je me sentais à la fois admiré, respecté et accepté par les meilleures familles de la ville, notre enfant était heureuse et bien-portante, et par son œuvre Primo de Rivera avait engagé l'Espagne dans la voie de la prospérité.

Mais c'était trop beau pour durer : les démons familiers de la discorde n'avaient pas quitté les civils, pis, ils s'en prenaient maintenant à l'armée. Primo de Rivera, n'ayant sans doute pas su gagner la confiance de toute la hiérarchie, se heurta d'abord à l'artillerie, arme toujours jalouse de ses spécificités qui, au moment de la Croisade, allait passer majoritairement du côté des Rouges. La plaie était ouverte, les forces anti-espagnoles, qui à première vue paraissaient vouloir s'en prendre à Primo de

Rivera, concentraient en fait leurs efforts contre la monarchie. *Fin janvier 1929*, un prétendu « Comité révolutionnaire » appela à la rébellion à Madrid, comptant sur l'appui des artilleurs et attendant le débarquement à Valence du politicien Sánchez Guerra qui devait se porter à la tête d'un soulèvement pas encore antimonarchiste au début, mais constitutionnaliste, c'est-à-dire prônant le retour à la situation antérieure à 1923. Le roi, las d'être pris entre deux feux, retira sa confiance à Primo de Rivera, les deux hommes commettant à mon avis une erreur car si le général avait eu la sagesse de céder et le roi celle de ne pas se détourner de lui nous aurions évité bien des malheurs. Le cancer de la division attaquait l'armée, où de jeunes officiers comme López Ochoa ou Fermín Galán ne cachaient plus leur hostilité au roi, le premier glissant vers la franc-maçonnerie et le second vers le bolchevisme. C'était aussi le cas du général Queipo de Llano, mais ma plus grande douleur fut d'apprendre que mon propre frère, Ramón, non content de railler à la moindre occasion Primo de Rivera et le roi, conspirait ouvertement en s'alliant à l'extrême gauche anarchiste et communiste. *Dis-moi qui tu fréquentes, je te dirai qui tu es.* Sage dicton : Ramón ne quittait pas Rada, son mauvais ange, tandis que sa femme, de douteuse origine, ne pouvait guère le rappeler à la raison. Ses activités le conduisirent à proposer au général Goded de se joindre à un coup d'État qui ne se limiterait pas à faire tomber le dictateur mais signifierait la fin de la monarchie. Primo de Rivera savait que la conjuration s'étendait à de jeunes officiers frustrés et sans passé, aux anciens conspirateurs constitutionnalistes comme don Niceto Alcalá Zamora – qui finit républicain –, aux socialistes avec lesquels il avait pourtant pactisé, et aux anarchistes qu'il avait réprimés avec fermeté. Mais les capitaines généraux ? Mais le roi ? Primo demanda par télégramme aux premiers de confirmer leur loyauté, or seuls Mola et Marzo lui répondirent ; quant au roi, il lui tourna le dos, ne voulant pas être entraîné dans la chute de la dictature. Depuis mon observatoire de Saragosse, ou lors de mes déplacements à Madrid, je m'étonnais de la facilité avec laquelle cette tendance à l'autodestruction prospérait. Je comprenais que le dictateur avait commis l'erreur de ne pas se doter d'une courroie de transmission politique pour rester en contact avec le peuple et contrer les agissements des politicards. Comme il fallait s'y attendre, Primo démissionna le 28 décembre 1929, et le roi chargea le général Dámaso Berenguer de former un nouveau gouvernement, un choix catastrophique car ce ne fut qu'un semblant de dictature, malgré la présence du général Emilio Mola, dont j'aurai l'occasion de reparler plus loin. Puis Primo de Rivera partit en France en février 1930, refusant la proposition d'un nouveau coup d'État pour reprendre l'initiative. Un coup contre qui, d'ailleurs? Contre le roi? Alphonse XIII n'avait pas réalisé que le dictateur était un rempart dressé devant les débordements autoritaires auxquels tant le gouvernement de Berenguer que celui de l'amiral Aznar se laissèrent aller, et il voulut gouverner lui-même. J'ai toujours dit qu'il fut l'un de nos meilleurs rois, mais il n'a pas eu de chance, et il s'est retrouvé entouré des pires conseillers au moment critique. Parallèlement à la détérioration de la position politique du roi se produisit l'effondrement physique et psychologique de Primo de Rivera, atteint par l'une de ces maladies qui frappent aisément un homme aigri et abandonné de tous : deux mois après s'être exilé à Paris, sa mort supprima toute éventualité d'un retour politique.

Malgré nos divergences passées, j'avais été peiné par la chute de Primo de Rivera, mais je compris aussi qu'elle était logique : il n'avait pas su donner une assise institutionnelle à son régime, le laissant prendre le caractère d'une étape transitoire, erreur que je me gardai de commettre plus tard avec la Croisade de libération. J'étais conscient du sentiment antimonarchiste qui s'étendait à toute la société, pas seulement dans les classes populaires mais aussi au sein de la bourgeoisie. La visite que le roi effectua à Saragosse à l'été 1930 nous permit de le vérifier de nos propres yeux : le public l'accueillit avec froideur quand il arriva à l'église du Pilar, d'ailleurs sa cour paraissait réticente à l'exhiber, même s'il fut ovationné par nos cadets lorsqu'il présida la cérémonie de la prestation de serment. Avec Berenguer, qui l'accompagnait, j'eus un tête-à-tête qui nous permit d'examiner la situation créée par le départ de Primo de Rivera. Comme il affirmait que l'armée demeurerait fondamentalement monar-

chiste, je me contentai de lui montrer d'un geste l'enceinte de l'Académie en disant : « Ici, oui. » Je savais que même Sanjurjo n'était pas prêt à s'engager très loin en faveur du roi, alors qu'il exerçait pourtant une charge essentielle à la sécurité de la monarchie : directeur général de la Garde civile. Il n'avait pas plus que moi apprécié le comportement du roi envers Primo de Rivera, mais j'étais discipliné alors que Sanjurjo n'en faisait qu'à sa tête.

Pour ma part, je n'étais plus tranquille depuis que j'avais appris que mon frère Ramón était l'un des plus actifs conspirateurs antimonarchistes. A l'occasion d'un voyage à Madrid, Pacón rendit visite à mon frère Ramón. Il me raconta que sa maison s'était transformée en nid de conspirateurs : « Il a des amis tout à fait bizarres qui, après deux ou trois verres, se mettent à chanter La Marseillaise*, et à crier " Vive la République ! ", " A bas la monarchie ! " sans arrêt. » Par d'autres informations, j'appris que sa frénésie conspiratrice dépassait toutes les bornes. On l'avait vu se promener tout nu, ou vêtu d'une simple tunique, prôner en public l'anarchisme, le nudisme, le républicanisme, le messianisme révolutionnaire militaire... Ce comportement inquiétait toute la famille. Je me décidai donc à lui envoyer une lettre comminatoire, une lettre de frère aîné, en lui rappelant qu'il avait toujours été un homme d'ordre et un patriote, en l'exhortant à ne pas se laisser entraîner par de mauvaises fréquentations : « Pense un peu à tout cela, mon cher Ramón, et pardonne-moi de t'écrire ainsi, d'abord pour ton bien, ensuite à cause du terrible chagrin que ces choses causent à Maman, et à nous tous. » Il me répondit sur un ton hargneux, polémique, provocateur, ses amis s'empressant de distribuer des copies de sa lettre car la censure, à juste titre, avait interdit la publication de notre correspondance.*

Quand je relis aujourd'hui la réponse de votre frère, elle me paraît encore subversive, porteuse, de la part d'un personnage si loufoque, d'un jugement d'une clarté surprenante sur vous et vos militaires africanistes, fanatiques de « La promotion ou la mort ! » et tout disposés, une fois promus, à continuer la conquête coloniale au prix de la mort des autres :

Cher frère,
Ta lettre m'a stupéfié, et je m'étonne des sages conseils que tu me donnes à travers elle.
Tu te fais une idée bien trop mauvaise de ce que sont les forces républicaines, et bien trop bonne de ce que représentent les monarchies. Si la monarchie se maintient en Espagne, tu sais pourtant ce qu'il adviendra de la nation. La noblesse, qui se considère comme une caste supérieure, en majorité formée de descendants bâtards d'autres aristocrates, vit sur le dos du pays avec la bénédiction du souverain, grâce à ses privilèges royaux, à ses négoces douteux, à ses postes politiques influents, et provoque les classes inférieures – plus on est inférieur, plus on est moral – de ses excès connus de tous. Le haut clergé et les congrégations, qui trouvent dans la dynastie régnante leur principal appui, asphyxient les libertés publiques avec leurs exigences et leurs prérogatives, tout en s'appropriant directement ou indirectement une bonne part des impôts tandis que le pays s'étiole et que l'inculture perdure par manque d'écoles et de moyens d'enseignement puisque le budget ne peut couvrir des besoins aussi pressants. Les princes, infants et autres parents plus ou moins proches du trône, font de juteuses affaires en profitant de l'aide que leur accorde le pouvoir. L'armée, qui doit normalement être au service de la nation, ne sert aujourd'hui que le trône et, pour protéger ce dernier, ose mitrailler le peuple désireux de retrouver sa souveraineté bafouée et narguée par la dictature des Bourbons ; occupée à jouer le rôle de bourreau de la nation, elle en néglige ses responsabilités guerrières et n'est plus que la caricature de ce qu'elle devrait être. Mais cependant elle s'arroge le tiers du budget national.
Quant aux vieux politiques, dont l'impuissance avait donné lieu au coup d'État de 1923, ils en sont arrivés à un tel point de discrédit qu'ils ne gouvernent que les classes monarchistes ou plutôt les laissent faire, en collaboration avec l'arbitrage – pour ne pas dire l'absolutisme – de ce trône que tu défends tellement.
La monarchie ne fait pas apparaître de valeurs nouvelles, et les causes de jadis produiront les mêmes effets. Après une nouvelle étape d'impuissance gouvernementale, bien évidemment funeste, viendra une autre dictature qui achèvera le travail de la précédente en étouffant définitivement tout esprit libéral et tout sens civique, et fera de nous ce que sont aujourd'hui certaines Républiques sud-américaines. Et les quelques véritables citoyens qui demeurent encore, pour ne pas mourir aux mains des réactionnaires, seront contraints

d'émigrer, de telle sorte que l'Espagne perdra les valeurs qu'ils incarnent.

Les généraux – incapables – qui font bloc aujourd'hui autour du trône pour le défendre n'ont d'autre idée que d'empêcher l'instauration d'un ordre nouveau qui, en raison de leur incapacité, leur refuserait tout poste prestigieux. Alors, pour sauver leurs privilèges, ils défendent leur seigneur avec un instinct et des manières d'esclaves, en voulant une fois encore opposer l'armée au peuple. Mais cette fois ils n'y parviendront pas : le soldat et l'officier se rangeront aux côtés du peuple pour l'aider à secouer ses jougs ancestraux et à faire justice, sa justice, la seule justice véritable, la justice populaire.

Le peuple paie pour l'armée et pour le trône afin que l'une et l'autre le servent et non le tyrannisent. Et quand il se lasse de payer des serviteurs malhonnêtes, il est entièrement en droit de se passer d'eux.

Le trône a bafoué la Constitution, le pacte qui le liait au peuple ; désormais, il revient au peuple, et à lui seul, de le renouer ou de choisir un régime qui lui garantisse plus solidement progrès et bien-être, un régime qui sache faire en sorte, par des avancées parlementaires et non des révolutions sanglantes, que ces trois mots, « Liberté, Égalité, Fraternité », ne soient plus un mythe. La monarchie, qui a entièrement prouvé qu'elle ne pouvait que satisfaire ses intérêts égoïstes et qu'elle se souciait comme d'une guigne des besoins du pays, ne peut être un tel régime.

En quelques années, le monde a beaucoup changé. Presque toutes les nations d'Europe ont aujourd'hui instauré des Républiques, ce qui est le cas partout aux Amériques. Ceux qui vouent un culte à la Patrie la désirent républicaine, car c'est ainsi seulement qu'elle progressera et parviendra au niveau du reste de l'Europe, vis-à-vis duquel nous avons pris un retard de plusieurs années.

Une République modérée répondrait à notre situation actuelle. Loin d'effrayer et de rebuter les classes privilégiées comme pourrait le faire une version radicale, elle les pousserait à prendre en main les destinées du pays. Et les radicaux la respecteraient puisqu'ils verraient en elle un moyen de progresser vers leur idéal, et n'obtiendraient de responsabilités que par des consultations populaires, et grâce à leur comportement, à leur programme, à une propagande adéquate. En définitive, le pays se gouvernerait comme il l'entend, évitant ainsi que n'éclate une révolution qui avance actuellement à pas de géant et qui, plus tard elle se produirait, plus violente elle serait.

Tu dis dans ta lettre, en faisant preuve d'un grave manque de discernement, que les gauches ne sont que de la marchandise avariée. La seule marchandise, et tout à fait avariée, ce sont les droites qui nous ont fort bien montré comment elles se vendaient et se louaient! Les rares bons éléments qui s'y trouvaient encore ont rejoint le camp de la République, pour ne plus avoir à fréquenter tous ces professionnels de la trahison et de la mesquinerie. Marchandise avariée? Les partis monarchistes, certes, ô combien!

Tu me rappelles aussi au patriotisme, au devoir, au serment, etc. Mais ce n'est pas à moi qu'il faut le dire, c'est au parjure qui a oublié et violé la Constitution à laquelle il avait solennellement prêté serment, qui a mené le pays à la banqueroute et à l'immoralité. Et tout cela pour ne pas avoir à rendre compte des responsabilités au Maroc, qui n'ont toujours pas été établies et s'augmentent aujourd'hui du passif de la dictature sortante.

Lorsqu'un roi trahit son serment, nous tous nous retrouvons libérés du nôtre. Lorsque les intérêts sacrés du pays sont foulés aux pieds, les serments ne sont plus que des bouts de papier.

Si tu consens à descendre de ton petit trône de général, si tu vas voir un peu ce que pensent les simples capitaines ou lieutenants, tu constateras que bien peu sont d'accord avec toi, et tu verras à quel point la République se rapproche. Mis à part les généraux, la plupart des officiers supérieurs et l'aristocratique cavalerie, l'armée est républicaine, les conscrits le sont, et la Marine dans son ensemble qui en a donné une preuve le 11 février en célébrant l'anniversaire de la Ire République espagnole.

Je suis républicain parce que je suis profondément convaincu que les maux de l'Espagne ne se soigneront pas avec la monarchie. Est-ce clair? Je pense que le maintien de la monarchie serait un grand malheur pour l'Espagne. Désormais, il est plus patriotique d'être républicain que monarchiste, mais évidemment celui qui passe sa vie à fréquenter les classes aristocratiques et fortunées, comme tu le fais, ne peut le comprendre.

Il est encore temps pour toi de te ressaisir et de cesser de donner de vains conseils de bourgeois. Aux côtés de la République, tu serais un géant, alors qu'en restant avec la monarchie tu perds tes lauriers si bien gagnés au Maroc. Préfères-tu une position plus facile, plus rusée? Fais-toi constitutionaliste, comme beaucoup de vieux politiciens, deviens le censeur vertueux des nouvelles élections, mais n'oublie pas que l'on ne peut être ami personnel du roi – encore que le monarque ne soit pas le tien – et être un bon républicain. On ne vient pas à la République par haine mais par idéal, et plus on a été ami du roi, plus on a obtenu de lui des faveurs, plus on a du mérite à être républicain.

Je regrette le terrible chagrin dans lequel mon attitude a plongé la famille, mais elle doit réaliser qu'en me le manifestant pour tenter de m'influencer elle commet quelque chose d'intolérable. Comme toujours, je ne prendrai mes décisions que guidé par ma conscience, et le temps nous dira de quel côté se trouvaient la justice et la raison.

Je te transmets une lettre d'un ami que tu devras lire posément car elle te donnera une petite idée de ce qu'est l'armée aujourd'hui, et de la gravité de sa situation. Elle t'aidera aussi, en cette période de carême, à un rapide examen de conscience.

Pour finir, un conseil. Je sais que tu formes excellemment tes élèves sur le plan physique, que ce seront de remarquables officiers quand ils sortiront de l'Académie, mais il me fait peine de penser qu'ils seront aussi de très mauvais citoyens. Il leur faudrait des cours de civisme, mais vous êtes bien malvenus pour les leur donner !

Tout ce que tu me dis me laisse donc froid, et je termine en te précisant que je fais et continuerai à faire ce que bon me semble, c'est-à-dire ce que me dicte ma conscience, certes moins aristocratique et civique que la vôtre... Si l'on brise ma carrière pour cela, je n'hésiterai pas à la laisser en plan et à gagner ma vie en tant que simple citoyen, en me consacrant au service de la République qui est finalement celui de la nation.

Ton frère qui t'embrasse,

Ramón.

Ce que nous redoutions finit par arriver : Ramón fut arrêté par les policiers des services de sécurité de Mola le 11 octobre 1930. Ce dernier me montra personnellement les preuves des activités conspiratrices de mon frère, qui allaient jusqu'à la contrebande d'armes et la fabrication d'explosifs. Quand je lui rendis visite en prison, notre rencontre se passa fraternellement mais je surpris à nouveau dans ses yeux verts une lueur de satisfaction : jusqu'à la tentative révolutionnaire manquée des officiers Galán et García Hernández, Ramón était le leader militaire du camp républicain, et il débordait d'une ténébreuse autosatisfaction. Pas moins de trois cents demandes parvinrent à la direction de la prison pour venir le voir ; il devint la référence

des secteurs républicains de l'armée, c'est-à-dire presque tou-
jours de ses éléments franc-maçons. Moi, je revins à Saragosse le
cœur brisé mais la tête claire, pour apprendre que Ramón venait
de s'évader, une évasion aussi spectaculaire que tout ce qu'il
entreprenait, organisée par son déplorable ami, l'anarchiste
Rada. L'indignation de Mola l'a conduit, dans son livre Ce que
j'ai su..., à juger trop durement Ramón qu'il traite de conspira-
teur d'opérette, alors qu'il ne tarit pas d'éloges sur le capitaine
Galán qui peu après allait connaître l'ultime conséquence de sa
tentative de soulèvement révolutionnaire : le peloton d'exécu-
tion. Non content de s'évader, Ramón adressa une lettre insul-
tante au général Berenguer dans laquelle il se campait en
« oiseau rebelle qui de son bec a tordu les barreaux de sa prison
dorée », et où, annonçant son départ à l'étranger, il lui lançait
cet avertissement : « Aujourd'hui, je suis l'enclume et vous le
marteau, mais le jour viendra où vous serez l'enclume et où je
serai marteau-pilon. »

Bref, mon frère avait perdu le nord, ou bien on le lui avait fait
perdre. Kindelán ordonna l'immobilisation au sol de tous les
avions pour l'empêcher de quitter le pays. Mais mon frère, s'il
était devenu fou, n'était pas idiot, et Kindelán était peut-être un
peu trop imbu de lui-même. Pendant ce temps, le complot
républicain se poursuivait ; Fermín Galán, cet officier irrépro-
chable durant la campagne d'Afrique, que j'avais moi-même
proposé pour la plus haute distinction militaire, monta une
conspiration des plus naïves qui devait partir de Jaca, une
garnison qui lui avait été confiée de manière irresponsable alors
qu'il avait déjà été puni trois ans au château de Montjuich de
Barcelone en raison de ses velléités antimonarchistes. Il espérait
que sa sédition entraînerait dans un soulèvement global la
« junte révolutionnaire » qui intriguait à Madrid, et qu'elle serait
soutenue par une grève générale. A contre-pied des conspira-
teurs madrilènes, il proclama unilatéralement une République
espagnole le 12 décembre 1930 à Jaca ; après avoir arrêté ses
chefs, il se lança dans une marche désespérée sur Huesca à la
tête d'un demi-millier d'hommes, sous la pluie, ses soldats
mourant de froid et de faim. Je plaçai mes cadets de l'Académie
en état d'alerte, au cas où Galán réussirait à rallier à sa cause la

garnison de Huesca et parviendrait jusqu'à Saragosse. *Avec des troupes venues de cette ville, de Pampelune, de Madrid et de Catalogne, Mola le prit en chasse. Il y eut des blessés et des morts dans la rencontre. Tout d'abord, Galán et son complice le capitaine García Hernández pensèrent gagner la frontière française, mais ils décidèrent ensuite de se rendre et d'assumer courageusement la responsabilité de leur tentative. Condamnés à mort par un tribunal d'exception, exécutés, ils devinrent des martyrs de la future République, et les plus jeunes officiers, égarés par les mirages d'une modernité mal comprise, furent émus par leur geste. Quant à Ramón, j'avais d'abord cru qu'il se trouvait à Jaca, mais en réalité il se cachait et ne réapparut que pour une réunion d'aviateurs liés au complot parmi lesquels se trouvait, bien entendu, le petit monsieur Hidalgo de Cisneros. Pendant que la police de Mola arrêtait le comité révolutionnaire dirigé par Alcalá Zamora, plusieurs de ces aviateurs républicains ainsi que Queipo de Llano se rendirent en taxi à l'aérodrome de Cuatro Vientos, s'emparèrent par la force de quelques appareils et se mirent à survoler Madrid en lâchant des tracts révolutionnaires. Mais l'avion que pilotaient Ramón et Rada emportait aussi des bombes destinées au palais d'Orient, c'est-à-dire à la résidence du roi. Heureusement, la Providence veillait, ou bien était-ce ma mère depuis l'ermitage du Chamorro ? Mon frère a raconté par la suite comment il avait renoncé au bombardement dans la crainte de provoquer des victimes civiles. Leur tentative ayant échoué, Queipo de Llano, Hidalgo de Cisneros et d'autres aviateurs mirent le cap sur le Portugal, où ils furent arrêtés et jetés en prison.*

La grève générale annoncée par les socialistes n'eut pas lieu, mais Berenguer avait été tellement énervé par cette agitation qu'il commença à mobiliser des troupes un peu partout, réclamant même la présence de la Légion sur la Péninsule. C'était la première fois que ce corps d'élite était convoqué en défense de la sécurité de l'État, et ce n'est donc pas moi qui innovai en ce sens lors de la révolution des Asturies en 1934, contrairement à ce que prétendit alors la propagande rouge qui nous appelait péjorativement « les Africagnols ». Et c'est dans ce contexte, alors que les institutions vacillaient, que se tinrent les élections municipales du 12 avril 1931. Je votai pour les forces qui pourraient permettre le maintien de la monarchie, mais la puissance de la CNT[1] à Saragosse était incroyable, et les candidats républicains l'emportèrent là aussi. Le lendemain, je savais que nous avions perdu, mais je n'aurais jamais cru que ces élections municipales, au résultat clairement antimonarchiste dans les grandes villes, allaient se transformer en plébiscite : non à la monarchie, oui à la République. Gagnants comme perdants l'interprétèrent ainsi, et le roi se rendit compte qu'il était seul puisque même le projet d'un gouvernement de salut national avancé par Cambó n'aboutissait pas. Berenguer me demanda dans un message de rester calme et vigilant. Mon téléphone se mit à retentir d'appels venus de partout mais surtout de Madrid, où Millán Astray, d'une voix un peu moins martiale que d'habitude, m'annonça que l'on ne donnait plus cher de la monarchie, et que Sanjurjo ne ferait pas bouger un seul de ses gardes civils pour la défendre. « Et toi, Franquito, que vas-tu faire ? » Je lui répondis que s'il ne pouvait plus compter sur la Garde civile le sort du roi était clair : ce furent là exactement mes termes, et non un net refus de participer à la défense du souverain comme le prétendit Mola dans son livre La Monarchie renversée. Mais si Sanjurjo ne s'y opposait pas, qui allait le faire ?

L'instinct commande aux animaux de sauver leurs petits, aux rois leur dynastie. Ce même souverain qui, semble-t-il, n'a pas voulu se salir les mains de sang en préférant l'exil en 1931 se les était déjà salies en soutenant auparavant la politique répressive de Martínez Anido et consorts et cette guerre impérialiste emmenée par les fiers légionnaires coupeurs de tête. Par la suite, depuis l'exil, il vous a accordé son aval politique et stratégique, en intervenant par exemple auprès de Mussolini pour que ce dernier vous prête des avions afin de bombarder ses chers sujets, dont il n'avait, paraît-il, pas voulu faire couler le sang en 1931. Une nièce d'Antonio Maura, Constancia de la Mora, une adolescente sensible qui eut l'occasion d'assister à ses accès de

1. Confédération nationale des travailleurs, puissant syndicat anarchiste. [N.d.T.]

donjuanisme, semble éprouver une certaine nausée en évoquant ce roi tapageur, brailleur et gouailleur : « J'ai connu le roi au Tir aux pigeons, où, au printemps, il passait de longues heures, arrivant l'après-midi pour ne repartir que le soir tombé. Il prenait place dans l'une des loges qui bordait le stand de tir, entouré de ses compères, tous vêtus de confortables vestes de chasse, buvant et plaisantant. De temps en temps, l'organisateur lançait le nom du roi pour qu'il vienne tirer. Chaque fois, il y avait une seconde d'hésitation, car les autres craignaient qu'il ne rate son coup ; mais c'était un bon fusil, et il tuait presque toujours son pigeon. Il avait un air très satisfait quand il revenait à sa place au milieu des applaudissements de ses compères, tous debout : un nouveau venu dans cette assemblée triée sur le volet aurait pensé que le roi d'Espagne venait de conquérir des territoires pour sa couronne. Un de mes oncles, lui aussi fine gâchette, se montrait parmi les plus assidus, et on le voyait souvent s'incliner à l'oreille du monarque pour lui raconter un nouveau bon mot, plus que leste. Et puis, un jour, devant tout le monde, le roi et lui se brouillèrent pour une affaire de jupons.

« J'allais souvent passer l'après-midi au Tir, accompagnée par ma mère ou celle d'une de mes amies. Je n'y ai jamais vu là un sport, étant donné que les pigeons, sortant tout étourdis de leur cage, offraient une cible facile à des chasseurs. Quand l'un d'eux réussissait à survivre, il tombait habituellement dans l'enceinte clôturée, était capturé avant d'avoir repris son vol, et servait à nouveau. Nous y passions le temps en nous retournant parfois pour regarder faire le roi ou un tireur de renom, prenant des rafraîchissements ou dégustant du chorizo avec des frites. Quelquefois, le soir venu, un petit bal était organisé, en apparence familier mais très snob car les participants, toujours les mêmes, faisaient partie d'un groupe très choisi.

« Je ne me souviens pas d'avoir vu la reine au Tir aux pigeons. Peut-être son tempérament britannique l'empêchait-elle d'assister à une conduite aussi cruelle envers les animaux !

« Le roi dansait, sans aucun protocole, avec les dames ou demoiselles qui lui plaisaient le plus. Il ne prenait même pas la peine de dissimuler ses goûts ou ses envies. Une provinciale ou une étrangère arrivée à Madrid, parfois une simple aventurière qui ne rêvait que d'entrer dans cette élégante société, pouvait attirer sur elle les yeux du monarque, à condition qu'elle soit jolie. Le reste lui importait peu.

« Je me rappelle comment, au cours d'un bal, nous avions vu le roi faire une cour assidue à une jeune mariée, une de ces nouvelles riches entrées depuis peu dans le monde. Le spectacle de cette jeune femme si belle dansant si près des répugnantes narines et de la bouche malodorante du roi avait de quoi donner la nausée. Tout le monde en Espagne parlait de la maladie d'Alphonse XIII, même les jeunes filles comme moi qui étaient censées ne rien connaître de la vie, et cependant cette parvenue devint son amante, suivant l'exemple de tant d'autres. Et il n'y avait là pas le moindre secret, tout le monde en parlait dans notre société. »

Bien entendu, vous récuserez peut-être ce témoignage puisque son auteur fut la première femme divorcée du pays, remariée avec Hidalgo de Cisneros, le « petit monsieur » ainsi que vous l'appelez, le conspirateur, le futur chef de l'aviation républicaine. Mais vous, Général, vous qui étiez si austère, vous deviez avoir des sentiments mitigés à l'égard de cet homme qui vous avait nommé chambellan mais qui commandait des films pornographiques à des politiciens aussi verts que lui. J'en ai visionné certains, peuplés de grosses femmes que personne ne pourrait chevaucher aujourd'hui, pour une simple question de stratégie volumétrique. On raconte que le roi regardait ces films durant les après-midi de chasse où la pluie tombait, troquant ainsi les pigeons pour de vieilles poules.

Quand la République fut proclamée, le 14 avril 1931, ce fut plus par abstention du roi et des monarchistes qu'au nom des droits politiques et électoraux des républicains. Il n'y eut pas un coup de feu, le roi abandonna le pays en bateau depuis Carthagène, la reine et les princes héritiers en train, par Hendaye. Les drapeaux républicains surgirent comme champignons après la pluie. Moi, je gardai la bannière espagnole hissée, je réunis cadets et officiers dans la cour de l'Académie, et demandai à Pacón, mon adjudant de service, de lire le communiqué suivant : « La République d'Espagne ayant été proclamée, et le gouvernement provisoire concentrant entre ses mains les plus hauts pouvoirs de la nation, il revient à tous de coopérer avec discipline et moralité au triomphe de la paix afin que le pays trouve son orientation en toute légalité. Si la règle de ce centre a toujours été d'obéir avec discipline et de remplir scrupuleusement son devoir, cela est encore plus nécessaire aujourd'hui alors que l'armée se doit de rester sereine, unie, et de sacrifier toute préférence ou idéologie au bien de la nation et à la tranquillité publique. » Puis je prononçai quelques mots qui allaient dans le même sens.

Le gouvernement provisoire était dirigé par don Niceto Alcalá Zamora, ancien monarchiste qui avait tourné casaque, mais la personnalité la plus marquante de cette équipe devait être Manuel Azaña, un des rares intellectuels madrilènes à s'intéresser aux questions militaires, puisqu'il écrivit même un livre sur les orientations stratégiques de la France. Aigri, en raison de sa laideur peut-être, hautain comme tous les intellectuels, il reçut le portefeuille de la Guerre et devint mon ministre de tutelle, mon supérieur le plus élevé au sein du gouvernement. Mais il ne pensait qu'à déchristianiser et démilitariser le pays, deux idées qui allaient être à l'origine de la tragédie de 1936. Les nominations auxquelles il procéda prouvèrent qu'il entendait récompenser tout le monde : Sanjurjo, sans doute en raison de sa déloyauté à l'égard du roi, conservait la direction de la Garde civile, mon frère Ramón, directeur général de l'Aéronautique, était chargé de réformer les forces aériennes, et les autres postes importants allèrent à des généraux du cartel républicain tels que Goded, Queipo de Llano, Riquelme, López Ochoa, ou le franc-maçon Cabanellas. Quelques jours plus tard, je sollicitai l'autorisation de pouvoir défendre le général Berenguer à l'occasion du procès politique que lui concoctèrent les républicains. J'arrivai à Madrid le 1ᵉʳ mai 1931, en pleine célébration de la « Fête des travailleurs », en réalité simple manifestation de force des subversifs. C'est là que je vis pour la première fois dans toute son horreur l'image de l'Espagne rouge qui nous menaçait : rouges étaient les drapeaux, aussi nombreux que les emblèmes tricolores républicains, révolutionnaires les mots d'ordre et les proclamations démagogiques.

Peu après, le 11 mai, une provocation du beau linge qui, à l'occasion de l'inauguration du Cercle monarchiste, mit à plein volume la *Marche royale* afin que chacun puisse l'entendre de la rue, provoqua un échange dialectique de coups de poing, une tentative d'assaut contre le local puis une manifestation populaire devant le siège de Prensa Española, la maison éditrice du quotidien *ABC*, dans l'intention de l'incendier. La rumeur disait que son propriétaire, Juan Ignacio Luca de Tena, avait participé à la bagarre en tombant à bras raccourcis sur un chauffeur qui avait lancé des vivats à la République. La Garde civile empêcha la mise à sac des locaux, mais deux balles perdues provoquèrent autant de morts. Dans la nuit, l'indignation grandit encore, et au petit matin les foyers d'incendie visaient particulièrement églises et couvents, selon une ancienne catharsis. J'ai le regret de vous dire, Général, qu'en tête des incendiaires se trouvait le mécanicien Rada, armé de bidons d'essence qu'il avait pris à la base de Cuatro Vientos avec l'autorisation du nouveau directeur général de l'Aéronautique, don Ramón Franco Bahamonde. C'est aussi Rada, à la tête d'une délégation, qui fut reçu par une commission du gouvernement, impuissant mais siégeant tout de même afin de constater son impuissance. Contre l'avis de Maura et des ministres socialistes, Azaña s'était refusé à intervenir contre les incendiaires : « La vie d'un républicain vaut plus que tous les couvents de Madrid. » Vous autres n'aviez guère apprécié cette tirade de don Manuel, mais des mois plus tard, quand Azaña, après avoir constaté que la démagogie était allée trop loin, approuva la répression contre des actes révolutionnaires excessifs et assuma la tuerie de Casas Viejas [1] qu'il n'avait pourtant pas autorisée personnellement, vous vous êtes empressés de le traiter d'oppresseur et de bourreau des républicains. Ce qui comptait pour vous, c'était de dénoncer la République, que ce fût en raison de sa démagogie ou de ses tentatives d'en réprimer les excès. En pensées, en paroles, en actes et en omissions, vous l'avez harcelée depuis le 14 avril, depuis le premier jour, et vous

---

1. Répression, par la police républicaine, d'un groupe d'anarchistes dans le village de Casas Viejas, qui fit plusieurs morts. *[N.d.T.]*

avez attisé le feu de la démagogie avec l'essence de la provocation.

En apparence, les forces les plus radicales qui soutenaient la République étaient le PSOE – en premier lieu son aile syndicale et Largo Caballero – et les anarcho-syndicalistes de la CNT-FAI. Mais les communistes du PCE, groupe insignifiant maintenu en vie par les manœuvres de la IIIe Internationale, finirent par tout infiltrer et devinrent rapidement l'ennemi principal.

En ce qui concerne la IIIe Internationale, Général, nous pourrions être d'accord. Mon père trouvait quelque chose de militaire à cette avant-garde exemplaire qui prétendait réaliser un jour les rêves de Lénine, qu'il continuait et continue à appeler *Lenina* comme à Cuba ; un homme éloquent, mon père, mais sans aucune mémoire des noms, que dans sa vieillesse il réduisit à leur portion congrue, faisant d'Eisenhower *Chenover*, et du Viêt-nam *Viam*. Malgré la clandestinité, presque tous les communistes se connaissaient ; lors d'une réunion des imprimeurs, assez loin de Madrid, mon père fit la connaissance d'Isidro Azevedo, alors assez âgé, à l'origine typographe et tout disposé à tailler le bout de gras avec un militant et confrère qui avait appris le métier à Cuba. Tous deux échangèrent des images de rêves cubains et soviétiques : Et il fait vraiment toute l'année la même température, Celso ? Toute l'année. C'est une bénédiction ! Et donc vous avez visité une commune là-bas, don Isidoro ? J'ai vu Lénine en personne, Celso, et des communes, et ce renégat de Trotski à la tête de l'Armée rouge. Mon père n'avouait pas qu'il conservait par-devers lui quelques écrits très compliqués de Trotski à propos de marxisme et de psychologie, parce qu'à ce moment les communistes de Maurin, regroupés dans la formation dite « La Batalla », étaient à couteaux tirés avec ceux du PCE. Il récitait les noms des dirigeants de l'époque comme s'il s'agissait d'une dynastie royale : Bullejos, Pérez de Solís, Trilla, la Pasionaria... Il a toujours refusé d'accepter que Trilla ait été assassiné par ses propres camarades après la guerre : c'était un coup des franquistes. Forcément. A la chute de la monarchie, le Parti était si faible qu'il ne sut réagir à l'instauration de la

République. Le responsable de la cellule à laquelle appartenait mon père leur lut les consignes transmises par la IIIe Internationale : il s'agissait ni plus ni moins de priver les forces monarchistes de leur base matérielle en réquisitionnant les biens de la couronne, de liquider les officiers monarchistes, et de confisquer leurs terres aux grands propriétaires. Ensuite, s'il restait encore quelqu'un en vie après cette première étape, il fallait désarmer les forces réactionnaires afin d'armer ouvriers et paysans. Mon père se souvenait qu'ils s'étaient regardés après la lecture de ce programme, et qu'une voix plus ou moins anonyme avait lancé : « Mon cul, oui. » Elle fut ensuite identifiée, et son propriétaire sanctionné par six mois d'interdiction de militantisme. Mais mon père aimait ces gens, et s'efforça de se persuader lui-même que ses désaccords étaient inspirés par la peur, une peur sans doute égoïstement petite-bourgeoise, logique somme toute chez l'héritier spirituel d'un cantonnier casanier qui collectionnait les petits lopins de terre.

Mais cette République « pacifiste » finit par me montrer les dents. Pour commencer, Azaña me retira un grade sous prétexte que ma dernière promotion avait été accordée par un gouvernement « illégal ». Ensuite, il ne me laissa pas assurer la défense de Berenguer, pour la seule raison que je n'étais pas officiellement domicilié dans la circonscription judiciaire de l'armée où se déroulait le jugement. En prime, Monsieur Azaña publiait la Loi sur les retraites des militaires et autres services de sécurité de l'État afin, disait-il, de rationaliser ces effectifs mais en réalité pour « broyer » l'armée, terme employé pour la première fois par le général Mola, dans son réquisitoire contre Azaña. Curieusement, Mola oublie de mentionner le décret de fermeture de mon Académie de Saragosse. On nous laissa terminer l'année ; le 14 juillet 1931, il nous fallut descendre le drapeau, symboliquement puisque, comme je ne pouvais arborer le mien, aucun drapeau ne flottait plus au mât. Je prononçai alors un discours devenu historique, et dans lequel certains virent une déclaration de guerre à la République.

« Repos ! », Général : considérez plutôt d'autres jugements portés sur la réforme d'Azaña, et quelques considérations sur votre propre réaction. Dans un discours devant les Cortes, Ortega y Gasset a dit de cette réforme qu'elle était un rêve pour tous les peuples du monde, qu'elle avait été menée sans tensions importantes, que par la correction de leur comportement le ministère de la Guerre et les militaires eux-mêmes avaient aidé ce magnifique projet à réussir.

Les mots ne pourraient décrire l'amertume que je ressentais en terminant mon discours : « Je ne peux vous dire comme avant que vous quittez aujourd'hui une maison qui vous sera toujours ouverte, puisqu'elle va disparaître, mais je peux vous assurer que, partis à travers toute l'Espagne, vous la garderez présente dans votre cœur, et que nous plaçons nos espoirs et nos ambitions dans votre action future (...) En nous séparant aujourd'hui, ressentons la satisfaction du devoir accompli, et unissons notre ardent amour de la grandeur de la patrie en proclamant ensemble : " Viva España ! " » Je me rendis à peine compte des applaudissements, des poignées de main, des accolades données par les camarades et les amis. En haut de l'escalier d'honneur, Carmen pleurait mais je pus retenir mes larmes, qui auraient réjoui mes ennemis, c'est-à-dire ceux de l'Espagne : même ce sel, le sel de mes larmes, je voulais le leur refuser. Il paraît qu'Azaña, l'insensé, ne se sentait plus de joie devant la fermeture de l'Académie, et qu'il avait consulté Sanjurjo sur ma valeur et mes réelles intentions. Ce dernier s'en tira à sa manière, en restant vague : « C'est un bon général, monsieur le ministre, oh ! ce n'est pas Napoléon, mais on fait avec ce qu'on a... » Était-il, lui aussi, un expert ès Napoléon ? Allons donc ! Je reçus une réprimande de la part d'Azaña ; j'avais l'impression d'être surveillé de loin par ce visage gris et cotonneux, car il redoutait que je puisse conspirer contre la République, au lieu de se préoccuper des agissements de mon frère, revenu d'exil et engagé avec Rada dans ses premiers débordements publics qui en annonçaient bien d'autres. Je fis partir Carmen et notre fille dans les Asturies, et restai à Saragosse avec Pacón jusqu'au début du mois d'août pour faire l'inventaire et fermer l'Acadé-

mie. *Avant de me rendre dans les Asturies pour y terminer l'été et attendre ma nouvelle nomination, je me sentis obligé de passer par Madrid, afin de me présenter au ministère de la Guerre et de me mettre aux ordres de mon supérieur hiérarchique direct, monsieur le sous-secrétaire. Notre rendez-vous protocolaire, qui ne m'apprit rien sur mon sort futur, s'achevait quand il me dit qu'il était indispensable d'aller saluer le ministre. Azaña et moi, face à face : c'était donc lui, l'homme qui personnifiait toute la tradition antimilitariste et par conséquent anti-espagnole, imbu de lui-même, distant et paternaliste à la fois. Il me pressa de me tenir tranquille : « Vous savez pertinemment qu'il en est ainsi, puisque vous me faites suivre par la police, qui doit vous rapporter mes moindres faits et gestes. » Je lui adressai cette remarque avec un sourire, mais il prit un air grave pour m'assurer que si tel était le cas cela ne relevait pas d'un ordre exprès de sa part. Il fit une allusion critique à mon discours de clôture puis prit congé aimablement, m'affirmant qu'il comptait sur moi, qu'il ferait très prochainement appel à mes services, me donnant mon frère Ramón pour exemple de conduite négative : « A se lier avec des agitateurs, il est devenu un problème pour la République. » Et un problème pour ma mère, pour nous tous, pour l'Espagne, pensai-je par-devers moi, mais je me mordis la langue, saluai avec courtoisie, et partis attendre de nouveaux événements.*

Il était bien vite tombé en disgrâce auprès d'Azaña, le héros romantique du coup de Cuatro Vientos parti pour un exil non moins romantique à Paris où il avait fait une demande d'adhésion à la franc-maçonnerie, fréquentait d'autres exilés espagnols comme Indalecio Prieto ou Francesco Macià, et recevait deux mille pesetas, oui, deux mille pesetas envoyées par vos soins parce qu'un Franco, même devenu un ange déchu, ne pouvait décemment se ridiculiser à l'étranger. Cette somme était la contribution tribalo-provinciale que les membres respectables d'une famille glissent dans la poche du jeune conscrit ou du parent pauvre, quelques pièces de monnaie destinées à lui rappeler la chaleur du foyer, et c'est là un des rares gestes romantiques que je vous reconnaisse, Général. Ramón les avait dépensées avec ses compagnons d'exil, devenant le favori de la bande, allant jusqu'à se présenter sur la liste électorale des nationalistes de la gauche républicaine de Catalogne, en un pied de nez à votre idéal d'unité nationale. Plus tard, il se transforma en indépendantiste andalou aux côtés de Blas Infante, et il fit la tournée des villages en djellaba pour exalter les racines islamiques d'Al Andalous. Ramón était devenu la principale figure militaire victorieuse de la jeune République ; il voulait être un tribun, le Robespierre espagnol qui expliquerait devant les Cortes tout ce qu'il savait ou dont il rêvait. L'affrontement avec Azaña était inévitable : c'était le rationaliste de club littéraire face au nihiliste aérien, volatil même. Ramón était partout, et à propos des incendies de couvents et d'églises qu'il contribua à allumer à Madrid il dira : « Je contemplai avec allégresse ces superbes illuminations. » Dans sa fièvre, il ne voyait pas que c'en était fini du héros favori des masses, et que sa vie allait le conduire à un échec politique et conjugal.

Dans la fraîcheur accueillante du Nord espagnol, je passai ces courtes et agréables vacances de l'été 1931 à étudier, à pêcher, un sport que, quelques années plus tard, je devais maîtriser à la perfection. Je suivais les développements de la crise politique grâce aux informations que me transmettait Pacón, notamment, qui fréquentait les cafés du centre de Madrid et pouvait passer des coteries républicaines aux cercles monarchistes sans inspirer le moindre soupçon car il était alors l'image même de la neutralité – bien que, par la suite, il se ralliât à la Phalange. Visiblement, les conspirations allaient bon train contre ce régime vieux de quelques mois. Je me rappelle que lors de l'une de mes visites au ministère de la Guerre, toujours en l'attente d'une nomination, je fus approché par Valera ou Goded – je ne me souviens pas duquel des deux – qui m'annonça que Sanjurjo songeait à renverser la République afin de l'orienter vers un régime plus modéré ou de restaurer la monarchie. Par politesse et respect pour mon ancien chef, j'acceptai de le rencontrer ; nous eûmes une conversation éclairante, du moins de ma part car lui ne savait pas s'il conspirait ou non, s'il soutenait la République ou la combattait. Je lui répétai ce que j'avais déjà dit à Valera et à Goded : que je ne me joindrais pas à des plans téméraires et voués à la catastrophe. L'amitié qui existait alors entre Sanjurjo et Lerroux, puis entre ce dernier et l'homme d'affaires Juan March, me fit penser qu'un réseau civil et économique commençait à se constituer derrière les conspirateurs, mais je fus ulcéré de voir que mes compagnons, Valera et Goded, prétendaient dans tout Madrid que je m'étais joint à eux : je les réprimandai donc sévèrement pour ces racontars.

Vous ne devriez pas introduire par la bande don Juan March dans cette histoire. Don Juan March était surnommé, en toute justice, le pirate de la Méditerranée. Appelé aussi par ses ennemis – il n'avait pas d'amis – « le juif de Majorque », il avait fait fortune dans la contrebande de grande envergure, tabac ou ressources stratégiques qu'il vendit à un camp comme à l'autre durant la Première Guerre mondiale, allant jusqu'à aider les Anglais à couler des bateaux allemands qu'il avait auparavant chargés de ses produits. Le fait de collaborer avec les Anglais ne l'empêchait pas de compter parmi ses hommes de confiance à Berlin l'amiral Canaris, futur chef des services de renseignements nazis. Dès les années vingt, il avait obtenu en Espagne le monopole sur le tabac marocain, le contrôle de la compagnie Transmediterránea, et menait diverses activités légales ou non dans le secteur du commerce maritime. Sa souplesse morale et politique lui permettait à la fois d'avoir inconditionnellement à son service des mafias majorquines comme péninsulaires et d'offrir des Maisons du peuple aux socialistes. Parce qu'il craignait qu'après la chute de Primo de Rivera la République ne se montre pas un partenaire aisé, il s'était fait député et conspirait avec un tel zèle contre le nouveau régime qu'un ministre, Carner, devait dire de lui : « Ou la République règle son compte à March, ou il réglera son compte à la République. » Les faits ont confirmé cette prédiction : privé de son immunité parlementaire, incarcéré à la prison d'Alcalá de Henares, il acheta la complicité du directeur de la centrale pour s'enfuir avec lui à l'étranger, tandis qu'un quotidien qui lui appartenait, *Informaciones*, titrait en une : « Don Juan March quitte la prison d'Alcalá pour partir en convalescence. »

Finalement, le 20 février 1932, je reçus l'ordre de prendre le commandement de la 15ᵉ brigade d'infanterie et de la place militaire de La Coruña. «Je rentre chez moi», annonçai-je à Carmen, qui se sentait parfaitement bien dans la finca paternelle et qui trouva cette nomination un tantinet injurieuse au vu de mes états de service. Elle remplit pourtant avec abnégation son devoir d'épouse de militaire : suivre son destin et sa destination. Comme toujours, Azaña me fit « marquer » là-bas par un de ses hommes, le colonel de la Garde civile, Aranguren, futur général républicain fusillé après notre victoire. Mon unique satisfaction était de me rapprocher ainsi de ma mère, tellement éprouvée par les événements et surtout par la conduite inqualifiable de Ramón. La surveillance policière dont je faisais l'objet se renforça à La Coruña, devenant une véritable mise en scène chaque fois que je me rendais à Madrid, la plupart du temps en compagnie de Pacón qui, comme il fallait s'y attendre, avait demandé à être nommé à La Coruña pour rester auprès de moi. A Madrid, je descendais à l'hôtel Alfonso XIII sur la Gran Vía, et chaque nuit, avant d'aller dormir, je faisais de longues promenades en conversant avec Pacón et d'autres amis, tout réjoui par le mal que se donnaient les policiers à me suivre.

Voilà que vous me faites l'effet de vous être conduit comme un petit voyou. Les militaires surveillés par les services de sécurité de la République pouvaient se payer le luxe de les ridiculiser, de jouer à cache-cache avec eux, Général, un luxe que par la suite n'ont pu souffrir ceux qui voulaient parler librement de politique en se promenant le soir dans les rues, tant votre toute-puissante police politique s'acharnait à bafouer tous les droits élémentaires, y compris celui de respirer l'air de la nuit.

Lors de l'un de ces séjours madrilènes, je pus déjouer la surveillance policière pour m'entretenir à nouveau avec Sanjurjo qui m'avait fait convoquer, et qui m'annonça ouvertement son intention de se soulever. Je n'en touchai mot à personne, pas même à Pacón, mais Sainz Rodríguez, l'un de mes futurs ministres, universitaire monarchiste que j'avais connu à Madrid et qui avait organisé la rencontre dans un restaurant discret, pourrait certifier que je répondis sans équivoque que je ne me joindrais pas à la rébellion. Lorsque je revis Sanjurjo à La Coruña, je lui renouvelai mon refus en ajoutant qu'il me paraissait absurde de faire d'Azaña la seule cible de son rejet de la République, comme s'il s'agissait de renverser une personne et non un régime. Mais il persista dans cette idée saugrenue : le 10 août 1932, uniquement épaulé par une poignée de réservistes et de militaires à la retraite, il tenta de s'emparer pour son propre compte du ministère de la Guerre à Madrid. A la fenêtre de son bureau, Azaña eut le loisir d'observer comment cette aventure était étouffée par sa garde, que conduisait Menéndez. Plus préoccupé par ce que je pourrais faire que par ce que Sanjurjo était à l'évidence incapable d'accomplir, il insista pour que je lui confirme par téléphone que tout était en ordre à La Coruña. Je sais aussi qu'il fut ravi, sans la comprendre, par la réponse que je fis parvenir à Sanjurjo quand celui-ci me demanda de le défendre devant le conseil de guerre qui allait le juger : « Je ne vous défendrai pas car vous méritez la mort, non pour vous être soulevé mais pour avoir échoué. » Il ne s'agissait pas simplement d'un constat inspiré par l'éthique militaire, mais par l'indignation devant une telle incompétence. Azaña crut cependant que le moment était venu de souligner publiquement mon intégrité républicaine et se prépara à un voyage officiel à La Coruña en compagnie du ministre Casares Quiroga pour me contraindre à l'accueillir et même à poser avec lui pour une photographie que la presse espagnole utilisa abondamment. Il voulut couronner cette opération en m'obligeant à accepter en silence, au cours du banquet officiel, cette phrase de son discours : « La République est aujourd'hui aussi stable qu'elle l'était le 14 avril 1931. » Était-il assez aveugle pour ne pas s'apercevoir qu'un an après sa proclamation il avait contre lui le pouvoir économique, l'Église, l'aristocratie, l'armée, et que même la gauche, y compris socialiste, ne le soutenait pas inconditionnellement ?

Azaña se vantait de ce que l'Espagne avait cessé d'être un pays catholique, et d'avoir « broyé » l'armée réactionnaire. Sa vanité, qui pouvait virer à la pure inconséquence, entraîna l'apparition de l'Union militaire espagnole, l'UME, qui disposait de noyaux d'éléments sains dans toutes les garnisons, et se donna pour tâche de combattre les associations maçonniques et communistes de militaires républicains inspirées par le mauvais exemple de Queipo de Llano et d'autres. Je pus me rendre compte de son degré d'organisation au moment où je devins chef d'état-major. Mola, opposé à cette République tout en étant républicain, Kindelán, monarchiste, Sanjurjo, leader naturel des militaires monarchistes et le colonel Galarza en étaient les membres les plus actifs. Durant mes conversations avec Galarza, je voulus établir très clairement que mon soutien à l'UME ne pouvait être en aucune manière pris pour de l'antirépublicanisme, mais qu'il était une mesure de précaution afin que l'armée ne tombe pas aux mains des francs-maçons et des Rouges, qui minaient la République. Pour eux, la République n'était qu'un moyen d'attiser la subversion, de ruiner l'Espagne et de préparer leur dictature du prolétariat. Nous, les militaires, eûmes pour tâche de sauver la République lors des événements de Catalogne et des Asturies en octobre 1934, mais notre seule récompense fut de nous attirer la méfiance générale alors qu'Azāna s'était laissé berné par cette tentative de putsch gauchiste et antidémocratique. La République est aussi forte que le 14 avril, m'avait assuré Azaña à La Coruña : moi qui ai pu reconnaître certaines fois l'intelligence de cet homme, je peux aussi dire que cette phrase prouve comment l'intelligence peut conduire à l'orgueil et à l'aveuglement.

Vous ne devriez pas tant reprocher aux gauches d'avoir été mauvaises perdantes en 1934, alors que les monarchistes et les droites avaient conspiré contre la République dès le premier jour de son existence, et que certains d'entre eux étaient entrés en contact avec Mussolini par le biais d'Italo Balbo pour obtenir le soutien du fascisme italien en cas de soulèvement en Espagne. L'érudit Sainz Rodriguez, spécialiste des mystiques espagnols et qui dut par la suite fuir la terreur franquiste, raconte dans son livre *Témoignages et Souvenirs* : « C'est moi qui négociais ce document avec Carpi, avec l'approbation et au nom de Goicoechea, Calvo Sotelo et Rodezno. Un jour, Carpi me dit : " Bon, il est au point, maintenant, il faut le signer. " Il était huit heures du soir. Je me rendis au Congrès et tombai dans l'entrée sur Rodezno : il signa le papier en l'appuyant sur la croupe de l'un des deux lions qui montent la garde à l'entrée... » Les autres conjurés y apposèrent leur signature dans l'enceinte de ce nouveau Congrès qui reflétait la souveraineté populaire républicaine...

La colère des militaires, l'inquiétude de l'Église après les incendies dont il a déjà été question et l'expulsion du cardinal Segura qui n'avait pas la langue dans sa poche, le malaise causé par une réforme agraire qui irritait aussi bien ceux qui la jugeaient excessive que ceux qui la trouvaient trop timorée, tout cela vint s'ajouter à l'indignation causée par la répression d'une famille anarchiste de Casas Viejas, six morts dont le sang retomba sur une République prétendument de gauche. De son côté, la droite politique sortait de son rêve sanjurjiste et se réorganisait autour de Lerroux et de Gil-Robles*, jeune politicien, homme fort de l'Action catholique et très lié au Vatican, à cette époque dirigé par le versatile Pie XI. C'était aussi le moment où, après l'ascension du fascisme italien, se produisait celle du national-socialisme allemand, spécifique à ce pays mais cependant apparenté idéologiquement à cette riposte anticommuniste, antimaçonnique et nationaliste qu'a été le fascisme italien. Azaña, dans son entêtement, prétendit se repentir de m'avoir rétrogradé dans le corps des généraux, en me nommant commandant général des Baléares. Formellement, c'était une promotion, virtuellement, un bannissement. Et c'était tellement évident que les socialistes spéculèrent sur la possibilité que je refuse ce poste : «Franco dira non», pronostiquait Largo Caballero, mais Franco répondit oui, car Franco restait un chef discipliné sans autre choix que d'obéir au pouvoir civil, quand bien même, durant un moment, je fus tenté d'abandonner l'armée et de me lancer ouvertement dans la politique, je dis bien ouvertement, pas en conspirant. Durant mon séjour aux Baléares, de février 1933 à septembre 1934, je me consacrai surtout à mon travail, mais je demeurai en contact avec des camarades de la Péninsule qui animaient l'UME face à l'UMR, l'Union des militaires républicains.

A Majorque, il me fallait démontrer que Franco était avant tout un professionnel. Je parcourus les moindres recoins des Baléares pour évaluer les nombreuses carences de leur dispositif défensif et je mis sur pied des structures qui nous furent de la plus grande utilité durant la guerre civile pour repousser les prétentions républicaines sur Majorque qu'allait diriger le colonel Bayo, futur instructeur militaire des guérilleros de Fidel Castro. Tôt le matin, je partais en inspection avec Pacón, toujours à mes côtés, soit en voiture, soit à cheval, et nous emportions avec nous les modestes mais savoureuses victuailles que nous préparait Carmen. Je me rappelle qu'au cours de l'une de ces inspections nous fûmes pris sous une interminable averse qui nous obligea à chercher refuge dans un bar de pêcheurs à Pollensa. Nous étions si trempés que les pêcheurs nous prêtèrent leurs vêtements pendant que les nôtres séchaient et que la tempête faisait rage dans le ciel, sur terre et en mer. Ah, les braves gens ! Comme j'aimais ces contacts avec le bon peuple, et combien de fois ai-je pensé que certains de ces pêcheurs, égarés par la propagande antipatriotique, ont été sacrifiés à la tornade purificatrice de notre Croisade !

Plus dangereux que les francs-maçons, qui nous serraient de près, étaient les communistes, encore peu nombreux mais terriblement efficaces et entêtés dans leur travail d'infiltration. A Palma de Majorque, Pacón et moi accordâmes toute notre estime et notre confiance à un soldat d'ordonnance de mon cousin, qui entrait et sortait de la capitainerie comme s'il était chez lui. Il avait accès à tout, rapports, dossiers, courrier, fichiers, mais un jour surgirent un capitaine et un sergent qui venaient l'arrêter sur mandat d'un juge militaire de Barcelone : c'était en fait un des communistes les plus dangereusement actifs au sein de l'armée. Je ne voulus même pas le voir, mais Pacón le rencontra quand on l'emmena menottes aux poignets sur le bateau qui devait le ramener à Barcelone. A ses questions, le prisonnier répondit : « Oui, je suis communiste, mais pendant tout le temps que j'ai été sous vos ordres j'ai rempli scrupuleusement mon devoir. » Le juge militaire de l'île nous dit qu'il *s'agissait là du cas typique du soldat communiste : « Ils sont plus que scrupuleux dans leur service, mais ne trahissent jamais leur parti. »*

Il est regrettable que vous ne vous souveniez pas du nom de cet anonyme soldat communiste, ni de son sort ultérieur. Je ne dispose pas moi-même d'éléments abondants sur l'existence de l'avant-garde communiste à cette période, puisque je n'ai pu tirer d'informations de mon père à ce sujet qu'au moment où il était si âgé qu'il en oubliait d'avoir peur. Au moment où vous étiez à Majorque, les communistes ne parlaient que du péril fasciste, surtout après l'arrivée de Hitler au pouvoir, lorsque le PCE lança la consigne du Front antifasciste, prélude au Front populaire, en concluant une alliance avec la principale force de gauche en Espagne, le PSOE, et les centrales syndicales les plus importantes, la CNT et l'UGT : « Tous les travailleurs, sans distinction de tendances, doivent s'unir dans la lutte antifasciste (...) L'exemple de l'Allemagne doit servir d'avertissement solennel à tous. Une dictature fasciste en Espagne, qui pourrait s'établir en profitant du manque de vigilance et d'unité des travailleurs, appliquerait sans aucune distinction sa terreur sanglante aux ouvriers socialistes, anarchistes ou communistes. » Si d'aventure je demandais à mon père comment lui et ma mère avaient vécu ces années, il me répondait que le temps avait passé à travailler, à me voir grandir et à agir politiquement quand son double emploi de typographe aux éditions Pueyo et de correcteur d'épreuves à domicile lui en laissait le loisir. Sa tendance toute galicienne à économiser lui permit de disposer d'un petit bas de laine lorsque la guerre éclata et de le conserver presque entièrement jusqu'à la fin, avant de se rendre compte, en prison, que l'argent républicain n'était plus que du papier, et qu'il était passé de pas grand-chose à rien du tout.

Fin 1933, je me rendis à Madrid pour soigner les séquelles de mes blessures de guerre, ce qui me permit de goûter un peu à la vie de la capitale, de participer aux cercles de discussion, dont celui de don Natalio, et de retrouver d'anciens camarades comme Millán Astray. Quand je restais seul parce que

Carmen et la petite étaient parties à Oviedo, je dînais avec Pacón et les amis à la Gran Peña, puis nous nous lancions dans de grandes conversations à propos de la politique militaire de la République, que j'essayais de juger avec objectivité. Je me sentais toujours plus assuré dans les discussions, et remarquais que j'étais plus écouté. Je me risquai peu souvent sur un terrain purement politique, car bien que le pays fût au bord du gouffre j'avais été surpris par l'engagement ouvert de José Antonio Primo de Rivera, devenu le chef naturel d'un nouveau mouvement, la Phalange espagnole, clairement inspiré du fascisme italien sur une ligne très comparable à celle des juntes d'action national-syndicaliste de Ramiro Ledesma Ramos ou des juntes castillanes d'action hispanique d'Onesimo Redondo. Les élections générales de la fin 1933 servirent de cadre à la fondation officielle de la Phalange qui eut lieu au cinéma Comedia de Madrid, le 29 octobre exactement. Un mois plus tard, les gauches subissaient une spectaculaire défaite électorale qui faisait de Lerroux l'homme fort du moment, même s'il devait compter avec la force majoritaire qu'avait acquise la CEDA, la Confédération espagnole des droites autonomes, dirigée par le propagandiste catholique José María Gil-Robles. Les militaires reprirent espoir, les uns voyant dans les mouvements d'inspiration plus ou moins fasciste un moyen d'attirer la jeunesse vers les idéaux patriotiques, les autres considérant que la nouvelle droite républicaine de Gil-Robles arrachait aux gauches le monopole de la cause républicaine, un troisième secteur espérant que Lerroux serait le pont naturel vers un républicanisme conservateur, tandis qu'une dernière tendance continuait de rêver à la restauration monarchique.

Je ne croyais pas moi-même à cette éventualité, mais, en revanche, je pensais que le couple Lerroux-Gil-Robles pourrait entraîner la République sur une voie plus modérée et corseter les forces révolutionnaires du PSOE, de la CNT, et des différents groupes communistes dont le pire était sans nul doute le PCE, apparu comme une scission bolchevique du PSOE et lié à la IIIe Internationale. A cette époque, je voyais déjà très clairement que le communisme devenait plus dangereux que la francmaçonnerie. Mes fermes convictions anticommunistes sont le fruit de longues méditations sur la nature humaine. J'ai toujours été ulcéré de voir les intellectuels transiger avec le communisme au nom d'un snobisme suicidaire : constatant que des hommes aussi éminents que Marañón*, Ortega y Gasset, ou Pérez de Ayala flirtaient avec l'Association des amis de l'Union soviétique, j'écrivis une lettre au premier d'entre eux pour lui reprocher sa légèreté en lui joignant un rapport sur une réunion du Komintern, l'Internationale communiste, où il avait été affirmé que ces associations avaient pour objectif de transformer les principales figures des lettres, des arts et des sciences en compagnons de route des bolcheviques.

J'eus cependant peu de temps à consacrer à la nouvelle situation politique. Ma mère décéda le 28 février 1934 à Madrid, d'une pneumonie contractée en sortant de la sainte messe. La Providence voulut que tous ses enfants, à l'exception de Ramón, fussent là pour l'entourer durant ses derniers instants de tout leur amour, de toutes leurs prières, de tout leur chagrin. Voir ma mère morte fut l'une des images les plus terribles de ma vie, qui aurait pu me conduire au péché de désespoir si je n'avais été soutenu par la foi, si je n'avais pas eu justement une mère qui en m'enseignant la foi m'avait aussi appris à espérer. Elle s'éteignit chez ma sœur Pilar, au 3 de la rue Columela, au cours d'une brève étape dans son voyage pour aller voir le pape à Rome, un de ses rêves les plus chers. La pneumonie s'était compliquée en raison de son hypertension, une quinte de toux provoqua une hémorragie cérébrale, elle saignait du nez comme si la vie s'échappait de ces frêles narines qui nous avaient appris à respirer l'encens de la foi. J'étais parti en courant chercher le docteur Jiménez Díaz, mais, quand je revins chez Pilar, Maman était déjà morte. Ma sœur la tenait dans ses bras, répétant en litanie : « Tu vois, Paco, comme une sainte… » Je voulus fixer mes yeux, qu'elle disait si incisifs, dans ceux de la mort, mais la mort ne vous regarde jamais en face, ou quand elle y consent elle se fait aveugle pour ne pas voir les souffrances qu'elle inflige.

Brillante formule, Général, la meilleure jusqu'ici, la mieux sentie : sauf dans ce cas, vous avez l'habitude d'évoquer la mort comme un risque calculé du combat ou de la vie. Une précision seulement à propos de deux absences notables lors de cette regrettable disparition : votre frère Ramón se trouvait aux États-Unis pour études, et devant la presse américaine il s'autoproclama attaché militaire aéronaval à l'ambassade d'Espagne aux États-Unis, à la grande surprise de son gouvernement ; votre père, lui, était physiquement à Madrid, mais il ne fut pas invité aux funérailles, ni même cité dans l'avis de décès que firent paraître les journaux de la capitale. Ramón continuait à accumuler sur lui les problèmes : accusé d'avoir tenté un soulèvement militaire de gauche depuis l'aérodrome sévillan de La Tablada, il n'échappa à la prison qu'en obtenant un mandat de député. Mais ce siège aux Cortes finit par l'anéantir après qu'il eut prononcé un discours confus et balbutiant devant cette assemblée de véritables requins de l'éloquence qui s'empressèrent de railler un Robespierre dont la taille semblait se réduire à mesure que son accent galicien s'épaississait. Rejeté, désenchanté, y compris de lui-même, Ramón Franco devint par amertume un complet nihiliste, et apporta son soutien à toutes les aventures anarchistes dont la barbare répression de Casas Viejas marqua le point culminant. Son échec en tant qu'homme politique et agitateur le conduisit à demander à Lerroux, vainqueur des élections de 1933, l'autorisation de redevenir pilote quelques mois seulement après avoir publié un manifeste révolutionnaire échevelé dans lequel il accusait « les classes privilégiées, aristocrates, troglodytes, ploutocrates, propriétaires terriens, etc. », de vouloir provoquer une guerre civile.

En apprenant que Ramón Franco était en train de retourner sa veste et de se rapprocher de la droite républicaine, Hidalgo de Cisneros, qui restait son ami, en fut scandalisé et tenta d'obtenir de lui un démenti : « J'étais à Madrid depuis un mois déjà, mais je n'avais toujours pas vu Ramón. Des rumeurs m'étaient parvenues que je me refusais à croire : on me disait qu'il était dans les meilleurs termes avec Lerroux, qu'il ne voulait plus entendre parler de la gauche, que son comportement laissait beaucoup à désirer. Un jour que je me trouvais dans mon bureau, la porte s'ouvrit et Ramón Franco apparut. A son air stupéfait, je compris qu'il s'était trompé de porte ; il y eut un moment de flottement, puis il se décida à avancer pour me serrer la main. Je lui dis que j'étais ravi de le voir, car certains bruits à son sujet m'avaient bien alarmé. Il s'expliqua d'abord avec quelque hésitation, mais finit par confirmer entièrement ces rumeurs : le cynisme dont il fit preuve me sidéra, il me sembla écouter un véritable fasciste. Je n'ai jamais oublié sa phrase finale : " Tu vois, Ignacio, je préfère encore administrer l'huile de ricin plutôt que de l'avaler. " C'en était trop : je lui déclarai avec indignation que nous en avions terminé, et qu'il devait quitter mon bureau. Ce fut la dernière fois que je le vis. »

Redevenu aviateur, émissaire officieux du gouvernement républicain à Mexico et à New York, il soulagea aussi bien le gouvernement de droite Lerroux-Gil-Robles que celui de gauche d'Azaña en demeurant loin de l'Espagne avec sa nouvelle épouse et sa fille. Quand il se proclama attaché militaire aéronaval à Washington, une fois passée la surprise initiale, personne ne songea à lui en faire grief. Et il demeura là-bas à travailler et à attendre que se réalise la prophétie qu'il avait confiée un jour à un ami, le dirigeant anarchiste Diego Abad de Santillán : « Vous ne connaissez pas mon frère Francisco. C'est l'homme le plus dangereux d'Espagne, on devrait... »

J'étais inconsolable, mais il me fallut faire bonne figure devant le geste du nouveau ministre de la Guerre, don Diego Hidalgo, qui me promut au grade de général de brigade dont j'avais été privé par Azaña. Les relations entre la République et les militaires étaient en train de changer, à preuve l'intérêt que portait régulièrement à mes avis le ministre, qui accompagna le président don Niceto Alcalá Zamora à Majorque où je poursuivais mon service, à l'occasion de manœuvres navales engageant la majeure partie de nos forces maritimes. Cette confiance fit qu'au moment de la révolution des Asturies en octobre 1934 et de l'aventure séparatiste en Catalogne la même année, alors que je me trouvais en permission à Madrid, il m'utilisa comme conseiller durant toute la crise, me chargeant de coordonner la lutte contre cette répétition générale de soulèvement bolchevique et séparatiste.

Ce furent alors des semaines de travail intense, sans presque *jamais quitter le ministère où Pacón et moi prenions nos repas et dormions, avec l'approbation politique de Hidalgo. Quand la révolution avait éclaté à Barcelone et en Asturies, je m'étais concentré sur cette dernière région car mes informateurs m'avaient prévenu que les Asturies allaient être le banc d'essai des communistes : en Catalogne, il s'agissait d'une grotesque gesticulation séparatiste de l'irresponsable Companys* qui fut rapidement matée, mais là-bas nous avions à faire face à une inquiétante situation prérévolutionnaire. López Ochoa, responsable des opérations dans les Asturies, était trop partagé entre ses obligations de militaire et les impératifs de ses convictions républicaines et franc-maçonnes. Heureusement, c'était moi qui dirigeais le dispositif depuis Madrid, sans état d'âme : j'envoyai la Légion sous le commandement de Yagüe* et nos hommes ne prirent pas de gants, pour le plus grand bien du peuple asturien qui, autrement, aurait servi de cobaye aux bolcheviques. López Ochoa eut à assumer publiquement les conséquences de notre action punitive ; par la suite, il demeura fidèle à la République, mais les masses ont de la mémoire et lui firent payer chèrement sa mission de 1934 dans les Asturies : on l'abattit comme un chien, et on lui coupa la tête que l'on exhiba à travers les rues de Madrid.*

La mémoire populaire a en effet retenu que votre brillante opération contre-révolutionnaire avait fait de nombreux morts, blessés, torturés, prisonniers, et servi à étendre la répression à tous les secteurs républicains avancés. Pour les révolutionnaires, ce fut un avant-goût du désastre de la Guerre civile ; pour vous, une répétition de la guerre d'extermination telle que vous l'avez conçue quand vous l'avez voulue assez longue pour mener à bien vos plans d'épuration. Vingt-six mille hommes, dont trois *banderas* de légionnaires, deux tabors de troupes africaines et trois mille gardes civils ont été engagés pour mater la rébellion des mineurs : avec mille cent civils tués contre trois cents militaires et gardes, le bilan dit à lui seul l'inégalité du combat. Et dix mille prisonniers, Général, et les conseils de guerre, les tortures, les viols, pour stimuler une soif de revanche qui allait donner les plus vénéneuses fleurs du mal en 1936... Au milieu de tout cela, le commandant de la Garde civile, Lisardo Duval, nommé commissaire à l'ordre public, inventeur de la formule : « Il faut extirper la semence révolutionnaire du ventre des mères. » Son zèle de bourreau le poussa si loin qu'à la fin de la Guerre civile il se plaisait à corriger en personne les prisonniers, et se prit tant à ce jeu qu'il fallut finalement le traduire en justice, le condamner à deux ans de prison, le rayer des cadres et lui faire un pont d'or pour qu'il puisse choisir un exil digne des films des années quarante : Panama. C'est lui qui a inauguré la galerie de portraits de tortionnaires juridiques et policiers dont vous avez toujours raffolé, laissant à ces intermédiaires le soin de la sale guerre qui se poursuivit dans les cachots franquistes depuis juillet 1936 jusqu'à l'infini.

Une fois matées les prétentions séparatistes catalanes et la révolution asturienne, la légèreté des peines appliquées aux conjurés, ainsi que la fuite d'Azaña à l'étranger nous laissèrent, à nous les bons Espagnols qui avions sauvé la République des prétendus républicains, un goût amer dans la bouche. Mais j'eus à peine le temps d'y penser car ma feuille de route me parvint : je partais commander nos forces armées au Maroc, c'était à nouveau l'appel de l'Afrique auquel je répondis avec une telle impatience que je demandai un hydravion pour rejoindre au plus vite mon poste. Je retrouvai alors les paysages de ma prime jeunesse, dix ans après, sans savoir qu'ils allaient abriter le début de notre glorieux mouvement national de juillet 1936. Mes yeux ne suffisaient pas à parcourir à nouveau le théâtre de mes batailles : Al-Hoceima, Dar Driss, Ceuta, Larache, Melilla... Mais ce séjour africain fut bref : Gil-Robles succéda à Diego Hidalgo au ministère de la Guerre, et le jeune dirigeant de la droite républicaine, aux manières de caudillo ou de « commandant » comme il aimait se faire appeler durant les meetings de son parti, me nomma chef du Grand État-Major, en dépit de l'opposition du président de la République don Niceto Alcalá Zamora, qui aimait à dire que « les jeunes officiers aspirent tous à devenir des caudillos fascistes ». Le moment était enfin venu de contrecarrer les dispositions antimilitaristes d'Azaña, de faire retrouver à l'armée, pour peu que Gil-Robles me soutienne, son âme et ses défenses contre les infiltrations communistes et franc-maçonnes.

Ma défiance envers les politiciens s'appliquait à eux sans distinction, sauf à Antonio Maura dont j'ai essayé de suivre les principes de « révolution d'en haut » quand je suis arrivé au pouvoir. Gil-Robles m'abusa toutefois pendant un moment : je crus voir en lui un homme politique aux vues élevées, bien au-dessus des sordides intérêts personnels et partisans. Je lui fis donc confiance lorsque, m'annonçant ma nomination, il me dit qu'il pensait ainsi refléter le sentiment majoritaire de l'armée, du moins de la partie de l'armée qui lui importait car elle représentait l'essence de la patrie. De nouveau à Madrid, je me lançai d'arrache-pied dans mon travail de réorganisation et commençai par rétablir dans leurs responsabilités les chefs rétrogradés par Azaña : Mola d'abord, puis Varela, Monasterio, Yagüe à qui je fis attribuer la médaille militaire pour son rôle dans les Asturies. Cela n'eut pas l'heur de plaire au président de la République, don Niceto, qui ne me dit jamais rien mais se plaignit à Gil-Robles : « Sur les quatre-vingts nominations proposées par le chef du Grand État-Major, vingt seulement m'ont adressé leurs salutations en tant que président de la République ! » A quoi Gil-Robles répondit : « C'est parce qu'ils ne connaissent pas le protocole... » Ensuite, je constituai un service de renseignements très fiable afin de connaître la situation exacte de l'armée, partagée entre l'Union des militaires espagnols (UME), des colonels Barba et Orgaz, et l'Union des militaires républicains (UMR) qui regroupait les partisans d'Azaña et du séparatisme catalan. Si mes sympathies allaient logiquement à la première de ces organisations, je n'en fis jamais partie, m'efforçant avant tout de promouvoir un esprit professionnel et apolitique au sein de l'armée. Pourtant, mes nominations n'étaient pas innocentes, et pour commencer j'offris un bureau du ministère de la Guerre à Emilio Mola afin qu'il puisse étudier la situation de l'armée à la bonne distance, ce dont il profita certainement pour édifier les bases conspiratives d'un soulèvement national en cas de débordement gauchiste. Je consacrai aussi une bonne part de notre maigre budget à la recherche-développement en matière d'armements, avec priorité aux armes chimiques, et m'intéressai aussi aux futurs officiers car je rêvais de pouvoir rouvrir une Académie militaire générale. Si je pus militariser certains des secteurs industriels dont la production était liée à l'armée, et où s'étaient infiltrés nombre d'agitateurs communistes, ma proposition de construire une vaste industrie de guerre capable d'aider à la relance de notre économie tout en couvrant nos besoins militaires resta sans lendemain.

A la fin de l'été 1935, tous semblaient se préparer à la « lutte finale » : Gil-Robles transformait en parti de masse sa formation démocrate-chrétienne ; Azaña regroupait les forces de gauche pour un combat décisif contre le gouvernement Lerroux ; José Antonio Primo de Rivera unifiait les différents mouvements parafascistes, et les Jeunesses socialistes de Largo Caballero mettaient au point un plan d'action armée qui impliquait ses principaux dirigeants, à commencer par Simeón Vidarte et Santiago Carrillo. L'armée s'inquiétait des projets annexionnistes de l'URSS clairement affirmés à Moscou lors du VIIe Congrès de l'Internationale communiste, et je commençai à recevoir des incitations à la révolte pour empêcher les gauches de radicaliser le cours de la République. Ébranlé par un scandale de trafic d'influence, Lerroux abandonna la direction du gouvernement à Chapapietra, qui maintint Gil-Robles à la Guerre et lança un programme d'austérité propre à enflammer les esprits déjà bien échauffés à gauche. Goded et Fanjul* vinrent me sonder, voulant savoir quelle serait ma réaction au cas où l'armée jugerait indispensable d'intervenir face à une possible victoire des gauches, lesquelles obéissaient aux consignes de Fronts populaires lancées par Moscou. Je me bornai à plaider en faveur d'une politique militaire constructive pour centrer les secteurs de l'armée touchés par la gangrène rouge. Déçus par cette conversation, mes camarades de promotion allèrent trouver directement Gil-Robles en lui proposant tout de go un coup d'État. Celui-ci se défaussa sur moi en leur disant : « Consultez le chef de l'état-major, et revenez demain me donner votre réponse. » Goded et Fanjul se présentèrent donc à nouveau devant moi, accompagnés cette fois de Varela et d'Ansaldo, émissaire de Calvo Sotelo qui plaidait pour un coup d'État ouvertement autoritaire. Je leur répétai qu'il était impossible de réussir sans l'appui de la majorité de l'armée, notamment de ses forces tactiques opérationnelles, et que nous n'en disposions pas pour l'instant. Puis Gil-Robles dut abandonner le ministère de la Guerre, et au cours de l'émouvant entretien que nous eûmes à son départ, tandis que nous nous donnions une accolade virile, je lui glissai à l'oreille : « Aujourd'hui vous êtes l'enclume, mais demain peut-être vous serez le marteau. » J'eus l'impression qu'il ne m'avait pas bien entendu ou compris, mais je ne répétai pas ma phrase car les camarades se rapprochaient de nous et il était inutile de les alarmer par des métaphores.

Un de mes derniers actes en tant que chef du Grand État-Major fut de représenter le gouvernement espagnol aux obsèques du roi d'Angleterre George V. Ce fut l'occasion d'assister à la majeure concentration des puissants de ce monde, rois, chefs d'État, militaires, diplomates, à l'ombre de la grandeur intacte de la monarchie britannique, d'un empire stable qui s'était construit au prix de nos propres erreurs. Pour Pacón, le voyage fut un enchantement : à Paris comme à Londres, il se comporta comme s'il venait de quitter pour la première fois El Ferrol. Je me souviens de l'air cérémonieux qu'il prit en revêtant son frac, de location comme le mien, et de la façon dont, pour saluer, il redressait une taille qu'il a toujours crue élevée. A posteriori, le souvenir le plus marquant de ce séjour en Angleterre fut sans doute ma rencontre avec le maréchal soviétique Toukhatchevski, disparu par la suite dans les purges de Staline. Un détail surtout me revient : nous n'avions rien mangé depuis des heures quand, dans le train qui transportait la dépouille royale de Buckingham Palace au château de Windsor, on nous servit un minuscule sandwich à la laitue, un petit peu de thé, un cigare, bref une collation à l'anglaise. Nous l'accueillîmes tous de grand appétit, à l'exception du maréchal soviétique qui ne desserra pas les lèvres, se contentant d'échanger quelques mots avec le militaire qui représentait la Yougoslavie. Je garde de Toukhatchevski l'image de la méfiance et de la peur personnifiées. En revanche, nous dînâmes excellemment lors de la réception que donna en notre honneur à Paris don Salvador de Madariaga*, ambassadeur espagnol à la Société des Nations, et quand nous fûmes reçus à Londres par l'écrivain asturien Pérez de Ayala, notre diplomate dans la capitale britannique, dont le soutien « intellectuel » à l'Union soviétique ne m'inspirait pourtant que de l'aversion.

A mon retour au pays, dans le climat qui précédait la victoire électorale du Front populaire en février 1936, ces inquiétudes redoublèrent : tous les projets front-populistes d'inspiration soviétique en matière de politique militaire revenaient à ruiner mes réalisations à la tête de l'état-major, dont celui de la dissolution de la Garde civile et son remplacement par des milices spéciales manipulées par Largo Caballero avec le soutien théorique d'Azaña. Préparant dans l'ombre cette manœuvre revancharde contre l'armée, celui qui se laissait appeler « le Lénine espagnol » avait averti dans un discours : « Avant, notre devoir était d'établir la République. Maintenant qu'elle existe, notre devoir est d'établir le socialisme. » On ne pouvait être plus clair, d'autant que le petit mais infatigable Parti communiste se dépensait sans compter pour appliquer les consignes de Moscou, sous les ordres d'une femme qui symbolisait tout le contraire de ce que j'avais appris être les vertus de la femme espagnole, reine aimante et charitable du foyer : Dolores Ibarruri, dite la Pasionaria, femelle qui excitait les masses à la révolution et incitait les femmes espagnoles à abandonner les cuisines pour descendre dans la rue. Je ne sais si son surnom lui venait de la passion qu'elle mettait à haranguer les foules, ou de la fleur de la passion, encore que seuls ses plus fanatiques partisans aient pu avoir l'idée saugrenue de comparer une telle femme à une fleur.

On la surnommait la Pasionaria parce qu'elle avait publié son premier article pendant la Semaine sainte. D'abord catholique, cette fille de mineurs basques carlistes et quelque peu nationalistes accéda avec son mari Julián Ruiz à ce qui s'appelait jadis la conscience de classe. Elle scandalisa la société espagnole des années vingt parce qu'elle était une prolétaire qui savait s'exprimer et en imposait avec sa robustesse et sa beauté sereine, aux antipodes de l'archétype de la suffragette hommasse et complexée que vous brandissiez pour discréditer les idées d'émanci-

pation féminine. Vous ne pouviez souffrir l'exemple de cette
ouvrière abandonnant le silence réservé à sa classe, dépourvue
de cette coquetterie coupable avec laquelle certaines jeunes filles
de la bonne société commençaient à jouer au tennis et au
bolchevisme. Aujourd'hui encore, alors que Dolores est morte
après avoir longtemps survécu à votre propre disparition et
occupé un banc de député communiste en 1978, personne ne sait
très bien quel rôle politique elle a réellement joué, mais
personne non plus ne lui déniera son rôle symbolique, celui
d'avoir incarné l'« intellectuel organique » surgi du prolétariat tel
que Lénine l'avait appelé de ses vœux, et qui, après la révolution
soviétique, a fini par dégénérer en bureaucrate organique
quinquennal. Elle a prouvé sa grandeur durant la clandestinité
prérépublicaine, dans son activité parlementaire et publique, et
au cours de la Guerre civile en lançant des mots d'ordre épiques
auxquels vous autres n'avez osé répliquer que par l'intermédiaire de la vedette Celia Gámez. Pourquoi vous horri-
pilait-elle autant, cette Dolores que vous-même êtes allé jusqu'à appeler « une créature inhumaine dépourvue de tout
sentiment » ?

*Il me fallut prendre les plus grandes précautions tant mes
responsabilités me plaçaient en tête des listes noires franc-
maçonnes et communistes, juste après Calvo Sotelo mais bien
avant José Antonio, le leader de la Phalange dédaigné par les
révolutionnaires qui ne voyaient en lui qu'un fils à papa
mégalomane. Au contraire, moi, le militaire le plus prestigieux
du pays, et Calvo Sotelo, l'homme politique capable de rassembler un mouvement de droite, étions dangereux pour eux. Par
mes contacts permanents avec la Direction générale de la
Sécurité, je coordonnais le travail de l'appareil policier et celui
de mes services de renseignements. J'avais organisé à cet effet un
service de renseignements militaires anticommuniste et de
contre-espionnage, et, grâce à mes contacts avec l'« Entente
internationale anticommuniste », je pus apprendre que, lors de
la réunion du Komintern à Moscou en février 1935, la tactique
du « Front unique contre le fascisme » avait été adoptée, et que
l'un de ses objectifs était de pénétrer au cœur de l'« appareil*

répressif » de l'État. Deux communistes espagnols, José Díaz et la Pasionaria, avaient rejoint à cette occasion l'exécutif de la IIIe Internationale, où ils côtoyaient des personnalités de la conjuration rouge universelle comme Mao Tsé-toung, Gottwald, Chou En-lai, Marty, Thorez... L'année suivante, en février 1936, la victoire électorale du Front populaire affola Gil-Robles, Lerroux était comme paralysé mais, moi, je me contentai alors de donner l'ordre à Galarza, le secrétaire général de l'UME, de rester en alerte au cas où les Rouges descendraient dans la rue et voudraient tirer des conséquences révolutionnaires de leur victoire électorale. Ma position n'avait pas varié : je ne me soulèverais contre la République que si elle essayait de dissoudre la Garde civile.

J'étais en faveur de la proclamation de l'état de guerre, mais le commandant en chef de la Garde civile, le général Pozas, timoré comme tant d'autres, rejeta cette idée. Je demandai donc directement son avis au chef du gouvernement, Portela Valladares, un civil. Il n'en avait pas, se contentant, me dit-il, d'attendre les ordres de celui qui était encore le président de la République. Mais je sentis qu'il hésitait : « Vous êtes le seul à me faire douter, me déclara-t-il, vos arguments m'ont presque convaincu. Mais je suis vieux, je suis vieux... Pourquoi ne prenez-vous pas directement entre vos mains le salut de l'Espagne ? » Encore la même chanson : les politiciens, débordés par la conjuration, demandaient à l'armée d'intervenir. Je répondis que l'armée n'était pas encore assez soudée moralement pour assumer une telle responsabilité, qu'il lui revenait de prendre les siennes en donnant des ordres précis. « La nuit me portera conseil », me dit-il, mais elle n'en fit rien, et l'occasion se perdit de prendre le mal à la racine : le Front populaire écarta Portela, Manuel Azaña revint à la tête du gouvernement, et s'empressa d'éloigner de Madrid les chefs militaires patriotiques. Je fus nommé à la capitainerie générale des Canaries, Goded partit occuper le même poste aux Baléares. Je voulus cependant avoir une dernière mise au point avec le président Alcalá Zamora, et je lui fis part de mes craintes d'une rébellion imminente : « Partez tranquille, général, partez tranquille. En Espagne, il n'y aura pas de communisme. » Et moi de répliquer :

« *Je peux seulement vous garantir que, quoi qu'il advienne ici, là où je me trouverai il n'y aura pas de communisme.* »

Devant l'évidence historique de l'impuissance congénitale du pouvoir civil à sortir le pays du marasme, les militaires avaient deux types de réaction : celle des pleutres obnubilés par le tableau d'avancement, incapables de répondre aux ennemis de l'armée qui étaient aussi ceux de l'Espagne, et celle des volontaristes, prêts à mettre en jeu leurs galons et leur carrière pour défendre les valeurs sacrées de la patrie. J'ai toujours choisi pour ma part une troisième position, proche de ce que les écrits militaires appellent le « courage froid », et que je définirai par le terme d'« honneur froid ». Quand certains me reprochèrent de ne pas m'être joint au soulèvement de Sanjurjo, j'avais sobrement répondu : « *Quand je me soulèverai, ce sera pour gagner.* » Restait le roi, mais, à la lumière de l'histoire de l'Espagne depuis 1898 jusqu'à notre Croisade de 1936, les militaires étaient entièrement autorisés à assumer leur rôle de sauveurs non seulement de la patrie mais aussi de la raison civile, et je me souviens de la joie avec laquelle nous accueillîmes l'ordonnance royale du 15 janvier 1914 qui permettait aux généraux et aux officiers supérieurs de communiquer directement avec le souverain. Alphonse XIII avait d'ailleurs toujours été attentif à la vision politique, sociale, historique des généraux qui disposaient de sa confiance, et ce furent eux qui lui suggérèrent de ne pas diriger en personne le coup d'État de 1923 mais d'en laisser le soin à Miguel Primo de Rivera, à l'armée.

L'intervention de ce dernier ne peut être lue comme un pronunciamiento de plus, cette fois réussi et approuvé par un évident consensus national, mais comme une première tentative de militarisation de la vie politique, réponse logique, en Espagne comme ailleurs, aux tentatives de destruction de la société chrétienne. Les réalisations de Primo de Rivera, de 1923 à 1929, prouvèrent assez qu'il était possible de se passer de l'échafaudage mystificateur du démocratisme, et si l'expérience ne dura pas la faute en revient à don Miguel, qui ne sut pas voir la nécessité de mettre sur pied une nouvelle forme d'État. A sa décharge, il faut ajouter qu'une telle entreprise ne pouvait passer que par une guerre d'épuration de toute la vermine que *l'Espagne avait en elle, une guerre sans merci, cruelle, un affrontement purificateur entre la véritable Espagne et l'anti-Espagne qui devait établir une fois pour toutes l'hégémonie du bien sur le mal. Avec la victoire du Front populaire en 1936, le sort en était jeté : un bloc social patriotique exigeait de forces politiques également patriotiques qu'elles pressent l'armée d'intervenir pour sauver toute la communauté, fût-ce en la mutilant. Je me rappelle ce beau et vibrant discours que Calvo Sotelo prononça devant les Cortes de la République, apostrophé par le représentant le plus équilibré de la « Génération de 98[1] », don Ramiro de Maeztu : « Enfin – il répondait à Lerroux –, Monsieur Lerroux devrait se rappeler que la République française n'est pas restée en vie grâce à la Commune, mais grâce à la répression de la Commune. (Maeztu, criant : "Quarante mille fusillés !") Ces fusillés ont permis soixante ans de paix sociale ! » Mais chez nous la paix sociale était menacée de toutes parts, le banditisme rouge entraînait la réplique toujours plus virulente des jeunesses phalangistes et parfois monarchistes. Nous étions tous pris dans ce climat de violence, à tel point que Pacón lui-même descendit de temps en temps dans la rue pour distribuer les journaux phalangistes ou appliquer la dialectique des poings et des pistolets que José Antonio avait recommandée pour répondre à la violence historique du bolchevisme.*

C'est l'histoire de l'œuf et de la poule, Général, ou du marteau et de l'enclume si vous voulez, car ce climat de violence avait été initié par les provocations de la Phalange et de l'extrême droite dans l'espoir que cette ambiance de désordre finirait par gagner l'approbation générale à un retour à l'ordre, d'où qu'il vienne et quel qu'il soit. En juin 1936, à nouveau dans l'opposition, Gil-Robles établit une statistique sommaire des affrontements depuis les élections de février, qui faisait état de 269 morts, 1 287 blessés, 381 édifices attaqués ou endommagés, 146 attentats à l'explosif, 43 permanences de journaux prises d'assaut. Mais si leurs ennemis ne se laissaient pas faire, les phalan-

---

1. Courant d'intellectuels aussi différents qu'Unamuno, Valle Inclán, Machado, Pío Baroja. Maeztu rejoignit plus tard le fascisme. *[N.d.T.]*

gistes en étaient généralement les initiateurs. Des voitures bourrées de jeunes gens « de bonne famille » se lançaient à la chasse
à l'ouvrier suspecté d'anarchisme, de socialisme ou de communisme, mais aussi au journaliste, à l'avocat ou même au policier
prétendu « marxiste », et quand l'attaque se limitait à une
correction ou à une rasade d'huile de ricin, selon la mode fasciste
italienne, la victime pouvait s'estimer heureuse car le plus
souvent c'était la mort qu'elle risquait. Le lendemain, c'était la
riposte. Et derrière cette avant-garde de choc venait le chœur
des pleureuses de la bonne vieille droite de toujours, indignée
par les excès réformateurs du Front populaire qui avaient
pourtant freiné la réforme agraire socialiste, se contentant
d'améliorer de-ci de-là la piètre situation de la paysannerie sans
se risquer à la nationalisation des terres et à leur distribution
gratuite aux paysans. Qu'avaient-elles donc de si scandaleux,
ces propositions révolutionnaires, pour ranger inconditionnellement dans votre camp les maîtres des grandes propriétés et des
terrains de chasse ? Elles prétendaient à la promotion de la
condition paysanne, au développement des coopératives, à la
réduction des impôts fonciers et des taxes, au lancement de
nouvelles cultures avec l'aide financière de l'État...

En fait, vous aviez intérêt à exagérer la menace subversive
pour justifier vos réponses contre-révolutionnaires. Vous avez
même monté de toutes pièces une nuit des longs couteaux contre
les hauts responsables militaires, au cours de laquelle Pacón
faillit, paraît-il, être égorgé deux fois, la première pour être l'un
de ces hauts responsables, la seconde pour avoir l'honneur d'être
le cousin du futur Caudillo. Il y croyait encore trente ans après,
ce pauvre Pacón, quand les historiens les plus franquistes
avouaient qu'un tel plan d'extermination du commandement
militaire n'avait jamais existé, pas plus que cette révolution
bolchevique à laquelle le soulèvement de l'armée prétendit
vouloir répondre. Un soulèvement qui couvait depuis les lendemains du 14 avril 1931, mais auquel vous ne vous êtes joint que
cinq ans après, attendant que les conditions objectives et
subjectives soient réunies, et vous me pardonnerez ce recours à
la terminologie marxiste, Général, mais c'est que, visiblement,
vous ne pouvez ou ne voulez considérer la réalité en face. Même

les grèves qui éclatèrent dans les semaines suivant la formation du gouvernement de Front populaire ne répondaient pas à une consigne bolchevique ou anarchiste, mais au contraire à la spontanéité des masses soulagées du joug que vous aviez imposé pendant deux années noires. Un dirigeant du POUM[1], Andreu Nin, a dépeint le désarroi des dirigeants du Front populaire devant cette mobilisation spontanée : « La première réaction des responsables ouvriers du Front populaire a été la surprise, et celle des leaders républicains l'indignation. C'est le caractère spontané du mouvement qui a surpris les premiers, car, dans la plupart des cas – et en France, sans exception –, les ouvriers sont passés par-dessus leurs organisations traditionnelles pour entrer en lutte. L'indignation des seconds répondait à des raisons fort différentes : ces Messieurs accusaient les ouvriers d'ingratitude et d'impatience déplacée ! "Comment ! s'indignaient-ils le plus sérieusement du monde, alors que le pays était dominé par les réactionnaires, vous vous êtes tenus tranquilles, mais quand un gouvernement populaire leur succède, animé des meilleures intentions à l'égard des travailleurs, vous menez conflits après conflits, vous le placez dans l'embarras ! Pas d'impatience, ayez confiance en nous, aidez dans la rue à notre œuvre de consolidation du régime. Le contraire serait une preuve d'ingratitude flagrante à l'égard de ceux dont l'amour pour le peuple est sans équivoque. Par ailleurs, la succession permanente de conflits, avec l'inquiétude et l'agitation qu'elle suppose, ouvre la voie au fascisme, contre lequel nous sommes prêts à lutter avec tous les moyens légaux. Donc, restez sur le terrain de la légalité républicaine, dans le cadre de laquelle toutes les justes exigences du prolétariat seront satisfaites." »

Maeztu a écrit qu'il serait peut-être nécessaire, pour parvenir à la pacification du pays, d'employer la force durant « une ou deux générations ». Je ne pécherai pas par orgueil si je vous dis, jeunes héritiers de ma pacification, que je laisserai tout en bonne place, de telle sorte que le sang versé puisse servir à apporter la

---

1. Parti ouvrier d'unification marxiste surtout implanté en Catalogne qui, après 1936, fut violemment attaqué par les communistes orthodoxes. *[N.d.T.]*

tranquillité à plusieurs générations. Alors que la prétendue droite patriotique tentait moult combinaisons de « bloc national », un mouvement rénovateur comme la Phalange pouvait évoluer de telle manière qu'après avoir demandé en novembre 1934 aux militaires de soutenir « matériellement » la révolution phalangiste elle les priait, dans sa proclamation « Aux militaires d'Espagne » de mai 1936, de prendre en main l'État aussi rapidement que possible. Mola me raconta qu'en juin 1936, c'est-à-dire un mois avant le soulèvement, José Antonio Primo de Rivera lui avait envoyé depuis sa prison un message des plus urgents dans lequel il affirmait que chaque minute d'inaction donnait un avantage appréciable au gouvernement, et lui citait une confidence faite jadis par son père : « Si je retarde d'une heure le coup d'État, ils vont me le faire rater. » José Antonio fit parvenir à ses partisans les instructions suivantes :

A. Chaque responsable de district ou de province établira une coordination permanente avec le principal dirigeant local du mouvement militaire, à l'exclusion de toute autre personne.
B. La Phalange conservera ses propres structures, son propre commandement et ses propres insignes.
C. Si cela est jugé nécessaire, un tiers et un tiers seulement des militants phalangistes pourra être mis à la disposition des chefs militaires.
D. Le responsable militaire local devra garantir à son homologue de la Phalange que les pouvoirs civils ne seront confiés à personne pendant au moins trois jours suivant la victoire du mouvement, et que les autorités militaires conserveront ces pouvoirs au cours de ce délai.
E. A moins d'être renouvelées par ordre exprès, les présentes instructions demeureront sans effet le 10 juillet prochain à midi.

Mola ayant par la suite été contraint de retarder le soulèvement, José Antonio prolongea ces consignes jusqu'au 20 juillet, deux jours après notre décision historique d'intervenir. Gil-Robles, lui, qui tenta de prendre ses distances plus tard en occupant le poste gratifiant de leader de l'antifranquisme, ne se montra alors guère généreux, ni en paroles ni en argent, avec notre Croisade : à peine un demi-million de pesetas parvint au général Mola des fonds électoraux de la CEDA. Heureusement, d'autres hommes qui auraient pu pourtant essayer de se placer au-dessus du bien et du mal nous aidèrent plus résolument, à commencer par don Juan March qui offrit d'assurer la sécurité de la famille de Mola et de la mienne au cas où notre entreprise viendrait à échouer.

En Espagne, le volontarisme des phalangistes n'avait pas fait naître un mouvement de masse comme en Italie ou en Allemagne, où l'armée s'était contentée de confirmer les conquêtes sociales et politiques des mouvements fascistes, pour le bien de la nation. Les partis politiques ralliés à notre soulèvement étaient pleins de bonnes intentions, mais aussi d'idées fausses qui, dès le début de la Croisade, révélèrent les dangers qu'elles nous faisaient courir. Colonne vertébrale de la régénérescence de l'Espagne, les forces militaires avaient toutes les raisons éthiques de se soulever; les raisons politiques leur étaient fournies par les excès du Front populaire; restaient celles qu'il fallait définir en gardant la tête froide, car elles étaient déterminantes : les raisons stratégiques. Disposions-nous d'effectifs suffisants pour imposer la raison patriotique à l'anti-Espagne? Si notre action ne triomphait pas en quelques heures, nous courions le risque d'un long conflit alimenté par les livraisons d'armes aux militants des partis de gauche et des syndicats. Quant à la direction du mouvement, dont Mola était l'âme et Galarza le grand coordonnateur, elle revenait selon la logique hiérarchique à Sanjurjo, malgré sa tentative insensée de 1932. Aimé et respecté par la génération africaine qui ne le tenait cependant pas pour un stratège, il avait, selon mes informations, la funeste intention de convoquer un plébiscite si le soulèvement triomphait, afin d'inviter le peuple à choisir « librement » entre monarchie et république, ce qui revenait à nous faire prendre des risques majeurs dans une action de libération, tout simplement pour perdre par les urnes ce que nous aurions durement gagné au combat. Si jamais il l'avait emporté en 1932, qu'aurait-il fait? Sur quels appuis pouvait-il compter? Ce que j'ai dit du personnage pourrait faire penser que je ne l'estimais pas beaucoup, mais ce serait faux. C'était avant tout un bon soldat, mais aujourd'hui encore j'ai du mal à porter une appréciation sur sa conduite en tant que militaire, alors qu'en tant qu'être humain il était irréprochable. Mais c'était un chef naturel, et à l'époque je savais que des camarades du même grade que moi accepteraient difficilement mon autorité. Je proposai donc Sanjurjo, allant presque jusqu'à faire de sa présence à notre tête une condition de ma participation au soulèvement national. Je savais aussi qu'il mettrait beaucoup de vaillance à l'ouvrage, pendant que j'y apporterais le reste, le sens de l'observation et de la prévision. Mais lui eut toujours tendance à se surestimer, allant même jusqu'à lancer un jour en réponse à mes mises en garde où je me faisais volontairement l'avocat du diable : « Avec ou sans Franquito, on y va ! » Cet excès de confiance en soi finit par le perdre.

En vérité, l'accord général en vue du soulèvement fut conclu quelques heures seulement avant mon départ pour rejoindre mon nouveau poste aux îles Canaries. Nous nous retrouvâmes au domicile du courtier en Bourse José Delgado, député de la CEDA, au 19 de la rue del general Arrando. Il y avait là Mola, Orgaz, Fanjul, Kindelán, Ponte, Villegas, Saliquet, Rodríguez de Barrio, García de Herrán, González Carrasco, Galarza pour l'UME, et il ne manquait que Goded qui était parti prendre ses fonctions aux Baléares. Ce fut Mola qui évoqua pour la première fois la possibilité de rallier les généraux Queipo de Llano et Cabanellas, hypothèse considérée par d'aucuns comme chimérique en raison de l'engagement républicain bien connu de ces deux officiers. Mola fut cependant chargé de clarifier ce point, et il arriva à ses fins, surtout grâce à la colère de Queipo quand la République limogea Alcalá Zamora, auquel il était apparenté, pour le remplacer par Azaña en personne. Nous parvînmes alors à une plate-forme d'accord, en bonne partie conçue par Mola et moi :

1. Organisation et préparation d'un mouvement militaire destiné à préserver le pays de la ruine et de l'éclatement.
2. Ce mouvement ne sera déclenché que si les circonstances le rendent absolument nécessaire.
3. Le mouvement se fera au nom de l'Espagne, à l'exclusion de toute autre référence. La question du régime, de ses

structures, des emblèmes nationaux, etc., ne sera réglée qu'après la victoire du mouvement.
4. Une junte est constituée avec les généraux résidant à Madrid... Le général Sanjurjo est reconnu comme le chef du mouvement.

Certains de mes biographes ont exagéré mes réticences à me joindre au soulèvement national avant d'avoir réalisé au préalable la tâche que je m'étais fixée en tant que chef du Grand État-Major : reconstituer un réseau d'officiers supérieurs opposés aux tendances autodestructrices et antipatriotiques de la République. J'acceptai avec discipline le poste de capitaine général des Canaries, qui était évidemment un bannissement déguisé, tout comme la nomination de Goded aux Baléares, et retrouvai à Las Palmas quelqu'un qui m'aida à prendre la décision finale, le général Luis Orgaz, exilé là-bas lui aussi et convaincu que je finirais par prendre moi-même la tête du mouvement : « Sanjurjo, c'est bien pour commencer, mais ensuite... Si tu ne te décides pas, tu commets une grave erreur. Un autre général tirera les marrons du feu. » Au cours de mon voyage vers les Canaries, j'avais reçu partout des preuves de sympathie et de complicité envers nos préparatifs, mais le climat changea radicalement en arrivant à Santa Cruz de Tenerife, où les Rouges avaient orchestré une campagne de dénigrement : quand ce n'étaient pas les mairies Front populaire ou les syndicats qui votaient des motions exigeant mon renvoi, c'étaient des mains anonymes qui couvraient les murs de la ville du mot d'ordre : « Franco dehors ! » Je m'efforçai de rester calme, ne perdant qu'une fois le contrôle de mes nerfs, au cours d'une réception pendant laquelle un officier, après un bref discours de ma part, lança un « Vive la République ! » auquel je ne fis pas écho mais répondis par : « Que cet imbécile se taise ! », ce qui malheureusement fut entendu et donna lieu à dénonciation. Par ailleurs, l'excessive euphorie de ceux qui partageaient notre cause me préoccupait aussi : par exemple, les officiers du cuirassé Jaime I, en visite dans l'île, m'acclamèrent et voulurent me porter en triomphe, démonstration à laquelle je me refusai car elle aurait lancé un défi ouvert au gouvernement de Madrid.

Monsieur Azaña se doutait de quelque chose : il donna l'ordre à la flotte républicaine de s'éloigner des Canaries, tout en faisant surveiller étroitement mes allées et venues. Les Rouges et les francs-maçons, solidement implantés dans l'île, me firent l'accueil que l'on sait, mais Lorenzo Martínez Fuset* et son épouse nous ouvrirent bien des portes et nous aidèrent ainsi à feindre une vie normale, voire trépidante : fêtes, réceptions, parties de pêche, régates, bals de débutantes, concours folkloriques, de golf, de fumeurs de cigare, de mangeurs de fromage de Palma... Pas un acte social où n'était réclamée la présence d'un couple Franco détendu, amène et tout disposé à se faire au climat accueillant des îles du Bonheur, même si nous suivait sans cesse un Pacón aucunement détendu, une arme sur lui, d'autant plus méfiant depuis qu'il avait découvert qu'il figurait sur deux listes d'officiers à abattre : l'une en raison de ses propres mérites, la seconde en raison des miens. Carmen et Orgaz étaient ouvertement alliés pour me presser de devenir le chef suprême de ce qui allait se produire, ni l'une ni l'autre ne se satisfaisant de mon énigmatique réponse à leurs exhortations : « Aujourd'hui l'enclume, demain le marteau », qui désarçonnait Orgaz et mettait Carmen en colère. Martínez Fuset, lui, me laissait tranquille. Il avait fait ses études de droit à Grenade, où il avait connu Federico García Lorca, le poète marxisant dont la propagande communiste et judéo-maçonnique a fait le grand martyr de la guerre. Devenu juge militaire à Santa Cruz de Tenerife, il avait épousé une Pérez Armas, Angeles, fille de cette excellente famille de la meilleure société canarienne. Carmen et Angeles devinrent aussitôt des intimes tandis que Martínez Fuset devenait mon bras droit, Pacón n'ayant pas son niveau culturel, social, ni surtout ses connaissances juridiques. L'éloignement géographique me rendait moins aisé le suivi de la vie politique nationale, mais je recevais sans cesse la visite d'émissaires de la Péninsule que m'envoyaient Galarza ou d'autres mandants comme Antonio Goicoechea, le dirigeant du bloc monarchiste. Dans la perspective des élections partielles de Cuenca, après la victoire du Front populaire, Goicoechea proposa à José Antonio Primo de Rivera de diriger avec moi la liste de droite, afin de soutenir par mon nom José Antonio qui *était toujours en prison, et de pouvoir l'en faire sortir ensuite grâce à l'immunité parlementaire si nous étions victorieux. Encouragé par ceux qui pensaient que José Antonio serait plus utile dehors que dans sa cellule, je m'étais résolu à faire acte de candidature malgré le précédent malheureux de mon frère Ramón et de son désastre parlementaire. Mais qui vint alors me trouver aux Canaries ? Mon beau-frère Ramón Serrano Suñer, porteur d'un message de José Antonio : « S'il vous plaît, mon général, ne vous présentez pas, la réunion de nos deux noms pourrait être interprétée comme une provocation. » Ramón ajouta que je ferais mieux de rester de côté, parce que la logique du soldat s'accommode mal des subtilités et des pièges du jeu parlementaire : « Ils ne te laisseront pas commettre une seule faute. Rappelle-toi qu'un échec aux Cortes a coûté à ton frère toute une vie d'héroïsme bien ou mal employé. » J'acceptai avec discipline la demande de José Antonio, même si je ne fus pas du tout convaincu par les arguments de Serrano Suñer.*

La véritable version de l'affaire était plus crue, mais le talent diplomatique de votre beau-frère avait su dorer la pilule. En apprenant que vous pourriez être son colistier, José Antonio s'était mis à crier : « Les petits généraux, ah non, pas de petits généraux ! » Ayant retrouvé son calme, il avait convoqué Serrano Suñer pour lui dicter les justifications pragmatiques qui vous ont ensuite été servies. Son frère Fernando, lui aussi en prison, était présent et ne s'était pas privé de commentaires sarcastiques : « C'est ça, mon vieux, pour assurer la victoire de José Antonio il suffit de lui ajouter les noms de Franco et du cardinal Segura ! » De son côté, Indalecio Prieto vous craignait comme la peste ; dans son discours du 1er mai 1936 à Cuenca, il replaçait sa propre campagne dans un contexte lourd de menaces d'intervention militaire, et disait : « Le général Franco, de par sa jeunesse, ses capacités, son réseau d'amitiés au sein de l'armée, est celui qui pourrait très probablement, au moment voulu, prendre la tête d'un mouvement de ce genre. Je ne me risquerai pas à lui attribuer de telles intentions, je veux croire sincère son engagement à ne pas se mêler de politique. Oui, mais ce que je ne peux ignorer, c'est que les individus qui, avec ou sans son autorisation, ont prétendu inclure son nom dans la candidature de Cuenca cherchaient à lui donner une aura politique afin qu'il puisse, une fois investi de l'immunité parlementaire, réaliser les plans de ceux qui l'avaient patronné en devenant le *caudillo* d'un soulèvement militaire. »

Les choses devaient mal tourner pour le chef de la Phalange : non seulement il ne fut pas élu, mais il ne quitta pas sa prison vivant. Qui sait si, avec mon concours, il n'aurait pas obtenu les voix qui lui manquèrent, l'immunité parlementaire, la liberté, la vie ? Mais j'avais alors d'autres soucis, à commencer par la volonté stratégique de ne pas entreprendre une opération de cette envergure à tort et à travers. Avant tout, il nous fallait un prétexte, que nous donna l'assassinat de Calvo Sotelo par un groupe de choc communiste disant vouloir venger le meurtre de l'un de ses chefs par des pistoleros *de la Phalange. Dès que j'appris ce crime perfide, je dis à Martínez Fuset : « C'est le signal », et j'adressai un message urgent à Mola. Je me joignais au soulèvement comme prévu.*

Le lieutenant Castillo, assassiné par les *pistoleros*, de même que les gardes qui le vengèrent en tuant Calvo Sotelo, étaient socialistes et non communistes. De plus, les dates ne confirment pas vos affirmations : Calvo Sotelo a été abattu le 12 juillet, vous dites « oui » le 13 et, dès le lendemain, atterrit à Las Palmas l'avion affrété à Londres par le trio conspirateur March-Luca de Tena-Bolín, le fameux *Dragon rapide* qui devait vous conduire au Maroc... Au cas où cela ne suffirait pas à douter de votre sixième sens, de votre don pour entendre les « signaux », j'ajoute que vous avez rencontré à ce moment, à Santa Cruz, le diplomate Sangroniz venu vous exposer la proposition de Juan March de vous soutenir financièrement au cas où la rébellion échouerait. Par ailleurs, il était déjà de notoriété publique au sein de l'armée d'Afrique que vous alliez prendre sa tête et devenir haut-commissaire d'Espagne au Maroc. Un fils du général conjuré (bien que franc-maçon) Cabanellas, Guillermo, parti ensuite en exil et, peu complaisant envers votre personne et votre œuvre, a raconté l'assurance avec laquelle l'armée d'Afrique attendait les événements : « Au moment des manœuvres du Llano Amarillo, la phase préparatoire du soulèvement en est arrivée à son point culminant. Deux banquets sont organisés à la fin de ces exercices, l'un pour le commandement et les officiers, l'autre pour les sous-officiers et sergents. Une partie des jeunes officiers, enivrés par l'air, le soleil et le vin, se mettent à crier : « Café ! », c'est-à-dire l'acronyme de *« Camaradas, Arriba Falange Española ! »*. D'autres leur répondent : « Oui, Café ! Café pour tout le monde ! » Il est toutefois exact, Général, qu'avec votre perfectionnisme tatillon et votre méfiance galicienne, vous avez fini par crisper Mola et d'autres officiers de la conjuration, qui en arrivèrent à vous surnommer « Miss Canaries 1936 ».

L'assassinat de Calvo Sotelo avait donc été pour moi le signal qui me décida à intervenir. Tout était prêt pour que le Dragon rapide m'emmène de Las Palmas au Maroc, mais je devais encore trouver un prétexte pour me rendre de Santa Cruz de Tenerife, siège de la capitainerie générale, à Las Palmas. Il me fallait être chaque jour plus prudent, même si le gouvernement ne paraissait pas entendre les rumeurs très persistantes de coup d'État imminent, un gouvernement dont j'essayais, quelques jours avant le soulèvement encore, de corriger les vues erronées en adressant à Casares Quiroga, son chef, une lettre dans laquelle je dressai une liste de critiques élémentaires dont la prise en compte aurait peut-être évité ma participation au mouvement.

Quel but poursuiviez-vous exactement avec cette lettre, Général ? Éviter une guerre civile, comme le prétendent presque tous vos thuriféraires et certains de vos ennemis ? Ou vous ménager un alibi en cas d'échec du coup d'État, ainsi que le pensent Payne ou Ben Ami, des historiens peu engagés ? Comment expliquer que vous l'ayez écrite sans prendre l'avis de vos compagnons de conjuration ? Pourquoi vous être soudainement décidé, depuis votre jardin de Gethsémanie, à faire assaut de sincérité auprès de monsieur le ministre, et à séparer votre destin de ceux des autres conjurés ? Casares Quiroga ne vous a pas répondu, d'après certains par goujaterie, mais selon d'autres parce qu'il était soumis à la stratégie d'Azaña, qui consistait à laisser le putsch se produire, à le mater et à en finir ainsi une fois pour toutes avec l'hydre conspiratrice des « Africains ». Il avait les mêmes vues sur la racaille réactionnaire que vous sur la racaille rouge.

Casares n'ayant jamais répondu à ma lettre, je considérai que j'avais les mains libres. La Providence vint à mon aide en m'offrant un prétexte plausible pour partir à Las Palmas : le général Balmes, commandant de cette place militaire et lui aussi impliqué dans le soulèvement, connut un accident fatal qui vint à nouveau me confirmer dans l'idée qu'à quelque chose malheur est bon : le 16 juillet 1936, sur le champ de tir de La Isleta où il allait s'entraîner régulièrement, son arme s'enraya et, en essayant de la libérer, il fit partir le coup avec une si funeste précision qu'il se tua. En tant que capitaine général des Canaries, je partis à Las Palmas présider ses funérailles où un anarchiste spécialement venu de la Péninsule devait décharger sur moi son Parabellum quand je passerais par la rue Triana, en tête du cortège officiel. Par bonheur, notre service de renseignements avait repéré la présence dans l'île de cet homme, Amadeo Fernández, qui fut arrêté sur son chemin de Santa Cruz à Las Palmas.

J'étais descendu avec ma famille à l'hôtel Madrid, qu'une dénonciation téléphonique épargna d'être détruit par une bombe. Mais le plus difficile était encore à venir : la rumeur ayant couru que des soulèvements militaires se produisaient en Afrique, et notamment à Melilla, le gouverneur civil reçut l'ordre de me placer sous surveillance, tandis que les hordes rouges descendirent dans la rue pour encercler l'hôtel et le siège du commandement militaire. Pacón et moi, après avoir chargé nos pistolets, sortîmes trouver les gardes qui surveillaient l'hôtel mais ne savaient que faire. Ce fut un dixième de seconde capital : je les regardai tout droit dans les yeux, et leur ordonnai d'aller au-devant des manifestants pour les contrôler, car que

faisaient-ils là en négligeant leur premier devoir ? Ils s'exécutè-
rent, nous pûmes arriver au siège du commandement d'où je
téléphonai au gouverneur pour l'informer que je proclamai l'état
de guerre et ordonnai à toutes les autorités de faire respecter les
ordres du gouvernement. Car telle était notre consigne : utiliser
la légalité en vigueur pour imposer notre indiscutable légitimité
patriotique.

Je pense au contraire, Général sur le point de devenir
Généralissime, ce qui n'était plus qu'une nuance, que vous avez
toujours gardé, dans un petit endroit secret de votre conscience,
quelque doute sur cette légitimité patriotique. Vous étiez trop
froid et trop calculateur pour vous laisser entraîner par des
légitimités patriotiques qui ne rapportent pas de bénéfices
personnels, et longtemps, très longtemps après, en vous confiant
au kinésithérapeute qui traita la main que vous vous étiez blessée
à la chasse, le docteur Soriano, vous avez expliqué pourquoi
vous aviez toujours su que la guerre serait longue et implacable :
elle devait servir vos plans d'extermination de toute l'avant-
garde de l'anti-Espagne et laisser le champ libre à votre « régime
millénaire » que vous pourriez ainsi imposer. « ... N'oubliez pas,
Soriano : la République existait légitimement, que cela nous ait
plu ou non, et puis en se rebellant les gens savent qu'ils risquent
leur carrière, leur vie et l'avenir de leur famille. C'est comme si
un général quelconque se soulevait aujourd'hui contre le
régime : eh bien, il aurait à y réfléchir plutôt deux fois qu'une.
Contrairement à ce que croyaient nombre de compagnons
d'armes, je savais que la guerre serait longue, parce que la
République donnerait des armes au peuple, que ce ne serait pas
une opération de quatre ou cinq jours. De l'histoire des
révolutions du siècle passé, j'avais tiré la conclusion qu'en de tels
cas on ne peut compter avec le soutien de toute l'armée.
Comptez donc, Soriano, si vous vous décidez un jour à lancer
une révolution ou à mener un coup d'État, comptez que sur cent
conjurés seuls dix ou douze iront jusqu'au bout. Si cela vous
paraît suffisant, en avant ! Sinon, restez chez vous. Et c'est à peu
près cette proportion que nous avons eue au moment du
soulèvement. »

Les choses ne furent pas simples. Le gouverneur civil ignora mes ordres, et depuis le siège du commandement militaire je vis les masses communistes se regrouper en conspuant l'armée et en chantant L'Internationale. Comme un autre groupe de Rouges prenait position devant notre refuge, les responsables des gardes d'assaut et de la Garde civile me firent savoir au téléphone qu'ils demeuraient fidèles à la République. En ces moments critiques, il faut reconnaître que Pacón fit preuve d'une grande habileté, mobilisant des pièces d'artillerie pour s'interposer entre les manifestants spontanés et le commando des agitateurs. J'ordonnai la mise en liberté des phalangistes emprisonnés, la mise sur pied d'une équipe de volontaires pour prêter renfort aux militaires ralliés à notre cause, tandis qu'en mer les commandants de quelques navires de guerre réussissaient à devancer les plans criminels des marins communistes et conservaient le contrôle de leurs bateaux, y compris celui qui dans nos plans devait accueillir Carmen et ma fille. Je voulais retarder mon départ jusqu'à ce que j'aie en main la situation au moins à Las Palmas, mais Orgaz et Pacón me remontrèrent qu'il était urgent de prendre la direction de l'armée d'Afrique, car nous n'avions pas d'informations sur le succès du soulèvement là-bas. Je pris donc congé des volontaires massés dans la cour du commandement militaire, en leur recommandant « la foi et encore la foi, la discipline et encore la discipline ! ». Nous devions gagner l'aérodrome dans un petit remorqueur qui eut à passer sous les mitrailleuses vigilantes de la Garde civile postées sur la côte ; dans ma main, je sentais le poids amical du revolver chargé, dérisoire réponse si elles venaient à entrer en action, mais Dieu leur imposa la raison et le silence. « On passe, on passe, on passe », répétait Pacón, et Martínez Fuset : « Nous passerons, Excellence, nous passerons... » Notre escorte de volontaires pointait ses armes trop faibles vers les hauteurs où se trouvaient les mitrailleuses, et quand nous fûmes hors de portée il y eut un soupir général de soulagement.

A l'arrivée à l'aéroport, au Dragon rapide, mes esprits étaient encore partagés entre ce que je laissais derrière moi et la tâche périlleuse qui m'attendait. Si ma mère avait été encore de ce monde, je ne me serais peut-être pas lancé dans cette aventure patriotique de crainte de lui causer des soucis. Quant à Carmen et à notre fille, elles étaient à peu près à l'abri, mais pour la première fois j'avais entendu mon épouse critiquer mes décisions, notamment celle de me contenter du poste de haut-commissaire d'Espagne au Maroc, puisqu'elle était persuadée, comme Orgaz, que je méritais le commandement suprême de la Croisade, non par vanité déplacée mais en raison de l'opinion tacitement majoritaire au sein du corps des officiers. Très vite, cependant, les actes l'emportèrent sur les hésitations. Pacón, qui communiquait par messages chiffrés avec Varela, Yagüe, Galarza et Mola, avait reçu des proclamations signées de ma main qui allaient définir le sens de notre initiative aux yeux de l'opinion publique espagnole et internationale.

De deux choses l'une : ou bien vous racontez platement des évidences, ou bien vous passez sur des détails pourtant très révélateurs : par exemple, que vous vous étiez rasé la moustache avant d'entreprendre ce voyage, et que vous vous étiez habillé en civil, tout de gris vêtu, le costume, le chapeau... Aviez-vous alors un gilet, Général, ces gilets que vous portiez immanquablement par la suite lorsque que vous apparaissiez en civil, et à propos desquels le psychologue Enrique Salgado a élaboré sa « Théorie du gilet », signe de respectabilité, d'ordre, mais surtout de distanciation et de quant-à-soi ?

Particulièrement traumatisante a dû être la décision de vous couper la moustache, cet appendice chaplinien qui vous avait aidé à souligner votre écart d'âge avec Ramón puis à, la longue, vos rôles sociaux différents. Vos complices s'étaient retrouvés sans voix devant cette mutilation, à propos de laquelle Queipo fit ce commentaire sarcastique : « La seule chose que Franco ait sacrifié au Mouvement a été sa moustache. » Une pique désabusée qui ne manque pas de pertinence, parce que, enfin, ce coup d'État vous a été servi sur un plateau, puisque, jusqu'au moment où vous êtes monté dans le *Dragon rapide,* votre contribution a d'abord consisté en silences, précautions et réticences. L'avion vous a conduit à votre poste de conjuration, le haut-commissariat au Maroc, grâce auquel vous alliez contrôler une partie de l'armée que vous saviez déterminante pour affirmer votre pouvoir face à vos complices. Ce fut cette armée d'Afrique qui a ensuite remporté les victoires les plus écrasantes, qui s'est distinguée par son obéissance aveugle et une implacable cruauté mercenaire, qui a fait régner dès les premières semaines de la guerre une terreur propre à faire réfléchir ceux qui prétendaient résister. A Tétouan commençait le chemin qui allait vous conduire irrésistiblement au commandement suprême, en dépit de tous les Sanjurjo et les Mola. Vous tiriez du feu les marrons que vous avait proposés Orgaz.

Le 18 juillet 1936, à 14 h 15, le Dragon rapide *prit enfin son envol. Comme il fallait refaire le plein à Agadir, sur le territoire du Protectorat français, nous nous habillâmes en civil et jetâmes nos uniformes à la mer. J'avais bien fait de me raser la moustache afin de ne pas être reconnu, car dès notre atterrissage à Agadir notre petit avion fut entouré par des appareils républicains qui arrivaient de Villa Cisneros et qui se trouvaient là en escale technique. Il y eut encore une anicroche : le propriétaire du dépôt d'essence était juif, et la loi mosaïque lui interdisait de travailler puisque nous étions un samedi. Une poignée de Français marocains le persuada cependant de violer ses préceptes et nous pûmes donc poursuivre notre vol, l'épreuve suivante consistant à atterrir et à rester une nuit à Casablanca, où Luis Bolín, qui nous attendait, nous fit passer pour de riches touristes à la recherche d'émotions africaines. Je partageai une chambre avec lui, et son enthousiasme de civil embarqué dans une grande aventure contrastait fortement avec mes propres cogitations : « Ce sera un jeu d'enfant, mon général. » « Non, Bolín, pas du tout. Cette guerre sera longue : voici deux cents ans que nous sommes ennemis. » Je pense qu'il me comprit quand je lui exposai ensuite, au long d'une nuit sans beaucoup de sommeil, ma vision des événements à venir que la réalité allait confirmer assez nettement. Le lendemain, après ce semblant de repos, nous atteignîmes finalement Tétouan. Quand je pus distinguer, parmi ceux qui nous attendaient sur la piste, la tête blonde du colonel Eduardo Sáenz de Buruaga, qui avait appartenu à ma promotion à Tolède, je donnai aussitôt l'ordre d'atterrir : « Nous pouvons y aller, " le Blondinet " est là. » Dès que je posai pied à terre, je reçus les honneurs militaires et « le Blondinet » se présenta au rapport : « A tes ordres, mon général. RAS dans la zone du Protectorat espagnol au Maroc. » Après les embrassades et les formalités, Sáenz de Buruaga me causa la première peine de ce long conflit : nos hommes s'étaient rendus maîtres de Tétouan après avoir vaincu la résistance des aviateurs retranchés dans l'aéroport, à la tête desquels se trouvait mon cousin germain Ricardo Puente Bahamonde. « Il a été jugé par un tribunal d'exception, et condamné à mort. » Je me retrouvai un mois plus tard devant un cas de conscience similaire quand je reçus une lettre du colonel Campins, mon ancien adjoint à Saragosse dont l'épouse s'était liée d'une si grande amitié avec Carmen, dans laquelle il me priait d'intervenir en sa faveur car Queipo de Llano se disposait à le faire fusiller. Je demandai vainement à Queipo son indulgence, sachant que nous allions perdre ainsi un excellent officier, mais celui-ci se montra inflexible et en fit une question d'autorité personnelle. Mais si je pouvais intercéder en faveur de Campins, qui n'était qu'un ami, un officier, cela m'était impossible pour mon cousin, la requête apparaissant alors comme une preuve de favoritisme inexcusable à un moment où nous risquions tous notre vie. Et donc, tandis que le sort de Ricardo était en discussion, je confiai le commandement à Orgaz pour n'avoir à assumer ni son amnistie ni sa condamnation. Ses compagnons d'armes lui en voulaient beaucoup, moi-même je savais à quel point il était entêté pour m'être maintes fois frotté à lui durant notre enfance et notre adolescence. Un responsable politique se doit de prendre des mesures indispensables, même si elles sont impopulaires, un bon chef militaire se doit de faire passer les impératifs collectifs avant ses sentiments personnels. Je fis donc contre mauvaise fortune bon cœur, et mon cousin fut fusillé.*

On a voulu utiliser cette affaire, ainsi que celle de Campins, comme une preuve de la cruauté de mon commandement. Mais je suis resté ferme en les assumant, tout en les déplorant évidemment, comme je le suis aujourd'hui au moment de les évoquer. Le 17 juillet 1936, mon cousin germain, dont les convictions républicaines ne dataient pas de la veille, comman-

dait la base aérienne de Sania Ramel à Tétouan. En apprenant le
soulèvement militaire, il proclama sa fidélité au pouvoir rouge.
Sáenz de Buruaga ordonna à un tabor de mener, de nuit, une
attaque surprise contre cet aéroport stratégique; encerclé,
Ricardo donna, avant de se rendre, l'ordre de mettre le feu aux
avions et de détruire le matériel stratégique, afin que rien ne
tombât aux mains des « rebelles », c'est-à-dire nous. Lorsque
j'arrivai sur les lieux deux jours plus tard, les officiers empri-
sonnés attendaient leur punition, et ce n'était pas à moi de
donner le mauvais exemple en prétendant sauver un parent du
châtiment mérité par ceux qui avaient choisi le camp de l'anti-
Espagne. Moscardo n'avait-il pas sacrifié son propre fils plutôt
que de livrer l'Alcazar de Tolède à l'ennemi ? Moi seul sais ce
que j'éprouvai alors dans mon cœur, mais par bonheur sa famille
ne me blâma jamais, au contraire, car elle comprenait, grâce à sa
longue tradition d'esprit militaire, que je n'avais fait que mon
devoir, et que Ricardo avait été toute sa vie un rebelle et un
excentrique.

Il n'est pas si difficile d'imaginer ce qui agitait votre cœur,
Général, lorsque vous n'avez pas voulu empêcher que Ricardo
Puente Bahamonde soit passé par les armes. Républicain
inconditionnel, il avait subi plusieurs sanctions pendant les deux
années noires, 1934-1936, lorsque vous étiez chef de l'État-
Major général. Craignant ses réactions devant le comportement
de l'armée dans les Asturies, c'est vous qui étiez intervenu pour
que son poste de commandant en chef de la base de León lui soit
retiré. Une ancienne animosité entre votre cousin et vous alla
jusqu'aux menaces de mort sorties de votre bouche, général
Franco : Pilar Jaraiz, dans son *Histoire d'une dissidence*, rapporte que vous lui aviez lancé en public « Un jour je vais te faire
fusiller », ce qui « à ce moment ne provoqua que l'hilarité de
l'intéressé ». Quant à ce Campins, quels efforts avez-vous donc
déployés en sa faveur ? Vous lui aviez écrit pour le prévenir de ce
qui allait se passer, mais il vous avait répondu qu'il voulait rester
fidèle à la République. Lorsque sa condamnation fut confirmée,
sa femme vous envoya une lettre que vous n'avez jamais lue,
Pacón s'étant chargé de l'intercepter et d'y répondre lui-même

en prétendant qu'il ne pouvait déranger le Caudillo mais en disant comprendre les sentiments de la señora Campins, pensez, la compagne de mondanités de votre épouse doña Carmen, qui justement n'a pas, elle non plus, fait preuve d'un zèle notable pour protéger la vie des vaincus... Que vous disait-elle, dans cette lettre, celle qui était déjà devenue la veuve Campins ?

> Franco, Franco, qu'a-t-on fait à mon mari ? Qui me l'a tué ? Quels ont été ses crimes ? Qui avait-il tué, lui ? Ceux qui l'ont tué ne le connaissent pas, ne savent pas qui il est. Mais vous, si ! Vous savez quel militaire, quel chrétien, quel homme de bien il est ! Vous savez qui il est ! Et vous, qui êtes aujourd'hui le plus haut dignitaire de l'Espagne, vous n'auriez pas pu le sauver ? Mon Dieu, que s'est-il passé ?
> Veuillez me pardonner, mais dites-moi quelque chose, je me retrouve ici toute seule, isolée, et je finirai par perdre la raison en pensant sans cesse à ce que je n'arrive pas à comprendre. Dites-moi quelque chose, je vous en supplie. Que s'est-il passé ?
> Tuer un autre homme, un des vôtres... C'est impossible !
> Pardonnez-moi, et soyez charitable devant la pire des souffrances que puisse éprouver une femme.
> Votre très dévouée, Dolores Roda de Campins.

Dans ce contexte d'irrémédiable violence, j'appris une nouvelle qui me fit sourire : une patrouille de Rouges sans vergogne avait violé mon domicile madrilène pour y trouver des drapeaux monarchistes, des livres sur le mouvement fasciste, des portraits récents de José Antonio qu'il m'avait chaleureusement dédicacés, des documents concernant la subversion, un fusil-mitrailleur, et d'autres armes encore... Mais que pensaient-ils donc trouver chez moi ? Les Œuvres complètes de Karl Marx ? Un portrait dédicacé de Dolores Ibarruri* ? J'ai toujours possédé des armes personnelles, pas de quoi mener un coup d'État, aujourd'hui encore je garde dans mes affaires un joli fusil-mitrailleur belge, simple jouet évocateur de mon passé belliqueux...

Au moment où cette nouvelle vous faisait sourire et oublier la rude épreuve qu'avait été la condamnation de votre cousin, commençaient les règlements de comptes attendus entre ce que

Menéndez y Pelayo avait appelé « les deux Espagne », formule poétisée par Machado * – « ... Petit Espagnol tout juste né que Dieu te garde,/ une des deux Espagne aura à te fendre le cœur » – et reprise par l'un des cardinaux de la Croisade, Plá y Deniel *, lorsqu'il voulait bénir les tueries. L'œil étranger de Hemingway a su saisir les traces de cette violence anonyme, quotidienne, qui n'épargna pas le moindre village du pays. Je n'ignore pas la sauvagerie avec laquelle l'autre camp a répliqué à votre soulève-ment : les descentes dans les prisons, les exécutions sommaires, les caves où régnaient la plus abjecte terreur, la torture dans tous ses possibles – le cas de ce prêtre sodomisé avec une pompe à pneu de voiture que l'on actionna jusqu'à lui faire éclater les intestins... Je connais la fièvre criminelle de ceux qui se contentaient de cinq sous de justification idéologique, et je parle du cours de l'époque. Toute ma vie, j'ai pu vérifier ce que le crime sectaire a de méprisable, quel qu'en soit l'auteur. Mais c'est vous qui aviez donné le coup d'envoi de cette course à la cruauté, qui se poursuivit d'ailleurs après votre victoire : trente ans plus tard, Général, les prisonniers de votre police politique se jetaient encore par les fenêtres des commissariats, et j'ai moi-même reçu ma part d'exactions, moins violentes à mesure que votre dictature s'enfonçait dans la maladie de Parkinson.

Mais il fallait avant tout se concentrer sur cette guerre qui avait commencé. Il était clair que l'armée d'Afrique ne pouvait rester sur ce continent : devant les résultats incertains de notre tentative dans une bonne partie de l'Espagne, devant le grave échec subi à Barcelone et à Madrid, il s'agissait à présent de traverser le détroit, d'entreprendre de bas en haut une Recon-quête systématique, et de faire la jonction avec Queipo qui, en un de ses coups d'audace, s'était emparé de Séville, puis avec Mola qui avait réussi à se rendre maître de Pampelune, pour ensuite établir un pont vers Cabanellas qui avait habilement pris Saragosse, allant jusqu'à faire fusiller le général maçon Núñez de Pardo venu au nom du gouvernement s'assurer de sa loyauté à la République. Mais comment, avec nos moyens plus que limités, franchir une mer infestée de bâtiments républicains dont les matelots avaient assassiné et jeté par-dessus bord leurs officiers ?

Seul le destroyer Churruca *avait réussi à transporter jusqu'à Cadix un tabor de soldats indigènes mais, sitôt ces derniers débarqués, les marins s'emparèrent du navire.*

Permettez-moi de rendre un bref hommage à Benjamín Balboa López, officier de troisième classe du service auxiliaire de télégraphie de la Marine, radiotélégraphiste de garde au centre de communications maritimes de Ciudad Lineal, franc-maçon convaincu et si fidèle à la République qu'il était resté pétrifié quand vous-même, Général, aviez utilisé cc réseau de communications officielles pour entrer en contact avec les autres putschistes à partir de 6 h 30 au matin, le 18 juillet : « Gloire à la valeureuse armée d'Afrique. L'Espagne avant tout ! Recevez le salut enthousiaste de nos garnisons qui s'unissent aux vôtres et aux autres compagnons de la Péninsule en ces moments histori-ques. Ayons une foi aveugle en la victoire. Pour l'Espagne, dans l'honneur. Général Franco. » Il y avait eu d'autres messages envoyés à la métropole *via* Carthagène, et Balboa avertit le radiotélégraphiste de ce centre qu'il se rendait complice de la subversion. Contournant ses supérieurs hiérarchiques ralliés au putsch, il transmit ses informations directement au chef du gouvernement, Giral, n'hésitant pas à braquer son pistolet sur le capitaine qui voulait l'en empêcher. Grâce à lui, la flotte resta du côté de la République, du moins au cours des premiers mois de votre rébellion. La vie audacieuse de ce républicain conséquent est un vrai film, Général, un film qui finit assez bien puisqu'il devint sous-secrétaire de la Marine républicaine, puis réussit à survivre au Mexique et revint en Espagne où il put voir passer votre cadavre devant sa maison. Balboa est mort en 1976.

La tension était si forte, les risques d'échouer si grands que l'un de mes officiers, le colonel du Génie Goutier, ne put y faire face et se suicida, Je n'étais pas dans cette disposition d'esprit : si je m'étais soulevé, c'était pour gagner. Mes communiqués ne reflétaient pas autre chose, car ma victoire serait aussi celle de l'Espagne. De Ceuta, mes pensées tournées vers ma chère patrie, j'envoyai mes émissaires au Portugal, en Italie, en Allemagne, demander un appui aérien pour traverser le détroit.

Un pont aérien ! Le premier dans l'histoire, sans doute. C'est ce qui nous permettrait de franchir la distance dès que nous aurions ces avions allemands et italiens qu'étaient en train de négocier mes envoyés et l'homme d'affaires Juan March, qui s'était décidé à patronner notre entreprise. Nous en étions là lorsque nous parvint une information stupéfiante : Sanjurjo ne serait pas celui qui nous conduirait à la victoire. Le général, qui résidait à l'Estoril, s'était trop vite réjoui des débuts du soulèvement ; dès les premières nouvelles faisant état de nos revers dans les grandes villes mais de la bonne conduite de l'armée d'Afrique, passée sous mon autorité, et de nos positions renforcées dans plusieurs provinces, il résolut de s'envoler dans un petit avion piloté par le peu scrupuleux Juan Antonio Ansaldo pour rejoindre notre place forte, Burgos, afin de s'y proclamer chef suprême du soulèvement. Auparavant, il but et déjeuna copieusement, suivant en même temps des comptes rendus radiophoniques qui le mirent au comble de l'exaltation : on acclamait son nom dans les régions gagnées au soulèvement, et la radio diffusait la Marche royale au lieu des hymnes militaires républicains. Émotif comme il l'était, Sanjurjo s'exclama : « Maintenant que je sais que mon drapeau flotte sur l'Espagne, et que j'ai pu entendre les notes de cette marche, peu m'importe de mourir ! » Et il fit tout son possible pour y parvenir : il s'obstina à charger trop de bagages dans l'appareil qui alla s'écraser contre le mur de pierre d'un champ. Pour Sanjurjo, le soulèvement était terminé.

Je voudrais vous rappeler un passage, sur le plan littéraire excellent, des Mémoires du pilote Ansaldo qui, ayant survécu à cet accident, rallia d'abord votre cause avant de devenir votre ennemi déclaré. Il avait émis des objections devant l'énorme malle que Sanjurjo s'apprêtait à faire embarquer, mais l'un des aides de camp de ce dernier lui avait répondu : « Ce sont les uniformes du général. Il ne va tout de même pas à arriver à Burgos sans rien à se mettre, à la veille de son entrée dans Madrid ! » Le petit avion perdit quelques centimètres seulement à cause de la charge excédentaire en décollant, le pilote ne put éviter le mur de pierre et l'appareil toucha d'abord son faîte, puis rencontra le sol. Lorsque Ansaldo reprit ses esprits..., « moitié inconscient, comme au réveil d'un sommeil hypnotique, plutôt agréable d'ailleurs, je me retrouvai baigné de sang mais n'éprouvant pas la moindre douleur. Tournant ma tête en arrière, j'aperçus le général assis à sa place, souriant, avec le visage comme constellé de poudre. Combien de temps s'était-il écoulé ? Quelques centièmes de seconde peut-être, aussi bien que des heures interminables. Mais plus probablement un quart de minute. L'avion brûlait comme une torche, et les quatre-vingts litres en flammes du réservoir intérieur d'appoint situé sur ma gauche m'infligeaient leur chaleur sans me faire souffrir. Je compris qu'il fallait renoncer au plaisir morbide de se laisser mourir. J'essayai d'ouvrir la portière, maintenue par une fermeture de sécurité, mais avec mon poignet cassé je n'y arrivais pas. " Mon général, mon général, criai-je, ouvrez la porte, nous allons flamber là-dedans ! " Pourtant, mon passager ne bougeait pas, seul un étrange sourire se dessinait sur ses lèvres entrouvertes. Ma combinaison de vol était en feu. Machinalement, encore aujourd'hui je ne sais comment, je parvins à débloquer la porte, à l'ouvrir, et à me jeter au sol la tête la première. Je me relevai pour agripper les mains du général, qui restait là-haut, dans l'avion arrêté par le mur de pierre. Je le tirai vers moi, en vain. Asphyxié par l'épaisse fumée noire, j'ai sans doute perdu le peu de conscience qui me restait. Je n'ai que des souvenirs entrecoupés de ce qui s'est passé ensuite, complétés par les récits de mon frère Paco et d'autres témoins. Un berger fut assez courageux pour aller au-devant des flammes et me tirer par un pied de ce brasier, mais il ne put parvenir jusqu'au général. Coupant à travers champs ou arrivant en voiture, les convives du joyeux déjeuner furent bientôt sur les lieux, inquiétés par la colonne de fumée qui indiquait le lieu de la catastrophe. L'incendie ne put être maîtrisé, et ne laissa que quelques bouts de ferraille tordus et de pauvres ossements calcinés. L'expertise médicale prouva que le brave général avait été tué lors du premier choc contre le mur, le crâne facturé par la barre supérieure du fuselage. En apprenant cette conclusion, je fus moins hanté par l'atroce hypothèse qu'il avait pu agoniser au milieu de la fournaise ».

Par concession spéciale d'Alphonse XIII, Sanjurjo avait reçu le titre de marquis du Rif, et l'on me raconta qu'au cours de la poignante inhumation de ses restes calcinés un autre noble d'Espagne, le marquis de Quintanar, posa la main sur le cercueil et proclama : « Le général Sanjurjo est mort ! Vive le général Franco ! » C'était là une idée répandue que je pus vérifier dès que nous établîmes un pont assez stable vers la Péninsule. Le dispositif aérien et naval, des plus complexes, moitié allemand, moitié italien, sans oublier la flottille privée du magnat Juan March, transformait le rêve de la Reconquête en réalité. Mais sans le courage des Croisés, le soutien financier et l'appui logistique des rois chrétiens, auraient-ils pu à eux seuls rendre possibles les Croisades ? Le 5 août, après une brève prière devant la Vierge d'Afrique, je contemplai les décollages en série des avions qui nous autorisaient le grand saut, tandis qu'en mer le Wad Ert, le Dato, l'Arango, le Benot, et les bateaux de transport Ciudad de Algesiras et Ciudad de Ceuta constituaient un deuxième dispositif et faisaient donc diversion. Le tournant critique se produisit quand nos faibles forces navales et les avions Savoia endommagèrent et mirent en fuite le principal atout de la République dans ces eaux, l'Alcalá Galiano, dont l'équipage affolé cherchait à échapper au feu qui ravageait ses ponts. Le lendemain, je franchis moi-même le détroit pour installer mon quartier général à Séville, où je dictai les premières ordonnances de l'armée d'Afrique venue libérer la métropole. Mola était resté bloqué devant les ports de Guadarrama et de Somosierra. Queipo, après la prise spectaculaire de Séville avec un seul camion et une poignée de volontaires, avait pénétré en Andalousie. Mais c'est à Cáceres, sur lequel nous avançâmes aussitôt, que j'établis mon premier quartier général permanent.

Il me faut souligner à nouveau que, sans notre courage et notre perspicacité, ce passage du continent africain à l'Espagne eût été impossible, même avec l'aide de nos alliés et de collaborateurs aussi déterminants que Juan March, à propos duquel je crois utile de préciser ici quelques points pour rétablir la vérité face à la propagande ennemie qui le présenta en son temps comme un pirate méditerranéen mécène des généraux rebelles. Aucun grand homme d'affaires international n'a pu éviter de nourrir les légendes les plus noires, et March n'a pas fait exception. J'étais déjà en contact étroit avec cet homme – que je considère comme un grand Espagnol – qui avait su ridiculiser la République en s'enfuyant de son cachot avec le directeur de la prison. Il m'avait fait dire par un émissaire qu'il était prêt à financer notre soulèvement, et à garantir notre avenir à Londres, à ma famille et à moi, au cas où les choses tourneraient mal, disposition que j'acceptais seulement, Dieu en est témoin, pour la sécurité des miens et afin de pouvoir continuer à lutter en faveur de l'Espagne. Mola et March avaient déjà établi des contacts plus ou moins directs avec l'Allemagne nazie, mais aux premières heures du soulèvement, quand je me trouvais encore à Tétouan, je permis d'aller plus loin : j'envoyai à Hitler un émissaire personnel, un homme de toute confiance nommé Langenhein. Ils se rencontrèrent ni plus ni moins qu'à l'Opéra de Munich où, entre deux actes, le dignitaire nazi répondit à Langenhein : « Dites au général Franco qu'il peut compter sur mon aide. » Cette initiative ne remet aucunement en cause l'appui sans doute inestimable que nous apporta March sur ce plan, et, pour résumer ce que purent être nos relations, je citerai l'entretien loyal, franc, que nous eûmes tous deux à Salamanque, au début de la Croisade, une fois encore par l'entremise du diplomate Sangroniz. Juan March, personnalité complexe au passé pas toujours net, mais grand patriote dans le fond, me dit alors : « Mon général, je mets toute ma fortune à la disposition de votre cause, disposez-en autant que vous voudrez et comme vous voudrez, mais je vous conseille de tenir compte de mon expérience. Ne dépensez pas trop vite, utilisez mes crédits à l'étranger, je les garantis, ils sont presque illimités. Nous obtiendrons ainsi tout ce dont nous avons besoin. » Et c'est ce que nous fîmes, recevant ainsi des livraisons de Suède, d'Angleterre, c'est-à-dire de partout où le seul nom de March suffisait à faire ouvrir les coffres et les comptes en banque les plus secrets.

Je peux donner encore d'autres preuves de l'altruisme de don Juan March. J'avais demandé au Duce de nous céder à crédit douze bombardiers afin d'en finir avec la résistance communiste *dans les régions ouvrières. Il y était lui-même peut-être disposé, mais l'industrie aéronautique italienne, moins généreuse, exigea un paiement comptant en bon argent ou une caution fiable sur les 38 millions de pesetas que coûtaient ces avions. March dédaigna la caution, et paya sur-le-champ, en prélevant sur les fonds dont il disposait en Italie rien moins que cent vingt et une tonnes d'or. Même s'ils se révélèrent par la suite moins puissants que je ne l'avais espéré, ces appareils nous servirent à traverser le détroit lors de l'opération initiale à laquelle prit part aussi la flotte commerciale de March.*

C'est-à-dire celle qui servait à la contrebande du pirate de la Méditerranée.

En l'espace de deux mois et demi, March obtint du Duce la vente de cent vingt-cinq Savoia.

Mais au même moment, Général, Juan March lui promettait le monopole de l'Italie sur les ressources naturelles espagnoles, plomb, magnésium, tungstène, acier, dès que Bilbao tomberait. Et il glissa à l'oreille du Duce, comme en passant, que l'Empire romain, de la Taraconnaise à la Perse, était désormais à la portée de sa main.

Mais c'était aussi un homme d'action, qui en pleine guerre se rendait à son Majorque natal pour s'assurer de la défense de l'île, où il se lia avec le théâtral comte Rossi, Arconobaldo Bonaccorsi, chef des troupes italiennes à Majorque, personnage corpulent, de petite taille, au teint très sombre, qui portait la chemise noire fasciste avec une grande croix blanche autour du cou, des bottes à mi-jambe, et qui parcourait l'île à cheval en compagnie des Dragons de la Mort, un groupe de jeunes fascistes toujours prêts à le suivre dans ses expéditions guerrières ou galantes, car il était grand amateur de femmes.

Comment pouvez-vous vanter les turpitudes de cet assassin pathologique qui viola et tua sans distinction d'âge ni de sexe, au point de laisser un souvenir horrifié à Georges Bernanos, qui, à Majorque, fut témoin des menées sataniques de ce fasciste ?

A Rome, Majorque, ou Berlin, March savait trouver de toutes parts des soutiens à notre cause. Il appuya mon émissaire allemand afin d'obtenir un engagement immédiat de Hitler à nos côtés : vingt Junker 52, avec équipage allemand, et une demi-douzaine de chasseurs Heinkel pour leur couverture. La compagnie espagnole Campsa étant aux mains de l'ennemi, ce fut aussi March qui nous aida à régler la question de notre approvisionnement en pétrole. Jusqu'en 1934, Campsa, monopole d'État, était client de l'URSS, puis le gouvernement de Lerroux décida d'acheter du pétrole américain, celui de la Texas Company. Au moment du soulèvement, la compagnie américaine, pourtant dirigée par un anticommuniste acharné, Rieber, était donc légalement contrainte de fournir les Rouges en pétrole. Il semble que March ait alors proposé à Rieber une solution « technique » à cette contradiction : les navires de sa compagnie se tromperaient de ports, et nous livreraient leur cargaison au lieu de la remettre aux républicains. Quelques années plus tard, j'ai décoré Rieber de la grand-croix d'Isabelle la Catholique, et quant à Juan March, dont mes informateurs me disaient qu'il continuait son triple jeu en se servant de l'amiral Canaris dans sa stratégie militaro-commerciale, je l'excusais en répondant : « A cheval donné on ne regarde pas la bride. »

Nos troupes, désormais déployées aux quatre coins de l'Espagne, n'attendaient que mon arrivée pour fondre toutes ensemble sur Madrid, afin que sonne enfin l'heure de sa libération de l'emprise dans laquelle la tenaient les barbares rouges. Notre soulèvement avait obligé la République à se démarquer : les faibles furent remplacés par les durs du régime, ceux qui avaient en tête de s'emparer de l'État en passant sur le cadavre de l'Espagne. C'était l'heure des Largo Caballero, des Negrin, des Prieto, de la Pasionaria, des anarchistes, des miliciens communistes, des « dirigeants naturels »... Nous étions désormais face à face, au contact, et j'attendais avec impatience le moment où, entré dans Madrid, je pourrais faire rendre compte à don Manuel Azaña de tout le mal qu'il avait fait au

*pays. Nos rares rencontres m'ayant suffi à percevoir la haine
qu'il éprouvait à l'égard de tout ce qui se rapportait à l'armée, je
ne m'étais pas privé en retour de lui manifester mon mépris
envers tous ces intellectuels infatués d'eux-mêmes qui s'étaient
coupés des meilleures traditions espagnoles.*

J'ai moi aussi un souvenir ancien et définitif de don Manuel
Azaña. Mon père n'était pas rentré à la maison pendant trois ou
quatre jours, attendant avec ses camarades du Parti, la radio
branchée sans arrêt et une main sur le pistolet, la confirmation
du soulèvement militaire. Ma mère essayait de ne rien me
montrer, mais elle s'acharnait sur sa machine à coudre comme
sur une ennemie qui lui résistait obstinément. Par des bouts de
phrases surprises entre elle et mes tantes, des soupirs plus
insistants que d'habitude et quelques larmes qu'elle n'avait pu
me cacher, j'en arrivais à la conclusion qu'il se passait quelque
chose de grave. Les affiches républicaines et les inscriptions
murales de la Cinquième Colonne [1] me donnèrent plus d'informations, et un jour je vis dans la rue un homme mort, les bras en
croix, le sang s'écoulant par-dessous son corps comme un mal
obscur et capricieux. Mon père revint avec une barbe de
plusieurs jours et une telle odeur que ma mère ne cessait de lui
répéter entre rires et larmes : « Mais dans quelle porcherie avez-
vous dormi ? » Il était fatigué mais content, et presque tout de
suite après – c'est un souvenir qui vient se télescoper aux autres
et je ne pourrais dire si c'était avant ou après son départ pour le
front – je me revois avec mon père sur le *paseo* du Prado, puis
nous arrêtant devant un groupe important de femmes et
d'hommes qui semblaient attendre quelque chose. Arriva un
petit cortège de trois voitures, le chauffeur de celle du milieu
ouvrit la portière et il en sortit un homme corpulent, en costume
croisé à rayures, avec un chapeau de feutre incliné sur un visage
trop gras et des yeux trop petits derrière les lunettes. « C'est don
Manuel Azaña », me dit mon père. Je ne connaissais pas
précisément ses fonctions mais je savais qu'il était des nôtres

---

1. Partisans clandestins du général Mola, lequel avait officiellement formé
quatre colonnes pour marcher sur Madrid. *[N.d.T.]*

parce que mon père, bien que communiste, a toujours eu l'esprit très unitaire. Je me contentai de regarder cet homme si laid et si puissant, si triste aussi à l'évidence, répondre aux applaudissements et aux cris avec une mélancolie qui suivait la même inclinaison que son chapeau, puis s'engouffrer entre les deux lions du palais des Congrès. J'ai toujours gardé l'impression de l'avoir vu alors traverser le miroir de la mort puisque je ne l'ai plus jamais revu vivant, et l'entrée des Cortes est restée pour moi une bouche ouverte qui avait avalé cet homme trop intelligent pour vous autres, et trop orgueilleux pour être vraiment intelligent.

La Croisade de libération

Certes, des mois d'inquiétude s'étaient écoulés entre le moment où je m'étais séparé de ma femme et de ma fille et celui où je les retrouvai à Cáceres, mais j'avais pris toutes les précautions pour qu'elles ne courent pas de danger. Martínez Fuset avait veillé à leur embarquement sur le Uad Arcilla, avec l'accord du capitaine de ce navire et sous la protection d'officiers de toute confiance. Elles devaient ensuite passer sur un bateau allemand, le Wald, qui les conduirait en France pour qu'elles puissent rejoindre la maison de l'ancienne nurse de Carmen, Mme Claverie, aux environs de Bayonne. Les marins du Uad Arcilla, en apprenant la nouvelle du soulèvement, avaient voulu s'emparer du navire mais les officiers arrivèrent à les mater, et donc mes deux Carmen étaient arrivées sans encombre au Havre, où les attendait l'attaché militaire de l'ambassade républicaine à Paris, le commandant Antonio Barroso, rallié à notre cause et futur ministre des Armées, qui les avait conduites jusqu'à Bayonne. Cette bonne nouvelle avait mis du temps à me parvenir, et je n'avais pu me préoccuper du sort des autres membres de ma famille car il m'avait fallu garder le secret sur mes intentions. Il faut savoir parfois sacrifier ses proches pour sauver l'immense majorité. Par bonheur, le soulèvement avait surpris ma sœur Pilar et mon père alors qu'ils se trouvaient en Galice, région rapidement placée sous notre contrôle. Nicolás réussit à s'enfuir de Madrid par des moyens aussi astucieux que rocambolesques et à rejoindre Salamanque qui était aussi entre nos mains. Ramón était toujours attaché militaire de la République à Washington, et je ne me souciais pas de lui. Seuls quelques enfants de Pilar et la famille de la femme de Nicolás ne purent quitter les zones tenues par les Rouges et en subirent malheureusement les conséquences, notamment ma nièce Pilar Jaraiz à laquelle cette expérience ne servit pourtant pas de leçon puisqu'elle a pris par la suite des positions de gauche. Mais enfin, le 26 août 1936, j'étais installé au palais des Dauphins de Cáceres et j'envoyai Pacón à Valladolid chercher Carmen et ma fille Nenuca. Ma vie familiale ainsi rétablie, je commençai à mettre sur pied une équipe de collaborateurs pour me seconder, d'autant que mon frère Nicolás m'avait fait savoir que la junte de défense constituée à Burgos avait une existence d'ordre plus fantasmatique qu'effectif. En plus de Millán Astray et de ses conseils baroques, ce noyau de direction compta donc Martínez Fuset, arrivé des Canaries, conseiller juridique ; Nicolás, venu de Salamanque, secrétaire général ; Sangróniz aux Relations extérieures, virtuellement réduites au Portugal, à l'Allemagne ct à l'Italie ; Yagüe pour les questions stratégiques, et Kindelán coordonnant les activités de l'armée de terre et celles de l'aviation. Queipo de Llano à Séville et Mola à Pampelune tentèrent de former des équipes similaires, mais ils ne surent pas choisir les hommes adéquats, ni se situer eux-mêmes au-dessus des rivalités qui faisaient rage autour d'eux.

On beaucoup glosé sur les méthodes judiciaires expéditives qu'employa Martínez Fuset, avec mon consentement même si je dois préciser que les arrêtés qui me parvenaient étaient déjà mis en application par celui-ci. Nous ne fîmes que respecter les instructions données par Mola, lequel était persuadé que la victoire serait d'autant plus rapide et son coût humain d'autant moins élevé si nous manifestions d'emblée une résolution implacable. Je ne partageais pas son optimisme, et avec le temps je fus persuadé d'avoir raison, car une conclusion trop rapide aurait empêché cette purification, amère mais indispensable, que permirent la Guerre civile puis les tribunaux d'exception de l'après-guerre. Ce long effort militaire nous a permis de liquider une chienlit qui avait proliféré pendant les cent ans durant lesquels l'anti-Espagne s'était constituée : démagogues ouvriers, pseudo-intellectuels, bref tous les responsables directs et indirects de la situation qui nous avait contraints à intervenir. Les lignes directrices de la politique de Mola lui avaient été inspirées par cette phrase de Clausewitz que nous avions tous apprise à l'Académie militaire : «Dans un exercice aussi périlleux qu'est la guerre, les erreurs dues à la bonté d'âme sont précisément les pires.» Il avait donc édicté trois articles :

Premièrement : *seront passés par les armes, après leur procès devant un tribunal d'exception au titre de misérables assassins de notre Patrie sacrée, tous ceux qui s'opposent au triomphe du mouvement venu sauver l'Espagne, quels qu'aient été les moyens par eux employés pour parvenir à leurs fins scélérates.*
Deuxièmement : *les militaires s'opposant au mouvement de salut national seront passés par les armes pour crime contre la Patrie et haute trahison.*
Troisièmement : *les articles précédents ont valeur d'obligation absolue, et tous ceux qui refuseraient de les appliquer se verront infliger le même châtiment.*

Je dois ajouter que Martínez Fuset et moi ne fîmes que mettre en pratique cette philosophie commune à tous les autres quartiers généraux, et que devenu Caudillo, chef d'État, du gouvernement et des armées, je n'ai jamais hésité un seul instant en contresignant une sentence de mort quand elle était justifiée. Lorsqu'il s'agissait de punir un Rouge sans foi ni loi convaincu de meurtre sur la personne de militaires ou d'ecclésiastiques, j'ajoutais sur la feuille, d'une main qui n'a jamais tremblé : *Le garrot et les journaux,* ce qui signifiait qu'il ne s'agissait pas de tomber honorablement devant un peloton d'exécution mais de se voir infliger le vil garrot, avec publication de la sentence dans tous les journaux à notre disposition.

Dans son potentat andalou, Queipo avait encore perfectionné les dispositions voulues par Mola, en ordonnant : «Dans toute corporation où se produira une grève ou un manquement au service caractérisé, l'ensemble de la direction de cette corporation sera immédiatement passée par les armes, et/ou un nombre égal de membres de ladite corporation choisis par les autorités compétentes.» Il annonçait aussi que, s'il était constaté dans quelque village «des actes de cruauté contre les personnes» – de droite évidemment, les autres n'ayant pas le droit d'être appelées des « personnes » –, « seront passées par les armes, sans recours possible, les directions et organisations marxistes ou communistes existant dans l'agglomération. Au cas où ces dirigeants ne pourraient être localisés, un nombre égal d'adhérents, arbitrairement désignés, seront exécutés, cela, bien entendu, indépendamment du châtiment infligé aux auteurs directs desdits " actes de cruauté " ».

Voici le témoignage de Sainz Rodríguez, qui fut ministre de l'Éducation dans votre premier gouvernement : « Je me présentai un jour à l'état-major de Salamanque. Le Caudillo était en train de prendre son petit déjeuner, du chocolat et des toasts, avec un tas de papiers officiels sur la table et deux chaises à côté de lui, une à sa droite et une à sa gauche. Il examinait ces feuilles, puis les posait sur l'une des chaises, tantôt à droite tantôt à gauche, tout en continuant à tremper des mouillettes dans son chocolat. Il me laissa attendre un bon moment, car il voulait finir d'abord son tas. En partant, je m'approchai de l'un des secrétaires : " Dites-moi donc, que diable peuvent être ces papiers que le général est en train de classer ? " Et lui de me répondre : " Eh bien, voyez-vous, ce sont des sentences de mort. " Donc, quand il posait une feuille sur la chaise de droite, cela signifiait que la peine capitale serait appliquée, alors que celles de gauche demandaient un complément d'examen. »

Les anecdotes sont toujours plus nombreuses à propos de la froide détermination avec laquelle vous avez envoyé à la mort ceux qui s'étaient déclarés vos ennemis mais que visiblement vous n'avez jamais pris comme tels. Vous rappelez-vous, Général, cet après-midi où des compagnons d'armes étaient venus vous demander la grâce d'un militaire condamné à la peine capitale ? Vous aviez alors voulu savoir à quelle heure il allait être exécuté, non pour le sauver, mais pour avancer le moment de l'exécution. Et cette audience accordée à l'épouse d'un autre militaire, qui ne savait pas que son mari avait déjà été exécuté et qui vous supplia, se mit à vos genoux au point de vous faire vous-même pleurer et lui promettre tout ce qu'elle voulait ? Elle était à peine sortie de la pièce que vous aviez séché vos larmes, et lancé : « La pauvre, elle ne sait pas qu'elle est déjà veuve... »

C'était cependant sur le champ de bataille que je me sentais le plus à mon aise, surtout lorsque je constatais comment mes hypothèses se vérifiaient même si elles ne rejoignaient pas toujours les vues de la junte des généraux de Burgos, que présidait Cabanellas, leur doyen. Au départ, notre stratégie consistait essentiellement en un mouvement enveloppant destiné à nous emparer rapidement de Madrid et ainsi à décapiter l'appareil militaire et administratif de l'ennemi. On me faisait valoir que Bismarck l'avait emporté dans le conflit franco-prussien en conquérant Paris de manière foudroyante, que Napoléon avait au contraire échoué en Russie pour n'avoir pas su se rendre maître de Moscou, que les Prussiens n'avaient pu s'emparer de la capitale française pendant la guerre de 14... Mais ma vision stratégique n'approuvait pas cette hâte à propos de Madrid : il me semblait préférable d'épuiser l'ennemi, d'éliminer lentement mais sûrement son avant-garde car la guerre est un instrument de sélection naturelle qui distingue le bon du mauvais, le fort du faible. De quels effectifs pouvions-nous disposer pour prendre Madrid, alors que Mola manquait d'hommes pour protéger les territoires sous notre contrôle et faire pression sur le Pays basque ? De Cáceres, je dirigeais à distance le nettoyage de la Galice et l'encerclement des effectifs rouges qui faisaient pression sur Oviedo. Queipo avait lui aussi imaginé sa marche sur Madrid, qui passait par la prise successive de Cordoue, la Manche, et Aranjuez. Quand l'armée d'Afrique, unique élément solide de notre dispositif, s'empara de Mérida, mettant ainsi Badajoz et Madrid à notre portée, j'ordonnai à Yagüe d'attaquer Badajoz, ce qui étonna la plupart de mes collaborateurs. Pourquoi ? Je voulais ainsi opérer la jonction entre l'armée du Sud et celle du Nord, et en même temps m'adosser solidement à la frontière du Portugal, un pays allié dont le chef, Salazar*, m'adressait plus de conseils qu'un réel soutien matériel mais me privait au moins du souci de regarder par-dessus mon épaule. Je ne voulais pourtant pas décevoir ceux qui s'obstinaient à rêver d'une chute rapide de Madrid et de la République, même si, dans mon for intérieur, je voyais déjà la confusion politique dont nous hériterions si cela se produisait :

que faire alors de cet énorme écheveau de forces politiques, sociales, militaires, vaincues, certes, mais encore presque intactes ? J'adressai à Mola une lettre conciliante, sans dissimuler cependant mes objectifs qui étaient de mater l'Andalousie et de lancer une action massive sur la Catalogne avant de soumettre Madrid à un blocus total.

Yagüe, après s'être emparé de Badajoz, me proposa de poursuivre sa marche implacable sur Madrid, mais je lui fis valoir la nécessité d'aller aider à libérer l'Alcazar de Tolède. Il en eut une sorte d'attaque d'indignation, que nous préférâmes considérer comme un malaise cardiaque, mais les autres généraux étaient eux aussi déconcertés par ma décision : en quoi était-il prioritaire de venir au secours du colonel Moscardo et des cadets qui s'étaient retranchés à l'intérieur de l'Académie militaire où j'avais fait mes études ? A la tête des élèves officiers, de soldats et de quelques gardes civils, Moscardo menait une résistance héroïque, préférant sacrifier la vie de son fils, pris en otage par les Rouges, plutôt que de céder à leur chantage en rendant l'Alcazar. Je ne vais pas vous lasser avec le récit détaillé de cette épreuve, au cours de laquelle les assiégés firent preuve d'un tel courage et les assiégeants d'une telle barbarie : il suffit de dire que, dès l'instant où j'ordonnai au général Valera d'aller libérer l'Alcazar, notre entreprise fit la une de tous les journaux du monde, et que la geste héroïque de ses défenseurs appartient désormais à l'histoire universelle. Mais la conquête de Tolède, cette victoire de si grande portée psychologique, abusa nombre de mes collaborateurs, qui se crurent plus que jamais autorisés à attendre une chute rapide de Madrid. Je dois vous avouer qu'il me paraissait plus urgent de liquider la résistance dans les Asturies pour priver les Rouges de l'appui matériel et moral des mineurs, de nous emparer de Santander et de Bilbao, afin de priver Madrid des immenses réserves de ressources naturelles du Nord et d'une bonne partie des forces républicaines, bref d'accélérer la décomposition de l'ennemi et de l'obliger à capituler sans conditions.

Un vrai Machiavel. Vous aviez prouvé que vous désiriez être le premier à entrer dans Madrid, mais vous avez peut-être aussi été le premier à vous rendre compte des difficultés gigantesques que présentait la prise de la capitale.

Une fois Tolède occupé, vos troupes arrivèrent à pénétrer dans Madrid jusqu'à la Casa de Campo, le parc de los Rosales, le palais de la Moncloa... Mais elles ne s'attendaient pas à cette résistance acharnée, rue par rue, maison par maison, ni à la constitution des Brigades internationales et des Brigades mixtes, ni à la défaite de Guadalajara qui allait rompre votre dispositif d'encerclement de la capitale. Tous sur Madrid ? Vous donnez le tournis à Mola, en lui faisant miroiter et en retardant sans cesse son avance sur la ville. Car vous n'étiez pas encore le chef suprême, et dès que Madrid tomberait se poserait la question du partage du butin étatique.

Si Kindelán, de toute sa hauteur, fit quelques objections en me demandant si j'étais conscient que Tolède risquait de me coûter Madrid, Mola en revanche se rallia peu à peu à ma stratégie. Quelques semaines après le début du soulèvement, je pressentais qu'avec la disparition de Sanjurjo je devenais, sans fausse modestie, le dirigeant naturel de la Croisade. Juan March, le garant des crédits nécessaires à l'achat du matériel militaire allemand et italien que Hitler et Mussolini, confiants en notre cause, commençaient à nous envoyer, voyait en moi l'héritier indiscutable de Sanjurjo. Alors que l'ennemi disposait des grandes villes, d'une bonne partie de la Garde civile, des milices antifascistes, d'officiers généralement médiocres mais aussi des zones industrielles capables de soutenir un effort de guerre, nous pouvions compter sur la capacité d'organisation des masses phalangistes, sur la lucidité de la haute hiérarchie ecclésiastique dont les déclarations, ainsi que celles du roi Alphonse XIII, en exil, gagnèrent à notre cause nombre de catholiques, sur la pertinence morale de notre combat, et sur un encadrement militaire bien supérieur, galvanisé par les officiers de l'armée d'Afrique, les plus durs à la tâche et les plus énergiques, véritable réincarnation des capitaines des glorieux régiments des Flandres.

Ansaldo, ce si mauvais pilote d'après vos dires, qui avait survolé Madrid pour lancer des proclamations injurieuses visant votre frère républicain, Ramón, et qui n'avait pas su convaincre Sanjurjo de ne pas embarquer avec lui un si grand poids de médailles, a toujours pensé que sans l'aide allemande et italienne vous n'auriez pas duré au-delà de décembre 1936. Je comprends que vous ne soyez pas d'accord, d'autant que ce même Ansaldo vous entendit un jour, lors d'un discours de banquet offert aux représentants de la légion Condor, vous comparer à Napoléon : non seulement vous vous mettiez sur un pied d'égalité avec l'aventurier corse, mais vous affirmiez être encore plus astucieux que lui.

La rapidité de notre avance sur Madrid inspira une dangereuse euphorie à tous mes collaborateurs, le général Valera en premier, mais pas à moi : ils ne se rendaient pas compte que la capitale allait être défendue maison par maison au cours de ces premiers mois d'exaltation révolutionnaire démagogique, et que cette opération nous coûtait déjà deux mille hommes par jour. Madrid était un piège, qui se serait refermé sur nous si je n'avais pas imposé un repli tactique sur de bonnes positions. Des années après, en étudiant la défaite allemande lors de la Seconde Guerre mondiale, j'en ai trouvé les causes dans l'excès d'optimisme suscité par les fulgurants débuts de l'expansion hitlérienne. Le Führer, qui avait remporté ces victoires en dépit des conseils de prudence des militaires, se crut dans un jardin de roses, se lança dans l'aventure russe et se retrouva à Stalingrad. Il faut savoir parfois reculer pour mieux avancer, et si je juge la défaite nazie après coup je dois reconnaître que Vicentón Gil n'avait pas tort quand il me disait : « Si Hitler avait eu un conseiller militaire tel que Votre Excellence, les choses auraient tourné autrement. » S'il m'avait écouté, probablement, mais qui Hitler écoutait-il ?

Les recherches d'Angel Viñas, ainsi que les différentes études sur le rôle international de Juan March, indiquent que l'Allemagne était depuis longtemps résolue à peser sur le sort de l'Espagne, d'abord en compétition plutôt qu'en collaboration avec Mussolini. Von Faupel, le tout-puissant ambassadeur de Hitler, a souligné tout au long de la Guerre civile les bévues que vous commettiez dans la conduite des opérations, sans comprendre peut-être les objectifs politiques qui vous animaient. A la lecture de ses rapports et de ceux des officiers de la légion Condor, Hitler avait conclu que vous n'auriez même pas atteint le grade de sergent dans l'armée prussienne, mais enfin les Allemands ont la tête dure, c'est bien connu, et puis ce que vous avez gagné à jamais était si mince que l'on ne saurait le juger à l'aune de ce que Hitler perdit irrémédiablement sur une échelle gigantesque. En tout cas, le maréchal Goering voyait dans la guerre d'Espagne un excellent terrain d'entraînement pour la Luftwaffe, une bonne occasion pour des exercices tactiques dans lesquels il faut classer le bombardement de Guernica. Si vous aviez été en effet l'enfant chéri de Hitler au début, il en vint à préférer Mola au fur et à mesure que la guerre se développait, peut-être parce que ses émissaires comprenaient mieux l'espagnol madrilène de Mola que le galicien dans lequel vous vous exprimiez. Mais, à contrecœur ou non, il est resté inconditionnellement à vos côtés, fournissant une aide matérielle importante sur laquelle je ne m'étendrai pas car il faudrait alors mesurer sa contrepartie, l'aide soviétique aux républicains. Sa principale contribution aura sans doute été d'avoir dissuadé les gouvernements démocratiques européens d'intervenir en Espagne s'ils ne voulaient pas se frotter à lui, avertissement accepté par une Europe apeurée qui le laissa ne faire qu'une bouchée de l'Espagne comme de la Tchécoslovaquie et de l'Autriche. Quant à Mussolini, il se dépensa sans compter, cédant des avions, des bateaux, des sous-marins, des conseillers militaires, soixante-dix mille volontaires, laissant monarchistes et carlistes venir s'entraîner en Italie, convertissant quasiment Majorque en base aérienne italienne d'où il fit bombarder Barcelone et Valence et harceler la flotte qui ravitaillait l'arrière-garde républicaine.

La défense de la capitale était renforcée non seulement par les hurluberlus du monde entier qui avaient répondu à l'appel des Brigades internationales, mais aussi par une grossière erreur qu'avait commise Mola en affirmant que Madrid tomberait grâce à la « Cinquième Colonne » active dans ses murs, c'est-à-dire aux Madrilènes qui nous étaient fidèles. Cette gaffe précipita les actes de violence de la populace contre les gens de droite, les membres du clergé, et les prisonniers politiques, parmi lesquels se trouvaient mon beau-frère Ramón Serrano Suñer et quelques-uns de mes neveux. Ramón, qui faillit perdre la vie dans l'une de ces « promenades » que les incontrôlés infligeaient aux prisonniers, était très monté contre Mola et ses paroles irréfléchies. Celui qui attendait aussi impatiemment notre entrée dans Madrid, c'était Gil-Robles, qui se disposait à nous remercier de nos services et à prendre le pouvoir pour son compte. Il se targue aujourd'hui d'avoir été un démocrate de la première heure et a oublié l'invitation à Berlin que lui avait envoyée Hitler ; il voulut jouer au plus fin quand le soulèvement se produisit, se mettant à l'abri, nous adressant de loin des gestes d'amitié, mais recommandant en fait à ses plus proches collaborateurs de laisser la République et les militaires « se débrouiller entre eux », s'épuiser mutuellement tandis que lui attendait son heure et celle de sa formation politique, la CEDA. Malheureusement, son impatience l'empêcha de voir par la suite qu'il ne pourrait jouer à nouveau un rôle politique que s'il s'engageait fermement dans notre camp, en renonçant à toutes ses responsabilités républicaines et politiques. Si j'avais été assez intelligent pour le convaincre, j'aurais pu lui proposer un poste important dans la mise en œuvre de notre politique extérieure, ayant plus d'une fois pensé : quel bon ambassadeur à l'ONU don Gil-Robles aurait fait !

Indalecio Prieto, le politicien républicain qui redoutait le plus ma décision d'intervenir, prétendait encore avec vantardise, pendant les premières semaines de guerre, que tous les atouts aient été du côté des forces « loyales » au gouvernement constitutionnel : « Si la guerre, comme disait Napoléon, se gagne avec de l'argent, de l'argent et encore de l'argent, alors la supériorité financière de l'État, du gouvernement, de la République, est évidente », proclamait le ministre de la Défense des républicains. Pourtant, il fut ensuite limogé par Juan Negrín, qui lui reprochait d'être un défaitiste... Prieto avait raison, mais il

*n'avait pas compté avec l'importance d'un commandement
stratégique avisé et de troupes d'élite, quand bien même ils
avaient devant eux des fanatiques. D'abord de Cáceres, puis de
Salamanque et enfin de Burgos ou de mon QG mobile surnommé « Terminus », je m'employais à unifier les opérations de
nos effectifs. Queipo, une fois l'Andalousie conquise, se consacra plus à ses allocutions radiophoniques qu'à la guerre. Mola,
lui, mourut prématurément. Oui, vraiment, à quelque chose
malheur est bon : unité d'action militaire et politique contre
l'anarchie ! Mes officiers, endurcis par la campagne d'Afrique,
aussi implacables qu'enthousiastes, soumis à une discipline de
fer, formaient une légion indomptable obligée d'économiser ses
forces, si bien qu'à la fin de la Croisade nous pouvions disposer
d'une formidable machine de guerre d'un million d'hommes et
d'importants moyens matériels face à l'épuisement des Rouges
les plus fanatiques et les plus suicidaires qui avaient réduit en
esclavage des masses soumises à toutes sortes de privations et
anxieuses d'accueillir notre armée de libération. Un autre
facteur très positif fut la conduite chevaleresque de nos officiers
et soldats, à peine ternie par quelques actions incontrôlées et à
laquelle veillait sans relâche Martínez Fuset, surtout depuis la
confusion des premières semaines, quand certains des nôtres
avaient répondu selon la loi du talion à la barbarie anticléricale
et antimilitariste de l'autre camp.*

Vous vous êtes jusqu'ici trop vanté, Général, de la bonne
conduite de vos hommes pour que je ne vous apporte pas la
contradiction, non pas avec les arguments de vos ennemis cette
fois mais grâce au témoignage de l'un de vos anciens Croisés, le
Catalan Francisco Mateu, auteur d'un livre véhément sur cette
période : « Selon un sophisme répété avec les plus mauvaises
intentions du monde, on juge la République non par ses actes
quand elle existait réellement, mais par ce qui se passa après le
soulèvement militaire qui, comme dans toute situation de
vacance du pouvoir, encouragea la subversion des extrémistes de
tout bord. Mais le désordre, les crimes, les pillages, ne furent pas
l'apanage de la seule République, toute l'Espagne de Franco fut
frappée par les mêmes plaies, et celle de Franco plus gravement

encore (...) Les libertaires et les miséreux profitèrent du chaos pour assassiner curés et propriétaires, mais les nationalistes et leurs caciques exterminèrent les ouvriers sous le seul prétexte qu'ils étaient socialistes (...) Pourtant, alors que ces débordements, qui rappelons-le avaient été engendrés par la rébellion militaire elle-même, cessèrent dans les régions dites « rouges » dès que le commandement républicain reprit la situation en main, ils se poursuivirent dans la zone franquiste à la faveur de lois scélérates qui encourageaient meurtres et tortures, à tel point qu'à la fin de la guerre cent quatre-vingt-dix-sept mille prisonniers politiques avaient été passés par les armes sur ordre des tribunaux d'exception. Les nationalistes ont toujours caché leurs crimes, et contrôlé l'information pour protéger les intérêts des classes conservatrices et de l'Eglise, tandis que les " Rouges " avouaient leur impuissance à neutraliser les bandes incontrôlées, notamment parce que les forces de police dont ils auraient pu disposer étaient envoyées au front combattre les militaires séditieux. »

Pour donner un exemple concret, Francisco Mateu raconte ensuite comment, une nuit, il fut désigné pour participer à un peloton d'exécution : « Angel García, le prisonnier, avait cru jusqu'à ce moment que tout n'était qu'un mauvais rêve : " Pourquoi me tuer ? " »

« Nous sommes passés devant les vastes portiques qui conduisent aux fastueux caveaux des plus riches familles, puis avons emprunté un chemin qui longe sur la droite un mur de pierres sombres, avant d'arriver à une porte discrète ouvrant sur une pièce sans marbres ni croix. Les phalangistes s'éloignèrent un peu, attendant la suite.

« Le sergent de la Garde civile qui commandait le groupe avait une tête de père de famille nombreuse. Il sortit discrètement son revolver. Soudain, alors qu'il était encore en train de faire semblant de lui donner du courage, il tira une balle dans la nuque d'Angel García.

« – Hop, les enfants, à la fosse !

« Les phalangistes, qui avaient déjà assisté à pareille scène, s'empressèrent de ramasser le cadavre mais moi, qui n'avais encore jamais été désigné pour cette tâche, je restai figé.

« – Quelle brute ! ai-je murmuré. Tu as vu ce que le sergent a fait ?

« – Comme chaque nuit, m'a répondu tranquillement Rómulo Piñol. Il dit que comme ça il épargne un mauvais moment à tout le monde, au prisonnier et à nous. Quelle tête tu aurais fait si on t'avait ordonné de tirer ? »

Et si l'on veut conserver honnêtement la mémoire des vaincus, il faut souligner l'importance des écrits de Tagüeña, Zugazagoitia et Hidalgo de Cisneros. Ce dernier constitue le cas le plus surprenant d'engagement historique : aviateur, noceur, enfant d'une famille aristocratique de la Rioja, cet homme déclassé et inclassable découvrit la morale de l'Histoire à mesure qu'il la faisait, et la guerre d'Afrique lui confirma l'horreur que lui inspirait le militarisme obsessionnel. Vous n'auriez jamais pu vous entendre avec un homme qui, après s'être exilé au Mexique, finit ses jours à Bucarest, sans autre besoin que le whisky et le respect d'une élégance innée. Ses camarades de combat et d'exil finirent par voir en lui le maillon perdu entre deux épopées, sans comprendre la fraîcheur de son regard et le courage de ce personnage né pour être un vainqueur mais qui choisit le destin des vaincus. Les observations de Hidalgo à propos de votre frère, du militarisme, de la classe sociale à laquelle il avait appartenu, de Queipo ou d'Indalecio Prieto, n'ont pas la rigueur linguistique du sociologue, mais elles révèlent admirablement la distinction et l'innocence du regard.

La guerre suscita une grande curiosité dans le monde entier, les plus lucides y voyant la répétition générale de futurs affrontements d'une autre envergure, les plus honnêtes le premier exemple d'un pays luttant ouvertement pour échapper à la férule communiste. Dans les capitales des deux Espagne se ruèrent donc de partout journalistes, politiciens et intellectuels désireux d'assister aux premières loges au sacrifice espagnol, et de fignoler le portrait bien ou mal intentionné des principaux acteurs du drame. J'avais l'habitude de répondre aux questions des reporters, mais désormais, étant donné l'étendue de mes responsabilités, je devais m'efforcer de peser chaque mot, d'autant que la presse aux ordres des communistes, des francs-

maçons et des agences juives s'ingéniait à dépeindre notre mouvement comme une aventure fasciste, et me présentait sous les traits d'un militaire inculte, barbare et sans scrupules. Avec le temps, j'ai pu me débarrasser de cette image, mais aujourd'hui encore l'indignation me gagne quand je me rappelle comment je dus faire pièce à la désinformation, notamment dans trois cas de prétendues atrocités que la propagande anti-espagnole du monde entier brandit sans relâche : la tuerie aux arènes de Badajoz, le bombardement de Guernica, et l'exécution du poète philomarxiste Federico García Lorca. Voici exactement les faits, auxquels je n'ai pris directement part dans aucun des cas.

Yagüe, qui avait conduit l'impressionnante conquête de Badajoz, fut contraint par la faiblesse numérique de ses effectifs à une spectaculaire répression, dont nous avons dû supporter le retentissement négatif pendant tout le reste de la guerre. N'ayant pas assez de sentinelles pour surveiller ses quelque deux mille prisonniers rouges, et redoutant qu'ils ne constituent bientôt un grand danger, Yagüe les regroupa dans les arènes de la ville et les fit mitrailler. Il s'agissait de Rouges convaincus qui méritaient certainement ce sort, mais l'extermination fut trop expéditive, et Yagüe en personne reconnut devant un correspondant étranger qu'il y avait été forcé par ses contraintes opérationnelles, explication technique que tout militaire peut aisément comprendre. C'est cependant au mépris de la vérité qu'il a été prétendu que certains prisonniers avaient été « toréés » et soumis aux banderilles, comme peut en témoigner le public qui assista à l'exécution, en majorité des citoyens qui venaient d'être libérés des prisons rouges et qui en juste compensation purent contempler la punition de leurs bourreaux. Le grand nombre de Rouges enfermés dans l'arène et les exécutions simultanées firent couler hors de l'édifice des rigoles de sang, que la propagande ennemie utilisa immédiatement pour nous éclabousser. Et il en fut de même avec l'exécution de García Lorca, ordonnée par Queipo de Llano dans les termes qu'il utilisait habituellement au téléphone : « Faites-lui boire un café. » García Lorca avait été arrêté en raison de son comportement politique et de sa conduite personnelle, bien connus de tous, mais aussi à cause des malveillances dont ces intellectuels

*narcissiques abusent pour se harceler mutuellement. A la place
de Queipo, je n'en aurais pas fait un martyr si facilement
exploitable, mais quand Queipo se mettait martel en tête il était
inébranlable, et nous avons donc dû payer le prix de sa décision.
Il y en a eu, des chansons et des poèmes dédiés à García Lorca,
mais enfin, moi, on m'a bien fusillé des intellectuels aussi
remarquables que Ramiro de Maeztu ou don Pedro Muñoz Seca,
ce grand auteur de comédies qui fut aussi un grand patriote ! En
ce qui concerne Guernica, enfin, un certain manque de coordination entre le commandement des forces aériennes de la légion
Condor et notre QG eut en effet pour conséquence la destruction de la prétendue « capitale spirituelle des Basques », pour
reprendre les termes de cette propagande idiote car, que je
sache, la capitale spirituelle de tous les chrétiens, Basques
compris, c'est Rome. L'aviation allemande a commis quelques
excès, certes, ce que j'ignorais à l'époque, mais il n'en reste pas
moins qu'une bonne partie des dégâts fut provoquée par
l'explosion des poudrières et des arsenaux des Rouges. La
propagande marxiste est parvenue à faire du bombardement de
Guernica l'équivalent de celui, systématique, de Dresde, ou de
la destruction par le feu atomique d'Hiroshima et de Nagasaki :
supercherie répugnante que je n'ai pas hésité à dénoncer devant
de nombreux correspondants de presse.*

Les perles, dans vos tentatives répétées de nier l'évidence, ne
manquent certes pas. « Les Rouges ont prémédité la destruction
de Guernica, pour servir leur propagande. Une armée comme la
nôtre, qui peut s'emparer de villes aussi vastes que Bilbao sans
tirer un seul coup de canon, est à elle seule une réponse à ces
tentatives de diffamation » (déclaration à *United Press International*, juillet 1937). « Les Rouges ont incendié Guernica,
comme Oviedo en 1934 et 1936, comme Irún, Durango, Amore-
bieta et bien d'autres villes encore pendant la campagne »
(déclarations au *Liverpool Daily Post*, juillet 1937).

Et encore :

« – Je vais vous montrer quelques photographies de Guernica,
me dit-il en souriant. Et il me présente de superbes épreuves sur
papier satiné où apparaissent les ruines d'une cité entièrement

ravagée par la mitraille et la dynamite, maisons effondrées, avenues dévastées, tas informes de poutrelles, de pierres, de charpentes.

« – C'est horrible, mon général !

« – Oui, c'est horrible. Parfois, les impératifs de la guerre ou de la répression peuvent conduire à de telles horreurs. C'est l'une des raisons pour lesquelles j'ai décidé de ne pas utiliser ces clichés, qui me sont parvenus il y a quelques jours. Parce que, figurez-vous, ils n'ont pas été pris à Guernica...

« Et il me montre les légendes : en effet, ces photos que tient le général Franco ne sont pas de Guernica, mais d'une tout autre ville, située à des milliers et des milliers de kilomètres de l'Espagne... Le Généralissime n'ajoute aucun commentaire. Et moi, je pense que ces merveilleuses photographies seraient bien à leur place, disons, à la une du *Daily Express* » (interview accordée au marquis de Luca de Tena, *ABC*, 18 juillet 1937).

Ce que nous voulions, c'était convaincre les démocraties occidentales que, loin d'être des passéistes, nous poursuivions le projet d'une Europe libérée de la menace communiste. Les Brigades internationales rendirent un bien mauvais service au camp révolutionnaire, prouvant par leur seule présence la justesse de notre Croisade contre le communisme internationaliste et nous attirant ainsi des sympathies dans le monde entier, alors que les puissances européennes avaient choisi la non-intervention. En tout cas, malgré ce contingent marxiste, malgré les conseillers soviétiques, et bien que nous ayons reçu l'aide des volontaires italiens et des officiers allemands, ce fut avant tout une guerre entre Espagnols, dans laquelle devait se décider le triomphe du Bien, en Espagne comme partout ailleurs.

Les conseillers militaires étrangers de la République, en premier lieu soviétiques, s'étaient employés à former les Brigades mixtes, divisions légères destinées à unifier et à discipliner les miliciens sous le commandement de chefs improvisés, presque toujours nommés par le Parti communiste. Cet encadrement ne pouvait rivaliser avec la supériorité qualitative de l'armée d'Afrique et de notre hiérarchie militaire qui s'était déjà bonifiée au combat. Car quels officiers prestigieux avions-nous en face de nous? Prestigieux et compétents, dois-je préciser, parce que les deux ne vont pas toujours ensemble. Si Vicente Rojo se révéla être le meilleur stratège républicain, Miaja était considéré comme le chef militaire naturel du camp adverse. Il avait plus d'ancienneté que moi et, est-il besoin de le dire, nous n'avons jamais été en très bons termes; ayant fait carrière avant tout dans les bureaux, Miaja était un homme habile, et ce trait de caractère devait avoir quelque chose d'héréditaire puisque son fils, capturé par nos troupes sur le front de Talavera alors qu'il commandait une section d'assaut républicaine, feignit de passer dans notre camp. Je n'étais pas prêt à avaler cette couleuvre, mais Queipo à ma grande surprise l'amnistia. Cela me parut si injuste que j'ordonnai son transfert à Burgos pour qu'il soit présenté devant un conseil de guerre, dont il sortit avec une condamnation si légère que je m'en plaignis au général Dávila, exigeant qu'il soit à nouveau jugé à Valladolid. Mais ne voilà-t-il pas qu'ils le remirent encore en liberté? Je protestai à nouveau, le fis placer au camp de concentration de Miranda de Ebro où il demeura, jusqu'au jour où l'ennemi me proposa de l'échanger contre Miguel Primo de Rivera, le frère de José Antonio. Comme l'échange nous était favorable, je m'y suis résigné, non sans avoir toujours regretté que le fils de Pepe Miaja s'en soit si bien sorti.

Le conseil de guerre de Burgos avait reçu des preuves accablantes du ralliement du fils Miaja à votre camp, Général. Tellement accablantes qu'il se fit tout petit à son retour dans l'Espagne républicaine, puis s'exila à Mexico où il mourut sans plus jamais remettre les pieds dans son pays. Votre acharnement à faire du fils le bouc émissaire des reproches que vous nourrissiez contre son père prouve assez votre folie furieuse. Il n'a rien d'étonnant, cependant, si on le resitue dans le cadre des procédés expéditifs que vos Croisés et vous-même employèrent pour priver les républicains de leur direction militaire loyaliste : le vieux général Batet, fusillé à Burgos, Campins à Séville, Núñez de Pardo à Saragosse, ou encore Enrique Salcedo Molinuevo... Et après guerre, ne vous êtes-vous pas acharné dans une battue systématique pour retrouver ces officiers qui avaient refusé de partir en exil en croyant que vous leur reconnaîtriez l'honneur d'avoir été fidèles à la Constitution républicaine ? Cette naïveté devait coûter la vie à des généraux comme Escobar ou Aranguren. De tous ces macabres règlements de comptes contre vos collègues, celui qui prit pour cible Núñez de Pardo fut sans doute le plus repoussant. Cet officier, que vous ne pouviez pas accuser de ne pas s'être distingué au cours de la campagne d'Afrique, contribua au moment du soulèvement à faire passer une grande partie des forces aériennes dans le camp républicain. Apprenant l'attitude suspecte de Cabanellas, il se rendit à Saragosse pour l'arrêter et le remplacer. Le général Cabanellas sut profiter de son esprit chevaleresque, et finalement c'est lui qui l'emprisonna puis le livra à Mola l'exterminateur, qui le fit fusiller. Quant à Batet, que le même Mola avait abusé en l'assurant de sa loyauté à la République pour le condamner ensuite deux fois à mort, il alla devant le peloton d'exécution à l'âge de soixante-cinq ans, sans se départir de son respect tout militaire envers l'ordre établi, fût-il monarchiste ou républicain. Il n'y eut pas dans toute l'histoire de l'Espagne un général moins tenté que lui par la conspiration, et vous l'avez fusillé.

A tous nos avantages, il manquait un appui moral qui donnerait à notre combat son véritable sens. Il nous vint de la hiérarchie catholique espagnole, d'abord sous la forme d'une déclaration solennelle de deux évêques basques, Olaechea et Mújica, qui donnèrent leur aval à notre initiative en raison de tous les maux que la République avait fait subir à l'Église. C'était en fait un ballon-sonde envoyé par le primat d'Espagne, le cardinal Gomá, qui, à l'instar de Mgr Plá y Deniel, ne tarderait pas à placer la quasi-totalité de l'Église espagnole au sein de notre Croisade, allant ainsi jusqu'à désobéir aux consignes de prudence initialement lancées par le Vatican. C'est dans une lettre pastorale datée du 6 août 1936, soit exactement deux semaines après notre soulèvement, que pour la première fois le terme de « croisade » fut employé afin de qualifier notre entreprise ; quelques mois plus tard, Olaechea parlait de « guerre sainte », tandis qu'Isidoro Gomá et l'évêque de Sala-

246

manque *Plá y Deniel abandonnaient toute réticence à prendre parti en notre faveur, quoi qu'en ait pensé Pie XI. Plá y Deniel était notre allié inconditionnel, et Gomá, ce saint homme, bien que plus réservé, inspira la* Lettre pastorale des évêques espagnols *du 1er juillet 1937, soutien sans équivoque à notre cause qui fut soumise au pape, expressément refusée par le cardinal catalan Vidal y Barraquer, et finalement laissée par le Vatican « ... à l'appréciation du cardinal prélat ».*

D'autres catholiques, au contraire, exprimèrent leur répulsion devant votre Croisade : Bernanos, qui fut un témoin direct de la répression menée si sauvagement à Majorque, Mauriac, Mounier, Duhamel, Maritain... Mauriac, constatant que « pour des millions d'Espagnols christianisme et fascisme ne font qu'un », ne craignait pas d'écrire : « On ne peut identifier la cause de Dieu à celle du général Franco. » Dans la revue *Esprit*, Mounier exposa les raisons qu'avait un catholique de militer en faveur de la République espagnole, mais c'était une autre Église que vous aviez à votre service, celle que représentaient Gomá, Plá y Deniel, ou l'ancien séminariste Gabriel Arias Salgado *, devenu le grand émasculateur intellectuel du pays de 1939 à 1962 en tant que responsable de la censure, fonction qui lui valut le surnom d'« archange saint Gabriel » puisqu'il épargnait l'Enfer à tant d'Espagnols en les empêchant de s'exprimer.

Tout au cours de la guerre, les mauvais catholiques menés par de pseudo-philosophes marxisants, comme Jacques Maritain, s'obstinèrent à dénigrer notre Croisade. En 1938, mon beau-frère Serrano Suñer dut s'élever contre cet incroyable affabulateur en l'accusant de falsifier les tueries commises dans la zone nationale et de soutenir au contraire sans réserve le régime républicain à l'époque installé à Barcelone. Dorénavant, l'Église ne pouvait pas se plaindre : tandis que chez les Rouges les prêtres étaient persécutés et les messes proscrites, de mon côté je ne cessai de prendre des mesures visant à lui rendre pleinement son statut de guide spirituel du peuple espagnol, comme aux temps les plus glorieux de l'empire, ceux de la Contre-Réforme de Philippe II. Avec l'aide de mes collabora-

teurs, je liquidai dans les régions sous notre contrôle tout
l'héritage laïc de la République, rétablissant la non-mixité des
établissements scolaires en septembre 1936, rendant obligatoires
l'image de la Sainte Vierge dans toutes les écoles – l'Immaculée
Conception de préférence –, la célébration du mois de Marie en
mai... A l'entrée et à la sortie de chaque cours, les élèves
devaient dire : « Ave Maria Purisima », et les maîtres répondre :
« ... Sin pecado concebida ». Le Catéchisme patriotique espagnol, publié à Salamanque en 1939, expliquait : « Le Caudillo,
qui incarne la Patrie, a reçu de Dieu le pouvoir de nous
gouverner. » Tout était donc très clair, et le demeura ainsi de
longues années, malgré les attaques d'une partie du clergé
basque et catalan qui déguisait sous des proclamations « pacifistes » son séparatisme. Je rétablis évidemment dans tous ses
droits la Compagnie de Jésus, accueillant à bras ouverts le
cardinal Segura à son retour, lui qui était le symbole de la
répression républicaine contre l'Église. Je ne pouvais alors
prévoir que la déficience mentale de l'illustre prélat allait faire
de lui l'un de mes plus acharnés ennemis.

Certains de mes biographes, et Luis de Galinsoga tout
particulièrement, ont voulu voir ma trajectoire personnelle
guidée par le doigt de Dieu. J'étais la sentinelle toujours
éveillée, celui qui recevait les télégrammes les plus désagréables
et dictait aussitôt la solution, mais la Providence m'avait aussi
doté d'un sens de l'observation hors du commun. Fin 1936,
j'avais dû me rendre d'urgence à Escalona, dans la province de
Tolède, pour m'y concerter avec le général Varela. N'ayant pas
alors à ma disposition l'avion que pilotait habituellement le très
qualifié capitaine Haya, retenu par une autre mission, il m'avait
fallu prendre un autre appareil en escale à Salamanque, dont le
pilote, qui m'avoua être peu habitué aux vols de nuit, était
secondé par un sous-officier aussi nerveux que peu sûr de lui.
Accompagné de Pacón et de mon chef d'état-major, j'avais
toutefois décidé de partir. Tout s'était bien passé jusqu'à Escalona, où j'avais eu un entretien de la plus haute importance avec
Varela, mais au retour la nuit tomba rapidement, car notre
conversation avait été longue. Très vite, je m'aperçus du trouble
du pilote : les nuages étaient très bas sur la montagne, dont on

devinait vaguement les contours ; lui et son copilote ne savaient plus où aller, et nous faisaient tourner sur un point fixe. Soudain, à travers les nuages, j'aperçus les dernières lueurs du soleil couchant, j'en déduisis que l'ouest était par là, et donc Salamanque. Obligeant le pilote à surmonter son inquiétude et le copilote sa nervosité, je leur ordonnai de prendre cette direction, avec raison : nous nous posâmes sans encombre à l'aéroport de San Fernando de Salamanque, et je me félicitais déjà de notre chance quand j'appris dès le lendemain qu'elle avait été encore plus grande : ce même copilote, dont j'avais aussitôt perçu la faiblesse de caractère, était remonté dans l'avion sous prétexte de l'essayer, puis était passé à l'ennemi. Si le pilote avait tenu compte de ses indications lors de notre vol, nous nous serions retrouvés en territoire rouge, ce qui était certainement la consigne que l'autre avait reçue de ses chefs, et le cours de la guerre en aurait été radicalement changé. Le doigt de Dieu, comme le pensait Galisonga ? Je ne le sais, puisque les desseins de Dieu sont impénétrables, mais peut-être la présence protectrice de ma mère à ses côtés continuait à veiller sur moi...

Et le bras immaculé de sainte Thérèse, cette relique que m'apporta le colonel Borbón en février 1937 et qui devait avoir une si grande influence sur ma vie, n'était-ce pas là aussi un don de Dieu ? Je me trouvai alors à Séville, après la conquête de Malaga durant laquelle mon intrépide chef de presse, Bolín, avait capturé pistolet en main un dangereux intellectuel communiste, Arthur Koestler, qui réussit cependant à se tirer d'affaire car nous ignorions alors totalement l'importance de ce personnage. Borbón m'en rapporta la relique du bras de sainte Thérèse, que les sœurs d'un couvent carmélite avaient réussi à protéger et désiraient m'offrir pour qu'elle me protège au cours de la Croisade. Ce membre momifié, appelé « bras immaculé de sainte Thérèse », m'a accompagné tout au long de la guerre, et je lui attribue un pouvoir protecteur qui me l'a rendu irremplaçable. Malgré son aspect, j'ai voulu l'avoir sans cesse auprès de moi, sous mes yeux, et Carmen, comprenant ce sentiment, a accepté que je l'installe dans notre chambre à coucher. Je peux dire que la main de sainte Thérèse m'aida providentiellement à concevoir le devenir de l'Espagne : malgré la prise de Malaga, février 1937 fut un mois éprouvant car la résistance rouge nous obligea à renoncer à la libération immédiate de Madrid, et sans doute la sérénité magnétique qu'irradiait la relique de sainte Thérèse d'Avila m'inspira-t-elle cette décision si juste mais alors incomprise par nombre de mes collaborateurs : faire durer la guerre le plus longtemps possible.

Une armée exemplaire, la protection morale de l'Église, le doigt de Dieu... Il faut encore reconnaître un certain rôle à mes modestes qualités personnelles et militaires. De mon passage à l'Académie de Tolède, j'avais particulièrement retenu le concept de « courage froid », essentiel dans la conduite de la guerre. De mon expérience sur le terrain, j'avais conclu qu'un chef ne doit jamais déléguer à autrui la confiance qu'il ne pourrait inspirer par lui-même : il ne faut pas se fier à la loyauté des autres, mais à la confiance qu'ils éprouvent à l'égard de leur chef. J'avais aussi appris que les grandes victoires dépendent très souvent de tout petits détails, insignifiants en apparence. Ainsi, pendant la Croisade, avais-je donné l'ordre d'obtenir le plus grand nombre d'informations des prisonniers et de collecter les journaux édités en zone républicaine, car malgré la censure rouge qui existait alors, malgré les pressions habituelles des politiciens, la presse a toujours tendance à refléter, directement ou indirectement, ce qui se passe. Un exemple : je tombai un jour, dans La Vanguardia de Barcelone dont les communistes s'étaient emparés, sur une photo d'une escouade de chars russes, en Russie, et je me dis alors que s'ils les montraient c'était parce qu'ils arriveraient bientôt en Espagne. Sitôt pensé, sitôt décidé : je fis détruire tous les ponts sur le Tage, renforcer la défense des endroits favorables aux infiltrations, et replier nos troupes aux abords du fleuve. Quelques jours plus tard, les Brigades internationales entraient en action, appuyées par des tanks russes.

Ayant eu une main à moitié arrachée dans une escarmouche avec des embusqués de la Cinquième Colonne, mon père fit dès lors la guerre en tant que veilleur de nuit d'une Défense civile qui tentait de s'opposer avec ses faibles moyens aux bombardements et aux sabotages, ou parfois en collaborant au Secours rouge. Alors que le siège de Madrid paraissait se resserrer encore, et que l'entrée de vos troupes semblait imminente, nous apprîmes que vous aviez déclaré préférer détruire la ville plutôt que la laisser aux marxistes. Bien des années plus tard, votre cher amiral Carrero Blanco dira quant à lui que mieux valait un monde détruit par la bombe atomique que dominé par le marxisme. Vous ne dissimuliez guère vos intentions dans les tracts que vos avions lâchaient au-dessus de nos têtes d'enfants : « La carte ci-jointe, en vous montrant que les trois quarts du territoire national sont déjà entre nos mains, pourra mieux que de longs discours vous ouvrir les yeux. Madrilènes ! Le jour de votre libération est proche. Si vous voulez avoir la vie sauve et échapper à des sanctions irréparables, rendez-vous sans condition et ayez foi en notre générosité. Madrilènes ! Sachez que plus grand sera l'obstacle que nous rencontrerons, plus dur sera le châtiment que nous infligerons. »

Indifférents à ces menaces, vagabondant parmi les décombres dans les rues désolées, moins soumis à une autorité paternelle affaiblie par les privations, la colère et la prescience de la défaite imminente qui, chez mon père, s'ajoutaient à sa mentalité de Galicien vaincu, nous, « les enfants de la guerre », grandissions librement sous les bombes. J'avais six ou sept ans quand je jouais avec d'autres à escalader les décombres des maisons effondrées sous les bombardements aériens et surtout les tirs d'obus qui se firent très réguliers de 1936 à la fin 1937, et la guerre des grands ne devenait vraiment la nôtre que si, au hasard de ces expéditions, nous tombions sur les membres déchiquetés d'enfants tués, qui faisaient penser à des poupées bien trop menues pour subir un tel sort. Alors, je ressentais une manière de solidarité biologique et instinctive que je n'ai jamais essayé d'intellectualiser, au contraire d'autres souvenirs indirects, brouillés, fragmentaires : la vue de ces dépouilles d'enfants morts, surtout quand elles se trouvaient à côté du corps lui aussi sans vie de mères aux cuisses maculées de sang et de poussière, ou quand les pères se les passaient de bras en bras, telle une offrande hébétée aux dieux de l'absurde, me serrait la gorge et me faisait regretter de ne pouvoir tirer sur-le-champ une balle dans votre tête de général, vous qui pesiez sur Madrid drapé dans son épopée comme un cauchemar obsédant.

On a peu parlé de ces militaires qui, malgré leur passé franc-maçon ou républicain, me rejoignirent en 1936. Il faudrait notamment citer le cas du général Ungría, auquel je confiai la responsabilité du SIM (Service de renseignements militaires) à si bon escient qu'aujourd'hui encore cette structure et les Renseignements de la Garde civile sont mes yeux et mes oreilles dans les moindres recoins du pays. J'ai déjà parlé de Martínez Fuset, mais j'évoquerai maintenant mon frère Nicolás et, par la suite, mon beau-frère Serrano Suñer, car chacun d'eux, avec leur stature politique et juridique, contribuèrent à donner à ma victoire son troisième pilier : le dessein politique, l'organisation du pouvoir, un projet global de société, bref tout ce qui avait manqué à Primo de Rivera.

Nicolás, que Pilar jugeait le plus intelligent de ses trois frères, était à la fois drôle, bon vivant et facile à vivre. Dans ses activités d'homme d'affaires et par son mariage avec Isabel Pascual de Pobill y Rebelo, de famille respectable et respectée, il avait prouvé qu'il avait la tête sur les épaules, contrairement à Ramón et à ses piètres expériences conjugales. Pendant la République, il avait un peu touché à la politique, sous les auspices de Lerroux qui, dans ses débuts d'agitateur populiste, n'avait pas hésité à proclamer qu'il fallait transformer toutes les bonnes sœurs en mères de famille. Il avait prouvé son « savoir-faire » en réussissant à entretenir des relations cordiales avec celui-ci comme avec March, confirmant son tempérament d'homme conciliant, peu désireux de se faire des ennemis. Quand Lerroux et Gil-Robles parvinrent à la direction du gouvernement, Nicolás accepta le poste de directeur général de la Marine marchande, une responsabilité taillée à sa mesure mais qu'il dut assumer dans un climat de suspicion causée par les affaires douteuses de Lerroux et de ses proches. Bien qu'il n'ait pas été éclaboussé par les scandales du « marché noir », on ne se priva pas alors de lancer des piques insidieuses, plus contre la famille Franco en général d'ailleurs que contre lui personnellement. Autre preuve de « savoir-faire », l'intuition qui le poussa à s'enfuir de Madrid, où notre soulèvement n'avait pas été suivi. Il devait avoir un sixième sens puisque, comme il me le raconta par la suite, il avait

deviné ce qui allait se passer en remarquant certains mouvements de troupes à travers la capitale, et se demanda tout de go :
« Que va-t-il se produire si Paco rejoint les insurgés et si moi, je
reste à Madrid ? » C'était facile à imaginer. Il ne fut donc pas
surpris quand, le 18 juillet 1936, alors qu'il s'était rendu à l'École
des ingénieurs navals pour y donner ses cours comme si de rien
n'était, un ami lui montra une liste de personnes qui devaient
être arrêtées incessamment, et sur laquelle il figurait. Sans
hésiter un instant, il retourna chez lui, prévint sa femme et tous
deux montèrent dans un autobus pour gagner un village proche
de Ségovie où il disposait d'un ami sûr. Ensuite, muni d'un faux
passeport que ce dernier lui avait procuré, il réussit à gagner
Avila, ville qui était passée dans notre camp. Là, il se mit aux
ordres du commandement militaire patriotique, et apprit que je
m'apprêtais à marcher sur la Péninsule. Dès mon arrivée, je lui
transmis l'ordre de partir au Portugal pour y constituer un
comité de soutien à notre cause, avec l'aide de Gil-Robles,
devenu aujourd'hui un démocrate antifranquiste. C'était une
mission difficile, car l'ambassadeur républicain à Lisbonne
n'était rien moins que Claudio Sánchez Albornoz, qui ne savait
pas alors qu'il deviendrait président de la République en exil
mais qui était déjà un professeur réputé aussi bien qu'un
républicain acharné.

Quand je retrouvai Nicolás en août 1936, à Cáceres, nous
tombâmes dans les bras l'un de l'autre, mais quand je l'appelai
par son prénom il s'écarta un peu de moi en souriant et me dit :
« Non, vous vous trompez, maintenant je me nomme Aurelio
Fernández Aguila ! » Puis il me montra son faux passeport.
C'était une plaisanterie bien dans son style, de même que ses
facultés de prévision qui se révélèrent d'une grande utilité pour
moi : au cours de nos longues conversations dans le cadre
majestueux du palais des Dauphins, construit grâce à l'or
rapatrié par les conquistadores d'Amérique, il insista beaucoup
pour que Mola et moi – Sanjurjo était déjà mort – ne répétions
pas l'erreur commise par Primo de Rivera : « Vous devez
transformer un pronunciamiento en régime stable, en système de
gouvernement, avec ou sans roi, et d'après moi mieux sans
qu'avec, comme l'ont fait les salazaristes au Portugal. » A cette

époque, Nicolás me servit de secrétaire politique, à sa manière, c'est-à-dire avec son génie désordonné, à tel point que nous pouvions traiter des dossiers ou accorder des audiences à une heure du matin, « l'heure à laquelle on commence vraiment à vivre », selon la formule qu'affectionnait cette force de la nature. Sa sagacité me prévenait, par exemple, des risques d'un retour politique de José Antonio, celui-ci pouvant aisément se transformer en leader populiste aux mains des secteurs les plus radicaux de la Phalange, que les Rouges repentis avaient commencé à noyauter. Une fois, il ouvrit la fenêtre pour que je puisse entendre le refrain que chantaient des phalangistes avinés dans la rue :

> Réveillez-vous, vous les bourgeois vous les cocos
> C'est la Phalange et avec elle la Révolution,
> Mort aux caciques mort aux bolchos
> Aux fainéants et à la réaction !

« Seul le démagogue est plus dangereux que le révolution-naire, Paco, me dit-il alors. Garde-toi des démagogues. »

Jusqu'à l'arrivée de Serrano Suñer, je fus plus absorbé par les questions militaires que par la politique : c'était Nicolás qui prenait les décisions sur ce terrain, en obtenant toujours par la suite mon aval, et Sangroniz qui se chargeait de nos relations internationales. Je connaissais le langage des militaires, Nicolás celui des civils, et nous nous complétions dans ce Salamanque où pullulaient les enthousiastes mais aussi les embusqués et les aventuriers. De sa confortable suite au Gran Hotel, où il vivait avec sa femme, mon frère veillait aussi au sort de sa belle-famille, pas moins de quatorze personnes installées dans un appartement luxueux de la ville. Par la suite, il partit occuper une villa dans les environs de Salamanque, où naquit son fils unique, Nicolás Franco Pascual de Pobill, unique héritier direct du nom puisque ni Ramón ni moi n'avons eu d'enfant mâle. Mon petit-fils perpétua la lignée moralement mais non par le sang en plaçant le nom de sa mère, Franco, avant celui de son père, Martínez Bordiu*. Tandis que je passais tout mon temps entre le quartier général et le front, Nicolás s'occupait de tout le reste, entouré avec un zèle égal par les domestiques, les mauvaises *langues, et les trafiquants d'armes ou d'influence. A une heure du matin, libéré de ses obligations, il venait me voir au QG et expédiait avec moi les affaires courantes, avec ce sérieux et cette efficacité dont il a toujours témoigné quand il travaillait, peu mais sûrement, car il n'a jamais renoncé à sa théorie de l'horloger.*

Son épouse, qui affichait le même comportement que lui, était une femme brillante, extravertie, qui finit par être considérée comme la principale figure féminine de Salamanque par ceux qui voulaient ainsi blesser Carmen, de même qu'ils avaient baptisé la grande influence exercée par mon frère du nom de « nicolasyndicalisme », pour me blesser, moi. Sangroniz, qui ne fut jamais convaincu que je deviendrais le chef suprême du mouvement après la conquête de Madrid, utilisait tant et plus notre petit avion pour se rendre à Salamanque ou à Séville, parce que March lui avait confié que Queipo, ayant plus d'ancienneté que moi, revendiquerait peut-être un jour ou l'autre cet honneur. J'avais donc besoin de quelqu'un de confiance qui pallierait les limites de Nicolás sans pour autant m'aliéner ses qualités, tout en laissant Martínez Fuset se concentrer sur sa mission essentielle d'épuration des éléments antipatriotiques. La Providence me vint finalement en aide avec l'arrivée à Salamanque de mon beau-frère, Ramón Serrano Suñer, fugitif de la zone rouge. A ce moment, j'étais déjà le généralissime des armées et nos positions avaient été consolidées, même si Madrid n'était pas encore tombé. La guerre allait être encore longue, je le savais. Nous avions la situation bien en main dans les Asturies, en Andalousie, en Galice, en Castille et dans le León, nous faisions pression sur le Pays basque depuis de solides points d'appui en Navarre et en Aragon, mais, dans cet orchestre, chaque général jouait la partition qui lui plaisait, et le risque était grand de basculer dans une guerre de factions, sans vertébration politique et sans autre but que de renverser le régime républicain, sans idées claires sur la manière de le remplacer, puisque les phalangistes penchaient pour une République de type présidentiel, les requetés[1] réclamaient l'avènement de la branche dynastique carliste, les

---

1. Milice carliste. *[N.d.T.]*

monarchistes voulaient le retour d'Alphonse XIII... Ces divisions se reflétaient aussi dans la hiérarchie militaire, même si en majorité celle-ci finissait par voir d'un œil favorable le retour du monarque ou la proclamation de son héritier légitime don Juan de Bourbon. Afin de faire pression en ce sens, le général Vigón accompagna le prince héritier jusqu'à Somosierra pour qu'il se joigne à notre camp, et il me fallut casser aussitôt cette tentative : le prince devrait un jour régner sur tous les Espagnols, et toute prise de position tendancieuse ne pourrait que nuire par la suite à l'héritier du trône. Il fallait gagner du temps, comme le conseillait Nicolás, non seulement pour gagner la guerre mais aussi la paix. Dans sa zone, chaque général se conduisait en roitelet, la palme revenant à Queipo qui, pour se laver de son passé républicain, faisait preuve d'une particulière opiniâtreté dans la chasse à ses anciens amis, persuadé qu'il était qu'un bon communiste est un communiste mort. C'est dans ce contexte que Mola exigea la tenue d'une assemblée des officiers supérieurs afin de désigner un chef unique.

L'écrivain britannique Gerald Brenan a expliqué, dans *Le Labyrinthe espagnol*, que son adhésion sentimentale au camp républicain était due à l'horreur et à la répulsion que lui inspirait le général transfuge Queipo de Llano : « Jusqu'alors, je n'avais pas ressenti le besoin de prendre parti dans la guerre. D'un côté, je n'aimais pas les révolutions et je ne croyais pas à une possible mise en pratique du communisme libertaire, mais de l'autre j'éprouvais une vive antipathie à l'encontre des généraux insurgés. C'étaient eux qui avaient entrepris cette guerre fratricide, sans aucune nécessité d'après ce qu'il me semblait en comprendre. Et cependant, devais-je pour cette seule raison prendre position dans les affaires intérieures d'un pays qui n'était pas le mien ? Les émissions de la radio de Séville me firent alors changer d'avis, et me poussèrent nettement vers la gauche : les républicains, eux, n'avaient pas de Queipo de Llano. Il était évident que les exécutions massives à Séville dépassaient de très loin ce qui pouvait se passer à Malaga, et qu'elles avaient commencé dès le premier jour. Alors qu'à Séville, Cordoue et Grenade c'était le bain de sang, à Malaga il s'agissait seulement d'éclaboussures, et je décidai donc de pencher pour le camp le moins meurtrier. Le degré de férocité était inversement proportionnel au niveau de civilisation et de respect de soi. De plus, et bien que je n'y eusse pas accordé grande importance sur le coup, la propagande des rebelles se montrait franchement hostile aux puissances démocratiques. D'après eux, le libéralisme était le premier pas vers le communisme : Roosevelt, voire même Chamberlain, étaient des " Rouges " ou le seraient bientôt. Ils s'étaient mis à fusiller tous ceux qui se réclamaient de l'idéologie libérale. Hitler et Mussolini étaient proclamés chefs de la nouvelle Europe. Il semblait donc clair que l'Espagne nationaliste se joindrait à l'Allemagne et à l'Italie dans la guerre qui menaçait, et qu'elle serait en mesure d'interdire la Méditerranée à notre flotte.

« Pourtant, ce ne fut pas pour cela que je me décidai. Ma sympathie va naturellement au plus faible, non à l'oppresseur. Mes sentiments, sinon toujours ma raison, me poussaient sans nul doute vers la gauche. Je veux dire que je me devais de prendre parti en faveur de la classe ouvrière si cruellement maltraitée même si j'avais du mal à croire en ses projets d'avenir...

« Le général Queipo de Llano était une étoile radiophonique : toute sa personnalité, cruelle, bouffonne, satirique mais aussi merveilleusement vivante et authentique, s'exprimait au micro. Et il en était ainsi parce qu'il ne s'esseyait à aucun effet rhétorique mais disait simplement tout ce qui lui passait par la tête. Sa voix avinée (c'est seulement après que l'on m'apprit qu'il ne buvait pas) y faisait pour beaucoup. Il s'asseyait là en uniforme de parade, la poitrine couverte de décorations, avec tout son état-major pareillement accoutré au garde-à-vous derrière lui, et ne se départait jamais de son naturel ni de son calme. Parfois, comme il n'arrivait pas à relire ses notes, il se retournait vers ses collaborateurs et disait : " Je ne vois pas ce qui est écrit ici. Nous avons tué cinq cents, ou cinq mille Rouges ? " " Cinq cents, mon général. " " Bien, c'est égal, peu importe que nous en ayons tué seulement cinq cents cette fois-ci, parce que nous allons en tuer non cinq mille, mais cinq cent mille. Cinq cent mille pour commencer, après nous verrons.

Écoutez bien ceci, señor Prieto. J'ai l'impression que le señor Prieto nous écoute malgré, comment dire... malgré sa panse, étant donné les millions de l'État qu'il a avalés l'autre jour et... Et malgré sa peur affreuse que nous l'attrapions. Oui, señor Prieto, écoutez bien ceci, cinq cent mille pour commencer, et quand nous vous attraperons, avant d'en finir avec vous, nous vous pèlerons comme une patate. " »

Nous n'avions pas de poste de radio à la maison mais un frère de ma mère, célibataire endurci et donc enclin à gâter ses neveux, apportait parfois avec lui son poste à galène, mystérieux prodige plein de boutons et de manettes. Mon père méprisait ceux qui écoutaient la radio de l'ennemi par simple et morbide besoin d'entendre la voix de ceux qui les pilonnaient au mortier. Mais dans les commentaires habituels revenait sans cesse ce qu'avait pu dire Radio Nacional, la station fasciste équipée de matériel allemand qui à neuf heures tapantes établissait la liaison avec Radio Sevilla pour faire entendre la voix insultante et agressive de Queipo de Llano, cette voix qui faisait penser à un peloton d'exécution : « ... En réponse à de telles exactions, une colonne de la Légion a infligé un si dur châtiment à la population de Carmona que, selon les rapports des aviateurs, une partie d'entre elle s'enfuit en ce moment, terrorisée, vers Fuentes de Andalucia... » Non, il ne dissimulait pas la terreur, mais au contraire la brandissait comme une arme destinée à désespérer ou à paralyser : « Nos vaillants légionnaires ont montré aux Rouges ce que signifiait être des hommes, et en passant ils l'ont démontré aussi à leurs femmes qui maintenant, enfin, ont pu connaître de vrais hommes. Elles ne s'en tireront pas en donnant des coups de pied et en beuglant comme des veaux... » Une langue aussi ordurière que son cerveau : « ... Le señor Companys mérite d'être égorgé comme un porc », « ... Si le bombardement de La Linea se reproduit, je donnerai l'ordre de fusiller trois membres de la famille de chacun des garde-côtes qui y auront pris part. » Il était à lui seul toute une escouade de chevaliers de l'Apocalypse, mettant tout à feu, à sang et à sexe, surtout au cours de l'été 1936 où il n'y eut pas assez de nuits en Andalousie pour tant d'exécutions, ni assez de champs pour tant de viols. C'est à lui que revient la décision d'assassiner García

Lorca : « Qu'on lui donne du café, beaucoup de café. » Insulter l'adversaire signifiait d'abord mettre à mort sa dignité, et donc trouver un prétexte à son exécution réelle ou imaginée. Apparaissait ainsi une culture de l'humiliation de l'ennemi, qui commençait par des invectives pour finir avec la mort purificatrice.

Un historien méticuleux, Carlos Fernández, a eu la patience de recenser quarante ans de diatribes franquistes, sorties de votre bouche ou de celles de vos thuriféraires, afin de réunir le florilège des insultes que vous réserviez à la moitié du genre humain : Aguirre, président du gouvernement basque en exil, était selon vous un délinquant, un criminel, un traître ; Manuel Azaña, « doña Manolita » ou un crapaud venimeux, ou encore un crapaud qui voulait faire le bœuf ; Juan Aparicio, un de vos théoriciens, estimait des années encore après la guerre que Fernando Arrabal* devait être châtré ; votre fidèle ambassadeur Manuel Aznar Zubigaray* disait que Winston Churchill était « un Rouge dans toute l'acception du terme », mais qu'entendait-il par là ? Nikita Khrouchtchev, lui, était un fils de nabot puant, d'après l'agence Zardoya ; Jacques Maritain, un juif converti ; Roosevelt ? Un franc-maçon convaincu. Bertrand Russell ? Un pacifiste notoire, un apôtre de la démagogie... Et je ne parle pas de ceux qui étaient les plus naturellement exposés à votre vitriol, comme la Pasionaria que Radio Nacional dépeignit sous les traits d'une prostituée et d'une goule qui avait tué un prêtre de ses dents. Vous, en revanche, on vous comparait à Napoléon, à Ferdinand le Catholique, au Grand Capitaine, voire à Miguel de Cervantes d'après *La Estafeta Literaria*, qui définissait les goûts littéraires officiels. Et sur le terrain tourmenté de la formule d'éloge, Général, vous avez été depuis « le père adoptif de la province » jusqu'à « la personnalité la plus importante du xxe siècle » en passant par « le rameau de la paix », « le vainqueur du dragon à sept queues », « l'indispensable chirurgien », « le grand architecte », « le triomphateur de la Mort », « le guerrier élu par la grâce de Dieu », « le libérateur des prisonniers », « le père qui aime et corrige », « cliniquement parlant : génial », « la sentinelle de l'Occident », des centaines, des milliers d'images splendides, mais je m'en tiendrai à celle que vous réservait Joaquín Arrarás : « le Timonier au doux sourire ».

Le moment était donc venu de prendre le risque historique de commander seul une Croisade dont l'issue était encore incertaine. Le 21 septembre 1936, une date historique dont l'importance n'a pas été assez soulignée, douze officiers supérieurs se réunirent à l'aérodrome de San Fernando, près de Salamanque. Étaient présents, par ordre d'ancienneté : les généraux de division Cabanellas, Gil Yuste, et moi ; les généraux de brigade Mola, Dávila, Kindelán, Orgaz et Ponte ; les colonels Montaner et Moreno Calderón. Le capitaine de vaisseau Moreno, alors en mission sur le Canarias, ne put y prendre part. La sécurité était assurée par le lieutenant-colonel et pilote José Rodríguez y Díaz de Lecea, à la tête d'un détachement de soldats de l'armée de l'air. Mola fixa aussitôt les limites du débat : ou un chef unique était désigné, ou il se retirait dans les huit jours. Cabanellas y était le plus opposé, peut-être en raison de consignes secrètes que ce franc-maçon bien connu aurait pu avoir reçues, et déclara : « Il y a deux façons de conduire une guerre, ou bien avec un généralissime, ou bien avec un directoire, une junte. » Kindelán se montra plus rapide que d'habitude, et je souris intérieurement en me rappelant l'opinion que Ramón avait de lui : « En effet, il y a deux façons de conduire une guerre : avec un généralissime, on la gagne, avec une junte, on la perd. » Tous, à l'exception de Cabanellas, votèrent en ce sens, puis il fallut désigner concrètement celui qui allait occuper cette charge : je l'emportai, seule la voix de Cabanellas me faisant défaut. Nous nous accordâmes huit jours pour méditer, formuler et rendre publique cette décision. Pendant cette période Cabanellas fit l'impossible pour la faire capoter, mais Kindelán et mon frère Nicolás s'employèrent à le contrer, avec le soutien de Mola qui, jouant au plus fin, caressait secrètement l'ambition de devenir chef du gouvernement pendant que j'assumerais la direction des armées et de l'État.

Cabanellas insistait pour attendre la prise de Madrid, qu'il croyait imminente, mais les Allemands eux aussi faisaient pression, et les rumeurs de casernes disaient que Queipo de

Llano avait reçu un message sans équivoque du Reich : « Franco ist unser Mann » – *Notre homme, c'est Franco. Canaris, qui restait en contact permanent avec March, nous fit savoir en tant que chef des renseignements allemands que l'aide de son pays réclamait un garant, un chef suprême qui pourrait engager sa responsabilité, et Nicolás reprit cet argument au cours de la réunion de la junte, le 28 septembre à Salamanque. Aussi, après quelques discussions de maquignons, arriva-t-on à la conclusion : j'étais nommé chef du gouvernement de l'État espagnol, selon le décret signé par Cabanellas, président de la junte de défense, publié au numéro trente-deux du* Journal officiel *de cette instance, le 30 septembre 1936 à Burgos. On en a beaucoup commenté les termes, Kindelán lui-même a accusé mon frère d'avoir joué sur les mots* « chef du gouvernement » *et* « chef de l'État » *pour m'assurer et l'un et l'autre titre, mais subtilités sémantiques mises à part, car elles ne répondent pas à l'éthique militaire, que signifie donc* « chef du gouvernement de l'État » *depuis 1936 jusqu'à aujourd'hui, où je rédige cette modeste autobiographie ? Exactement ce que j'ai toujours fait : gouverner l'État espagnol, empêcher toute tentative de susciter une vacance de pouvoir. Et malgré le dernier obstacle tenté par Cabanellas, qui prétendit en vain limiter ces dispositions à la période de guerre, le décret m'attribuait* « tous les pouvoirs du nouvel État » *et le statut de généralissime des trois armes ainsi que de commandant en chef des théâtres d'opération. Car moi, je n'ai jamais accepté les délais, les limites. J'ai toujours avancé sans hâte, mais aussi sans relâche.*

Derrière votre dos, Cabanellas avait cependant prévenu ses compagnons de la junte : « Vous ne savez pas ce que vous venez de faire, parce que vous ne le connaissez pas comme moi, qui l'ai eu sous mes ordres en Afrique. Et si, comme vous le voulez, l'Espagne le choisit maintenant, il va croire qu'elle lui appartient à jamais, il ne laissera personne le remplacer ni dans la guerre ni après, jusqu'à sa mort, même si je n'ai rien à dire sur ses qualités militaires, morales ou autres, que je suis le premier à reconnaître. » Vous avez accompli cette prophétie du vieux franc-maçon. Dans vos moments de plus grande sincérité, vous affirmiez que vous n'accepteriez jamais le triste rôle de comparse que jouait à l'époque le roi Victor-Emmanuel auprès de Mussolini en Italie, ou le maréchal portugais Carmona vis-à-vis d'Oliveira Salazar. Par la suite, vous avez trouvé une expression plus cynique qu'ironique, reconnaissez-le, en proclamant que personne ne vous ferait jouer « les reines mères ». Vous aviez parfois le sens de la repartie, vraiment. Des quatre généraux initiateurs du soulèvement, contrairement à la prédiction voilée de Lorca dans ses vers sur *Les Quatre Muletiers*, personne, ni vous, ni Sanjurjo, ni Mola, ni Queipo de Llano ne fut pendu la nuit de Noël, et, au fur et à mesure que la guerre s'installait dans nos existences, elle se transforma en chansonnette enfantine assez gouailleuse :

> Les quatre généraux
> Qui se sont soulevés
> A Noël on les pendra, c'est juré...
> Aïe, comme je me suis trompé !
> Aïe, comme je me suis trompé !
> Y'a pas de quoi rigoler
> Car y en a un qui est resté !

Il y a toujours eu dans notre pays tant de Caïns, prêts à déclencher de terribles frondes pour de simples questions de personne ! Dès la publication du décret qu'il avait lui-même signé, Cabanellas se mit à en faire des lectures tendancieuses : je n'étais que chef du gouvernement, il y avait un vide institutionnel, etc. Pour quelles raisons des francs-maçons comme Arando, Queipo ou Cabanellas étaient-ils entrés en lutte contre la République ? Fondamentalement, pour des griefs personnels en grande partie provoqués par Azaña. Au fond, Cabanellas restait un indécrottable maçon, et il contesta mon autorité jusqu'à ce qu'il meure, de dépit sans doute, car il était du genre à se plaindre sans cesse, en premier lieu – et à juste titre – du peu de cas que je faisais de lui, allant jusqu'à ne pas le recevoir en audience. Donc, pour couper court à toutes ces intrigues, Nicolás me conseilla de rendre aussitôt mes pouvoirs irréversibles, et j'édictai que moi, le chef de l'État, devais tout examiner et approuver en conséquence, y compris les décisions de la junte technique qui devenait de facto un gouvernement autoproclamé.

Fin octobre, Nicolás se présenta à mon bureau beaucoup plus tôt qu'à son habitude, pour m'annoncer : Ramón est sur le point d'arriver. De tous les Ramón possibles, je pensai immédiatement à mon frère, que je croyais pourtant encore à Washington même si je savais qu'il avait perdu la confiance du régime républicain et que son poste d'attaché militaire lui avait été retiré. Sans se recommander ni à Dieu ni au diable, puisque je fis jurer à Nicolás que cela n'avait pas été manigancé à mon insu, il avait débarqué à Lisbonne, avait traversé la frontière à Fuentes de Oñoro en compagnie de son épouse et de sa fille, et allait arriver à Salamanque. Il passait dans notre camp. Ce n'était pas le premier militaire de haut rang à agir ainsi, même si certains se retrouvèrent devant un peloton d'exécution en raison de leurs activités anti-espagnoles passées, et Ramón en avait une collection complète. «Mais c'est notre frère, Paco, me supplia Nicolás, pense à ce qu'éprouverait notre mère si nous ne lui tendions pas la main... » Avant tout, il fallait le protéger de la haine que lui vouaient tous les officiers de l'armée de l'air loyalistes, à commencer par Kindelán, sans oublier Mola. A Séville, Queipo avait fait fusiller Blas Infante, un séparatiste farfelu qui avait prôné l'indépendance d'Al Andalus, et avec lequel Ramón avait fait jadis cause commune. Mola, lui, s'était montré intraitable avec d'autres responsables républicains quand ils lui étaient tombés entre les mains, et Cabanellas avait oublié d'anciennes complicités maçonniques en passant par les armes Nuñez de Pardo... A la guerre, il faut savoir oublier son cœur, avais-je écrit dans mon Journal d'une bandera, mais Nicolás me proposa un argument qui pourrait clouer nombre de becs : le ralliement de Ramón Franco à l'Espagne nationale était un coup propagandiste très dur contre tous ceux qui voyaient encore en lui un mythe républicain et un héros de la patrie. Kindelán me demanda sa tête, et je fus contraint de ne pas répondre à la lettre très sèche qu'il m'adressa quand je nommai Ramón chef des forces aériennes de Majorque, une nomination destinée à le mettre à l'abri d'une possible vengeance des acolytes de Kindelán, et justifiée par ses talents d'aviateur et de militaire. A ce poste important pour notre flanc oriental, il se comporta en bon soldat, ne provoqua aucun problème, et trouva deux ans plus tard une mort glorieuse en servant le même drapeau auquel il avait juré fidélité dans la cour de l'Alcazar de Tolède.

Nicolás vous avait trompé, Général : il était allé au-devant de Ramón à Fuentes de Oroño, puis il se servit de l'argument selon lequel l'appartenance de ce dernier à la franc-maçonnerie ne pouvait être prouvé puisqu'il avait fréquenté une loge française, et qu'aucun document espagnol n'était donc disponible. Quant à la lettre de Kindelán, il faut en effet reconnaître qu'à part Ramón lui-même personne ne vous a jamais écrit de lettre aussi dure. Commentant avec amertume la nomination de votre frère, il affirmait : « (...) Cette décision a été fort mal accueillie par les aviateurs, qui ont exprimé unanimement le désir que votre frère ne serve pas dans notre arme, du moins à un poste de responsabilité. (...) Je ferai en sorte qu'elle ne soit pas contestée au sein de l'aviation, quand bien même on verrait dans mon attitude une preuve de faiblesse ou de servilité. Ce n'est pas ma réputation qui importe, mon général, mais celle du chef de l'État, car je ne pourrai empêcher que germe dans la conscience collective des aviateurs l'idée que rien n'a vraiment changé. »

Dans votre scénario de *Raza*, vous vous êtes montré un tantinet charognard avec le cadavre de Ramón, décédé dans des circonstances encore non élucidées : le frère communiste et donc scélérat se repent de ses péchés antipatriotiques, sort de son égarement et reçoit la mort de ses pervers coreligionnaires. Dans vos transpositions littéraires, vous avez été sans pitié avec vos frères : Nicolás devient un moine assassiné par les Rouges à Calafell, et Ramón, Pedro dans le livre, connaît cette fin cruelle mais édifiante : arrêté, il se repent de toutes ses activités et, avant de tomber devant le peloton d'exécution, baise la main du prêtre et crie *« Arriba España ! »*

Ce que vous et votre frère ne saviez pas, c'est que Ramón, avant de rejoindre les bien-pensants de la famille, avait offert ses services au camp républicain, utilisant un intermédiaire pour sonder Azaña quant au poste qu'il pourrait occuper dans l'armée loyaliste. Le coup de sonde avait atteint le très intelligent Azaña dans un de ses moments d'imbécillité : « Qu'il ne vienne surtout pas, cela barderait pour lui. » Ensuite, Ramón avait appris que la foule, après avoir pris d'assaut la prison de Madrid, avait tué son ami intime Ruiz de Alda, son coéquipier dans ce tour du monde qui s'était terminé en naufrage, celui dont il avait menacé de découper la cuisse parce qu'il mangeait trop de biscuits. Il y vit un signe, le prétexte sentimental pour faire échouer une vente d'avions américains à la République et s'attirer ainsi un limogeage qui vint définitivement effacer sa feuille de service républicaine.

A la fin du mois de mars 1937, je pris entre mes mains le contrôle de toutes les sentences de mort prononcées par les tribunaux militaires du pays, ce qui offusqua Queipo de Llano, toujours décidé à se conduire en roitelet de l'Andalousie. Pour chaque dossier, les conclusions du tribunal étaient résumées sur une feuille, et Martínez Fuset me les soumettait par chemises entières en profitant de mes rares moments de répit, en général après les repas ou pendant les voyages en voiture, sur le siège arrière. J'utilisais alors deux crayons de couleur, rouge à une pointe, bleue à l'autre, de la marque Faber pour être précis, devenus si rares avec la guerre. Quand j'approuvais le verdict, j'inscrivais en rouge un E pour enterado, *« classé ». S'il s'agissait de crimes comme l'assassinat de religieux ou le viol, j'ajoutais* garrote y prensa, *« le garrot et les journaux ». Quand je voulais que la peine capitale soit commuée en une condamnation immédiatement inférieure, je me contentais de tracer un C en bleu. Je prenais bien en compte l'idéologie du condamné : les marxistes et les francs-maçons formaient l'avant-garde des ennemis de l'Espagne, mais en revanche j'avais une certaine indulgence pour les anarchistes, car j'en avais connu quelques-uns dans la Légion qui avaient fait preuve d'un courage et d'un mépris de la mort remarquables, de bons Espagnols fourvoyés par l'idéologie, oui, de bons Espagnols parce qu'ils ne recevaient pas leurs ordres de l'étranger et ne faisaient pas confiance à la politicaille. Je dois dire que je n'éprouvais jamais de haine en ratifiant les sentences de mort, plus : j'étais conscient de libérer ainsi les condamnés du poids de leur culpabilité, de leur ouvrir la voie de la purification totale tout en purifiant l'Espagne. C'est pourquoi j'étais parfois choqué par les commentaires triviaux ou*

265

prétendument humoristiques à propos de ces condamnations.
Lorenzo Martínez Fuset, lui, gardait le silence à mes côtés, ne le
rompant que s'il me voyait hésiter pour avancer des arguments
juridiques dans un sens ou dans l'autre, n'intervenant jamais sur
le plan moral ou sentimental car il revenait à moi seul d'utiliser
ou non de tels critères.

Il semblait être fait pour ce rôle ingrat mais indispensable
d'ange justicier pendant les moments les plus durs de la
Croisade. Mais ni la Justice avec un grand J ni la responsabilité
politique de tout ce qui concernait la sécurité intérieure de l'État
ne pouvaient être confiées à un homme qui, malgré ses im-
menses qualités, était trop marqué par ce travail d'épuration
initiale. Serrano Suñer allait donc prendre en charge avec plus
de brio le travail de conseil politique qu'avait d'abord assuré
Nicolás, ainsi que l'organisation des services de l'Intérieur,
tandis que Martínez Fuset continuerait à se limiter strictement à
la campagne d'épuration. Ainsi, durant les escarmouches provo-
quées par le décret d'unification du 19 avril 1937, rédigé en une
nuit par Serrano, ce fut Martínez Fuset qui dirigea la stratégie
répressive contre les phalangistes rebelles, et à la fin de cet
exercice qui avait combiné fermeté et compréhension je dus
reconnaître que l'aide pratique de l'un avait été à la hauteur de
l'apport théorique de l'autre. Je ne veux pas dire que Martínez
Fuset ait été incapable de réussites théoriques, puisque c'est lui
qui mit au point les grandes lignes de la Loi sur les responsabi-
lités politiques que je décrétai le 9 février 1939, alors que la
Croisade s'achevait, en vue de punir rétroactivement les crimes
contre la patrie commis au temps de la République, avant notre
soulèvement. Il n'était pas question de laisser les fauteurs de
guerre s'en tirer facilement, et il sut coucher sur le papier ce
que je lui avais demandé : « ... seront punis par l'interdiction
d'exercer certaines charges et par l'éloignement de leur lieu de
résidence antérieur, voire même, pour les cas graves, par le sort
réservé à ceux qui ne méritent pas d'être espagnols. »

A posteriori, passé l'exaltation de la guerre, votre beau-frère
Serrano Suñer fut effleuré par les scrupules d'un bon juriste en
reconnaissant que les tribunaux répressifs du soulèvement

s'étaient fondés sur la monstruosité consistant à déclarer « rebelles » ceux qui en fait étaient restés loyaux à la République. Comme si cette aberration juridique n'avait pas suffi, et afin de poursuivre la répression au-delà de la brutale logique de guerre, la loi dont vous faites mention s'en prenait à toutes les personnes juridiques ou physiques qui, d'octobre 1934 à juillet 1936, « ont contribué à créer ou à renforcer la subversion multiforme dont l'Espagne a été victime », et à toutes celles qui « à partir de la seconde date se sont opposées ou s'opposeront en actes ou par leur passivité avérée au Mouvement national ». Avec ce texte en main, vous pouviez finir d'annihiler ce qui restait de conscience critique et démocratique dans le pays : même le fait d'avoir appartenu à un parti politique entre 1934 et 1936 exposait au conseil de guerre, à la prison, à la mort ou au bannissement. Cette loi est à l'origine d'un bon paquet d'exilés de la dernière heure, et d'hommes qui vécurent cachés comme des taupes dans leur pays même après votre mort en 1975. Plusieurs juristes à vos ordres y avaient mis la main, mais c'est Martínez Fuset, votre factotum, et vous-même, le véritable responsable de cette forfaiture, qui en furent les pères.

Mon emploi du temps demeura immuable durant toute la guerre, d'abord à Salamanque puis à Burgos, au chalet de la Isla que la veuve de Muguiro nous avait aimablement cédé. Je me levais à huit heures, suivais la sainte messe, et à neuf heures et demie j'étais à mon bureau pour traiter les informations parvenues de nos unités sur tous les fronts. Ensuite, je travaillais avec mon secrétaire, puis avec le chef d'état-major et avec le responsable des sections opérationnelles. A l'aide de cartes, de plans et de panneaux muraux, je mettais au point les futures batailles et méditais les résultats de celles qui s'étaient déjà déroulées. Vers trois heures, je déjeunais, habituellement en famille, puis je révisais les jugements des rebelles avec Martínez Fuset, me permettais une promenade relaxante dans le jardin, regagnais mon bureau jusqu'au dîner, et de nouveau je surveillais le cours de la guerre jusqu'à tard dans la nuit. Lorsqu'il fallait parcourir le front, notre QG mobile, le « Terminus », composé de plusieurs véhicules blindés, permettait d'inspecter la toute première ligne de combat. Il se composait d'officiers vigilants et confirmés, qui tous m'avaient donné des preuves de leur fort tempérament durant les campagnes africaines. Pacón, qui était à la fois mon cousin et un militaire chevronné, veillait constamment à l'articulation entre ma vie personnelle et mes responsabilités. Plus d'une fois, il m'avait demandé de pouvoir combattre en première ligne afin d'obtenir de l'avancement et j'avais été sur le point de céder, mais Carmen fut très chagrinée par cette requête qu'elle jugeait égoïste, et il se résigna avec discipline à rester à mon côté. Je contrôlai souvent les comptes journaliers qu'il tenait sous ma direction, en souvenir de notre grande époque africaine. Chaque repas nous coûtait environ quatre pesetas, car nous avions toujours des invités, tantôt Queipo, tantôt Mola, tantôt Kindelán, ou des visiteurs moins réguliers comme Suances, mon ami d'enfance et futur ministre de l'Industrie. Lors d'une promenade dans le jardin, je surpris un échange ému entre ce dernier et Pacón : « Tu te rends compte, lui disait-il, toutes les baffes que nous avons données à Paquito jadis, en profitant de sa fragilité, les enfants sont vraiment terribles, et maintenant tout le respect qu'il inspire, moi, je n'ose même pas le tutoyer… » C'était comme s'il parlait de quelqu'un d'autre que moi, mais il me plut de voir qu'ils tenaient en compte non ma stature personnelle mais celle de l'État, de l'Espagne. Ma vie privée, si l'on peut l'appeler ainsi, était déjà une répétition générale de l'avenir. Elle se limitait aux heures des repas, et, en inspectant les fronts, il m'arrivait de passer des semaines sans voir Carmen et Nenuca, sans pouvoir leur donner l'affection que l'une et l'autre attendaient, parcourant parfois des kilomètres en voiture ou en avion pour leur donner un baiser, quasiment au pied du véhicule, et repartir de toute urgence vers la guerre qui me réclamait.

Ah, les enfants ! Quel grand chapitre de notre existence ! Grâce au cinéma, nous pouvons goûter encore aujourd'hui cet instant prodigieux où, devant la caméra, votre Carmencita prononce une déclaration de solidarité avec les autres enfants d'Espagne, les morts et les vivants je suppose, et vous, derrière elle, une main, qui finalement tremblera, posée sur son épaule, à murmurer ce qu'elle est en train de dire, car c'est vous qui le lui aviez dicté, et vous vous en souveniez par cœur. Pour ses enfants, un père est prêt à aller jusqu'à se ridiculiser, et il le fait presque toujours, sans en être conscient. Moi, je voyais aussi peu mon père que «Nenuca» avait le privilège de vous apercevoir. Don Isidoro Acevedo, le chef du Secours rouge, lui avait proposé de rejoindre cette structure car ils avaient besoin de gens pleins de jugeote : il s'y trouvait beaucoup d'étrangers qui devaient avoir une bonne impression de notre peuple. Lorsqu'il était encore veilleur de nuit de la Défense civile, je pouvais au moins le voir pendant la journée, mais dès qu'il entra au Secours rouge il disparut de mon horizon, ne fut plus qu'une voix lointaine et fatiguée qui traversait mes rêves nocturnes, un visage mal rasé qui effleurait le mien sans vouloir me réveiller.

Je restais très près de ma mère, sans cesse devant sa machine à coudre d'où sortaient des uniformes de guerre ou des commandes surprenantes pour des mariages auxquels on ne s'attendait plus, voire des vêtements de confection, travail volontaire pour la troupe. Je me rappelle nos incursions destinées à ausculter la bonne santé du garde-manger de parents plus à leur aise, dont nous ramenions toujours un morceau de morue avec lequel ma mère faisait des merveilles : une potée de riz grâce aux arêtes, des beignets grâce aux miettes, et, avec le reste, un drôle de hachis qui desséchait la langue. Mon père rapportait de temps en temps une boîte de conserve russe du Secours rouge, mais il ne voulait pas abuser. Il parlait avec enthousiasme des femmes qui travaillaient avec lui, et notamment – ou bien est-ce moi qui ai par la suite abusé ma mémoire sur ce point ? – de Matilde Landa, la militante communiste qui fut torturée et se suicida après la fin de la guerre. «On dirait une nonne en jupe.» «Eh bien attention avec les jupes!» coupait ma mère qui ne voyait pas d'un bon œil ce coq au milieu de tant de poules. Il se souvenait fréquemment aussi d'une certaine María, que d'autres fois il appelait Carmen Ruiz, une belle Sud-Américaine, lui semblait-il. Mais, des années plus tard, je parvins à conclure qu'il s'agissait en fait de Tina Modotti, internationaliste italienne, ancienne actrice de cinéma muet à Hollywood, compagne de grands photographes puis de ce jeune révolutionnaire cubain que mon père avait admiré et connu à La Havane, Juan Antonio Mella. « Pas possible ! me répétait-il alors. Que le monde est petit ! » Et il s'affligeait de ne pas lui avoir parlé de La Havane, à cette Tina ou María ou comme on voudra, de cette ville qu'il n'aurait jamais dû quitter tant il se sentait bien sous les Tropiques. De toutes les histoires qu'il m'a racontées avant de s'enfermer dans le silence politique, ou de ce que d'autres m'ont rapporté et que je lui ai attribué, j'ai encore en mémoire cette caravane de blessés venant frapper à la porte d'un vénérable couvent de bonnes sœurs. Un milicien – pourquoi pas mon père ? – fait sauter le premier cadenas d'un coup de pistolet, et ainsi de suite à travers les cours et les couloirs jusqu'à parvenir au dernier salon, où les nonnes s'étaient réfugiées pour attendre leur martyre. Tina Modotti et Matilde Landa s'approchent pour leur demander combien parmi elles pourraient faire office d'infirmières et, terrorisée, la vieille mère supérieure leur répond en latin.

L'aspect militaire de la Croisade était sous contrôle, mais il n'en allait pas de même avec son versant politique. Si donc quelqu'un accueillit avec espoir et générosité Serrano Suñer en zone nationale, ce fut bien moi. Mon beau-frère portait sur ses traits les souffrances de mois de captivité, et l'amertume de l'assassinat de ses frères Fernando et José dans une prison rouge, morts dont il se sentait indirectement responsable puisque les communistes s'étaient rattrapés sur eux de n'avoir pu le supprimer, lui. Ce n'était plus le Ramón de jadis, brillant, toujours impeccablement vêtu, savant, astucieux, mais un homme replié sur lui-même, qui pendant longtemps garda le costume qu'il avait porté dans son cachot madrilène puis durant sa rocambolesque évasion. Je n'avais pas cherché à l'échanger pour ne pas donner à l'ennemi l'occasion de me prendre par les sentiments, de même que j'attendis longtemps avant de faire libérer mes neveux, les enfants de Pilar. En revanche, Nicolás s'était évertué à faire sortir tous les membres de sa famille par alliance, mais lui pouvait se permettre de telles faiblesses parce que, finalement, il avait l'éthique d'un civil. Mais tout ce que je n'avais pu faire pour Serrano au cours de sa captivité, je l'accomplis dès son arrivée à *Salamanque. Tout d'abord, ma belle-sœur Zita et leurs enfants s'installèrent sous notre toit, dans la résidence que nous avait cédée le cardinal Plá y Deniel. Ils vivaient dans une modeste soupente, mais il n'y avait pas d'autre solution : les finances de Ramón étaient alors au plus bas, et il ne voulait pas toucher aux biens, importants ou pas, de sa femme.*

Son arrivée suscita des réactions mitigées au quartier général, depuis les plaisanteries parce qu'il s'était déguisé en femme pour s'enfuir d'une clinique avec l'aide de Gregorio Marañón jusqu'aux campagnes de calomnies sur son appartenance à la franc-maçonnerie, en passant par le réconfort que lui avait apporté le cardinal Gomá, un ami de sa famille qui voyait en lui l'un des plus brillants universitaires de la génération des années vingt. Gomá m'avait incité à utiliser les talents politiques de Serrano Suñer pour renforcer notre mouvement, mais celui-ci accueillit mes propositions sans aucun entrain, avec un pessimisme et un manque d'énergie que je voulus croire passagers mais qui gâchaient un peu la vie de ses proches. Dès le début, je l'encourageai à se servir de son ancienne amitié avec José Antonio Primo de Rivera pour essayer de rappeler à l'ordre les différentes factions phalangistes. Parmi les plus radicaux se trouvaient Agustín Aznar ou Hedilla*, partisans d'une application mécaniste des principes hitlériens, les intellectuels pilotés par Dionisio Ridruejo*, un personnage doué mais non dénué de cette insupportable arrogance pseudo-intellectuelle, et enfin Pilar Primo de Rivera, vestale du souvenir de son père et de son frère mais qui, sans s'en rendre compte, commençait à focaliser certaines tentatives déloyales envers ma personne. Peu à peu, Serrano devint plus raisonnable, il se mit à fréquenter les multiples familles phalangistes mais aussi à polémiquer avec les militaires, si bien que je dus lui faire savoir qu'il était bon de contrôler pour moi les sectateurs de José Antonio mais qu'il n'avait pas à se mêler des affaires de l'armée ni surtout de la politique d'épuration menée par Lorenzo Martínez Fuset. Malgré son manque d'enthousiasme au début, il finit par faire de l'ombre à Nicolás, ce dont je m'inquiétais d'abord, mais mon frère, avec son naturel si facile, m'aida à éviter que les choses ne s'enveniment. Ses relations avec Millán Astray ne furent jamais *bonnes non plus, car Serrano s'était permis de commenter avec sarcasme la polémique survenue entre Unamuno et l'ancien chef de la Légion.*

Je voudrais raconter ici ce qui se passa à l'université de Salamanque le 12 octobre 1936, au cours d'une cérémonie universitaire présidée par le recteur Unamuno, socialiste utopique dans sa jeunesse, démocrate confus au temps de la République, puis intellectuel vieillissant et désespéré par les atrocités de la guerre. A la présidence, se trouvaient aussi doña Carmen et « Sa Petitesse », le cardinal Plá y Deniel, qui se rapetissa encore plus en contemplant cette scène. Comme un orateur s'était mis à dénigrer l'ennemi et classait dans une catégorie toute spéciale les Basques et les Catalans dans leur ensemble, Unamuno le rappela à l'ordre ; mais alors, de la salle, Millán Astray intervint en lançant une de ses diatribes habituelles en l'honneur de la violence virile et de la mort. Serrano Suñer, dans ses Mémoires, a reconstitué le discours que prononça Unamuno pour lui répondre, et dépeint l'ambiance de lynchage qui s'établit alors autour du vieux professeur :

« Vous attendez que je parle. Vous me connaissez bien, et vous savez que je suis incapable de rester silencieux. Parfois, le silence équivaut à un mensonge, parce qu'il peut être interprété comme une approbation. Je voudrais faire quelques remarques à propos du discours – parce qu'il faut bien appeler cela d'une manière quelconque – que vient de faire le général Millán Astray qui se trouve parmi nous. Je laisserai de côté l'insulte personnelle que suppose son explosion soudaine contre les Basques et les Catalans : comme vous le savez, je suis né moi-même à Bilbao. L'évêque (et il désigna le prélat qui se tenait tout tremblant à ses côtés) est catalan, qu'il le veuille ou non, né à Barcelone. (Puis il s'arrêta un moment, alors que dans la salle s'était déjà établi un silence apeuré.) Mais il se trouve que je viens d'entendre ce cri nécrophile, insensé : " Vive la mort ! " Et moi qui ai passé ma vie à forger des paradoxes qui suscitèrent la colère de ceux qui ne les comprenaient pas, je dois vous dire, en tant qu'expert en la matière, que ce paradoxe ridicule me paraît répugnant. Le général Millán Astray est un invalide. Point n'est besoin de baisser la voix pour dire cela. C'est un invalide de guerre. Comme l'avait été Cervantes. Mais il y a aujourd'hui malheureusement trop d'invalides en Espagne. Et, si Dieu ne nous vient pas en aide, bientôt, il y en aura encore beaucoup plus. Je m'afflige de penser que le général Millán Astray pourrait dicter les normes psychologiques des masses. D'un mutilé qui n'a pas la grandeur d'âme de Cervantes, il faut attendre qu'il trouve un terrible réconfort en voyant comment les mutilés se multiplient autour de lui. »

A ce moment, Millán Astray s'avança. Certains, écoutant trop leurs fantasmes, prétendent même qu'il brandissait un pistolet. Selon une version, il proclama que le serpent de l'intelligence se dressait là de nouveau, et qu'il fallait le tuer. D'après d'autres souvenirs, il se contenta de crier : « A mort, à bas l'intelligence ! Vive la mort ! » Quoi qu'il en ait été, répondant à la clameur de la salle, Unamuno poursuivit : « C'est ici le temple de l'intelligence, et j'en suis le grand prêtre. Vous êtes en train de profaner son tabernacle. Vous vaincrez, parce que vous ne manquez pas de force brutale. Mais vous ne convaincrez pas. Pour convaincre, il faut persuader, et pour persuader vous auriez besoin de ce qui vous manque : la raison et le droit dans le combat. Il me semble inutile de vous demander de penser à l'Espagne. J'ai dit. »

Je répète qu'il s'agit là d'une reconstitution ; en vérité, son discours avait dû être souvent interrompu, et entrecoupé de digressions, mais on retrouve bien là le style mordant d'Unamuno. Les républicains ne lui pardonnèrent jamais entièrement ses flirts irresponsables avec le fascisme, et même si l'Espagne républicaine apprit sa dissidence finale je me rappelle que la presse de Madrid, sous les bombes, insistait davantage sur la présence dans les rangs républicains de deux de ses fils : José Unamuno, professeur de mathématiques et lieutenant d'artillerie sur le front de Madrid, et Ramón Unamuno, chirurgien-dentiste, blessé grièvement au visage sur le front d'Arganda. Mon père conservait les coupures d'*Estampa* et ne manquait pas de souligner combien ces hommes cultivés donnaient à la cause républicaine sa véritable image. Pour ce fils de cantonnier et de femme de ménage, la culture était un ciel fascinant d'où tombaient des milliers de pages de livres qu'il lisait la nuit sous la lampe à pétrole quand il n'était pas de garde, ou qu'il emportait sous sa vareuse de cuir pour tuer le temps pendant qu'il surveillait toute cette mort. Il surveillait tellement les autres qu'il ne pouvait s'occuper de moi malgré les réclamations de ma mère, si bien que j'étais entièrement libre de vagabonder jusqu'à la rue Príncipe Pío où nous nous risquions sur le front ou sur les tas de ferraille et d'obus que nous amassions dans nos cachettes secrètes d'enfants. Et quand ma mère serrait ma main dans la sienne pour m'arracher à nos refuges, en entendant le bruit des explosions je pensais déjà aux excursions du lendemain, à la recherche de restes si passionnants.

Gouverner ne s'apprend pas du jour au lendemain. J'avais acquis des connaissances en matière d'économie et de législation qui étonnèrent, et c'est peu de le dire, les spécialistes, mais diriger un pays exige de passer maître dans l'art de conclure des alliances, d'ajuster les lois quand elles deviennent caduques et d'imposer fermement ses décisions lorsqu'elles obéissent clairement au bien commun. La recherche permanente de la sincérité et de l'action directe, propre aux militaires, peut parfois se heurter aux constructions sophistiquées de la politique, et c'est pourquoi j'eus depuis le début à cœur de m'entourer de personnes assez expérimentées dans cette pratique. La réapparition de Serrano Suñer me parut donc providentielle : je pouvais attendre de lui la fidélité d'un parent par alliance, et je connaissais l'étendue de sa culture, son intelligence et ses capacités d'homme de loi. Quelques heures après son arrivée à Salamanque, il s'était déjà fait un état des lieux qu'il me présenta avec autant de clarté que de suffisance, ni la captivité ni les épreuves qu'il venait de connaître ne l'ayant débarrassé de ce dernier trait de caractère. Il me reprocha la désorganisation juridique et technique du nouveau pouvoir, et l'amateurisme qui régnait dans la société de la première capitale durable de la Croisade : « Il te faut cimenter un nouvel État, ou te résigner à gérer une structure de guerre qui s'effondrera d'elle-même dès que les hostilités seront terminées. » Le fait d'avoir été député de la CEDA et en même temps avocat et grand ami de José Antonio le rendait indispensable pour soumettre des forces distinctes à la cause commune, d'autant qu'il n'avait jamais donné l'impression de militer en faveur de ce pour quoi il était censé militer. J'ai souvent confronté dans mon for intérieur le type humain de mon médecin, Vicente Gil, une noble brute qui saisit tout à bras-le-corps, avec celui de mon beau-frère, machiavélique, persifleur, si fin qu'il en devenait parfois transparent. Mais après avoir surmonté son abattement, il contribua de façon notable à la consolidation du régime de 1937 à 1942, maintenant le contact avec une Phalange désorientée par la perte de son « Fondateur », me donnant d'utiles conseils à l'heure de former des gouvernements et de promulguer des lois qui donnaient peu à peu un aspect de politique d'État à ce qui aurait pu rester simplement une politique de guerre.

Serrano partageait avec moi une même appréciation des forces sur lesquelles nous pouvions compter : phalangistes, carlistes, monarchistes, royalistes, la droite de la CEDA, une bonne partie de la hiérarchie militaire, la plupart du clergé qui amenait potentiellement la base catholique, de larges secteurs des classes moyennes et de la paysannerie mécontents de l'hégémonie du grand capital ou du prolétariat industriel qui menaçait leurs intérêts matériels. Il fallait réunir tout cela dans un grand mouvement unitaire qui, non content de gagner la guerre, devrait constituer aussi la base de masse d'un nouvel ordre politique, et je chargeai Serrano de préparer un décret d'unification.

Nous savions que les phalangistes rechignaient à accepter l'esprit de discipline et le respect du commandement unique qu'exige toute guerre. Profitant d'un voyage à Séville, je leur demandai discipline, responsabilité, austérité, et renoncement aux particularismes déplacés. A cette occasion, je fis part à Queipo de mon intention d'unifier toutes les forces politiques en une seule, afin d'en finir avec toutes ces factions phalangistes, carlistes et monarchistes ; il me donna son accord avec le plus grand enthousiasme, précisant qu'il se chargerait de « donner du café » à ceux qui ne le comprendraient pas assez vite. Je lui répondis que, d'après moi, l'unité de l'armée et le décret d'unification suffiraient à faire entendre raison à ces jeunes gens, mais il conclut : « S'il faut leur donner du café, on leur en donnera et on aura la paix. » De fait, la Phalange comptait encore avec le mythe nostalgique de José Antonio et avec la direction provisoire de Manuel Hedilla, trop sûr de lui et imbu de son rôle d'héritier spirituel du fils de Primo de Rivera. Je convoquai le commandant Lisardo Doval, qui avait prouvé sa détermination lors de la répression des Rouges des Asturies en 1934. Martínez Fuset et moi l'avertîmes qu'il allait peut-être avoir l'occasion de remettre au pas nos partisans, avant tout les phalangistes qui manifestaient par trop de particularisme excentrique. La nouvelle que je préparai un décret d'unification ayant transpiré, Manuel Hedilla tenta de me prendre de vitesse en fédérant les secteurs les moins franquistes de la Phalange et de l'armée, s'adressant même à certains carlistes et monarchistes. Je retins alors les noms de conspirateurs que je ne m'étais pas attendu à voir comploter contre moi, commençant ainsi à apprendre qu'il vaut mieux parfois garder pour soi ce que l'on sait des autres pour le leur faire comprendre le moment venu. Yagüe et Sainz Rodriguez se tenaient ainsi derrière Hedilla, et si je les ai par la suite nommés ministres, ce fut pour leur montrer que ma main n'avait pas tremblé quand j'avais appris ce qu'ils tramaient.

Je pressai Serrano de mettre définitivement au point le décret tandis que les adhésions commençaient à me parvenir, en premier lieu celle de Yagüe, un bon militaire mais aussi une vraie girouette. Nous attendions que Hedilla et les siens perdent patience, et c'est ce qui se produisit en effet, avec pour conclusion un échange de balles et de bombes entre les sectaires et le groupe que dirigeait Sancho Dávila, un cousin de José Antonio entièrement rallié à mon projet d'unification. Le commandant Doval, qui n'attendait que cette occasion, arrêta les fauteurs de trouble, une victime étant à déplorer, Alonso Goya, le bras droit de Hedilla. Ces événements se produisirent dans la nuit du 16 au 17 avril 1937, à Salamanque, et deux jours après Serrano me remettait le texte du décret d'unification. Il y était stipulé que le nouveau mouvement, placé sous mon autorité, porterait provisoirement le nom de « Phalange espagnole traditionaliste et de la JONS[1] », jouerait le rôle d'« inter-

---

1. Junta de ofensiva nacional de sindicalistas : premier mouvement fasciste antérieur à la Phalange, créé en 1931 par Onesimo Redondo. *[N.d.T.]*

médiaire entre l'État et la nation », à l'exclusion de tout autre parti politique, serait dirigé par une junte politique, ou Secrétariat, dont les membres seraient pour moitié désignés par mes soins et pour l'autre élus par un Conseil national. Quelques semaines après, ces dispositions étaient complétées par un règlement rédigé par plusieurs juristes, intellectuels et professeurs du groupe de Serrano, qui précisait encore les choses s'il en était besoin : « Le chef national de la Phalange traditionaliste et de la JONS, Caudillo suprême du Mouvement, en personnifie toutes les valeurs et tout l'honneur. En tant que concepteur de l'Ère historique où l'Espagne peut enfin prendre en main ses destinées, et avec tous les souhaits du Mouvement, LE CHEF ASSUME DANS TOUTE SA DIMENSION L'AUTORITÉ LA PLUS ABSOLUE. IL EN RÉPOND DEVANT DIEU ET DEVANT L'HISTOIRE. »

Hedilla et les siens étaient depuis belle lurette en prison, jugés, condamnés, et sauvés de la peine de mort par ma bienveillance. Les adhésions se multipliaient, et je reçus même une lettre de Gil-Robles qui plaçait entre mes mains toute son organisation, le parti comme la milice. Les historiens ont particulièrement insisté sur le rôle positif que joua le décret pour unifier nos rangs alors que l'ennemi se déchirait en luttes fratricides, comme celles qui éclatèrent à Barcelone le mois suivant entre anarchistes et partisans du POUM d'une part, et de l'autre communistes, socialistes et les forces que pouvait représenter Azaña, même si cet otage du communisme international ne représentait pas grand-chose. Le décret tranquillisa mon arrière-garde, et servit d'avertissement à tous ces Rouges qui avaient infiltré la Phalange pour sauver leur peau mais sans renoncer à leur intention d'utiliser la démagogie phalangiste pour revenir à leurs menées révolutionnaires, selon une tactique qu'employèrent à nouveau dans les années soixante les communistes des « commissions ouvrières » en noyautant mes syndicats verticaux.

Ne mentez pas, Général : à partir de 1942, quand les derniers phalangistes « authentiques » s'effacèrent ou rejoignirent la division Azul pour aller casser du Russe, vous avez pu proclamer sans vergogne votre grande affection pour José Antonio Primo de Rivera, et à la fin de la Guerre civile vous aviez approuvé la macabre cérémonie du transfert de sa dépouille d'Alicante à El Escorial, sur les épaules de ses camarades. Mais Serrano Suñer a témoigné de la jalousie que vous éprouviez envers celui que ses partisans avaient baptisé « l'Absent », ou peut-être s'agissait-il de rancœur après avoir constaté comme il s'entendait bien avec Mola alors qu'il avait refusé votre offre de candidature commune aux élections parlementaires de Cuenca : « Les lecteurs bien informés ne seront pas surpris si je dis que Franco n'éprouvait guère de sympathie à l'égard de José Antonio. Cela avait été réciproque : ce dernier ne le tenait pas en grande estime, et plus d'une fois, en tant qu'ami des deux hommes, j'avais été mortifié par la dureté des critiques à son encontre. A Salamanque, je dus souffrir l'épreuve inverse : le culte rendu à José Antonio, son auréole d'intelligence et de courage ulcéraient Franco. Je me rappelle qu'une fois, au cours du déjeuner, il me dit très nerveusement : " Tu vois, encore leurs simagrées avec *ce petit jeune* (il désignait ainsi José Antonio) si extraordinaire, seulement Fuset vient de me communiquer une information du secrétaire du juge ou du magistrat qui a instruit son procès à Alicante, selon laquelle il a fallu lui donner une injection pour le conduire sur les lieux de l'exécution, parce qu'il ne tenait pas sur ses pieds... " Et il le dit sur un ton de revanche triomphante. Très amèrement, car je souffrais de voir celui que je servais avec affection et loyauté s'abaisser à citer des sources aussi méprisables, mais énergiquement aussi, j'affirmai que cela ne pouvait être vrai : " C'est un mensonge inventé par quelque misérable, c'est impossible ! " Une autre personne qui se trouvait à la table, à l'époque pleine d'amitié pour moi et de reconnaissance envers mon dévouement absolu, me dit avec irritation : " Et toi, qu'en sais-tu, tu n'étais pas là-bas après tout ! " " Mais je le connais bien, j'en suis moralement convaincu, c'est un bobard crapuleux ", répondis-je. »

Cette personne si bien disposée à l'égard de Serrano, du moins à l'époque, était doña Carmen Polo de Franco, et c'est peut-être de ce jour que date le divorce entre votre épouse et celui que l'on appelait le « beau-frèrissime ».

Aveuglés par leur adoration mystique pour leur « Fondateur », bien des phalangistes qui s'activaient à Salamanque et à Burgos n'avaient pas compris les changements introduits par la guerre, en premier lieu la formation d'une nouvelle masse sociale qui, bien que travaillée par les phalangistes, était avant tout favorable à l'armée et à ma personne.

Je dois dire que, d'abord sans aucun titre précis puis en tant que ministre de l'Intérieur, Serrano sut arrondir les angles avec les rescapés des errements des partisans de Manuel Hedilla et contenir les intellectuels phalangistes en les laissant élucubrer à loisir sur leur Hegel, leur Kant, leur Ortega, leur Unamuno, penseurs dont je ne mets pas en doute la valeur mais qui sont d'un hermétisme décourageant, y compris pour moi : malgré le programme de lectures que m'avait préparé Serrano, et les livres de sa bibliothèque qu'il me prêtait, je ne pus jamais dépasser la page cinquante sans que la fatigue accumulée sur les fronts de bataille n'ait raison de moi, tandis qu'eux continuaient à potiner bien tranquillement... Serrano protégeait les phalangistes antifranquistes, mais il savait limiter les effets de leurs actes. Parfois, j'étais froissé par le ton paternaliste qu'il adoptait pour me conseiller et me parler, mais si ce comportement choquait aussi mes plus proches collaborateurs je choisissais l'indulgence, parce qu'il rendait d'utiles services au pays. C'est lui qui fit appliquer la Loi sur l'administration centrale de l'État, datée du 30 janvier 1938, texte fondamental de notre nouvel État de droit qui inquiéta beaucoup ceux qui voyaient encore dans notre soulèvement un simple moyen de rendre le pouvoir aux politiciens de la vieille droite. Ces adeptes de la roulette russe de la démocratie libérale mirent du temps à comprendre qu'à ce petit jeu ils risquaient aussi leur vie.

On pourrait croire que ces batailles tacticiennes, mais indispensables, concernant l'arrière-garde, allaient finir par me détourner de la conduite de la guerre, que j'aurais confiée à des subalternes. En aucune manière : mes objectifs prioritaires étaient de parvenir au plus vite à Santander, Bilbao et Oviedo, et de m'emparer ainsi d'une énorme poche de combattants républicains repliés de Galice et des Asturies, avec tout le matériel qu'ils avaient emporté. L'importance de Bilbao était évidente : la chute de cette capitale de l'industrie lourde espagnole signifiait un changement qualitatif du cours de la guerre. Je devais veiller aussi à remettre à leur place les volontaires italiens que Mussolini nous avait envoyés en grand nombre et qui visaient un double but : nous aider, certes, mais aussi partager les fruits de notre victoire. Ces volontaires italiens et allemands étaient à la fois précieux et embarrassants, surtout lorsqu'ils essayaient d'agir pour leur propre compte, en ignorant l'unité stratégique que je définissais. La cuisante défaite des Italiens à Guadalajara, qui chagrina tant le Duce, fut pour moi une nouvelle preuve qu'à quelque chose malheur est bon, puisqu'elle me permit de prouver l'inutilité des actions militaires autour de Madrid, et d'entamer enfin la conquête finale du nord du pays. Je me rappelle avoir dit après cette défaite à Cantalupo, l'ambassadeur de Mussolini : «J'ai besoin de procéder par étapes calculées selon les moyens dont je dispose... J'occuperai ville après ville, hameau après hameau, ligne de chemin de fer après ligne de chemin de fer. Les offensives avortées sur Madrid m'ont convaincu qu'il fallait abandonner tout plan de libération totale, grandiose, immédiate. Région après région, victoire après victoire : les gens, de l'autre côté, sauront le comprendre et patienter. Aucun argument ne me fera m'éloigner de cette approche graduelle ; ce sera peut-être moins glorieux, mais ainsi nous aurons la paix intérieure. A chacun de mes succès, le nombre de Rouges en face de moi diminuera, et celui des Rouges qui se trouvent sur mes arrières pareillement. Dans ces conditions, cette guerre civile peut durer encore un an, ou deux, ou quinze... » Puis j'ajoutai : « Je rentrerai dans Madrid le moment venu, pas une seule heure avant : je dois d'abord être certain de pouvoir y asseoir un régime et en faire la capitale de la nouvelle Espagne. Cela n'est peut-être pas évident pour celui qui s'en tient strictement aux aspects tactiques de notre guerre, mais si nous arrivons à Madrid sans la certitude absolue d'être en mesure d'y fonder un pouvoir politique stable, nous entraînerons le pays à la ruine. »

Depuis quelques années, avec le désarroi de la gauche ou sa sensation de défaite historique, je remarque que l'historicisme objectiviste, celui qui peut prétendre que la guerre était inévitable même si vous, les militaires, ne l'aviez pas déclenchée, a toujours plus d'émules. Et puisque c'est le temps des révisions, on révise la mythologie de la gauche sans distinguer la réalité du mythe, sans faire la part de la propagande et celle d'un véritable et héroïque humanisme. Toutes ces nouvelles interprétations insistent surtout sur l'inutilité de la résistance des Rouges, proclament qu'il aurait été préférable de capituler immédiatement devant les officiers rebelles, et poussent parfois la critique ou l'autocritique jusqu'à soutenir qu'il n'y eut en réalité jamais aucune défense de Madrid, que la ville ne fut pas prise tout simplement parce que vous ne le vouliez pas. Or, s'il est clair que vous n'avez pas concentré tous vos efforts sur Madrid assiégé, il est tout aussi évident que ses défenseurs désunis ont profité de vos hésitations pour surmonter l'anarchie des premières semaines et organiser une nouvelle armée populaire commandée par des cadres professionnels ou de jeunes chefs issus du peuple tels que le jeune physicien Tagueña, Modesto, Líster*, Vega, Mera... Et nous dire maintenant que la raclée infligée par les républicains aux fascistes italiens fut un moindre mal n'enlève rien à la grandeur de ce fait d'armes, si l'on admet que les faits d'armes puissent avoir de la grandeur : à Guadalajara, cinquante mille volontaires italiens ont été mis en déroute par la 4e armée commandée par Enrique Jurado Barrio, qui intégrait les divisions de Líster, de Mera, et d'autres unités. A Madrid, cette victoire avait été accueillie avec une joie excessive qui apparaît aujourd'hui bien prématurée, car nous n'avons pas su exploiter son effet psychologique et nous nous sommes contentés de goûter le soulagement de voir que le siège se relâchait, ce qui dura presque jusqu'à la fin de la guerre, à tel point que certains historiens affirment que, dans les faits, la phase active du siège de Madrid s'est conclue avec la bataille de Guadalajara.

Ce qui marqua nos esprits, c'était que les Italiens étaient de bien mauvais soldats, et que les nôtres étaient très forts, et au collège nous récitions des alléluias exaltant « la force infinie que garde dans son cœur le peuple ibérique ». Parfois, je me surprends à me réciter des bouts de poèmes patriotiques appris pendant ces premières années de scolarité, ou à chanter de vieux airs en me demandant si je ne suis pas le seul à encore les connaître, quand bien même ils appartenaient plus à la culture de mes parents qui les entonnaient avec un enthousiasme déclinant, miné par les privations et par l'intuition de la défaite. L'ai-je vécue ou l'ai-je inventée ? J'ai en tête une discussion entre mon père et ma mère, lorsqu'il lui avait proposé de partir avec moi se réfugier en Catalogne, base arrière définitive de la reconquête républicaine. Ma mère avait opposé toutes les objections possibles, et s'en était finalement tirée en affirmant que là-bas on parlait seulement catalan : cela avait fait rire mon père, la lumière s'était éteinte, et la conversation aussi.

Ainsi m'exprimais-je en 1937, et les faits me donnèrent raison : entre avril et mai, je lançai l'offensive de Biscaye avec l'appui des avions de la légion Condor. Il y eut la destruction de Guernica, et enfin la conquête de Bilbao avec la fuite du gouvernement séparatiste basque présidé par Aguirre, un ancien footballeur reconverti dans la politique. A nouveau, j'avançais sans hâte mais aussi sans relâche, certes non sans forcer le rythme paresseux que Mola avait d'abord donné à l'opération, et dirigeant tout personnellement de Vitoria. J'étais stimulé par les champs de bataille, et dès que j'entendais le sifflement des obus qui passaient au-dessus de nos têtes se transformer en explosion assourdissante quand ils atteignaient leur objectif, je criai : « Prends ton pain et sauce, c'est du jus de lièvre ! », une expression qui m'était devenue familière en Afrique. Allez savoir d'où venait cette phrase, sans doute reflet du prestige dans lequel le jus de lièvre devait jadis être tenu. Un jour, mon beau-frère Ramón m'accompagna sur le front : Pacón et moi échangions des regards amusés car s'il s'efforçait de dissimuler sa frayeur et confirmait le dicton selon lequel « le courage, c'est cacher sa peur ». Il était dans ses petits souliers : encore plus pâle que d'habitude, il ne se ressaisit et ne retrouva sa voix normale qu'une fois de retour à Salamanque, où il me confia qu'il trouvait la guerre bien brutale, qu'il ne l'aurait jamais imaginée aussi dure.

Après Bilbao, Santander était à notre portée : cette place, stratégique pour le contrôle du Nord et pour la quantité de soldats et de matériel ennemis qu'elle abritait, tomba après treize jours d'un feu nourri de notre artillerie. Les Italiens avaient obtenu la reddition des gudaris[1] basques qui la défendaient en leur promettant de les laisser s'enfuir par la mer, mais j'ordonnai au général Dávila de rompre ce pacte aberrant : les soldats basques étaient sur le point d'embarquer sur deux navires britanniques quand ils furent capturés par nos troupes. Parfois, le dicton « à l'ennemi qui s'enfuit fais un pont d'or » n'est pas juste, car l'ennemi qui fuit aujourd'hui peut te vaincre demain. Outre les gudaris, Santander nous offrait un splendide butin de guerre : quatre-vingt-dix bataillons (soit quelque huit mille prisonniers) et leur armement, cent soixante canons, quarante-deux chars, trois cents moteurs d'avion, soixante-quatre appareils... et un reste de troupes en débandade qui cherchaient à trouver refuge dans les montagnes asturiennes ou à gagner la France par la mer dans des conditions vouées à l'échec ou à la mort. Nous étions donc en mesure de terminer l'occupation des Asturies, de libérer Oviedo, et de transférer tout ce matériel sur un front décisif, celui d'Aragon, c'est-à-dire de Catalogne, même si certains généraux recommençaient à me suggérer que le tour de Madrid était venu. Non. Le tour de Madrid n'était pas encore venu.

Quand je me sentis suffisamment équipé sur le plan militaire et politique, je caressai l'idée de former le meilleur Conseil des ministres possible, afin d'être prêts à affronter les lendemains de la victoire. L'année 1938 allait être capitale : après la prise du Nord, la bataille d'Aragon devait faire plier la Catalogne dans un dur combat où les républicains savaient qu'ils jouaient leurs dernières cartes, à telle enseigne qu'ils menèrent grand tapage avec leur proposition d'un accord « sans vainqueurs ni vaincus » qui garantirait la souveraineté de l'Espagne, comme si nous n'en étions pas, à nous seuls, les garants. L'unanimité se fit dans notre camp pour rejeter cette argutie, malgré les signes de fatigue psychologique montrés par certains hauts responsables militaires comme Yagüe, oui, le chef militaire de la Phalange, qui nous

---

1. Soldats des mouvements nationalistes basques au service de l'armée républicaine. [N.d.T.]

sidéra en prononçant un discours dans lequel il plaidait pour le pardon et la mansuétude devant l'héroïsme de l'ennemi. Lui, que la propagande internationale tenait pour responsable des sanglants incidents des arènes de Badajoz, était le moins indiqué pour manifester une telle faiblesse : il se retrouva donc sur une voie de garage pour reprendre ses esprits, et, une fois la guerre terminée, je le nommai ministre de l'Aviation afin qu'il puisse s'aérer un peu la tête et laisser en paix l'armée de terre.

La victoire du Nord mit aussi fin à notre traversée du désert diplomatique : le Portugal, le Salvador, le Guatemala, la Hongrie, l'Albanie, la Turquie, la Grèce, le Saint-Siège, le Japon, la Yougoslavie, le Nicaragua en vinrent à reconnaître la junte technique de Burgos et mon autorité. Nous recevions aussi des marques de crédit des États-Unis, directement et indirectement, tandis que la Grande-Bretagne ouvrait des consulats à travers tout le territoire que nous avions libéré, sans doute pour faciliter la tâche des nombreux agents de l'Intelligence Service actifs en Espagne. L'ennemi avait voulu jouer la mouche du coche en lançant une offensive sur Huesca et sur Teruel pour gêner l'occupation définitive des Asturies, mais les troupes de Rojo, qui s'étaient brièvement emparées de Teruel, durent vite l'abandonner puis se replier sur la frontière naturelle que constituait l'Èbre et passer derrière. C'était le moment d'institutionnaliser notre mouvement, de dissiper les dernières illusions restaurationnistes, suicidaires. Je pris l'avis de Serrano, qui approuva mon intention de former un premier gouvernement, mesure à la fois concrète et psychologique car elle donnait aux Rouges et à nos propres opposants une image d'assurance et de durabilité à laquelle ils ne s'attendaient pas.

Serrano était indispensable à la tête du gouvernement : il apportait l'équilibre entre les différentes factions, il avait une idée claire du nouvel État, et il dirigeait les travaux de reconstruction. Martínez Fuset n'avait pas besoin d'un ministère pour poursuivre sa mission. Restait donc le problème de deux collaborateurs de la première heure, mon frère Nicolás et Sangroniz. Je proposai à Serrano de confier à Nicolás le ministère de l'Industrie et du Commerce, un poste dont je le jugeais digne et qu'il avait de facto déjà exercé à sa manière un peu brouillonne, mais il m'opposa un argument de poids : avec un frère et un beau-frère dans le gouvernement, qu'allaient pouvoir penser nos partisans, et quelle utilisation feraient nos ennemis de cette preuve de népotisme ? Il proposa de s'effacer lui-même, en sachant pertinemment que c'était impossible, et il me fallut donc me passer de Nicolás, que je nommai ambassadeur à Lisbonne. Comme toujours, il ne fit aucune difficulté, partit au Portugal mener la grande vie et rendre de multiples services à notre cause, surtout après la guerre quand il devint l'intercesseur avisé entre le Mouvement national et le prétendant au trône don Juan de Bourbon, désorienté et mal entouré. Quant à Sangroniz, je l'envoyai occuper notre ambassade au Venezuela, ce qui était certes en deçà de la reconnaissance qu'il aurait pu attendre de ses mérites, mais il reçut bien d'autres récompenses de son véritable patron, don Juan March. On a beaucoup spéculé sur la composition de cette première équipe, mais je ne veux pas entrer dans le détail des raisons qui m'ont inspiré dans la désignation des seize gouvernements que j'ai dirigés tout au long de ma carrière de chef d'État, ni des trois que j'ai approuvés sous la présidence de Carrero Blanco puis de Carlos Arias Navarro*. Ce premier gouvernement était formé de personnalités efficaces, pondérées et représentatives des diverses familles du Mouvement. C'était une équipe légère mais capable, et surtout rodée à la discipline de fer indispensable en temps de guerre.

La formation du gouvernement eut un grand retentissement à Burgos où les habituelles manifestations de soutien populaire se transformèrent ce jour-là en une célébration anticipée de la victoire. Moi-même, surmontant ma prudence naturelle, je commençai à agir, à penser et à planifier comme si nous étions tout près du triomphe final. C'est dans cette disposition d'esprit que je reçus un cadeau émouvant de mes compatriotes : une résidence d'été en Galice, offerte à l'instigation de mon ami Barrié de la Maza, le président de la Compagnie électrique du Nord-Est, SA (FENOSA), auquel je conférai plus tard le titre de marquis de Fenosa. Il s'agissait de la propriété de la comtesse de Pardo Bazán dont avait hérité sa fille Blanca, mariée au général Cavalcanti et demeurée sans descendance. Elle fut achetée après une *collecte populaire* pour la somme de quatre cent mille pesetas de l'époque, et je la reçus avec un parchemin qui proclamait : « *Le 28 mars de notre deuxième année triomphale, an de Dieu de mille neuf cent trente-huit, la cité et la province de La Coruña ont fait l'offrande-donation du domaine de Meirás au fondateur du Nouvel Empire, Chef de l'État, Généralissime des Armées et Caudillo d'Espagne, Francisco Franco Bahamonde. La Galice, qui l'a vu naître, qui a entendu son appel le 18 juillet, qui lui a offert le sang de ses fils et le trésor de ses entrailles, qui l'a suivi sur le chemin de l'Unité, de la Grandeur et de la Liberté de la Patrie, lie à jamais le nom de Franco à son sol, aux terres de notre saint Jacques, comme une nouvelle gloire qui vient s'ajouter à son histoire.* »

En décembre 1938, lors de mon voyage à Santiago à l'occasion du jubilé de l'apôtre Jacques, les clés du manoir me furent solennellement remises et je pus découvrir son parc ombragé, ses bois sauvages, tout à la joie secrète de pouvoir enfin offrir aux miens quelque chose à la hauteur de « La Piniella », la finca de mon beau-père. Je remarquai parmi les arbres un acacia noir à feuillage persistant, symbole de la franc-maçonnerie, mais je ne le fis pas abattre car les végétaux sont innocents. Dès que cela fut possible, je fis visiter ce merveilleux domaine à ma sœur Pilar et à Nicolás, et nous fûmes tous émus en imaginant quelle aurait été la satisfaction de notre mère à parcourir comme une reine une propriété si imposante et si proche de nos paysages familiers. Dans les mois qui précédèrent la donation, j'avais eu l'occasion d'évoquer cette image avec Pilar, Nicolás et Ramón au cours de la dernière visite qu'il me rendit. Je me rappelle qu'il était très nerveux et très agacé par Pilar qui jacassait comme une pie : « Tais-toi un peu, b..., tu parles encore plus que la Pasionaria ! » Ma sœur fut vexée par cette comparaison, tandis que Nicolás riait sous cape en surveillant du coin de l'œil ma réaction. Comme à son habitude, Ramón se désintéressa de notre conversation à propos du manoir et passa la soirée à chanter les louanges de sa deuxième femme, Engracia, et de sa fille putative Angeles, pianiste précoce, que Pilar se refusa toujours à accepter comme enfant légitime. Je préférai me taire pour préserver ce moment de plénitude familiale, à l'instar de *ma mère dans notre salon à El Ferrol, lorsqu'elle restait muette comme si elle essayait d'entendre un ange passer.*

Plénitude, tranquillité, confiance en soi... Comme les constructions de l'homme peuvent être facilement ruinées, tant il est vrai que l'homme propose et que Dieu dispose! Malgré les difficultés politiques et le dernier sursaut qu'allait tenter Vicente Rojo face à Yagüe sur l'Èbre, la fin de la guerre se profilait, et je me gardais d'un excès d'optimisme quand une catastrophe vint obscurcir le ciel limpide de l'espoir : le 28 octobre 1938, mon frère Ramón s'abîma en Méditerranée et périt. La nouvelle me surprit au cours d'un entretien avec l'écrivain Ernesto Giménez Caballero. Je lui demandai de me laisser seul avec ma douleur et mon émotion. Tant de souvenirs communs défilèrent dans mon cerveau brouillé de chagrin, et surtout ces yeux, verts, malicieux, provocants mais au fond innocents, les yeux de celui qui avait été la brebis égarée de la famille Franco. Mais tout le mal qu'il avait pu faire était maintenant rédimé par la mort, qui purifie ce que la mémoire conserve de pire. Même Kindelán dut surmonter son animosité pour rédiger de respectueuses condoléances, et ce fut surtout la réaction du pape Pie XII qui me bouleversa. Dans ma réponse, je lui écrivis : «En tant que catholique, je suis fier que mon frère Ramón soit tombé pour la foi du Christ.» Je chargeai Nicolás de présider à l'enterrement, et j'ordonnai une enquête au cas où l'accident aurait pu avoir quelque chose de suspect. Ce n'étaient pas des heures propices à une investigation approfondie, mais les éléments recueillis furent assez éloquents : le hasard avait joué un mauvais tour à l'un de ses plus zélés serviteurs.

Permettez-moi, en guise d'hommage funéraire que je partagerai avec vous, car vous n'avez toléré en trente-six ans de pouvoir absolu aucune allusion publique à votre frère – si l'on met de côté son apparition expiatoire et moralisatrice dans *Raza* –, de terminer l'ébauche de ce grand roman auquel la vie du condottiere Ramón Franco pourrait donner matière. Quand il s'est tué, l'*ABC* républicain a réglé sans pitié son compte au pilote aventurier, le taxant de traître et l'accusant des « raids aériens les plus sanglants » sur Barcelone et Valence. A son arrivée à Palma de Majorque en compagnie de son épouse et de sa fille Angeles, vêtu en civil, il avait trouvé un climat hostile. Vivant au Gran Hotel, la résidence des pilotes italiens, il eut très vite des mots avec le chef de l'aviation italienne dans l'île, le lieutenant colonel Leone Gallo, qui avait rivalisé avec lui dans les traversées transatlantiques. L'inimitié réciproque avait été immédiate avec les plus anciens officiers espagnols, alors que les jeunes, qui ne connaissaient que par ouï-dire ses aventures gauchistes, continuaient à mythifier le héros du *Plus Ultra*, et furent plus impressionnés encore lorsqu'ils le virent piloter pour la première fois un nouveau type d'hydravion qu'il n'avait encore jamais essayé. C'était incontestablement un grand pilote, mais il était aussi devenu un officier des plus scrupuleux, portant un soin presque maniaque à sa tenue après avoir été le militaire le plus curieusement attifé de toute l'histoire espagnole, et être allé jusqu'au nudisme naturiste. Jamais un verre de trop : de son avion à la maison, de la maison à l'avion avec parfois, devant les jeunes officiers, des récits de ses exploits des années vingt qui oscillaient toujours entre la mélancolie et la faconde. Il n'est pas prouvé qu'il ait pris part aux bombardements de Barcelone, surtout ceux du mois de mars qui avaient causé de terribles pertes civiles, mais il est avéré qu'il se rendit en Italie pour y prendre livraison de nouveaux avions, et qu'il refusa alors de rendre visite à Alphonse XIII, sans pour autant empêcher ses subalternes de le faire. Il restait républicain, ou plutôt antimonarchiste, et il est aussi confirmé qu'il ne voulut pas livrer un franc-maçon, rose-croix, à un peloton d'incontrôlés, se chargeant de le cacher puis de lui faire quitter l'île sur une embarcation aborigène, un *llaud* d'apparence fragile mais tenant assez bien la mer pour aller à la rencontre des navires qui faisaient route vers l'Europe démocratique.

Il continuait à envoyer à sa première épouse de l'argent, des lettres de plus en plus rares et de plus en plus froides. Il se montrait, en revanche, chaleureux avec ses soldats, qui l'appelaient « notre parrain ». Il se consacrait surtout aux vols de reconnaissance, et se rendait quelquefois jusqu'à Burgos pour vous voir, pour bavarder avec Pilar et Nicolás, si ce dernier était là, et remporter quelques cigares avec la bague « Generalísimo Franco », qu'il distribuait ensuite autour de lui. Son frère, le

Généralissime, ne fumait pas. Peu de temps avant la fin du conflit, laissant ouverte la question de savoir quelle aurait été sa réaction devant votre pompeuse intronisation, il s'est tué en vol sans qu'il existe le moindre document établissant de manière irréfutable les raisons de l'accident de son hydravion Cant Z 506 au cours duquel il eut les jambes mutilées et perdit la vie. A son poignet, la montre témoigna de son dernier instant : six heures quinze. On a raconté qu'il avait en fait été tué alors qu'il essayait de s'enfuir en territoire républicain, mais aujourd'hui encore les experts penchent pour la thèse d'une erreur de calcul du poids de l'avion, une erreur du destin car Ramón avait toujours su faire de ses erreurs de calcul des coups de chance.

Après sa mort, ce furent le silence et un certain acharnement officiel à effacer sa mémoire ambiguë. Le couple régnant proposa d'abord à sa veuve de prendre chez eux la fille de Ramón, mais sa mère eut peur qu'ils la transforment en une sorte de demoiselle de compagnie pour la petite Carmen, et elle refusa. Cette enfant devint par la suite une pianiste réputée, mais les autorités, à votre demande, lui interdirent de faire figurer le nom de Franco sur les affiches de ses concerts. Lassée, la jeune fille abandonna sa carrière et revint à Palma pour y ouvrir avec sa mère une *boutique de souvenirs*[1] qui tombait à pic dans le boom touristique que connut l'île. En avril 1966, Angeles Franco mourut à Barcelone d'un cancer. A trente-six ans, elle laissait une fille adoptive et sa mère, presque aveugle et écrasée de souvenirs qu'elle ne pouvait vendre dans son magasin. La grand-mère confia l'enfant à un couple aisé et prit régulièrement de ses nouvelles, jusqu'au jour où elle ne donna plus signe de vie. Quant à Carmen Díaz, cette intrigante de casino d'après vos dires qui s'était mariée avec Ramón à l'âge de dix-neuf ans sous l'emprise d'un amour incompréhensible pour un monsieur plus que trentenaire un peu bedonnant, au crâne dégarni mais au regard vert subjuguant, elle trouvait encore en 1981 des paroles émouvantes pour l'évoquer : « Sa vie fut un tourbillon car comme tant d'entre nous, comme tant d'Espagnols, son pire ennemi n'était autre que lui-même. Vaniteux, courageux, géné-

1. En français dans le texte. *[N.d.T.]*

reux, regardant sans cesse la mort en face, il ne connut jamais la paix, pas même à sa dernière heure. Les uns chérissent encore son souvenir, gardent sa photo dédicacée parmi leurs plus chers secrets. Les autres, ceux qui l'avaient d'abord adulé avant de le redouter et de le combattre, ceux qui ont cherché à le détruire, ont recouvert son nom de poussière, anxieux d'effacer jusqu'à son absence... Moi, je ne pourrai jamais l'oublier. »

En exposant les grandes lignes de ma vision stratégique, je vous ai épargné la description de batailles aussi importantes que celles de Talavera, de Brunete, de Belchite, que l'on étudie aujourd'hui dans nos académies militaires et qui émerveillèrent les généraux les plus prestigieux de l'époque. Talavera avait joué un rôle décisif pour accélérer l'occupation de l'Estrémadure, libérer l'Alcazar de Tolède, opérer la jonction définitive entre l'armée du Sud et celle du Nord ; la bataille de Brunete, elle, permit en juillet 1937, à l'équateur de notre guerre, de porter un coup décisif à l'ennemi sur les plans matériel et moral. Au départ, la violente offensive déclenchée par les Rouges sous le commandement de Vicente Rojo, flanqué du Soviétique Malinovski et du gratin des nouveaux officiers communistes, paraissait tourner en faveur du camp républicain, mais ils avaient mis leurs meilleurs fers au feu et il s'agissait donc de les contenir, de mener des ripostes plus énergiques qu'ils ne les attendaient, et de lancer la contre-offensive au moment venu. La contribution de la légion Condor fut déterminante dans le châtiment de l'armée des Rouges, qui laissa vingt-cinq mille morts sur le champ de bataille, contre treize mille de notre côté. Curieusement, les Rouges tinrent cette défaite pour une victoire, parce qu'elle avait ralenti notre avance vers le nord : que l'on me donne une douzaine de « défaites » comme celle que nous aurions subie à Brunete, et je me fais fort de gagner n'importe quelle guerre ! Quant à l'affrontement de Belchite, provoqué un mois plus tard en Aragon par les républicains qui y virent encore un moyen de gêner notre campagne au Nord, il me suffit de rappeler que les troupes rouges y furent conduites par Pozas, cet imbécile qui avait refusé de décréter l'état de guerre après la victoire du Front populaire malgré mes demandes et mes mises en garde. *Les Rouges connurent d'abord des succès fulgurants au prix de coups d'audace presque toujours initiés par les Brigades mixtes du sanguinaire Líster, mais à la longue ce fut notre vigueur et notre constance qui primèrent.*

Qui était ce catholique qui écrivit sur les murs de Belchite : « Pour chaque Rouge que vous tuez, une année de purgatoire en moins » ?

Brunete et Belchite avaient été des tentatives, astucieuses mais mal réalisées, d'empêcher notre complète occupation du Nord. Une fois cette dernière accomplie, toutes nos forces se massèrent sur le front d'Aragon, ou, pour mieux dire, sur le front catalan de l'Èbre, puisque notre objectif était de donner le coup de grâce à la résistance républicaine en nous emparant de la Catalogne et de Barcelone, la capitale de la direction républicaine et du gouvernement séparatiste fantoche que dirigeait le funeste Companys. Je voulais que la bataille de l'Èbre fût « ma » bataille, comme toutes les autres d'ailleurs, mais je pris particulièrement à cœur celle-ci. Vicente Rojo comprenait que l'heure de vérité approchait : le 25 juillet 1938, il enclencha une offensive surprise, organisant habilement une traversée nocturne du fleuve et prenant position sur la rive contrôlée par nos troupes. A part Rojo, qui s'avouait catholique, presque tous les cadres à ses ordres étaient communistes. Nous avions devant nous cent mille Rouges chimiquement purs, et l'occasion fabuleuse de décapiter l'hydre, de détruire l'avant-garde du Mal et d'ouvrir la voie à l'Espagne de l'avenir. Je décidai de me porter en première ligne, ordonnant à Yagüe et à García Valiño de fondre sur les Rouges après un très rude pilonnage d'artillerie, pendant que nos forces aériennes les accableraient jour et nuit. Cent quatorze jours de combat : avec cela, tout est dit. Líster, du côté des Rouges, donna l'ordre d'abattre tout combattant qui abandonnerait son poste, et mes officiers reçurent la même consigne. La lutte pour la montagne de Caballs fut décisive, et je voyais comment la résistance de l'ennemi devenait têtue, obstinée, désespérée. Notre aviation, plus efficace, laissa pour finir des troupes obligées de résister en se cachant sur les rives presque nues du fleuve car elles avaient perdu la bataille des hauteurs. Telles des pièces de domino, leurs positions tombèrent les unes après les autres et nous nous emparâmes des principaux villages de chaque côté de l'Èbre. Je n'eus alors qu'un bref commentaire : les forces les mieux organisées de l'ennemi ont été détruites. C'était évident pour tout le monde, y compris les chancelleries européennes qui se mirent alors à me sonder à propos d'un possible plan de paix : un plan de paix, juste au moment où se concluait l'opération de harcèlement et de destruction de l'ennemi ! Non, il n'y avait pas de paix possible : la seule issue était la capitulation inconditionnelle.

L'entrée en Catalogne de vos Maures et de vos petits revanchards catalans habillés en *requétés*, en phalangistes ou en soldats réguliers, provoqua une panique qui encourageait à la fuite, un enthousiasme suscité par la constatation que la guerre était finie, et le silence expectatif des agneaux : comme toujours, le juste milieu était impossible. A Madrid, on ne voulait pas croire que la Catalogne puisse se rendre, et certains théorisèrent que le défaitisme de la bourgeoisie catalane face à la réaction oligarchique était finalement logique. Des années plus tard, j'ai photocopié un extrait de l'introduction à un ouvrage collectif sur le franquisme rédigée par l'historien catalan Josep Fontana : « J'eus ma première expérience du régime franquiste un matin de janvier 1939, quand un soldat marocain entra dans la maison où je vivais avec mes parents aux abords de Barcelone et, fusil en main, nous obligea à ouvrir toutes les armoires et tous les tiroirs pour s'emparer de ce qui lui plaisait. Ce n'était pas un forfait isolé, mais un exemple du pillage systématique encouragé et organisé d'en haut, qui s'acheva quelques kilomètres plus loin lorsqu'on obligea ces hommes à jeter tout ce que leur paquetage ne pouvait contenir : il ne fallait pas qu'à l'entrée dans Barcelone des preuves trop évidentes de la rapine sautent aux yeux des correspondants de la presse étrangère et des membres du corps diplomatique. Ce fut donc ainsi que je me rendis compte que je venais d'être " libéré ", et que je commençai à apprendre, encore enfant, les règles du jeu d'un système dans lequel il allait falloir vivre pendant plus de trente-six ans. »

Après la victoire sur l'Èbre, Barcelone devenait, comme le dit Serrano Suñer, «à la portée de nos baïonnettes», et nous la libérâmes en effet le 26 janvier 1939. Tout le monde pensait que je me présenterais aussitôt devant la population soulagée du poids de la faim et de la terreur rouge, mais ma visée stratégique me fit retarder ce moment, et je laissai Yagüe et Saliquet prendre possession de la ville pendant que les responsables républicains fuyaient comme des rats vers un exil doré en France et que des milliers de criminels ou de crédules abusés entreprenaient une marche dramatique et purificatrice. J'ordonnai aux troupes et à l'aviation de continuer à attaquer les colonnes de fugitifs, car nous ne pouvions nous payer le luxe de leur offrir une retraite en bon ordre et de laisser arriver tant d'ennemis dans le sud de la France, où ils recommenceraient à conspirer. Je ne fis mon entrée à Barcelone que le 21 février, soit près d'un mois après sa libération, pour présider un triomphal défilé de la Victoire baigné par la ferveur du peuple catalan.

C'était un peu la répétition générale du défilé final qui se tiendrait quelques mois plus tard à Madrid, mais la guerre n'en était pas pour autant terminée, même si le gouvernement et le président de la République Azaña avaient pris la poudre d'escampette en France : l'arrogant Negrín revint aussitôt d'exil pour mener une résistance suicidaire à laquelle ne prenaient désormais part entière que les communistes, auxquels Moscou répétait pour les encourager que la Seconde Guerre mondiale allait bientôt éclater et que le sort du conflit espagnol serait alors lié à un contexte plus général. Sans hâte mais aussi sans relâche : la Catalogne occupée, Vinaroz conquis, il fallait s'occuper sans tarder des deux poches côtières d'Alicante et de Carthagène, bourrées à craquer des rescapés de toutes les défaites rouges qu'il était exclu de laisser s'enfuir par la mer. Les dirigeants, la Pasionaria y compris, purent s'échapper de ce piège en bateau ou en avion, mais quelque trente mille Rouges y restèrent acculés, et ils connurent alors ma générosité, mais aussi ma justice.

Beaucoup des captifs de la souricière d'Alicante et de Carthagène ne vous ont pas attendu, préférant se suicider quand la fuite semblait désormais impossible. Ceux qui ne le firent pas connurent la mort, la prison, l'épuration et, peut-être pire encore, les discours « rééducatifs » d'Ernesto Giménez Caballero, un vautour au lyrisme surréaliste qui planait au-dessus des camps de concentration, selon lui pleins de charogne vaincue. Les suicidés, au moins, avaient échappé à ce vil exercice de cruauté mentale.

Et maintenant, oui : l'heure de Madrid avait sonné, Madrid à point, prête à tomber. De la capitale assiégée nous parvint la nouvelle qu'une partie des officiers, sous la conduite du colonel Segismundo Casado*, l'homme de confiance de l'Intelligence Service en Espagne, étaient disposés à négocier une reddition honorable. Cette initiative concernait une large fraction des socialistes et des anarchistes, ne laissant de côté que les communistes. Je laissai le temps passer, la situation pourrir, partisans de Casado et communistes s'empêtrer dans un conflit meurtrier qui pour nous était tout bénéfice, et je ne répondis à aucune proposition autre que la capitulation inconditionnelle.

Les émissaires de Casado et mes représentants négocièrent à l'aéroport d'El Gamonal, près de Burgos. Son offre la plus importante était de sauver le peu d'aviation qui restait aux Rouges sur le front de Madrid. L'affrontement entre casadistes et communistes acheva de ruiner les positions républicaines : nos troupes avançaient par toutes les brèches, ne rencontrant que la résistance symbolique de francs-tireurs isolés. Casado remit ses pleins pouvoirs à mes officiers et se rendit à Valence pour y aider mes troupes à réorganiser la cité, puis à Gandía d'où il partit en exil : cette fois, le pont d'or à l'ennemi en fuite n'était pas inutile, et je ne me souciai guère de constater que Miaja faisait partie de ceux qui s'étaient enfuis à tire-d'aile. Le 28 mars, les troupes nationales emmenées par le général Espinosa de los Monteros entrèrent solennellement dans Madrid. De Burgos, je rédigeai mon dernier bulletin de guerre après avoir reçu l'assurance que toute résistance avait cessé à Alicante, dernier foyer des Rouges aux abois. Je pus alors écrire : « Aujourd'hui, alors que l'armée rouge est captive et désarmée, les troupes nationales ont atteint leurs derniers objectifs militaires. La guerre est terminée. » L'euphorie régnait à mon quartier général, mais je dus faire suspendre les préparatifs pour venir recueillir en personne les lauriers de la victoire. Donner du temps au temps, avancer sans hâte mais aussi sans relâche : ce fut seulement le 19 mai que je me résolus à présider le défilé de la Victoire sur la Castellana de Madrid, au sein d'une liesse populaire indescriptible malgré la pluie. Ensuite, je me rendis à une soirée de gala au théâtre de la Zarzuela en compagnie de Carmen et de Pacón.

Quelqu'un avait dit à ma mère que mon père, une fois détruit ou distribué ce qui restait dans les locaux du Secours rouge, s'était retrouvé pris dans la confusion des tirs échangés entre partisans de Casado et derniers résistants communistes. Elle me conduisit chez sa sœur, mariée à un membre de l'Action catholique qui était resté planqué pendant toute la guerre, et repartit voir si elle ne le retrouverait pas parmi les vagues groupes de miliciens qui erraient dans les décombres. Les rues étaient encombrées de chars et de véhicules militaires abandonnés, les envahisseurs pénétraient par tous les ponts, toutes les brèches comme vous dites, Général, en chantant et en obligeant les passants à les saluer le bras tendu, à crier des vivats en votre honneur et en celui de l'Espagne. Après les pilonnages, après ces démonstrations de force qui ne rencontraient quasiment pas de résistance, le spectacle devint habituel de ces colonnes de vaincus, en uniforme ou pas, le visage tendu, serrés de près par les fusils et les cravaches provocantes des vainqueurs, contraints de chanter et d'exalter tout ce qu'ils avaient combattu pendant trois longues années. Ma mère ne retrouva mon père qu'un mois plus tard : il était détenu dans un couvent transformé en prison, et pendant qu'il attendait son procès mon oncle de l'Action catholique devint pour nous un homme providentiel. Je ne sortis de chez lui qu'en mars 1939 pour accompagner ma mère chez un curé qui était un peu son pays et qui pouvait lui procurer un certificat de bonne conduite grâce auquel mon père sauverait peut-être sa tête. Ce fut ainsi que le père Higueras entra dans ma vie.

Ce que pense le Caudillo,
Franco l'ignore

Que ressens-tu un jour comme aujourd'hui ? Ma femme me posa la question en cette journée où le peuple de Madrid m'avait acclamé et où je pris en charge la reconstruction de l'Espagne et son retour dans l'Histoire. Ce que j'éprouvais ? Du courage, un immense courage froid, et le sentiment qu'allaient désormais coexister en moi deux personnalités différentes, Franco et le Caudillo, l'homme et le chef d'État. Bien entendu, la seconde prenait le pas sur la première, car le bien commun de tous les Espagnols devait être au-dessus de mes convenances personnelles. Millán Astray sut exprimer cette idée avec justesse, disant : « Ce que pense le Caudillo, Franco l'ignore. » Après la victoire, chacun de mes gestes acquit une valeur symbolique. Je n'irai pas jusqu'à dire, comme le Roi-Soleil, que « l'État c'est moi », mais à l'évidence l'État se trouverait désormais là où je serais, et j'en eus déjà la preuve lorsqu'il nous fallut choisir une résidence : ma place était sans aucun doute au palais d'Orient, qui avait abrité mes prédécesseurs, Alphonse III et Azaña. Cette perspective enthousiasma Carmen, si experte en décoration et qui avait toujours su arranger avec le meilleur goût tous les lieux que nous avions occupés depuis notre mariage. Mais Serrano Suñer critiqua ce choix : « Ce serait un mauvais signe qu'un ordre nouveau, un régime qui a l'ambition d'effacer les erreurs de la monarchie comme de la funeste République, s'installe dans le palais qui symbolise les régimes précédents. » Pacón était du même avis.

Malheureux Pacón : sa vie privée peu stabilisée, sa jeune épouse de vingt-sept ans tout juste sortie de couches, il continuait obstinément à vous accompagner partout, veillant à votre sécurité, la main au pistolet, inquiet de tout cet enthousiasme débordant. Et ce fut justement à El Ferrol qu'il apprit que sa femme avait attrapé le typhus et s'était enfoncée dans un délire qui ne la quitta plus jusqu'à sa mort. Le typhus, le choléra, la tuberculose... Les maladies de l'après-guerre avaient commencé leur sarabande. Aussitôt après avoir enterré sa femme, Pacón partit à Burgos, prêt à vous aider à choisir une résidence digne de votre rang.

Nous quittâmes définitivement Burgos en octobre 1939 pour nous installer provisoirement au château de Viñuelas, à dix-huit kilomètres de la capitale. Très versé en intendance, je ne voulus confier à personne, pas même à Carmen, le soin de calculer la rétribution qui me serait nécessaire pour occuper dignement ma charge : après avoir étudié ce qu'Alphonse XIII et les divers présidents de la République avaient reçu, je décidai que j'aurais pour l'instant besoin d'environ sept cent mille pesetas annuelles, conclusion à laquelle j'étais arrivé avec l'aide de Pacón et de mon secrétaire d'intendance civile Muñoz Aguilar. Le palais d'Orient ayant été écarté, on examina d'autres possibilités : soit un édifice nouveau qui refléterait l'esthétique de l'Ère nouvelle, comme le proposa Serrano, soit le palais d'Alcalá de Henares, suggestion de certains de mes conseillers, soit celui du Pardo.
Alcalá, c'était la majesté d'une grande histoire, le souvenir de Cisneros et des Rois catholiques. Mais seul le Pardo répondait à toutes les exigences. Plus de trente ans après, je dois reconnaître que je fus bien avisé de le choisir ainsi par élimination, confirmant une nouvelle fois qu'à quelque chose malheur est bon. Le palais était situé à la distance idéale de Madrid, au milieu du domaine royal du Pardo, un généreux espace de quinze mille hectares dans un périmètre de quatre-vingts kilomètres. Outre ses bois de chênes qui abondaient en gibier, le Pardo abritait une remarquable collection de peinture et de sculpture, Berruguete, Titien, Goya, Bayeu, mais cette décoration aurait fini par écraser notre vie quotidienne, et nous choisîmes d'occuper le rez-de-chaussée, devant la cour d'honneur, utilisant les dépendances pour le protocole et les déjeuners, la chapelle

pour les services religieux. Je prenais le plus grand plaisir à me promener dans les jardins à la française ou à partir en randonnée, la carabine sur l'épaule, à travers ces douces collines qui faisaient un excellent terrain de chasse. Combien de fois ai-je pensé que l'immense sérénité du Pardo a bien aidé à ma tranquillité d'esprit durant les heures, les semaines, les mois, les années difficiles qu'il m'a été donné de traverser ! Carmen adapta le mobilier à notre usage quotidien, et exigea que le patrimoine artistique du palais, dispersé dans Dieu sait quels greniers ou caves au nom de je ne sais quelles réquisitions justifiées par l'air du temps, revienne à sa place. Ce fut en señora, en grande dame, qu'elle organisa harmonieusement notre vie, et j'ordonnai de l'appeler ainsi, la Señora, aux domestiques et aux membres de ma maison civile et militaire.

Cela ne signifie pas que nous nous laissâmes gagner par la folie des grandeurs : les témoignages abondent sur le naturel avec lequel nous traitions le personnel, malgré la solennité des lieux. Ainsi, j'aimais particulièrement le petit théâtre néoclassique du Pardo où nous prîmes l'habitude de faire projeter un film chaque semaine, parfois une œuvre qu'Arias Salgado avait jugée impropre à une diffusion de masse, mais toujours dans le respect des normes édictées par l'Église en raison de la diversité du public qui prenait part à ses projections. J'ai toujours été un grand amateur de cinéma, ayant filmé moi-même – mais mes premiers films disparurent lors de la perquisition à mon domicile madrilène aux premiers jours du soulèvement –, et ayant même tenu un petit rôle dans le film de Gómez Hidalgo, La Mal Casada, où je figurais dans une scène tournée chez don Natalio Rivas en jouant mon propre personnage, un militaire célèbre revenant de la guerre d'Afrique. Eh bien, dans cette salle qui devint comme un cinéma familial tout le monde s'asseyait, amis, parents, pour contempler les héros et notamment, en ce temps-là, l'immense Juanita Reina en qui j'avais toujours vu l'archétype de la femme espagnole, brune, belle, patiente et fidèle. Savoir qui nous entourait, qui étaient les inconditionnels et ceux qui m'empoisonnaient la vie était, à cette époque, fondamental. D'ailleurs, Carmen avait l'habitude de lancer à ceux qui nous rendaient *visite :* « *Dans quel camp êtes-vous ? Hein ? Dans quel camp es-tu ?* »

A mes responsabilités militaires, j'avais dû ajouter celle de la direction politique du pays. En ce domaine, j'avais beaucoup appris entre septembre 1936 et ce venteux mois d'avril 1939. *Cherche celui qui pourra t'apprendre ce que tu ne sais pas,* avais-je notamment constaté, *mais qu'il le fasse pour t'enrichir et pour se rendre plus efficace encore, non pour s'imposer comme un censeur de tes décisions.* Entre 1939 et 1950, en une décennie d'inquiétudes matérielles et politiques, un changement considérable se produisit parmi mon entourage, la Providence ayant envoyé sur mon chemin des hommes comme Arrese*, Arias Salgado, Blas Pérez et surtout Luis Carrero Blanco, qui m'aidèrent à résoudre des problèmes que Serrano Suñer se contentait de contrôler. Mais avant d'aborder les défis majeurs de cette décennie, je dois vous expliquer ce que ressentait Franco en constatant qu'il était l'indispensable et incontestable Caudillo de l'Espagne victorieuse : eh bien, Franco se sentait responsable et résolu devant la tâche gigantesque de reconstruire l'Espagne, de la protéger des pièges intérieurs et extérieurs. Peur ? Aucune. Témérité ? Non plus. Courage froid, comme celui que j'avais manifesté durant les premiers bombardements de Salamanque, à l'encontre des airs bravaches d'autres chefs militaires. Courage froid comme je l'avais ressenti en haut de l'impressionnante estrade d'où je contemplai le premier défilé de la Victoire sur la Castellana, au milieu des acclamations des vainqueurs et des vaincus, conscient d'avoir libéré l'Espagne entière du joug communiste.

Combien d'Espagnols manquaient à ce triomphal acte d'allégeance de la Castellana au cours duquel fut définitivement adopté le cri de « Franco, Franco, Franco », trois fois, comme « *Sanctus, Sanctus, Sanctus* », dans l'orgasme de la consécration eucharistique ? Un million de citoyens étaient morts, ou sur les divers chemins de l'exil. Dans les prisons s'entassaient des milliers et des milliers de suspects torturés et bientôt fusillés ou condamnés à des peines hallucinantes, je ne me risquerais pas, ne voulant ni faire le généreux ni l'avare, dans cette dispute scientifique des historiens pour savoir si entre 1939 et 1943 vous avez envoyé au peloton d'exécution ou au garrot deux cent mille vaincus ou plus, mais en tout cas je ne transigerai pas sur le chiffre de deux cent mille, Général, car il fait presque l'unanimité. Je ne vous compterai pas, après tout ce temps, les exactions des escadrons phalangistes dans la campagne espagnole, les fosses communes remplies de corps de disparus, les outrages sexuels subis par les femmes des vaincus, les têtes rasées des républicaines, l'huile de ricin, les coups, et vous, vous, vous, votre visage répété à l'infini sur les façades des villes et des villages, apparition parapsychologique sur des murs encore abîmés par la mitraille. A la haine ouverte de la guerre, vous avez fait succéder la haine de l'exterminateur, de la vengeance sadique sur un ennemi qu'il fallait dépouiller de toute dignité, au point de fusiller en position assise des prisonniers torturés qui ne pouvaient plus tenir debout, ou de faire sauter par les fenêtres de votre police politique ceux qui avaient commis la bêtise biologique de ne pas supporter les coups. Je raconterai seulement ce que j'ai vécu, Excellence, en tant que fils de condamné à mort qui revit son père lors de la séance du tribunal militaire, où l'on m'avait emmené en pensant que mes dix ans pourraient émouvoir ces dieux de pacotille vêtus de kaki, kaki, kaki, tout était kaki dans cette salle, même l'odeur, mais il s'y mêlait sans doute aussi celle de la merde de nourrissons car d'autres familles, en concurrence ouverte pour se montrer les plus pathétiques, avaient mobilisé leurs propres rejetons d'inculpés qui étaient presque tous plus jeunes que moi, moi qui me sentais ridicule, un grand dadais perdu au milieu de cet assaut quémandeur. Et puis, cet homme là-bas, était-ce mon père ? Était-ce lui, cet être émacié, voûté, dont seule la voix était restée forte, mais aussi atrocement respectueuse, servile presque devant les questions de cet abominable procureur à la moustache fasciste en accent circonflexe qu'il fallut voir partout, durant tant d'années, comme un cauchemar lancinant ? Et si je pleurais, parce que ma mère pleurait et ensuite les frères de ma mère dans la rue, à partir de ce jour-là a grandi en moi un sentiment fait à la fois de compassion et de meurtre symbolique. En sauvant sa tête, mon père nous plongeait dans la défaite et allait nous y maintenir toute notre vie, toute ma vie, et j'ai parfois pensé, encore qu'avec les années je me suis mis à être plus indulgent avec lui parce que je le devenais avec moi-même, qu'il aurait mieux fait de mourir dans la fusillade avec les partisans de Casado ou de partir en exil pour nous appeler ensuite auprès de lui, là où il aurait pu vivre en prince de l'histoire et non comme cet homme ni jeune, ni père, ni rien, seulement un poids affectif que ma mère supporta avec une énergie inattendue de la part de cette frêle silhouette penchée comme un cycliste sur sa Singer, jour et nuit, confectionnant le reste du temps de misérables paquets de vivres pour lui et pour mon oncle célibataire qui avait été contraint de refaire son service militaire puisque la première fois il avait été conscrit de la République. Un autre détail éthiquement et économiquement très révélateur, Général : vous avez créé des bataillons de soldats républicains qui devinrent les forçats de la reconstruction, les obligeant à un deuxième service militaire, confisquant sept années de leur vie à des garçons qui avaient dix-huit ans au début de la guerre et presque trente quand ils quittèrent votre armée, purifiés par le travail, le fouet, les punitions et les marches forcées en entonnant les chansons de leurs vainqueurs.

Mais si je veux seulement vous parler de morts effectives et symboliques qui me concernent moi, je ne peux m'empêcher de vous rappeler un nom qui ne vous dira sans doute rien : Matilde Landa, une des responsables du Secours rouge, cette Matilde dont avait tant parlé mon père quand ils travaillaient ensemble. Elle avait décidé de rester à Madrid pour aider à la réorganisation du Parti communiste, étant donné qu'elle n'avait fait que de l'assistance au cours de la guerre. Arrêtée, brutalement battue dans les locaux de la Direction générale de la Sécurité, condamnée à mort en décembre 1939, elle avait vu sa peine commuée en détention perpétuelle grâce à l'intervention du philosophe et curé García Morente, un disciple d'Ortega y Gasset. Transférée à une prison de Majorque, elle ne se rendit pas compte qu'elle entrait sur le territoire de Miralles Sbert, évêque satanique qui avait réussi à horrifier Bernanos et à lui inspirer en partie *Les Grands Cimetières sous la lune*. Son exaltation, combinée aux excès érotico-sanguinaires du comte Rossi, avait fait de

Majorque la référence obligée de ceux qui mettaient en doute l'humanisme de votre Croisade, et, quand il apprit l'arrivée d'une si remarquable prisonnière, il la soumit à un chantage moral dont on ne peut nier la sophistication : si elle embrassait la foi catholique, il ferait augmenter les rations alimentaires des enfants de femmes emprisonnées. Matilde Landa se jeta par une fenêtre le 26 septembre 1942, et l'on retrouva dans sa cellule les seuls livres qu'elle avait été autorisée à conserver : *Les Stations* de sainte Thérèse d'Avila, les *Poèmes* de Bécquer* préfacés par les frères Quintero, et les *Œuvres complètes* de Quevedo* que lui avaient offertes ses compagnes de cellule dans sa première prison.

Je ne veux pas vous ennuyer, Général, avec l'inventaire de votre barbarie. Je vous dirai seulement que nous avions peur de sortir dans la rue, où défilaient les rejetons de la Phalange avec leur chemise bleue, leurs pantalons courts, leur béret sur la tête ou replié sur l'épaule, chantant des paroles épiques qui me faisaient frémir et me privaient de mon identité, comme si elles créaient le vide en moi. J'étais assez âgé et expérimenté pour me sentir déjà comme une taupe, un exilé intérieur, pour comprendre qu'à la liste de vos destructions il fallait ajouter ces milliers et milliers d'Espagnols contraints de renoncer à leur identité, à leur mémoire même, ne gardant pour seul droit que celui de panser les blessures de leurs proches physiquement ou spirituellement mutilés et qui ne pouvaient qu'attendre votre pardon. C'est ce que nous faisions en effet lors des rares visites que nous étions autorisés à rendre à mon père, dans un parloir où nous étions séparés par deux grilles enserrant un couloir qu'arpentait un fonctionnaire qui se croyait à la parade. Car tous ceux qui portaient un uniforme avaient gagné la guerre, même les chauffeurs de taxi et les concierges. Dans son costume de bure marron, la tête penchée pour nous dissimuler ses yeux larmoyants, mon père ne ressemblait toujours pas à l'homme qu'il avait été.

Par la suite, on l'emmena purger sa peine à Burgos, où nous nous rendîmes au cours de trois ou quatre voyages dantesques dans des autobus bons pour la casse. Une fois, l'un d'eux nous fit perdre trop de temps, au désespoir de ma mère qui se mit à pleurer au pied du mât où montait le drapeau rouge et jaune. Que lui apporter ? Des vêtements propres, du savon, des figues sèches, du potiron confit, quelques chorizos qui nous parvenaient parfois de chez mon grand-père quand ils arrivaient à passer les filtres du service de ravitaillement, lequel contrôlait tous les bagages dans les gares afin d'empêcher les vivres de circuler librement. Ou bien ces fromages galiciens que je regardais partir vers mon père, la bouche pleine de salive et les yeux caressant leurs flancs de cire jaune. Un jour, nous reçûmes un jambon de Galice, un humble jambon fort gras qui nous fit l'effet de la huitième merveille du monde. Ma mère et moi l'avions longuement contemplé, pétrifiés, avant de nous jeter dessus chacun armé d'un couteau en l'attaquant de son côté jusqu'à rencontrer l'âme cachée et odorante de la bête. Nous étions rassasiés et ma mère, organisant les restes, mit à part un gros morceau bien tendre pour mon père. Coûte que coûte, il parviendrait à Burgos. Perdre une guerre mérite au moins en compensation un bon morceau de jambon.

Mais je ne pouvais me contenter de savourer le miel de la victoire : toutes les difficultés qui couvaient au temps de la guerre, ainsi que les problèmes matériels causés par ses ravages, me tombèrent dessus. Ceux qui m'avaient aidé entendaient maintenant être payés en retour : les phalangistes, qui voulaient voir le régime se rapprocher de leurs utopies révolutionnaires, les monarchistes, qui ne manquaient pas une occasion de me remontrer la nécessité d'une restauration, légitimiste ou carliste... Les officiers supérieurs, eux aussi, se croyaient autorisés par la guerre et leur loyauté à s'arroger des fonctions de « sénateurs » ayant leur mot à dire sur ce qu'il fallait faire ou ne pas faire. L'Allemagne et l'Italie voulaient être payées non seulement en se faisant rembourser les dettes concrètes que nous avions à leur égard mais aussi en influence politique : Hitler insistait pour que nous soutenions l'expansionnisme allemand, Mussolini cherchait à devenir le chef d'un Empire méditerranéen dans lequel il m'avait déjà réservé le rôle d'un petit César des contrées occidentales. Les puissances de la banque, de la grande propriété foncière et de l'industrie, l'Église qui avait placé ses bannières devant notre Croisade, tous attendaient leur rétribution aux portes du nouveau régime. Mon expérience dans la milice m'avait appris que la meilleure solution est celle qui vient avec le temps, car ce qui paraît de la plus grande urgence finit toujours par l'être beaucoup moins au bout de quelques jours. Aussi me préparai-je à recevoir sans hâte mais aussi sans relâche la cohorte de mes créanciers, personnes physiques comme Serrano Suñer ou Juan March, États comme l'Allemagne et l'Italie, institutions comme la banque, l'armée ou l'Église. Pourquoi ne pas commencer par Juan March ? De qui pouvais-je être plus débiteur, lui que l'on appelait « le banquier de la Croisade » ?

J'ai toujours été très reconnaissant envers Juan March, mais les riches, surtout s'ils sont juifs, ne pensent qu'à eux, et, pour lui épargner la tentation de tirer un parti abusif des évidents services qu'il nous avait rendus, je plaçai entre moi et lui le ministre de l'Industrie Demetrio Carceller, phalangiste non dogmatique qui, tout en admirant la formidable intelligence de March, était en mesure de lui dire « non » chaque fois qu'il le faudrait. Par ailleurs, je n'ai pas apprécié son flirt avec l'opposition à la fin de la Seconde Guerre mondiale, quand le monde entier s'entêtait à vouloir nous démocratiser. De sa résidence portugaise, à l'Estoril, il abusa alors des voyages destinés à confronter les avis sur le développement de la situation espagnole, comme si notre victoire durant la Croisade n'était pas une réponse suffisante.

Nous lui avions apporté tout notre soutien dans l'affaire de la Barcelona Traction, une entreprise étrangère dont March s'était emparé. Ses anciens propriétaires transformèrent le litige en un scandale international qui nous causa du tort car March apparaissait comme un protégé du régime. Je vécus sa victoire dans ce procès comme la mienne, même si son avocat n'était autre que Gil-Robles, déjà converti en « guide » du retour de l'Espagne à la démocratie. Avant de décéder en 1962, March créa une fondation pour la défense de la culture espagnole. Sa fracture du col de fémur annonçait une mort imminente, aussi voulus-je faire un geste qui aille plus loin qu'une manifestation de sympathie sans pour autant me compromettre, et avec moi *l'intégrité de notre cause. Je lui envoyai mon gendre, qui revint avec une impression optimiste, mais don Juan March mourut quelques jours plus tard. Je téléphonai personnellement à sa famille, et je peux dire que ma voix se brisa quand je leur présentai mes condoléances.*

Dès le début des années quarante, le « pirate de la Méditerranée » porta sur vous des jugements qui ne vous étaient jamais favorables. Il estima même que « ce dont l'Espagne a besoin, c'est de la restauration de la monarchie avec l'appui des partis de gauche ». Du Portugal, il encouragea les espoirs politiques de Lerroux, son indéfectible homme de paille, et de Gil-Robles. Il contribua aussi financièrement en 1943 à l'opération qui consistait à rapprocher de l'Espagne don Juan de Bourbon en le faisant passer de Lausanne au Portugal, d'où il aurait pu projeter son ombre sur le pouvoir obstiné de l'usurpateur. Tel était le destin de March : affréter des avions pour changer le cours de l'histoire espagnole. Il paya les frais de voyage de don Juan et de sa suite, en voiture puis en avion, contractant aussi pour lui une assurance-vie de cent mille francs de l'époque. Mais l'entreprise capota : en Italie, le fascisme vacillait et don Juan, parti de Lausanne en voiture, ne put traverser la frontière italienne. Trois ans plus tard, le prétendant au trône s'installa cependant à l'Estoril, mais entre-temps vous aviez fait parvenir un message à March : « Cessez de vous mêler de politique. » A Madrid, il tenait en effet des réunions avec les précoces et courageux conspirateurs de la résistance antifranquiste, chez l'une ou l'autre de ses amantes. En l'une de ces occasions, il remarqua : « Il vaut mieux dépenser son argent en femmes qu'en curés, comme le fait mon épouse ! » Ensuite, il ajouta qu'il était prêt à consacrer la moitié de sa fortune pour couler le franquisme, et tendit un chèque en blanc à Regulo Martínez, président de l'Alliance nationale des forces démocratiques, qui n'osa ou ne voulut le remplir.

Au cours de la Croisade, j'avais fait savoir que je n'avais rien contre les riches ni contre les pauvres, pourvu qu'ils soient espagnols, et de bons Espagnols. L'identité nationale transcende les comptes en banque et les niveaux de vie, et n'a donc rien à voir avec la démagogie : le nouveau régime rétablit donc dans leur droit à la propriété tous les entrepreneurs ou propriétaires terriens qui avaient été spoliés par les Rouges. Mais je comprenais qu'un système entièrement nouveau tel que le nôtre, que mes propagandistes présentaient comme un « régime millénaire », avait besoin d'un secteur capitaliste neuf et inconditionnel, ces deux qualités allant justement de pair. Nous créâmes l'Institut national de l'industrie (INI), instrument d'un capitalisme d'État propre à pallier les déficiences et les contradictions de l'initiative privée. Pour mettre en marche ce système nouveau à l'unisson de l'esprit social de la Phalange épuré de ses prétentions pseudo-révolutionnaires, je devais savoir avec précision qui le servait, et traiter avec une certaine indulgence qui s'en servait, car les fidélités ne se créent pas toujours par génération spontanée. Ma thèse de départ était que l'Espagne était un pays privilégié qui pouvait se suffire à lui-même, qui disposait de tout ce dont il avait besoin s'il travaillait avec constance, et dont la capacité de production garantirait le développement. Les importations étaient à peu près inutiles, mais pour commencer il fallait assurer les ressources énergétiques nécessaires à la reconstruction et au développement, afin d'empêcher la paralysie de nos industries et le dessèchement de nos campagnes. Nous nous consacrâmes donc à un programme complet de création de lacs artificiels, qui produiraient de l'électricité tout en rationalisant l'irrigation. Depuis Primo de Rivera, quasiment rien n'avait été fait dans un domaine aussi fondamental.

Faux, évidemment. La République avait fait ce qu'elle avait pu, et Prieto, excellent ministre des Travaux publics, avait prévu de financer grâce à l'épargne populaire tout un plan de barrages et de canaux. Vous n'avez fait rien d'autre que de poursuivre ou de terminer les projets républicains, mais dans un tel luxe publicitaire que le NO-DO, le service des documents d'actualité cinématographiques, a fini par vous donner l'image assez grotesque d'un chef d'État sautant d'un lac à un autre, ce qui vous valut le surnom populaire de « Paco Rana », Paco la Grenouille, le tout sur fond de musique poético-impériale qui faisait de chaque inauguration la minable copie d'une représentation wagnérienne. Cette proclamation de l'autosuffisance de l'Espagne, répétée pendant toute la guerre, en est arrivée à une puérilité sans bornes, à cette confusion chimico-minéralogique qui vous amenait à dire dans votre discours de fin d'année, en 1939 : « J'ai ainsi la grande satisfaction de vous annoncer que l'Espagne possède dans son sous-sol d'énormes gisements aurifères, en quantité bien supérieure à l'or que les Rouges nous ont volé avec la complicité de l'étranger, ce qui laisse présager un heureux avenir. Notre sol recèle aussi des ardoises bitumineuses et des lignites en quantités fabuleuses, prêts à la distillation et qui pourront couvrir nos besoins. » Et combien de fois avez-vous découvert du pétrole à Burgos, Jaén ou Gérone ?

Selon la thèse économique que vous rabâchiez alors, vous préfériez les matières premières et l'outillage à l'or, mais très vite vous avez commencé à réaliser que l'or et l'essence étaient indispensables à la remise en route d'un pays transformé en immense zone dévastée, amputé de ses meilleurs cerveaux et dont la population productive demeurait sous le coup de la guerre et de ses conséquences, répression y compris. Mais où trouver l'or pour financer vos achats ? Comme votre frère Nicolás, dans sa grande crédulité, avait soutenu depuis longtemps les efforts d'un Indien, Sarvapoldi Hammaralt, en vue de fabriquer de l'or artificiel, vous avez mis à la disposition de l'alchimiste les laboratoires de l'université de Salamanque et il vous a tenu en haleine pendant une certaine période, mais le plus illuminé n'était pas celui que l'on pourrait croire, puisque finalement on apprit que c'était un agent de l'Intelligence Service. Nicolás poursuivit cependant sa ruée vers l'or artificiel, qui intéressait aussi les scientifiques nazis, à l'instar du fameux rayon de la mort, cette arme tellement absolue qu'elle finit, tout comme l'or artificiel, en matière première pour *comics*.

Parallèlement à ces activités de nécromancien, vous avez pris au sérieux l'offre d'un prétendu ingénieur d'Europe centrale qui se faisait fort de transformer en carburant les herbes folles qui poussent au bord des fleuves. En 1940, vous confiez à Lequerica : « Nous avons beaucoup de chance avec tout ce qui nous arrive, mais rien ne vaut ce à quoi je suis parvenu. Avec ça, les problèmes internationaux sont de la petite bière : figurez-vous que j'ai sous la main une invention géniale, de quoi fabriquer de l'essence simplement avec des fleurs et des herbes mélangées à l'eau de rivière, un secret que m'a donné son inventeur parce qu'il sympathise avec notre cause. » Et il semble bien que quelque philtre ait été produit par cette distillation, puisque vous-même, le grand militaire, le formidable économiste, scientifique, écrivain, artiste, etc., deviez cette année-là annoncer à votre frère, l'alchimiste, que vous aviez utilisé le carburant ainsi obtenu : « Tous mes conseillers techniques sont opposés au projet, mais j'ai plus confiance en mon chauffeur, et lui m'affirme que lors de notre dernier trajet nous avons pu atteindre une moyenne de quatre-vingt-dix kilomètres à l'heure. » Avec le temps, vous êtes devenu plus prudent dans vos proclamations scientifiques, et même stratégiques : parfois, je crois que votre relative discrétion s'expliquait par la peur de dire de grosses bêtises, comme quand vous aviez exprimé à Owen Brewster, en septembre 1949, la certitude qu'un peuple aussi fruste et retardé que celui de l'URSS ne pouvait avoir la bombe atomique, et que d'après vos experts il suffisait de trois mille tonnes de dynamite pour obtenir une onde de choc trompeuse. Vous étiez alors si sûr de vous que l'agence d'information officielle Efe publia la nouvelle, sans doute à la grande perplexité de tous les protagonistes de la guerre froide : quoi, toute cette histoire pour seulement quelques tonnes de dynamite ?

Capital et Travail, d'accord ; Capital contre Travail et vice versa, jamais : la lutte de classes devait être abolie, mais non en laissant le travailleur démuni devant le capitaliste. Il fallait mettre en place un système de production verticaliste dans lequel Capital et Travail se sauraient engagés par un effort productif commun sous l'arbitrage de l'État. Permettez-moi de revenir rapidement sur les lois édictées entre le moment de la Croisade jusqu'à la Loi organique de 1966, afin que vous saisissiez le sens profond de mon entreprise constitutionnelle au service du système original que nous avions créé, la Démocratie organique. Il y eut ainsi, en 1939, le Code du travail visant à remettre en vigueur les lois traditionnelles tout en fixant les droits et les devoirs des travailleurs dans la perspective sociale et démocratique de notre Mouvement. La propriété privée avait été maintenue, mais c'était l'État qui édictait les normes de travail et de rémunération. L'entreprise devenait une unité hiérarchisée sous l'autorité du patron, qui, plus que le propriétaire, en était le chef dans toute l'acception du terme. Les syndicats de classe restaient interdits, de même que les grèves et tout acte pouvant relever du sabotage et du « délit contre la patrie ». J'ai ensuite complété ces dispositions avec la Loi sur les syndicats de 1940, qui créaient des centrales nationales syndicales conçues comme des confréries chrétiennes de différentes catégories sociales réunies par des intérêts économiques communs.

Dans la pratique, tout cela laissait la classe ouvrière démunie face à un patronat libre de ses mouvements et pouvant toujours recourir aux forces de l'ordre quand il le jugeait nécessaire. Pendant longtemps, cela ne le fut guère, jusqu'à ce que le peuple surmonte les vingt premières années de terreur oppressante, une terreur programmée pour tout paralyser, avec vous au sommet de l'État pourchassant avec le même acharnement le dirigeant républicain qui passait dans votre ligne de mire ou le plus modeste des militants ouvriers. Dans le premier cas, châtiment exemplaire, afin de ruiner tout espoir de voir reconnue la dignité des chefs politiques vaincus, et dans le second cas aussi, car toute l'avant-garde révolutionnaire survivante se transformait en Lilliputiens terrorisés. Et quel coup de maître, Général, que d'avoir fait rapatrier par les Allemands des hommes comme Julian Zugazagoitia, le président catalan Companys, Rivas Cheriff ou Juan Peiro, entre autres, pour leur infliger à chacun une correction différenciée ! Zugazagoitia, fusillé pour avoir été ministre de l'Intérieur de Negrín et pour avoir été clairvoyant et équilibré, avait eu le temps durant son année d'exil de rédiger l'un des meilleurs livres de souvenirs sur la Guerre civile. Companys, vos policiers le traitèrent en chair à martyr et le fusillèrent près du château de Montjuich, à Barcelone, histoire de faire passer aux Catalans le goût de leurs rêves nationalistes. Quant à Rivas Cheriff, beau-frère d'Azaña et homme de théâtre réputé, lui aussi arrêté et livré par les Allemands, il a payé à la place de cet Azaña tant haï, décédé à l'Hôtel du Midi de Montauban le 3 novembre 1940, dont le cercueil n'avait pu être recouvert du drapeau républicain, interdit en France, et dont la dépouille avait donc été symboliquement réchauffée par la bannière mexicaine. Mais son beau-frère était encore entre vos griffes, et vous l'avez condamné à mort pour le seul crime d'être un artiste républicain et le frère de l'épouse de l'ancien président. Cette peine scandaleusement exagérée, digne d'un Tamerlan, fut commuée en trente ans de prison. Peiro enfin, leader syndical centriste livré par la Gestapo, fut réduit à l'état d'otage : condamné à mort, mais avec la grâce promise s'il retournait sa veste et vous aidait à former vos syndicats verticaux, cette supercherie qui prétendait représenter les travailleurs. Il refusa. Fusillé.

Selon les ennemis de l'Espagne toujours prompts à fabuler, nous n'avons pas construit ici d'État de droit, pas de véritable Constitution, alors que depuis le début je n'ai eu d'autre boussole que la légalité apte à nous donner des perspectives d'avenir. Nous avons édifié sans hâte mais sans relâche une Démocratie organique, démocratie parce qu'elle supposait la participation du peuple, organique parce qu'elle ne s'exerçait pas selon le principe fallacieux du suffrage universel qui fait du dernier crétin l'égal de l'homme le plus intelligent, mais au travers des organes naturels de la délégation de pouvoir, qui expriment les valeurs fondamentales de l'humanité : amour filial, travail, communauté, et donc Famille, Syndicat, Municipalité. Des vents de libéralisme destructeur tourmentent les derniers mois de mon règne sans couronne, mais j'espère que l'édifice construit se révélera assez solide, et que chaque chose restera à la place que je lui ai assignée. Après avoir concentré mes efforts constitutionnels sur la relation Capital-Travail, je fis porter mon travail législatif sur le difficile terrain de la reconstruction économique, car aux dévastations s'ajoutaient la sécheresse persistante et le blocus international : Service national de réforme socio-économique de la terre, Institut national de la colonisation, Service de protection et d'encouragement de la nouvelle industrie nationale...

Sur le plan strictement politique, je consolidai les acquis de la victoire avec la Loi de responsabilités politiques, édictant aussi une Loi de la presse inspirée par mon expérience de ces plumitifs sans scrupules qui avaient distillé des idées pernicieuses aux intellectuellement faibles, la plupart du temps les mêmes que ces économiquement faibles appelés « prolétariat » par la propagande marxiste. Or, même le vieux langage n'était plus valide : en Espagne, il n'y aurait plus de « prolétaires » mais des « producteurs », c'est-à-dire des gens qui produiraient, et parmi lesquels il n'y aurait pas de place pour les tire-au-flanc. J'interdis également les appellations non espagnoles dans la toponymie, l'onomastique et les intitulés d'établissement : l'Espagne redevenait elle-même à tout point de vue. Je veux aussi attirer votre attention sur le processus de stabilisation institutionnelle du régime, qui désespéra tant ceux qui s'attendaient à ce que notre action reste provisoire. Le 17 juillet 1942, je créai les Cortes d'Espagne, le nouveau Parlement formé de représentants naturellement désignés par la fonction qu'ils occupaient et de ceux émanant des « structures naturelles » (Famille, Syndicat, Municipalité) ; je me réservai aussi le pouvoir de désigner moi-même jusqu'à cinquante représentants à vie, dont le nombre fut peu à peu réduit aux « quarante d'Ayete », comme on les appela parce que j'avais pris cette disposition quand je me trouvais dans ma résidence d'été du palais d'Ayete, à Saint-Sébastien. En juillet 1945, je promulguai aussi le Code des Espagnols, version originale des droits et devoirs du citoyen qui donnait une leçon de réelle démocratie aux nations libérales qui avaient gagné la Seconde Guerre mondiale. Cette même année fut publiée la Loi sur le référendum, que j'utilisai en 1947 pour faire approuver vigoureusement par le peuple la Loi sur la succession de l'État, réglementation des évolutions futures destinée à maintenir durablement l'esprit du Mouvement national. Je reviendrai sur ce référendum fondamental, me contentant d'ajouter ici que le labeur législatif culmina avec la Loi des principes fondamentaux du Mouvement du 17 mai 1958, et surtout avec la Loi organique de l'État approuvée par référendum le 10 janvier 1967. Sans hâte mais sans relâche, je tirai les conclusions juridiques de trente années d'expérience.

*Aux portes du pouvoir, l'Église elle aussi attendait la rétribu-
tion de son soutien. Peu après mon accession à la magistrature
suprême, je nommai ambassadeur au Vatican l'amiral Magaz,
aussi bon catholique que loyal partisan de notre cause. Il sollicita
une audience papale, et comme la réponse tardait à venir,
manquant peut-être du sens diplomatique que la situation commandait, il envoya une note au Saint-Père pour se plaindre du
peu d'égards manifestés au représentant d'une nation catholique
qui défendait l'Église. Pacelli, en ce temps bras droit du pape et
son futur successeur, lui promit qu'il serait reçu, mais il fut
sévèrement réprimandé par Pie XI qui, lui brandissant sa lettre
sous le nez, cria : « Que signifie ? Moi, on me traite avec plus de
respect ! » Magaz fut si désarçonné qu'il se mit à hurler que
l'Espagne agonisait, que chez les Rouges on assassinait les curés
alors que nous, nous placions nos actes sous la protection du
Christ-Roi et de l'apôtre saint Jacques. Mais comme le pape était
plus préoccupé par les manières de Magaz que par la signification de notre combat, je n'eus d'autre solution que de le
remplacer par Yanguas Messia, un professeur de droit, monarchiste modéré et honnête intellectuel.*

*Mon but était d'entraîner définitivement et explicitement le
Vatican à nos côtés, et Yanguas sut harmoniser au plus haut
niveau nos relations, qui cependant demeurèrent assez complexes jusqu'à notre victoire finale en 1939. Pie XI ne fut pas le
seul coupable de ces réticences à notre égard, loin de là : son
tout-puissant secrétaire d'État, Pacelli, se montra malveillant et,
devenu pape sous le nom de Pie XII, il refusa de nous suivre.
Cette malveillance poussa même le nouveau pape à refuser sa
bénédiction aux volontaires italiens lorsqu'ils revinrent au pays
après avoir participé à notre Croisade. Fin mars 1939, en effet,
trois mille ex-combattants italiens, plusieurs généraux et Serrano
Suñer qui me représentait, arrivèrent à Naples sur un bateau
parti de Cadix et chargé de nostalgie, de fierté victorieuse et de
cognac de Jerez. Le roi Victor-Emmanuel en personne alla les
accueillir, puis présida à Rome leur splendide défilé. Serrano,
profitant de l'occasion pour demander au pape de les recevoir,
essuya un refus. Il lui fallait donc le mettre devant l'alternative :
ou bien il les recevait ou bien lui, Serrano, ne pourrait répondre*

de ce que feraient trois mille hommes endurcis par plus de cent batailles. Le lendemain, le pape les bénissait, tandis que la propagande communiste et franc-maçonne du monde entier se mettait à forger le mythe des sympathies fascistes du Vatican. La guerre était à peine terminée que le primat Gomá, à son tour, fit la tête parce que nous lui avions censuré la diffusion publique de l'une de ses homélies, sans pour autant empêcher sa diffusion intégrale dans les cercles ecclésiastiques. Quant au cardinal Segura, il entama à son retour d'exil une campagne de dénigrement de mon autorité et s'en prit aussi à mon épouse, cultivant cette hostilité jusqu'à sa mort en 1957. « Ne vous heurtez jamais à l'Église », m'avait conseillé Mussolini, mais j'avais déjà lu mon Don Quichotte et je ne voulais même pas me heurter au cardinal Segura.

Il nous a fallu attendre plus d'un demi-siècle pour apprendre que le cardinal Gomá lui-même, c'est-à-dire le responsable ecclésiastique de cette boucherie consacrée, avait éprouvé durant ses dernières années un certain repentir à la vue de la bête cruelle et implacable qu'il avait contribué à lâcher. Peut-être était-il tombé de cheval, tel saint Paul, quand il s'était fait censurer en septembre 1939 sa lettre pastorale *Leçons de la guerre et Devoirs de la paix*, que ne put publier la revue *Signo*, organe des Jeunesses de l'action catholique : malgré un franquisme inconditionnel, il y insistait trop sur la faillite spirituelle et matérielle causée par la Guerre civile. Peu avant sa mort, Gomá exprima sa déception devant les conséquences de sa prise de position de 1936, qu'il justifiait par « le climat passionné de l'époque », révélant à des confidents sûrs que s'il avait pu revenir en arrière il se serait comporté bien différemment, et il acheva son chemin de croix intérieur en confessant que l'unique cardinal à ne s'être pas abusé avait été Vidal y Barraquer, contraint à l'exil précisément à cause de son pacifisme. Pendant ce temps, vos théoriciens se transformaient en théologiens du caudillisme et de l'État confessionnel ; le dais, que Gomá avait tenu dans des mains trop hésitantes, fut confié à la poigne franquiste d'évêques comme Plá y Deniel qui vous le tendirent sans rechigner, sans vouloir regarder en face la féroce répression de l'après-guerre.

Enfiévrés par le catholicisme mystique du nouveau régime, eux aussi fusillèrent et torturèrent en pensées, en paroles et en omissions. Jamais en actes, c'est sûr. Le cardinal Segura, lui, refusait de vous recevoir avec tous les honneurs, et n'acceptait pas que votre épouse passe avant lui dans les dispositions protocolaires, mais plus que d'hostilité envers vous il s'agissait sans doute là de la haine tenace que ce chaste homme d'Église porta toute sa vie aux femmes.

Alors que les plus puissants régimes européens de l'époque, l'allemand et l'italien, revendiquaient un passé culturel païen, qu'il fût aryen ou romain, le nôtre vit le jour sous des auspices clairement catholiques, avec l'assentiment de presque toutes les forces du Mouvement national, si l'on excepte quelques secteurs radicaux de la Phalange. Et ce fut pourtant un théoricien de tendance phalangiste, José Pemartin, qui établit le caractère inséparable de l'Espagne et du catholicisme, la dimension politique et nationale de notre foi et, en conséquence, la nécessité absolue d'un État confessionnel. En contrepartie des privilèges assurés à l'Église, le chef de l'État devait avoir le pouvoir d'approuver les nominations auxquelles procédait la hiérarchie ecclésiastique. Quels étaient-ils, ces privilèges ? Le monopole de l'enseignement et du culte, le contrôle préalable sur toutes les publications et tout type de messages, la restitution du patrimoine confisqué par les libéraux du XIXe siècle ou de fortes compensations économiques, et une assistance financière. Cette convention signée en 1941 allait être la base du Concordat de 1953 : dès lors, l'Église s'était engagée totalement à soutenir notre régime et des évêques siégeaient aux Cortes, au Conseil du royaume ou de la Régence. Mgr Cantero Cuadrado, l'archevêque de Saragosse, résuma ces excellentes relations dans son œuvre, L'Heure catholique de l'Espagne, 1942, soulignant notamment que le ministère de l'Éducation « a cessé d'être un repaire de la laïcité pour se mettre au service de l'Espagne catholique ». Et, à partir de 1945, mes gouvernements n'ont jamais manqué de bons franquistes issus de l'Action catholique, comme Martín Artajo*, ministre des Affaires étrangères, ou Joaquín Ruiz Gímenez à l'Éducation.

L'Église ignorait encore quel prix elle devrait payer pour cette dépendance, et longtemps elle vous a étourdi par des tourbillons d'encens tout en vomissant sur le peuple différentes variantes d'obscurantisme dirigées en premier lieu contre les femmes, ces réceptacles ouverts au péché de concupiscence. En 1939, le cardinal Gomá déclarait que, dans toute l'histoire du vêtement, on n'avait jamais vécu une époque aussi licencieuse, tandis que l'évêque Olaechea proclamait que les salles de cinéma détruisaient la virilité morale des peuples : « Nous sommes certains qu'il serait du plus grand bien pour l'Humanité de les incendier partout sur Terre toutes les deux semaines... Heureux le village dont l'entrée porte ce panneau : Ici, pas de cinéma ! » Cette mentalité a engendré des coutumes encore en vigueur jusqu'à nos jours : dans de nombreux villages n'existe que le cinéma paroissial où les ciseaux de monsieur le curé continuent à mutiler baisers et décolletés, cuisses et autres abattis érotiques. Mais il était impossible de suivre au pied de la lettre ces ténébreuses consignes. Les catéchismes scolaires, obligatoires, faisaient l'inventaire des erreurs condamnées par l'Église, parmi lesquelles figurait tout ce que l'école républicaine était soupçonnée d'avoir inculqué : matérialisme, marxisme, athéisme, liberté d'association, rationalisme, et aussi le protestantisme, le libéralisme, la franc-maçonnerie, la « néfaste » liberté de la presse, le panthéisme... Cette liste du père Ripalda était complétée par la définition de l'enfer que donnait le père Astete : « L'addition de tout ce qui est Mal sans apport d'aucun Bien. » La religiosité était obligatoire : on n'avait aucun droit si l'on n'était pas baptisé, marié par l'Église et même confirmé. Un prêtre asturien ironisait en ces termes à propos des églises soudainement pleines : « Avant, personne n'y venait. Maintenant, on nous les amène déjà formés. » Si je devais vous donner une impression tangible de cette époque, je citerais l'obscurité, il me semble même que la nuit tombait plus tôt alors, et que seules les lumières du Technicolor, au cinéma, venaient soulager nos pupilles accablées par tant de ténèbres. Il n'était pas question de survivre sans consentir à quelque concession vis-à-vis du nouveau système, sans se chercher des alliés : ma mère les chercha à la paroisse la plus proche, dont le recteur, originaire de Murcie, avait la réputation de se montrer clément envers les vaincus à condition qu'ils viennent prier la Vierge le samedi soir à huit heures ou envoient leurs enfants au catéchisme le dimanche après-midi à quatre heures. Il fallait ou bien choisir cet allié en jupes noires, ou bien aller frapper à la porte de la Phalange : ce fascisme résolument viril et agressif distribuait ses punitions à coups de raclées, d'huile de ricin, d'agressions de passants obligés à faire le salut fasciste et de descentes nocturnes contre les prisonniers politiques qu'il traitait comme des délinquants de droit commun. Auprès de la bonté conciliatrice du père Higueras coexistait, à la paroisse, la bravache rustique du vicaire Gonzalo, grand organisateur d'escouades de jeunes belliqueux qui sillonnaient les rues du quartier derrière une clochette scandant leur mot d'ordre : « Ce qu'on fera des protestants ? On les jettera à la mer ! » Mais quelle mer ? Le Manzanares [1] ? se demandait ma mère d'une voix si ténue qu'elle ne s'entendait pas elle-même. Notre chez-nous restait vide des heures durant, quand elle était occupée à coudre des sous-vêtements d'après guerre pour des corps qui s'ingéniaient à être dissemblables, et puis, à partir de huit heures du soir, elle faisait des retouches à la maison pour des clientes d'après guerre, elles aussi dissemblables mais qui partageaient presque toujours la complicité des vaincus. Après le miracle de la multiplication des pains et des boîtes de conserve de viande des premières semaines, la faim était revenue nous prouver quelle était notre situation réelle, et de ma chambre j'entendais évoquer les repas du passé ou des banquets imaginaires sur fond de couture et d'essayage, les lèvres de ma mère embarrassées par toutes les aiguilles qu'elle retenait entre elles, et ses yeux captivés par la chute du tissu ou la précision de la coupe. Sans lumière électrique, à la lueur de la lampe à pétrole, elle cousait et moi je lisais, ou finissais mes devoirs pour le collège gratuit de sœurs paulistes où le père Higueras m'avait trouvé une place.

---

1. Rivière qui baigne Madrid, et dont l'écrivain Felipe Alfau a dit que le principal danger est que l'on risquait de se fracasser le crâne en y plongeant en été. [N.d.T.]

Le pouvoir économique rassuré, l'approbation de l'Église affirmée, il restait encore à rétribuer le soutien de ceux qui se croyaient désormais autorisés à présenter la facture. J'eus ainsi du mal à échapper à l'asphyxiante volonté de pouvoir de Serrano. Si je n'avais pas l'expérience du gouvernement de la nation, je n'étais pas pour autant obtus et je voyais bien que Ramón Serrano Suñer se comportait comme quelqu'un d'incontournable, à l'image de son sobriquet de « beau-frèrissime » que lui valait sa relation de famille avec moi, le Généralissime. Il prétendait sans vergogne au titre de « cofondateur » du régime, inspirant de la sorte des plaisanteries désobligeantes sur mon compte, et ma petite Carmen, dans toute son innocence, en vint un jour à demander sa mère en ma présence : « Maman, qui est le chef en Espagne, Papa ou Tonton Ramón ? » Je dois absolument démentir les rumeurs qui circulèrent à Madrid à propos de son limogeage, selon lesquelles je m'étais fâché contre lui parce qu'il avait tourné en ridicule ma tenue sur le portrait en pied qu'avait peint Zuloaga, bottes d'équitation, pantalon d'uniforme de la cavalerie, baudrier de général, chemise bleue ornée des insignes phalangistes, béret rouge, le bras brandissant avec fermeté le drapeau rouge et jaune dont une partie recouvre mon épaule droite. Ce tableau avait beaucoup impressionné Carmen et, pourquoi le nier, moi aussi, mais Ramón dit aussitôt que c'était une horreur, gâchant d'une phrase cruelle, et peut-être brillante, l'émotion sincère et spontanée que nous avions tous ressentie. Non, j'étais au-dessus de toutes ces malveillances, et, en 1940, j'étais assez expérimenté pour me rendre compte du jeu de Serrano : il voulait passer pour l'ange gardien de la Phalange face aux carlistes et aux monarchistes, se servant de son amitié autoproclamée avec le fondateur de la Phalange, José Antonio.

Tout d'abord, je saisis l'occasion du remaniement ministériel de 1940 pour retirer à Serrano le portefeuille de l'Intérieur et lui confier celui des Affaires étrangères. Il remplaça ainsi le général Beigbeder, éphémère ministre d'août 1939 à octobre 1940, qui avait été nommé sur la recommandation de Serrano lui-même, ce dernier ayant alors fait preuve d'une perspicacité politique qui faillit nous coûter très cher. Beigbeder avait en effet été un bon militaire et un patriote sincère, mais il manifestait une faiblesse qui, semble-t-il, peut se jouer aussi bien des civils que des militaires : il avait un goût immodéré pour les femmes, surtout si elles étaient de petite vertu, et on racontait qu'au temps où il était cadet il séjournait fréquemment dans des maisons de tolérance. Ce défaut qu'il traînait depuis la puberté ne l'empêchait pas d'être un bon soldat et un homme d'affaires avisé, si bien que j'avais suivi les conseils de Serrano et l'avais désigné ministre des Affaires étrangères, mais, à ma grande surprise, les Allemands, et en particulier l'ambassadeur von Storer, accueillirent avec réticence cette nomination : il était fiché chez eux comme philosioniste (quelle belle juive avait croisé son chemin ?) et ils pensaient que c'était un dilapidateur, ce qui constituait un grave danger car il pourrait être amené à vendre des secrets d'État par besoin d'argent. Malgré son incontinence sexuelle et d'après toutes les informations que je reçus sur son compte, curieusement, Beigbeder ne contracta jamais la syphilis. Mais ses sympathies éhontées envers les Alliés le disqualifiaient pour un tel poste à cette époque, et je le remplaçai donc par Serrano.

Je ne suis pas si convaincu en ce qui concerne la syphilis, Général, et vous non plus car vous saviez que, véhiculée par une espionne remarquablement belle de l'Intelligence Service, la maladie se propagea presque jusqu'au sommet de l'État. Toujours prêt à surprendre et à exploiter les excès sexuels de vos collaborateurs, vous avez sûrement eu connaissance de ce péché de chair qui vous cernait dans une Espagne catholique où même danser joue contre joue était interdit. N'avez-vous jamais appris la rivalité qui opposa l'un de vos plus fidèles collaborateurs à un Adonis du Mouvement pour une belle Polonaise enfuie de l'Europe en guerre et qui se termina quand la jeune fille, après avoir subi une persécution politico-sexuelle, échoua dans une maison de rendez-vous de Tanger[1] ?

---

1. L'auteur n'a pas voulu préciser ici les noms des responsables, afin d'éviter de possibles poursuites judiciaires de la part de leurs descendants. *[N.d.É.]*

En éjectant Serrano du ministère de l'Intérieur, je pouvais priver les propagandistes phalangistes de leurs « authentiques » qui avaient lancé le slogan : « L'uniforme de la Phalange n'est pas un déguisement mais une responsabilité », pique indirectement lancée à tous ceux qu'ils ne considéraient pas comme de véritables phalangistes et parmi lesquels ils me comptaient très certainement. Mettre à l'écart les Ridruejo et consorts était déjà une bonne chose, et confier définitivement les tâches de propagande à Arias Salgado, devenu sous-secrétaire, devait donner plus de cohérence à notre travail politique. Serrano n'avait plus d'utilité pour moi en tant que paratonnerre de la Phalange puisque j'avais fait une découverte de la plus haute importance en la personne de José Luis Arrese Magra, un phalangiste de la première heure, architecte et poète ; j'avais su le convaincre de nous suivre, ce qui irrita Serrano car il ne voulait se voir disputer par personne son rôle de protecteur de la Phalange. Quand je lui annonçai que j'allais nommer Arrese Magra secrétaire général du Mouvement, il se mit à rire et me dit : « Mais je croyais que tu voulais le fusiller ? » Je ne sais pas d'où il avait sorti cette idée saugrenue.

A en croire le beau-frèrissime, l'histoire de votre engouement pour Arrese Magra est assez différente. Serrano la raconte avec les mêmes mauvaises intentions critiques dans ses Mémoires et dans l'entretien qu'il a accordé à Heleno Saña, publié dans le livre *Le Franquisme et ses mythes* : d'après lui, Arrense Magra était un personnage mineur du phalangisme hedilliste qui, en plein milieu des règlements de comptes déclenchés par le décret d'unification, entreprit un voyage de propagande « authentique » vers le Sud, vers les terres du roitelet Queipo de Llano. Vous aviez téléphoné à Queipo : « " Il y a dans tel train un fada qui s'appelle... – il s'interrompit, fourragea dans ses papiers qui jonchaient son bureau dans un désordre proverbial, et reprit – ... José Luis Arreses (depuis lors, il l'a toujours appelé ainsi, avec un *s*), qui a des instructions pour mettre la pagaille chez les phalangistes. Qu'on l'arrête, et s'il résiste... " » Arrese échappa au pire grâce à ses camarades phalangistes d'Andalousie, et fut transféré à Salamanque pour passer devant le même conseil de guerre que Hedilla. Serrano affirme avoir intercédé en sa faveur à la demande de l'épouse du détenu.

C'était sans nul doute le chef de phalange semeur de zizanie et dévoué dont vous aviez besoin, même si dans votre dos il pouvait se montrer plutôt grossier, disant, par exemple, à Serrano Suñer que vous éprouviez envers votre beau-frère une jalousie de vieille maîtresse. Les services de la Presse et de la Propagande furent placés sous la supervision d'Arrese et confiés au germano-phile intégriste Arias Salgado, et vous n'avez plus eu besoin d'un dompteur de phalangistes aussi sophistiqué que Serrano : Arrese se chargea de bourrer la constellation franquiste d'un contenu exclusivement franquiste, un peu à l'image du volumineux Girón *, révolutionnaire dans ses poses mais docile franquiste au fond, qui allait devenir ministre du Travail.

Si je nommai Serrano aux Affaires étrangères, ce ne fut pas pour le mettre sur la touche mais au contraire pour tirer parti de ses indéniables qualités et d'une approche de nos relations extérieures qui était en ce temps-là très proche de la mienne. L'Allemagne gagnait la guerre, l'Italie était à sa remorque, la moitié de l'Europe était occupée, les Anglais vivaient dans l'attente d'une invasion allemande. Tandis que nous nous escrimions à convaincre les ambassadeurs de Grande-Bretagne et des États-Unis de ne pas nous considérer comme une puissance belligérante, il fallait négocier avec l'Allemagne pour qu'elle reconnaisse nos difficultés, dues aux ravages de notre guerre, à devenir des alliés effectifs sur les champs de bataille. Si elle voulait notre participation directe, nous demandions en contrepartie Gibraltar, le Maroc, Oran, c'est-à-dire des territoires historiquement liés à l Espagne, ainsi qu'une influence en Méditerranée combinée à celle de l'Italie. Nous avions aussi besoin de vivres, d'armes, d'équipements industriels pour reconstruire un tant soit peu le pays avant de pouvoir intervenir. Nous placions la barre assez haut pour que le saut ne fût pas facile, tactique employée par Serrano dans ses contacts explora-toires avec Hitler ou Ribbentrop, et par moi lors de mes incessants efforts auprès de l'ambassadeur allemand Stohrer. Ce fut dans cet esprit que nous partîmes, Serrano et moi, rencontrer

Hitler à Hendaye, entrevue dramatique dont je sortis vainqueur mais assez mal compris par tous les germanophiles fanatiques qui m'entouraient, parmi lesquels se trouvaient les phalangistes « authentiques » et une bonne partie des généraux, à commencer par Yagüe et Muñoz Grandes.

Hitler ne me fit pas bonne impression. En passant en revue les troupes qui lui rendaient les honneurs, il avait l'air d'un coq, la tête relevée, un air hautain à la limite de la provocation. Ensuite, en privé, durant les négociations, il se montra au contraire placide, tranquille, souriant : bref, c'était un comédien. J'exposai ma thèse : l'Espagne ne pouvait entrer en guerre sans courir le risque d'une grave déstabilisation politique et sans faire subir de profondes souffrances à une population tout juste sortie d'un long combat contre la barbarie communiste. La Guerre mondiale, l'avertis-je encore, allait être longue. « Sur quoi vous basez-vous pour dire cela, Généralissime ? » me demanda-t-il, visiblement préoccupé. « Eh bien, sur le fait que l'Angleterre résiste, et, si elle résiste, c'est parce qu'elle attend l'entrée en guerre des États-Unis à court ou moyen terme. » Il m'écoutait avec une irritation grandissante, et quand il prit la parole ce fut pour rabâcher que la guerre était gagnée, confiance aveugle que son état-major était loin de partager et qui, avec le temps, finit par creuser un abîme entre le Parti nazi et les militaires, illustré par le complot du maréchal Rommel puis son suicide. Il n'est jamais bon qu'un civil, même avec un instinct militaire indéniable comme Hitler, veuille jouer aux stratèges. Que serait-il advenu de la Croisade si José Antonio Primo de Rivera avait survécu et s'était retrouvé à la tête de nos armées ? Autant le Führer me parut ne pas se conduire naturellement, autant les deux fois où je reçus Mussolini me furent agréables : il était irrésistible, très latin, et je n'eus aucun mal à m'entendre avec lui. Il en fut autrement avec son gendre, le comte Ciano, qui paraissait tout-puissant et dont la propension à la dissimulation et à la théâtralité inspirèrent au contraire une grande confiance à Serrano, sentiment que je n'ai jamais partagé puisqu'il était très différent devant Serrano et derrière son dos.

Pour en revenir à Hitler, rien ne se décida à Hendaye qui aurait pu nous forcer à un engagement militaire et, les mois passant, le Führer fut assez accaparé par la campagne de Russie pour oublier progressivement son insistance à entraîner l'Espagne dans la guerre. A ce moment, nos préoccupations avaient déjà pris une autre direction car nous craignions un débarquement allié aux Canaries et en Afrique du Nord, qui aurait constitué une agression directe contre notre territoire national ou notre Protectorat marocain. Heureusement, les Alliés firent une analyse assez proche de la mienne : mieux valait ne pas impliquer l'Espagne, la laisser dans une neutralité nuancée par la théorie des deux guerres, parce que, si nous n'avions rien contre les Alliés, ce n'était pas le cas avec les communistes. Et j'approuvai donc la proposition de Ridruejo et de Serrano d'envoyer des volontaires phalangistes sur le front de l'Est. « La Russie est coupable », avait déclaré Serrano quand l'URSS fut envahie par l'Allemagne, et dix-huit mille volontaires espagnols, commandés par ce germanophile convaincu qu'était Muñoz Grandes, partirent sur les fronts de Russie pour y écrire de glorieuses pages d'histoire grâce auxquelles Muñoz Grandes se vit récompensé par la Grand-Croix de Fer.

Le plus triste de cette expédition scélérate, ourdie, entre autres, par un Dionisio Ridruejo à la recherche d'une fuite en avant, et par votre beau-frère Serrano trop heureux de se débarrasser d'un tas de phalangistes un peu trop « authentiques », c'est que tant de simples soldats sont morts en tuant stupidement des citoyens soviétiques, communistes ou non, qui défendaient leur terre et leur histoire. Vous nous avez servi une épopée de héros en chemise bleu ciel entonnant le *Cara al sol* sur la steppe enneigée, avec le général Muñoz Grandes à leur tête, sa croix de fer hitlérienne passée autour du cou. Mais, des années plus tard, un général espagnol ne chantait que la moitié de cette messe à votre cousin, le fameux Pacón : « Aujourd'hui est venu me voir le général Díaz de Villegas, qui vient d'être promu. Nous avons parlé de beaucoup de choses, notamment de la Russie et de la division Azul. Il n'a pas connu l'époque du commandement de Muñoz Grandes mais il a dit que tous les commentaires qu'il a entendus ne pourraient pas être plus négatifs. Il raconte qu'il n'était absolument pas organisé, que par exemple il ne connaissait pas exactement le nombre des disparus et des déserteurs. (...) On a retrouvé ses soldats en Suède, au Danemark, en Suisse, quelques-uns se consacrant à de petits trafics : certains ont monté un magasin de fruits en Suède. Il est vrai qu'eux et leurs chefs se sont battus vaillamment, mais c'est tout, leur sacrifice a été totalement inutile, ils n'ont apporté qu'une aide symbolique à l'Allemagne, ils ont gêné les Alliés et finalement ils se sont fait siffler et jeter des pierres par le peuple allemand quand il a vu qu'ils repartaient en Espagne au moment où notre aide symbolique lui était la plus nécessaire. »

Permettez-moi de poursuivre ma désertion du chemin besogneux de l'histoire officielle à propos de vos relations avec l'Allemagne nazie. La version de votre beau-frère me semble beaucoup plus plausible, d'autant qu'elle représente la confession sincère d'un germanophile convaincu. Selon vos propres paroles et le récit de la rencontre de Hendaye qu'a fait Serrano vous aviez alors accepté tous deux un protocole vous engageant à entrer en guerre, ne laissant en blanc que la date d'application de cet engagement. Ce texte a disparu des archives historiques espagnoles, mais il est demeuré dans la mémoire de Serrano Suñer, et il faut y revenir. Vous vous étiez rendu là-bas en posant comme condition pour votre ralliement à la guerre un temps de répit et la satisfaction desdites revendications, notamment que l'Espagne puisse contrôler tout le Maroc, et, bien entendu, Gibraltar. Hitler, excédé par vos tirades sur la franc-maçonnerie, la décadence de l'Espagne – enfin, Général, nous connaissons déjà assez bien votre rhétorique – finit par vous remettre le protocole. Il y eut le dîner, puis vous vous êtes retiré pour préparer vos amendements et prendre du repos. Les Allemands voulaient à tout prix signer le protocole qu'ils vous avaient présenté et exercèrent des pressions en ce sens. Sortir de cette impasse fut, toujours selon Serrano Suñer, très difficile car les amendements adoucissaient les dispositions sans appel proposées par les Allemands à Hendaye, en stipulant que l'adhésion de l'Espagne au « Pacte tripartite » (pacte d'alliance militaire) devrait rester secrète tant qu'« il ne serait pas jugé opportun de la rendre publique, et que l'engagement à entrer en guerre aux côtés des forces de l'Axe ne prendrait effet qu'au moment où la situation générale l'exigerait, où celle de l'Espagne le permettrait, et où nos exigences conditionnant cette décision seraient satisfaites ». En tout cas, alors que Hitler n'emporta pas de Hendaye une très bonne impression de vous – il avait coutume de vous traiter de « canaille » et votre beau-frère de suppôt des jésuites –, vous avez pu rester dans l'Histoire comme celui qui s'était payé la tête du Führer, et vous avez laissé la cour d'adulateurs qui commençaient alors à vous entourer réserver à Serrano le rôle du germanophile interventionniste tempéré par votre sagacité toute galicienne. Certes, Serrano ne renia jamais entièrement son passé pronazi : s'étant déjà acquis une certaine réputation d'opposant démocrate, il favorisa pourtant l'entrée clandestine en Espagne de nazis, comme Léon Degrelle, ou de putschistes néocolonialistes, comme le général Salan.

Mussolini, qui m'inspirait – comme à Serrano Suñer – une sincère admiration, était pour sa part disposé à nous laisser le Maroc à condition que nous permettions à ses troupes l'accès à l'Atlantique en cas de besoin, tout en se réservant pour lui la Tunisie et l'Algérie une fois que l'Empire français serait démantelé. Je ne trouvais pas ce partage des plus généreux, compte tenu de nos droits historiques sur toute l'Afrique du Nord et tout particulièrement sur l'Oranais, mais il y avait plus urgent encore que les répartitions de territoire : que les Italiens nous accordent des délais de paiement pour la dette que nous avions contractée auprès d'eux, une lourde dette, tout comme celle qui nous liait aux Allemands. Après les premières semaines de la victoire, la faim s'acharnait sur notre peuple, mais je dois reconnaître que nos créanciers nous donnèrent des facilités et ne froncèrent le sourcil qu'à mesure que nous retardions un engagement direct dans le conflit. Mussolini, qui comprenait mieux nos arguments, finit par modifier soudainement sa tactique : il en vint à penser qu'il était de très loin préférable que l'Espagne restât à l'écart du champ de bataille, car ainsi l'Italie obtiendrait un meilleur butin dans le partage des possessions françaises en Afrique. Ce côté calculateur ne refroidit pas ma sympathie pour le personnage, encore accrue par notre rencontre à Bordighera au début de 1941, quand je le vis manifester une telle sensibilité au drame espagnol. Nous savions, Serrano et moi, que Hitler voulait lancer d'un moment à l'autre une action qui entraînerait l'Espagne dans la guerre et que la prise de Gibraltar faisait partie de cette stratégie. Notre situation alimentaire était effroyable : en pratique, le peuple mangeait chaque matin le pain qui pouvait être fabriqué avec la farine que nous réussissions à acheter à crédit au jour le jour, car les récoltes n'avaient pas été à la hauteur de nos espoirs. Mussolini me dit alors que nous seuls pouvions décider d'entrer en guerre ou non, mais que c'était le destin de l'univers qui était en jeu et que l'Espagne « ne peut ni ne doit en être absente ». Je braquai mes yeux incisifs dans les siens, et ce visage résolu exprimait une si grande détermination, avec sa mâchoire avançant en proue dans l'océan de l'Histoire, que mon regard se brouilla et que j'éprouvai un élan de solidarité. Cet homme comprenait nos problèmes. Je sortis de la rencontre avec l'impression que nous tenions là un véritable ami et défenseur.

Étrange jeu de prunelles, Général : toutes quatre se veulent pénétrantes et finalement vous ne baissez pas les yeux, ils se brouillent. Mais Mussolini était en train de vous demander une déclaration de soutien à l'Axe, de vous dire que l'on attendait votre ralliement à la guerre pour régler la question du blé, la question de la faim – que j'éprouvais alors, Général, qu'éprouvait un gosse de onze ans –, et qu'enfin l'initiative d'une quelconque contribution aux efforts de l'Axe vous appartenait. Pourquoi cette dernière précision ? Parce que, au cours de votre rencontre, lorsque Mussolini vous avait confié que les Allemands étaient prêts à s'emparer de Gibraltar sans y impliquer l'Espagne, vous aviez bondi en vous vantant de pouvoir le faire par vos propres moyens, et en lui exposant même un plan complexe de siège et d'assaut que le Duce avait écouté sans sourciller. Hitler aussi bien que Mussolini passèrent quelques mois à vous attendre, tandis que Madrid devenait la capitale d'un imbroglio diplomatique bouffon : Serrano Suñer cachait les ambassadeurs allemand et italien dans le placard quand celui de Grande-Bretagne, sir Samuel Hoare, entrait dans son bureau, et *vice versa*. Si vous et votre beau-frère pensiez qu'un ministre, un éditorialiste, un haut fonctionnaire quelconque ne méritait pas la confiance des fascistes ou inspirait une méfiance excessive à Churchill, vous procédiez à un changement de personnel – et il en fut ainsi jusqu'à ce que la guerre tourne à l'avantage des Alliés –, endossant des chemises bleues pour les parades intérieures et des chemises blanches quand il s'agissait de donner une nouvelle coloration à votre politique extérieure. Hitler est mort avec l'idée que vous étiez une canaille manipulée par Serrano Suñer, lui-même manipulé par les jésuites, et Mussolini avait fini par lui conseiller de se concentrer sur la campagne d'URSS, par s'efforcer de garantir la situation précaire des troupes italiennes dans toute l'Europe, et par vous abandonner dans ce famélique bout d'un monde, avec vos prisonniers et vos affamés, négociant des supercheries en échange de blé et de temps, du temps, encore du temps... Du Portugal si proche de Londres, votre frère Nicolás voyait bien comment les choses tournaient et, avec une loyauté qui semblait parfois ironique, il vous conseilla de vous séparer peu à peu d'alliés condamnés à la défaite. En 1943, il vous disait : « Paco, ils ne peuvent plus gagner la guerre, tu dois prendre tes marques pour la suite des événements. Par exemple, ouvre tes frontières aux juifs qui fuient la France ou l'Italie, car à l'avenir tu auras besoin du groupe de pression juif international. Demain, ils contrôleront toujours l'argent du monde entier, et l'opinion publique américaine. Tiens compte de ce que je te dis, Paco. » Et vous en avez tenu compte, vous en êtes même venu à passer pour un généreux protecteur des juifs pourchassés. Mais que pensiez-vous sincèrement des juifs ? La même chose que des Espagnols : de la chair à purifier. Il suffit pour s'en convaincre de relire quelques pages de *Raza*.

Au-delà de ses erreurs, dont la liste est presque aussi longue que celle de ses réussites, Serrano était mal vu des monarchistes : jouant au phalangiste républicain, dont il revêtait l'uniforme en certaines occasions, il ne faisait aucune concession aux grands d'Espagne. Ciano, le gendre de Mussolini, lui confia que je ne devrais pas restaurer la monarchie parce qu'un roi ne songe qu'à lui et quand les ennuis surviennent il laisse tout s'écrouler autour de lui, ne pensant qu'à préserver sa dynastie. Je n'en ai jamais voulu à Alphonse XIII, mais il n'était pas question de le remettre sur le trône dès la fin de notre Croisade, comme si par un simple mouvement pendulaire nous en étions revenus à l'Espagne du 12 avril 1931. Sa mort prématurée à Rome, le 28 février 1941, provoqua toutes sortes d'intrigues et de malveillances. Alphonse XIII n'avait pas eu de chance avec ses enfants : l'aîné, Alfonso, était malade et si peu responsable qu'il finit par se tuer dans un accident de voiture ; don Jaime, né avec de graves déficiences physiques, fut forcé de renoncer à ses droits ; restait don Juan, que le roi avait désigné comme son héritier le 15 janvier 1941. Alphonse XIII fit une remarque très perspicace à son fils après avoir abdiqué : « Comme tu le vois, il ne me reste plus qu'à mourir. » Il tint sa parole un mois et demi plus tard, à quelques semaines de mon entrevue avec Mussolini à Bordighera. Si je devais porter un jugement sur sa personne, qui dans le cas d'un roi est indissociable de son œuvre, je devrais reconnaître que j'ai toujours cru qu'il aurait pu être un bon souverain, peut-être un des plus grands rois d'Espagne, s'il avait mieux été entouré.

J'accueillis la désignation de don Juan avec respect et sympathie, même si le Caudillo se devait de garder des distances justifiées par la raison d'État que le général Franco, militaire fidèle et reconnaissant à Sa Majesté, ne voulut pas me permettre. Don Juan se destinait à la Marine quand le désistement de ses deux frères lui donna la plus haute responsabilité dynastique. J'ai déjà raconté comment il avait voulu se joindre à notre Croisade, ce qui en 1941 constituait pour moi un encouragement supplémentaire à une déférente loyauté. Je ne savais pas encore que, pendant plus de trente ans, j'allais devoir supporter un continuel jeu de bascule, le velléitaire don Juan passant du franquisme à l'antifranquisme au gré des audiences qu'il concédait, d'abord à Lausanne puis à l'Estoril. Pourtant, ce prétendant avait une qualité essentielle, celle d'avoir un héritier mâle, don Juan Carlos, âgé de trois ans à l'époque, qui avec le temps pourrait sauver la tradition monarchique sans que la légitimation du Mouvement soit perdue. Le 12 mai 1942, je lui adressai ma première lettre dans laquelle j'exposai ma conception de la monarchie espagnole, construite sur le meilleur de sa tradition depuis les Rois catholiques et sur la correction de ses erreurs. Je crus ce rappel historique opportun car mes informateurs m'avaient appris que le prétendant au trône suivit des cours d'histoire universelle à l'Université française et risquait donc de se forger une approche déformée de la cohérence du destin historique espagnol. J'ai la preuve de la fascination qu'exerça initialement Hitler sur le versatile héritier, mais il est certain qu'en affirmant un soutien ouvert aux puissances démocratiques fin 1942 il chercha à peser sur ma stratégie alors qu'il n'en avait pas les moyens. En guise d'avertissement, je fis démanteler des cénacles monarchistes de l'intérieur, non avec la fermeté que j'employais à l'encontre des ennemis jurés de l'Espagne mais avec une sévérité suffisante pour que personne ne puisse se croire à l'abri de l'épée de Francisco Franco. Deux conspirateurs monarchistes comme Vegas Latapié et un ancien ministre, Sainz Rodríguez, choisirent l'exil, et je dus retirer la capitainerie générale de la Catalogne à Kindelán après un entretien que je raconterai par la suite. Ce n'est pas que je ne voulais pas entendre les monarchistes, fort utiles dans l'équilibrage interne du Mouvement face aux bruyants phalangistes, mais je n'allais pas me laisser intimider par leurs voix de Cassandre.

Donc, les monarchistes me réclamaient la tête de Serrano, les phalangistes, définitivement disciplinés par Arrese, la voulaient aussi, ses chers intellectuels étaient disséminés, et il n'était en odeur de sainteté dans aucune chancellerie étrangère, quand bien même il croyait que Ciano, le gendre de Mussolini, était son ami intime. Qui donc était encore avec Serrano en 1942, alors qu'il s'entêtait à me critiquer en public au grand dam de mes collaborateurs et avec une morgue qui irritait mes proches et commençait à lasser ma patience ? Se produisit alors l'affaire de Begoña, fort connue mais que je résumerai ici pour éclairer les raisons de mon intervention définitive en tant qu'arbitre de la fragile harmonie politique de notre Mouvement.

Le 15 août 1942, les requetés de Biscaye assistaient à une messe en la basilique de Begoña de Bilbao, un des sanctuaires du carlisme, et leur hôte d'honneur était le général Varela, ministre des Armées qui avait reçu deux fois la plus haute distinction militaire espagnole. A la sortie de l'office, phalangistes et requétés s'affrontèrent comme c'était alors trop souvent le cas, quand soudain une bombe éclata non loin du général, blessant soixante et onze personnes. Par chance, une main anonyme avait dévié celle du terroriste, un phalangiste de la première heure nommé Domínguez, si bien que la bombe ne put atteindre le cercle de personnalités qui entouraient le ministre. Ce dernier m'ayant demandé la tête de cet excité, je la lui accordai non pas à cause de sa requête mais parce que j'étais fatigué de tous ces matamores. Serrano plaida au contraire pour sa grâce, en alléguant que les phalangistes, dont Domínguez, étaient allés trop loin mais que cela avait été pour me défendre, puisque les requétés exhibaient des pancartes sur lesquelles on pouvait lire « Mort à Franco ! ». C'était exact, mais il fallait tout de même leur donner une leçon, d'autant que tous les officiers supérieurs avaient vu dans cet attentat une agression directe de l'armée par la Phalange. Je destituai Valera, et le ministre de l'Intérieur Galarza que je fis remplacer par Blas Pérez González, un juriste réputé qui allait devenir un excellent collaborateur pendant plus de quinze années. Mais Luis Carrero Blanco aussi bien qu'Arrese me firent comprendre qu'au-delà de ces mesures le danger que présentait l'arrogance phalangiste demeurait entier. Cette arrogance était encouragée par mon beau-frère, toujours empressé à approuver la bravache des « authentiques », qui n'avaient d'authentique que leur antifranquisme et qui, s'étant mis à saper l'autorité du chef de la Croisade, menaçaient le prestige de la Croisade elle-même. Aussi, non pour mon propre intérêt mais pour laisser le cours de l'Histoire se poursuivre, je profitai de l'affrontement à la porte de l'église de Begoña pour me passer, d'une part, de la présence gênante de Valera, un militaire extraordinaire mais aux convictions monarchistes inopportunes, et, de l'autre, de celle du désormais impopulaire « beau-frèrissime ». D'évidentes raisons sentimentales me firent retarder le limogeage de Ramón, mais avec une grande pertinence mon conseiller Carrero Blanco sut me convaincre que l'éviction de Valera ne pouvait que donner des ailes à une Phalange ouvertement antifranquiste qui trouvait en Serrano Suñer son ange gardien. Je le convoquai donc au palais, et ma *main ne trembla pas quand je lui tendis sa démission, pas plus que ne trembla la voix de Carmen quand elle me dit : « Bien fait. »*

Il faut laisser la parole au principal intéressé : « Je me rendis donc au Pardo, comme si souvent, sans avoir été mis au courant de ce dont il s'agissait. Franco, très nerveux, me dit avec moult circonvolutions et regards en biais : " Je vais te parler d'un problème sérieux, d'une grave décision que j'ai prise. " En entendant cela, je pensai au pire : que s'était-il passé dans le développement de la Guerre mondiale ? Enfin, il en arriva au fait : " Après tout ce qui vient de se passer, je dois te remplacer. " " Il était temps ! m'écriai-je, mais tu m'as fait peur : c'est tout ? " Puis : " Tu sais bien que je t'ai déjà maintes fois exprimé le désir d'abandonner le gouvernement, parfois pour raisons familiales, pour m'occuper de mes enfants et travailler à leur avenir, parfois aussi, franchement, parce que je perdais confiance en constatant comment nous nous éloignions du projet initial de créer un régime politique et juridique tourné vers le futur, mais tu n'as jamais accepté, tu as fait appel à mon patriotisme. Tu peux donc comprendre que tout cela n'a pour moi aucune importance désormais, et la seule chose qui me peine, c'est que nous n'ayons pu en parler clairement, normalement. " A un moment, je crus que cela serait possible, et que je pourrais m'exprimer avec liberté et indépendance, mais il changea aussitôt de conversation et me dit : " J'ai encore des gens à recevoir, je ne peux pas les faire attendre plus longtemps. " »

Par bonheur, je n'avais plus besoin de Serrano, comptant avec l'appui direct de collaborateurs comme Luis Carrero Blanco ou Blas Pérez González. J'avais connu personnellement Carrero Blanco après la Croisade, quand il jouissait déjà d'une réputation méritée d'officier de la Marine miraculeusement épargné par l'extermination à laquelle s'étaient livrés les marins rouges (40 % du corps des officiers de l'Armada environ avaient été tués par leurs propres subordonnés), de chercheur, et d'organisateur. J'avais remarqué ses travaux concernant le développe-

331

ment de notre puissance navale, et bien que certains l'aient accusé d'être devenu amiral sans bouger de son bureau il a toujours démontré, depuis ses rapports sur le réarmement naval des années quarante jusqu'à sa récente disparition, une grande connaissance de la guerre en mer. Son ambition de recréer une puissante flotte espagnole avec l'aide de l'Allemagne et de l'Italie fut contrariée par l'issue de la Seconde Guerre mondiale, sa confiance excessive en une victoire de l'Axe lui ayant d'ailleurs inspiré des prévisions malheureuses dans son ouvrage L'Espagne et la Mer, qui dut être corrigé dès 1942 car la marche des puissances fascistes commençait à prendre une mauvaise tournure et il n'était pas question de laisser gâcher la réputation d'un homme politique si prometteur.

Idéologiquement, Carrero Blanco était avant tout un catholique, et donc un franquiste. Il avait ainsi écrit : « Voici un objectif assez substantiel pour constituer la ligne générale d'une politique : d'abord défendre, et imposer ensuite au monde entier la civilisation fondée sur la doctrine du Christ. » Serrano le qualifiait d'« intégriste », et il l'était en effet, mais son vœu d'unir l'Espagne à l'Église n'était-il pas la source de notre ancienne grandeur ? Il était aussi convaincu que les ennemis de notre patrie étaient les francs-maçons, le sionisme et le marxisme, disant même que notre victoire avait été celle du christianisme sur le judaïsme. Il écrivit, sous le pseudonyme de Juan de la Cosa, des livres sur la marine et l'histoire, mais aussi sur la franc-maçonnerie dont il fut un expert presque aussi incontournable que Jokin Boor. Il semblait donc pouvoir être un bon et obéissant collaborateur, si bien que je le nommai au poste de sous-secrétaire de la présidence le 7 mai 1941, dans le cadre d'une rénovation générale de mon équipe qui concerna aussi Arrese et Blas Pérez González. Il n'éprouva à mon égard pas une seule hésitation, pas un seul doute, pas un seul soupçon de divergence jusqu'à sa nomination à la tête du gouvernement trente années plus tard, en 1973. Durant tout ce temps, je n'entendis de sa bouche que : « Comme voudra Votre Excellence », et il me donna une preuve de loyauté dès sa nomination, en me rapportant exactement les remarques que lui avait faites Serrano quand il était allé le remercier, pour avoir été le premier à le pousser en avant. Ce dernier lui avait recommandé de me servir fidèlement mais sans adulation, prétendant que la seule Croisade encore en cours était celle du culte de ma personne. Cela complétait le portrait de cet homme ambitieux et amer, en qui j'avais eu tellement confiance et que j'avais traité presque comme un frère. Carrero Blanco me conseilla de m'occuper sans hâte mais sans relâche des prétentions monarchiques de don Juan : « Il est évident que Votre Excellence aurait pu se proclamer roi, répondant ainsi au dessein de la Providence, mais puisque vous ne l'avez pas voulu la monarchie devra revenir un jour ou l'autre, et le plus logique serait qu'il s'agisse de la descendance d'Alphonse XIII, à condition bien sûr qu'elle s'inscrive dans le cadre légitime du Glorieux Mouvement national. » Il avait le don de dire tout haut parfois ce que le Caudillo pensait tout bas. A mesure que le prétendant au trône s'impatientait et que la déroute nazie se confirmait, Carrero Blanco me suggéra de lui rappeler combien le Mouvement devait peu aux monarchistes, mais combien la future monarchie devrait au Mouvement. Plus je durcissais ma position, et plus don Juan révisait à la baisse ses exigences.

« Ordre, unité et patience » : Carrero Blanco reprit cette consigne dans ses écrits quand il voulut expliquer par la suite notre état d'esprit entre 1945 et 1947, les choses devenant plus claires en 1948 et 1949 quand il se confirma que le véritable ennemi de la civilisation démocratique n'était pas l'Espagne de Franco mais le communisme soviétique expansionniste. Juan de la Cosa, je veux dire Carrero Blanco, souhaita bon voyage aux ambassadeurs occidentaux quand ils furent rappelés dans leur pays, et ce fut lui qui attira mon attention sur le double jeu des États-Unis, qui approuvaient la campagne de dénazification dans toute l'Europe mais accueillaient chez eux des scientifiques et des experts en espionnage nazis, tels Werner von Braun, l'inventeur du V2, ou le général SS Ghelen, un des organisateurs de la CIA. « Ordre, unité, patience » : tel était le credo de Carrero Blanco ou de Blas Pérez, ni phalangistes, ni monarchistes, ni républicains, tout simplement franquistes et partisans du concept Espagne = Franco. Quand en 1947 la Loi sur la succession fut adoptée, Carrero Blanco-Juan de la Cosa

composa le texte d'un message au prétendant, don Juan, pour
l'exhorter à se considérer comme le perpétuateur du monar-
chisme du Mouvement, démontrant à nouveau une discipline qui
me faisait excuser certaines petites faiblesses comme son goût
pour les bamboches nocturnes qu'il s'accordait à Barcelone en
compagnie de fils de famille phalangistes, Juan Antonio Sama-
ranch par exemple, ou Mariano Calviño, un homme aussi sympa-
thique que versatile, et autant au fait des secrets érotiques de
la classe politique que moi, non que j'aie jamais cherché à les
connaître, mais parce que je m'étais résigné à ce qu'on me les
rapporte.

Le puritanisme officiel contrastait en effet avec le dévergon-
dage de la nouvelle classe dirigeante, qui s'était emparée de tout
ce qui était resté vide et abandonné, qui s'était enrichie par
toutes sortes de combines et qui demeurait aveugle, sourde et
muette, complice enfin, devant la brutalité quotidienne du
régime. La peur était telle qu'elle dissuadait la vengeance.
Pourquoi vos victimes ne vous ont-elles pas tué, Général ? Parce
que la garde maure ou la police politique de Blas Pérez vous
protégeait ? Ou bien parce que l'idée même de le faire était
devenue invraisemblable ? Toutes les tentatives d'attentat contre
vous paraissent baigner dans une ambiance tragi-comique,
comme si la Providence que vous invoquez toujours en tant
qu'explication suprême relevait, elle aussi, de la farce. Je ne
parle même pas de vos accidents de voiture, ni de cette scène
glorieuse où vous retrouvez votre chemin dans les nuages,
ruinant les efforts du copilote qui voulait vous livrer aux Rouges.
Mais les attentats anarchistes auxquels Eliseo Bayo a consacré
un livre pourraient inspirer des scénarios de comédie si certains
de leurs auteurs n'y avaient perdu la vie. Tantôt on oubliait les
fusils, tantôt les balles, ou bien on vous attendait par ici et vous
passiez par là, ou bien on arrivait en retard. Il ne manquait plus
que la révélation par les intéressés, cinq ans après votre mort,
que la guérilla galicienne elle aussi avait tenté de vous assassiner,
ce qui prouve que personne n'est prophète en son pays, ou qu'à
quelque chose malheur est bon, ou que l'enclume d'aujourd'hui
sera le marteau de demain. Cela s'était passé pendant les fêtes de

María Pita, l'héroïne de La Coruña qui avait défendu la cité contre les envahisseurs, vous étiez au balcon en train de contempler le feu d'artifice quand un canon manœuvré par les guérilleros galiciens vous prit dans sa ligne de mire, Général. Et boum ! le canon tira mais, ô relation espace-temps !... L'obus alla tomber dans les eaux du golfe.

Ma rencontre avec Blas Pérez se produisit au moment le plus favorable pour lui, pour moi et pour l'Espagne. J'avais suivi ses interventions en tant que procureur lors des procès de Barcelone contre les politiciens responsables de la sédition d'octobre 1934, parmi lesquels figuraient Companys et Azaña, et si son activité me parut alors correcte j'aurais attendu de lui plus de fermeté face aux crimes contre la patrie dont il était question. En tout cas, cela valut à ce professeur de l'Université de Barcelone d'être arrêté après l'échec de notre soulèvement dans cette ville, et de passer par les geôles rouges auxquelles il survécut miraculeusement.

Tout en le sachant plutôt conservateur et partisan de l'ordre qu'attiré par la Phalange, et justement pour cette raison, je l'introduisis dans la direction de l'organisation de la Phalange et des JONS et, la guerre terminée, il fut à sa place dans les cérémonies en hommage à José Antonio, prenant même sur ses épaules le cercueil pendant une partie du trajet qu'accomplit la dépouille du Fondateur à travers toute l'Espagne, d'Alicante jusqu'à la sépulture de l'Escorial. Et c'est à lui que j'offris le portefeuille de l'Intérieur en septembre 1942, où il remplaça rien moins que Galarza, un des principaux artisans du soulèvement national. Je n'eus qu'à m'en féliciter : Blas Pérez créa non seulement une efficace police politique sur le modèle allemand mais sut aussi l'utiliser à fond contre les tentatives de regroupement des gauches clandestines et contre les manigances des « phalangistes authentiques » ou de ces « militaires monarchistes » qui, avec Kindelán, Aranda et Valera à leur tête, tentèrent de décapiter le mouvement national en remettant en cause ma présence à la tête de l'État. De 1942 à 1957, il fut un véritable bastion de la sécurité de l'État et de l'organisation de l'appareil gouvernemental, répondant à tous les coups et à toutes les intrigues avec une détermination qu'il aimait résumer en citant la phrase d'un célèbre homme politique allemand : « C'est l'État qui détient le monopole de la violence. » Et quand je lui objectais que le mot « violence » ne me plaisait pas, il répondait avec un sourire condescendant : « Vous pouvez le remplacer par celui d'autorité. » « Oui, c'est bien mieux. Toute la question est d'arriver à la synthèse entre Liberté et Autorité. » « Quel grand axiome politique vous venez de formuler là, mon général. »

Les peuples faibles ont besoin de caudillos forts. Je dus surmonter ma réserve naturelle et mon peu de goût pour les éloges en les acceptant comme des stimulants qui aideraient à remonter le moral, fort mal en point, du peuple espagnol. En repassant tous ces qualificatifs flatteurs qui me furent attribués en ces années-là, je ne peux m'empêcher de sourire en constatant quelle haute idée de moi avaient ceux qui ont ensuite prétendu faire partie de l'opposition démocratique à ma « dictature ». Car, enfin, je n'ai jamais obligé Emilio Carrere, écrivain bohème, à m'appeler « Prince des prodiges à l'épée ornée de roses », ni à faire dire de moi à Alvaro Cunqueiro* que « le regard du Seigneur l'a choisi d'entre les soldats » après m'avoir comparé au soleil... Je peux comprendre que La Gaceta literaria ait exagéré en me jugeant l'égal de Cervantes après la parution de mes deux livres, mais en réalité cette preuve d'affection était destinée au peuple, au peuple qui avait besoin de croire en moi. Même Ridruejo, oui, lui qui se proclama ensuite « persécuté » par le régime, m'avait dédié des vers enflammés :

> *Père de la paix en armes, ton courage*
> *Fait s'incliner l'Occident en hommage*
> *Et au Levant on en chérit l'image.*

Je n'ai pas plus obligé Pemán à écrire dans la revue Armée de février 1940 un éloge excessif de ma personne, dans lequel il affirme entre autres : « Dans toutes les cérémonies et liturgies protocolaires, il paraît porter avec lui l'honneur de tous les martyrs. Il semble arborer les médailles sur sa poitrine comme s'il en offrait un peu du mérite à tous. C'était le Caudillo dont avait besoin cette époque de l'Espagne, fragile, délicate, difficile à manier comme tout conflit civil. (...) Il fallait la mesure exacte

*pour combattre sans haine et convaincre sans remords. Écouter
tout le monde et ne transiger avec personne. Il fallait apporter
d'un côté, justement dosés, le pardon, le châtiment, et la
rédemption ; et porter de l'autre, en exacte harmonie, la chemise
bleue, le béret rouge et l'étoile de capitaine général. Il a conquis
le territoire rouge comme s'il ne faisait que l'effleurer : en
épargnant les vies, en limitant les bombardements. Et ne s'est
jamais laissé abattre, car il était sûr de l'Espagne comme de lui.
Tel est Francisco Franco, Caudillo d'Espagne. »* Pemán, le
premier de nos écrivains catholiques, celui dont, en dépit de ses
velléités monarchistes, nous avions soutenu la candidature au
prix Nobel de littérature en tant que plus fidèle représentant de
l'authenticité littéraire espagnole...

Pouvais-je tourner le dos à mon destin et à l'appel de la
Providence ? *Arriba*, l'organe de la Phalange, soutenait dans un
éditorial de décembre 1936, soit quelques mois après le début de
la guerre, que je personnifiais le retour du Caudillo-Prêtre, du
Chef thaumaturge, du César qui est aussi Pontife. Et j'ai la chair
de poule devant la pertinence de ces lignes bouleversantes
d'Ernesto Giménez Caballero : *« Nous avons vu les larmes de
Franco tomber sur le corps de cette mère, de cette épouse, de
cette fille qu'est pour lui l'Espagne, tandis que sur ses mains
coulaient le sang et la douleur du divin corps agonisant. Qui a pu
entrer dans les entrailles de l'Espagne comme Franco, à tel point
qu'il est désormais impossible de dire si c'est Franco qui est
l'Espagne ou l'Espagne qui est Franco ? Oh, Franco, notre
Caudillo, père de l'Espagne ! Courage ! Arrière, canailles malfai-
santes du monde entier ! »* Giménez Caballero, que j'avais connu
au Maroc en 1921, était la meilleure plume d'Espagne et un
homme au grand cœur, même s'il me faisait parfois des
propositions un peu excentriques, comme celle de suggérer à
Hitler d'épouser la sœur de José Antonio, Pilar Primo de Rivera,
ce qui était doublement absurde parce que Pilar, fiancée à jamais
à la mémoire de son père et de son frère, n'aurait jamais accepté,
et que, comme je savais qu'il manquait un testicule à Hitler,
cette union n'aurait eu de toute façon aucun intérêt pour
l'avenir. Il finit par en convenir, mais s'exclama : *« Quel dommage ! Quelle magnifique synthèse, un Autrichien rallié au*

*catholicisme par une Espagnole de pure race ! » Ses excentricités
me placèrent plus d'une fois dans l'embarras, et je finis par le
nommer ambassadeur au Paraguay, où il perdit à peu près tout
contact avec la vie intellectuelle du pays. Parfois, il venait
m'apporter un message de Stroessner[1] et, lors de l'une de ces
visites, il me déclara que le drame de la Phalange était d'avoir
perdu sa virilité quand la guerre avait été terminée : « Elle y était
prédestinée parce que c'est un mot féminin, nous aurions dû
l'appeler le Phalange. » Curieux que cet homme, capable
d'attirer mon attention en pleine guerre civile sur le fait que les
francs-maçons étaient plus dangereux que les ouvriers, ait pu en
arriver à formuler de telles extravagances.*

Malgré son complexe d'orphelin, votre cousin Pacón avait su
déceler tout ce qu'il y avait d'artificiel dans le montage du mythe
du « César visionnaire », pour reprendre l'expression récente du
grand écrivain Francisco Umbral dans un roman qui a été
couronné par le prix de la Critique. Pacón, dès le début de son
livre *Mes conversations avec Franco*, repère derrière les enthousiastes manifestations phalangistes pleines d'« adhésion inébranlable » la main d'Arrese ou de Fernández Cuesta : « La ville de
Logroño a reçu le Caudillo avec un enthousiasme que l'on
pourrait dire d'apothéose, comme si la guerre venait de s'achever. » Mais c'était en octobre 1954, Général.

*Ce fut précisément au cours des années les plus difficiles que
la Divine Providence me permit de concevoir les projets intellectuels les plus audacieux, et m'autorisa à exercer librement
mon imagination à l'exaltation des valeurs symboliques de la
nouvelle période. Tous les communiqués officiels se référaient
à la « première année triomphale », ou à la deuxième, ou à la
troisième, car nous voulions montrer bien clairement qu'il
s'agissait de la naissance d'une ère nouvelle, de ce « régime
millénaire » vanté par nos propagandistes avec la conviction que
les résultats de tous les sacrifices consentis se prolongeraient
assez longtemps pour contribuer à un nouveau millénaire de
grandeur espagnole. Mais comment expliquer ce qui nous avait*

1. Dictateur du Paraguay de 1954 à 1989. *[N.d.T.]*

conduit à un tel moment de gloire ? L'activité de nos intellectuels, écrivains et artistes ne pouvait y suffire, d'autant que nombre d'entre eux perdirent peu à peu leur zèle sous l'effet des vaines discutailleries libérales, surtout à partir des années cinquante. N'étais-je pas moi-même assez doué pour un didactisme créatif, comme mes officiers l'avaient constaté à l'Académie et en campagne ? N'avais-je pas inspiré le choix des symboles de l'ordre nouveau, tant les emblèmes sont les conséquences d'une bonne connaissance de l'Histoire, les signes de l'Histoire ? Il est donc peut-être surprenant mais en tout cas logique qu'en cette période dramatique du début des années quarante, assailli par diverses conspirations de l'intérieur et de l'extérieur, j'ai pris le temps de concevoir le projet de la Vallée des Martyrs et d'écrire Raza, dont Sáenz de Heredia tira un film exemplaire.

Je commencerai par la Vallée des Martyrs, notre Vallée des Rois en laquelle tous ceux tombés pour Dieu et l'Espagne reçurent la dignité posthume d'un roi parti sur le fleuve de la mort vers la lumière absolue de l'Éternité. Les grands peuples créent la force de leurs grands hommes, et ont besoin d'inscrire dans la pierre le souvenir de leur grandeur : ce fut cette idée qui me poussa à réaliser le monument de la Vallée des Martyrs, et non le désir de me rendre hommage à moi-même. La Providence peut-elle parvenir au même résultat par deux chemins différents ? La Providence peut tout : au moment où trois grands Espagnols, réfugiés dans une ambassade dans Madrid aux mains des Rouges, ressentaient le besoin de résister sur le plan spirituel et imaginaient un monument qui commémorerait un jour la victoire de la lumière sur les ténèbres, je concevais un projet similaire, par une association d'idées qui fut certainement aussi celle du grand Philippe II lorsqu'il voulut convertir une victoire militaire et spirituelle en un édifice, l'Escorial. Ces trois illustres naufragés en mer Rouge, pour reprendre l'heureuse métaphore de don Wenceslao Fernández Flores, imaginèrent un arc de triomphe et une grande pyramide sur une colline de Madrid, non loin d'un antique hôpital. Manuel Laviada, sculpteur, Luis Moya, architecte, et le vicomte de Uzqueta, militaire, étaient ces hommes qui avaient eu la même vision que moi, et leur projet fut

339

publié dans le numéro 36 de la revue Sommet, *en septembre 1940. Mais, quelques mois auparavant, j'avais fait paraître au* Journal officiel *un décret en vue de l'érection d'un monument des Martyrs à Cuelgamuros, œuvre que l'un des plus équilibrés journalistes et écrivains d'Espagne, don Tomás Borrás, qualifia de huitième merveille du monde quand il la vit achevée en 1957 : une croix gigantesque protège de sa splendeur dorée une grande basilique et un mausolée souterrain, rappelant l'idée du retour à la paix sur la Terre que proposaient les hypogées égyptiens. Mais pourquoi à Cuelgamuros ?*

Ici, on pourrait presque parler de révélation. J'avais en tête la structure de ce que je voulais, et une localisation centrale, au cœur du pays pour l'irradier tout entier. J'avais déjà maintes fois inspecté les environs de la sierra du Guadarrama, car je désirais que le monument du nouveau régime millénaire, sans lui faire de l'ombre, se retrouve près du glorieux Escorial, vivant symbole de la victoire de San Quintín, mais rien ne m'avait satisfait. Un soir, après dîner, je dis à Moscardó : « Veux-tu que nous allions à la Vallée des Martyrs ? » « Où est-ce ? » « C'est le nom que recevra le monument que je pense construire en hommage aux morts de notre Croisade. » « Et tu sais déjà où il se trouvera ? » « Non. » Mais Moscardó éprouvait une confiance aveugle, sarcastique parfois mais aveugle, en celui qui l'avait libéré à l'Alcazar de Tolède, et il partit avec moi. Nous allâmes en voiture jusqu'à une cuvette qui s'ouvrait vers la montagne puis continuâmes à pied, par des chemins de pierre, jusqu'à une colline prodigieuse que les gens du lieu ont baptisée l'Altar Mayor, l'Autel-Majeur. C'était un signe. Je grimpai tout seul au sommet, d'où j'aperçus non loin une cime plus élevée, une sorte de faisceau de rocs qui découpaient un espace ouvert, agreste mais splendide. « Monte », ordonnai-je à Moscardó, et il s'exécuta en haletant. Il apprécia lui aussi le paysage, tout en craignant que je veuille continuer jusque là-bas : « Non, pour aujourd'hui cela suffit, mais je te promets que d'ici peu des milliers d'Espagnols se rendront en ce lieu. » J'avais trouvé le site, là, dans la pinède de Cuelgamuros, propriété de la famille Villapadierna expropriée au juste prix de 653 483, 76 pesetas de l'an 1940, et là apparut la Vallée des Martyrs, nouveau phare, nouvelle vigie de toutes les Espagnes. Bien vite, j'emmenai le gouvernement dans son ensemble, les chefs du parti, les ambassadeurs amis, et quelques généraux à l'endroit élu, où le sous-secrétaire de la direction de l'État, le colonel Galarza, lut le décret de fondation. Je criai : « España ! », et tous me répondirent par « Unie ! Forte ! Libre ! » avant d'entonner avec émotion l'Hymne de la Phalange, le bras levé. Ce fut l'un des moments les plus émouvants de mon existence, et le petit vent frais des montagnes, en cette journée d'avril 1940, sécha les larmes qui coulaient sur mes joues.

Ainsi débuta ce prodige d'architecture impériale et poétique, dont l'achèvement fut retardé par les immenses difficultés économiques que traversait l'Espagne, et par celles que cachait le cadre naturel. Je ne veux pas m'arroger des médailles qui ne me reviennent pas, j'ai été assez comblé par la Divine miséricorde, mais les dons naturels que j'ai toujours manifestés dans les arts plastiques et notamment dans le dessin me permirent d'analyser et souvent de corriger les esquisses des architectes et des sculpteurs. J'aidai donc don Pedro Muguruza, le directeur général de l'Architecture, à orienter correctement le projet. L'idée de faire construire le monument par des prisonniers de guerre fut aussi la mienne, ce qui leur accordait l'avantage de travailler au grand air, de pouvoir embrasser leur famille de temps en temps, et de gagner un peu d'argent, ce dont ils avaient bien besoin.

Un de ceux qui m'aidèrent non seulement à construire le monument mais aussi à recruter ces travailleurs prisonniers fut don Juan Banús, promoteur aujourd'hui de la station balnéaire de Puerto Banús. Il me raconta un jour comment il sélectionnait les ouvriers, et, bien que son procédé m'ait paru un peu primitif, je ne pus m'empêcher d'éclater de rire : « Moi, Excellence, je leur inspecte les mâchoires parce qu'une dentition saine est la preuve d'un corps sain. Ensuite je leur palpe les muscles, et si tout est en ordre je les envoie au travail. » Beaucoup se portèrent volontaires, et je sais que parmi eux figuraient quelques militaires républicains, notamment l'ancien colonel Sáez de Aranaz, de ma promotion, ou l'ancien lieutenant-colonel Sánchez Cabezudo, de la promotion de Varela. Je ne les ai jamais salués, non par rancœur mais par esprit de logique historique : ils avaient choisi leur camp, moi le mien, et ils avaient perdu. Millán Astray, au contraire, qui se rendait là-bas de temps à autre, leur donnait quelque paquet de tabac, et taillait même un bout de conversation avec eux. Il me demandait si cela me choquait, et moi je lui répondais : « Et toi ? »

En 1944, mon père demanda une place de « travailleur forcé volontaire » à la Vallée des Martyrs. Quelques jours après être arrivé à pied sur le chantier, il tomba malade pour avoir trop mangé : au lieu de l'unique ration carcérale, il recevait deux bols d'un rata « montagnard » qui contenait, en plus des haricots et des charançons, quelques restes de viande d'animaux vertébrés. C'est en octobre 1944 que j'ai reçu sa première embrassade depuis notre rencontre au tribunal militaire, exactement cinq ans auparavant. Tout mon corps se rebellait contre ce contact, bien que je ressentisse une profonde compassion pour ce quasi-inconnu qui s'était voûté, saluait servilement ses gardes et allait mettre des années à retrouver assez de courage pour me raconter brièvement ses nuits de veille dans des cellules bondées, à attendre le caprice meurtrier de n'importe quelle bande de phalangistes avinés, ou la surprise matinale de découvrir qu'il avait somnolé toute la nuit collé à un cadavre. Il ne m'a jamais parlé des coups qu'il avait forcément dû recevoir pour s'incliner comme un Japonais devant les chefs et les contremaîtres qui sillonnaient l'immense chantier de Cuelgamuros et dont le regard et le ton également sans réplique cinglaient comme des fouets. Exceptionnellement, un fonctionnaire se montrait assez aimable pour s'intéresser à mes études et nous laisser tous les trois monter un petit sentier à la recherche d'une conversation intime qui n'arriva jamais. Mon père me tirait quelques monosyllabes des questions qu'il formulait à moitié, et cherchait à retrouver avec ma mère le souvenir confus des temps de normalité. Nous n'étions que tous les deux à l'attendre à Madrid, sa famille se partageant entre la maison natale près de Lugo et les appartements du quartier neuf de Barcelone où ses sœurs faisaient des ménages en espérant réunir le trousseau de la dernière chance pour convoler avec leurs fiancés d'avant guerre.

Il ne s'était jamais entendu avec la famille de ma mère, trop méridionale, trop anarchiste, et moi il me considérait comme un devoir qu'il ne pouvait terminer par peur de reproduire son propre échec. « Ne te mêle pas de politique », m'avait-il dit en nous quittant les trois fois que nous lui avons rendu visite dans ce qui allait devenir la Vallée des Martyrs et qui me paraissait une excursion insupportable vers un avenir normalisé. « Mais comment pourrait-il s'en mêler ? » le raisonnait ma mère qui lui décrivait par le menu tout ce que je retirais de l'école. J'étais sur le point de terminer la cinquième année, sur les conseils du père Higueras qui avait plaidé pour mon éducation « … parce que ce petit n'est pas fait pour le travail manuel ». A quatorze ans, je pouvais même me payer des cours du soir accélérés grâce aux leçons de rattrapage que je donnais aux retardataires, historiques ou biologiques.

« Étudie, et place-toi dans une banque ou une caisse d'épargne, me recommandait mon père quand on parlait de prolonger mes études. Regarde, moi, j'ai commencé garçon de salle, j'aurais pu devenir imprimeur ou maître d'école, et quand je sortirai d'ici je ne serai qu'un bourricot. » Évidemment, il avait fondu, mais il était bruni par le soleil, robuste presque, et en bon Galicien il travaillait dur, j'ai même imaginé parfois qu'il pouvait être un travailleur forcé… « très apprécié par ses chefs ». Mais non : on ne lui avait pas lavé le cerveau à jamais, il l'avait caché quelque part en lui, avec tant de méfiance qu'il lui a fallu près de dix ans pour le retrouver. Quand j'ai été arrêté pour la première fois en 1956, mon père était là, de l'autre côté du parloir de Carabanchel, pleurant sans se retenir, et, quand j'en suis sorti des mois plus tard il a fait deux choses : il m'a passé un sermon quasiment calqué sur celui dont l'avait gratifié mon grand-père à La Coruña en 1920, et après m'avoir répété pour la énième fois de ne pas me mêler de politique, il m'a dit : « Quand Madrid était en train de tomber, j'ai reçu un message de don Isidro Acevedo : si je le voulais, mon départ en exil était possible, ensuite je pourrais toujours vous faire venir, ou bien je reviendrais avec les républicains une fois que nous aurions définitivement vaincu Franco. Je crois que je me suis trompé quand je suis parti de Cuba, et aussi quand je n'ai pas suivi don Isidro à Moscou. Mais j'avais peur de ne pas revenir et de vous abandonner à votre sort, et puis je n'avais jamais pensé que le vainqueur se montrerait si implacable. En plus j'avais l'exemple de camarades comme Matilde, Peñascal, Cirueña, et d'autres, qui continuaient à résister. » « Et tu t'es joint à eux ? » Alors il a été effrayé par sa propre épopée et a coupé court : « Écoute-moi. Ne te mêle pas de ça, et ne mange pas ce que tu ne peux pas te payer. » Je crois qu'il ne me parlait pas seulement de repas, mais se demandait plutôt s'il avait mérité de vivre des situations aussi extrêmes.

On a beaucoup exagéré, et c'était prévisible, les conditions de travail qui régnaient là-bas. Je dois dire, pour faire honneur à la vérité, que les détenus politiques travaillèrent beaucoup mieux que les droit commun, lorsque nous fûmes contraints de recourir à cette main-d'œuvre quand les premiers manquèrent. De nouveaux rebelles, enfants précoces de la subversion de l'après-guerre, eurent aussi l'occasion de venir se racheter sur ce chantier, tel le fils du remarquable intellectuel mais pernicieux politicien don Claudio Sánchez Albornoz, « président de la République en exil », excusez du peu. Tel père tel fils : le jeune Nicolás Sánchez Albornoz, d'orientation marxiste, tenta de réorganiser la funeste Fédération universitaire espagnole dans le nouveau Madrid. Tandis qu'il purgeait sa peine à la Vallée des Martyrs, il réussit à s'enfuir avec l'aide d'un groupe d'étrangers judéo-maçonniques, mais cette mauvaise brebis ne gâta pas le troupeau et l'immense majorité des condamnés remplirent honorablement leur contrat. Certains préférèrent même rester sur place après avoir achevé la durée de leur peine méritée, pour ne pas risquer de rester sans travail loin de cette vallée de la paix.

Exact, tout à fait exact, et vous pardonnerez cette interruption, à nouveau personnelle. Je viens de me rappeler qu'un jour nous est parvenue une lettre de Cuelgamuros, dans laquelle mon père racontait à ma mère qu'on lui avait proposé de rester là-bas en tant que travailleur libre, avec assurance-maladie, droits syndicaux, etc. J'avais alors dix-sept ans, je n'avais pas une grande conscience politique, mais j'ai éprouvé un dégoût absolu à la simple idée d'aller vivre au pied de ce monument et d'assister chaque soir au retour d'un contremaître de forçats. J'ai donné mon avis trop abruptement, et ma mère m'a envoyé une gifle : « Ton père a peur, peur de revenir dans cette maison, à Madrid, il n'est presque plus d'ici, ni de Madrid, ni de son village, ni de Cuba, tu ne comprends donc pas ? » Pourtant, elle lui a répondu qu'elle n'était pas d'accord, qu'à Madrid je pouvais étudier le soir mais que ce serait impossible à Cuelgamuros, qu'ils devaient penser à moi, que le père Higueras m'avait cherché des redoublants à qui je ferais la classe, et un cours du soir où je pourrais préparer le baccalauréat en trois ans, et qu'il lui avait trouvé aussi un travail, un peu dur d'accord, mais le tout était de s'y mettre : distributeur des publications de l'évêché en tricycle, et qu'il pourrait aussi faire des heures supplémentaires comme manutentionnaire à l'imprimerie qui fabriquait les tickets de rationnement. Ce n'est pas le travail qui te manquera. Alors la silhouette de mon père s'est découpée un jour dans le hall obscur de la rue Lombía, les rayons du soleil étaient particulièrement chargés de poussière, et je revenais juste de cinq heures de travail au-dessus des petites têtes souffreteuses de cinquante bambins terrorisés par mon agressive autorité. Je me suis contenté de prendre sa mallette en bois, d'esquiver son baiser, de lui dire salut et de lui ouvrir le chemin en montant les escaliers.

L'architecte en chef, Muguruza, ne trouva rien de mieux que de mourir alors que les travaux traînaient en longueur de manière exaspérante : je n'aurais jamais pu imaginer que ce qui avait été entrepris en 1940 ne serait achevé que près de vingt ans après. Il est vrai que le projet initial fut corrigé en cours de route et prit plus d'envergure encore, mais j'ai aussi parfois pensé que le temps affaiblissait les envolées de la foi et que l'enthousiasme avec lequel nous avions tous commencé à donner réalité à ce rêve ne pouvait rester intact au bout de trois lustres. Comme en tout, je m'appuyai sur Carrero Blanco, peut-être celui de mes collaborateurs qui comprenait le mieux le sens de mon entreprise et qui finit par assurer la coordination entre tous les architectes, sculpteurs et ingénieurs mobilisés sur le chantier. Le reste appartient à l'histoire de l'Espagne et des arts plastiques, grâce notamment aux prodigieuses sculptures de Juan de Avalos, dignes de Michel-Ange. Enfin, le 1er avril 1959, vingtième anniversaire de la Victoire, j'entrai en grande pompe et en compagnie de Carmen dans la basilique de la Vallée des Martyrs. Ce même jour, un groupe d'Espagnols demandaient au pape de me concéder le chapeau de cardinal parce que j'étais selon eux « ... directement désigné par le doigt de Dieu pour gouverner le plus catholique, le plus dévot des peuples ». Une fois encore, le Vatican rétribua à un taux usuraire cet acte de générosité collective, se limitant à déclarer basilique mineure une réalisation aussi prodigieuse, mais je pus dire dans mon discours, prononcé sur un podium devant la foule agglutinée sur la grande esplanade, que cette œuvre constituait pour tous une victoire du Bien. J'avais été obéi : on avait apporté ici les dépouilles de l'un et de l'autre camp de la Guerre civile, pour donner au lieu la résonance symbolique d'une rencontre entre frères ennemis, mais cet ordre s'était heurté à des résistances parfois surprenantes.

Aux connaissances pluridisciplinaires qui m'avaient permis d'inspirer en bonne part la conception technique et esthétique de la Vallée des Martyrs s'ajoutait un certain talent pour l'écriture qui s'exprima d'abord dans nombre de contributions aux revues militaires, puis dans mon Journal d'une bandera, dont on fit l'éloge de la bonne facture. Mais mon entreprise littéraire la plus audacieuse fut sans doute Raza, ce scénario de cinéma romancé par lequel je voulais exprimer la tension entre l'Espagne et l'anti-Espagne à travers l'histoire d'une famille gagnée par le démon de la décomposition idéologique. Je publiai cet ouvrage sous le pseudonyme de Jaime de Andrade (un patronyme présent dans la généalogie de ma mère) et, mystères de la littérature, il arriva entre les mains du cinéaste José Luis Sáenz de Heredia, cousin du martyr José Antonio Primo de Rivera. Il entreprit une enquête sur la personnalité de son auteur, mais quand il découvrit qu'il s'agissait du Généralissime en personne il m'avoua avoir été saisi d'une « peur impressionnante » car il caressait déjà l'espoir de porter Raza à l'écran. Je n'opposai cependant aucun obstacle, conscient des qualités et de la loyauté du jeune réalisateur, et nos seules divergences survinrent à propos de certains passages qu'il jugeait trop littéraires : « Le cinéma, c'est l'image. » Cordonnier, contente-toi de ta chaussure, me dis-je, et je laissai faire jusqu'au jour où une première projection fut organisée dans le petit théâtre du palais du Pardo. Le film rencontra ensuite un tel succès que Sáenz de Heredia me proposa de réaliser une seconde partie, inspirée par l'épopée de la participation espagnole à la guerre contre le communisme en URSS, et par les glorieux exploits de la division Azul. Nous nous mîmes au travail, Sáenz de Heredia se débrouillant même pour aller en URSS repérer des cadres naturels, puis mon enthousiasme tomba en dépit du succès populaire étonnant qu'obtint cette production marquée par les faibles moyens de l'après-guerre. Je m'inscrivis à la Société des auteurs sous le nom de Jaime de Andrade, versant tous les bénéfices du roman et du film au Collège des orphelins militaires.

A maintes reprises cependant, des gens de mon entourage comme Carrero Blanco ou Vicente Gil, qui jusqu'à ces dernières semaines était mon médecin particulier, ont déploré le faible écho obtenu en Espagne par ma production littéraire et artistique, Vicente voulant me démontrer que tout résultait d'une conjuration du monde intellectuel et artistique que notre Croisade n'avait pas suffisamment épuré. C'est en effet dans le tissu culturel que l'hydre subversive se recompose le plus rapidement, sous prétexte d'exercer une liberté d'expression et de critique dénuée d'ambitions politiques. Personne ne respecte autant la culture que moi, qui ai toujours voyagé avec des valises pleines de livres, qui ai lu tous les classiques qui le méritent et qui ai su distinguer entre bonnes et mauvaises lectures avec pour seul critère le respect du sens de notre histoire. Mais Vicente ou le pauvre Luis Carrero Blanco avait peut-être raison, car les milieux de la culture sont perméables à la franc-maçonnerie, et juifs et communistes ont la haute main sur les structures qui la divulguent, qui font et défont les statues. Ma lutte ouverte contre francs-maçons et communistes m'a sans doute valu non seulement un harcèlement politique universel, à côté d'admirables manifestations de solidarité qui ne m'ont pas manqué, mais aussi une relativisation de ma contribution à cette société culturelle.

Les chemins employés par la franc-maçonnerie pour détruire un pays, un personnage ou une réputation, sont polymorphes et peuvent passer par de surprenants relais. Un des principaux experts en la matière, danois si je ne m'abuse, Jokin Boor, collabora régulièrement à notre presse nationale après la Croisade. Désirant le rencontrer personnellement, je lui accordai une audience au Pardo. Il ne m'apprit sans doute rien, mais confirma certains points qui étaient devenus les chevaux de bataille de ma théorie politique. La franc-maçonnerie est un instrument du capitalisme qui, à notre époque, utilise le communisme pour miner la résistance des nations, les fondations de l'esprit national, et pouvoir ensuite proliférer sur la terre brûlée. Ses ennemis essentiels sont l'Église catholique et les frontières nationales. Car où s'est-elle montrée utile ? En Angleterre, en France, aux États-Unis, dans les pays impérialistes qui se disputent aujourd'hui la domination du monde avec l'Union soviétique, et veulent nous transformer en succursale. Aussi bien au Portugal qu'en Espagne le réveil national ne pouvait que passer par la désorganisation de la franc-maçonnerie, compte tenu de sa formidable capacité de noyautage.

Boor m'offrit maints exemples historiques prouvant l'inégalité de traitement réservé aux hommes politiques franc-maçons, comme Aranda ou Léon Blum pour ne citer qu'eux, et à ceux qui luttent contre la franc-maçonnerie : « Excellence, vous serez toujours l'objet de leur haine, mais en revanche observez comment la franc-maçonnerie internationale a oublié que le roi de mon pays, le Danemark, a laissé les nazis occuper son pays ou que celui de Suède autorisait le passage et le ravitaillement des troupes allemandes. Pourquoi ? Eh bien, parce qu'ils étaient tous deux maçons ! » Nous évoquâmes aussi la pittoresque veuve de Roosevelt, Eleanor, anticatholique et antifranquiste furibonde qui essaya tellement de nous nuire dans les années quarante et cinquante, avant que le gouvernement d'Eisenhower n'optat définitivement pour une alliance avec l'Espagne légitime, nationaliste, catholique, anticommuniste. Roosevelt était franc-maçon, Truman aussi, le sionisme international est l'un des principaux bastions de la franc-maçonnerie, qui se souvient davantage de l'expulsion des juifs en 1492 que de l'aide *généreuse par moi concédée quand ils fuyaient le nazisme. « Excellence, me dit Boor au cours de notre fructueuse rencontre, de tous vos remarquables discours il y a une phrase que nous devrions inscrire sur les murs et dans les livres d'histoire. » Je souris devant cette flatterie mais l'encourageai à poursuivre : « Allons-y, Boor, dites-la-moi, je ne m'en souviens pas. » Boor ferma les yeux et récita d'un trait : « On nous a poussés de l'étranger à nous combattre entre Espagnols car cette division favorisait leurs visées hégémoniques au prix de la décadence de l'Espagne. » Quelle lucidité chez cet étranger parvenu à mieux comprendre notre histoire que nombre de nos compatriotes !*

J'éprouve une honte distanciée en vous entendant continuer à chanter les louanges de ce Jokin Boor, puisque lui et vous ne formiez qu'une seule et même personne. Vous avez monté la comédie de cette audience accordée à vous-même mais vos intimes savaient que vous revêtiez la personnalité de Boor lorsque la manie antifranc-maçonne vous reprenait, conseillé et corrigé alors dans vos écrits par Ernesto Gímenez Caballero et Luis Carrero Blanco.

Le satanisme maçonnique réussit à infiltrer l'Église catholique et même le cœur de sa résistance spirituelle, l'Inquisition. Non contente d'obtenir le bannissement des jésuites, la franc-maçonnerie parvint à contrôler le président du tribunal du Saint-Office, Arce, et son secrétaire, le chanoine Llorente. Si cela fut possible au xviiie siècle, combien de ces stupides petits curés, qui luttent aujourd'hui contre le régime sous prétexte de nous mettre à la page du concile Vatican II, sont-ils soumis à la discipline maçonnique, et combien à celle des communistes ? La Compagnie de Jésus elle-même, de nos jours dirigée par le Basque Arrupe et qui dérive dangereusement vers des positions « progressistes », a-t-elle pu vraiment se libérer de ces influences ? Et l'armée ? Je suis conscient de tout ce qui a pu nettoyer ses rangs jusqu'ici, mais après ? Jokin Boor m'avait mis en garde à ce sujet lors de notre intéressante discussion, mais mon expérience et mes informateurs m'avaient déjà alerté de ce que la franc-maçonnerie relevait la tête au sein de l'armée, même si

Cabanellas était mort pendant la Guerre civile et Aranda et Queipo de Llano avaient abjuré à plusieurs reprises leurs anciennes tentations maçonniques. Aranda, un homme terriblement astucieux, finit par constituer le principal danger dans un corps de généraux qui, sous prétexte de la défaite prévisible de l'Axe, se mit à contester le franquisme et à me demander de laisser le jeune État aux mains de la monarchie. Après la Croisade, un dossier important à liquider était celui de l'armée et surtout des survivants de la hiérarchie militaire qui m'avait remis et reconnu le commandement suprême entre 1936 et 1939.

Kindelán arriva de Catalogne dont il était alors le capitaine général en se prétendant porteur des inquiétudes de multiples militaires fidèles à l'Espagne et à son avenir mais préoccupés par le cours de la Seconde Guerre mondiale et les risques d'une revanche alliée. Je lui dis qu'il ne devait pas s'en faire, et lui montrai un petit coffre en bois dont moi seul possédais la clef : s'il m'arrivait quelque chose, il s'y trouvait le nom de mon successeur, un nom qui sans nul doute mériterait son approbation et celle de ses compagnons d'inquiétude. Kindelán était facile à satisfaire. Toujours aussi grand et transparent, il ne me demanda pas quel était ce nom, mais je voulais qu'il parte tranquille et lui murmurai à l'oreille : don Juan de Bourbon. Il prit un air béat et ne me demanda même pas d'ouvrir le coffret. Mais tous n'étaient pas comme lui : un groupe de lieutenants généraux aussi réputés que Dávila, Solchaga, ce gros plein de soupe de Saliquet, Aranda, Orgaz, désignèrent Valera pour venir me porter une lettre dans laquelle ils me demandaient de renoncer à mes pouvoirs et d'accepter la restauration de la monarchie. Valera avait tout mon respect : c'était un homme courageux, peu disposé à se laisser intimider, mais aussi un militaire, un bon militaire, et il se présenta à mon bureau en bottes d'équitation, avec son bâton de commandement. Il allait commencer à parler, très martial et très sûr de lui, quand je le rabrouai en le regardant droit dans les yeux, sans le tutoyer comme d'habitude : « Vous avez oublié le règlement, général ? » Alors qu'il restait là, interloqué, je voulus l'éclairer : « Depuis quand peut-on porter un bâton de commandement en présence d'un supérieur ? Sortez, et présentez-vous à nouveau selon le protocole. » Il se mit au garde-à-vous, me salua, sortit, posa son bâton de commandement et quand il revint il avait changé de ton et de contenance, c'était maintenant un subalterne arrogant et non plus un lieutenant général porteur d'un ultimatum. Je lui déclarai que mon intention était de ne pas conserver ma charge une minute de plus que le temps strictement nécessaire, mais que ce seraient les circonstances qui le détermineraient. Tous ces militaires « monarchistes » qui conspiraient si puérilement devaient bien savoir que don Indalecio Prieto avait déclaré en exil que la grande erreur de la République en 1931 était de ne pas avoir renouvelé « tous les officiers de notre armée et la plupart des fonctionnaires du régime ».

Tandis que je contenais aisément les excès de ces militaires, les services du ministère de l'Intérieur se chargèrent de briser la trame monarchiste civile, de calmer la duchesse de Valence qui se fourrait dans toutes les intrigues monarchistes, et de confiner dans plusieurs régions d'Espagne des hommes de l'envergure intellectuelle d'un Jesús Pabón. La lettre de mon beau-frère me demandant de dissoudre le Mouvement coïncida curieusement dans le temps avec le Manifeste de Lausanne, œuvre de don Juan de Bourbon et de ses mentors politiques, rédigée en mars 1945, quelques semaines après que les communistes eurent tenté de remplir le nord de l'Espagne de banditisme marxiste. Avec ce texte culminait l'audace du prétendant, qui ne craignait pas de me reprocher l'inspiration totalitaire du régime, le fait d'avoir compromis notre pays avec les puissances fascistes, et de me demander en conséquence d'abandonner le pouvoir en proposant une monarchie juste, tolérante, réconciliatrice, garante des droits de l'homme, avec une Constitution politique, une Assemblée... bref, le creux verbiage libéral qui avait provoqué l'instauration de la République et la chute de son propre père, Alphonse XIII. Ma première réaction avait été d'inscrire « ah, ah, ah ! » en marge de la lettre de mon beau-frère, mais mon respect envers ce que représentait don Juan m'empêcha d'en faire de même avec son manifeste. L'instinct dynastique le trahissait, le conduisait dans une direction erronée. Mes intimes s'indignaient : « C'est ainsi qu'ils te paient pour tout ce que tu as fait pour eux ? Ils veulent te traiter comme une domestique à qui l'on dit quand elle a fini le ménage : ouste, dehors ? » Mais chez mes collaborateurs, chez mon épouse ou ma sœur Pilar, l'indignation primait sur l'abattement : « Dans quel camp es-tu ? » demandaient-ils à ceux qu'ils voyaient chanceler.

Des changements ministériels s'imposaient pour accélérer le rapprochement du Mouvement avec des forces politiques avalisées par l'ordre démocratique qui triomphait dans le monde, mais sans abandonner la sensibilité phalangiste, surtout celle des responsables les plus lucides qui n'avaient jamais répondu aux chants de sirène totalitaires du IIIe Reich. La destitution d'Arrese et la nomination du démocrate-chrétien Alberto Martín Artajo à la tête de notre politique extérieure répondaient à ce besoin de nouvel équilibre politique, et non à quelque soumission aux vainqueurs de la Seconde Guerre mondiale. Même des proches me conseillèrent de me retirer, de ne pas exposer l'avenir du pays aux représailles des vainqueurs contre mon régime. « Mon » régime ? Mais, par le passé, l'Espagne francmaçonne et libérale avait-elle eu droit à un traitement de faveur de la part des grandes puissances ? Mon départ aurait totalement ruiné les résultats de la guerre, privé l'Espagne de son statut de bastion occidental face à la pénétration communiste. Blas Pérez redevenait très utile à notre effort de continuité en raison de son passé d'indépendance vis-à-vis de la Phalange, tandis qu'au contraire un authentique phalangiste devenu ministre du Travail, Girón, lançait un vaste programme d'action sociale ouvriériste (retraites, assurance-maladie obligatoire, congés payés) qui privait d'arguments ceux qui critiquaient notre régime pour ses options conservatrices. Blas Pérez réprima fermement les infiltrations des maquisards, Yagüe et García Valiño commandèrent les troupes qui se portèrent en masse face aux guérilleros, tandis que dans ce combat contre les factieux se distinguaient certains gouverneurs civils tels que Carlos Arias Navarro, qui affronta dans le León une puissante guérilla dirigée par un prétendu héros de la Résistance française, le combattant rouge Manuel Ramos Rueda, dit « El Pelotas ». Blas Pérez dut aussi répondre à l'épineux problème des rescapés de la déroute nazie ou fasciste qui nous demandaient asile, et la norme adoptée fut d'accueillir la majorité des obscurs fugitifs mais non les figures politiques en vue dont la tête était réclamée par les vainqueurs, car il était inutile d'ajouter à l'animosité qui s'exprimait à notre encontre. Il me conseilla ainsi de ne pas garder Laval, le chef du gouvernement français qui avait collaboré avec les nazis. Ce dernier avait certes grandement sympathisé avec notre cause en son temps, mais il y avait plus de contre que de pour dans sa présence chez nous. Si le demandeur d'asile avait été Pétain, il en eût été bien autrement, mais le glorieux maréchal, notre fidèle ami, n'était pas doué pour la fuite. Blas Pérez et le ministre des Relations extérieures obligèrent donc Laval à repartir là d'où il était venu, nous tirant ainsi d'embarras. Il fut ensuite exécuté.

Je répète qu'en ces jours éprouvants la qualité que j'appréciais le plus chez mes collaborateurs était de garder la tête froide, qualité selon moi toute militaire mais sans laquelle, une fois passé sur le terrain politique, on peut se retrouver dans des situations aussi inconfortables qu'incontrôlables. Ainsi du général Jordana, qui avait remplacé Serrano à la tête de notre diplomatie, dont les vertus militaires étaient confirmées, mais qui vint me voir un jour affolé alors que nous nous trouvions en pleine cérémonie officielle à Saint-Sébastien. D'une voix chevrotante, il me murmura dans l'oreille qu'il devait me communiquer une nouvelle très grave. Et c'est ce dont il s'acquitta : Mussolini venait d'être destitué : « Votre Excellence, il faudrait peut-être réunir le Conseil des ministres, ou un petit comité d'urgence. » Je ne prêtai même pas attention à cet homme paniqué, adressai les félicitations protocolaires aux maires et aux édiles, et montai en voiture avec Carmen pour gagner le palais d'Ayete, notre résidence dans la capitale de la province basque. Jordana, qui nous suivait dans une autre voiture, se précipita à mon encontre dès notre arrivée. Que pouvais-je lui dire ? Ce qui arrivait à Mussolini était la conséquence du cours fatal qu'avait pris la guerre pour les puissances totalitaires de l'Axe. La nouvelle, c'était que la guerre était en train d'être perdue, pas que Mussolini était fini, et donc je lui dis : « On parlera de cela demain », ce qui le laissa visiblement stupéfait, état d'esprit qu'un bon chef de la diplomatie ne doit pourtant jamais laisser apparaître. Il se produisit quelque chose d'approchant quand, après son incroyable libération par un commando allemand dirigé par Otto Skozerny, Mussolini fut finalement arrêté par les maquisards communistes, sauvagement exécuté et pendu par les pieds aux côtés de son amante Claretta Petacci, par la même plèbe qui l'avait jadis acclamé... Le ministre Lequerica vint également me trouver pour me l'annoncer, la gorge nouée, provoquant en moi une réaction émue bien compréhensible car, sans parler de ses idées, je m'étais toujours bien entendu sur le plan humain avec Mussolini, latin jusqu'au bout des ongles. Et comme le ministre voyait mes yeux s'emplir de larmes, il se laissa lui aussi envahir par le chagrin et me proposa : « Excellence ! Publions une protestation énergique contre cette abomination ! » J'ôtai alors la main que j'avais placée devant les yeux pour lui lancer un de ces regards qu'aimait tant ma mère : « Ne dites pas de sottises. Vous voulez que les Alliés nous enquiquinent encore plus ? » En tant que ministre, l'avenir de Lequerica était évidemment limité : il était trop impressionnable, ou feignait trop de l'être. Moi, j'avais vérifié comment mon refus de précipiter un alignement inconditionnel aux côtés de l'Axe porta ses fruits lorsque les faits confirmèrent qu'une mauvaise étoile accompagnait les troupes allemandes, puis lorsque je chargeai Lequerica de faire de la théorie dite « des deux guerres » notre position officielle. Je ne sais plus qui fut l'auteur de cette formule, mais j'en compris aussitôt l'intérêt : nous, nous n'étions pas intervenus contre les Alliés, mais, en revanche, nous avions envoyé dix-huit mille soldats contre le communisme sur le front russe, et non contre les démocraties occidentales dont nous ne partagions pas les prétentions philosophiques du néfaste Rousseau, mais qui nous paraissaient moins intolérables que celles de l'abominable Lénine.

Mes rencontres avec Hitler à Hendaye, Mussolini à Bordighera et Pétain à Montpellier appartenaient au passé. En 1943, la défaite de l'Axe était évidente, et si je ne voulais pas exprimer publiquement mes certitudes afin de ne pas saper les espoirs de certains de mes collaborateurs je savais que nous disposions déjà de bonnes bases pour tourner la page. En septembre 1942, Roosevelt m'avait adressé une lettre très aimable pour m'expliquer ses raisons d'envahir l'Afrique du Nord, et me donner *toutes sortes de garanties sur ses bonnes dispositions à notre égard. «Voyez en moi, mon cher Général, un ami solide», disait-il pour finir : les ambassadeurs anglais et américain, Hoare et Hayes, continuaient à me prendre entre deux feux mais il était clair que les intérêts des Alliés commençaient à coïncider avec notre choix de neutralité. Une preuve infaillible nous en était donnée par le thermomètre du wolfram, ce métal indispensable à tous les belligérants que nous avions vendu au début de préférence aux Allemands, mais dont la balance d'exportation se mit à pencher peu à peu du côté des États-Unis et de la Grande-Bretagne. En 1944, nous ne livrions presque plus de wolfram aux Allemands, et, à partir du début de 1945, j'autorisai les avions américains de l'Air Transport Command, puis ceux de l'US Air Force, à faire escale en Espagne. Ce n'était pas là une preuve d'hostilité à l'encontre de l'Allemagne et de l'Italie, déjà quasiment vaincues, mais de réalisme politique, parce que enfin, si Mussolini avait sombré, l'Espagne n'allait pas s'abîmer dans les remous du naufrage!*

Don Juan réclamait mon départ; les républicains en exil me fricotaient une prétendue Alliance nationale des forces démocratiques; les monarchistes recommençaient leurs simagrées avec leurs inévitables généraux et la non moins inévitable duchesse de Valence; à la conférence de Potsdam, il fut déclaré explicitement que notre pays n'aurait pas son siège dans la future Assemblée des Nations unies et démocratiques, démocratiques entre guillemets puisque l'URSS, elle, était assurée d'obtenir le sien... Ce furent des moments difficiles, la presse internationale orchestrait une campagne me comparant aux criminels de guerre qui allaient bientôt être jugés à Nuremberg, mais je n'étais pas près de baisser les bras. Nicolás aime me rappeler comment, au cours de l'une des visites qu'il me rendait régulièrement en venant de Lisbonne, il remarqua sur mon bureau deux photographies : sur la première, Mussolini pendu en compagnie de son amie Clara Petacci, sur l'autre Alphonse XIII, exilé, débarquant à Marseille par la passerelle du croiseur Príncipe Alfonso. Il me les montra comme pour me demander ce qu'elles pouvaient bien faire là : «Nicolás, si tout se termine mal, je ne finirai pas comme Alphonse XIII. Je préfère le sort de Mussolini.» Il se mit à rire et me répliqua : « Mais où en est-on arrivé ? Je croyais que tu t'étais soulevé pour vaincre ? C'est du temps qu'il faut gagner, Paco, le temps arrange tout. » Oui, mais en 1945 et en 1946, moi et mes partisans inconditionnels allions passer des semaines éprouvantes. « Toi, dans quel camp es-tu ? » avait l'habitude de demander Carmen à ceux qu'elle voyait hésiter, comme si elle pouvait lire en eux. Même de très proches collaborateurs ne résistèrent pas à cette épreuve, préférant placer leurs biens et leur famille dans d'autres pays dans la crainte d'une invasion de l'Espagne par les Alliés, suivie d'un soulèvement républicain. Mais je demeurai confiant : n'avions-nous pas assez montré à l'Occident que notre Croisade était une entreprise anticommuniste et non antidémocratique ? Malgré toutes nos preuves de bonne volonté, de saine disposition à collaborer avec les puissances démocratiques, la pression anti-espagnole ne se fit pas attendre : la France ferma ses frontières sous prétexte que nous avions fusillé un maquisard qu'ils prenaient pour un héros de leur Résistance, des Rouges comme Auriol le radical et le communiste Thorez nous accablèrent autant que des Blancs comme de Gaulle ou Georges Bidault... Avec le temps, ils allaient réviser leur jugement, de Gaulle en saluant personnellement mon œuvre et Bidault en prenant parti pour les patriotes français qui refusèrent d'abandonner l'Algérie au fanatisme nationaliste et paramarxiste du FLN. Mais si l'hostilité de la France, certes dommageable, était prévisible, la condamnation de notre pays par l'ONU, obtenue grâce aux manigances des exilés républicains et à la pugnacité de son premier secrétaire général, le franc-maçon norvégien Tegierve Lie, marqua le commencement d'un blocus international, la fermeture des ambassades étrangères, et le refus de nous aider à reconstruire le pays : toute l'Europe bénéficia du plan Marshall mais pas nous, parce que je n'avais pas voulu abandonner mon poste et laisser toute l'architecture de notre régime s'effondrer.

Areilza*, certes un peu tard puisque vous étiez déjà mort, vous a accusé d'avoir été un grand égoïste, qui avait préféré se maintenir au pouvoir plutôt que d'ouvrir le pays à une normalisation démocratico-capitaliste qui n'eut lieu qu'après la grave banqueroute de 1957 : « L'égoïsme de Franco, devait-il dire au cours de la présentation d'un livre de Gil-Robles, a retardé de dix ou vingt ans la normalisation économique du pays, obligeant le peuple espagnol à subir une longue période de stagnation qui se répercuta dans tous les aspects de la vie du pays, dans son retard culturel et technique, et qui, bien entendu, influença négativement l'évolution politique et sociale de toute la nation. » L'action des exilés républicains ? Elle fut sévèrement contrôlée par les grandes puissances, puis reconduite à la salle d'attente de l'Histoire. Les Américains tendirent plutôt deux fois qu'une le miroir aux alouettes antifranquistes, et roulèrent les nationa-listes basques en exploitant les renseignements recueillis par leurs services mais en trahissant leur promesse d'armer un corps de *gudaris*, de combattants basques, afin de libérer l'Euzkadi. Les Anglais, eux, essayèrent d'unir monarchistes et républicains sous la houlette de don Juan de Bourbon, mais celui-ci bernait tout le monde, y compris lui-même.

Un groupe de républicains s'obstinait à conspirer dans les couloirs de l'ONU pour empêcher une reconnaissance interna-tionale de votre régime, mais en 1954 vous avez eu gain de cause, et l'un de ces obstinés, le nationaliste basque Jesús Galíndez, exprimera en des termes pathétiques toute la déception histori-que qui l'accablait. Quelques mois plus tard, il sera enlevé en pleine Cinquième Avenue de New York et disparaîtra sans que vos diplomates ne lèvent le petit doigt pour l'aider, pis encore : en semant la confusion et la boue sur la disparition et la mort de cet homme aux mains du dictateur dominicain Trujillo *, dans les cachots du pouvoir, de tous les pouvoirs de ce monde. Les grandes puissances vous considéraient, vous et tout le peuple espagnol, comme leur otage, et les forces politiques en exil comme des interlocuteurs toujours plus conscients de leur isolement, de leur solitude, de leur échec historique. Mais elles n'avaient pas attendu 1954 pour parvenir à cette conclusion : dans un rapport secret en forme de conclusion transmis par l'un des agents du Département d'État à ses supérieurs au début de 1948, il est clairement dit que le mauvais sort de l'Espagne démocratique en est jeté, alors que votre bonne étoile, Général, brille d'un éclat renouvelé. Avec une grande précision, ce texte de l'agent Culbertson éclaire les relations entre les États-Unis et le franquisme tout au long de vingt-cinq années. Affirmant d'emblée que les espoirs de l'opposition quant à la possibilité que les États-Unis « renversent » le régime n'ont jamais eu de fondements, il développe une argumentation dont on se resservira copieusement par la suite : les opposants extérieurs renforcent le franquisme à l'intérieur et empêchent une libéralisation « naturelle » du système espagnol. L'informateur assure même que l'Église se montrerait rétive à toute tentative de changement du régime, et termine en demandant une « assistance officielle et directe » au gouvernement de Madrid.

J'appris à distinguer entre ceux de mes collaborateurs qui perdaient leur calme et ceux qui supportaient la tempête tête haute. Les ambassadeurs s'en allaient ? Ils reviendraient bien un jour. Churchill m'avait fait comprendre que je pouvais être tranquille, Roosevelt, plus que Truman, gardait de bonnes dispositions à l'égard de notre pays, forteresse de l'Occident au sud de l'Europe. Il en alla autrement avec les campagnes menées par sa veuve Eleanor, qui mit à profit l'oisiveté de son veuvage cossu et hystérique pour nous dénigrer, mais, moi, je me contentai de dire : « Ils reviendront bien un jour », et le temps me donna raison. De plus, le peuple espagnol, constatant cette hostilité démesurée contre nous, descendit avec empressement dans la rue et, au cours d'une impressionnante manifestation sur la place d'Orient, rejeta la condamnation de l'ONU tout en approuvant ma volonté inébranlable : en décembre 1946, des milliers d'Espagnols, un million en fait, m'acclamaient de tous leurs poumons et lançaient un message on ne peut plus clair : « Franco, ne cède pas ! »

Autre épreuve du feu pour tous mes collaborateurs : l'agression des maquisards. Quand on m'apprit que communistes et anarchistes commençaient à mener des incursions en Espagne, je demandai : « Mais que fait la Garde civile ? » Tout le monde prit un air abasourdi, or pour moi les activités de ces bandes de malfaiteurs ne méritaient qu'une simple opération de police. Néanmoins, l'importance et la ténacité du mouvement dit « guérillero », auquel j'apportai une réponse définitive en pro-

mulguant une Loi sur le terrorisme et le banditisme, finirent par atteindre des proportions préoccupantes en raison du relief qui rendait difficiles des représailles rapides, et du défaitisme qui avait envahi jusqu'aux hautes sphères du nouvel État, intimidées par l'orage international qui grondait au-dessus de l'Espagne. L'activité des bandits rouges retranchés dans les montagnes causa en tout la mort de 256 gardes civils, dont 2 commandants et 10 officiers, et de 254 militaires de l'armée de terre. L'audace de ces criminels était destinée à relayer la propagande internationale et à démoraliser nos troupes. Je donnai des ordres stricts pour que les actes de sabotage ne soient pas rendus publics, et que seuls les arrestations, procès et condamnations soient annoncés. La situation en arriva à un point où même la route entre Madrid et El Escorial n'était plus sûre, mais seuls Carrero Blanco, Blás Pérez, moi et les plus hautes instances de l'armée et de la Garde civile le savaient. Des années plus tard, un ministre de l'Intérieur, Camilo je crois, présenta un tableau réel des moments les plus pénibles de notre lutte contre les maquisards pour rappeler les difficultés de cette période : plusieurs ministres chevronnés et dirigeants du Mouvement en furent stupéfaits. Ils ignoraient entièrement tout cela.

La crainte de la guérilla changea de direction lorsque les maquis communistes disparurent, remplacés par des groupes anarchistes transhumants qui frappaient puis revenaient à leurs bases dans le sud de la France.

C'est mon oncle Ginés, le frère célibataire de ma mère, qui rapportait à la maison les histoires de maquis. Sept ans d'armée et un de bataillon disciplinaire l'avaient rendu fort rebelle et agité : ses enthousiasmes et ses dépressions nous servaient de baromètre de la guérilla, jusqu'au retrait des combattants communistes de la vallée d'Arán sur la consigne de Santiago Carrillo, lequel obéissait aux ordres de la Pasionaria et aux suggestions de Staline. Au début, mon père ne voulait ouvrir ni la bouche ni les oreilles, puis il finit par écouter, sans cesser de bâiller en invoquant la nécessité de dormir car une dure journée de travail l'attendait le lendemain. Il allait au lit à dix heures, prenait son tricycle à six heures du matin, faisait ensuite des heures supplémentaires à l'imprimerie, et le soir il livrait à domicile des chapeaux, de nouveau très en vogue à cause de la publicité que leur faisait indirectement la formule : « Les Rouges ne portaient pas de chapeau. » Les samedis après-midi, suite à l'adoption de la semaine anglaise en Espagne, il faisait du porte-à-porte pour percevoir des assurances-décès, activité qu'il poursuivait le dimanche matin. Il finit par abandonner son tricycle pour entrer comme contrôleur de l'entrepôt des publications du diocèse, et c'est à ce poste qu'il prit sa retraite officiellement en 1970, de fait en 1974. Les années passant, il s'était mis à participer aux conversations sur la guérilla, sur la politique, non sans un inévitable préliminaire évoquant l'inutilité de cette dernière, et la conclusion tout aussi inévitable qui consistait à me montrer du doigt et à me lancer : « Toi, ne te mêle pas de politique... »

Le même conseil m'était prodigué par le père Higueras, qui cherchait parfois à discuter avec moi, assez satisfait de me considérer comme son fils culturel et de se vivre comme le Pygmalion d'un enfant de Rouges. Adolescent férocement renfermé, à la limite de l'autisme, je restais sur mes gardes, même si mon instinct de survie était assez développé pour ne pas dédaigner son aide. C'est lui et ma mère qui me permirent de trouver de quoi gagner ma vie et poursuivre mes études avant que mon père puisse joindre ses efforts aux leurs, et Higueras me trouva aussi des professeurs particuliers bon marché pour renforcer mes connaissances en grec, en latin, en mathématiques, afin que je puisse me présenter au baccalauréat et à l'examen d'État en candidat libre. Aller au domicile de ces répétiteurs fut ma première sortie vers d'autres mondes privés, loin de la rue Lombía, cette zone d'ombre du quartier de Salamanca. Le professeur de langues mortes était un vieux bonhomme parfumé à la sueur, confiné nuit et jour dans un appartement immense mais désordonné où il cohabitait avec une épouse suisse et folle et son fils plus suisse que castillan, marié à une Allemande qui m'ouvrait toujours la porte avec un visage tartiné de maquillage et des cheveux mal lavés que retenait un foulard à pois. Ce professeur de langues mortes n'aimait que les vivantes. Il se considérait comme un disciple raté d'Ortega, mais ne pouvait exercer en raison de votre fameuse Loi sur les responsabilités politiques. Il avait eu des tentations catholico-marxistes, même s'il s'emportait contre José Bergamín * et les Rouges, et saluait tout ce que le franquisme avait fait pour sa tuberculose grâce à la campagne « Au chevet du tuberculeux déshérité ».

Mon professeur de mathématiques, il me fallut deux ans pour découvrir qu'il avait été partisan d'Azaña et qu'il pensait que les lois de la physique finiraient par liquider le franquisme : comment est-il possible, argumentait-il, que prospère, au moment même où se vérifient les thèses d'Einstein, une philosophie politique fondée sur la paralysie historique ? A l'instar de l'autre, c'était un vieil homme adipeux et obèse, d'une obésité grisâtre à tendance purulente alors que celle du professeur de grec était du genre suante, mais lui, Galileo Cedrún, était asthénique et parlait un espagnol du siècle dernier avec un débit haché par l'asthme. Il sortait de minuscules oranges sanguines d'un tiroir de son vieux bureau, mordait dans leur écorce sans quasiment l'endommager et en pompait le jus jusqu'à les laisser comme de petites balles dégonflées. Tout sentait l'orange dans ce petit salon qui donnait sur la rue Vallehermoso, les livres, les mains de don Galileo, moi, Eddington, Niels Bohr, Einstein... Quand nous abordions les sommets de l'algèbre, don Galileo s'enflammait, récitant les énoncés mathématiques comme s'il s'était agi de poèmes, et ils appartenaient essentiellement à la polysémie, Général, vous ne me suivez peut-être pas mais moi, je me comprends. Alors que l'autre s'était réconcilié avec ses oppresseurs, il suffisait à don Galileo de se rappeler ce que lui avait dit Azaña lors de leur dernière rencontre pour avoir le regard brouillé de larmes : « Galileo, Galileo, et si la Terre ne bougeait pas ? »

Les temps étaient alors si mouvementés que j'eus à peine le loisir de penser à l'offre de démission que me présenta Lorenzo Martínez Fuset, désireux tout comme sa femme Angeles de regagner leurs Iles Bienheureuses et d'oublier ces neuf années de service intense et ingrat. Quelqu'un me suggéra, non sans malveillance, que Lorenzo abandonnait un navire qui prenait l'eau, d'autant plus inquiet après l'assassinat de l'un de ses adjoints, le procureur militaire Rodrigo Molina, victime, semble-t-il, d'un crime passionnel mais promu au rang de victime politique dans un Madrid qui, en 1945, était la proie de toutes les rumeurs. Je lui accordai une audience, et plaisantai aussitôt : « Alors, vous préférez retrouver le soleil des Canaries que de vous promener à Madrid comme un notaire ? » Il se mit à rire. Le rapport confidentiel qui me fut transmis à sa mort en avril 1961 indiquait qu'il était président de la junte municipale de Puerto de Santa Cruz, ancien doyen du Collège des notaires, conseiller de six des plus importantes compagnies canariennes ainsi que de plusieurs banques et caisses d'épargne. C'est dire qu'il n'avait pas plus perdu de temps à son retour aux Canaries qu'à mes côtés. Je dois dire que je me suis parfois souvenu de lui avec nostalgie, et qu'à la suite d'une crise personnelle de Carrero Blanco au début des années cinquante j'ai envisagé avec Carmen la possibilité de l'appeler pour lui proposer le poste de secrétaire de la présidence. Ce fut Carmen qui tâta le terrain, mais ce fut aussi une femme, son épouse Angeles, qui répondit non en affirmant que leur vie était désormais aux Canaries et que son mari ne pouvait plus être d'une grande utilité pour cette tâche. Martínez Fuset mourut à Madrid, où il était venu consulter les médecins dans une dernière tentative désespérée d'échapper à la maladie. Je ne pus me rendre à la chapelle ardente de Barajas, avant le transfert aérien du cercueil aux Canaries, car je me trouvais à Almería en voyage de stimulation patriotique. Le ministre de l'Air me représenta à la cérémonie, à laquelle ma sœur Pilar assista aussi.

Votre sœur fut surprise par la froideur avec laquelle vous et « la Señora » aviez accueilli le décès de Martínez Fuset. Pour elle, c'était autre chose que la disparition de personnalités interchangeables qui, après avoir rempli leur service, entraient directement dans votre musée affectif du néant et de l'incognito : « J'ai bien connu Martínez Fuset et l'ai fréquenté jusqu'à sa mort, ce qui prouve assez que je n'exagère rien ici. C'était un grand homme de loi. Un notaire. Cela, tout le monde le sait. Pendant la guerre, il avait pris en main la justice aux côtés du

Caudillo, président du Tribunal suprême ou quelque chose d'approchant. Un grand monsieur. Il accomplissait son devoir, ce qui n'était pas toujours agréable étant donné son poste, évidemment... Mais s'il était le principal responsable, je suppose qu'il devait soumettre les sentences de peine capitale au Caudillo. Il adorait mon frère, mais dans les derniers temps leurs relations s'étaient refroidies. Il avait dû se passer quelque chose : quand la fille de Fuset se maria, celle du Caudillo n'assista pas à la noce, alors qu'elles avaient été de si bonnes amies dans leur enfance. Fuset voulait mettre les choses au clair avec mon frère, mais malheureusement il n'y est pas arrivé. Je vais même raconter ce que peu de gens connaissent, y compris dans le cercle des intimes. Martínez Fuset était malade du cœur. A sa dernière arrivée de Tenerife, où il habitait, ce fut mon fils Francisco qui alla le chercher à l'aéroport. En fait, il s'était trouvé mal dans l'avion et mon fils, en ami intime, le conduisit à l'hôtel Palace où les Fuset descendaient toujours. Sa femme me demanda de venir les voir à l'hôtel. D'abord je refusais, pour ne pas le déranger, vu son état. Enfin, nous sommes allés au Palace, et il m'a dit que le Généralissime et lui étaient en froid, qu'il était venu éclaircir cette situation pénible, que lui n'avait jamais recherchée. Nous avons pris congé. En arrivant à la maison, nous nous sommes mis à table, il était déjà dix heures du soir. A cet instant précis, on nous a appelés du Palace pour nous annoncer que Martínez Fuset venait de mourir. Il avait rendez-vous le lendemain avec Jiménez Díaz. On a dressé une chapelle ardente à l'aéroport, mon fils et moi l'avons veillé pendant la nuit, et le lendemain nous l'avons accompagné jusqu'à l'avion qui remportait son corps à Tenerife. »

Communistes et républicains étaient incapables de modifier le cours politique de l'Espagne, mais les pressions exercées sur don Juan pour qu'il prenne la tête d'un mouvement hostile à ma personne étaient toujours plus vives. Il fallait gagner du temps, et Carrero Blanco sut exactement comment s'y prendre : préparer une déclaration reconnaissant que l'État espagnol était par nature monarchique, mais en s'abstenant d'entrer dans les détails ; parallèlement, commencer à étudier la possibilité de

passer par-dessus don Juan en établissant un lien direct entre
Alphonse XIII et son petit-fils Juan Carlos, le fils aîné de don
Juan, et pour cela convaincre ce dernier de nous confier
l'éducation du prince, de telle sorte qu'il serait un jour le roi
incontesté d'une monarchie synthétisant deux légitimités, celle
de la dynastie et celle de notre victoire à la fin de la Guerre
civile. Mais la situation n'était pas encore mûre pour ce plan :
don Juan, toujours plus mal conseillé, partit non seulement
s'installer au Portugal, où il tomba sous l'influence pernicieuse
de Sainz Rodríguez et de Gil-Robles, mais aussi se laissa abuser
par les projets pervers des républicains, désireux de le transformer en cheval de Troie lancé au milieu des vainqueurs de la
Croisade. Cela aboutit au pacte de Saint-Jean-de-Luz entre
républicains et monarchistes, conclu avec l'approbation du
prétendant au trône et du Foreign Office, manipulé par les
socialistes franc-maçons anglais.

En exil, les républicains commettaient toutes les vilenies
possibles, depuis les intrigues anti-espagnoles dans les couloirs
de l'ONU jusqu'à la collaboration avec les services secrets
américains – FBI, OSS, CIA –, en vue d'obtenir un soutien
tactique et logistique à leur projet d'invasion de l'Espagne à
partir du Pays basque. Inutile de dire que c'était le PNV, le Parti
nationaliste basque, qui menait surtout la barque. D'un côté, le
complot et l'agression, de l'autre la malice de dresser don Juan
contre notre régime, de l'attirer dans une alliance avec ses
ennemis héréditaires qu'étaient les républicains, voire même
avec les socialistes. Telles furent les prémisses du pacte
grotesque de Saint-Jean-de-Luz, en août 1947, prétendue
réplique au référendum que j'avais décidé un mois auparavant
pour demander au peuple espagnol d'approuver ou de rejeter la Loi sur la succession de l'État : une réponse, selon moi,
équilibrée aux prétentions monarchistes puisqu'elle me confirmait en tant que vainqueur de la guerre et garant des principes du Mouvement national, tout en stipulant que mon
successeur serait un Espagnol de sang royal, âgé de plus de
trente ans et catholique, quatre conditions que réunissait
don Juan de Bourbon. Le succès du référendum fut écrasant :
plus de quatorze des dix-sept millions d'électeurs votèrent pour

la loi, avec sept cent mille contre et trois cent mille billetins nuls.

En 1947, on avait peur de parler politique, d'évoquer le souvenir de la défaite, et *a fortiori* de vous dire non. Certains virent dans ce référendum un premier pas vers le retour à la monarchie, encore préférable à votre dictature, mais la majorité vota « oui » parce que leur cerveau n'arrivait pas à imaginer un « non », les politiquement faibles se laissant intimider par tout un éventail de menaces : c'est oui ou le chaos, oui ou une autre guerre civile, oui ou tu perdras ton assurance-maladie et ta retraite... Le pouvoir se sentait tellement omnipotent, omniscient, qu'il se jugeait capable de lire les bulletins sans même prendre la peine de les sortir de leur enveloppe. Parmi les mises en garde les plus métaphysiques, il y avait celle qui disait : si tu ne votes pas, on te supprimera les points. Les points... ces primes venues gonfler des salaires de misère, prime de vie chère, prime parentale pour chaque enfant... Les primes et les heures supplémentaires, quatorze heures de travail quotidien après un siècle de luttes ouvrières pour arracher la journée de huit heures.

Et tandis que socialistes et monarchistes, en la personne de leurs ténors Prieto et Gil-Robles, mettaient au point le pacte de Saint-Jean-de-Luz dans la plus retirée des arrière-boutiques, vous donniez un rendez-vous nautique à don Juan, à bord de votre yacht mouillant à Saint-Sébastien, l'*Azor*, auquel il se rendit sur la foi de la promesse de définir pour de bon les conditions du retour à la monarchie. Républicains et monarchistes se retrouvèrent donc culotte baissée, et Prieto devait s'exclamer avec amertume : « Avec les cornes que l'on m'a faites, je ne passerai pas par la porte. » De quoi avez-vous parlé sur l'*Azor*, et surtout, de quoi n'avez-vous pas parlé ? Vous avez déguisé l'effroi dans lequel vous plongeait la seule idée d'un retour des républicains dans une Espagne où se voyaient partout les marques de la revanche. Don Juan a caché sa répugnance devant n'importe quelle forme de républicanisme, qu'il fût « rouge » ou phalangiste, et vous avez exploité cette peur en lui expliquant que les phalangistes ne l'accepteraient jamais, et les républicains ne l'utiliseraient que pour rétablir tôt ou tard la

IIIe République. En revanche, si Son Altesse renonçait au harcèlement, la Loi sur la succession ferait d'elle un héritier incontestable, aussi pourrait-elle vous céder son fils aîné afin que vous assuriez son éducation, ce qui permettrait d'inspirer confiance au Mouvement. Ce simple geste serait interprété comme une prise de position de la dynastie tout entière... En quittant le bord de votre yacht en ce mois d'août 1947, vous aviez mis pour toujours le prétendant au trône dans votre poche. Bientôt, vous alliez disposer d'un otage précieux en la personne de son fils, qui est aujourd'hui le roi Juan Carlos Ier.

Environnée par toute cette incompréhension, l'Espagne était-elle seule au monde ? Presque. Le Portugal, et plus précisément le régime d'Oliveira Salazar, faisait tout son possible pour nous aider, ou plutôt nous gênait le moins possible malgré son traditionnel alignement sur la stratégie internationale de la Grande-Bretagne. A cette époque, mon seul voyage à l'étranger fut justement là-bas, où Oliveira et le président de la République, le maréchal Carmona, m'exprimèrent toute leur solidarité. Quelques Républiques sud-américaines compensèrent aussi l'agressivité que nous manifestait le Mexique, devenu le principal refuge des Rouges exilés. L'Argentine se révéla la principale de ces nations amies puisqu'elle nous « aida » en nous vendant du blé et de la viande congelée, dont nous manquions si cruellement. Mais il faudra un jour faire pièce au mythe de l'« aide argentine à l'Espagne », car, s'il est certain que leurs livraisons au cours du blocus international soulagèrent la faim et l'appétit qui régnaient chez nous, elles n'étaient pas pour autant des cadeaux mais une manière de se débarrasser d'excédents agricoles pendant l'âge d'or économique et politique du péronisme. La fameuse Evita me donna bien du souci pendant son voyage en Espagne : craignant qu'elle ne prononce un de ses discours populistes et ne soulève les masses, j'ordonnai au gouverneur civil de l'empêcher de prendre la parole.

Par la suite, ne voilà-t-il pas que le gouvernement argentin exigea que nous reconnaissions notre dette en dollars ? Mais d'où allions-nous les sortir, les dollars ? En plus, ils nous facturaient le blé à un prix cinq fois supérieur à sa valeur de départ, tout en sachant pertinemment que nous n'avions plus de devises : pas de dollars, pas de blé. Il se produisit un jour un incident lamentable que je ne voulus pas porter à la connaissance du peuple espagnol pour ne pas le démoraliser : vingt de nos navires, arrivés à Buenos Aires pour charger le précieux grain, repartirent à vide parce que le gouvernement de Perón et de sa femme voulait les dollars. Et cela après les millions de pesetas que nous avions dépensées pour accueillir dignement doña Eva Duarte de Perón, « Evita », qui ne cessait pourtant de nous dénigrer. Ainsi, une fois, notre ambassadeur attendait une audience à la Casa Rosada de Buenos Aires quand il entendit comment cette dame peu distinguée se préparait à l'entretien : « Allez, envoyez-moi ce f... Espingouin ! » Quant à la presse argentine, « libre » évidemment, comme leur ambassadeur le souligna lorsque nous élevâmes une protestation, elle attribua à mon gendre un rôle douteux dans l'attribution des licences d'importation de la motocyclette italienne Vespa, transaction menée par mon intendant Huetor de Santillana – à laquelle mon gendre prit peut-être part, mais je ne vois pas ce qu'il aurait fait de mal en ajoutant quelques sous à ce que lui rapportaient ses vacations de chirurgien cardiologue dans plusieurs hôpitaux. Il était l'un des meilleurs de sa profession en Europe comme le notait ma femme, Carmen. Peu après cette campagne de calomnies, le général Perón m'envoya une lettre personnelle d'explication qui me parut suffisante ; notre ambassadeur à Buenos Aires, Manuel Aznar, expliquait dans une note confidentielle que ces attaques contre le régime espagnol et le marquis de Villaverde, mon gendre, avaient été inspirées par la franc-maçonnerie locale et par des secteurs du parti péroniste.

Abusé par les sectes maçonnes, Perón commit une erreur fatale : il se brouilla avec l'Église, et, par ailleurs, offensa les femmes argentines les plus instruites en faisant de son épouse un modèle de femme politique, alors qu'elles connaissaient le passé d'Evita et que lui-même n'était pas assez moral pour leur servir de patron. De plus, Perón et son équipe, Evita en tête, se mirent à rafler tout ce qu'ils pouvaient, et tout le monde savait qu'il suffisait de leur faire des cadeaux pour obtenir quoi que ce soit. Ils ne surent pas distinguer entre les présents qu'un chef d'État reçoit logiquement de son peuple comme des hommages et ceux qui sont intéressés : certaines personnes vous offrent un cendrier et s'attendent en échange à devenir latifundistes.

Dans l'appartement de Hermanos Bécquer où échoua votre veuve après avoir déménagé du Pardo, il y avait toute une pièce où s'entassaient les trésors amassés plus ou moins licitement pendant vos expéditions à travers l'Espagne et quarante années d'audiences qui n'allaient pas sans cadeaux : « Avant l'arrivée de la Señora, quelqu'un (dont je ne révélerai pas l'identité pour des raisons évidentes) me fit passer dans une pièce d'environ quarante mètres carrés, une vaste pièce tapissée d'armoires qui montaient jusqu'au plafond. Mon guide indiscret m'éclaira en ouvrant au hasard une des portes tapissées de tissu bleu clair. A l'intérieur se trouvaient des boîtes entassées les unes sur les autres. " Regarde ", dit-il en retirant l'une d'elles et en me révélant l'île au trésor : cette boîte, choisie au hasard je le répète, était remplie de bijoux jetés en vrac, colliers, diadèmes, pendentifs, camées, broches, tout ce dont rêve un chasseur de trésors. Aussitôt après, il en ouvrit une autre à l'autre bout de la pièce, et ce fut encore une profusion de perles, d'aigues-marines, de brillants, de diamants, d'or et d'argent. Les rubis brillaient là aussi, et les émeraudes, et les topazes. Dans le même désordre confondant que l'autre boîte, c'était une petite partie de la collection privée de la Señora, qui aurait certainement rendu fou le bijoutier le plus flegmatique. " Les choses de plus grande valeur ne sont pas ici, elle les garde à la banque. Ici, il n'y a que ce qu'elle juge de moindre importance ", me dit le masque. Cette pièce contenait plus de vingt boîtes par section, il y en avait quarante à cinquante à vue de nez, et sans exagérer. Je me rappelle aussi que cette splendeur contrastait fortement avec les fuites qui se voyaient au plafond : la décadence se poursuivait et se répandait à travers ces détails. Je n'avais jamais vu pareil trésor, même dans les films de corsaires : c'étaient les cadeaux de quarante années, les flatteries serties d'or que l'oligarchie espagnole et les étrangers reconnaissants, avertis de la passion de la Señora pour les bijoux et les métaux précieux, lui avaient fait parvenir pour obtenir son indulgence et donc un sauf-conduit dans toutes sortes d'affaires. Ils pensaient que satisfaire la Señora représentait un bon investissement. Rien d'étonnant là-dedans, car les millionnaires sont capables de tout pour amasser leur pelote. Non contents de courtiser la mère pour avoir la fille, ils l'avaient encore couverte d'or de la tête aux pieds. La collectionneuse, me précisa-t-on, n'avait acheté aucune de ces pièces : c'étaient des offrandes, des symboles païens venus décorer l'hécatombe. » Voilà ce qu'avait vu l'époux éphémère de votre petite-fille, Jimmy Giménez-Arnau.

Malgré l'hystérie anti-espagnole, nous comprenions que les grandes puissances n'étaient aucunement décidées à intervenir contre nous et à prendre ainsi le risque de créer un autre foyer de déstabilisation dont les communistes auraient rapidement profité, à l'instar de ce qui se passait en Europe centrale et en Grèce. Il ne s'écoula que deux années entre le refus de nous laisser profiter du plan Marshall et le vote d'une aide financière à l'Espagne par le Congrès américain, en 1950. La visite que nous rendit à ce moment l'amiral Sherman marqua le premier coup de main important des États-Unis en notre faveur. C'était là le meilleur des alliés, et pendant que les gouvernements démocratiques jouaient la comédie de la quarantaine (retirant leurs ambassadeurs, mais ne fermant pas les ambassades) pour complaire à leurs gauchistes et à leurs masses d'électeurs abusés, il s'agissait de donner du temps au temps. A mesure que l'Europe se reconstruisait et que s'installait la guerre froide entre capitalisme et communisme, socialistes et communistes perdaient du terrain : qui aurait dit ainsi que les « héroïques » communistes espagnols, après avoir participé à la Résistance française, allaient être déclarés illégaux en France, en cette même année 1950, et bannis le plus loin possible de l'Espagne de telle sorte qu'ils ne puissent plus nous importuner après la défaite de leurs guérillas ? Il faut savoir attendre le bon moment, ainsi que je le fis par exemple quand, après la Seconde Guerre mondiale, j'ouvris mon gouvernement à des personnalités proches du Vatican, impliquant dans notre défense une Église qui, si elle avait perdu l'état d'esprit rigoureux de la Croisade, restait cependant un garant de notre régime.

Je contrôlai désormais le danger potentiel que représentaient les oscillations de don Juan de Bourbon, qui après ses multiples volte-face pouvait déclarer au journal ABC, en 1955, qu'il reconnaissait la légitimité du Mouvement et de la Phalange. Après avoir tant de fois joué l'enclume, je ne voulus pas être un marteau trop irrémédiable, et s'il était bien établi que don Juan ne serait jamais roi d'Espagne de mon vivant, je poursuivis la mise en œuvre du plan Carrero Blanco qui consistait à lui proposer de placer sous ma tutelle l'éducation de son fils héritier. En peu de temps, la situation s'était considérablement modifiée, don Juan assurait à ses intimes que les États démocratiques ne renverseraient jamais Franco, qu'il fallait s'entendre avec lui. Avec Nicolás, qui me transmettait ces informations de Lisbonne, et Carrero Blanco, nous adoptâmes tous les trois une tactique pour nous approcher de don Juan et lui faire la proposition. Il n'avait de toute façon pas le choix. Lorsque mes émissaires m'annoncèrent que le prétendant au trône donnait son assentiment, je fus soulagé d'un poids historique. Il pouvait toujours pleuvoir, j'étais définitivement à l'abri, maître du jeu, bien conscient que la meilleure façon de s'assurer de la loyauté des autres était de maîtriser les faiblesses de ceux qui pourraient vous trahir. Dans ce long bras de fer avec don Juan, j'avais appris que même l'arrogance d'un prince a son talon d'Achille, qui l'avait poussé à s'incliner, à livrer son propre fils dans le but de sauver la dynastie. A quoi sert un prince, sinon à garantir la descendance ? Nous, simples mortels, n'avons-nous pas des enfants pour préserver l'espèce ?

J'avais dix-huit ans quand, en novembre 1948, vous avez reçu votre otage, un enfant séquestré pendant vingt-sept années avec l'objectif impossible de devenir roi du Mouvement, destin dont il dut se défaire en trois ans après 1975. Vingt-sept ans sous séquestre pour assumer ensuite trois années de postfranquisme officiel. On raconte que ce garçon de dix ans, livré à l'appétit d'éternité de Votre Excellence et de vos familiers, passa des journées mélancoliques à attendre le voyage qui allait le priver de son univers enfantin de l'Estoril pour le jeter dans une prison théorique de mensonges historiques distillés par des militaires

fidèles à votre personne et à la monarchie, ou par des universitaires dont l'écrasante majorité étaient aussi stériles que limités.
Même ma mère avait eu un regard apitoyé sur ce garçonnet
presque diaphane, d'un blond flamboyant, qui souriait en ayant
l'air de s'excuser sur la couverture d'*ABC*, transformée en sac
pour une demi-douzaine d'œufs que la vendeuse vérifiait un à un
à la lumière d'une ampoule. « Pauvre gosse, si près de Franco et
si loin de sa mère », avait soupiré la mienne qui, malgré ses
convictions républicaines, a gardé toute sa vie dans sa mémoire
un petit coin de tendresse pour cette première image d'un enfant
condamné à vivre parmi ceux qui avaient été nos bourreaux.
Moi, j'étais moins tendre, mais je me disais parfois que, si une
révolution se produisait et que le franquisme était renversé, il
faudrait faire quelque chose pour sauver ce gosse. En un sens,
une partie de la compassion maternelle avait déteint sur moi,
une compassion née de la peur que vous lui aviez encore inspirée
en arrachant le prince aux risques de contamination libérale de la
cour de l'Estoril, et à ses précepteurs habituels tels que Vegas
Latapié, qui prit congé du futur otage dans un style digne des
meilleurs mélodrames monarchistes :

> Votre Altesse,
> Pardon de ne pas vous avoir dit que je partais. Le baiser que je
> vous ai donné ce soir était un adieu. Je vous ai souvent dit que
> les hommes ne pleurent pas, et pour que vous n'ayez pas à me
> voir pleurer j'ai décidé de retourner en Suisse à la veille de
> votre possible départ pour l'Espagne.
> Si quelqu'un osait raconter à Votre Altesse que je l'ai
> abandonnée, qu'elle sache que ce n'est pas vrai. On n'a pas
> voulu que je demeure à vos côtés, je dois donc m'incliner.
> Quand je reviendrai en Espagne pour m'y installer définitive-
> ment, je rendrai visite à VA.
> Que Dieu miséricordieux vous bénisse et que vous puissiez
> prier parfois pour moi, c'est ce que désire et vous demande
> votre fidèle serviteur, qui vous aime de toute son âme.
>   Eugenio Vegas Latapié.

*Tandis que les Américains nous tendaient d'une main garan-
ties, appuis et crédits, ils soutenaient de l'autre des conspirations
aussi bien en Espagne qu'à l'extérieur, en manipulant le pauvre*

Beigbeder, Indalecio Prieto, ou les Basques du PNV. Les grandes puissances ont toujours joué double jeu, ce qui vaut aussi pour le Vatican, mais le temps a montré que notre carte était la plus sûre, la seule, d'autant que nous savions la poser sur les tapis les plus déterminants, les États-Unis et le Saint-Siège, dans des parties que je tins à diriger personnellement. Nous eûmes une confirmation très nette du changement de mentalité des Américains à notre égard lorsque notre ministre de l'Air, González Gallarza, qui se rendait à Manille à l'occasion du vingt-cinquième anniversaire de son vol héroïque entre Madrid et Manille, fit escale à Washington. Là, quelle ne fut pas sa surprise d'entendre de la bouche de l'attaché militaire de notre ambassade que le gouvernement américain l'accueillait en tant qu'hôte d'honneur, et hôte officiel des forces aériennes. Le chef d'état-major, le général Vandenberg, le reçut pour lui affirmer que son pays « recherchait l'amitié de l'Espagne et de la Turquie », l'Espagne comme verrou anticommuniste au sud de l'Europe et la Turquie en tant que porte-avions armé jusqu'aux dents face à la menace soviétique et aux convulsions moyen-orientales. Ce fut un grand jour : l'appui des États-Unis, alors gouvernés par le franc-maçon Truman, nous rendrait invulnérables s'il se doublait du soutien de l'Église, une fois que nous aurions réussi à signer le Concordat avec le Saint-Siège.

Arias Salgado s'escrima donc à faire disparaître peu à peu les critiques à l'encontre des États-Unis dont notre presse était coutumière. Le NO-DO, ce bulletin d'actualités que tous les Espagnols regardaient dès qu'ils entraient dans une salle de cinéma, diffusa une information bien disposée envers les Américains, et dans mes propres interventions je tins à rassurer pleinement le peuple sur le compte de nos alliés potentiels. Je dois faire ici l'éloge du NO-DO, pièce maîtresse dans la formation d'une nouvelle conscience nationale à une époque où la télévision était encore loin et où cinéma et radio constituaient pour les masses une source essentielle de culture et d'information. Le NO-DO fut mon instrument privilégié, de même que la radio avait été celui de Hitler et de Churchill. Je n'aimais pas particulièrement parler devant les caméras mais je le considérais comme un de mes devoirs, afin que les Espagnols se sentent *protégés par ma personne et que je puisse leur exprimer non seulement ma solidarité dans la tâche ardue de la reconstruction du pays mais aussi une vision optimiste de notre place dans le monde.*

Mais il restait encore à pacifier le pays. J'ai déjà raconté comment Blas Pérez avait constitué une remarquable école d'hommes politiques experts en matière de sécurité. Jusqu'à la fin des années quarante, nous avions liquidé peu à peu les foyers de résistance socialistes, anarchistes et communistes. Ensuite, alors qu'à l'étranger les socialistes en exil recherchaient des formules magiques en vue d'un changement de régime, et que dans le pays les anarchistes aux abois basculaient dans le terrorisme suicidaire, nous sommes restés face à face avec les communistes, qui devaient passer insidieusement de leur tactique d'action directe à celle du noyautage de la société et même de l'appareil d'État, notamment des syndicats, mettant aussi l'accent sur les universités. Ce fut alors que notre police politico-sociale put faire la preuve de son excellence, sans jamais se départir de sa sérénité, malgré l'incompréhension internationale à l'égard de son activité. Ses habiles interrogatoires, si souvent commentés par la presse, surent dissuader les moindres tentatives de réorganisation communiste. Quant aux autres conspirateurs, pour parler franchement, ils ne m'empêchaient pas de dormir.

Ils étaient si « habiles », ces interrogatoires, que trop souvent les interrogés décidaient de mourir dans les cachots de votre Brigade politico-sociale, ou dans les dépendances de la Garde civile si cela se passait à la campagne. Et ces morts n'étaient pas seulement anarchistes, socialistes ou communistes : il y eut même un monarchiste pour subir ce sort, Carlos Méndez, un jeune partisan de la duchesse de Valence, cette conspiratrice qui se révéla trop faible pour supporter la torture en ces années de rationnement. On était alors en 1948, neuf ans après la Guerre civile, et tandis que vous étiez en train de négocier avec le prétendant au trône la « franquisation » de la monarchie, vos policiers prenaient l'Histoire en main. Une autre conséquence typique de ces « habiles interrogatoires » était les soudaines crises de démence des détenus brusquement persuadés qu'ils pourraient s'enfuir en s'envolant par la fenêtre et qui s'écrasaient évidemment sur le trottoir, victimes de cette même perverse utopie qui les avait poussés en dissidence. Cette coutume du saut dans le vide fut très fréquente au cours de l'immédiat après-guerre mais, longtemps après encore, le dirigeant socialiste Tomás Centeno y sacrifia au cours d'un « habile interrogatoire », et, en 1962, Julián Grimau eut aussi recours à ce « saut de la mort » à la Direction générale de la Sécurité à Madrid. Mais comme plusieurs témoins avaient assisté à la chute de ce communiste acharné, on fut bien obligé de le ramasser, de le retaper et de le conduire devant le tribunal avec les traces de l'impact sur ses traits défigurés.

Après l'exécution de Julián Grimau pendant la Semaine sainte, en 1963, pour de prétendus délits commis au cours de la Guerre civile, un cas de « prisonnier volant » surprit encore une fois le pays : au début des années soixante-dix, alors qu'il vivait la fascinante expérience d'un « habile interrogatoire », l'étudiant Ruano, lié au FLP, défia lui aussi le vide. Mais que pensaient vos bons chrétiens de ministres devant tant de défenestrations, prétendument volontaires, Général ? A quels prétextes éthiques s'autorisaient les démocrates chrétiens et les membres de l'Opus Dei pour continuer à collaborer avec un régime qui considérait l'homme, et donc le torturé aussi, comme un être « porteur de valeurs éternelles » ? Et l'Église, Excellence ? Si vous n'avez pas de renseignements à ce sujet, je peux vous rapporter une expérience personnelle. Au début des années soixante, des rumeurs commencèrent à circuler sur les tortures effarantes auxquelles étaient soumis les prisonniers communistes, à commencer par Sánchez Montero ou Julio Lobato. Un dirigeant de la HOAC[1], fin connaisseur des nuances politiques au sein de la hiérarchie catholique, nous proposa de venir à l'évêché de Madrid, non pour rencontrer l'auguste évêque en personne, dévoué corps et âme au régime, mais l'un de ses auxiliaires qui devait sa réputation de libéralisme au fait de pouvoir laisser échapper, dans l'ardeur de la polémique pastorale, un « bor-

1. Organisation catholique ouvrière, prophalangiste. [N.d.T.]

del ! » aussitôt suivi d'excuses. Nous parvînmes à l'antichambre de ce prêtre par la porte de service de l'évêché, entourés de regards où la frayeur le disputait à la curiosité. En présence de l'oracle, nous nous étions mis à raconter ce qui se passait derrière les murs de la Direction générale de la Sécurité, pendant qu'un sourire dubitatif envahissait la physionomie du saint homme. Son scepticisme finit par devenir si patent que le gars de la HOAC me fit venir au premier rang de notre groupe et me présenta comme un témoin direct et une victime des exactions policières. Tout en prévenant le prêtre que les coups que j'avais reçus au cours d'« habiles interrogatoires » pouvaient faire figure de « caresses » en comparaison de ceux que d'autres camarades avaient subis, je lui en montrai les traces. Je devinai la formation d'une tempête psychologique au fond de l'esprit influençable de l'homme d'Église à la vue de la pieuse indignation qui s'accumulait sur son front, dans ses yeux, sur ses lèvres de *gourmet* [1] spirituel, mais au lieu de l'explosion de sainte colère que j'attendais de lui contre cette brutalité impunie, je n'eus droit qu'à une question irritée : « Et tout ça, vous l'avez inventé quand ? »

Le pays pacifié grâce à l'action énergique de nos forces de l'ordre, la continuité de Mouvement assurée par Carrero Blanco, notre économie s'assainissant progressivement, je pus me consacrer plus fréquemment à la chasse et à la pêche, et aux amitiés nouées à la faveur de ces sports. Une des personnes les plus agréables qu'il m'ait été donné de connaître fut le docteur Iveas Serna, mon dentiste, un expert de la pêche en rivière qui depuis 1944 m'a enseigné l'art de la pêche à la cuiller, puis à l'appât vivant, ver de terre ou sauterelle. J'allai jusqu'à inventer ce que Pepe Iveas surnomma « le lombric motorisé », technique de pêche à la truite consistant à monter à environ un mètre de distance sur le fil à la fois des cuillers et des vers. Nos parties les plus fructueuses se déroulaient au barrage de Peralejos de la Trucha, non loin de la source du Tage.

Mais le meilleur pêcheur que j'aie connu était sans doute Max Borrell, aussi impressionnant à la chasse qu'à la pêche, et donc

1. En français dans le texte. *[N.d.T.]*

fin connaisseur et des chasseurs et des pêcheurs. Fort de ce savoir, Max était persuadé que je préférais pêcher que chasser : « Vous, Excellence, vous aimez la chasse parce que vous tirez sans arrêt et vous faites beaucoup de prises, mais votre affaire, en réalité, c'est la pêche. » Il disait qu'il suffisait de me voir poursuivre un cachalot pour comprendre mes exploits militaires et politiques : « Quand vous le ferrez, quand vous le harponnez, l'animal peut bien peser des tonnes mais vous le suivez avec une constance, une persévérance incroyables. Je suis sûr que si ce cachalot vous attirait jusqu'en Russie vous ne le lâcheriez pas avant de l'avoir tué. » Telles sont en effet les émotions de la pêche en haute mer, auxquelles je pouvais m'adonner sur l'Azor en compagnie de l'amiral Pedrolo Nieto Antúnez, et d'autres amis, mais la pêche en rivière n'est pas moins stimulante. Avec Borrell, il m'est arrivé de capturer cent huit saumons en une journée, et à Pontedeume cent quatre-vingt-six truites d'estuaire, poisson difficile puisqu'il passe plus de temps hors de l'eau que dedans. Grâce à ces premières expériences des années quarante, j'ai pu par la suite obtenir de notables succès, comme la prise d'un cachalot ou d'un thon de trois cent soixante-quinze kilos, sans autre aide que d'avoir bien préparé la zone pendant quinze jours, en v attirant les grosses pièces avec des poissons vivants et morts.

Tout cela est passionnant, Général, mais cadre mal avec le rituel d'intenses journées de travail en compagnie de ministres et autres dignitaires tel que vous le décriviez, surtout à partir des années cinquante. Votre cousin Pacón écrit par exemple : « Aujourd'hui, le Caudillo est allé chasser, et il en sera ainsi toute la saison chaque samedi, dimanche et lundi. Avec S.E. se trouvent plusieurs ministres et sous-secrétaires. » L'orphelin Pacón, votre secrétaire perpétuel, n'approuve ni la fréquence ni le coût de ce délassement, ni vos compagnons de battue car aux huiles du régime se joignent les intrigants à la recherche de faveurs, de privilèges, « … d'exemptions d'impôt ou de licences d'importation ». Vicentón, votre médecin, se plaignait auprès de lui en affirmant que vous vous faisiez gruger dans ces parties de chasse et qu'il était honteux de voir un homme de votre âge brûler six mille cartouches par jour. Six mille cartouches ? Était-il si impérieux, Général, votre désir de tuer en temps de paix ? Votre intraitable cousin décompte les jours de plus en plus nombreux que vous consacrez à la chasse, et parvient à une conclusion peu conforme à votre réputation de grand travailleur : douze jours ouvrables par mois derrière le gibier, voilà qui me paraît un exploit plus acceptable par le *Guinness des records* que votre thon de trois cent soixante-quinze kilos.

Après avoir commencé sous de funestes présages, la décennie quarante se terminait donc sur d'heureuses perspectives. Certes, les conditions de vie des Espagnols restaient difficiles, l'appareil d'État devait demeurer vigilant face aux périls intérieurs, mais les menaces extérieures se dissipaient. Comme le Caudillo se sentait sûr de ses positions, Franco put commencer à vivre plus tranquillement, et dans cette vie plus détendue Franco en arriva à la constatation, inquiétante bien sûr mais inévitable, que Nenuca, ma fille, était devenue une femme, une femme décidée, éduquée par sa mère à assumer toutes les responsabilités d'une maîtresse de maison et consciente des obligations sociales qui incombaient à la fille d'un tel père. Commentant la force de caractère de Nenuca, Millán Astray avait dit cette sottise : « Cette petite est aussi décidée que son père, mais en plus viril. » Enfin, Nenuca était devenue une femme, et elle voulait se marier. Mais avec qui ? Comme c'est habituellement le cas, une mère est mieux équipée sentimentalement pour deviner vers qui vont les préférences de sa fille, alors que moi, au contraire, j'avais toujours cru que le futur père de mes petits-enfants serait un jeune officier de marine, l'un des fils du ministre Suances, un ami et un pays à moi. Mais l'élu de son cœur était un jeune et déjà réputé spécialiste en chirurgie cardio-vasculaire âgé de vingt-sept ans, don Cristóbal Martínez Bordiu, descendant des comtes d'Argillo et lui-même marquis de Villaverde depuis 1943. Les Argillo étaient d'une noble extraction aragonaise, tous les frères de mon futur gendre avaient eux aussi des titres de noblesse. Comme j'étais intervenu pour qu'il soit fait chevalier du Saint-Sépulcre, c'est dans ce superbe uniforme qu'il épousa la brune et juvénile beauté de ma fille. Ce 10 avril 1950, le palais du Pardo cessa d'être un cadre essentiellement politique, protoco-

laire ou privé, pour devenir le point d'origine de ma propre descendance. Voulant associer le peuple à ma joie, j'ordonnai de distribuer couvertures, vêtements et chaussures aux plus nécessiteux. La noce permit de prouver que l'isolement de notre régime était en train de se fissurer : les cadeaux affluèrent, parmi lesquels des plateaux en or massif offerts par un cheikh arabe dont je ne citerai pas le nom. Mais le plus beau présent fut pour moi l'émouvante homélie que prononça le cardinal Plá y Deniel devant huit cents invités et les caméras du NO-DO, recommandant à Nenuca et à Cristóbal de suivre l'exemple de deux couples historiquement exemplaires : saint Joseph et la Vierge Marie, Francisco Franco et Carmen Polo de Franco.

Avec l'arrivée des Martínez Bordiu au Pardo débuta la retraite des Franco Bahamonde, trop provinciaux au goût de doña Carmen, qui trouvait aussi que votre sœur Pilar était excessivement mauvaise langue et avait des goûts culinaires trop roturiers. En revanche, les Martínez Bordiu étaient minces et bronzés, très mondains, et amenaient en prime l'oncle José María Sanchís Sancho, Tonton Pepe pour les intimes, un négociant qui vous mit dans sa poche, Général, lorsqu'il vous permit d'acheter à vil prix la propriété campagnarde de Valdefuentes, à vingt et un kilomètres de Madrid sur la route d'Estrémadure. Là, vous avez pu jouer les architectes, les ingénieurs agronomes, les intendants et les vétérinaires, mais Tonton Pepe comprit qu'il était préférable de consacrer ses talents commerciaux à guider doña Carmen dans des affaires qui n'affecteraient ni la tranquillité ni la neutralité de son chef d'État de mari. La ferme de Valdefuentes, qui vous avait coûté quatre millions de pesetas des années cinquante, était estimée à deux milliards quand vous êtes mort, non seulement en raison des améliorations apportées mais aussi parce qu'elle était devenue zone constructible. Ces nouvelles amitiés aiguisèrent l'appétit matériel de la Señora, qui prit pour objet tout au long de votre règne les magasins d'antiquités, les bijouteries et les galeries d'art, sans que l'on puisse parfois savoir où commençaient et où finissaient les transactions qui relevaient strictement de Cristóbal Martínez Bordiu, marquis de Villaverde. Mais arrêtons-nous instant sur le señor Sanchís, Tonton

Pepe : « Il n'occupait pas de poste officiel, rapportera bien plus tard et non sans fureur Pilar Franco. C'était un courtisan, un de ces personnages détestés par tout le monde, et il avait une réputation effroyable. Et voilà ce Sanchís, si mal vu, ne quittant plus le Caudillo et lui donnant des conseils. Et ma belle-sœur avec lui. Ils l'adoraient parce qu'il réglait toutes leurs petites affaires. La rumeur populaire et sans doute l'Histoire ont fait de cet homme le magicien des finances de la famille Franco. Naturellement, il ne m'a jamais plu. Moi, je n'aime pas les gens troubles. » Mais de quelles finances s'agit-il ? Étiez-vous au courant des transactions abusives en immobilier, en achat de grands entrepôts et d'exploitations agricoles ? Peut-être pas. Peut-être tout cela relevait-il des menus détails du quotidien, et vous ne vous êtes jamais inquiété que l'on s'enrichisse autour de vous puisque la fortune apaise les esprits, grossit les « dossiers » et suscite des allégeances irréversibles.

Quel rôle jouait votre nouvelle et étrange famille dans les pôles de développement des années soixante ? Vous vous amusiez avec votre ferme de Valdefuentes, transformée par Tonton Pepe en société anonyme à l'irrésistible croissance exponentielle : c'est vous qui en teniez les comptes, vache par vache, sac de picotin après sac de picotin. Je comprends que vos frères et sœur soient passés au second plan, eux qui étaient si provinciaux, si gros, tellement affligés d'un accent galicien, tellement nouveaux riches précapitalistes. Les autres, en revanche, vous entraînaient dans la modernité spéculatrice sans que vous ayez besoin de vous salir les mains ni les yeux, seulement les oreilles de temps en temps : « Sanchís est une canaille, Excellence », vous avait répété plus d'une fois Vicentón Gil, et vous : « Attention, Vicente, tu fais la bête. » Votre sœur, pour sa part, se plaignait amèrement de la disgrâce des Franco Bahamonde : « Mais que pouvions-nous faire, devait commenter par la suite le marquis de Villaverde, si la famille Martínez était plus nombreuse que celle des Franco et que celle des Polo ? »

Les relations entre l'Église et l'État étaient au beau fixe, et lorsque Carmen se rendit à Rome les gens l'applaudirent dans les rues. Notre généreux cadeau de deux mille paires de chaussures aux Italiens déshérités avait été très bien accueilli, bien que nos ennemis de toujours nous aient accusés de chausser les Italiens en laissant des Espagnols continuer à aller nu-pieds. « Bottez-leur les fesses ! » me cria une voix spontanée surgie de la foule de Bilbao qui m'écoutait faire le procès de l'incompréhension étrangère devant le miracle de notre redressement national. « Mettez-leur un bon coup ! » criait-on aussi autour de moi en ce glorieux jour de juillet 1950 où notre équipe nationale de football battit celle d'Angleterre lors de la Coupe du monde de Rio. Et quand survint le but, retransmis dans toute sa significa-tion politique par ce grand homme de radio qu'est Matías Prats, le but de « Zarra », Telmo Zarraonaindía, nous tous, qui suivions le match à la radio dans notre petit salon privé du Pardo, ne pûmes nous empêcher de hurler avec lui « Goooooooll ! », car en cet instant la victoire sportive se transfor-mait en triomphe politique symbolique. C'est précisément à partir de cette partie que le football, dont j'avais toujours été un amateur modéré, commença à m'intéresser en tant que phéno-mène patriotique.

Les bons résultats de la sélection espagnole étaient ceux de toute l'Espagne, et donc de son régime. La race est incarnée par les armées et, quand elles sont au repos, par les sportifs. C'est pour cela que j'ai tant apprécié par la suite les succès européens du Real Madrid, avec cette extraordinaire ligne d'avant que formaient les Kopa, Di Stéfano, Rial, Puskas, une équipe devenue la réincarnation de nos régiments de Flandres en accomplissant la mission historique de remporter plusieurs fois la Coupe d'Europe et d'être ainsi la meilleure ambassade de notre régime à l'étranger. Quelle formation ! Rien ne devait être épargné pour que le Real Madrid reste à la hauteur de son destin exemplaire, et c'est ainsi que l'entendirent les présidents succes-sifs de la Fédération espagnole de football, en particulier Sancho Dávila, cousin de José Antonio Primo de Rivera et phalangiste d'un franquisme inébranlable.

Parvenu à ce moment d'harmonie vitale, il me plaisait de regarder autour de moi et de faire le bilan de ma vie personnelle et familiale. Dieu m'avait comblé de satisfactions et d'obliga-tions en plaçant entre mes mains le destin de l'Espagne. Ma fille était mariée, je recevrais bientôt la bénédiction d'un héritier. Ma famille d'origine s'était réduite à Nicolás et à Pilar après la mort de mes parents puis celle de Ramón. Malgré son veuvage, ma sœur avait su maintenir à flot sa maisonnée, elle venait de temps à autre au Pardo ou au manoir, elle restait cette petite fille emportée et faiseuse d'histoires qu'elle avait été. Ambassadeur à Lisbonne et homme d'affaires, Nicolás jouissait d'une excellente situation ; s'il ne réussit jamais à trouver ce qu'il recherchait, un alchimiste qui lui donnerait la formule de l'or, il faisait de juteuses affaires grâce à son nom et à son œil avisé qui ne le trompa jamais : « Cela ne te gêne pas, hein, Paco ? Puisque par ta faute notre nom est devenu si lourd à porter, autant nous en servir, n'est-ce pas ? » Cela ne me gênait pas, mais je n'en dirais pas autant de sa conduite vraiment trop désordonnée sur laquelle m'instruisaient régulièrement des rapports qui semblaient parfois être rédigés dans le seul but de me déprimer. Très porté sur le beau sexe et non content de s'être remarié avec la sœur de sa défunte épouse, il était connu pour faire le joli cœur dans tous les salons et sur toutes les plages du Portugal, et si ses avances étaient tolérables dans les salons elles devenaient franchement risquées sur les plages, parce qu'il devait les mener en maillot de bain. La presse étrangère étant à l'affût de tout ce qui pouvait me mortifier, je n'étais pas surpris qu'elle utilise les excès de mon frère à cet effet, comme le jour où ils publièrent une photo de lui, un cinquantenaire bien en chair, à côté d'une jeune fille en maillot deux-pièces. Lorsqu'on me la montra, je me bornai à remarquer : « Il faudra que je dise à Nicolás qu'il a trop grossi », et c'est ce que je fis lors de son passage suivant à Madrid. « Tu grossis trop, Nicolás. » « Mais je suis plus en forme que jamais. Toi, au contraire, je te trouve un peu mauvaise mine. » « Ne t'inquiète pas, dans la famille on a l'habitude de mourir en respectant scrupuleusement l'ordre d'ancienneté, et donc ton tour arrivera avant le mien... » Mais il défendait parfaitement mes intérêts auprès de Salazar et de don Juan, s'opposant aux conspirateurs antifranquistes qui tentaient de fourvoyer le prétendant dans des positions hostiles à notre mouvement national.

En effet, il y avait une cruauté morbide et internationale dans cette photographie de votre frère que publia le *Sunday Pictures* le 27 août 1950, en compagnie d'une « adorable pin-up de vingt ans, Nina Dyer ». Vous voyez, Général : toute une croisade pour finir apparenté à un « yachtman » vieillissant qui drague des jeunesses, ses bourrelets de bonhomme Michelin débordant sur la pudibonderie d'un maillot préconciliaire, quasiment un caleçon de moine. Vous aviez demandé des explications à votre frère aîné : « C'est un montage photographique, Paco. Un coup de la presse judéo-maçonnique. » « Bon, bon, c'est possible, mais tu te trouvais en effet là-bas, non ? »

Parmi les affaires traitées par monsieur votre frère, pour oublier un peu ce nom de Franco si lourd à porter, il faut insister sur les « Manufactures métallurgiques madrilènes », compagnie en faveur de laquelle il obtint le monopole sur l'importation d'aluminium, et dont il fut membre du conseil d'administration puis vice-président. Par la suite, il n'y exerça qu'une activité purement spéculative qui dépendait entièrement des subventions que vous lui accordiez afin d'éviter un scandale familial, Nicolás ayant été promu, évidemment grâce à ses mérites, au rang de président. Finalement, les « Manufactures métallurgiques madrilènes » ont été mises en vente le 11 septembre 1969, après avoir englouti beaucoup d'argent sorti des caisses de l'État et laissé à découvert toute une filière dans laquelle figuraient plusieurs membres de votre famille, directe ou par alliance. Mais vous n'aimiez pas punir les délits économiques, seuls les politiques vous intéressaient. De son côté, votre infatigable sœur distribuait des licences d'importation de minerai par wagons entiers, et plusieurs ouvrages montrent bien comment vous avez fermé les yeux sur les amabilités que vos ministres dispensaient à vos parents, fussent-ils des Franco ou des Martínez Bordiu, quand il s'agissait de favoriser des transactions payantes.

Votre frère Nicolás finit par se discréditer en allant trop loin dans son rôle de « conseiller ». Tanger et Lisbonne, bases opérationnelles de la contrebande, offraient de copieux bénéfices à ceux qui contrôlaient ces réseaux camouflés par une politique protectionniste interdisant l'importation de tout ce qui était superflu. Tanger, Lisbonne. Don Nicolás laissait faire. Puis est arrivé Manuel Arburúa, l'ange des permis d'importation en forme de dessous-de-table. En Espagne, « Merci Manolo ! » voulait dire à cette époque : « Merci, señor Arburúa, généreux fournisseur de produits proscrits par les règlements douaniers. »

Votre frère a alors endossé le rôle classique de démarcheur auprès des municipalités et des députations régionales, à la recherche de faveurs pour des tierces personnes, de braves gens qui avaient fait appel à lui devant l'indifférence à laquelle s'étaient heurtées leurs réclamations ou leurs propositions. Noceur infatigable, il pouvait demander à six heures du matin : « Où on va maintenant ? », comme s'il redoutait de revenir à la maison et d'être mis au piquet par son père. Veuf et remarié à une sœur de sa première épouse qui lui ressemblait beaucoup, il lui arrivait de tomber éperdument amoureux, par exemple d'une jeune femme de vingt-cinq ans, Cecilia Albéniz, amoureux jusqu'à en perdre le sens du ridicule, jusqu'à l'asphyxie par jalousie, jusqu'à l'asphyxie cérébrale quand Cecilia mourut dans un accident de voiture à Sebastián de los Reyes, alors qu'elle roulait vers Paris où vivait une de ses sœurs. Votre nièce socialiste, Général, les avait vus « mille fois ensemble », et la décrit comme une femme douce, d'une beauté sereine, pas du tout ambitieuse, curieusement modeste et désintéressée bien qu'elle eût reçu de l'aîné des Franco, plutôt âgé déjà, une décapotable et un emploi aux fameuses Manufactures métallurgiques, ce puits sans fond de don Nicolás. « Mais elle gardait toute sa liberté, et, comme une jeune femme célibataire de vingt-cinq ans, elle avait des amis et sortait avec l'un ou l'autre le soir, au restaurant ou dans les dancings. J'ai été témoin de la jalousie qui tourmentait cet homme mûr, et parfois je l'ai accompagné lorsqu'il essayait de retrouver la fille de son cœur, non pour lui demander de venir avec lui mais simplement pour apprendre où et avec qui elle était. Si quelqu'un voulait prétendre que cette affaire laissait le palais du Pardo indifférent, je serais obligée de le contredire, connaissant comme je les connais les idées du Généralissime et de sa femme sur les points de morale familiale : ils étaient très préoccupés par l'attitude de Nicolás, même si je dois reconnaître que je n'ai jamais entendu prononcer le nom de Cecilia au palais, ni écouté aucun commentaire sur une histoire que toute l'Espagne connaissait. Mais il en était toujours ainsi, les commentaires de don Francisco et de son épouse sur de pareils sujets brillaient toujours par leur absence. Ils esquivaient les choses désagréables ou dangereuses, faisant comme si elles n'existaient pas. »

Nicolás avait besoin d'argent, de beaucoup d'argent pour payer ses dîners, ses jeux, ses amours, ses chevaux et son yacht, mais il était bonasse, tolérant, laissait ses « secrétaires » détourner une bonne partie de ses revenus. Il finit ses jours sans grande fortune, encore sous le coup du scandale de la disparition de tonnes d'huile de Redondela et des trois morts mystérieuses qui avaient accompagné cette affaire. Vous étiez alors vous aussi sur votre fin, Général, et vous avez pensé que la mise au jour de ce scandale participait de la conspiration judéo-maçonnique contre votre personne. Le Grand Épurateur Martínez Fuset, au cours de l'un de ses voyages à la cour, exprima à Pacón son indignation à la vue de cette corruption généralisée, de ces hauts fonctionnaires s'adonnant à la contrebande, mais vous n'aviez fait aucun commentaire quand ses propos vous avaient été rapportés.

Mais où partait l'argent de la corruption ? En Suisse, bastion du néocapitalisme européen et digue rassurante dressée contre les avancées du communisme. Dans les années quarante et cinquante, quand l'Europe paraissait être encore un territoire dévasté à la merci du bolchevisme, l'argent espagnol s'en allait à Cuba, alors sous la protection de Batista* et de la mafia nord-américaine, ainsi qu'à Saint-Domingue, où le « Bienfaiteur » Trujillo semblait jouir d'un crédit politique illimité auprès de Washington. Les conseils d'administration des entreprises de l'INI, contrôlées par votre ami d'enfance et père de l'économie autarcique Juan Antonio Suances, bourraient les poches les plus complaisantes de la direction du Mouvement, tandis que la spéculation foncière, grâce au recyclage de terrains en zones touristiques, peuplait tout le littoral de millionnaires ex-« phalangistes authentiques », nostalgiques de la « révolution national-syndicaliste à venir », édifiait un mur d'arrogance immobilière entre la mer et la terre avec un acharnement aussi scandaleux que mesquin à détruire des paysages.

Le temps nous a assigné notre place : loin des somptueux salons du Pardo, dans notre austère fortin familial, nous avons voulu reproduire le style d'une famille espagnole moyenne, avec son espace privé auquel seuls peuvent accéder les parents les plus proches, les amis qui nous ont aidés à être ce que nous sommes. Là est mon vrai refuge, la petite scène où le seul rôle qui me revient est celui du patriarche distant, car je n'aime pas intervenir dans le gouvernement domestique, peut-être pour compenser tout ce que j'ai dû apporter à la vie nationale. Les fenêtres de ma chambre donnent sur un patio fermé, ce qui m'apaise, chaque matin la trompette me réveille en même temps que la troupe, et je suis plus heureux que si elles ouvraient sur des jardins à la française. J'aime me consacrer à de petits bricolages qui tapent un peu sur les nerfs de Carmen : par exemple, j'ai retiré la tulipe de verre qui couvrait l'ampoule du miroir dans la salle de bains parce qu'elle tamisait trop la lumière et que je ne pouvais pas me tailler correctement la moustache. Et l'ampoule est demeurée ainsi, nue mais pratique. Des années et des années.

Quelle médiocrité de tout petit bourgeois, avec un parfum de caserne, respirent vos appartements privés du Pardo, comme si les murs s'étaient imprégnés de l'esprit des maîtres des lieux ! Votre cousin écrit : « Aujourd'hui, j'ai déjeuné au Pardo avec le Caudillo et sa famille. En général, ces repas sont affreusement ennuyeux, car ni l'un ni l'autre ne prend la peine d'entretenir la moindre conversation. S'il est préoccupé par quelque chose, il ouvre à peine la bouche, se contentant de mordiller jusqu'à les casser des cure-dents qu'il dépose au fur et à mesure sur la table. Son regard triste ne se pose sur rien en particulier. Un ange passe, puis toute la cour céleste. Le silence est si épais que l'on finit par se sentir mal à l'aise, sans oser le rompre. »

La naissance de mon premier petit-fils, Francisco, fut une grande joie, deux fois plus intense lorsque Carmen proposa qu'il soit inscrit à l'état civil avec mon nom en premier, afin de perpétuer le lignage des Franco. J'avais d'abord éprouvé une forte envie de refuser, mais Carmen la dissipa avant même que *je l'exprime en me rappelant que la famille de Veragua en avait fait autant, et que si cela n'avait pas été le cas la descendance directe de Cristóbal Colón serait aujourd'hui éteinte. « Francisco Franco Martínez Bordiu* », insistait-elle sans cesse auprès de ceux qui, dans mon entourage, se contentaient d'appeler l'enfant Francisco Franco Martínez, comme cette brutasse de Vicente Gil ou le peu combatif Pacón, qui vint m'importuner avec je ne sais quelles appréhensions : « Prends garde, tu reportes sur ton petit-fils le poids d'un nom si fameux qu'un jour ou l'autre ce pourrait être une lourde pierre pour cet enfant. » Il y en a qui voient les pierres dans la maison des autres, mais qui ne remarquent même pas que leur toit est en train de fuir.*

Chaque arrivée de nouveaux petits-enfants fut une joie : Carmencita, Mariola, Merry, Francisco, Arancha, Jaime... J'ai eu peu de relations avec les plus petits et avec les filles, mais avec Francisco nous sommes allés souvent à la chasse et j'ai suivi ses études avec beaucoup d'intérêt, avec aussi cette indulgence que peuvent se permettre les grands-pères mais non les pères. Mais que vaut l'opinion d'un grand-père ? Une fois, à la fin d'une très agréable interview, un journaliste américain m'a interrogé sur mes six petits-enfants. « Moi, je n'en ai que trois », m'a-t-il dit, et je lui ai répondu : « Tous les petits-enfants se valent, et tous les grands-pères aussi. »

Non. Mes grands-parents paternels ont toujours été pour moi deux lointaines références rarement évoquées par ma mère, qui les connaissait à peine, et moins encore par mon père, qui resta muet de longues années après sa sortie de prison puis se mit à se souvenir de ses parents déjà morts plus fréquemment à mesure qu'il se rapprochait de sa propre tombe. Mes grands-parents maternels, eux, ont connu une fin très méridionale. Ma grand-mère fut emportée par une hémiplégie parce que, disait-on, elle avait abusé de la morue – il n'y eut pas un seul plat unique de l'après-guerre dans lequel elle n'émiettait un peu de l'immuable morue séchée qui pendait sur les *azulejos* de la cuisine, près d'un tas d'écorces d'orange séchées qu'elle brûlait ensuite dans le poêle à charbon ; mon grand-père, lui, se jeta ou tomba à l'eau, alternative encore à éclaircir car on l'avait souvent entendu dire que, depuis la chute de Primo de Rivera, le monde était absolument fada. En 1948, plus ou moins remis sur pied, mon père nous obligea à l'accompagner jusqu'à son village pour que nous fassions connaissance de sa famille, et je me suis retrouvé devant un couple de vieillards édentés, le cantonnier têtu et l'imposante nourrice qui avait allaité ses enfants et ceux des autres. Il y avait aussi un oncle qui avait fait la guerre avec vous et dont le dos était criblé de mitraille, et quelques tantes qui, de placement en placement chez des riches, attendaient d'épouser des fiancés potentiels depuis des décennies. Mon grand-père paternel exprimait son affection à sa manière, par l'envoi irrégulier de palettes de porc galicien encore engraissé aux châtaignes et aux glands, de fromages merveilleusement crémeux qui semblaient sortir du tour d'un potier, et de petits chorizos noirs et secs comme une trique, conçus pour le ragoût. De mes aïeux galiciens, je ne garde pour ainsi dire que des souvenirs gastronomiques : une marmite magique pleine d'incomparables marinades, des soupes qui nous nourrissaient du lever au coucher, des pains de seigle ronds qui semblaient un délice après le «pain noir» des tickets de rationnement, et même, une seule fois, un pain blanc que nous apporta un parent plus prospère de Palas de Rey. C'était là le pain essentiel, l'idéal du pain que des siècles et des siècles de décadence ont matériellement dévalué. Et je me rappelle aussi quelques conversations sentencieuses sur ce qu'il fallait faire et ne pas faire, qui se terminaient toujours par le constat que ce qui ne serait jamais interdit, c'était de travailler. Ô ingénus ! Père et grand-père tombaient d'accord pour affirmer que la politique était mauvaise pour la santé et pour l'esprit, mais le dimanche ils restaient tous deux à leur poste sans aller à la messe, bien que mon grand-père m'ait amené un jour près de l'église parce qu'elle donnait sur le cimetière où nous disposions d'un panthéon peint à la chaux blanche et bleue qu'il avait construit de ses propres mains, le plus beau monument du cimetière exception faite des caveaux des principaux caciques locaux, familles de militaires depuis l'époque de la guerre de Cuba, juges de paix, curés, comme cet aumônier militaire qui avait perdu un bout de jambe sur le front des Asturies.

Encore une dernière référence à mes grands-parents : les félicitations qu'ils me transmirent après que mon père leur avait annoncé dans une lettre qu'il avait pris soin de ne pas rédiger dans un style trop littéraire et qui débutait par toute une série de digressions, que j'avais obtenu le diplôme d'État et que j'entrerais peut-être un jour à l'Université : le premier universitaire dans une dynastie de domestiques, de paysans et de cantonniers issue, comme la vôtre, d'Adam et Ève. Je dus attendre encore un an, le temps que les économies familiales grossissent et que je puisse disposer, entre autre équipage, d'un costume d'hiver et d'un autre de demi-saison afin de ne pas me ridiculiser dans un milieu dominé par les « économiquement forts », pour reprendre une de vos expressions. En réalité, ma mère les avait trouvés aux soldes de l'entrepôt des Saturnins, rue Goya, et grâce à sa Singer je pus les étrenner, comme neufs, à la faculté de Lettres et de Philosophie. Entre le bas de laine familial et le mien j'avais de quoi tenir trois ans, il me suffisait de continuer à donner des leçons particulières et à aider mon père dans son travail de percepteur pour devenir un jour licencié. Mon premier cours fut celui de grec, rien d'extraordinaire sinon que le professeur, tout à fait hors de propos, déclara qu'Unamuno avait mal enseigné cette matière. Mon voisin de banc fit une grimace dégoûtée et siffla. J'eus l'impression que le silence qui suivit s'appesantissait sur moi : sans doute le professeur allait-il m'accuser, je serais congédié, je retournerais à la maison avec mes habits neufs à jamais inutiles, peut-être même allait-on me mettre en... Mon compagnon de pupitre se leva sous le regard inquisitorial de l'enseignant et présenta ses excuses : « Pardon, monsieur le professeur, c'est un sifflet qui m'a échappé parce que j'ai les poumons pris. » « Votre nom ? » Le ton de sa voix n'avait rien d'encourageant, non, mais le garçon qui restait debout à côté de moi paraissait plus serein que le professeur : « Julio Amescua Alvarez de Santillana. » Quelque chose était en train de se produire dans les archives mentales du maître de conférences, qui retrouva une voix normale pour demander : « Des éditions Amescua ? » « C'est exact, monsieur le professeur. » L'autre dodelina benoîtement de la tête, puis pointa un doigt en direction de notre pupitre. Allait-il s'en prendre à moi, mainte-

nant ? « Surveillez-moi ces bronches, monsieur Amescua. »
Point final. Julio me regarda, lut dans mes yeux une admiration
sans bornes et me tendit la main : « Unamuno était un imbécile,
mais je ne supporte pas que son nom soit mentionné en vain par
plus imbécile que lui. »

Un roi sans couronne

En 1951, je promus Luis Carrero Blanco et Arias Salgado au rang de ministres, le premier conservant les mêmes fonctions, le second recevant le portefeuille de l'Information et du Tourisme. La nomination de Carrero Blanco connut un enfantement douloureux, mais l'avenir me donna raison sur Carmen et d'autres proches qui désapprouvaient ce choix car ils savaient que Luis traversait une crise conjugale qui risquait de déboucher sur une rupture. Le seul point faible de l'amiral, ce talon d'Achille qu'étaient ses douteuses relations, avait été sérieusement touché, mais au moins cet homme finalement droit et sincèrement catholique accepta de s'en ouvrir à un confident équilibré, un avocat de l'Opus Dei, Amadeo de Fuenmayor, qui sut restaurer la bonne entente entre Carrero Blanco et son épouse doña Carmen Pichot, au cas où les enfants qu'ils avaient ensemble n'auraient pas été un ciment assez fort. A quelque chose malheur est bon : grâce à cette crise, Carrero Blanco se rapprocha de Fuenmayor et de ses amis, entre autres de Laureano López Rodó*, lui aussi membre de l'Opus Dei et professeur à Saint-Jacques-de-Compostelle. C'est ainsi que, grâce au ralliement de l'Opus Dei en la personne de plusieurs de ses meilleurs éléments, l'on put procéder au renouvellement des forces défendant notre régime, dont le besoin se fit dramatiquement sentir à la fin des années cinquante.

L'opération de normalisation de nos relations avec les États-Unis et de renforcement de celles avec le Vatican était bien lancée, et elle se paracheva avec la signature du traité hispano-américain, l'entrée de notre pays à l'ONU, le Congrès eucharistique de Barcelone en 1952, et la signature du Concordat avec le

391

Saint-Siège. *En réplique éclatèrent les événements subversifs de Barcelone en 1951, premier avertissement de ce que les forces anti-espagnoles se réorganisaient et étaient en mesure de nous causer préjudice si nous baissions la garde. L'origine de ces événements fut dérisoire : une légère augmentation du tarif des tramways, à Madrid comme à Barcelone, que la presse jugea excessive ; elle fut cependant appliquée comme prévu à Barcelone mais réduite à Madrid, ce qui créa un puéril ressentiment exploité par les subversifs envoyés par Moscou pour réorganiser le communisme espagnol. La violence des piquets de grève contre les usagers fut telle qu'elle donna l'impression générale que toute la ville était paralysée, et les forces de l'ordre durent intervenir vigoureusement pour rétablir un semblant de normalité, tandis que l'on tempérait l'augmentation du prix du billet. L'enquête policière repéra rapidement le fauteur des troubles : l'agent provocateur Gregorio López Raimundo, dirigeant du PSUC, le Parti communiste catalan infiltré de l'extérieur et financé par les maîtres moscovites pour attiser le feu du mécontentement populaire. Ce succès policier et la mine patibulaire de l'individu n'empêchèrent pas une nouvelle campagne anti-espagnole de se déclencher dans le monde entier, accusant nos fonctionnaires d'avoir maltraité le sicaire de Moscou et notre régime de ne pouvoir se passer de la répression politique. Nous embarquâmes ce monsieur dans un avion en partance pour le Mexique, d'où il revint clandestinement quelques années plus tard dans le but de troubler le calme paisible de la nouvelle Espagne. Mais l'écho international de la grève des tramways barcelonais prouva que nous étions encore loin de pouvoir attendre un regard objectif du reste du monde sur nos réalités. Je ne pus que souscrire à l'éditorial du directeur de* La Vanguardia *de Barcelone, don Luis de Galisonga, qui affirmait notamment :* « Ce dont il était question ici, c'était de répéter les sinistres précédents historiques auxquels le soulèvement du 18 juin dut apporter une nette réplique. Ce dont il était question, c'était d'une vicieuse tentative de sédition à laquelle Barcelone a apporté, et apportera encore s'il le faut, soyons-en sûrs, une réponse virile et sans appel. » *Ce qui me chagrina le plus, ce fut de voir certains secteurs phalangistes, encore une fois ces*

prétendus « authentiques », manifester ouvertement leur compli-
cité dans ce mouvement subversif, preuve que la Phalange
continuait à réchauffer en son sein des démagogues, voire des
Rouges infiltrés au nom de la nouvelle stratégie mise au point
par le Comité central du Parti et par l'héritier présumé de la
néfaste « Pasionaria », Santiago Carrillo.

A Madrid, les événements de Barcelone eurent peu d'écho, à peine quelques informations réductrices qui en faisaient des rixes aucunement liées à une volonté de remettre en cause le régime. Au début, l'attention avait été accaparée par le projet d'augmentation des tarifs madrilènes, avancé par le maire Santa Marta de Babio mais rejeté par une partie du conseil municipal, qui estimait que le pouvoir d'achat des habitants de la capitale était inférieur à celui des Catalans. Ce terme même de « pouvoir d'achat » était une mauvaise plaisanterie, alors que les pénuries persistaient et que des salaires hebdomadaires de cent cinquante pesetas étaient dérisoires comparés au prix du litre d'huile, dix-sept pesetas, du kilo de riz, presque douze, sans parler de la viande et du poisson, inabordables comme tout, comme l'électricité encore rationnée dans cette Espagne épuisée par quinze années exceptionnelles, trois de guerre et le reste de misère, Excellence. Si les vingt centimes d'augmentation nous avaient indigné à Madrid, les quarante de Barcelone mirent les Catalans hors d'eux, mais il fallut le bouche à oreille, ou les émissions de Radio España Independiente captées clandestinement, station que nous pensions tous installée à Toulouse mais qui émettait en fait de Bucarest, ou les programmes en espagnol de la BBC, de Radio Paris ou de Radio Moscou, pour que nous puissions nous faire une vague idée de ces semaines troubles marquées par des combats inégaux entre le peuple de Barcelone et les forces de répression. Je me rappelle que Julio Amescua, compagnon d'études et futur éditeur, l'homme le mieux informé des événements barcelonais, opposa un air grave aux premières badineries que nous, Madrilènes, avions risquées sur la pingrerie des Catalans : « Tout ça pour un ticket de tramway ! » « C'est le prolétariat qui est la première victime de cette augmentation, répliqua Amescua, nous n'avons pas le droit de plaisanter là-dessus. »

Un soir, il me proposa de partir à Barcelone constater *in situ* ce qu'il en était. Il ne comprenait que j'étais pieds et poings liés par le peu d'argent de poche dont je disposais, et par les horaires contraignants des leçons que je donnais pour me faire quelques pesetas. De plus, mes conventions culturelles m'empêchaient d'arriver devant mes parents et de leur annoncer : «Je pars à Barcelone voir une grève de près.» Je m'étais donc contenté de lui répondre que c'était impossible, et il avait haussé les épaules : «Tu manques quelque chose. C'est le premier défi sérieux lancé au franquisme, juste au moment où les ambassadeurs reviennent.» Julio partit au moment où les brèves et les éditoriaux d'*Arriba* et d'*ABC* tournaient à l'aigre, nous faisant comprendre indirectement que le mouvement barcelonais était d'importance, surtout au lendemain du 12 mars, quand Barcelone, comme nous devions l'apprendre plus tard, décréta la grève générale. «Le communisme relève la tête», semblaient s'inquiéter à l'unisson tous les pleurnicheurs patriotiques dont certains proposaient déjà de se jeter sur les chemins, mousqueton chargé, pour libérer une nouvelle fois la Catalogne du communisme et du séparatisme. Quand Julio est revenu à la mi-mars, il irradiait une lumière de fièvre, la fièvre de l'enthousiasme. Il avait vu les masses – vous entendez, les masses! – courir devant et derrière les «gris», les flics, il avait vu ouvriers et étudiants bloquer les tramways, les incendier, tenir tête à la police montée et lancer des mots d'ordre protestataires qui, sans doute, avaient ressuscité du cimetière de la révolte et de la pensée où ils étaient restés ensevelis depuis 1939 : «J'ai assisté à l'an 1905 de la chute du franquisme.» Je lui ai alors fait ingénument remarquer qu'en respectant ce parallèle historique douze années s'étaient écoulées en URSS entre la révolution avortée de 1905 et celle de 1917, et que nous étions donc bons pour le franquisme jusqu'en 1963. Cela a fait rire tout le monde : «Quoi! comment cette merde va-t-elle durer jusqu'en 1963?» Julio, moins expéditif, s'est efforcé de me faire entendre raison : «Les rythmes historiques s'accélèrent proportionnellement à l'élévation de la conscience des masses. Peux-tu comparer le niveau de conscience des masses sous le tsarisme en 1905 à celui des masses espagnoles en 1951, avec toute l'expérience et le besoin de revanche historique accumulés ? » Non. Je ne pouvais pas comparer. Je n'y pensais même pas.

« En tout cas, avait ajouté Julio, ce serait déjà bien d'avoir à Madrid le niveau de combativité dont fait preuve le peuple de Barcelone. » Mais comme Dámaso Alonso * a raison de dire que « Madrid est une cité d'un million de cadavres » ! Le petit groupe qui tourbillonnait autour de Julio Amescua n'était pas encore explicitement marxiste, nous étions tous très attirés par l'analyse sociologique ; la sociologie devenait à la mode, en tant que science fondamentalement subversive opposée à la politique idéologisée que nous imposait le régime. Et donc, à partir d'une analyse sociologique du « tissu social » respectif de Barcelone et de Madrid, nous étions parvenus à la conclusion que cette dernière était très affectée par les nouvelles couches de fonctionnaires créées par le régime, et par la volonté qu'avait le franquisme d'en faire une ville symbole de sa victoire : « A Barcelone, ils se dispensent du spectacle loufoque de Franco se pavanant en voiture sous la protection de sa garde maure ! »

Déjà à cette époque, il n'en manquait pas pour affirmer que la Catalogne était l'Europe, qu'il en avait été et qu'il en serait toujours ainsi : ce genre d'arguments me révoltait parce qu'il se trouvait à la Faculté quelques étudiants catalans, futurs concurrents sur la place de Madrid, que je trouvais trop prétentieux parce qu'ils paraissaient ne pas nous prendre au sérieux, nous les Madrilènes qui d'après eux étions cossards, indécis et qui ne survivions que grâce à la pluie d'or que le franquisme faisait tomber sur nous. En plus, je n'aimais pas l'accent catalan, ce qui est curieux puisque celui de Galice ou de l'Andalousie profonde ne me gênait pas du tout. Je ne pouvais tout bonnement pas supporter l'accent catalan ou celui des Madrilènes de la haute. Julio m'a d'ailleurs fait un jour remarquer que j'étais parvenu à un notable équilibre prosodique et phonétique : « Tu n'as pas d'accent quand tu parles espagnol. Même pas d'accent espagnol. »

L'insensée conspiration communiste de 1951, loin d'y porter préjudice, renforça au contraire les lignes maîtresses de notre réaffirmation nationale et internationale : Vatican, États-Unis, institutionnalisation. En mai et juin 1952, se déroula à Barcelone le Congrès eucharistique international, dont la tenue sur notre sol prouvait à elle seule que le Vatican nous voyait d'un bon œil. Nous avions commencé à négocier le Concordat deux ans auparavant, quand Ruiz-Giménez était ambassadeur à Rome, et en lui remettant le premier projet de texte je lui avais recommandé : « Dis bien au Saint-Père que cinq chrétiens étaient assis autour de cette table pour le rédiger. » A Barcelone, nous pûmes enfin commencer à récolter les fruits de notre universalisme catholique : douze cardinaux, trois cents évêques de soixante-seize pays, quinze mille prêtres et séminaristes constituèrent une superbe manifestation de soutien à notre régime. Toute la ville participa à cette cérémonie expiatoire de ce qui pouvait demeurer de son passé anti-espagnol et du venin distillé l'année précédente. Le pape se fit représenter par le cardinal Tedeschini, un bon connaisseur de l'Espagne où il avait assez longtemps été nonce apostolique, tenté par la neutralité au début de notre Guerre civile mais partisan convaincu de notre cause à la fin. Peu de démonstrations de masse aussi émouvantes m'ont été données à voir, surtout au moment où, sur cette imposante tribune de la place Pie XII, aux côtés de l'envoyé papal qui y officia, je me joignis aux dizaines de milliers de Barcelonais qui entonnaient l'hymne eucharistique composé par José María Penán :

> ... A genoux Seigneur devant le Tabernacle
> Qui recèle des trésors d'amour et d'unité
> Nous venons avec les fleurs de nos souhaits
> Pour que Tu nous les transformes en fruits de la vérité.
> Le Christ soit dans toutes les âmes, et sur le monde la paix.
> Le Christ soit dans toutes les âmes, et sur le monde la paix.

L'importance du Congrès fut encore rehaussée par la présence du cardinal américain Spellman, qui confirmait les bonnes dispositions de Washington, et par la venue d'une vaste constellation d'intellectuels catholiques, au premier rang desquels se trouvait le grand poète et dramaturge Paul Claudel.

A cette époque, la presse l'appelait « Pablo Claudel », puisque l'interdiction d'employer des noms étrangers était toujours en vigueur.

Il y eut un magnifique concours de poésie, gagné, pour le castillan, par don Guillermo Díaz Plaja, et pour le catalan par un poète jadis tenté par le séparatisme mais, semble-t-il, revenu au sein de notre Église. De magnifiques drames religieux furent représentés, comme le mystère de Calderón La Dispute conjugale de l'âme et du corps, sans parler de toutes les harangues qui atteignirent parfois des sommets d'éloquence. Enfin, je dus moi aussi m'adresser à la foule, depuis cette plate-forme qui pour la première fois haussait ma voix vers le monde entier, et m'adressant à Dieu, à mon Seigneur, je voulus établir en toute clarté la spiritualité de ma vie et de mon œuvre étatique au moment de consacrer l'Espagne à « la Sainte Eucharistie » : « Mon Seigneur et Maître, avec l'humilité qui convient à tout bon chrétien, je m'approche de l'autel de la Sainte Eucharistie afin de proclamer la foi catholique, apostolique, romaine, de la nation espagnole, son amour de Jésus-Christ et de notre ineffable Pasteur, Sa Sainteté Pie XII, que Dieu prolonge sa vie pour le bien de Son Église. »

La profonde communion alors établie entre le Vatican et l'Espagne nouvelle ne nous donna que des satisfactions au cours des années qui suivirent. La fin 1952 nous apporta une autre raison de nous réjouir : l'Espagne était acceptée au sein de l'Unesco, ce qui nous faisait faire un pas énorme vers l'entrée à l'ONU par la grande porte. Puis, le 27 août de l'année suivante, ce fut la signature du Concordat qui scellait les responsabilités respectives de l'Église et de l'État. Les hommes et les institutions ne peuvent vivre que d'élévation spirituelle, et l'Église, en acceptant que l'État nomme les chefs ecclésiastiques, recevait ces avantages déterminants : soutien économique (presque une subvention complète), droit exclusif au prosélytisme religieux puisque les autres confessions n'étaient pas reconnues, exemption du service militaire pour les clercs, liberté de créer ses propres centres d'enseignement, ainsi que contrôle à discrétion sur la moralité et la bonne conduite. Commentant devant les

Cortes le 26 octobre 1953 ce pacte qui fut jugé dans le monde entier comme un soutien capital apporté à mon régime, j'affirmai notamment : « Dans l'étape historique qu'ouvre aujourd'hui la ratification solennelle de ce Concordat, l'Église disposera non seulement de toute la liberté que nécessitent ses buts sacrés, mais aussi de toute l'aide indispensable à son plein développement. »

Azaña, votre détesté Azaña, offrait dans ses Mémoires, rédigés en octobre 1937, le diagnostic suivant à propos du franquisme à venir : « ... Si un mouvement autoritaire triomphait de la République, nous retomberions dans une dictature militaire et ecclésiastique typique de la tradition espagnole, et cela malgré tous leurs mots d'ordre et tous les noms ronflants dont ils s'affublent. Sabres, chasubles, défilés militaires et pèlerinages à la Vierge del Pilar : avec eux, le pays y va tout droit. » Mais au conservatisme traditionnel vous avez ajouté à votre convenance une liturgie postfasciste, une bureaucratie fasciste au sort entièrement lié à celui du régime, la sollicitude du capitalisme international retranché dans la guerre froide, et la complicité de la vieille et de la nouvelle droite ainsi que des masses traumatisées par le conflit de 1936.

Que les accords avec les États-Unis aient été signés un mois après le Concordat peut paraître relever d'une miraculeuse coïncidence, mais c'était aussi le fruit de deux années de négociations qui nous avaient permis de mettre au point les accords et de nous gagner des soutiens au sein d'une administration américaine encore fortement contrôlée par des éléments franc-maçons et procommunistes, ainsi que le démontra précisément à ce moment le sénateur McCarthy, décidé à nettoyer de la présence rouge tous les appareils du pouvoir politique et culturel américain.

Il fallait donc vaincre des résistances là-bas, mais aussi chez nous où les nostalgiques du nazisme et les partisans d'une Europe anti-yankee, eux aussi d'inspiration fasciste, s'entêtaient à voir dans les États-Unis notre ennemi naturel. Les plus hostiles se retrouvaient chez les phalangistes dits « authentiques ». En vérité, les Américains ne nous avaient demandé aucune contre-partie : seule comptait pour eux notre participation à leur dispositif défensif face à l'expansionnisme communiste, cette ligne Ratford qui formait un cercle compact de bases militaires autour de l'URSS avec le Maroc, l'Espagne, l'Italie, la Grèce, la Libye, la Turquie, l'Irak, le Pakistan, la Thaïlande, les Philippines et le Japon. Pour nous, qui n'avions plus que le Portugal comme allié, le pacte avec les États-Unis avait l'insigne avantage de nous placer au sein de l'alliance anticommuniste occidentale sans que nous ayons besoin d'entrer dans l'OTAN, et de nous faciliter des crédits pour rénover notre machine de guerre vieillissante. Mais ce qui comptait surtout, c'était l'aval moral qu'il donnait à notre Croisade : si le Concordat sanctifiait l'essence catholique et universaliste du Mouvement, l'accord avec les États-Unis nous plaçait sous la protection du parrain de l'Occident. L'Église fournissait le dais, les États-Unis le para-pluie : nous étions enfin à couvert. Dans ce contexte, nous n'avions pas à regretter le milliard de pesetas que nous avions consacré à l'installation des bases conjointes hispano-améri-caines qui, outre leur fonction militaire, servaient parfois de relais pour la propagande radiophonique anticommuniste uni-verselle de la « Voix de l'Amérique ». Plus, les Américains nous fournirent des équipements modernes capables de brouiller les émissions anti-espagnoles venant de l'étranger, non seulement des États communistes mais aussi de pays comme la France et l'Angleterre, dont les ambassadeurs se trouvaient pourtant à Madrid.

Le revers de la médaille fut que l'ambassade américaine à Madrid abrita bientôt des douzaines de fonctionnaires de la CIA. Blas Pérez, qui les surveillait de près, constatait avec ironie qu'ils étaient plus nombreux chez nous que les agents judéo-maçons. Mais je me rendis vite compte que les Américains parlaient plus qu'ils n'agissaient, puisque leurs fameux commandos qu'ils avaient déployés à travers l'Europe pour intervenir de l'autre côté du rideau de fer en cas de soulèvements populaires brillèrent par leur absence aussi bien durant les révoltes polo-naise et hongroise de 1956 contre l'occupation soviétique que plus tard, lorsque les Russes envahirent la Tchécoslovaquie

après le tragi-comique « Printemps de Prague », absurde tenta-
tive d'inventer un socialisme « à visage humain ».

Toutes les larmes de votre corps vous avez pleuré, dirai-je
comme dans une goualante, à cause de l'occupation de Gibraltar
par les Britanniques, qui, à vous entendre, bafouait l'honneur du
dernier des sujets espagnols. Et brusquement voilà que vous
cédez aux Américains un chapelet de Gibraltar intérieurs au sein
desquels vos militaires n'étaient plus que des statues, du
Commandeur si l'on veut. En 1970, une évaluation des possessions américaines en Espagne, exemptées d'impôt s'entend,
donnait ainsi : Rota (Cadix), 2 400 hectares, 2 700 hommes,
passe pour être la deuxième forteresse aéronavale américaine
à l'étranger, avec 11 sous-marins Polaris contre 14 à la base
écossaise de Holy Loch ; coût estimé à 5,530 milliards de pesetas.
Torrejón de Ardoz (Madrid) : 1 320 hectares, 3 600 hommes,
QG de la 16ᵉ flotte aérienne des États-Unis. Plus longue piste
d'atterrissage d'Europe. Coût : 4,340 milliards de pesetas. Morón
de la Frontera (Séville) : environ 1 000 hectares, 700 hommes.
Base de départ des avions ravitailleurs servant les appareils
américains en Méditerranée. Coût : 2,380 milliards. Saragosse :
actuellement non opérationnelle. 1 800 hectares, installations
pour 900 hommes. Coût : 2,5 milliards. A citer encore : installations navales permanentes à El Ferrol et Carthagène, quais
réservés à Barcelone et Cadix, ainsi que 16 points relais stratégiques, bases, centres de contrôle spatial, observatoires divers,
un réseau de communication et d'alerte mis en œuvre par
7 000 à 8 000 hommes, techniciens et militaires dont dépend,
entre les secteurs nord-européens et sud-est de l'OTAN, celui de
la Méditerranée.

Toutes ces bases, étant donné leur importance stratégique,
étaient de véritables îlots entièrement autosuffisants. La nourriture et autres produits de consommation courante pour les
soldats américains affectés aux grandes bases comme celle de
Torrejón arrivaient chaque jour directement de New York, et
une station de radio se chargeait spécialement du moral des
troupes, avec chansons et bulletins d'information en langue
anglaise. Enfin, malgré toutes les déclarations solennelles à ce

sujet, la chute accidentelle d'une bombe nucléaire à Palomares (Murcie) en 1965 révéla que nos alliés avaient été autorisés à entreposer des armements atomiques en Espagne, ou du moins à en équiper les avions qui nous survolaient.

Sur le plan intérieur, j'entendais les uns m'encourager à cimenter le déploiement institutionnel du régime, les autres à favoriser clairement la succession monarchique. Pour moi, les lois étaient établies et on ne peut plus claires, mais, pour dissiper tout malentendu possible, je convins avec don Juan de Bourbon de nous rencontrer le 29 décembre 1954 au palais de las Cabezas, en Estrémadure. Six ans s'étaient écoulés depuis que je l'avais reçu sur l'Azor, dans le golfe de Gascogne, pour déjouer la conspiration socialo-monarchiste du pacte de Saint-Jean-de-Luz. Ce fut lui qui arriva le premier sur les lieux de notre rencontre ; dès qu'il me vit, il alla vers moi et nous échangeâmes une longue accolade sous les yeux satisfaits des principaux témoins. Dès le moment des apéritifs, j'adressai un message éducatif en ne prenant qu'une citronnade, d'abord parce que je ne bois presque jamais d'alcool et puis pour me démarquer de don Juan et de ses hommes de confiance qui consommaient force vins et spiritueux, contrairement à mes propres collaborateurs. Nous parlâmes de chasse, des campagnes d'Afrique, de l'aventure aérienne qui faillit me coûter la vie pendant la Guerre civile et que je vous ai déjà contée. Enfin, dans la soirée, devant la cheminée où crépitaient les bûches, nous entrâmes dans le vif du sujet. Au bout de quelques heures, avant de nous séparer, nous arrêtâmes le texte d'une déclaration conjointe qui fut ensuite publiée par la presse, suscitant des interrogations peut-être exagérées : il y était dit que le fils aîné de don Juan, ayant déjà passé son baccalauréat, poursuivrait ses études en Espagne « pour servir au mieux la patrie selon le rang qu'il occupe dans la dynastie » d'après un programme approuvé par son père et par moi-même, et que l'infant don Alfonso continuerait lui aussi ses études secondaires en Espagne.

Mais, vous demanderez-vous, qu'y avait-il derrière ces brèves indications ? Tout bonnement une franche conversation qui me permit de lui dire, une fois pour toutes, qu'il n'existait pas d'autre légitimité que celle de notre Mouvement, point de passage obligé de toute solution monarchique de même que la reconnaissance de mon rôle intégrateur et unificateur de ce même Mouvement. Par la suite, je lui exposai mes atouts politiques, les accords avec les Américains, le Concordat avec le Saint-Siège, mais sans grande pertinence il tenta d'attribuer presque tout le mérite de ces succès à mon ministre des Relations extérieures, don Alberto Martín Artajo. Pourquoi lui lançait-il tant de fleurs ?

Enfin, je portai la conversation sur le sujet essentiel de notre rencontre : l'éducation du prince Juan Carlos et du jeune Alfonso qui, quelque temps après, devait par malheur décéder d'un coup de feu accidentellement tiré par son frère. Je voulus être le plus clair possible, et montrai que je possédais parfaitement ce dossier : le prince devait étudier les mathématiques dans un collège préparatoire aux académies militaires, par exemple celui des Orphelins de la Marine où l'esprit patriotique était très fervent ; ensuite, il passerait une année à l'Académie militaire centrale, six mois à l'École navale et encore six à l'Académie de l'armée de l'air afin de vivre en compagnie de nos futurs officiers, de se familiariser avec nos armements et équipements, et de s'imprégner de l'esprit de dévouement inculqué dans ces centres ; ensuite, il irait à l'université des Lettres et des Sciences pour comprendre les préoccupations des civils dans les différentes branches du savoir et de la recherche. Il devrait aussi étudier l'activité de nos syndicats, s'initier à leurs problèmes et à leurs réalisations, assimiler parfaitement le credo, les principes, l'histoire de la Phalange, recevoir une éducation religieuse très solide afin d'être bien vu par les hauts dignitaires de notre Église, fréquenter les véritables aristocrates, qui ne se définissent désormais plus par leur sang bleu mais par leur place dans la science, l'industrie, l'art de la guerre, les lettres, s'appuyer sur ceux-là et non sur des noms à particule qui ne signifient plus grand-chose... Si don Juan n'avait pas accepté ce programme, il n'aurait plus eu qu'à renoncer au trône et je me serais senti libéré de tout engagement vis-à-vis de lui : cette rupture ne m'aurait alors pas isolé, bien au contraire, car une bonne partie du Mouvement ne désirait pas la monarchie, et les phalangistes

savaient répondre au coup par coup aux prétentions des royalistes. Je n'ignorais d'ailleurs pas que des campagnes de dénigrement du prince étaient inspirées par les milieux phalangistes, y
compris des plaisanteries d'un goût douteux que me rapportaient
mes proches, notamment mon gendre Cristóbal qui se flattait
d'être le meilleur connaisseur des bons mots antifranquistes et
antimonarchistes.

C'est ainsi, presque mot pour mot, que je m'exprimai devant
don Juan : « Je promets à Votre Altesse que nous ferons de ses
fils des hommes exceptionnellement bien préparés, et d'excellents patriotes. » D'un ton amène ou bien étudié, don Juan me
répliqua que lui-même leur avait déjà appris à être de bons
patriotes, et que sur ce plan ils ne nous donneraient pas
beaucoup de peine. Il ne semblait donc pas y avoir d'objection
quant à l'éducation des princes, mais don Juan voulait parler
« de l'autre thème », c'est-à-dire de lui, de son rôle et du mien
dans le processus de ce qu'il appelait la « constitutionnalisation »
du régime. Ne voulant pas le laisser se fourvoyer, je lui parlai
avec une netteté aveuglante : « L'institutionnalisation du régime
a déjà bien commencé. Je n'ai besoin d'aucune Constitution
pour gouverner, parce que pour moi elles se valent toutes. Par
exemple, je n'aurais pas peur de gouverner avec la Constitution
de 1876. Si l'ordre et l'autorité existent, n'importe quelle
Constitution peut être bonne. Maintenant, si l'opinion publique
– ou ceux qui la font – se met dans la tête qu'il nous en faut une
nouvelle, on l'aura. Mais je ne saurais m'empêcher de considérer
son destin avec scepticisme : il pourrait bien être le même que
celui de toutes les Constitutions qu'a essayées l'Espagne, et il
n'en a pas manqué, toutes inaugurées en grande pompe mais
toutes avec un article qui expliquait comment en changer
légalement le contenu. Depuis 1812, chaque Constitution a été
annulée par la suivante, qui prenait le contre-pied de la
précédente. Quant à la représentativité réelle des Cortes ou des
conseils régionaux et municipaux, je comprends qu'elle est très
supérieure à ce que l'on en dit à Votre Altesse. Seulement, il
existe des gens pleins d'ambitions politiques qui ne veulent pas
accepter les règles d'un jeu où pourtant ils auraient leur place :
ils ne veulent pas passer par les guichets des syndicats légaux ou

*des associations du Mouvement, barrières indispensables à la
protection des rouages du système contre les ennemis de l'État.
Je serais bien fou d'ouvrir portes et fenêtres à ceux qui se
proposent de faire sauter l'édifice qu'il a coûté si cher de
construire ! Pour ce qui est de la séparation des fonctions du chef
de l'État et de celles de chef du gouvernement – ajoutais-je –, le
jour viendra où elle se produira, soit que ma santé m'y oblige,
soit que je vienne à disparaître, soit que l'évolution du régime
m'amène à en disposer ainsi. Mais tant que je serai en bonne
forme, je ne vois pas l'utilité d'un tel changement, et je dirai
même franchement à Votre Altesse que j'y vois surtout des
inconvénients : pour l'opinion espagnole, avec un chef du
gouvernement, je resterai toujours en tant que chef de l'État
responsable de tout ce qui pourrait arriver de mal, alors que le
chef du gouvernement et son équipe auront tendance à s'attribuer les points positifs, de telle sorte que mon autorité effective
et morale en serait ou en paraîtrait amoindrie. Dans le cas
contraire, l'entière responsabilité me revient et du bon et du
mauvais, car il faut de tout pour faire un monde. » J'avais eu de
bout en bout la sensation que la bataille pour le contrôle sur
l'éducation du prince, pour le soustraire aux mauvaises
influences de l'Estoril, était gagnée.*

Parmi les témoins de cette rencontre figurait don José María
Ramón de Sampedro, collaborateur d'un collaborateur de don
Juan, qui révéla à Sainz Rodríguez le contenu exact de ce qui
s'était dit lors de cette rencontre, et surtout de ce que vous aviez
dit, Général, car vous aviez donné ce jour-là dans la logomachie,
infligeant des maux de tête inguérissables au prétendant et à ses
aides : chasse, pêche, histoire de l'Espagne, histoire de l'armée,
le pourquoi et le comment de votre mission, plats idéologiques
que vous nous aviez déjà maintes fois servis, et encore vos
théories économiques sur la peseta, les devises, Calvo Sotelo,
Primo de Rivera... « Non, non, le père de Votre Altesse n'est
pas tombé à cause de la chute de Primo de Rivera mais à cause
de celle de la peseta. » Mais alors que vos malheureux auditeurs
croyaient que vous alliez enfin lever le pied, retourner à votre
trône de roi sans couronne en ayant une nouvelle fois privé de

l'espoir de couronne les tempes de don Juan, vous vous êtes incrusté pour leur imposer vos âneries fortement argumentées sur les remarquables perspectives économiques de l'Espagne, en 1954, Général, à deux ou trois ans de la faillite de 1956 et 1957, et... grâce à quoi? A la découverte de fabuleux gisements de phosphates au Sahara espagnol, par la vertu desquels «la balance commerciale espagnole connaîtra des bénéfices consolidés permanents quand leur exploitation aura atteint le niveau maximal normalement prévisible... ». Vous faisiez penser au journaliste du NO-DO quand vous aviez ajouté : «Alors, les États-Unis devront s'entendre directement avec l'Espagne s'ils veulent rester " cotés " sur le marché international des phosphates. » Ce qui avait laissé dans une stupéfaction douce-amère les bénéficiaires de cette conférence, en premier lieu don Juan qui était resté à ruminer les trois ou quatre arguments qu'il avait préparés pour l'occasion et mis au point avec ses conseillers «pour que Franco n'ait pas d'autre solution que de se s'y soumettre ».

Je dois reconnaître que don Juan avait cédé son bien le plus précieux en la personne de son fils, au-delà des critères sentimentaux : ce dernier personnifiait sa conception de la légitimité monarchique. Non, ce n'était pas un engagement à la légère, et c'est pourquoi je pris soin de l'éducation du prince comme s'il s'était agi de l'héritier de la dynastie des Bourbons et de la Croisade de libération. L'attention avec laquelle je sélectionnai ses précepteurs ou ses compagnons de travail et de jeux n'eut d'égale que celle apportée au choix des matières qu'il devrait étudier, car une formation militaire lui était indispensable au cas où il serait reconnu un jour comme le chef incontesté de nos armées. Mathématiques, donc, beaucoup de mathématiques puisque la science militaire moderne l'exige, éducation physique aussi, et histoire de l'Espagne, afin qu'il apprenne à l'aimer et à la servir.

Au début de ce programme, Carrero Blanco était celui qui se montrait le plus pessimiste, estimant que la monarchie en exil, celle qu'incarnait l'infant Juan Carlos, était trop sous l'influence de francs-maçons et assimilés. Alors que je commentais cette objection lors d'une réunion de famille, elle me revint comme un boomerang quand ma fille me reprocha de laisser le photographe Campúa travailler en exclusivité au Pardo : « Ce petit franc-maçon était à l'Estoril, au premier rang, à applaudir don Juan comme il ne t'a jamais applaudi. Je ne sais pas pourquoi tu le gardes. Dans quel camp est-il ? » Il est vrai que Campúa était fiché comme tel, qu'il avait même été condamné pour ses activités, mais bon, ses photos me plaisaient, elles sont les seules sur lesquelles je peux me reconnaître. En plus, Campúa m'avait juré plus de deux cents fois qu'il n'avait aucun lien organique avec la franc-maçonnerie : « Simple péché de jeunesse, Excellence, et par altruisme encore ! » Si l'on ne commet pas de péchés dans sa jeunesse, quand alors ? J'ai vérifié qu'il avait été correctement châtié, et donc purifié, mais dans mon entourage je remarquais une psychose anti-Campúa grandissante, le moindre de ses gestes étant interprété négativement devant moi : par exemple, qu'est-ce que Campúa est allé faire à Cuba où il représentait nos arts graphiques ? Je ne pense pas qu'il y ait rempli une mission franc-maçonne, d'ailleurs les francs-maçons les plus dangereux sont ceux que personne ne croit tels. J'ai su qu'il en avait été ainsi avec le duc d'Albe, le général Aranda, l'infant don Alfonso, Queipo de Llano, mon instable frère Ramón... Mais ils étaient maçons comme d'autres portent des tatouages, pour se distinguer, pour satisfaire ce snobisme malsain qui accompagne habituellement les époques de décadence. Ma lutte contre la franc-maçonnerie avait été si implacable que les tribunaux n'avaient quasiment plus personne à condamner. Je ne veux pas dire pour autant que la franc-maçonnerie ne tentait pas de relever la tête, notamment au sein de l'Université. La création du Mouvement avait exposé à la lumière toute la saleté charriée par les loges, permettant de découvrir comment coexistaient deux organisations universitaires, connues dans le jargon franc-maçon sous les noms de « FUE externe » et « FUE interne » : la première, publique, était la Fédération universitaire des étudiants qui regroupait la majorité du milieu étudiant, la seconde, secrète, constituée par les principaux cadres et militants de la franc-maçonnerie, recevait ses consignes du Grand Orient d'Espagne, et manipulait ses camarades de la «FUE externe». Ce type d'organisation s'est ensuite transplanté dans plusieurs pays sud-américains, où des formations clandestines à la discipline franc-maçonne existent encore aujourd'hui.

On a beaucoup exagéré la quarantaine à laquelle notre régime a soumis ces intellectuels sans doute talentueux qui, maçons ou non, avaient fait le jeu de la franc-maçonnerie en soutenant la République. Ayant survécu au dramatique affrontement de la guerre, ils avaient profité du ressac des passions pour rentrer dans leur patrie. Les plus connus, comme Azorín*, Pío Baroja*, Pérez de Ayala, Marañón, Ortega y Gasset, non seulement ne furent pas poursuivis en justice mais purent même continuer leur travail, avec certaines restrictions toutefois, comme dans le cas d'Ortega y Gasset, auquel il n'aurait pas été opportun de redonner sa chaire lorsqu'il revint à Madrid en 1945. Lui-même le prouva un an plus tard quand, bien que couvert d'éloges par notre presse, il eut l'audace de déclarer lors d'une conférence qu'il ne savait faire la différence entre la bonne et la mauvaise politique. On lui répondit qu'apprendre à la faire nous avait coûté un million de morts.

Ortega avait été le père spirituel d'un trop grand nombre de causes, c'était un emblème brandi aussi bien par les phalangistes que par les libéraux en raison de l'ambiguïté, que d'aucuns appelaient subtilité, de sa pensée. Personne ne l'empêcha de sillonner l'Amérique et l'Europe pour tenir des conférences, ni de créer un Institut de sciences humaines où tous ceux qui le voulaient pouvaient aller l'entendre, et s'il fut empêché de reprendre la publication de la Revista de Occidente c'était parce que ce titre était devenu dans le passé le porte-voix des héritiers spirituels de l'enseignement libre puis, dans les années quarante et cinquante, le refuge des épigones les plus radicaux des idées ortéguistes. En 1955, j'eus à déplorer sa mort, car tout chef d'État doit regretter la disparition de l'un des fils les plus illustres de la patrie, mais je fus extrêmement mécontent de voir son enterrement se transformer sournoisement en manifestation antifranquiste, avec en tête une rébellion estudiantine à Madrid, prélude aux événements de 1956. Il était arrivé à Ortega la même chose qu'à nombre de ces intellectuels qui, à force de *jongler avec l'athéisme et le républicanisme, finissent par se prendre pour des dieux et rêver de devenir un jour président de la République, puisque leur généalogie ne leur permet pas d'être rois. Avec une prétention parfois choquante, Ortega se conduisait comme un caudillo intellectuel. D'un caractère différent, Miguel de Unamuno était un provocateur et un excentrique que j'avais quelque peu fréquenté au début de la guerre, avant son accrochage avec Millán Astray. Il était venu me demander de ne pas bombarder Bilbao parce qu'il y possédait deux maisons qu'il ne voulait pas voir détruites. Je lui avais répondu que je ferais ce que je pourrais, sans même mentionner que j'étais au courant de l'activité de deux de ses fils, impliqués directement dans la défense de Madrid, du côté des républicains.*

En fin de compte, comme toute la génération de 98, Ortega et Unamuno, dans leur désir de régénérer l'Espagne, s'étaient fourvoyés en s'éloignant de l'esprit catholique du pays. Des protestations intégristes s'élevaient régulièrement contre eux au nom du Concordat, beaucoup de responsables ecclésiastiques essayèrent d'obtenir une condamnation explicite, politique et religieuse, de certaines œuvres d'Ortega, d'Unamuno ou de Baroja, et il y eut même un dominicain de Salamanque, le père Ramírez, pour demander l'excommunication posthume ou immédiate des deux premiers. Mais vivants ou morts, il suffisait de les soumettre à un certain contrôle.

Je n'avais pas été en mesure de participer à la relative effervescence qui se produisit à l'occasion de l'enterrement d'Ortega : comme le directeur de l'académie où je donnais des cours d'histoire, de latin, de sciences de l'univers et de géographie humaine était tombé malade, mes heures de travail avaient augmenté. Mais j'ai assisté par la suite aux réunions de l'opposition universitaire où l'on analysait avec enthousiasme la complicité démocratique interclassiste qui s'était manifestée durant l'enterrement et au cours des éloges funéraires du philosophe. C'est au cours de l'une d'entre elles que je fis la connaissance de Múgica Herzog, visiblement le supérieur d'Amescua dans la hiérarchie militante puisque, quand il parlait, certes avec un accent et sans rouler les « r », ce dernier observait un silence respectueux. Là se trouvaient Javier Pradera, López Pacheco, un jeune étudiant nommé Sánchez Dragó et d'autres encore dont j'appris l'identité au fur et à mesure. Nous discutions de l'incapacité du franquisme à récupérer la pensée d'Ortega. Pradera se référait souvent à des articles de la revue *Indice* où se décelait entre les lignes une timide lecture libérale d'Ortega face à celle, autoritariste et « organique », qu'en avait faite la Phalange. Amescua m'encourageait à intervenir, mais j'avais beau rechercher des formules abstraites pour répliquer à Pradera, il ne me venait que des observations trop concrètes. En tout cas, je ressortais enthousiasmé de ces réunions, enthousiasmé par l'extension irrésistible de la communion des saints, ou des saints en communion.

Les inconvénients qu'aurait pu causer tout ce « bruit » libéral autour de la mort d'Ortega furent amplement compensés par l'admission de notre régime au sein des Nations unies. De plus, le jour même où l'Espagne entrait à l'ONU, ce 15 décembre 1955, le prince Juan Carlos prêta serment dans la cour de l'Académie militaire centrale de Saragosse que j'avais rouverte : simultanément, les murailles internationales dressées contre nous tombaient pour de bon, et l'héritier présumé de la couronne se soumettait à la logique de l'armée qui avait gagné la Croisade, subtile constatation que le ministre des Armées Muñoz Grandes, qui assistait à la cérémonie, ne put ou ne voulut ou ne sut pas faire, puisqu'il ne mentionna même pas la présence du prince dans son discours... Comme il est juste, le dicton qui proclame : Je me charge de mes ennemis, mais que Dieu me protège de mes amis !

Dans un contexte aussi favorable, après toutes ces tensions je pensai que je pouvais me reposer, profiter de la compagnie des rares amis que je conservais depuis l'enfance, m'occuper de mes propriétés, notamment de celle que j'avais acquise grâce aux bons soins de Pepe Sanchís. Pour acheter ce véritable paradis situé au kilomètre 21 de la route d'Estrémadure, ma résistance avait été assouplie par les miracles que savait accomplir Sanchís en matière d'économie, et par les conseils de Carmen : « Crois-moi, laisse faire Sanchís. Cet homme transforme en or tout ce qu'il touche. » Qui aurait prédit que cette finca allait devenir la passion de ma maturité, que j'allais y passer tant de soirées et y retrouver les réflexes et les satisfactions de l'intendant que j'avais découvert en moi durant mes années africaines, tenant personnellement les comptes du premier sac de grain et du dernier litre de lait sorti des mamelles de chacune de mes vaches ?

Il est vrai que j'ai toujours aimé me sentir responsable de la terre que je foulais, surtout si je l'avais reçue en héritage et si elle venait élargir mon patrimoine. A la mort de mon beau-père, Carmen avait hérité de « La Piniella », belle propriété couverte d'arbres fruitiers, de pommiers notamment, mais si mal entretenue que les arbres semblaient rachitiques et que leurs fruits inspiraient la compassion plutôt que l'appétit. L'ingénieur en chef du service agronomique d'Oviedo que j'avais convoqué émit son verdict : « C'est à cause d'un champignon », et il me tendit... appelons ça une ordonnance, pour un produit qui se fabriquait à Barcelone et qui devrait liquider la maladie. Il n'en fut rien et, un an plus tard, toujours préoccupé par le sort de mes pommiers, je finis par apprendre d'un voisin qu'il y avait à Infestio un agriculteur dont ces arbres étaient la spécialité. Un dimanche, je partis à sa recherche, le ramenai à la propriété, lui montrai les pommiers en lui répétant le diagnostic de l'ingénieur : « Le champignon, ils répètent toujours ça. Ils s'y connaissent peut-être beaucoup en champignons, mais en pommiers, rien du tout. Ce qui vous arrive, c'est qu'ils sont plantés trop serré. » Et sans vraiment m'en demander la permission il s'empara d'une hache pour abattre un pommier sur deux. Un an plus tard, je disposais d'un verger qui faisait plaisir à voir et que tous les voisins venaient contempler en se signant devant un tel miracle. Morale de cette petite histoire : on est parfois plus savant en restant en contact avec la vie et avec l'Histoire qu'en apprenant l'une comme l'autre dans les livres.

J'aimais également superviser l'entretien et l'extension des constructions situées sur mes terres, une habitude qui n'était pas née durant le lent développement du projet de la Vallée des Martyrs mais qui provenait d'un certain don naturel que j'avais mis en pratique pour les constructions d'urgence lors des campagnes militaires, puis exercé en supervisant les travaux de la Vallée des Martyrs et de la restauration du manoir de Meirás, notablement amélioré grâce aux matériaux de récupération provenant d'une noble demeure à peu près tombée en ruine, le manoir du Dodro. Arrese, l'architecte, s'émerveillait toujours devant mes connaissances en matière d'architecture : « Mon général, ce n'est pas de construire une maison neuve qui est difficile, c'est de faire ce que vous avez fait avec le manoir, de " refaire ce qui a déjà été fait ". »

Je supportais avec une patience de saint la rumeur jalouse, qui prenait souvent la forme d'un rappel amical à « la réalité » ayant pour but de créer dans mon esprit confusion et malaise. Quand ce n'était pas une conspiration qui était invoquée, c'étaient la mauvaise humeur du peuple ou la corruption de mon entourage, ces dernières calomnies visant en premier lieu la famille de mon gendre, un jeu vicieux auquel se prenaient parfois jusqu'à mes propres frères et sœur ou des hommes aussi dévoués que Pacón, Girón, Vicentón, Arrese, voire Martínez Fuset qui, malgré sa confortable retraite aux Canaries, se croyait obligé de venir me trouver de temps à autre pour me servir le couplet des profiteurs qui se servaient de leurs relations avec moi, fussent-elles par alliance, pour prospérer et mener de juteuses affaires. Pour ma part, je lui ai répondu : « Et les vôtres, d'affaires, Fuset, comment va ? » « Mais je n'en ai pas, Excellence. » « Eh bien, c'est malheureux, parce que si c'est vrai personne ne le croira. » Comment n'aurait-il pas d'affaires, un notaire si proche du pouvoir, que j'avais laissé agir en fermant les yeux, estimant que ceux qui s'étaient sacrifiés pour la Croisade méritaient quelque compensation matérielle ? Ce que je ne revendiquais pas pour moi, je savais que je devais le tolérer chez les autres. Leurs faiblesses faisaient ma force.

Franco Salgado-Araujo Pacón, votre cousin et de surcroît secrétaire, a un souvenir fort différent de cette démarche : « 23 novembre 1954. Déjeuner avec Martínez Fuset. C'est un homme intègre et énergique, entièrement dévoué au Caudillo, d'une qualité assez extraordinaire pour avoir occupé un poste si élevé sans l'avoir voulu. Il m'a raconté bien des choses, que j'avais déjà entendues pour certaines mais qui, venant de lui, de quelqu'un de si sérieux et consciencieux, me semblent absolument incontestables. Il s'agit chaque fois d'individus qui profitent de leurs charges officielles pour faire des affaires, parfois de la contrebande, en se réfugiant derrière les influences pour ne pas être inquiétés au cas où ils viendraient à être découverts. Fuset dit qu'il a cherché à en informer le Caudillo, mais que ce dernier n'a pas du tout voulu l'écouter et qu'il a changé de conversation. Franco croit dur comme fer que ce sont des racontars auxquels nous prêtons crédit parce que nous sommes insatisfaits, ou bien il ne veut rien savoir parce qu'il est en fait au courant, ou parce qu'il est trop de bonne foi, ou encore parce qu'il lui est plus facile de faire la sourde oreille. En tout cas, si c'est pour cette dernière raison, l'aveuglement dont il fait preuve est aussi grand que dangereux. » Des années plus tard, un des ministres qui avait été écarté du saint des saints du pouvoir au moment même où s'accélérait votre décrépitude et où le « clan du Pardo » vous mettait quasiment sous séquestre, devait confesser : « Cependant, il est vrai que Franco non seulement ne s'est pas entouré d'ascètes, de moines ayant fait vœu de pauvreté et de personnes aussi désintéressées que lui, mais qu'il a utilisé toutes sortes d'hommes, ceux que le pays produisait, sans pour autant renoncer aux attitudes puritaines et à une infinie condescendance envers ce qui était à ses yeux des péchés incompréhensibles et cependant odieux. Cet homme incorruptible, qui méprisait des appétits aussi communs mais qui était entouré de personnages ne pensant qu'à faire leur beurre, et qui était parfois obligé de traiter avec eux, constituait un spectacle fascinant. »

A mes débuts de chef d'État, j'avais eu besoin de consulter des hommes comme Serrano Suñer pour former mes Conseils des ministres, mais dès la fin de la Croisade, et jusqu'au moment où je confiai la direction du gouvernement à Carrero Blanco, en 1973, c'est-à-dire pendant trente-quatre ans, je ne m'en remis qu'à moi, avec l'avis de Carrero Blanco, pour définir leur composition. De ce fait, les spéculations qui entouraient chacun des remaniements ministériels, nourries par l'impression qui persista parmi les civils que notre régime demeurait transitoire, encourageaient souvent les autres à tenter de me soutirer des confidences. Même ma sœur Pilar, qu'en vérité je vois de moins en moins, arrivait et me lançait : « Dis donc, d'après les cancans, il va y avoir un changement de gouvernement. » « Ah bon ? Moi, en tout cas, je n'ai rien entendu ! » On a aussi beaucoup exagéré la manière dont je congédiais mes ministres, les en avisant par un simple avis transmis par un motard qui, dans les potins, finit par acquérir la silhouette de l'Ange exterminateur. Habituellement, ce télégramme pouvait surprendre le ministre limogé mais il venait presque toujours confirmer une impression déjà existante et des rumeurs déjà bien précises. Dans ce pays, allez essayer de garder un secret ! J'ai en tout cas respecté scrupuleusement cette autonomie de décision quand Carrero Blanco a pris en charge le gouvernement en 1973, ne le conseillant que lors de la nomination à l'Intérieur d'Arias Navarro, très bien vu par Carmen et par ma fille.

Avec le temps et l'expérience, le rituel des Conseils des ministres finit par être aussi immuable que la liturgie de la sainte messe. Au cours des vingt premières années, les réunions pouvaient durer une journée entière, et s'achever tard dans la nuit. Ensuite, je les déplaçai en matinée et elles se firent plus courtes, peut-être parce que les nouveaux ministres, plus jeunes, s'exprimaient plus sobrement et plus efficacement ou parce que ma propre expérience et ma mémoire effaçaient leurs responsabilités autant que leurs absences. C'était pour moi, qui ai toujours apprécié la concision, une véritable torture d'entendre les interminables exposés de Camilo Alfonso Vega, à tel point qu'un jour, n'y tenant plus, je lui dis : « Pour chronométrer tes interventions, Camilo, on va t'apporter un sablier. » Je recevais les ministres debout, en costume civil, et leur serrais la main l'un après l'autre. Ensuite, ils s'asseyaient autour de la table de la salle à manger d'honneur du palais. A ma droite, s'installait le rapporteur si un point spécifique était inscrit à l'ordre du jour, la réunion débutant toujours par une intervention où j'exposais les questions essentielles que nous devions traiter. Puis commençaient les interventions qui s'interrompaient à deux heures et quart, quand j'allais déjeuner en famille et que les ministres avaient quartier libre jusqu'à cinq heures. Le soir, je repartais dîner avec les miens tandis que mes collaborateurs prenaient debout une collation simple afin de garder les idées claires pour la dernière partie de la réunion.

Au cours des Conseils des ministres, je ne me suis jamais levé une seule fois, j'insiste, pas une seule fois, même pour satisfaire certains besoins physiologiques. En revanche, les ministres s'absentaient parfois pour cette raison ou pour aller fumer une cigarette, car je ne tolérais pas que l'on fume en ma présence, à deux exceptions près : don Natalio Rivas, qui fumait des cigarillos pestilentiels mais que je m'étais habitué à voir agir de la sorte depuis les années vingt, et le prince d'Espagne, car ce n'était pas à moi de corriger d'un vice le petit-fils d'Alphonse XIII. Celui qui souffrait le plus de cette interdiction était Agustín Muñoz Grandes, qui passait de longs moments dans l'antichambre à fumer et à tendre l'oreille pour ne pas perdre ce qui se disait au salon. Les autres souffraient aussi, mais n'osaient pas sortir. Pour les calmer un peu, je fis retirer les cendriers de la pièce.

Mes habitudes de chef d'État et de gouvernement devinrent si rituelles qu'elles finirent par s'intégrer à la mécanique de mon existence et de la vie du pays. L'après-midi, cinq jours par semaine, j'avais des consultations avec les ministres, et chaque jeudi matin avec Carrero Blanco. Lui et moi, nous nous étions tellement identifiés l'un à l'autre qu'il suffisait d'un regard de ma part et d'un mouvement de sourcils de la sienne pour que tout devienne clair. Les ministres entraient dans mon bureau par la porte de service, une porte blindée qui ne s'ouvrait que du dehors avec une clef que conservait le chambellan de service. Celui-ci annonçait le ministre à l'entrée puis le conduisait devant moi, le visiteur se courbait plus ou moins, ou esquissait le geste, inclinait la tête, et je lui tendais ma main à serrer. Comme ils arrivaient chargés de documents et de circonvolutions, je gardais une certaine réserve pour les laisser reprendre leurs esprits avant de se lancer dans l'exposition de leurs plaintes. Car ils se plaignaient toujours, à part les plus énergiques qui venaient aussi avec leurs doléances, mais déjà résolues. Parfois, il me plaisait de les désarçonner, par exemple en leur opposant le contraire de ce qu'ils venaient de me dire : s'ils prenaient peur, cela signifiait qu'ils n'étaient pas sûrs de leurs positions ; en revanche, s'ils restaient fermes, alors je les félicitais chaleureusement. J'aimais particulièrement pousser dans leurs derniers retranchements ceux que je pensais être les plus sûrs d'eux-mêmes, comme López Rodó à qui je lançai un jour : « Dites donc, López Rodó, vous y comprenez quelque chose, à ce syndicat vertical ? Moi, je n'ai jamais pu y arriver : comme s'il n'y avait pas toujours des hommes pour être en haut et d'autres pour être en bas ! » Et lui de se tordre de rire... Mais ensuite il me donna une explication très pertinente de la nature de notre syndicalisme pyramidal, hiérarchisé, unificateur du capital et du travail.

Pour m'entretenir à bâtons rompus avec mes ministres, je préférais une petite table d'environ soixante centimètres de large perpendiculaire à mon bureau qui établissait une plus grande intimité et me permettait de détecter dans leur regard la moindre double intention, de même qu'ils pouvaient ainsi mieux percevoir l'intérêt et le respect que je réservais à tous les sujets, fussent-ils en apparence des plus marginaux. Les palais des Bourbons sont peu lumineux, il fallait donc habituellement allumer la lampe de bureau sur la petite table, et plus d'un ministre, face à l'acuité de mes questions et pour dissiper sa propre tension, car pour ma part j'étais très calme, pouvait s'exclamer : « Excellence, vous êtes en train de me soumettre à un interrogatoire au troisième degré ! » Cette expression familière, sans doute apprise dans les films de gangsters, s'appliquait aux interrogatoires policiers les plus sévères. Et moi, je répondais, invariablement : « Quoi, mais nous n'avons pas encore passé le premier ! » Ils trouvaient cela très drôle. La fonction crée l'organe, et fonde un individu. Je dois certes avouer que mon expérience à la tête de soldats ne m'a aucunement servi avec les civils ; les soldats, il faut les rassurer tout en exigeant d'eux une obéissance aveugle, alors qu'il s'agit de ne donner aucun répit aux ministres, de ne jamais les laisser se sentir en pleine confiance. En ce qui me concerne, je n'ai presque jamais limogé mes ministres : je les ai remplacés. Les seuls cas de limogeage, immédiat et sans appel, ont été ceux de Ruíz Jímenez et de Fernández Cuesta à cause de la violente crise universitaire de 1956 dont je vais parler, ainsi que celui de Pío Cabanillas, ministre de l'Information et du Tourisme en 1974, quand les débordements de la presse lui coûtèrent son poste.

Nous avions vaincu la conjuration communiste de Barcelone en 1951, mais cinq ans plus tard une nouvelle et difficile épreuve nous attendait, cette fois venue du monde estudiantin, pourtant particulièrement choyé par notre régime et composé majoritairement d'enfants des classes aisées. Alors que des étudiants phalangistes du SEU apposaient une plaque commémorative sur la tombe de Matías Montero, protomartyr du phalangisme universitaire, une algarade se produisit avec des étudiants du camp adverse, un coup de feu retentit et le jeune phalangiste Miguel Alvarez tomba au sol, gravement blessé. Ses camarades s'étant mis sur le pied de guerre, la capitainerie générale de Madrid les prévint que s'ils descendaient dans la rue l'armée saurait rétablir l'ordre. Une fois encore, tout le monde commençait à perdre son calme, comme si l'on ne croyait pas en la stabilité de notre régime. Je demandai à Pacón d'aller rendre visite au blessé, et je destituai le ministre-secrétaire général du mouvement Fernández Cuesta ainsi que le ministre de l'Éducation, Ruíz Jímenez : le premier pour n'avoir pas su mettre au pas la Phalange, et le second pour avoir donné trop d'importance à de pseudo-dirigeants étudiants libéraux qui se retrouvèrent à la tête des graves incidents de Madrid et de Barcelone, avec le soutien de prétendus artistes et intellectuels. Les événements madrilènes de 1956 n'auraient peut-être pas acquis cette résonance si certains de leurs protagonistes avaient porté d'autres noms de famille : ainsi, Miguel Sánchez Mazas, qui allait bientôt figurer parmi ceux qui prétendaient reconstituer le PSOE de l'intérieur, était le fils de l'un des penseurs de notre Croisade, Javier Pradera, membre de l'une des plus récalcitrantes dynasties traditionalistes, José María Ruíz Gallardón, rien moins que le rejeton de Tebib Arrumi, chroniqueur de la guerre d'Afrique et mon ami personnel durant si longtemps... La part prise par d'autres personnages comme l'inévitable Ridruejo, entremetteur auprès de tous ces jeunes, Múgica Herzog, communiste, juif et basque, ou Ramón Tamames, fils d'un républicain sanctionné, ou encore Bardem, réalisateur de cinéma probablement commu-

niste et enfant d'acteurs comiques, me surprit moins, mais le
temps m'apprit à ne plus m'étonner du tout lorsque, dans les
années soixante-dix, des noms illustres de la Croisade commen-
cèrent à être associés à des groupes de gauche, voire au Parti
communiste : ainsi le fils d'Elola Olaso, phalangiste de la
première heure et dirigeant de nos affaires sportives, qui s'était
retrouvé dans une drôle de secte catholico-marxiste, ou de celui
de notre ministre de l'Air, Daniel Lacalle, qui exerçait des
responsabilités au sein du Parti communiste... Aujourd'hui, la
liste n'en finirait plus de ces fils (et filles !) de hauts dignitaires de
notre régime qui militent dans les rangs communistes ou qui sont
les compagnons de route du Parti. Malgré les enseignements
encore récents de la guerre, le plus préoccupant des événements
de Barcelone de 1956 fut le ralliement massif des étudiants à la
révolte et la complicité de certains cadres du SEU avec les
minorités gauchistes et séparatistes.

En 1956, j'avais vingt-sept ans, je militais dans la Fédération
étudiante du Parti communiste espagnol depuis un an, même si
nous savions pertinemment que, pour le Parti, l'unique sujet de
changement historique était la classe ouvrière : nous, il ne nous
restait plus qu'à nous déclasser et à nous intégrer au véritable
travail politique, ou à nous contenter de n'être que des compagnons de route. Je comprends que, si je tentais de vous
l'expliquer, vous pourriez trouver fumeux le long et complexe
voyage intellectuel qui nous avait conduits jusqu'à la lumière
marxiste, surtout compte tenu des livres minables que vous nous
permettiez de lire et de l'interdiction pesant sur le patrimoine
culturel de cette humanité fourvoyée qui n'avait pas su comprendre que vous aviez devancé l'Histoire de je ne sais combien de
siècles. En 1956, j'étais l'embryon de celui que j'ai été pendant
trente-six ans. Un communiste à l'ombre d'Amescua, de Pradera, de Sánchez Dragó, amoureux d'une étudiante en philologie sémiotique, fille d'un sous-lieutenant provisoirement décou-
ragé, qui se rapprocha toujours plus de mes positions politiques
pour finir par les laisser derrière elle, renversement de rôles
habituel lorsque les femmes s'émancipent. J'étais en dernière
année, angoissé par l'approche de l'heure de vérité, du combat

pour la vie autrement plus sérieux que mes petits boulots d'étudiant. J'avais peur de me marier et de ne pas me marier, d'être libre et de perdre ma liberté, d'être communiste et de ne pas l'être, mais quand Amescua me demanda d'entrer au Parti je dis oui en convoquant le meilleur du passé paternel, en me souvenant surtout, je ne sais pourquoi, de Matilde Landa accoudée à une fenêtre, un livre de sainte Thérèse à la main, d'un évêque franquiste s'approchant d'elle par-derrière, et puis... le saut. J'étais aussi impressionné par l'autorité morale, intellectuelle, et pourquoi pas sociale d'Amescua, si bien que la peur du ridicule, qui me poussait à payer les consommations de mes camarades pour les dissuader de croire que je me réfugiais derrière mes origines prolétariennes, me conduisit à répondre oui à Julio : si lui, un fleuron de la jeunesse dorée, plus que bourgeoise en fait, avait surmonté l'aliénation en devenant communiste, comment moi, qui appartenais à la classe sujet du changement historique, aurais-je pu m'y dérober ?

Ce choix était plus ou moins fait quand vous autres m'avez arrêté à la suite des mobilisations étudiantes de 1956. J'avais déjà couru sous la matraque des flics, mais, cette fois, le passage par les locaux de la Direction générale de la Sécurité constitua mon baptême de feu dans mes relations avec des fonctionnaires de police si savamment formés par Himmler et Blas Pérez González, en étroite collaboration. Je ne veux pas me vanter des raclées stupides qu'ils m'administrèrent pour le simple plaisir de montrer qu'ils en étaient capables et qu'ils savaient tout des antécédents de mon père, ni des heures d'insomnie auxquelles ils me contraignirent par sadisme facile. Je me souviens d'eux comme si je les voyais encore, vulgaires, congestionnés, assurés à juste titre d'être utiles à n'importe quel régime, et me traitant de coco de pacotille. Nous avons eu encore quelques occasions de nous rencontrer, la pire en 1962, lors des mouvements de solidarité avec la grève des Asturies, puis en 1977, quelques heures, après une bagarre pour exiger la légalisation du PCE. Mais cette dernière fois, rien : beaucoup d'ironie, on s'est regardés sous le nez, en se disant que l'on se reverrait bientôt. Et en effet : parmi les policiers chargés par la suite de protéger des personnalités de la nouvelle démocratie, j'ai reconnu à la télévision d'anciens et tenaces experts de la torture, simples exécutants qui n'avaient pas le raffinement de ces Conesa et Ballesteros aucunement gênés d'être devenus les anges gardiens des institutions démocratiques. La détention de 1956 a été pour moi la révélation de ma faiblesse personnelle – outre cette impuissance historique dont j'avais hérité –, mais aussi la découverte de la détermination de Julio, étrangement détaché devant les événements, peu maltraité, plus par sa famille que par la police d'ailleurs, et qui, chaque fois qu'il passait devant ma cellule et me voyait plongé dans une prostration absolue, maugréait entre ses dents : « On va voir s'ils se tirent de ce guêpier. » Vous étiez dans le guêpier, pas nous ! Quant à Lucy, déléguée du SEU et pour ainsi dire intégrée au PCE à l'époque, elle me fit apporter des boîtes de salade russe à Carabanchel dès que je ne fus plus placé en isolement total.

Le plus singulier de tous les syndicats existants était le SEU, le Syndicat espagnol universitaire, formé par les phalangistes avant la guerre pour faire pièce à la FUE républicaine, pleine de Rouges et de francs-maçons. Malheureusement, cet organisme qui aurait dû servir à inculquer discipline et loyauté aux futurs dirigeants de l'Espagne se transforma avec le temps en instrument exclusif de la Phalange, bien souvent à l'encontre des intérêts généraux du Mouvement, ce qui encouragea l'apparition des premiers regroupements illégaux monarchistes, carlistes ou favorables à la dynastie d'Alfonso. Ces trois foyers de sectarisme commencèrent à polémiquer et à s'affronter, tandis que les cellules communistes apparues dans les années cinquante profitaient de ce climat pour infiltrer le SEU, ce qui allait conduire à l'explosion de 1956 et à la progressive désintégration de ce syndicat.

Si les événements de 1956 furent graves, c'est parce qu'ils démontrèrent la faiblesse des structures du Mouvement et même de l'armée, mais aussi la fragilité d'une société qui se mettait à trembler dès qu'il se passait quelque chose. Qu'arriverait-il le jour où je ne serais plus là ? Gíron, encore ministre du Travail à cette époque, m'écrivit une lettre dans laquelle il s'étonnait justement de cette « hystérisation » de la vie politique, m'exhortait à ne tolérer aucun écart et à ne laisser aucune illusion ni aux ennemis ni aux amis trop timorés, « ... de telle sorte que la formule " Le Mouvement succède au Mouvement " trouve tout son sens ». J'avais toujours insisté sur cette idée du Mouvement succédant à lui-même, et le philosophe phalangiste Fueyo me fit remarquer un jour que j'avais ainsi corrigé et complété la pensée de Hegel, un penseur allemand qui, d'après mes informations, était un philosophe idéaliste en opposition ouverte au message chrétien, un esprit métaphysique embrouillé. Les événements de 1956 apportèrent aussi la preuve ô combien alarmante de la désertion d'une nouvelle génération issue du Mouvement, qui, semble-t-il, n'avait pas voulu de notre projet politique. Je nommai à l'Éducation Jesús Rubio, professeur et ancien combattant d'une grande loyauté, et j'eus recours une nouvelle fois à Arrese pour diriger le Mouvement, le chargeant de rédiger un projet de Loi fondamentale, tâche à laquelle il s'attela avec acharnement mais sans succès puisque son texte ne plut à personne. Je le nommai par la suite ministre du Logement, et il nous concocta un projet de constructions pharaoniques irrecevable par les caisses de l'État, tout à fait dans l'esprit des augmentations de salaire que voulut Gíron et qui scandalisa les économistes les plus raisonnables. Suivant la remarque de mon frère Nicolás selon laquelle un démagogue est plus dangereux qu'un révolutionnaire, je fus contraint de limoger Arrese, qui mit fin peu après à sa carrière politique.

Contrastant avec ces errements intérieurs, il était plaisant de regarder la scène internationale du point de vue d'un État reconnu et accepté par tous, membre de l'ONU, entretenant des relations diplomatiques avec tout le monde excepté les pays communistes et le Mexique, qui continuait à nous importuner sous l'influence des exilés républicains. Nous étions donc en mesure de faire entendre notre voix dans les forums internationaux face au communisme soviétique qui, se démasquant à nouveau, écrasa successivement les révoltes de Berlin, de Poznan et de Budapest. Quand éclata la guerre entre Israël et l'Égypte, avec pour terrible conséquence la fermeture du canal de Suez, l'Espagne se singularisa en présentant son propre plan de paix, connu sous le nom de « plan Artajo », et pour la première fois une grande initiative de paix internationale porta ainsi un nom espagnol. A l'ONU, ce projet pourtant très équilibré ne fut toutefois guère entendu, et il nous fallut assister à une tragi-comédie impliquant l'État d'Israël, l'Égypte et les restes des empires français et anglais. Après la déroute de l'aventure franco-britannique menée contre le panarabisme de Nasser par des forces aussi opposées que les conservateurs d'Anthony Eden au pouvoir en Angleterre et le gouvernement socialiste de Guy Mollet en France, la politique extérieure américaine commença à changer, protégeant Israël, le Liban, l'Arabie Saoudite, les émirats, l'Iran, tandis que l'URSS en faisait de même avec l'Égypte, la Syrie, l'Irak : de leurs guérites télécommandées, les États-Unis et l'Union soviétique contrôlaient désormais tout le pétrole de la région.

Je ne regrettais certes pas l'effondrement des Anglais et des Français, mais je ne pouvais pas non plus me réjouir de voir les deux superpuissances parachever leur partage du monde. L'affaiblissement de l'Angleterre pouvait peut-être aider nos revendications sur Gibraltar, mais celui de la France, accentué par des politiciens franc-maçons défaitistes, affectait des zones d'influence que nous partagions avec elle, par exemple l'Afrique du Nord, et rien de bon pour nous ne pourrait en résulter. Qu'attendre de la politique étrangère d'une grande puissance quand elle est dirigée par des francs-maçons comme Mendès France, et placée sous la coupe des loges ? Nous allions en payer partiellement les conséquences, car malheureusement notre politique au Maroc ne dépendait pas que de nous, mais aussi des Français ; or, notre voisin, affecté par la décomposition de la IVe République, traversait une période de repli colonial qui s'était vérifié en Indochine et se manifestait maintenant au Maghreb. Les symptômes de rébellion antimétropolitaine étaient évidents en Algérie, alors qu'au Maroc les autorités françaises avaient donné une aura mythique au sultan Mohammed en l'exilant, au détriment de Ben Arafat, le régent qu'elles avaient imposé au pays. Néanmoins, Mohammed V dut être intronisé, et le nouveau roi synthétisait pour la première fois les

sentiments nationalistes et l'esprit de revanche que, tout au long
du siècle, les campagnes de représailles françaises et espagnoles
avaient contenus, au prix de tant d'efforts et de tant de pertes
humaines pour nous. Mais que pouvions-nous faire devant cette
tendance universelle à la décolonisation approuvée par l'ONU et
manipulée en sous-main par les agents de Moscou ? Nouveaux
venus au sein de l'ONU, pouvions-nous nous permettre d'aller à
contre-courant ? A tout hasard, j'adressai une lettre personnelle
au président Eisenhower pour lui rappeler l'importance de la
neutralisation du Maroc si nous voulions empêcher une poussée
de la subversion en Afrique du Nord, à quelques miles nau-
tiques de l'Espagne et de l'Italie. Sa réponse confirma qu'il
s'était résigné à l'indépendance du Maroc, persuadé que les
États-Unis et leur 6e flotte en Méditerranée garantiraient les
promesses de paix faites par le nouveau souverain Moham-
med V. Cette décision allait contre la logique de notre politique,
de notre histoire et, si je me laissais aller, de toute ma vie.

Plongé dans vos obligations de chef d'État, vous n'avez même
pas remarqué combien 1956 avait été une année difficile pour
Pacón, qui partait à la retraite et devait donc abandonner son
poste d'aide de camp du Caudillo. Il était amer de se voir
remplacé par Barroso, qu'il soupçonnait d'avoir été franc-
maçon, mais, en compagnie de ce dernier et de Muñoz Grandes,
il cancanait en évoquant l'aveuglement de Votre Excellence
pour n'avoir pas encore cédé la place à la monarchie. Muñoz
Grandes était toujours à pester contre la corruption, contre les
coûteuses breloques de doña Carmen, contre les parties de
chasse, contre les dépenses somptuaires du régime en vue de
votre glorification : « Il a le Pardo en bas de chez lui rempli de
gibier, alors pourquoi parcourir tout le pays avec sa carabine en
gaspillant l'argent public ? » La langue de Muñoz Grandes
s'acharnait sur les Franco et sur les Martínez Bordiu, la nouvelle
famille alliée, mais ce qui peinait surtout Pacón c'était votre
froideur, Excellence, cette froideur qui tant de fois avait glacé
les cœurs de vos plus chauds partisans : « Je ne me suis jamais
fait d'illusions sur le fait que le Caudillo puisse me remercier des
services que je lui avais rendus en toute loyauté et abnégation. Il

est trop froid pour ce genre de choses, et je le connais bien depuis si longtemps... Il traite mieux ceux en qui il n'a guère confiance que ses amis les plus fidèles. Je ne l'ai jamais adulé, mais je ne l'ai jamais abandonné. (...) Ma carrière militaire n'a été qu'une suite de renoncements en faveur du Caudillo, qui sont toujours restés ignorés. »

Sans se départir d'une profonde adoration envers votre personne, nourri par ses complexes d'orphelin, Pacón, gagné par l'amertume, devient toujours plus susceptible, toujours plus critique et même sarcastique à l'égard de vos excentricités, Général : « Quand il revient au Pardo d'un voyage plus ou moins long, le Généralissime a l'habitude de passer une heure à bavarder avec les ministres venus le saluer. Et c'est une heure passée debout, comme s'il ne ressentait aucunement la fatigue d'avoir voyagé toute la journée. Il en va de même pour Carmen, qui reste debout à converser avec les uns et les autres sans trahir la moindre fatigue ni le moindre désir de se retirer pour prendre un peu de repos. Mais ceux qui, comme moi, ont dépassé les soixante-huit ans trouvent qu'il serait plus commode de s'asseoir pour parler de pêche pendant une heure ! Car dans ces pratiques absurdes, le plus remarquable est que la conversation ne roule pas sur des sujets importants pour le gouvernement ou sur des questions d'intérêt général pour le pays. Tout ce dont il parle avec ses ministres, c'est par exemple d'une partie de pêche à La Coruña pendant laquelle il a attrapé un thon d'un poids de 320 kilos. Le Caudillo a donné une foule de détails sur la lutte qui l'a opposé au monstre et au cours de laquelle celui-ci a failli lui arracher le bras, tandis que le bateau était la proie des vagues et a failli s'écraser contre les falaises. Franco, qui est assez vaniteux, se délectait de ce récit, et les ministres le relançaient en lui posant des questions auxquelles il répondait avec enthousiasme. Je crois bien que sans mon expression d'ennui et d'impatience la conversation aurait pu durer encore plus longtemps. Muñoz Grandes, qui ne manque pas de repartie, remarquait plus tard à ce propos devant ses collègues : " Si nous ne lui avions pas parlé de ce thon, il nous aurait saqués ! " Il n'y avait rien d'autre à l'ordre du jour qu'un thon de 320 kilos ! »

Pacón n'était pas plus convaincu par vos talents d'orateur, et se montrait de plus en plus réticent devant les « soutiens inébranlables », les « Franco, Franco, Franco ! » qui jalonnaient vos si coûteuses tournées de promotion : « Le Caudillo a fait son discours, ce n'est pas un orateur, il manque d'énergie et ne saurait galvaniser les masses. Comme en d'autres occasions, il a employé la formule : " Quand nous avons reçu le taureau dans l'arène, quand il a fallu le toréer... ", etc., etc. Nous devrions laisser les taureaux en paix, leur sort est bien assez triste pour qu'ils se transforment encore en recours oratoire ! (...) En écoutant tous ces brillants discours, je pense souvent à Hamlet quand il lançait : " Des mots, des mots, encore des mots ! " On parle sans cesse du Mouvement, des syndicats, etc., etc., mais en réalité tout cet échafaudage ne tient que grâce à Franco et à l'armée qui, même si elle est loin d'être satisfaite, fait preuve de patriotisme en appuyant Franco pour éviter le chaos. Le reste, le Mouvement, les syndicats, la Phalange, tout ce fatras politique n'a d'aucune façon pris racine dans le pays dix-neuf ans après le soulèvement. C'est triste à constater, mais telle est la vérité. Et la faute en revient à l'absence de l'esprit de sacrifice que l'on constate dans les cercles officiels, l'armée mise à part. En tant qu'Espagnol et très égoïstement, je souhaite que Dieu prête longue vie à Franco, que ce dernier se rapproche davantage de l'armée et qu'il comprenne son devoir de régler la question de la succession, qui à mon avis ne peut qu'être une monarchie très sociale et véritablement populaire, pas de ce populisme tape-à-l'œil comme on le dit aujourd'hui à propos de la Phalange. Ce n'est peut-être pas de la faute de cette organisation, mais il est incontestable que le peuple ne se retrouve pas à ses côtés comme il le devrait. »

Et comment payez-vous en retour votre seul véritable appui, l'armée ? Les plaintes de Pacón atteignent un degré pathétique : « Beaucoup croient, ou disent, que nous, les militaires, profitons des largesses du régime. Quelle erreur ! Jamais on ne nous a autant demandé, et jamais nous n'avons été aussi mal payés, en comparaison avec le coût de la vie et avec les salaires pratiqués dans d'autres secteurs de l'appareil d'État. » Ailleurs, il déplore les maigres retraites versées aux veuves des héros militaires de la

Croisade, comme celle d'Ortiz de Zárate, il s'inquiète de son propre sort, s'interroge souvent sur celui de son épouse et de ses enfants quand il sera mort, et se plaint de ne s'en être pas aussi bien tiré que tous ces ministres et sous-secrétaires à l'affût de bonnes affaires facilement réalisables. Mais c'est surtout votre froideur, cette froideur que vous réservez précisément à ceux qui vous respectent le plus... Girón dira qu'elle peut geler le cœur, et pourtant il en fallait beaucoup pour glacer Girón, mais vous, Général, vous y parveniez. Visiblement, vous n'étiez démonstratif qu'avec ceux qui vous dominaient, ou avec les lécheurs de bottes. Mais Girón s'inquiétait aussi beaucoup de la vie privée du marquis de Villaverde, beaucoup trop coureur d'après lui, et « qui ne se rend pas compte du tort qu'il cause ainsi à son beau-père ».

Notre mauvaise situation économique, conséquence du blocus international et de la sécheresse persistante, et ces symptômes alarmants de désunion au sein de nos propres rangs nous empêchèrent, d'une part, de répondre correctement aux revendications indépendantistes marocaines et, d'autre part, nous conduisirent à doter notre politique d'ordre public d'une discipline quasi militaire afin d'éviter les troubles qui se profilaient à l'horizon. Les années passant, le souvenir des horreurs de la guerre s'était estompé, de nouvelles générations attendaient de recevoir une leçon d'ordre et d'autorité. Je proposai à Blas Pérez González d'abandonner le ministère de l'Intérieur pour se charger de celui de la Santé, mais, à ma grande surprise, il rejeta cette offre, prétendant vouloir passer aux affaires privées et refaire sa fortune, gérée en dépit du bon sens. Vraiment? Je connaissais ses bonnes relations avec Juan March, je savais qu'il avait hérité une somme considérable d'un oncle émigré au Venezuela, mais je n'allais pas le retenir de force, d'autant que le remaniement ministériel de 1957 était décisif dans la préparation à la fois politique et économique des deux prochaines décennies. Toutefois, je demandai maintes fois aux services de renseignements et à la Garde civile de me communiquer des informations sur Blas Pérez, car s'il avait été l'un de mes collaborateurs les plus intelligents et zélés il pouvait justement pour cette raison devenir tout le contraire, mais les rapports m'apprirent seulement que l'ancien ministre gagnait fort bien sa vie sous la protection de Juan March, qu'il consacrait tout son temps à collectionner des tableaux et à s'établir une somptueuse résidence à l'Escorial.

Les révoltes estudiantines d'inspiration communiste, la crise ministérielle qui s'ensuivit et la proposition hypocrite du Parti communiste espagnol en vue d'une « réconciliation nationale » de tous les antifranquistes encouragèrent aussi une opposition verbeuse, qui tenta de pousser les États-Unis à exiger une démocratisation de notre régime. Carrero Blanco se fit une nouvelle fois l'écho de ma pensée dans les colonnes du journal Arriba : « Mais quelle liberté revendiquent donc certains cénacles ? » Et il répondait que seule une démocratie purement autochtone pouvait convenir à l'Espagne, la démocratie organique fondée sur la famille, le syndicat et la municipalité. Il fallait la développer, un point c'est tout, et cela au moyen d'une législation ad hoc qui devait être initiée par un projet de lois fondamentales, projet que je confiai à Laureano López Rodó, fraîchement nommé au poste de secrétaire général technique de la présidence. Quand je fis sa connaissance en janvier 1957, il me fit l'effet du Catalan typique : travailleur et peu disposé à se compliquer la vie. Il s'exprimait sobrement, d'une voix égale, confirmant ma devise selon laquelle « l'homme est l'esclave de ses paroles mais le maître de ses silences ». Mes préventions à l'encontre de tout fonctionnaire qui ne servirait pas que les seuls intérêts de l'État n'allèrent pas jusqu'à me faire dire que l'exception confirmait la règle, puisqu'il était membre de l'Opus Dei : López Rodó devait faire partie de la relève dont j'avais besoin pour sortir du cercle un peu confiné des dirigeants phalangistes qui semblaient continuer à attendre le retour de l'« Absent » comme on attend l'apôtre saint Jacques pour nous aider à gagner les batailles de la paix. Mais cette greffe n'allait pas être facile puisqu'elle intervenait dans un contexte de crise politique mais aussi économique, qui surgit inopinément et dans toute son acuité entre 1956 et 1957.

Carrero Blanco fut le premier à me prévenir que l'économie, sous la direction d'Arburúa et Suances et sous l'influence des politiques démagogiquement inflationnistes de Girón et d'Arrese, courait au désastre. Me dépeignant la gravité de la situation espagnole, il préconisa un virage à cent quatre-vingts degrés car le rêve autarcique était terminé et des orientations comme celle de Suances à la tête de l'INI conduisaient seulement à gaspiller les réserves de l'État sans permettre une industrialisation compétitive. Mais en abandonnant notre philosophie de l'auto-suffisance et de l'indépendance vis-à-vis du capital étranger, ne risquions-nous pas d'ouvrir les portes de notre forteresse au cheval de Troie ? Non pas, me répondit Carrero Blanco, puisque le régime que Votre Excellence dirige est indispensable à la stratégie de l'Occident, qui ne peut se permettre de risquer de l'affaiblir politiquement et qui doit le renforcer sur le plan économique. Jadis, il ne parlait pas ainsi, et je crus entendre sur ses lèvres les paroles de López Rodó ou de cette nouvelle cuvée de hauts fonctionnaires qui, me mettait en garde Girón, appartenaient tous à l'Opus Dei.

La bataille larvée entre phalangistes et membres de l'Opus Dei, qui jusqu'alors ne m'avait jamais grandement intéressé, avait en effet repris de plus belle avec la promotion de López Rodó. J'avais connu Escrivá de Balaguer, le fondateur de l'Opus, à Burgos, quand il était encore un jeune curé qui commençait à faire parler de lui après avoir fondé une institution séculière à la philosophie plutôt surprenante. Contrairement à d'autres compagnies ou ordres religieux, l'Opus, c'est-à-dire le père Escrivá, proclamait ouvertement qu'il ne dédaignait pas le pouvoir car il s'agissait d'un instrument d'évangélisation, le plus déterminant peut-être. Il ne se cachait pas davantage de vouloir gagner les élites au message chrétien, puisque celles-ci le feraient ensuite prospérer au sein de la société qu'elles dirigeaient. En fait, l'expansionnisme intellectuel de l'Opus Dei avait été contenu dans les années quarante par l'existence des intellectuels phalangistes de toutes tendances qui représentaient la culture positiviste de l'époque ; mais, par la suite, en partie grâce à la protection du ministre de l'Éducation Ibáñez Martín, en partie grâce à ses propres capacités de manœuvre, l'Opus s'implanta solidement à l'université, dans l'appareil d'État et dans les cercles du pouvoir économique. Je n'ignorais pas ce phénomène, mais je n'étais indisposé que par ce relent de manie conspiratrice que Girón ne manquait pas de souligner devant moi : « Ils sont comme les communistes. Ils s'infiltrent partout, et, avant que nous puissions nous en rendre compte, nous les retrouverons jusque dans notre soupe. » Lorsque je remarquai que Carrero Blanco se laissait conseiller par ce jeune universitaire catalan de Santiago dont me disaient tant de bien ceux qui l'avaient entendu soutenir ses théories sur l'organisation de l'État, j'en parlai à mes confesseurs, au cercle de personnes qui méritaient le plus ma confiance : je rencontrai ou bien une crispation traditionaliste face à la dynamique moderniste de l'Opus, ou bien un respect à la fois remarquable et dangereux pour le pouvoir secret qu'il détenait. Mais avant tout, on me dit que les forces inconditionnelles du régime les mieux préparées à transformer notre économie pour nous sortir de la crise apparue en 1956 et 1957 se retrouvaient au sein de l'Opus.

Ayant fréquenté pendant près de vingt ans des membres de cette institution, j'ai pu constater la diversité de leurs comportements, de leurs manières d'être et même de leurs choix concrets ; mais, à l'évidence, ils étaient tous marqués du sceau d'une secte élue pour sauver le monde depuis le haut de l'échelle. N'était-ce pas là une tentative de révolution par le haut, l'effort de Maura dont je pouvais légitimement me considérer comme le véritable héritier ? En revanche, je trouvais superficielles les critiques qui se portaient contre certains aspects de leur démarche spirituelle. Par exemple, Vicentón trouvait à la fois irritant et comique que les membres de l'Opus se mortifient au moyen d'un cilice et, chaque fois qu'il rencontrait López Rodó au palais du Pardo, il ne se contentait pas de lui glisser ce qu'il pensait être des « allusions », mais me réservait ensuite des commentaires de très mauvais goût : « Où est-ce qu'il portait son cilice aujourd'hui, l'autre ? », ou bien : « On ne peut pas ressembler plus à une vieille fille. » Tout aussi déplacés étaient les sarcasmes à propos de leur vœu de chasteté, de pauvreté et d'obéissance, d'autant que l'institution s'empressait de recruter des membres jouissant d'une grande fortune, justement parce que leur richesse devait obéir aux intentions de l'Opus. Parfait, mais quelles étaient donc ses intentions à l'égard du Mouvement ? Je posai cette question à

Carrero Blanco quand je le vis me proposer des gens de l'Opus à l'Économie et à l'Éducation, et me sortir López Rodó de sa manche pour un oui ou pour un non, y compris pour reprendre la Loi sur les principes du Mouvement qu'Arrese, certes, avait totalement bâclée. L'efficacité de López Rodó était aussi notable qu'un style qui prenait à rebrousse-poil la culture des rapports directs et de la virilité que nous avions héritée de la Guerre civile. Si je comprenais et appréciais ses manières affables de démarcheur de projets et de plans, elles avaient le don de mettre hors d'eux les Girón, Arrese et autres Gil. Heureusement, d'autres membres de l'Opus Dei au style très différent arrivèrent par la suite, comme Navarro Rubio*, Ullastres et surtout Gregorio López Bravo.

Je ne peux dire cependant que l'infiltration de l'Opus ne me causa aucun souci, surtout lors de sa première poussée, marquée par l'urgence, réclamée par des prémonitions de catastrophe, de chaos économique et politique que je n'arrivais pas à comprendre. Comment était-il possible que nous ayons dilapidé en si peu de temps la rigoureuse reconstruction à laquelle nous nous étions attelés dès le lendemain de la victoire? Selon Girón, qui se faisait de plus en plus le porte-parole d'un franco-phalangisme nostalgique de la révolution national-syndicaliste, de cette fameuse « révolution à venir », la percée de l'Opus signifiait le triomphe d'un modèle économique, politique, socioculturel capitaliste qui conduirait à faire de l'Espagne une succursale des grands centres de décision économique mondiaux. Mais où se situait Carrero Blanco, là-dedans? Quels intérêts servait-il? Ceux du pays, c'est-à-dire les miens, ou ceux de l'Opus et du libéralisme économique? Les coffres sont vides, me disait-on cependant. Il fallait d'urgence un remaniement ministériel pour changer de cap. Girón, lui, pour contrer les prétentions de ces fils de famille qui ne remerciaient même pas le régime pour la paix qu'il avait apportée, plaidait pour que nous nous tournions davantage vers la classe ouvrière, régulièrement invitée par le Parti communiste à de fantaisistes grèves nationales de vingt-quatre heures. Au cours du Conseil des ministres du 3 mai 1956, il arriva à nous faire approuver une augmentation de 20 % des salaires, qui devait être complétée par une hausse de 70,50 %

l'automne suivant, le tout sans que, d'après lui, les prix aient à en souffrir. Cette mesure, bien intentionnée au départ, déclencha l'inflation et tous les regards, y compris le mien, revinrent sur Girón qui ne sut pas défendre cette décision insensée. Son bon cœur venait de lui jouer un mauvais tour : tous mes conseillers me firent valoir que sa démagogie nous conduisait droit à la banqueroute. Arrese, lui aussi, dut être rappelé à l'ordre pour sa tentative de ressusciter le langage totalitaire phalangiste des années quarante, et finalement la réforme administrative préconisée par López Rodó culmina avec l'approbation de la Loi sur les principes fondamentaux du Mouvement, qui reflétait les orientations essentielles de Carrero Blanco, c'est-à-dire les miennes ; la monarchie était définie comme la forme politique de l'État, la démocratie organique comme sa formule participative, mais l'État et le gouvernement restaient en marge du Mouvement qui avait pour rôle de les inspirer et non d'exercer sur eux un commissariat politique. Ma principale source d'inquiétude demeurait cependant cette surprenante menace de faillite économique, car je savais pertinemment que toute crise économique porte en germe des bouleversements politiques. Il fallait d'urgence un changement ministériel pour opérer le virage nécessaire, répétait Carrero Blanco : j'assumai cette décision, non sans me garantir le contrôle des forces armées, du ministère de l'Intérieur par le biais de Camilo Alonso Vega, et de la Propagande grâce au très fiable Gabriel Arias Salgado.

Avec la crise ministérielle de 1957 s'effacèrent des personnalités aussi familières de la vie politique du régime que Muñoz Grandes, Martín Artajo, Pérez González, Arburúa, Girón ou Arrese. Ils s'étaient grillés, de bonne foi mais irrémédiablement. Certains responsables de la Phalange, ulcérés, accueillirent avec ressentiment l'autorité de leur nouveau secrétaire général Solís Ruiz*, le soumettant à un contrôle idéologique qu'il ne sut pas toujours supporter, mais Pepe Solís faisait preuve d'une habileté si extraordinaire qu'il put résister à la tempête pendant plus de dix ans et trouver un modus vivendi avec les ministres de l'Opus dans les sphères du pouvoir politique, économique, et même militaire. Curieusement, le terrain sur lequel l'Opus réussissait le *moins était l'Église, peu disposée à digérer cette nouveauté et plutôt attirée, à sa base, par les sirènes du populisme, de la réforme sociale et de la promesse d'un socialisme évangélique opposé à la barbarie de la société capitaliste. Plá y Deniel, qui dirigeait d'une main de fer la hiérarchie catholique, dut lui aussi reprendre en partie à son compte les proclamations réformistes venues du Vatican de Jean XXIII. Ces dernières se radicalisèrent encore à l'occasion du concile Vatican II et avec l'intronisation de Paul VI, notre ennemi acharné, l'évêque Montini.*

Avant de terminer ses études, Julio Amescua avait été expédié aux États-Unis par sa famille qui voulait le soustraire aux mauvaises fréquentations. Quand je revis la lumière du jour après trois mois de prison, il me coûta plus d'efforts de combattre la démoralisation de mes parents que la mienne. Car c'est peut-être au contraire les années les plus intenses de ma vie que je connus alors. Mon père consentait à me parler politique en convoquant ses souvenirs secrets, et ma relation avec Lucy se stabilisait même si dès la première fois où je l'amenais rue Lombía je compris qu'elle ne pourrait jamais communiquer avec mes parents, malgré toutes les allures populaires qu'elle pouvait prendre, et tout le bla-bla politique qu'elle avait pu servir à mon père amnésique et à ma mère, cette communiste de cœur qui était parfois rouge tango et parfois rouge boléro, même si sa vie faisait plutôt penser à une chanson mexicaine. Lucy pouvait difficilement leur reprocher quoi que ce soit, mais il lui fallait trouver quelque chose pour justifier sa future réticence à leur égard, qui allait s'accrocher à eux comme un viager, et finalement elle arriva à la conclusion qu'ils avaient non seulement perdu la guerre mais aussi leur conscience de classe : « En fait, ils ont une mentalité de survivants. » Par la suite, lorsqu'elle avait recours à ce commentaire blessant, elle plissait les yeux après l'avoir prononcé, me fixait et ajoutait : « Oui, et toi c'est la même chose. » Puis elle poussait un soupir et, comme si elle nous voyait tous les trois sur une photographie imaginaire, mes parents et moi, elle soupirait encore et s'exclamait : « Comme vous êtes bizarres ! »

431

Carrero Blanco me présenta deux excellents techniciens pour les ministères du Commerce et des Finances en la personne d'Ullastres et de Navarro Rubio, deux anciens combattants, membres de l'Opus Dei mais avant tout franquistes ainsi qu'il me le certifia. J'avais du mal à comprendre la gravité de la crise alors que pendant tant d'années on m'avait dit que le pays prospérait et que nous avions progressé précisément grâce aux restrictions de la première période, si bien que j'en étais arrivé à exprimer dans plusieurs discours ma satisfaction de ce que les Russes nous aient volé notre or [1], nous contraignant ainsi à travailler plus dur, à renoncer aux importations et à équilibrer notre balance. Où allions-nous, alors ? A la dénationalisation de notre économie ? Pourquoi ? Dans quel but ? Au bénéfice de qui ? Qui nous avait trahis, que s'était-il passé ? D'après Ullastres et Navarro Rubio, la crise économique mettait en danger la survie de notre système politique. Je regardais alors Carrero Blanco, et ses épais sourcils approuvaient leurs propos. Nous étions donc en si mauvaise posture ? Ils me présentèrent un plan de réforme économique, de stabilisation, qui supposait une sévère répression des dépenses publiques, un gel des salaires et une ouverture à l'étranger pour obtenir crédits et investissements.

Girón m'affirmant que tout cela risquait de nous conduire à la colonisation économique, je tentai de présenter mes propres vues sur la question à Navarro Rubio, qui me paraissait plus réceptif qu'Ullastres. « Avec tout le respect que je vous dois, Excellence, nous sommes au bord de la faillite. Ou bien nous sortons du creux de la vague, ou bien nous allons connaître de sérieux conflits politiques et économiques. » « Mais nous allons nous endetter ! Nous allons nous retrouver entre les mains de créanciers de douteuse origine », objectai-je. La franc-maçonnerie se tenait derrière toutes les grandes banques : jusqu'alors nous avions rejeté ses offres avec dédain et maintenant il fallait frapper à sa porte !

---

1. Les républicains avaient confié au régime soviétique d'importantes réserves d'or qui ne leur furent jamais restituées. *[N.d.T.]*

Vous ne saviez vraiment plus à quel saint vous vouer, n'est-ce pas? En 1956, c'est vous qui poussiez Arrese à fricoter des principes fondamentaux éminemment phalangistes. Les résistances qu'ils avaient suscitées ayant fait l'unanimité des prétendus « franquistes » non phalangistes, vous vous débarrassiez quelques mois plus tard d'Arrese et de Girón, et vous vous en remettiez à Carrero Blanco pour sortir de la plus grave crise qu'ait jamais connue votre règne.

Je donnai à Ullastres et à Navarro Rubio l'autorisation de demander un diagnostic sur notre économie au Fonds monétaire international et à l'OCDE, mais mes informateurs personnels affirmaient que nombre de Rouges et de francs-maçons s'étaient infiltrés dans les commissions de travail et dans la mission d'études. Navarro Rubio ne fit rien d'autre que de me poser le revolver sur la tempe lorsqu'il m'annonça que le directeur des Affaires européennes du FMI était arrivé à Madrid et qu'il fallait lui confier la préparation conjointe du Plan de stabilisation. Trois jours : c'est le délai qu'ils me donnèrent. « L'Espagne est en pleine banqueroute, Excellence », me répétait Navarro Rubio sur un ton si dramatique que je finis par lui dire : « Allez-y. »

Cependant, et malgré les mérites que je lui ai toujours reconnus, je ne fis pas le moindre geste pour empêcher l'inculpation de Navarro Rubio quand il se retrouva impliqué dans l'affaire Matesa, une fraude à l'exportation fictive de machines bénéficiant de subventions étatiques. Lorsqu'il s'en plaignit devant moi, je lui répondis que je croyais en son honnêteté mais qu'il serait préférable pour tout le monde que la Cour suprême confirme la validité de cette conviction. Ensuite, il m'écrivit une lettre irritée et irritante : ces spécialistes détestent perdre, trait surprenant dans le cas présent puisque Navarro Rubio se vantait d'une rectitude morale irréprochable, mais la rectitude commence par soi-même. Au temps où il n'était encore que sous-secrétaire aux Travaux publics, j'avais demandé au comte de Vallellano, son supérieur, d'intercéder en faveur d'une personne recommandée par Carmen afin qu'elle reçoive le poste de secrétaire du Conseil des travaux publics. Le comte n'y voyait aucun inconvénient mais il devait obtenir l'approbation de Navarro Rubio, son inférieur immédiat. Celui-ci accomplit son devoir en comparant le dossier de mon protégé avec celui d'autres candidats, et malgré tous les mérites du premier, un autre concurrent paraissait bien meilleur pour ce poste. Il trancha donc à l'encontre de mon souhait, puis me transmit les deux dossiers en compétition pour prouver son objectivité. Je dis alors à Vallellano : « Félicitez le sous-secrétaire pour la manière dont il a réglé cette question. » C'était ce qu'il fallait faire, de même que, lorsque éclata l'affaire Matesa, il fallait laisser la parole aux juges. Pas à moi.

Tout au long de vos souvenirs, Général, vous vous étonnez maintes fois du contraste entre la solidité des fondements de votre autorité de roi sans couronne et l'hystérie qui envahit les classes dominantes devant la moindre situation de crise : une grève des tramways, les déclarations d'un officier, une bavure policière, les faits et gestes de don Juan... Les évasions de capitaux vers la Suisse servaient de signal d'alarme indiquant que quelque chose ne tournait pas rond, ou allait mal se terminer. Et celle que vous aviez repérée entre 1957 et 1958 était si scandaleusement considérable que vous aviez dû recourir à une intervention politique pour rapatrier les fonds et obtenir la liste des fraudeurs. Et si jusqu'en 1953 vous avez vécu avec la peur secrète que les vaincus de la Guerre civile puissent « revenir », vous n'avez jamais pu vous débarrasser d'un certain relent de précarité, voire d'usurpation, chaque fois que la légitimité monarchiste revenait sur le tapis. Le décret-loi du 4 juin 1958 plaçait l'économie espagnole sous la vigilance critique du FMI et de la Banque internationale pour la Reconstruction et le Développement. Dès lors, divers technocrates en contact avec les ministres de l'Opus et leurs conseillers allaient mener une politique économique épurée de l'idéologie volontariste de la « troisième voie », ni capitaliste ni socialiste. « C'est une politique qui obéit aux consignes du capitalisme, contraire aux intérêts des classes populaires » : sur ce point, chemises bleues et rouges se retrouvaient d'accord.

En dépit de ce sombre tableau économique encore noirci par les oiseaux de mauvais augure et les défaitistes, les usines Seat lancèrent sur le marché, le 27 juin 1957, le premier véhicule utilitaire entièrement espagnol, la Seat 600, devenue depuis une référence obligée des sociologues et des historiens, qui considèrent la société espagnole « avant et après la 600 ». Une autre voiture l'avait précédée, dessinée par l'ingénieur français Voisin et surnommée « Biscuter », un modèle des plus primitifs, sans capote ni marche arrière. La Vespa et la Lambretta avaient commencé à motoriser notre jeunesse, prouvant à elles seules que le progrès continuait malgré la crise. Mais la Seat 600 joua chez nous le même rôle que la Balilla pour les Italiens du temps de Mussolini ou la Volkswagen produite par l'industrie hitlérienne. Elle fut le moyen de locomotion des classes moyennes d'abord, puis toucha même les économiquement faibles grâce à une politique de crédits bien conçue. La 600 et la télévision furent deux facteurs de changement des habitudes et des mentalités qui allaient porter leurs fruits lors de la décennie suivante. Au moment où nous lancions la Seat sur le marché, l'URSS mettait en orbite son premier Spoutnik, témoignage incontestable d'un progrès technique auquel peuvent seuls parvenir les peuples qui disposent de cohésion politique et de discipline sociale. Je tirai cette conclusion objective au cours d'un discours à la centrale électrique d'Escombreras, ce qui fut interprété comme un éloge contre nature du communisme alors qu'il s'agissait simplement de plaider pour des principes politiques selon moi positifs : la cohésion et la discipline.

Au dessert, nous avions parlé de votre discours d'Escombreras lors du modeste banquet que finança mon beau-père à l'occasion de mon mariage avec Lucy. Un banquet réduit à la présence de mes parents et de mon oncle Ginés de mon côté, d'une trentaine de Casariego Bustamante et d'Alvara Feijó du côté de la mariée, avec un certain phalangiste « authentique » ami de mon beau-père et tombé en disgrâce politique – mais non économique –, et des copines de faculté de Lucy. Nous n'avions invité aucun camarade de militance, car les temps ne se prêtaient pas aux

435

conversations politiques qui auraient pu devenir dangereuses. Je me rappelle surtout avoir essayé de veiller à ce que mes parents et mon oncle ne se sentent pas mal à l'aise ; en fait, ils s'étaient surtout sentis écrasés par l'euphorie verbale du camp de la mariée, vétérans de vos combats, Général, qui se mirent à entonner des chansons de guerre lorsque les esprits s'échauffèrent et les sphincters se détendirent. Ils étaient allés si loin que Lucy s'arma de courage pour entonner le *Ay, Carmela !* républicain, attendrissant tellement les phalangistes qu'ils le reprirent en chœur, et plaçant mon père au bord théorique de l'infarctus. Au contraire, l'oncle Ginés prit au pied de la lettre cette égalité des chances : à ses risques et périls, il se mit à chanter *Les Quatre Généraux*, ne suscitant aucune réaction jusqu'au moment où il atteignit le couplet :

> Et à la Noël
> Ma belle
> On les pendra, c'est juré
> On les pendra, c'est juré.

Il y eut alors des sifflets, des murmures, d'énergiques raclements de chaise qui précédaient le passage à l'action de certains de vos anciens combattants. Mais mon oncle était là, tout courageux, avec un « Fils de pute ! » déjà sur les lèvres et les poings serrés quand mon beau-père tapota son verre avec une petite cuiller et imposa son discours de clôture, l'appel à la réconciliation des vainqueurs et des vaincus, en espérant que la vérité puisse naître des erreurs passées. Mon oncle n'avait pas la capacité intellectuelle nécessaire pour comprendre la subtilité de ce discours, qu'il trouva bienvenu et qu'il applaudit de bon cœur. Ensuite Lucy et moi sommes partis trois jours à Cercedilla déjà sous la neige, brève lune de miel offerte par l'une de ses tantes, pendant laquelle j'ai passé mon temps à réaliser la transcription phonétique d'un dictionnaire italien-espagnol et *vice versa* : quinze mille pesetas de l'époque, 1958, qu'il m'a fallu cependant faire durer pendant les treize mois que m'avait demandé ce travail.

La mort de Pie XII fut pour nous un coup sérieux à une époque où un nouveau clergé et même de nouveaux évêques nous créaient des difficultés en remettant en cause les principes du Concordat et en exigeant une démocratisation de la vie espagnole. Jean XXIII, le nouveau pape, n'avait fermé ni sa porte ni ses oreilles aux exilés espagnols au temps où il était le cardinal Roncalli, nonce apostolique à Paris. D'après Carrero Blanco, il ne pourrait qu'être une marionnette entre les mains de l'archevêque de Milan, Montini, prêtre rouge et ennemi déclaré de notre régime. Peut-être encouragée par ce changement au Vatican, une partie du clergé basque et catalan se mit à formuler des revendications séparatistes, les curés basques protégeant même la création de la bande terroriste ETA, une scission du PNV qui prônait la lutte armée et engagea une spirale de violence qui continue encore aujourd'hui. Quand il étudiait avec moi le dossier de l'ETA naissante ou celui de la lettre des curés et évêques basques dénonçant auprès du nonce du Vatican « la répression acharnée des caractéristiques ethniques, linguistiques et sociales que Dieu a données au peuple basque », Carrero Blanco ne pouvait guère savoir qu'il découvrait là l'œuf du serpent qui allait lui donner la mort quatorze ans plus tard. « Traîtres à Jésus-Christ », appelait-il ces curés oublieux de la mission rédemptrice de notre Croisade. Le clergé catalan n'avait pas de quoi inspirer plus de confiance, et à la tête des suspects se trouvait rien moins que l'abbé de Montserrat, le père Escarré, qui m'avait toujours accueilli un sourire aux lèvres mais qui dans notre dos donnait l'asile à toutes sortes de conspirateurs et accueillait une fois par an un pèlerinage communisto-séparatiste à l'évidence subversif.

Mais enfin la décennie cinquante s'achevait, je me rapprochais d'un âge – soixante-dix ans – qui, dans des conditions normales, aurait appelé la retraite. Pourtant, je dus encore faire face à des remous politiques et familiaux qui allaient modifier le paysage humain dans lequel j'évoluais. Entre 1956 et 1962, un changement considérable se produisit dans mon équipe de collaborateurs politiques tandis que disparaissaient des personnalités si bien campées dans ce paysage qu'elles auraient pu finir par paraître indispensables. Sur le plan à la fois politique et familial, c'est le rôle de mon frère Nicolás qui allait changer qualitativement au cours de ces années, cet « horloger » qui, à Lisbonne, avait su si bien remonter de temps à autre la montre d'un Oliveira Salazar. Le temps de Nicolás avait réellement pris fin en 1954, quand la normalisation de notre position internationale nous dota d'une force qui rendait déplacées sa propension à la flatterie et sa diplomatie complaisante. Mais je n'ai jamais aimé agir avec précipitation, et Nicolás ne gênait personne à Lisbonne alors que, revenu à Madrid, il risquait par ses habitudes peu orthodoxes de faire du tort non seulement à moi mais à lui-même. Si je le rappelai de l'ambassade à Lisbonne, ce n'est pas en raison de celles-ci, de sa photographie en maillot de bain aux côtés d'une ravissante jouvencelle par exemple, mais parce que l'ampleur de ses affaires en Espagne accaparait trop de son temps, et que de plus j'avais besoin d'un ambassadeur mieux adapté au nouveau contexte pour reprendre le dialogue avec don Juan. Dès 1955, ma décision de remplacer mon frère à Lisbonne était prise, lorsque l'année suivante il fut victime d'un accident d'automobile et j'appris qu'il recevait alors de fréquentes visites de don Juan de Bourbon à l'hôpital. Ils étaient devenus des intimes, mes services me tenaient au courant de leurs conversations en mer, autour de bouteilles du meilleur whisky, et sur des sujets qu'il n'est pas utile de citer ici. Chaque fois que je lui demandai s'il n'autorisait pas don Juan à une trop grande familiarité, il me répondit : « Au moins, le whisky qu'il boit avec moi, c'est autant qu'il ne boit pas avec ceux qui conspirent contre toi. » Nicolás ne s'offusqua nullement de son remplacement, qu'il apprit le 10 janvier 1958, et quand je le reçus au Pardo pour lui donner de vive voix mes raisons – déjà exposées lors de précédentes rencontres et par courrier diplomatique – il ne me laissa pas terminer : « Ne t'inquiète pas, Paco, je ne demande qu'à revenir en Espagne, le pays est en train de s'industrialiser et moi, l'industrie, ça m'intéresse. Rappelle-toi, Paco : à quelque chose malheur est bon. »

On peut se demander si l'un des privilèges que regrettera cependant le plus votre frère après avoir quitté l'ambassade de Lisbonne n'était pas de pouvoir arriver en retard à l'aéroport de Sintra, où l'équipage et les passagers attendaient patiemment cet important voyageur trop noctambule et trop occupé à surveiller de loin toutes les montres pour devenir un esclave de la ponctualité. Mais les autres passagers ne le voyaient pas, puisqu'il gagnait l'avion directement par la cabine de pilotage et parfois ne la quittait même pas, n'hésitant pas à s'installer pendant un moment aux commandes de l'appareil d'Iberia qui assurait la ligne Lisbonne-Madrid : n'exhibait-il pas fièrement son brevet de pilote obtenu à l'école française Blériot pour sacrifier à un hobby ? Nicolás pouvait même arriver épuisé par trop de veille et par les libations qui s'ensuivaient, personne n'aurait pensé à objecter à ce privilège. Après tout, vous étiez couvert de superlatifs et donc il était votre frèrissime, en plus il se montrait sympathiquissime et tolérantissime, comme tous ceux qui savent qu'ils ont beaucoup à se faire pardonner.

Face à la progression mondiale du communisme et au passage inquiétant de la Chine dans le camp marxiste-léniniste, l'Europe était en train de me donner raison. En 1955, les conservateurs étaient revenus au pouvoir en Angleterre pour corriger les excès du gouvernement travailliste qui avait accepté les compromis avec les communistes du dangereux Bevan, ce vieil ennemi de notre cause. En Yougoslavie, nous pûmes voir ce spectacle paradoxal d'un communiste, Tito, rejetant les diktats de Moscou, et lorsque Khrouchtchev entreprit son hypocrite révision du stalinisme et l'invita à venir en URSS je pensais en mon for intérieur : « N'y va pas, Tito, n'y va pas, autrement tu vas y rester. » Vaine préoccupation puisque je n'avais de toute façon rien à gagner dans ce jeu qui se menait entre marxistes. Comprenant qu'une Allemagne divisée entre plusieurs forces d'occupation ne pouvait représenter une menace militaire, les États-Unis favorisèrent le développement économique de la partie occidentale, malgré les brutales recommandations de certains politiciens britanniques qui voulaient la transformer en pays d'agriculteurs et de bergers. Cette solution m'avait aussi été proposée pour la Catalogne quand nous l'avions occupée en 1939 : elle consistait simplement à démonter les sites industriels et à les réinstaller dans d'autres régions d'Espagne, mais l'économie espagnole permettait à cette époque d'improviser une réindustrialisation sans infrastructures. Une Allemagne

*économiquement forte était un facteur de stabilité pour l'Europe
et le monde entier.*

Il y eut pourtant plus d'un discours où vous aviez prédit un
désastre économique pour l'Allemagne et l'Italie, obligées
par les Alliés d'adopter un système démocratico-libéral et la
partitocratie. Car vous campiez sur votre dogme selon lequel la
démocratie menait à la division et à la pauvreté, idée d'un
réactionnaire du XVIIIᵉ siècle se faisant fort de l'imposer au XXᵉ.
Vous avez repris cette thèse avec une persistance digne de la
fameuse sécheresse chronique qui affectait les campagnes espagnoles, même quand il est devenu clair que ces deux pays
redressaient leur position économique, à telle enseigne que
Martín Artajo dut vous supplier de l'enlever d'un de vos discours
destiné à la publication. Les paroles s'envolent, les écrits restent.
L'homme est maître de ses silences mais esclave de ses mots,
n'est-ce pas ?

*Sans l'autorité, le progrès des nations est impossible. Même
s'il conservait le masque néo-libéral, un nouvel autoritarisme
européen veillait à la reprise économique. Partout, les forces de
gauche étaient remplacées par les partisans de l'ordre, et les
peuples, dans leur grande sagesse, suscitaient des majorités
électorales qui aspiraient à la sécurité, au travail et à la paix
sociale. La découverte progressive de l'imposture du paradis
soviétique, la constatation que les travailleurs vivaient mieux à
l'Ouest que dans les pays communistes dynamitaient les vieilles
antiennes radicales : il suffisait de compter combien de citoyens
du monde communiste s'enfuyaient de leur « paradis » chaque
année et combien faisaient le chemin inverse depuis l'Occident.
Nous, nous avions vaincu la subversion communiste, ce qui était
aussi l'ambition collective, unanime, de l'Europe démocratique.
Le point culminant de ce rapprochement de l'Europe vis-à-vis de
nos positions inébranlables fut atteint en 1958 quand le général
de Gaulle parvint au pouvoir en France, faisant passer par
l'entonnoir de la raison d'État toute la politicaille des partis
contrôlés par le marxisme et la franc-maçonnerie. Lorsque
quelqu'un, Carrero Blanco je crois, me rappela qu'en 1945,*

après la libération de la France, il avait accepté de gouverner avec les communistes, je lui répondis : « Oui, mais lui au moins c'est un militaire. » D'un libéralisme désuet à mon goût, mais un militaire tout de même.

Votre secrétaire et cousin Franco Salgado-Araujo ne vous a pas trouvé aussi enthousiaste, puisqu'il vous attribue ces mots : « Je suis persuadé que de Gaulle va tromper ceux qui ont voté pour lui. Après guerre, il a eu un ministre des Armées communiste, c'est tout dire. Les Alliés l'ont trop longtemps supporté, ils ne devraient pas avoir une telle considération pour lui. La dernière fois qu'il était au pouvoir, les Anglais se sont servis de lui, ils avaient même placé dans son bureau un appareil qui enregistrait tout ce qu'il disait, ensuite un agent de leurs services secrets le recopiait. Londres nous tenait informé, et donc nous connaissons parfaitement les idées et les plans du président de ce pays voisin. » Dans quel cinéma vous avait-on projeté ce film, Général ? Ou bien vous l'êtes-vous passé tant de fois que vous avez fini par y croire ?

En ce qui concerne les États-Unis, j'avais découvert que si nous voulions qu'ils aient de nous une bonne image il fallait pouvoir compter sur un lobby, c'est-à-dire un groupe de personnes influentes et bien placées au Sénat, à la Chambre des représentants, dans la presse, un lobby financé sur les fonds spéciaux de l'État. Cela peut sembler occasionner des frais inutiles, et c'est ce que je pensais d'abord moi-même avec mon habitude des comptes ronds et clairs, de la comptabilité transparente de l'intendance militaire. Mais Lequerica me fit valoir l'importance d'un tel groupe de pression afin de contrecarrer l'antifranquisme dominant au sein des cercles libéraux américains et encouragé par des personnages aussi excentriques que la veuve Roosevelt ou l'éternel candidat démocrate à la présidence, Adlai Stevenson.
Nos relations avec les États-Unis connurent un tournant capital au moment de la visite à Madrid d'Eisenhower, en 1959. Nous n'ignorions pas que, si ce dernier et Foster Dulles plaidaient notre défense devant l'administration américaine, une

partie de ces mêmes fonctionnaires conspiraient ouvertement contre nous et finançaient des mouvements hostiles à l'Espagne, comme le fantasmagorique « Congrès pour la liberté de la culture » monté à la fin des années cinquante à Paris, notamment grâce à l'argent de la Fondation Ford mais aussi avec la bénédiction de la CIA. Nous mobilisâmes toute notre énergie afin qu'Eisenhower reçoive à Madrid l'accueil le plus chaleureux de sa tournée mondiale, car ce symbole de la démocratie victorieuse du totalitarisme fasciste et opposée à la conjuration communiste apporterait une consécration déterminante à notre régime. Conscients de la portée symbolique de cette visite, les ennemis de l'Espagne se préparèrent donc à la combattre. Les troupes anarchistes et communistes furent mobilisées de l'extérieur, et les cellules rouges reconstruites dans le pays se mirent en branle, notamment de jeunes étudiants qui distribuaient de la propagande antiaméricaine, anti-impérialiste comme ils le proclamaient, sans se rendre compte qu'ils étaient manipulés par l'impérialisme soviétique. Carlos Arias Navarro, à l'époque directeur général de la Sécurité, vint me trouver pour me dépeindre les menaces qui pesaient sur la visite, et préconisa une voiture blindée pour la traversée de Madrid : « Que chacun fasse son devoir, le mien est de circuler en voiture découverte, le vôtre est de veiller à ce qu'il ne se passe rien. » Il y eut quelques arrestations préalables, rien de sérieux, et l'accueil réservé au dirigeant américain fut triomphal. Ike me toucha beaucoup quand il me dit : « Généralissime, nos vies sont parallèles. Nous sommes deux militaires passés au service de la paix. »

Quand Eisenhower arriva, nous avions reçu pour consigne de couvrir Madrid de tracts de protestation, et je ne comprends pas encore pourquoi, mais ce jour-là tout alla de travers : pas assez de tracts, les contacts disparus... Je me retrouvai seul, en possession d'environ cinq cents tracts que j'entrepris de lancer dans les entrées d'immeuble de Lavapiés, le quartier que je devais prendre en charge. Cette littérature ne fit guère le poids devant l'envie qu'éprouvaient les Madrilènes de voir de près, en Technicolor, le triomphateur de la Seconde Guerre mondiale, Ike le mythique, à vos côtés, Général, qui ressembliez à un laquais de l'Empire s'évertuant à célébrer nos liens solides avec les États-Unis, comme s'il avait totalement oublié « le désastre de 98 ». Oui, votre proaméricanisme insoupçonné avait suscité l'étonnement, surtout quand on se rappelait vos tendances antiaméricaines telles qu'elles affleuraient dans cette interview donnée à l'*Evening Star* en 1947 : « Mais que puis-je vous dire à vous, la plus grande puissance au monde, vous qui, alors que l'Angleterre et la France étaient entrées en guerre, avez continué à vendre aux Japonais tout en sachant pourtant qu'ils se préparaient à vous attaquer, qui leur avez livré des biens stratégiques, minerais ou essence, encore quelques jours seulement avant leur attaque sur Pearl Harbor ? »

Vraiment surprenant ce philoyankisme, Général, alors qu'au cours de vos conversations avec le docteur Soriano vous pouviez dire : « Le principal service que nous ont rendu les Américains a été de nous nettoyer les bars et les cabarets de Madrid de toutes leurs entraîneuses. D'après ce que l'on dit, elles se marient presque toutes avec des sergents et des soldats à eux. Je garde d'elles un souvenir reconnaissant, du temps où je commandais la Légion. Elles allaient avec nous, elles partageaient nos ennuis, et avec la vie qu'elles avaient, les pauvrettes, c'est bien le cas de dire que quand elles trouvent un mari elles lui sont fidèles jusqu'à la mort... »

L'accolade que me donna Eisenhower était une consécration internationale. Les présidents américains apportent un grand soin à la mise en scène, qu'il s'agisse de la durée des audiences ou des gestes qu'ils prodiguent à leurs alliés. Si un président américain te donne l'accolade, me dit Lequerica, c'est qu'il est vraiment avec toi, car « n'oubliez pas, Excellence, que le contact physique répugne les Anglo-Saxons ». Une nouvelle fois, je me sentais plein d'assurance, conscient de ce que le résultat de la corrida ne dépendait que de moi. Regardant en arrière, je revois la chute de tant de dictateurs tombés parce qu'ils n'ont été que cela, des dictateurs, parce qu'ils ne se sont pas assuré l'adhésion du peuple comme j'ai su le faire : Perón, Trujillo, Pérez Jiménez, Batista... Le premier a confié les masses à cette femme trop bavarde, le deuxième est devenu une caricature de lui-

même avant de donner à son fils encore enfant le grade de maréchal, le troisième aimait faire la chasse aux jeunes filles dans les jardins de son palais, elles toutes nues et lui sur une Vespa... Quant à Batista, il a été perdu par le fourrier qui était en lui. Un chef d'État doit avant tout savoir jusqu'où ne pas se permettre d'aller, et Perón, le plus sérieux des quatre, s'était permis d'entrer en conflit avec l'Église malgré les conseils de prudence que je lui avais donnés. Après sa fin politique, un homme aussi peu doué pour les nuances que Muñoz Grandes a suggéré à l'intention de Perón : « Qu'il se tire une balle dans la tête », et l'évêque de Madrid-Alcalá, le docteur Eijo Garay, a ajouté en baissant les paupières : « Comme cela, on n'aura pas à le rencontrer au ciel. » Je n'étais pas du même avis, du moins en ce qui concerne ce bas monde et, des années plus tard, je lui ai accordé l'asile politique, tout comme à Batista après la prise de La Havane par les castristes. Un exilé politique de renom est un atout que l'État qui l'accueille peut toujours utiliser dans ses relations avec le pays dont il est parti.

J'aurais pu moi-même devenir un exilé de plus si la Providence ne s'était pas mise au service de notre Croisade. J'ai toujours éprouvé la sensation qu'à part les plus intimes un grand, un très grand nombre de ceux qui m'entouraient ont sans cesse gardé des doutes quant aux chances de notre entreprise. Le moindre événement inattendu les déstabilisait, les poussait à prendre des « précautions », et c'est ce qui se produisit encore quand les républicains américains perdirent les élections au bénéfice des démocrates conduits par John Kennedy et son équipe d'ultra-libéraux a priori mal disposés à l'égard de notre régime. Kennedy se fit l'Amphitryon d'un concert de Pablo Casals, ennemi invétéré de l'Espagne qui profita de l'occasion pour proclamer ses principes démocratiques contre notre régime, et ses revendications nationalistes catalanes. L'Occident ne savait plus où donner de la tête. Cuba était en train de se transformer en centre d'exportation de la révolution vers toute l'Amérique latine ; dès son arrivée au pouvoir, Castro dévoila le visage marxiste de son soulèvement en confisquant leurs biens aux propriétaires privés et en se mêlant de critiquer ma « dictature » à la faveur de ses interminables discours. Il était lancé dans l'un d'eux devant les caméras de la télévision cubaine lorsque notre ambassadeur, Lojendio, fit irruption dans le studio pour lui porter la contradiction. Castro le laissa parler mais, moi, je dus le limoger car un bon ambassadeur doit connaître les bornes à ne pas dépasser. A ceux qui me demandaient de rompre nos relations avec Castro, je répondais : « Savez-vous combien de Galiciens et de descendants de Galiciens se trouvent à Cuba ? » Castro lui-même était issu d'une famille galicienne.

En Afrique, les colonies en révolte tombaient à la merci d'agents formés à Moscou et de caporaux indigènes qui retournaient au cannibalisme et aux pires traditions tribales. Le gouvernement Kennedy soutenait à contrecœur et avec couardise les efforts des patriotes cubains en vue de reconquérir l'île quand se produisit la défaite historique de la baie des Cochons, tandis que la CIA plaçait ses pions, tels Trujillo ou Pérez Jiménez. Comme si tout cela ne suffisait pas, de Gaulle, arrivé pour sauver la France de la désintégration, se mit à maquignonner avec le Front de libération algérien jusqu'à accorder son indépendance à l'Algérie, l'abandonnant à un parti socialiste radical au mépris de la résistance des colons français qui avaient fait prospérer ce pays de génération en génération. Le président Kennedy ne resta pas longtemps en selle : il s'était certes comporté avec dignité face à la tentative soviétique de transformer Cuba en un porte-avions nucléaire menaçant la sécurité des États-Unis, mais il était trop veule, et trop mal conseillé. Il fut victime d'un regrettable attentat, mais à quelque chose malheur est bon puisque avec lui disparut le dangereux aventurisme pseudo-libéral qui inspirait la politique étrangère américaine. Je ne dis pas cela par soulagement d'avoir vu disparaître un faux allié, car il n'en était pas ainsi et mon ambassadeur à Washington, Antonio Garrigues, un homme au passé républicain et aux jugements des plus libéraux, avait été très apprécié à la cour des Kennedy, à telle enseigne que des rumeurs coururent sur une relation amoureuse entre Jacqueline Kennedy, une fois devenue veuve bien entendu, et lui. Mais les États-Unis comptaient pour nous surtout dans le but de disposer d'un protecteur assez dissuasif face à la pugnacité du nouveau roi du Maroc, Hassan II, qui après avoir inspiré la tentative subversive d'Ifni quand il n'était encore que prince, réclamait maintenant à l'ONU la décolonisation du Sahara, laissant entendre qu'il exigerait aussi de moi Ceuta, Melilla... et même les Canaries !

La question des deux villes espagnoles était sans appel pour des raisons historiques et démographiques évidentes – les Espagnols disposaient d'une majorité écrasante à Ceuta et Melilla ; en revanche, les visées marocaines sur le Sahara mettaient en danger de considérables intérêts espagnols dans le domaine de l'exploitation des phosphates et de la pêche, particulièrement abondante sur ces côtes. De plus, comme l'ethnie sahraouie n'a rien à voir avec les Marocains, les prétentions de Hassan II étaient aussi « colonialistes » qu'auraient pu être les nôtres. Il était donc surprenant que la diplomatie marocaine rencontrât un écho dans les hautes instances internationales, non seulement à l'ONU évidemment empêtrée dans sa propre rhétorique décolonisatrice qui causait déjà tant de mal en Afrique, mais aussi auprès du Département d'État qui faisait les Janus entre Hassan et moi, justifiant ainsi ma méfiance à l'égard de la politique extérieure américaine.

Loin des intrigues politiques, heureux et confiant, le peuple espagnol nous laissait guider son destin et jouissait du travail, de la paix, des loisirs, avec toujours plus de motocyclettes par habitant, toujours plus de Seat 600 dans la rue, et celui qui ne trouvait pas d'emploi chez nous partait à l'étranger, dans une Europe que le travail et la paix sociale faisaient spectaculairement prospérer. En dépit des aspects dramatiques de l'émigration, à quelque chose malheur est bon puisque l'Espagnol expatrié en Hollande ou en Allemagne, à condition de bien supporter la solitude tandis que sa famille restait en Espagne, pouvait en dix ans économiser de quoi acheter un appartement et même, en quinze ou vingt ans, se risquer à ouvrir un petit commerce. Grâce à l'émigration, nombre de ces travailleurs passèrent du statut de manœuvre à celui d'ouvrier qualifié, ce qui améliorait leur niveau de vie à l'étranger mais nous posait un problème puisque les spécialisations européennes ne correspondent pas exactement à celles de l'Espagne, et souvent nous ne savions pas que faire d'eux. Dans le but à la fois pertinent et démagogique de laisser les enfants d'ouvriers acquérir une formation technique supérieure, *Girón* avait lancé l'idée des universités d'enseignement technique, mais leur développement était impossible en période d'austérité, et les nouveaux ministres les voyaient d'un mauvais œil. Plus réalistes, les écoles de formation professionnelle ne rencontrèrent cependant pas une grande vogue car même les travailleurs voulaient que leurs enfants passent le baccalauréat et tentent d'entrer à l'Université. C'est vous dire à quel point le panorama des demandes sociales avait changé ! Moi, je pouvais donc me reposer un peu, dans la mesure du possible, des tensions économiques apparues en 1957 et des difficultés politiques que mes ennemis cherchèrent à me donner en 1962. Pour beaucoup de ceux qui me demandaient de libéraliser le pays, ce mot signifiait seulement le libertinage, politique et moral, l'ouverture de casinos par exemple comme un très puissant consortium français le proposa à Arias Salgado. « L'Europe dégénère, Excellence », commenta le ministre à propos de cette offre qui l'avait surtout choqué parce que ledit consortium profitait de la protection d'un ordre religieux dont je préfère oublier le nom. Ayant vu les ravages que le jeu avait causés dans la vie de mon père, de mon frère Ramón ou de camarades de jeunesse, je l'interdis formellement sur tout le territoire national, n'autorisant que la Loterie nationale et le loto de la ONCE, l'Organisation nationale des aveugles, dont les buts charitables me touchaient. Toujours délégué aux Sports, le glorieux général Moscardó me proposa d'instaurer les lotos sportifs qui devenaient à la mode dans toute l'Europe, et après un premier refus suscité par ma haine de toute manie du jeu je finis par accepter en reconnaissant qu'il s'agissait d'un moyen de collecter indirectement des fonds pour le sport et les œuvres de bienfaisance. Plus, même : j'en vins à remplir chaque semaine deux bulletins de loto sportif, avec la complicité de Vicentón Gil, que je signai d'abord du pseudonyme de Francisco Cofrán avant d'employer finalement mon vrai nom. Je n'ai jamais gagné qu'un seul tirage mineur de 2 800 pesetas, en argent des années cinquante certes, mais cette activité est devenue un complément agréable à mon goût du football, lequel finit par rendre indispensable la télévision. Quand je ne pouvais pas regarder un match en retransmission télévisée directe, je le suivais à la radio, si possible avec la voix de Matías Prats dans le cas de matches de la sélection nationale. C'était chez moi une telle passion que parfois, si nous étions en déplacement, je faisais arrêter la caravane sur le bas-côté pour écouter la retransmission jusqu'à la fin. Je me rappelle qu'une fois Matías se trompa en donnant le score au moment même où je branchai la radio, comme « Espagne, 1, Suisse, 2 » alors que c'était le contraire. J'avais été si fâché de perdre devant la Suisse que je ne pus m'empêcher de lancer quand il se corrigea : « Matías, la prochaine fois que tu te trompes, je te mets en touche ! »

Il m'arrive d'être exaspéré par le manque de logique des règlements internationaux, comme cette aberration des tirs de penalty pour départager deux équipes quand le temps de la partie est terminé : pourquoi transférer la responsabilité de toute une « équipe » sur les épaules d'une seule « personne » ? Il m'est venu une idée dont j'ai parlé à nos dirigeants de club : et si la question était réglée par des tirs de corner ? De cette manière, la victoire ou la défaite serait l'affaire de onze joueurs contre onze autres. J'avais aussitôt confié cette idée au président de la Fédération espagnole de football, qui m'avait répondu qu'il aurait fallu une autorisation de la FIFA. Et moi de m'exclamer : « Eh bé, si on doit attendre une autorisation de la FIFA, nous voilà frais ! »

Malgré les attentions dont je suis comblé dans mes déplacements, je préfère regarder le football à la maison, à la télévision : je peux commenter la partie plus librement, je n'ai pas à surveiller mes paroles et mes gestes comme dans une tribune, avec tous les yeux fixés sur moi. De par ma charge, j'ai dû suivre nombre de corridas dans ma vie et même si je peux admirer l'élégance du spectacle et les toreros de sang noble, je dois avouer ne pas y prendre autant de goût qu'au football. J'ai connu personnellement peu de toreros, bien que durant les dernières quarante années presque tous ceux qui pratiquaient leur art m'ont salué et dédié des toros. Je me souviens avec émotion de Pepe el Agabeño, torero et rejoneador qui put troquer son estoc contre un fusil en rejoignant l'armée du Sud de Queipo de Llano. Malgré toute la littérature que Monsieur Hemingway a consacrée à la corrida et au Niño de la Palma, presque tous les toreros, pour ne pas dire tous, ont rejoint notre camp pendant la guerre. Parmi les maestros de ma jeunesse, j'aimais Belmonte, même s'il se proclamait franc-maçon et républicain, même s'il était l'ami d'Ortega y Gasset, même avec son orgueil de torero et d'apprenti intellectuel. Ensuite, j'ai apprécié Dominguín jusqu'au moment où je l'ai rencontré et où j'ai eu la déception de ma vie. Un jour que nous nous étions retrouvés tous deux invités à une partie de campagne, et qu'au déjeuner le torero n'arrêtait pas de fumer, Vicentón tint à lui reprocher son comportement avec la rudesse à laquelle il se croyait autorisé chaque fois que, selon lui, ma santé était menacée. Ma répugnance pour le tabac est connue de tous, mais moi, je ne lui aurais rien dit alors que Vicentón s'exclama : « Pourquoi fumez-vous en présence du Caudillo ? » « Parce que j'en ai envie », répondit l'autre d'un air dédaigneux, et je dis à Gil : « Laisse tomber, Vicente, ce n'est qu'un clown. » Par la suite, j'ai appris que c'était un ami de Picasso, qu'il lisait des ouvrages communistes, et Camilo m'avertit que l'un de ses frères se trouvait derrière la reconstitution du Parti communiste. Petits clowns et petits messieurs, comme ce gandin catholico-marxiste, José Bergamín, si je me rappelle bien son nom, qui fit tant de mal en prônant l'alliance entre Rouges et chrétiens dans les colonnes de la revue Cruz y Raya. Pour en revenir aux toreros, el Viti m'impressionne mais il a l'air si sérieux qu'il donne l'air de porter la poisse ; quant à el Cordobés, c'est un vrai gosse. Son père était un Rouge, je crois qu'il a passé un mauvais moment quand les forces nationales ont pris son village, mais son fils ne s'en est jamais plaint devant moi. Aucun torero ne peut être vraiment une mauvaise personne : quand on risque sa vie, on ne peut pas être mauvais.

Quand j'étais encore un homme « normal », j'aimais fréquenter les expositions, surtout de portraitistes et de paysagistes, aller au théâtre voir des zarzuelas, un genre qui m'enthousiasme mais qui est cependant en pleine décadence, ou aller au Prado pendant les heures creuses pour m'extasier devant les salles consacrées à Velázquez. Est-ce que j'aime l'art contemporain ? Je réponds « non » sans hésitation, puisqu'il a renoncé à être harmonie et naturel pour en arriver à la pure géométrie, ou au *pur néant. Seule la propagande communiste a pu oser décréter que Picasso était un génie et sur ce point je ne suis pas d'accord avec Dalí, qui me paraît cependant le meilleur des héritiers contemporains de Velázquez, extravagances philosophiques mises à part. On s'est évertué à me montrer les œuvres de Gaudí au cours de certains de mes voyages en Catalogne, et une fois seulement je me suis permis de me dire que je n'y trouvais rien d'extraordinaire, sans avoir eu besoin de venir jusqu'à Barcelone pour me faire cette opinion : il m'a suffi de regarder le palais de l'archevêché d'Astorga pour constater combien le style de cet architecte était artificiel. Il a l'air d'être fait de boue et non de pierre, ses fenêtres sont invraisemblables, quant à l'aménagement intérieur il suggère plus un casino qu'un palais épiscopal. Je pourrais en dire tout autant de l'architecture dite d'avant-garde, même quand il s'agit d'un homme aussi honnête et bon chrétien que Fissac. Ses églises surprennent, mais à quoi sert un temple, à prier ou à servir de décor à un film d'horreur avec Peter Lorre dans le rôle principal ?*

Cependant, je n'ai jamais imposé ni même suggéré mes goûts aux responsables des beaux-arts, me contentant de me taire quand je commençai à voir des élucubrations apparaître sur les murs de nos musées dans les années cinquante, et cette discrétion s'est même étendue aux peintres espagnols opposés à notre Croisade. Implacable sans doute, mais jamais rancunier : ainsi me suis-je toujours comporté à l'égard de nos ennemis, et je peux donner plusieurs exemples de cette disposition d'esprit. Lorsqu'en 1971, à Paris, un hommage universel fut rendu à Picasso, communiste et antifranquiste notoire, un directeur des beaux-arts me proposa d'en faire de même chez nous, puisque finalement Picasso était espagnol, et que les Français voulaient se l'approprier. Je donnai le feu vert, le directeur général entreprit timidement les préparatifs en sollicitant mon autorisation de demander au musée d'Art moderne de New York de pouvoir exposer à Madrid le fameux Guernica, celui que Picasso avait peint dans le cadre de la campagne communiste à propos de cet épisode confus au cours duquel la ville basque avait été bombardée. Moi, je n'aime pas Picasso mais, mis à part le soutien qu'il a reçu des snobs et de l'appareil international de propagande communiste, il doit bien avoir quelques qualités, et puis avec le temps un tableau ne demeure finalement qu'un tableau. Aussi me limitai-je à répondre : « Moi, le Guernica ne me gêne pas, mais je parierais qu'ils ne vont pas nous laisser le montrer. » Et, en effet, la machinerie anti-espagnole se mit à nouveau en marche : le tableau ne put être exposé à Madrid. Je n'ai jamais repoussé les artistes d'avant-garde, même si, je le répète, je préfère le classicisme. Dalí, avec qui je déjeunai à l'occasion de son projet de faire mon portrait, était émerveillé par la sagesse des remarques sur l'art que je lui fis lors de nos rencontres, et cette appréciation valait double sur les lèvres d'un homme aussi excentrique.

Si je vous raconte tant de choses à propos de mes goûts et de mes passe-temps, qui renvoient au contexte de calme relatif après la reconnaissance de l'Espagne sur la scène internationale, c'est pour vous permettre de découvrir la personnalité d'un homme auquel la Providence avait réservé le sort d'assumer des responsabilités aussi écrasantes. Je n'ai jamais été mû par la volonté de puissance, s'il n'en avait tenu qu'à moi je me serais retiré depuis longtemps sur mes terres pour les administrer, regarder grandir mes arbres, peindre, m'occuper de mes bêtes car le cheval prospère sous l'œil du maître. La propagande internationale a tracé de moi un tableau sanguinolent dans lequel je ne saurais me reconnaître, mais après tout on n'est jamais maître de l'image que les autres ont besoin de vous attribuer. Je crois être au contraire quelqu'un doté du sens de l'humour, capable de plaisanter, y compris sur mes propres travers, et j'ai souvent déclenché les éclats de rire autour de moi.

En toute sincérité, Excellence, après avoir lu et relu les traits d'humour que l'on vous attribue, je ne pourrais m'expliquer l'hilarité qu'ils provoquèrent si je ne tenais pas compte de la servilité dont vous étiez entouré. Je ne trouve drôles, très drôles en vérité, que certaines de vos sorties à propos de la politique et du Mouvement, pourtant sacré en apparence. Une fois, quelqu'un qui venait d'être nommé directeur général de je ne sais plus trop quoi s'était présenté pour vous remercier, et alors qu'il vous avait demandé conseil pour conserver longtemps ce poste vous lui aviez répondu : « Faites comme moi, ne vous mêlez pas de politique ! » Très piquante aussi, cette remarque adressée au rédacteur de l'une de vos lois fondamentales, celle de 1966 si je ne m'abuse, quand il vous avait avoué sa difficulté à trouver une place au Mouvement national dans le cadre de sa logique législative : « Parlez du Mouvement de temps à autre, comme en toile de fond, comme si c'était le paysage. » C'est tellement fin que j'ai du mal à croire que cela puisse être de vous.

Mon gendre Cristóbal a raison quand il affirme que je goûte les plaisanteries faites sur mon compte, à condition qu'elles ne soient pas grossières car les plaisanteries grossières salissent la bouche de ceux qui les racontent et offensent les oreilles de ceux qui les écoutent. Millán Astray, lui, ne savait pas s'arrêter, il racontait de ces anecdotes que l'on dit « osées » même en présence du père Bulart, mon confesseur : je voyais le prêtre supporter ce supplice jusqu'au moment où il lançait un regard de blâme au chevaleresque mutilé de guerre, un seul regard qui suffisait à le faire cesser. Les plaisanteries sur ma personne et mon œuvre ont accompagné toute mon action politique, mais elles ont connu un essor particulier après la Guerre civile, allant même jusqu'à offenser le peuple d'Espagne comme celle que m'a rapportée Míllan en personne : visitant un jour le foyer d'un humble cantonnier, je suis surpris par le confort ambiant – gramophone, glacière de bonne qualité, meubles coûteux –, et quand je lui demande de quoi il vit, il me répond « de mon travail, je suis cantonnier ». « Comme il sait bien gérer ses affaires ! » dis-je avec émerveillement puis, me tournant vers quelqu'un de ma suite : « Voilà un bon exemple pour ceux qui critiquent notre politique sociale à l'étranger ! Regardez comme cet homme vit bien ! » Et lui de répondre : « Vrai, Excellence, je vis très bien, mais c'est que pendant que je fais le cantonnier ma femme, elle, elle fait la p... » A une telle grossièreté, je peux opposer ce très joli dicton qui proclame : L'Espagne est le pays des trois S, le sabre, la soutane et le syndicat. Ou bien cette histoire drôle : devant la situation économique et politique très difficile, *Solís* me propose de déclarer la guerre aux États-Unis. *Je tourne et retourne l'idée dans ma tête, et au bout d'un moment je réfléchis à voix haute : «Très bien... Très intéressant... Mais, et si je la gagne?»* Il y en a eu aussi beaucoup sur ma mort et mon destin final, ciel ou enfer. La plus désagréable fut celle que l'on me raconta après l'attentat qui coûta la vie à Carrero Blanco : *je suis au paradis, je me promène quand soudain je tombe sur lui, et après le moment de joie des retrouvailles je remarque qu'il a une sorte d'auréole autour de la tête, ce qui m'inquiète : «Pourquoi tu as l'auréole des saints, et pas moi ?»* Et il me répond : *«Non, Excellence, c'est seulement le volant de la voiture qui m'est resté planté dans la tête, et même Dieu n'arrive pas à me l'enlever[1].»* De pareilles plaisanteries devraient relever du Code pénal. Parfois, les blagues frisent l'impertinence mais ne méritent pas une totale indignation, comme celle des deux fous qui se rencontrent, et le premier soupire : *«Dans mon asile, il y a Franco, qui se prend pour Dieu.»* Et l'autre : *«Moi, c'est pire : dans mon asile il y a Dieu, et il se prend pour Franco!»* Irrévérencieux, certes, mais aussi spirituel, incontestablement.

Carmen n'apprécie pas les plaisanteries déplacées, surtout en présence des jeunes. Avec le temps, la dévotion de Carmen s'est accentuée et si, par exemple, c'était moi qui avais insisté quand j'avais placé la relique du bras de sainte Thérèse dans notre chambre à coucher pour qu'elle nous protège le plus intimement possible, par la suite ce fut elle qui exigea le plus fermement qu'elle ne quitte jamais nos quartiers – sauf en de très rares occasions où l'un de nos proches était en danger de mort et où très généreusement Carmen m'a proposé de la prêter. Le rite conforte la foi, j'en suis convaincu : l'esprit de la religion s'épanouit avec la pratique religieuse et il arrive un moment où les gestes liturgiques, même les plus simples, nous deviennent aussi indispensables qu'une gymnastique, en l'occurrence une gymnastique régénératrice de l'esprit. Ainsi la récitation du saint

---

1. La bombe téléguidée qui coûta la vie à Carrero Blanco avait projeté sa voiture à plusieurs mètres de haut. *[N.d.T.]*

rosaire, qui m'ennuyait tellement quand j'étais enfant, surtout lorsqu'il fallait réciter tous les mystères, est devenue pour moi une source d'hygiène spirituelle. Cette prière en famille a été une institution chez nous depuis le jour où j'ai confié à Carmen que ma mère ne pouvait laisser s'écouler un jour entier sans dire un rosaire complet : « Ah ! eh bien, nous, nous en ferons autant ! » Et c'est donc devenu un exercice de relaxation spirituelle qui m'a parfois beaucoup aidé en politique : plus d'une fois, j'ai commencé le rosaire avec les mystères de la Contrition et en arrivant à ceux de la Gloire je savais par exemple que dire à Carrero Blanco à propos d'une lettre à Salazar, ou bien j'avais compris pourquoi tel saumon si vigoureux m'avait échappé pendant la dernière partie de pêche. La prière est un rite qui vous décante les strates les plus profondes de l'esprit. Vicente avait donc tort quand il grommelait qu'à force de prier, de pêcher et de chasser je n'avais plus le temps de me rendre compte de ce qui se passait dans le pays ; d'ailleurs, Carmen l'avait pris en grippe et disait qu'il ressemblait à un juif devant le Mur des lamentations, que c'était moi le Mur et qu'après je dormais mal la nuit. Elle a toujours cru que je dormais mal depuis la première nuit que nous avons passée ensemble, mais c'est faux. Qu'il est difficile parfois de surmonter les idées préconçues que se font de vous ceux qui vous sont particulièrement proches ! En tout cas, Carmen a toujours su tirer les conséquences de tout, et à ceux qu'elle soupçonne de m'empêcher de bien dormir elle déclare une guerre totale, me réservant quelquefois son bilan des opérations militaires. Mais moi, on ne m'empêche pas de dormir : comme tous les Franco, j'ai toujours peu dormi, même ma sainte mère qui ne quittait pas la maison était une noctambule, elle paraissait vouloir gagner sur la mort le temps donné au sommeil et il doit exister quelque chose d'approchant dans ma réticence à dormir. A partir du début des années soixante cependant, peut-être en liaison avec les séances de rééducation de la main que je m'étais blessée à la chasse, j'ai été assailli par des accès de somnolence que j'ai fini par ne plus pouvoir contrôler et dont je sortais en sursautant, éprouvant une humiliation que mon entourage s'efforçait de ne pas accentuer.

Puisque je viens d'évoquer cet accident à la main gauche, laissez-moi l'inscrire dans le registre de débit dans ce livre de comptes qu'est la vie, comme le pouvoir, de ce livre où débit et crédit forment un tout. Jusqu'en décembre 1961, et mes soixante-neuf ans accomplis, je n'avais subi aucun dommage physique autre que ma blessure de guerre en 1916 et quelques égratignures lors de mes multiples et toujours miraculeux accidents de voiture. Ni l'existence ni l'Histoire ne nous mettent à la retraite, mais le corps est régi par ses lois secrètes et, à mesure que je vieillissais, médecins, traitements et soins ont occupé une part importante de mon temps. Cette impression a sans doute été accentuée par la vigilance extrême de mon médecin personnel, Vicente Gil, et par le zèle de mon gendre, médecin lui aussi, lorsqu'il estimait que ma santé, excellente au demeurant, demandait une attention plus soutenue puisque je devenais un vieil homme, sain et vigoureux, mais marqué par l'âge. Je ne crois cependant pas me montrer irrationnel en voyant dans l'accident de 1961 l'équateur qui divisa un « avant » et un « après » dans mon état physique, de même que la proclamation du prince Juan Carlos comme héritier du trône d'Espagne marqua un « avant » et un « après » dans mon état d'esprit. L'accident de 1961 joua le rôle d'un signal d'avertissement à propos des hasards de l'existence et de la place qu'occupe la douleur dans la condition humaine ; celui de 1969 ouvrit des incertitudes qu'aujourd'hui encore je me refuse à juger. En tout cas, j'étais loin de me douter que la Providence me préparait un avertissement en cet après-midi de Noël 1961 où, peut-être pour oublier un peu mes multiples préoccupations, je pris ma carabine et partis dans les collines du Pardo à la recherche de quelque bonne prise. Soudain, le canon de l'arme explosa, je ressentis une très vive douleur dans la main gauche, devenue un pauvre appendice couvert de sang et de brûlures. A l'hôpital central de l'armée de l'air où l'on me conduisit, le chirurgien en chef du service traumatologique, le docteur Garaizabal, diagnostiqua une fracture ouverte de la première phalange de l'index, avec destruction des parties charnues du premier espace interdigital de la main gauche. Le radiologue s'installa à sa machine et, comme il ne m'avait pas reconnu dans la pénombre, il me demanda : « Que vous est-il arrivé, mon vieux ? » « Un accident de chasse, et je regrette bien de vous déranger un jour de fête. » Ses yeux s'étant habitués à l'obscurité, il se retourna vers l'infirmière : « Aïe ! qu'est-ce qu'il ressemble au Caudillo, celui-ci ! » Et moi : « On le dit, en effet. » Au milieu de la souffrance, ce petit tour me consola un peu. Quand ils apprirent enfin mon identité, ils changèrent logiquement de ton, à tel point que je dus presque leur demander d'élever la voix car je les entendais à peine quand ils m'annoncèrent : « Nous devons vous anesthésier, Excellence. » Allons-y, faites le nécessaire. En même temps, je pensais à l'exploitation qui pourrait en être faite aussi bien parmi les nôtres que par les ennemis de l'Espagne et donc, avant d'entrer dans la salle d'opération, je mis en garde Camilo tandis qu'il m'embrassait : « Fais attention à ce qui va se passer. » Mais il ne se passa rien, sinon que je repris mon existence quotidienne avec la main bandée et des douleurs spasmodiques, sous la surveillance renforcée de l'inévitable Vicente Gil, qui s'entêtait à me veiller la nuit pour dormir comme une souche le lendemain, me contraignant à demander à tous ceux qui venaient s'entretenir avec moi de ne pas faire de bruit afin de ne pas le réveiller. Gil a toujours été la principale victime de mes maladies, rares au demeurant, mais grâce auxquelles il a réussi au moins à apprendre la médecine.

Un modèle d'héroïsme jusqu'à la tombe, fidèle au tableau épique du Bonaparte, n'est-ce pas, Général ? En revanche, votre cousin Franco Salgado-Araujo affirme que votre blessure vous fait beaucoup souffrir, que vous êtes abattu, en piteuse forme, que vous attendez avec impatience le moment où l'on vous enlèvera votre plâtre, et que vous vous montrez tout surpris lorsqu'il vous apprend que nombre de vos « inconditionnels », dès la nouvelle de votre accident, ont commencé à préparer leurs valises pour partir loin d'Espagne. « Très candidement, il me demande : " Mais avec quoi ils vivraient, à l'étranger ? " Je lui réponds que ces familles, et bien d'autres encore, ont amplement de quoi assurer leur subsistance dans un autre pays. »

Quand ils m'enlevèrent mon plâtre pour constater dans quel état se trouvaient la main et le bras qui avaient été immobilisés, les médecins, après s'être concertés, décidèrent de me soumettre à une rééducation intensive, six heures par jour réparties en trois séances de deux heures, chacune d'elles contrôlée par un médecin différent, mais le tout sous la supervision inlassable de Vicente Gil, qui en quelques jours était devenu un expert en tout ce qui pouvait affecter la mobilité de ma main et de mon bras. On installa une table de rééducation dans le salon richement décoré où Carmen et moi avions l'habitude de prendre le café après déjeuner. Les physiothérapeutes étaient quelque peu intimidés par ce cadre et par ma personnalité, à telle enseigne que je dus me montrer aussi naturel que possible afin d'éviter que cette gêne finisse par nuire au traitement. Ce dernier se révélait fastidieux, je ne pus bientôt y échapper qu'en somnolant, jusqu'à ce qu'un jour le docteur Soriano ait une brillante idée : « Pourquoi n'essayeriez-vous pas de tenir une carabine avec votre main blessée, pendant que je corrigerai vos mouvements ? » Tout s'éclaira d'un coup, et nous nous retrouvâmes le docteur et moi, dans ce salon néoclassique du Pardo, à nous passer la carabine et à viser une cible imaginaire. Nous étions ainsi occupés un jour lorsque Vicentón fit irruption tout joyeux dans la pièce et fut pétrifié en apercevant le médecin, carabine à l'épaule, viser un point dans l'espace. Lorsqu'il fut remis du choc, le docteur lui expliqua sa trouvaille, fort heureuse puisque le fait de reprendre la carabine en main me permettait de retrouver les réflexes de ma longue carrière militaire.

Les spéculations sur un possible attentat, pourtant sans aucun fondement, furent alimentées de manière irresponsable par des gens comme Vicentón ou Camilo, aveuglés par leur volonté de me protéger. Comment un saboteur aurait-il pu prévoir que c'était moi, et personne d'autre, qui allais utiliser cette cartouche ? Ma carabine n'avait pu être trafiquée, et donc seul le hasard était coupable dans cet accident. J'avais certainement introduit par erreur une cartouche d'un calibre insuffisant qui était restée coincée, puis avais chargé sans m'en rendre compte une autre cartouche de taille adéquate qui, en étant expulsée, rencontra l'autre et fit exploser le canon. Des études furent menées pour vérifier si un peu de boue ou des feuilles avaient pu le boucher, mais le résultat se révéla négatif. En revanche, on trouva dans le canon des débris d'une cartouche qui avait été chargée en premier mais qui n'avait pas été mise à feu.

Votre ami Camilo ne tint compte ni de l'enquête officielle ni de votre avis, et continua à soutenir qu'il s'était agi d'un attentat. Même López Rodó mit en doute le caractère fortuit de l'accident, mais avec sa prudence naturelle il ne se rangea pas pour autant à l'avis inverse : « D'après le ministre de l'Information, qui me l'a affirmé confidentiellement, l'accident n'a pas été fortuit, ceux qui avaient fourni ces munitions ayant eu l'intention de tuer Franco. »

Cette petite alerte avait suffi à relancer les élucubrations et les inquiétudes à propos de la succession et Camilo commençait à donner des signes d'une nervosité qui n'allait pas le lâcher pendant une décennie entière. Moi, je laissais parler, spéculer, insinuer ; esclaves des mots, beaucoup de ceux qui m'entouraient prononçaient trop fréquemment le nom de don Juan de Bourbon, comme s'il n'existait pas d'autre possibilité. Mes relations épistolaires avec don Juan étaient constantes et son ton avait bien changé, mais mes informateurs me laissaient entrevoir qu'au Portugal il ne se montrait pas aussi loyal que ne le faisaient attendre ses lettres, et qu'en Espagne ses partisans n'avaient pas renoncé à leurs chimères restaurationnistes. Tout en déplorant les mauvais effets sur son esprit des visites que le prince rendait à son père, j'étais plutôt satisfait des progrès qu'il avait accomplis dans l'assimilation du rôle qui lui revenait, celui d'héritier présumé de la légitimité du Mouvement. Don Juan n'inspirait plus confiance aux exilés, comme devait le prouver un article de Prieto dans El Socialista, *journal publié à Toulouse, au fil duquel le vieux leader socialiste attaquait le prétendant avec une hargne qui ne reculait pas devant l'injure. M'étant empressé d'en envoyer un exemplaire à don Juan au cas où cette publication lui aurait échappé, je reçus de lui une réponse qui indiquait son entière détermination à assumer ce que je représentais : « Le fait qu'ils nous couvrent tous deux de leurs injures prouve à quel point les vieux républicains en exil sont exaspérés par la nouvelle orientation qu'a prise l'Espagne. » En même temps, devant ses partisans les plus impatients, don Juan répondait avec une grande pertinence : « Moi, je ne fais pas de politique, je fais une dynastie. »*

C'était pourtant moi, et non lui, qui la faisais. Plus le prince se sentait partie prenante du destin espagnol, plus les attaques contre sa personne se renforçaient dans les rangs des phalangistes républicains et des carlistes. Dès son premier jour de cours à l'université de Madrid, il en entendit de toutes les couleurs, depuis les mots d'ordre républicano-phalangistes jusqu'aux insultes personnelles, tandis que les plaisanteries circulant sur son compte cherchaient à le faire passer pour un attardé mental. Début 1961, me parvinrent les premières informations sur les projets matrimoniaux du prince Juan Carlos avec la princesse Sofia de Grèce, projet qui après analyse présentait un écueil majeur et plusieurs de moindre importance. Le premier était constitué par le fait que la princesse était de confession orthodoxe, ce qui l'obligerait à renoncer à sa foi et à accepter un baptême catholique ; quant aux troubles mineurs, c'était l'agitation monarchiste que cette noce ne manquerait pas d'encourager. Le premier obstacle fut facilement contourné grâce aux bonnes dispositions de la jeune fiancée, et je tentai de relativiser les autres en convenant avec don Juan d'un mariage discret. Les prévisibles réactions de mépris des puristes du Mouvement, qui multiplièrent leurs injures à l'encontre du prince comme de doña Sofia, faisaient pencher ma mauvaise humeur à bâbord mais je me rééquilibrais aussitôt à tribord en voyant l'impatience avec laquelle les autres tentaient de me pousser à accélérer la mise au point et l'adoption d'une loi organique qui devrait conclure le processus de légitimation juridique de la monarchie. Ce Monsieur López Rodó était si pressé de faire passer cette loi, Carrero Blanco se montrait si favorable à cette hâte que la méfiance m'envahit et que je pris six ans à étudier point par point ce qui m'était proposé, peu disposé à laisser entrer le cheval de Troie alors que j'avais déjà pleinement remporté la bataille institutionnelle. Même si elles provenaient de gens comme Girón, les critiques qui me parvenaient à propos des orientations politiques et économiques du gouvernement ne manquaient pas de perti-

nence : maîtresse de son destin jusqu'en 1957, l'Espagne s'était mise à dépendre de plus en plus de l'étranger depuis cette date, et cette tendance s'accentuerait si nous étions acceptés au sein du Marché commun européen comme nous en avions fait la demande en février 1962. De plus, les changements économiques entrepris en 1957, certes irréversibles, avaient eu des conséquences sociales aussi graves que la désertification des campagnes et l'émigration. Or je n'aimais pas plus voir les étrangers se mêler de ce qui se passait chez nous que de laisser partir les nôtres dans des pays où ils étaient soumis à de néfastes influences.

En pleine politique de redressement économique de droite, vous évoquiez de temps en temps la nécessité d'une réforme agraire qui pourrait freiner le départ des paysans vers la ville, vous parliez de créer une bourgeoisie agraire capable de compenser les dures réalités climatiques. Mais vingt ans après, devant l'évidence que l'unique réforme agraire avait été accomplie par les paysans qui rejoignirent d'abord les banlieues industrielles de l'Espagne puis s'éparpillèrent dans toute l'Europe, au point de former un exode de près de deux millions d'Espagnols forcés de s'en aller gagner leur vie un peu partout, vous ne pensiez qu'à déplorer publiquement l'émigration des femmes, préférables en bonniches qu'en expatriées : « Cette émigration, justifiable pour les hommes, n'a pas de sens pour les femmes puisqu'elles peuvent trouver dans nos cités des emplois domestiques bien rémunérés et s'épargner ainsi les dangers d'une telle aventure en pays inconnu. » Et de vous lamenter sur les risques que couraient « tant de nos jeunes filles » à l'étranger, comme si les femmes n'étaient que ces « petits papillons affolés » qu'évoquait l'une de vos zarzuelas préférées, avec le bon goût que l'on vous connaît.

Le 14 mai 1962 fut célébrée à Athènes l'union de Juan Carlos de Bourbon et de Sofia de Grèce. Comme il fallait s'y attendre, la cérémonie se convertit en démonstration de force monarchiste propre à irriter ceux qui pensaient à un coup monté de don Juan. On me reprocha d'avoir laissé se rendre à Athènes le croiseur

Canarias, *navire amiral de notre Marine commandé par l'amiral Abárzuza, mon représentant personnel au mariage royal. Moi, j'étais plus préoccupé par d'autres événements, les grèves des Asturies par exemple, qui semaient le grain de la révolte dans toute l'Espagne. Je dus cependant rassurer mes plus proches alliés, combattre les suspicions et insister finalement sur la chance que nous avions eue de voir cette noce se dérouler aussi loin de notre pays.*

Julio Amescua, déjà diplômé du MIT et parvenu à la tête d'Amescua SA, s'était rendu au mariage de Juan Carlos et de Sofia. A son retour, comme je me trouvais en prison pour des raisons sur lesquelles je reviendrai plus tard, il ne put me raconter comment cela s'était passé, mais voici qu'à l'été 1962 arriva à Carabanchel un groupe de prisonniers politiques du Front de libération populaire, venus de toute l'Espagne mais surtout de Catalogne. Parmi eux, un avocat nommé Sardá avait lui aussi été de la noce à Athènes. Cette affinité monarchique n'avait pas manqué de me surprendre puisque ceux du FLP (ou du FOC, sigle catalan de l'organisation) étaient déjà à l'époque presque plus radicaux que nous, mais en définitive il s'agissait d'un jeune et curieux avocat qui, à l'instar de Julio, s'était rendu à Athènes comme on va à Las Vegas : pour voir un spectacle en Technicolor.

Ce fut donc Sardá qui nous raconta les festivités et nous rapporta quelques notations personnelles sur le prince, un peu fatigué de jouer les îlots monarchistes dans la mer franquiste, de faire le sourd pour ne pas entendre les quolibets et de rester de marbre quand on lui envoyait des tomates ou des œufs, oui Général, cela vous ne l'avez pas dit. Il avait connu la jeune fille au cours d'une croisière sur la mer Égée à bord du yacht de la famille royale grecque, l'*Agamemnon*, car la mère de Sofia s'était spécialisée dans l'organisation de croisières destinées à faciliter les rencontres entre princes et princesses qui restaient encore à caser. Ils s'étaient revus par la suite en divers points d'Europe, dans ces cercles aristocratiques réservés au Gotha, et avaient finalement décidé de se marier, car le prince était convaincu que c'était l'unique moyen d'échapper à son sort

461

d'otage dynastique et ne savait plus où donner de la tête entre la cour royale de l'Estoril et le palais franquiste du Pardo. La fête d'Athènes fut une manifestation à la gloire de la dynastie des Bourbons à laquelle se rendirent des milliers de monarchistes, en bateau, en avion de ligne ou en charter. Sur place les attendait, au titre d'ambassadeur d'Espagne, Luca de Tena en personne, ce fomentateur de guerres civiles, dramaturge, procureur de Votre Excellence aux Cortes, membre du conseil personnel de don Juan, allié à Aristoteles Onassis pour la publication quoti-dienne d'un *Diario español de Atenas*, la gazette espagnole d'Athènes qui se montrait aussi monarchiste qu'*ABC* mais qui échappait à votre censure, Général.

Monsieur l'ambassadeur réussit à convaincre les organisateurs de renoncer à un petit numéro qu'ils avaient projeté de jouer à l'entrée de la cathédrale d'Athènes, le déploiement d'une pancarte proclamant : « Les Espagnols saluent le roi don Juan à l'occasion du mariage de son fils, le prince don Juan Carlos. » On exécuta la *Marche royale* devant la reine Victoria Eugenia, et les cent vingt officiers du croiseur *Canarias* rendirent les honneurs avec drapeau et fanfare, ce qui valut ensuite un savon à l'amiral Abárzuza. Sardá nous obligeait à imaginer une cité envahie par des Espagnols qui passaient leur temps à dire du mal de Franco : « Une véritable catharsis, je vous dis. » Et c'est ce que nous vivions en imagination, mais plus tard, en privé, nous, les communistes n'avions pas manqué de critiquer la frivolité du camarade du FLP-FOC : « Tu serais allé là-bas, toi ? » nous demandions-nous les uns aux autres. Généralement, avant de répondre, nous levions les yeux sur le petit bout de ciel rectangulaire que l'on entrevoyait de la cour de Carabanchel, et les plus chevronnés laissaient tomber, la voix opaque et la bouche sèche : « Non. » Moi, je me contentais de contempler le ciel et de me rappeler que la lune de Madrid était la même que celle du Parthénon.

Les bonnes perspectives de notre politique et de notre économie ne pouvant être tolérées par nos ennemis de toujours, 1962 allait être une année de bras de fer entre l'Espagne et l'anti-Espagne. Les grèves qui avaient éclaté dans le bassin minier au printemps furent suivies par une ébullition estudiantine sans grand effet à Madrid et à Barcelone, puis par la chute de l'appareil du PCE de l'intérieur, dirigé alors par Julián Grimau, un agent de Moscou, un criminel qui avait été responsable d'une prison politique à Barcelone pendant la Guerre civile. Quand les grèves éclatèrent dans les Asturies, je m'apprêtais justement à me rendre là-bas : c'était la meilleure saison pour le saumon dans les rivières asturiennes. Pourtant, je me sacrifiai en renonçant à ce voyage, ne voulant pas paraître indifférent devant un conflit qui avait peut-être un fondement réel mais qui était exploité par toutes sortes d'activistes venus de l'extérieur et soutenus par des curés agitateurs se prétendant « prêtres-ouvriers » et bafouant ainsi le contenu universel et interclassiste de leur mission. Avaient-ils de bonnes raisons, ces mineurs et ces curés qui les soutenaient ? En prenant mes informations, j'appris qu'un mineur de fond pouvait gagner de quatre à huit mille pesetas par mois. Quand je parlai du conflit des Asturies devant Vicente Gil, il ne trouva rien de mieux que de lancer : « Mon général, je vous l'ai déjà dit plus d'une fois, tant que l'on n'attrapera pas un évêque pour le pendre comme le battant d'une cloche, vous ne réglerez pas le problème. » « Mais comment donc ! Je ne sais pas avec quoi tu penses, Vicente, mais en tout cas très peu avec ta tête. Tout ce qui me manquait : en faire des martyrs. J'en ai suffisamment avec ceux de la Croisade. » Pour ma part, j'évitai d'aller jusqu'à instaurer l'état d'exception dans toute sa rigueur.

J'ai été parmi les derniers inculpés pour flagrant délit de « rébellion armée ou équivalent », avant la création du tribunal de l'Ordre public par vos soins. Toute activité subversive était alors instruite et jugée par des tribunaux militaires, et le sort me réserva votre féroce procureur, le colonel Eymar, un homme qui cultivait dans son cœur la vengeance et dans son regard la cruauté d'un chasseur de récompenses spirituelles. Et tout cela parce que Lucy s'était mis dans la tête qu'il fallait absolument faire quelque chose pour les mineurs des Asturies, certes en absolue concordance avec les instructions répercutées par le secrétaire de cellule. Nous avions été quelques-uns à brandir en vain l'argument selon lequel les conditions objectives et même subjectives n'étaient en aucun cas à la mobilisation, mais finalement il faut croire que la direction du Parti, en l'occurrence Lucy, avait une plus grande influence sur les conditions objectives que le commun des mortels puisque nous nous retrouvâmes quelques douzaines de manifestants à parcourir à toutes jambes un peu de terrain depuis la Moncloa jusqu'à Callao, en criant d'abord d'une voix essoufflée : « Grève générale ! », avant que quelqu'un n'ait l'idée de lancer : « Mort au général ! » C'est ce qui fut inscrit par la suite dans mon dossier, en sus de la grave accusation d'avoir chanté *Asturies, ma patrie chérie...*, à l'époque ritournelle mélancolique affectionnée par les passagers d'autocar entre deux vins, aujourd'hui hymne de l'autonomie asturienne.

A relire les considérants et autres nonobstant qui ornaient la demande d'une peine de six années de prison présentée par le procureur, je dois dire que je ne ressens qu'une honte distanciée, Général, gratuite même, je vous le concède, gratuite. Ce n'est pas ce que j'éprouvais alors, quand j'avais mal partout à cause des raclées écopées d'abord dans un recoin de la rue Preciados, notamment au pariétal droit qui avait reçu de mauvaise grâce la portière de la Jeep ouverte subitement par un sergent pot à tabac – on aurait cru qu'il savait que ma tête allait passer par là –, ensuite à la Direction générale de la Sécurité où vos sicaires de prédilection menaient la danse. Il y avait eu les coups de poing balancés par surprise dans le ventre, l'interdiction de pisser et de dormir, ainsi que la menace de passer Lucy à tabac sous mes yeux. Car elle aussi avait été arrêtée, et c'est une voix de lionne que j'entendais au fond du couloir tandis qu'elle leur promettait de déclencher sur eux l'ire de son père, sous-lieutenant de réserve et médaillé du mérite au combat. La simple idée qu'ils pourraient nous torturer l'un en face de l'autre, ce qui était arrivé à d'autres couples de militants, me faisait défaillir et, malgré les coups reçus, lorsque j'appris que Lucy avait été emmenée à la prison de Yeserías et qu'on allait bientôt me conduire à Carabanchel, je palpai tous les accrocs sur ma carcasse en ressentant une sorte de soulagement. Lucy fut condamnée à six mois, moi à trois ans. Nous nous étions vus le jour du jugement, on nous avait laissés nous asseoir ensemble sur le banc des accusés. Bien en vue au milieu d'une assistance clairsemée dont les hommes de la police politique et quelques militaires formaient la majeure partie, mon beau-père nous jetait des regards en biais, la poitrine bardée de toutes ses décorations militaires. Mes parents, eux, étaient restés dehors, à compter sur leurs doigts les tristes dividendes que leur faisait payer une Histoire décidément adverse. Après avoir entendu la sentence, alors que nous nous séparions Lucy et moi pour rejoindre nos fourgons respectifs, mon beau-père m'avait serré dans ses bras en disant d'une voix assez forte pour être entendue par tout le monde : « Toi, le sous-lieutenant de réserve Venancio Carriego Bustamante te fera sortir de Carabanchel. » Il était très énervé de voir sa fille se déplacer avec les menottes, et plusieurs policiers qui paraissaient le connaître et qui le traitaient avec égard avaient essayé de le calmer. J'avais suivi tout cela du coin de l'œil pendant que l'on m'entraînait au loin, le poignet attaché à celui d'un ouvrier des Manufactures métallurgiques. En un sens, mon beau-père a tenu parole : deux ans plus tard, il venait me chercher en voiture à la sortie de prison, où j'avais bénéficié d'une remise de peine grâce à la mort de Jean XXIII. Comme devait nous le dire à Lucy et à moi l'aumônier de Carabanchel, « à quelque chose malheur est bon ».

Le remaniement ministériel de 1962 étant inévitable – j'ai toujours répugné à employer le terme de crise ministérielle –, la ronde des entretiens individuels commença en vue de la formation d'un nouveau gouvernement. Sans doute, l'Histoire retiendra-t-elle que la nomination la plus marquante fut celle de Manuel Fraga Iribarne* au ministère de l'Information et du Tourisme, en remplacement de Gabriel Arias Salgado, mais je dois dire que ce ne fut pas une décision aisée pour moi, qui devais choisir entre Fraga et Jesús Suevos, un bon écrivain et un franquiste dévoué. Don Gabriel ne digéra pas son limogeage, il en mourut de dépit quelques semaines après, sans doute pour monter au ciel et y recevoir les remerciements de ceux qui avaient pu se retrouver là grâce à tout ce qu'Arias Salgado leur avait interdit de lire. Ses titres universitaires et son efficacité à la tête de l'Institut des études politiques m'avaient conduit à préférer Fraga, d'autant que Carrero Blanco m'avait fait de lui l'éloge suivant : « Sans être un phalangiste, ce n'est pas non plus un démocrate-chrétien. » On m'avait parlé de son caractère animé, qui ne s'assimilait pas toujours au courage, et par la suite parvinrent à mes oreilles des histoires de fils de téléphone arrachés parce que les appels l'irritaient, ou de sorties toni-truantes contre des personnages devant lesquels personne n'avait plus élevé la voix depuis qu'ils avaient fini leur service militaire. Mais il pouvait faire preuve d'une vitalité très positive, en particulier lors de la campagne anti-espagnole déclenchée par l'exécution du bourreau communiste Julián Grimau ou lorsqu'il fallut répondre aux mensonges à propos de mauvais traitements subis par les mineurs asturiens et leurs épouses. Alors que les entremetteurs habituels lui remettaient une liste d'intellectuels ayant signé le manifeste de protestation à ce sujet, il s'exclama : « Mais les intellectuels, c'est nous, nous qui avons usé nos fonds de culotte à étudier et à passer des concours ! »

Et il avait raison, car il s'était présenté avec succès à presque tous les concours, ce qui n'était pas étonnant vu la grosse tête que Dieu lui avait donnée. Cependant il pouvait me déconcer-ter : de temps à autre, ses paroles allaient plus vite que sa pensée, et plus d'une fois, pendant les Conseils des ministres, il semblait prêt à se hérisser comme un coq si je faisais une objection à son exposé. Quand on dénonça dans le monde entier l'exécution de Grimau, Fraga mit toute son énergie à défendre la thèse que l'accusé s'était volontairement jeté par une fenêtre : « Il a décidé de se jeter du balcon parce qu'il ne voulait plus rien déclarer. » Tout en reconnaissant son intelligence et sa force de travail, je suis toujours resté un peu réservé à son égard : il manquait en effet de courage froid. En revanche, son caractère bouillonnant plaisait beaucoup à Pedrolo, par exemple, qui l'a toujours protégé, peut-être aussi parce que Fraga était galicien : « C'est l'unique civil de ma connaissance qui pourrait un jour convenir aux militaires », aimait à me dire Pedrolo. Avions-nous donc ainsi encore un autre prétendant ? Le nouveau cabinet de 1962 joua en tout cas un rôle très important en confirmant le tournant novateur de 1957, au moment où l'Espagne était en passe de devenir l'un des pays les plus industrialisés au monde grâce à la spectaculaire croissance économique due au programme de développement de López Rodó, très lié à l'Opus Dei. La vigilance du gouvernement était d'autant plus nécessaire qu'avec l'ouverture du pays au tourisme, aux capitaux étrangers, aux vents culturels venus d'Europe et d'Amérique la subversion allait y pénétrer de même que la gangue dans les métaux les plus nobles. Comme il avait raison, celui qui a dit que les peuples oublieux de leur histoire sont condamnés à la répéter! Pendant cette époque de développement et de relâchement de la vigilance, une bonne part de mon souci fut donc de renforcer la maille du nouvel État, afin de tout laisser bien en ordre le jour où Dieu aurait à m'appeler auprès de lui.

Ayant eu à s'occuper des retombées de la subversion partie des Asturies, le nouveau gouvernement dut faire face à l'alliance contre nature scellée à Munich par de prétendus démocrates qui, sous la houlette de Madariaga, Gil-Robles et Rodolfo Llopis (le nouveau secrétaire du PSOE), demandaient le retour de la démocratie en Espagne. On ne pouvait non plus ignorer les espoirs renouvelés de don Juan, activés à dessein par le mariage de son fils et toujours nourris par une crainte « respectueuse » que je puisse, à Dieu ne plaise, disparaître en laissant le Mouvement sans légitimité. Afin de rendre la tranquillité à ceux qui, un an auparavant, avaient pris peur à cause de mon accident de chasse, je créai en 1962 le poste de vice-président du gouvernement, que je confiai à Agustín Muñoz Grandes. Sous sa cape d'ancien divisionnaire phalangiste, ce dernier allait protéger les ministres technocrates, et notamment contrebalancer la nomination de López Rodó, lié à l'Opus. Les rapports de police m'informaient en même temps sur les étranges ménages qui étaient en train de se former : García Valiño accueillait un émissaire du PSOE, Ruiz-Giménez se laissait courtiser par des marxistes notoires, don Juan avait reçu à l'Estoril toute l'opposition sauf les communistes... Je n'étais pas au bout de mes surprises, et pendant qu'au Conseil des ministres nous luttions contre la subversion les dirigeants du Mouvement et des syndicats se confrontaient aux infiltrations de responsables communistes dans l'appareil syndical. Parfois, on

467

m'en parlait, parfois non. Mais en Espagne il a toujours été plus facile de se dissimuler que de se taire, et finalement on perd en parlant ce que l'on gagne en se taisant.

Ceux qui s'étaient vu infliger plus de vingt ans de prison me faisaient l'effet de condamnés à mort, et la simple évocation de prisonniers qui, à l'instar de Marcos Ana, étaient enfermés depuis l'âge de dix-sept ans, peuplait mes nuits de cauchemars, ces nuits où l'on compte et recompte dans sa cellule les mois qui restent, les rabais de la conditionnelle, les remises de peine pour bonne conduite... Certaines nuits, l'arithmétique se brouille et l'on découvre avec angoisse que le temps encore imparti est beaucoup plus long qu'on ne l'avait pensé. Refaire les calculs vous entraîne souvent jusqu'à l'aube mais presque toujours les chiffres se sont assoupis quand se rapproche le bruit des portes déverrouillées au petit matin, et alors renaissent en vous les espoirs et l'envie de fredonner. Comment regarder Grimau en face ? Il avait les traits déformés, mais quand on avait parlé quelques minutes avec lui sa voix persuasive, son courage froid, comme vous l'auriez catalogué, faisaient oublier ce visage esquinté par les coups et le béton des couloirs de la Direction générale de la Sécurité. Grimau parlait avec la lenteur et la tranquillité de celui qui dispose de beaucoup de temps, tout à fait dans le style « professeur en prison » qui était aussi celui de Miguel Núñez, Moreno Mauricio, Sánchez Montero, Cazcarra ou Camacho* – tous étaient passés par Carabanchel avant de rejoindre leur prison définitive, notamment celle de Burgos où allaient finir toutes les grosses prises communistes. C'était la Semaine sainte, en 1963. Nous étions tous au courant de la mobilisation mondiale pour la grâce de Grimau, nous attendions tous le miracle, jusqu'au dernier moment. Soudain, il disparut de notre vue, il perdit cette facilité qu'il avait de passer à travers les portes de nos cellules, tel le suppléant d'un gouverneur fantomatique. Il avait été mis en isolement avant d'être fusillé, condamné à la solitude pour mourir. Et presque tous nous avons pleuré en imaginant entendre les fusils partir sur un champ de tir de l'armée, à l'aube du 23 avril 1963. Les yeux crispés comme des poings levés, Général. Voilà, vous, le parkinsonien, n'aviez pas tremblé un instant devant l'indignation du monde entier. *Le Canard enchaîné* de Paris vous avait dédié une citation de Hume : « Oui, il faut pardonner aux ennemis, mais après les avoir pendus. »

Malgré toutes ces nouvelles têtes et tout ce jargon technique qu'elles pratiquaient, je me sentis rapidement à l'aise avec l'équipe gouvernementale, non seulement avec les habitués, mais aussi avec les plus jeunes. Vicentón était le seul à oser me raconter que les ministres arrivaient au Conseil terrorisés par ma réputation de pouvoir rester des heures et des heures en réunion sans avoir besoin d'aller au petit coin. Je concède que chacun est plus ou moins apte physiquement à faire preuve d'une telle maîtrise de son corps, mais, dans le cas contraire, j'ai souvent vu le résultat d'une mauvaise éducation, ou un manque de volonté et d'autodiscipline. Un jour que j'effectuais un voyage en Andalousie, le gouverneur et d'autres dignitaires provinciaux m'attendaient à l'entrée de Séville et, dès mon arrivée, je commençai à les interroger sur les problèmes locaux quand je remarquai que le gouverneur pâlissait, bégayait, serrait les jambes et ne pouvait maîtriser un rictus de douleur. Comme je lui demandai s'il se sentait mal, il me répondit que non, que pas du tout, mais il ne cessait de se contorsionner bizarrement, si bien que je le forçai à m'avouer ce qui lui arrivait, et il s'exécuta d'une voix altérée par la honte. « On peut facilement arranger cela », dis-je en ordonnant au chauffeur d'arrêter. Mais alors que le gouverneur était descendu et s'apprêtait à se soulager, l'escorte, surprise par notre manœuvre et craignant quelque chose de grave, fit marche arrière pour revenir à notre hauteur. Monsieur le gouverneur, pris entre deux feux, battit en retraite, remonta dans la voiture où je me rendis compte par la suite qu'il s'était libéré de son humide fardeau. Ce secret, vite découvert, provoqua chez certains une hilarité sous cape à laquelle je refusai de me joindre : comment peut-on se prétendre gouverneur civil et prendre une voiture officielle pour urinoir ?

Parmi les multiples audiences que je concédais, celles des responsables de la ONCE, l'Organisation nationale des aveugles, me touchaient particulièrement. Dès la fin de la guerre, j'avais encouragé la création d'un tel organisme, vieille idée qu'à ma grande surprise le ministre de l'Intérieur de l'époque, le général Severiano Martínez Anido, avait accueillie avec réticence. Sa raison était qu'il avait été assailli un jour dans le salon d'un hôtel par un groupe d'aveugles qui avaient voulu le battre avec leurs cannes : « Les aveugles sont des teignes, vous pouvez me croire, Franco. » Peut-être, mais dans quelle disposition d'esprit doit être quelqu'un privé du sens le plus extraordinaire, celui qui nous permet de contempler notre mère, notre patrie ? L'aveugle de naissance ignore totalement cette merveille, mais ceux qui le deviennent à cause de la maladie, d'un accident, d'une blessure de guerre... C'est terrible. Les yeux me piquent rien qu'à l'idée de devenir aveugle. Ma mère me recommandait toujours de regarder tout droit les personnes et les choses. Paquito, tu as des yeux qui intimident... Pourquoi donc ces aveugles avaient-ils voulu frapper Martínez Anido ? avais-je fini par demander à un responsable de la ONCE, assez âgé pour se souvenir ou être au courant de l'histoire, et il me raconta que don Severiano, toujours aussi expéditif, avait caressé le plan d'enfermer tous les aveugles dans des maisons spécialisées, « pour qu'ils ne se fassent pas renverser par une voiture ». Et lui de commenter : « Comme des lépreux, Excellence, comme des lépreux... »

Le vingt-cinquième anniversaire de notre Victoire approchait, célébration de la prospérité de l'Espagne que nous allions placer sous le mot d'ordre « Vingt-cinq ans de paix », déformé par nos ennemis en « Vingt-cinq ans de patience ». La stabilité du pays contrastait avec le désordre mondial, la seule menace qui pouvait nous inquiéter, avec notamment cette frénétique entreprise de décolonisation qui multipliait les nouveaux États fantoches. La liquidation du putsch d'Alger par de Gaulle fut aussi pour le moins discutable, même si la popularité du chef d'État français n'en pâtit pas en métropole, mais, une fois de plus, l'Histoire me donnait raison : Georges Bidault, ce petit politicien qui avait en 1945 imposé la quarantaine à l'Espagne en nous fermant sa frontière se retrouvait dans la clandestinité, voué à la cause romantiquement désespérée de l'OAS...

Vous avez employé, Général, pour blâmer le manque de détermination de De Gaulle, une comparaison entre l'OAS et la Phalange qui n'a pas dû beaucoup plaire aux intéressés : « L'OAS est déphasée. La Phalange espagnole représentait chez nous quelque chose de comparable à l'OAS, et je l'ai mise au pas. Si la France avait eu un régime fort, ils n'auraient rien pu faire. »

Les époques se suivent et ne se ressemblent pas. Aux difficultés antérieures succédèrent donc les festivités du vingt-cinquième anniversaire : discours, manifestations de soutien inébranlable, preuves multiples de ma volonté de continuer à gouverner l'Espagne tant que Dieu me prêterait vie et surtout, cadeau inestimable de la Providence, la victoire de notre équipe en Coupe d'Europe de football face... aux Soviétiques. Le but de Zarra contre l'Angleterre en 1950 au Brésil avait été une victoire symbolique remportée sur la perfide Albion, celui de Marcelino en 1964 à Madrid scella la défaite de l'URSS, notre ennemi fondamental, la puissance fomentatrice de la révolution mondiale, cette hydre monstrueuse dont nous avions coupé la tête espagnole en 1939. Longtemps nous avions refusé de rencontrer les sélections des pays communistes pour éviter une exploitation subversive des affrontements sportifs, mais il le fallait bien pour nous intégrer pleinement aux instances internationales, et cette victoire de 1964 sur le premier pays communiste au monde, en Coupe d'Europe, fut elle aussi tout un symbole.

Azaña, ce prophète de malheur, avait affirmé en 1938 que les Espagnols seraient condamnés pendant cinquante ans « aux rigueurs de la pauvreté et des travaux forcés », qu'il n'y avait pas d'autre issue pour surmonter les destructions d'une guerre que des gens comme lui nous avaient obligés à déclarer. Mais voici que López Rodó, à la faveur de deux plans de développement économique, me communiquait des chiffres fort satisfaisants, que je voyais déjà se refléter dans les réalités du pays. L'argent brassé par les investissements publics et l'initiative privée prouvait la viabilité d'une économie à la fois mixte et planifiée. Le produit national brut arriva à augmenter de 11 % l'an, nous cherchions à atteindre un revenu annuel par tête d'habitant de

500 dollars, et nous arrivâmes à 1 000! Par rapport à 1931, la productivité avait décuplé, quintuplé, et, au début des années soixante-dix, nous nous retrouvions au cinquième rang des pays industrialisés. Mon rêve de régénérescence s'accomplissait, non sans le risque connexe de laisser s'amollir la conscience nationale, surtout parmi les jeunes générations qui s'habituaient à la vie facile. Il arrive que l'abondance suscite moins d'espoir que l'austérité, et quand il avait fallu sauver l'âme de l'Espagne je n'avais pas hésité à condamner tout un peuple à se contenter d'une tomate par jour. Aujourd'hui, nous voyons la montée quantitative des crimes, des suicides, des symptômes de décomposition occidentale qui reflètent la désillusion de peuples qui ont atteint l'aisance matérielle en perdant leurs valeurs spirituelles. Mais, dans les années soixante-dix, le peuple espagnol n'avait profité de sa lutte que pour arriver à la tête des pays les plus développés.

Vous en êtes réellement convaincu, Général? Dans le même registre, on pourrait dire que le Liberia possède la flotte marchande la plus importante au monde... Maints économistes ont estimé que ces plans de développement, en grande partie financés par les crédits américains, ont artificiellement gonflé la prospérité économique espagnole, n'ont été que des tâtonnements hésitants entre la démagogie de l'après-autarcie – dominée par les trafics d'influences – et l'intégration réelle du système productif espagnol au capitalisme européen et mondial. Ils n'ont entraîné aucun changement fondamental positif, pas plus au niveau de la réforme agraire que de la création d'une industrie vraiment compétitive, alors que, selon l'idéologie du Mouvement, ils constituaient une pure trahison. Mateu, l'un de vos anciens soldats, magnat de l'édition, remarquait à propos de l'ambition impérialo-industrialisatrice de vos technocrates de l'Opus Dei, les inventeurs de cette fameuse « modernisation », que « nos industries sont contrôlées par le capital étranger, toutes les voitures fabriquées en Espagne le sont sous concession de marques étrangères (...). Quand Willy Brandt est venu passer ses vacances aux Canaries, il a finalement circulé dans l'archipel sans sortir du territoire allemand. Les *tours operators* européens sont les maîtres de notre tourisme. Et un jour nous paierons par une inflation incontrôlable et des remboursements humiliants ce facile enrichissement des banques et des multinationales ».

J'observais, avec tristesse parfois, la rapidité avec laquelle la richesse change les peuples et les personnes, alors que, moi, je ne bougeais pas d'un iota, imperturbable, décidé à accomplir le destin de l'Espagne qui était aussi le mien, me situant dans le temps par-delà les contingences du présent. « Connais-toi toi-même... » Est-ce possible ? Me reviennent des phrases de mon gendre, qui m'avaient paru être inspirées par ce qui se disait autour de moi sans que j'aie pu savoir qui parlait par sa bouche : Cristóbal Martínez Bordiu avait dit très précisément que j'étais le plus espagnol des Espagnols mais qu'en même temps je faisais figure d'étranger parmi eux, parce que je ne suis jamais pressé, que j'ai un calendrier à la place de la montre. En cela, il avait tout à fait raison.

Votre discrétion énigmatique à l'égard de ce gendre n'a pas été suivie par vos proches après votre mort, Général. Votre illustre épouse, ainsi, avait coutume d'appeler Villaverde en présence de sa fille « cet homme avec lequel tu t'es mariée ». La marquise de Villaverde, votre fille donc, avait averti de la manière la plus directe Jimmy Giménez-Arnau dès leur première rencontre, quand il briguait la main de votre petite-fille Merry : « ... Je dois te prévenir d'une chose... Mon mari est un déséquilibré. » Le témoignage de vos petits-enfants n'est pas plus flatteur : « D'après eux, le général ne lui adressait pas la parole. A table, il faisait comme s'il n'existait pas. " Grand-Père " mangeait son mets préféré, du yaourt avec du Nescafé, il nous souriait à tous mais il ignorait le marquis parce qu'il savait qu'il se comportait très mal avec son épouse. Il a toujours pensé que sa fille n'aurait pu se marier plus mal, mais il fallait supporter, et il endurait en militaire.

« Tout au long de ces années, la Señora m'a accordé d'innombrables preuves de son affection, sentiment des plus rares dans la famille Franco où l'on rentre comme dans une maison qui n'est pas chauffée. Exaspérés par les cadeaux, les courtisans, les compliments et les coquetteries, ils ne font confiance à personne, et ils ont raison, mais cette disposition les ferme entièrement au reste du monde. Quand ils s'ouvrent, ils laissent apparaître leurs désillusions et plus d'une fois la Señora m'a fait comprendre sa défiance à l'encontre de son gendre, qu'elle cherche à tenir à l'écart en maintenant les apparences, ayant à cœur l'avenir de ses petits-enfants. Elle pensait même à des donations entre vifs au profit de ces derniers afin d'éviter l'intermédiaire d'une personne dont elle se défie tellement. J'ai déjà cité les premières lignes d'*Anna Karenine* : " Toutes les familles heureuses se ressemblent, mais chaque famille malheureuse l'est à sa manière. " C'est si vrai que j'ai pris mes précautions. Pour être heureux, il fallait suivre la stratégie de Rafael et de Mariola : faire sa cour, se marier, et fuir le mausolée. » Je cite un passage du livre de Jimmy Giménez-Arnau, *Moi, Jimmy, et ma vie avec les Franco*.

Dans quel camp sont-ils?

On naît serein, ce sont les aléas et les coutumes de l'existence qui modifient notre caractère. Chez moi, la sérénité congénitale a été entretenue par le service des armes et par la pratique du sport en temps de paix. Le sport est la continuation de la guerre, et je m'y suis consacré toute ma vie, ce qui m'a valu ces jambes musclées dont mes tailleurs et Vicentón ont fait si souvent l'éloge. Quand j'ai atteint les soixante ans, celui-ci m'a demandé de rechercher peu à peu un substitut au tennis et un complément à la chasse ou à la pêche : quelqu'un m'ayant suggéré le golf, que je n'avais pratiqué qu'exceptionnellement de par le passé, je profitai d'un été à Meirás pour fréquenter le club de golf de la Zapateira à La Coruña. Je me pris d'une telle passion pour ce sport que je m'y adonnai sous la pluie comme sous le soleil, dans le froid comme sous la canicule, pour la plus grande admiration de ceux qui ne peuvent supporter les caprices du temps. Habitué à endurer les pluies de balles, comment n'aurais-je pu supporter une averse, dont seul me protégeait le parapluie de mon caddie ? Bien des joueurs plus expérimentés que moi s'étonnaient de me voir faire neuf « trous » en huit ou neuf heures, sans prendre un instant de repos, et de rester si frais alors qu'eux tiraient la langue. Ils étaient aussi très surpris de constater que je tenais un compte exact des balles égarées, et que je n'arrêtais pas mes recherches tant que je ne les avais pas retrouvées : habitué à tenir les livres d'intendance militaire ou agricole, je trouvais que la perte d'une balle était un gaspillage inutile, et plus d'une fois j'en ai retrouvé une qui s'était égarée lors de la saison précédente car je me souvenais encore de l'endroit où je l'avais perdue.

La maîtrise de ma mémoire, de mon corps, de mes rares mais essentiels désirs se situait au-dessus des contingences et des personnes et cependant, être humain finalement, j'ai mes têtes et mes paysages préférés. Mais dans mon existence bien remplie, dans mon destin de levier de la reconstruction espagnole, j'ai été contraint de laisser s'enfuir des paysages et des hommes, parfois avec tristesse, toujours avec la curiosité de savoir comment je m'adapterais à mon nouveau contexte. De tous ceux qui m'ont accompagné quasiment depuis l'enfance et qui se sont succédé comme tels dans les cercles du pouvoir, Juan Antonio Suances fut l'une des présences les plus constantes. Mais ni les change-ments ministériels de 1957 ni surtout ceux de 1962 ne furent à son goût. Il me présenta donc sa démission et rentra chez lui, liquidant ainsi soixante ans de très grande proximité mais je connaissais son caractère emporté, passionné, et je me résignai à le voir partir. Il me restait désormais peu d'amis d'enfance : Pedrolo Nieto Antúnez, Camilo Alonso Vega, Pacón, toujours Pacón, chargé d'un poste dont je n'avais pas réellement besoin, secrétaire particulier pour les questions militaires, mais que j'aurais tué de chagrin si je m'étais passé de ses services. Pedrolo était d'un naturel ouvert, savait s'adapter aux circonstances, alors que Camilo semblait par moments friser l'artériosclérose intellectuelle, ne comprenait rien aux temps nouveaux, se montrait aussi inflexible qu'un garrot et me fit parfois regretter la souple fermeté de son prédécesseur, Blas Pérez González, à une époque où il fallait maintenir l'ordre public avec beaucoup de doigté, en tenant compte de la complexité des nouvelles formes de subversion. Ce n'est que bien plus tard que j'ai demandé à Carrero Blanco de créer un service d'informations adapté aux nouvelles conditions, et en attendant je dépendais du SIM, de la Garde civile et de mes intuitions pour évaluer la quantité et la qualité des responsables employés par la CIA dans l'intention de faire évoluer le postfranquisme selon une logique libérale sous contrôle américain. Lorsque les rapports confiden-tiels commencèrent à me parvenir, j'en fus stupéfait : ils avaient vraiment dépassé les bornes dans leur entreprise visant à permettre au Département d'État de dicter l'évolution de l'Espagne après ma disparition. Au cours des années soixante en tout cas, même si je me doutais de ce qui se tramait, je me sentais assez fort pour continuer à arbitrer toutes les sectes qui, en théorie, soutenaient le régime, qu'elles fussent du Mouvement, de l'Opus Dei, de l'Église ou de la CIA. Je ne m'opposai même pas à la promotion de militaires ou de fonctionnaires civils que je savais pourtant en contact permanent avec Washington : tant que je serais vivant et avec Carrero Blanco à mes côtés, tout cela ne serait que du tourisme. Cependant, je m'inquiétais quelquefois de voir combien le temps passait vite, ce que je constatais chez les autres mais non chez moi. Certes, personne n'est indispensable, aucune absence ne peut être comblée, à quelque chose malheur est bon, mais un jour, soudain, vous vous dites que la disparition des autres ne fait qu'annoncer la vôtre, que votre espace familier se dépeuple des visages dans lesquels vous vous reconnaissiez.

Mais si le vieillissement de mes aides était une loi naturelle, que dire de ceux qui me trahirent après m'avoir été fidèles ? J'ai déjà évoqué des désertions spectaculaires, presque pathologiques, comme celle du señor Sainz Rodríguez, mais les plus surprenantes furent celles dans le style de Ruiz-Giménez, qui me transmit toujours ses témoignages de respect personnel, ou dans celui de José María de Areilza, comte de Motrico, un franquiste acharné de 1936 à 1964 – ou du moins qui se faisait passer pour tel depuis le jour où il avait accepté d'être le maire de Bilbao libérée : membre de la junte politique, médiateur qui avait conseillé à don Juan de s'enrôler dans la division Azul, coauteur avec Castiella des revendications impériales que Serrano et moi avions présentées au cours de nos négociations avec Hitler et Mussolini, ambassadeur à Buenos Aires, Washington, Paris... A la libération de Bilbao, il avait eu ces mots : « Pas de pacte, ni de remerciements posthumes : c'est la loi de la guerre, inflexible, virile, inexorable. Il y a eu, et comment, des vainqueurs et des vaincus ; l'Espagne unie, forte et libre a triomphé, c'est-à-dire l'Espagne de la Phalange traditionaliste ! » Et puis, soudain, lui qui avait écrit que « l'avenir de notre pays passe par le national-syndicalisme » se retrouvait secrétaire général du conseil privé de don Juan, lui inspirant une ligne politique pour le moins ambiguë.

Dernièrement, on a comparé le parcours d'Areilza avec celui de Fraga Iribarne. Rien de plus opposé : Fraga a quitté mécontent le gouvernement après la crise de 1969, mais il sait parfaitement qu'il n'y a pas d'avenir en dehors de la légitimité du Mouvement, ses escarmouches politiques résultent plus de son tempérament fougueux que de la mauvaise volonté. Entre 1963 et 1966, avec l'adoption de la Loi sur la presse, j'avais eu de nombreux contacts avec Fraga, qui tous avaient confirmé mes premières impressions : intelligence, puissance de travail, et du tempérament, peut-être trop de tempérament. Il n'aurait pas fait un bon militaire, même si Pedrolo, son grand protecteur, pensait le contraire : un militaire doit avoir du tempérament, mais pas trop. Cette Loi sur la presse était un ancien projet déjà mis au point par Arias Salgado, avec à la fois trop de réticences dues à sa prédisposition apostolique et trop de concessions hâtives aux pressions de ceux qui exigeaient de nous une « ouverture ». Moi, je voulais une législation qui, tout en dépassant les restrictions que nous avions logiquement apportées vingt-cinq ans auparavant, respecte non pas une liberté abstraite, et donc aisément manipulable par les propriétaires des moyens de communication, mais celle de confirmer la volonté de la majorité du peuple qui avait rendu possible la victoire en temps de guerre comme en temps de paix. La loi que Fraga me proposa supprimait la censure préalable, tout éditeur étant libre de présenter ses livres déjà imprimés à l'administration, laquelle se réservait le droit d'autoriser ou non leur mise en circulation selon la législation en vigueur. Par ailleurs, la censure préalable restait entière à la télévision et à la radio. Malheureusement, nous nous sommes fait berner quelquefois, même si les éditeurs pensaient à deux fois à ce qu'ils publiaient puisqu'une saisie leur faisait perdre tout l'investissement alors qu'il était si pratique de soumettre auparavant le livre, de se voir conseiller quelques coupes, et ensuite tout le monde était content. Deux ans après l'entrée en vigueur de la loi, les étalages des librairies s'étaient remplis de littérature malfaisante, marxiste même, et comme j'en faisais la remarque à Fraga, il m'apporta un livre marxiste intitulé Salaire, Prix et Profit *: « Qui va lire ça, Excellence ? Trois ou quatre spécialistes, qui de toute façon pourraient l'acheter à l'étranger* ou demander un permis spécial pour accéder aux sections interdites de la Bibliothèque nationale. »

L'argument n'était pas négligeable, mais les faits sont les faits : il n'y a jamais eu autant de marxistes en Espagne que ces derniers temps, à tel point que ma fille me dit rencontrer des marxistes de la bonne société dans des cocktails ou des soirées, et qu'il serait mal vu de leur tourner le dos. Dominguín, par exemple, le torero, lit des œuvres marxistes, sans doute sur les conseils de son frère, dirigeant clandestin et très malin du PCE : eh bien, c'est un ami de Cristóbal et de Carmen... Liberté de la presse ou libertinage ? Et liberté pour quoi faire ? La liberté de la presse, elle, est un leurre : chaque journal dit ce que veut entendre son propriétaire. Les seuls journaux à n'être pas ainsi étaient les miens, ceux du Mouvement ou des syndicats, les plus hétérodoxes, les plus enclins à critiquer indirectement notre système. De plus, cette loi plaçait une arme trop sophistiquée entre les mains des patrons et des professionnels de la presse. J'ai constaté que les journalistes n'entendent rien à leur métier ; par exemple, chaque fois qu'une personnalité étrangère arrive à l'aéroport international de Barajas, la première chose qu'on lui demande est : « Que pensez-vous de notre pays ? », alors qu'il serait bien plus logique de poser cette question quand ils s'en vont, non quand ils viennent d'arriver. La liste des reproches que l'on peut adresser à la censure préalable est longue cependant, et j'en parle en connaissance de cause puisque même en tant que chef d'État j'ai eu à la connaître : si vous comparez la première édition du Journal d'une bandera, en 1922, à celles parues après 1936, vous constaterez que j'ai été censuré. Une autre fois, vers la fin de la guerre, l'épouse de Neville Chamberlain, le premier Anglais avec lequel il nous importait d'être en très bons termes, vint en visite à Meirás ; je demandai à Ruiz Gallardón, « Tebib Arrumi », de consacrer un article élogieux à la dame, mais il ne s'y risqua point car Chamberlain n'avait pas très bonne presse parmi les phalangistes « authentiques ». Alors je lui dictai ce qu'il devait dire, il signa et remit le texte à la censure... qui le rejeta ! J'avais parfois vent d'excès cocasses de la censure, qui allait jusqu'à supprimer la seule mention de rois espagnols, quand bien même il s'agissait d'Alphonse X Le Sage. Luca de

Tena me fit un jour remarquer que j'aurais fait un directeur général de la presse beaucoup plus libéral que ceux qui occupaient ce poste, presque toujours des professeurs ou des intellectuels issus des milieux catholiques les plus radicaux, bien à l'image d'Arias Salgado.

Le milieu de l'édition et de la presse ayant été fortement épuré et ses cadres placés sous un strict contrôle après de minutieuses enquêtes, Fraga me donna d'abord à moi, puis au Conseil des ministres, toutes sortes d'assurances sur notre capacité de vigilance grâce à l'article 2, qui nous permettait de censurer le moindre message en contradiction avec les principes fondamentaux du Mouvement. C'était un homme emporté, un tourbillon de paroles qui pensait encore plus vite qu'il ne s'exprimait, si bien qu'il avalait souvent la fin de ses mots et de ses discours, et que j'avais du mal à comprendre. N'oublions pas que c'était le genre d'homme à se rendre sur la plage de Palomares, après qu'une bombe atomique américaine était tombée au large, à se mettre en caleçon avec l'ambassadeur des États-Unis et deux de ses adjoints au ministère de l'Information et du Tourisme, Sentís et Mendo, et rentrer dans l'eau afin de prouver qu'elle n'était pas contaminée. Excellente initiative, certes, mais à l'époque Fraga était trop gros et je fis remarquer à Vicente que le caleçon ne lui allait pas, ce qui n'eut pas l'heur de plaire à Pedrolo, un inconditionnel de Fraga. Mais il y eut un autre incident qui me mit en garde contre les impulsions de mon ministre, un exemple montrant jusqu'où sa précipitation pouvait conduire don Manuel : lors d'une chasse à Santa Cruz de Mudelo, près de Tolède, je ne sais ce que monsieur le ministre était en train de fixer, mais il envoya une bonne volée de chevrotines à l'endroit où le dos de ma fille Carmen ne peut plus être nommé ainsi. Il en fut si confus qu'il balbutiait deux cents excuses à la seconde, aussi confus que chagriné car au moment de ce tir si malvenu Carmencita se trouvait entre sa mère et moi : « Rendez-vous compte, Excellence, si je vous avais touché, vous ! » Ma fille, avec une exemplaire fermeté d'esprit malgré la douleur, le consola et depuis, du moins dans les chasses qu'il suivait avec moi, il a toujours tiré avec des pare-feu.

Pour cette histoire de Palomares, nous vous avions organisé une belle manifestation devant l'ambassade américaine, qui d'ailleurs se trouvait tout près de votre domicile privé de la rue Hermanos Bécquer ! « Yankees assassins ! Fermez les bases ! » Moi, je ne voulais pas y aller parce que je vivais (je les vis encore aujourd'hui) dans mes cauchemars ces moments fatals où l'on est en prison et où l'on se rend soudain compte que l'on s'est trompé en calculant le temps qu'il reste à tirer, puis on se réveille tout angoissé sur son grabat, on réalise que ce n'était qu'un mauvais rêve mais la frayeur, elle, est bien là. Lucy, qui ne voulait pas manquer une manifestation, m'avait proposé de rester à la maison avec l'enfant, démontrant un toupet de Mère Courage et de Pasionaria réunies. Donc, je me faufilais dans les coins jusqu'au moment où je vis le groupe se rassembler devant l'ambassade. Mes jambes voulaient suivre Lucy qui gagnait la première ligne, prête à affronter les « gris », mais ma tête me conseillait le contraire... Jusqu'à ce que la charge policière me surprenne au centre de mon indécision et de la rue Serrano, et je vis Lucy rouler par terre à quelques mètres de moi, tressautant au rythme des coups de matraque que lui assénaient les flics. Je me demandais si je devais aller vers elle ou m'enfuir, mais les matraques étaient déjà sur moi, trois flics me jetaient au sol et s'acharnaient sur mes jarrets tandis que je me transformais en escargot, la tête entre les genoux. Maintenant, ils vont t'emmener : « Dis donc, Pombo, encore toi ! » Ils me relevèrent pour m'envoyer bouler dans la vitrine d'une laiterie. J'avais du sang plein le nez et la bouche, à terre je contemplais ce qui restait de la manifestation, traînées de pauvres gens qui tentaient de mettre la plus grande distance entre les policiers et leur frayeur. Ils avaient arrêté Lucy. J'ai emmené le gosse chez mes beaux-parents, parce que je m'attendais à ce qu'ils viennent perquisitionner notre appartement de Gaztambide et celui de mes parents. Mon beau-père annonça qu'il allait parler au général qu'il n'avait pas pu joindre lorsqu'on nous avait arrêtés en 1962. Sa femme ne savait pas comment faire passer à Lucy des couvertures et des sous-vêtements à la Direction générale de la Sécurité, et finalement ce fut lui qui s'en chargea. Trente-deux heures de détention, une amende de dix mille pesetas, en monnaie de 1966, Général, alors que je m'en faisais à peine mille par mois en pondant des kilomètres de pages. Le soir où Lucy revint à la maison, la tendresse nous gagna et, neuf mois plus tard, à un ou deux jours près, naissait Angela. Lucy a toujours eu un très joli cul, et durant plusieurs semaines les ecchymoses laissées par les matraques s'y détachèrent, reflets de barreaux sur une courbe de pêche qui me rappelaient des rêves de prison. En été.

En cette année 1966, nous ne donnions pas seulement au peuple une loi aussi importante que celle de la presse : nous déposions encore devant les Cortes la Loi organique d'État, et entamions l'adoption de ce qui allait être connu sous le nom de « Charte de la démocratie organique due au glorieux Mouvement national ». Il n'était pas question de se précipiter, ni de se mettre dans la roue d'un López Rodó, à qui il fallait une semaine pour rédiger un projet de loi, sans doute en raison du peu de temps qu'il consacrait à des activités ordinaires. Lorsque les premières versions furent révélées par la presse, je ne fus pas peu inquiet de constater qu'un journal comme Le Monde, *quotidien français habituellement critique à notre encontre à cause de la malveillance de son correspondant José Antonio Novais, puisse y voir une tentative de libéralisation du régime. Au cours d'une séance de travail avec López Rodó, je lui posai la question : « Nous nous libéralisons, ou bien nous nous faisons libéraliser ? » Il tenta de me rassurer pleinement, et je lui recommandai seulement d'éviter le pire, parce que nous risquions bien de nous perdre sur le chemin de tout ce légalisme procédurier. Les phalangistes persistant à accuser l'Opus Dei d'avoir pris le Mouvement en otage, son fondateur, Escrivá de Balaguer, répondit en défendant la neutralité de son organisation.*

Le projet de Loi organique une fois rédigé, il fallait encore convoquer un référendum, mais je ne voyais pas la nécessité de le faire dans la précipitation. Il ne se passait pas une semaine sans que Carrero Blanco ne m'interroge sur le quand et le comment, relayé dans ses pressions par López Rodó qui, je le savais, rencontrait don Juan Carlos beaucoup plus fréquemment que ses attributions de ministre du Développement et les prérogatives du prince ne le nécessitaient. J'étais aussi au courant d'une réunion au domicile du maire de Barcelone, Porcioles, à laquelle ils avaient tous deux pris part. Le prince avait alors demandé son avis à Porcioles : « A qui dois-je être fidèle, aux garanties dynastiques que me donne Franco ou à l'autorité morale de mon père ? » Porcioles, qui ne pouvait faire moins en présence de López Rodó, répondit en citant la Bible : « L'homme abandonnera son père et sa mère pour s'unir à son épouse. » Juan Carlos profitait de ses voyages à Barcelone pour rencontrer des membres influents de l'opposition, y compris nationalistes de gauche. Mais je me souciais peu que le prince se forge ainsi une expérience : il se rendrait bien compte du peu que ces gens pouvaient lui apporter, et de tout ce que lui rapporterait au contraire le respect de ses engagements.

Je donnai enfin le feu vert à la Loi organique, laissant de côté ce commentaire de Carrero Blanco que m'avait rapporté Vicentón : « Comme cet homme met du temps à accoucher ! » L'amiral étant un peu vexé que j'aie tardé à convoquer le référendum, sa remarque n'était pas une insulte, simplement une manière de parler qui rappelait la salle de garde, mais qui était normale entre militaires. On avait entendu Carrero Blanco dire qu'il fallait être prêt à donner son c... à ses amis et à donner dans le c... à ses ennemis, mais une grossièreté n'enlevait rien à l'intégrité du personnage : ce sont des habitudes de langage que l'on acquiert dans les relations viriles entre compagnons de chambrée, et qui vous restent à jamais. Les Cortes ayant approuvé le projet de loi, le référendum fut convoqué pour le 14 décembre, et l'opposition récemment constituée derrière mon ancien ministre Ruiz-Giménez fit campagne pour le « non » sans que personne ne tente rien pour l'en empêcher.

Un peu de tenue, Général : vos opposants n'ont alors eu aucun accès aux moyens d'information publics, tandis que la censure s'acharnait sur le moindre écho qu'auraient pu leur donner des publications privées qui demeuraient pieds, poings et langue liés. De quelle « campagne » parlez-vous donc ?

La loi fut approuvée à une écrasante majorité, avec une participation de 89 %, et 95 % de « oui ». Tout le monde n'était pas certain d'un tel résultat dans mon entourage, même parmi ceux qui m'avaient poussé avec le plus d'empressement à convoquer le référendum, mais la nation avait entendu le message que je lui avais adressé : voter oui, c'était dire oui à Franco. « J'aurais aimé profiter de la vie comme tant d'Espagnols, leur avais-je dit à la télévision, mais le service de la patrie a accaparé tous mes instants et a occupé toute mon existence. » Qu'instaurait donc la Loi organique ? En premier lieu, elle dégageait l'État et le gouvernement de la tutelle trop contraignante du Mouvement, sans renoncer à son esprit ni surtout à ses ressources humaines. Comme la loi avait été approuvée par référendum et non par les Cortes, sa présentation devant le Parlement ne revêtit qu'un caractère protocolaire, et les partisans phalangistes de la « révolution à venir » se limitèrent à manifester leur mauvaise humeur par des murmures que secondèrent parfois dans la rue ceux qui la trouvaient trop peu phalangiste, ou trop franquiste. J'expliquai dans mon discours de présentation que, puisqu'elle reprenait tout ce qui n'était pas obsolète dans notre système législatif, elle devenait notre Constitution, valide aussi bien durant la période de mes pouvoirs spéciaux que pour mon successeur, même en tenant compte de ce que m'avait dit López Rodó : « Je ne connais pas d'autre Franco qui puisse succéder à Franco. »

Malgré la grogne des phalangistes dits « authentiques », le peuple espagnol m'avait donc renouvelé sa confiance par-delà les querelles factieuses. C'était une victoire personnelle, disait mon entourage à l'instar de ma sœur Pilar qui, la voix brisée par l'émotion, m'affirma : « Le peuple sait bien qu'au moment où tu as pris son sort en main il allait en espadrilles, et maintenant en Seat 600. » « Pas tous, quand même. Nos routes n'y suffiraient pas. » « Bon, enfin, tu me comprends. » Oui, je la comprenais, mais une fois la loi approuvée il me fallut répondre à ceux qui voulaient que je désigne sans appel Juan Carlos comme héritier de la couronne. Ma première réponse se limita à ce que j'avais dit en 1945, lorsqu'on m'avait demandé de proclamer don Juan souverain et de m'occuper de tout le reste : « Je ne jouerai *jamais les reines mères. » Et je le répétai encore et encore, mais les objections m'arrivaient maintenant de toutes parts : par exemple, de Camilo, le ministre de l'Intérieur qui, couvert d'attentions par López Rodó dans les derniers temps, ne manquait pas une occasion de me rappeler que nous avions pris de l'âge, que lui-même se sentait vieux, qu'il fallait céder la place aux jeunes et préparer un avenir bien contrôlé. Qu'en savait-il, lui qui n'avait pas d'enfant ? Après les allusions, Camilo se fit plus direct et finit par coucher ses pensées par écrit : « Proclame le prince héritier, et élimine ainsi le dernier facteur de trouble que peut encore abriter l'âme du peuple espagnol. » Si Camilo se sentait si déclinant, mieux valait qu'il abandonne son ministère, et donc je décidai de me passer de lui lors du remaniement partiel de 1969 qui respectait l'équilibre de sensibilités innové douze ans auparavant. Mais il y en avait un qui continuait à ne comprendre rien à rien : le « prétendant », capable de répondre, dans une lettre à son fils lui demandant s'il devait voter ou non en faveur de la Loi organique, que les rois ne votent pas – affirmation discutable dans le cas d'un référendum mais, en tout cas, moins horripilante que ses jugements sur la loi elle-même qui, d'après lui, trahissait une grande partie de l'opinion publique. Mais laquelle, donc ? La minorité abstentionniste ? Les rares voix contre ? Cette lettre manuscrite à son rejeton était fort différente de celle qu'il m'adressa pour me féliciter chaleureusement de la victoire obtenue, et entre les lignes de laquelle on pouvait à peine discerner des interrogations quant à la pertinence de son objectif.*

Les récalcitrants du Mouvement se montrant aussi dubitatifs que don Juan, Carrero Blanco me fit remarquer que le cheval de Troie était déjà entré dans la place en la personne de Muñoz Grandes, à la fois vice-président du gouvernement et chef d'état-major, qui ne cachait pas plus son antipathie vis-à-vis de la monarchie que son désaccord avec ce qu'il considérait être des manœuvres de l'Opus Dei et de Carrero Blanco pour mettre à l'écart les hommes du Mouvement. Je remarquai plus d'une fois comment l'Opus Dei, à l'instar de toutes les autres institutions religieuses, menait un double jeu parfaitement coordonné : alors que López Rodó, López Bravo et Carrero Blanco, dans le rôle de l'entremetteur, poussaient à l'intronisation du prince, une autre fraction de l'Opus emmenée par Calvo Serer et Antonio Fontán jouait la carte de son père, adoptant des positions toujours plus hostiles au régime qui allaient conduire Calvo Serer, pourtant si intégriste dans les années quarante, à défendre la thèse d'une rupture démocratique incluant même les communistes... Je n'y crois pas, ni ne veux y croire. Chaque fois que je discute avec López Rodó et que j'en viens au thème de l'engagement politique de l'Opus, il me répond que ses membres sont libres de leurs choix et de leurs actions ; cet homme me met parfois sur la défensive, et il s'en rend compte car il a cette réplique très maligne : « Pourquoi, vous ne me feriez pas confiance, Excellence ? » Et moi, je l'interroge, plus que je ne lui réponds : « Pourquoi dites-vous cela ? »

Don Juan devait par ailleurs garder à l'esprit que son fils n'était pas l'unique candidat à la perpétuation de la dynastie puisque le fils aîné de l'infant don Jaime le sourd-muet, don Alfonso de Bourbon-Dampierre, s'était installé en Espagne dès les années cinquante, où il s'était entendu à merveille avec le Mouvement et les syndicats, au point d'être appelé par les journaux « le prince syndicaliste ». Non seulement il était en mesure de reprendre à son compte les droits de son père, mais encore les légitimistes français voyaient en lui un possible héritier du trône de France. En mon for intérieur, moi, Franco, je savais que cette candidature soulèverait une dangereuse indignation au sein d'une armée encore nostalgique du roi de sa jeunesse, Alphonse XIII, mais en tant que chef d'État elle me servait efficacement de pièce dissuasive sur l'échiquier où se déroulait ma partie avec don Juan. Il y avait encore un prétendant, d'emblée exotique : le prince français Charles-Hugues de Bourbon-Parme, héritier des droits de son père Xavier de Bourbon-Parme, lui-même héritier du dernier roi de la branche carliste en exil. Marié à la princesse Irène de Hollande, l'aspirant carliste, contrairement aux faibles moyens financiers de don Alfonso, pouvait compter sur la fortune de sa belle-mère la reine Juliana, une des femmes les plus riches au monde, mais même les traditionalistes ne se retrouvaient pas unanimement derrière ce prince qui penchait excentriquement à *gauche mais qui avait lui aussi son intérêt dans la discorde dynastique. Enfin, il y avait un quatrième homme en lice : moi. D'importants secteurs du Mouvement voulaient que je prenne le statut de régent avant d'en arriver par la suite à une République inspirée par les grands principes du Mouvement ou à une monarchie élective dans la tradition des anciens rois d'Espagne. En tout cas, quelque peu excédé par les allées et venues de ce Charles-Hugues, je lui refusai en 1964 la nationalité espagnole qu'il avait demandée, lui faisant comprendre ainsi qu'il n'entrait pas dans mes scénarios de succession, et si ce n'était pas dans les miens, desquels donc aurait-il pu faire partie ? En 1968, finalement, je dus l'expulser du pays car il se promenait beaucoup trop, comme s'il se trouvait dans sa propre maison.*

Don Juan Carlos ayant atteint ses trente ans en 1967, âge requis par la Loi sur la succession pour devenir chef de l'État, les pressions s'accentuèrent. Sans hâte mais sans relâche : tout se produirait en son temps. Don Juan Carlos et doña Sofia avaient déjà deux filles, et en 1968 la princesse donna le jour à un fils qui, selon la tradition, était destiné à perpétuer la dynastie si elle devait être un jour rétablie sur le trône. C'était un événement que je redoutais de voir utilisé par les monarchistes inconditionnels, et la nouvelle de l'arrivée de la reine Victoria pour le baptême n'était pas faite pour me tranquilliser : quel traitement lui réserver, qui ne lui ferait pas offense mais ne pourrait pas non plus être interprété comme une relativisation de mon rôle ? J'avais toujours hautement apprécié l'auguste présence de cette reine maltraitée par le destin, tandis que Carmen éprouvait à son égard ce sentiment que seule inspire la véritable majesté. Que dirait-on si j'allais l'accueillir à l'aéroport ? Et que dirait-on si je n'y allais pas ?

Vos intimes se sont étonnés, Général, de cette tension que vous dissimuliez si mal. Don Juan n'arrivait pas à vous faire descendre du piédestal caudilliste, mais la reine mère, c'était une autre affaire : elle avait vu comment, vous et votre Señora, vous vous inclinez pour baiser la main d'Alphonse XIII, entendu comment celui-ci vous tutoyait selon une coutume royale que don Juan Carlos a visiblement perdue. Elle savait que vous aviez été « Franquito », que son roi de mari riait souvent d'un court sur pattes qui n'en était pas moins teigneux. Vous avez trouvé l'excuse selon laquelle votre présence à Barajas pour l'accueillir aurait compromis l'État avec la monarchie. « Mais n'est-ce pas déjà le cas ? » vous a demandé Juan Carlos, et vous de répondre : « Il faut agir sans hâte mais sans relâche. » En fait, vous redoutiez l'apparition de votre reine, Général, en haut de la passerelle, si grande, comme si cette femme avait été capable par sa seule présence d'amoindrir votre stature et votre importance. Vous avez pu éviter ce mauvais moment, mais non le florilège monarchiste que l'on vous imposa à Madrid, avec le peuple venu assister avec curiosité au retour de la reine, ou don Juan tenant audience au palais du duc d'Abulquerque et approuvant avec condescendance de la tête quand quelqu'un lançait de la salle : « Vive Juan III ! » Vous aviez chargé votre ministre de l'Air, le général Lacalle, de vous représenter au pied de la passerelle, mais vous avez été ensuite très mécontent d'apprendre que quatre autres de vos ministres, dont Castiella, aux Relations extérieures, s'étaient rendus de leur propre chef à la réception. « Dans quel camp sont-ils ? » vous a alors certainement demandé et s'est demandé doña Carmen. « Dans quel camp sont-ils ? » : c'était une question que vous-même commenciez à vous poser trop fréquemment.

Une fois passé le baptême du prince Felipe, commença une période d'incertitude à propos de la désignation possible d'un héritier de la monarchie du 18 juillet. Camilo revenait à la charge, Carrero Blanco m'avertissait que Washington et le Vatican, nos deux fenêtres ouvertes sur le monde, s'étaient mis à propager l'idée qu'il était hasardeux de conclure des accords avec un pays dont la stabilité dépendait d'un homme presque octogénaire. Camilo se montrait particulièrement funèbre : « Nous sommes des enfants de la mort... Toute cette grande œuvre que tu as réalisée pourrait s'effondrer... Le prince est un garçon très bien, raisonnable... » Si bien que je finis par appeler Carrero Blanco pour lui dire qu'il est parfois inutile de retarder l'inévitable et que je désignerais avant l'été mon successeur royal en la personne de Juan Carlos. Ainsi, je ruinais pour le restant de sa vie les espoirs de don Juan tout en prenant l'initiative de la restauration par le biais de son fils. Si des conflits en résultaient entre père et fils, c'était leur problème : moi, j'avais toujours conseillé à don Juan Carlos de ne pas s'affronter à son père, mais je ne pouvais pas éviter que don Juan s'affronte à son fils.

« Ça y est, il a accouché ! » avait confié Carrero Blanco à López Rodó en sortant de cette entrevue historique. Celui-ci donna au constat un tour plus châtié, avec un cilice sur la langue – « Ça y est, le saumon a mordu » – pour apprendre la bonne nouvelle à Silva Muñoz, ministre des Travaux publics et tête de pont des vaticanistes au sein du gouvernement.

Père et fils ne s'entendirent pas, mais le prince Juan Carlos ne flancha pas et assuma la perspective d'une monarchie légitimée par le Mouvement. On m'avait appris que sa mère et lui, quand ils se parlaient au téléphone pour savoir si j'avais déjà pris une décision, employaient le code suivant : « L'abcès a crevé ? » Ce simple détail me fit subodorer que la mère était l'alliée de son fils dans une issue qui ne pouvait que contrarier don Juan. Je le comprenais fort bien ; chez doña María, l'instinct maternel l'emportait sur sa loyauté d'épouse, même s'il était ici question d'un enjeu qui importait aussi à son mari malgré toutes les bévues qu'il avait déjà commises : la continuité de la dynastie. La réponse au code téléphonique ne tarda pas : doña María se retrouva chargée de gagner la bataille de la réconciliation, puisque la première réaction de don Juan serait certainement violente. Juan Carlos écrivit à son père pour lui communiquer sa décision, et moi aussi, car sa décision était en fait la mienne. La réponse de don Juan fut une déclaration que Fraga Iribarne jugea relever du délit et qu'il porta stupidement devant le procureur de la Cour suprême. Heureusement, je pus freiner l'impulsif ministre en lui montrant que le texte était un accès logique de mauvaise humeur, et quasiment un point final aux trente années pendant lesquelles cet homme s'était battu pour la succession. Je lui lus notamment un paragraphe qui était un véritable aveu d'impuissance : «Jamais je n'ai prétendu, pas plus qu'aujourd'hui, diviser les Espagnols. Je continue à estimer nécessaire une évolution pacifique du système en vigueur, dans cette direction d'ouverture et de coexistence démocratique... », etc., etc. Mais la reddition se dissimulait là : « Jamais je n'ai prétendu... Pas plus qu'aujourd'hui... Diviser les Espagnols. » Pas plus qu'aujourd'hui : cela me suffisait amplement. Quelques heures plus tard, don Juan dissolvait son conseil privé en l'attente de la convocation de la session des Cortes qui désignerait le successeur. C'est dans la taverne d'un village de pêcheurs, m'a-t-on dit, qu'il suivit à la télévision la prestation de serment de son fils et que, les yeux pleins de larmes, il n'eut que ce commentaire : « Tu as bien lu, Juanito, tu as bien lu. » Et c'était vrai : devant des Cortes où il avait fallu scier les canines des antimonarchistes et éviter la demande de vote secret soutenue entre autres par Pedrolo Nieto Antúnez, ainsi que, malgré mes conseils, par José Solís Ruiz, Juan Carlos lut un discours qu'il m'avait soumis et duquel je lui conseillai de supprimer une phrase d'hommage au patriotisme de son père qui aurait donné aux phalangistes et aux carlistes la seule occasion de le siffler. Il surmonta cet écueil en rappelant qu'il appartenait en ligne directe à la Maison royale d'Espagne réunifiée dans ses deux branches dynastiques, et qu'il se proposait d'être le digne continuateur de ceux qui l'avaient précédé... Chacun pouvait l'entendre à sa guise. Comme c'est le cas dans les ménages à trois des vaudevilles, don Juan avait été le dernier non pas à comprendre mais à admettre qu'il avait compris. Curieuse coïncidence : don Juan et moi avons tous deux été des rois sans couronne. Mais, moi, j'avais le pouvoir, lui non.

Vous avez certainement plus d'informations que moi sur les actions et les réactions de vos opposants suite au tour de passe-passe dynastique que vous aviez finalement mis au point avec Carrero Blanco et López Rodó, vous attirant ainsi le soutien des vaticanistes, dirigés alors par Silva Muñoz, l'appui mitigé de Fraga, et le mécontentement prévisible de Solís et de « ceux du Mouvement » – qui, dès lors, faisaient plus penser à un groupe de vieux rockers variqueux qu'à un choix politique acceptable par l'Histoire. Ce qui est certain, c'est que presque toute la véritable opposition prit la mise en avant du prince pour une plaisanterie, et se piqua de l'appeler « Juan Carlos le Bref ». Nous autres, nous nous trouvions dans un moment contradictoire : nous nous renforcions, mais on nous attaquait de toutes parts tandis que commençait à se développer une extrême gauche plus ou moins maoïste avec des fioritures libertaires, qui rejetait le tacticisme réformiste des partisans de Santiago Carrillo. Nous avions condamné l'intervention soviétique en Tchécoslovaquie, et le Parti était en fait un front d'antifranquistes militants plus qu'une formation de communistes convaincus. En pleine loi martiale de 1969, décrétée après les incidents pendant lesquels un vieil amiral qui passait dans sa voiture avait été conspué et s'était précipité au Pardo hérissé comme un chat, Lucy me laissa tomber. Treize années de mariage l'avaient amenée à la conclusion que j'étais un homme sans qualités qui n'arriverait jamais à rien et qui ne pouvait même pas lui offrir d'émotions fortes en restant dans un parti aussi réformiste. Lucy a toujours aimé les athlètes révolutionnaires, à cause d'une amertume jamais avouée de n'avoir pas été en première ligne lors de l'assaut du palais d'Hiver. Le petit avait douze ans, et déjà aussi raisonnable qu'aujourd'hui. Notre fille était un petit macaque qu'il me coûta de ne plus voir se réveiller tous les matins, mais de toute façon je ne voyais plus rien le matin puisque nous nous réveillions dans les disputes et la voix de Lucy était comme une montagne d'indignation qui m'écrasait de tout son poids. Son agressivité verbale était telle qu'une gifle m'échappa en avril 1969, date depuis laquelle je suis fiché pour mauvais traitements au commissariat de la rue Princesa. La vie vous en fait voir de belles mais je doute, Général, je doute jusqu'au plus profond du doute qu'un être humain moyennement doté d'instinct de survie aurait pu retenir cette gifle devant la cataracte d'insultes et de mépris qui me tombait du plus haut de la montagne. Après quelques années, j'ai tenté de refaire ma vie sexuelle, car pour la sentimentale je n'y suis jamais arrivé, même si j'ai pu me mettre en ménage avec une camarade du quartier de Maravillas, beaucoup plus jeune que moi et qui admirait surtout mon passé, puis je suis retourné chez mes parents, à ce coin d'ombre médiocre de Salamanca, juste à temps pour voir ma mère se briser, petit à petit, hémiplégie après hémiplégie, refusant de s'alimenter si on ne lui apportait pas des pêches, mais on était en décembre ; elle mourut un mois plus tard, et les marchés n'étaient pas aussi fous qu'aujourd'hui, pas question d'y trouver en hiver les fruits de l'été chilien. Mon père vit encore dans une maison de retraite dont il peut payer les mensualités grâce à l'allocation qui lui a été consentie pour avoir travaillé deux ans au service de la République, deux ans seulement, alors que ce qu'il a gagné en travaillant tout le reste de sa vie comme un animal et un ex-forçat ne lui permettrait même pas d'acheter un kilo de pêches chiliennes en hiver. A peine revenu dans cet appartement, j'ai compris qu'un placenta peut parfois être une tombe, sans aucun espoir de renaissance... Mais je vais trop vite en besogne, je prends de l'avance sur votre propre biographie.

Je suis retourné à l'appartement paternel au moment où vous commenciez à mourir. Au temps où vous vous endormiez pendant vos entretiens, même si, frôlant la phlébite, c'était à un Kissinger ou à un Ford que vous les accordiez. Je ne quittais pour ainsi dire pas la maison, contraint à la surproduction pour remplir mes obligations financières vis-à-vis de Lucy et des enfants, rêvant au moment où ils seraient indépendants, à tous points de vue. Le garçon l'a été très vite, il est presque riche aujourd'hui. La petite, elle, tient de moi : sans qualités, mal mariée, mal droguée, enfin, vous non plus n'aviez pas de quoi pavoiser. Coïncidence bizarre : presque au moment précis où vous amorciez votre disparition publique, où vous étiez assailli par la crainte d'une mort politique liée à votre décadence physique, moi je me retrouvais dans l'une de mes passes sentimentales les plus dures mais aussi avec le bon espoir d'être enfin reconnu comme un écrivain digne de ce nom, après avoir pondu vingt-cinq biographies, depuis la princesse Eboli jusqu'à Lou Andreas Salomé en passant par Calamity Jane, pour la collection « Femmes, Femmes, Femmes » des éditions Amescua, SA. Livres de vulgarisation inévitablement soumis, après passage obligé devant Julio qui connaissait mes antécédents, à la censure officielle d'un ancien séminariste, qui devait conclure de ses lectures : « Le style baroque dissimule une prévention

fondamentale contre le système établi, mais celle-ci ne représente pas un grave danger. »

*Je pense avoir bien fait comprendre qu'un dirigeant ne doit
jamais être à la remorque de l'opinion publique, mais qu'il ne
doit pas plus se laisser mener par ses collaborateurs. Récapitu-
lons donc. Depuis 1964, dès que j'avais compris que nous étions
parvenus à bon port vingt-cinq ans après notre grande victoire,
que la prospérité générale était en train de s'établir et que les
fantômes nés de l'affrontement fratricide avaient été mis en
déroute, j'avais laissé le temps faire son œuvre, sans hâte mais
sans relâche. La Loi organique était une clef de l'avenir qui
n'ouvrirait aucune porte au réformisme aventuriste tant désiré
par nos ennemis et par certains de nos amis qui, visiblement,
n'étaient pas convaincus par la logique posée mais irréversible de
notre régime. Lorsqu'elle avait été promulguée en 1967, des voix
s'élevèrent aussitôt pour réclamer la nomination d'un chef de
gouvernement, ou la proclamation définitive de Juan Carlos en
tant qu'héritier de la monarchie instaurée par le Mouvement
national. Dans les faits, je déléguais déjà certains pouvoirs à
Carrero Blanco qui lui-même s'appuyait beaucoup sur López
Rodó et son équipe, mais la responsabilité de guider le navire de
la victoire me revenait tant que Dieu me prêterait vie et santé.
Personne n'était indispensable, aussi décidai-je de limoger cette
même année Agustín Muñoz Grandes qui était gravement
malade et toujours aussi récalcitrant, car il ne comprenait pas les
profonds changements que la prospérité économique était en
train de produire au sein de la société espagnole ou en chacun de
nous. Alors que l'on s'attendait à me voir nommer un chef de
gouvernement, je désignai Carrero Blanco à la place d'Agustín
au poste de vice-président, et tout continua comme si de rien
n'était.*

*Quant à Juan Carlos, je n'avais aucune raison de me précipi-
ter : j'ignorai les pressions, directes et indirectes, avant de
prendre la décision de le désigner héritier de la couronne le
6 janvier 1969, jour de l'Épiphanie et donc de la venue des Rois
mages. Cette décision personnelle fut rendue publique quelques
mois plus tard. J'avais parfois l'impression de barrer un navire*

rempli d'enfants impatients qui ne connaissaient pas vraiment les motivations de leur hâte : naviguer, tout simplement, ou arriver au port ? Comme me le disait Girón, la libéralisation économique implique celle de la vie politique, mais c'est à Votre Excellence de la contrôler. Et c'est ce que je fis en effet : ma libéralisation, pas la libéralisation libérale qui nous aurait ramenés au jeu des partis politiques et à la mauvaise situation qui avait précédé la proclamation de la IIᵉ République. Lorsque mon heure viendrait et que le prince monterait sur le trône, tout devait être sous contrôle, afin qu'il devienne le roi de tous les Espagnols, certes, mais pénétré des principes qui avaient permis la victoire de la véritable Espagne sur le camp des ennemis de l'Espagne. J'acceptai donc un système électoral fondé sur les pivots essentiels de notre vie associative – famille, syndicat, municipalité –, permettant au peuple de choisir entre les diverses idéologies constructives qui se retrouvaient au sein de notre Mouvement. Associations organiques, oui, partis politiques, non. Car, enfin, que voulaient les « libéralisateurs » ? Rouvrir nos portes aux communistes, socialistes, et autres francs-maçons ?

Ils avaient déjà obtenu une Loi sur la presse qui ne donna pas toujours de bons résultats, et, en 1965, une législation du droit de grève qui prêtait à des interprétations négatives, puisque en autorisant les grèves économiques mais non les débrayages politiques ceux-ci furent déclenchés sous le moindre prétexte économique. J'avais pourtant maintes fois déclaré que la lutte des classes n'avait plus lieu d'être chez nous, et ce n'était pas le moment de se laisser contredire. C'est précisément pour cette raison, afin de s'opposer au cannibalisme du grand capital ou du prolétariat marxisé, que nous avions fait de l'État l'arbitre suprême des conflits entre classes sociales. Notre développement industriel, qui nous avait coûté si cher, excitait la jalousie internationale, et les rats communistes tentaient désormais de sortir du sac où nous les avions enfermés ; on peut en effet comparer le communisme à un sac rempli de rats : si on ne les matraque pas constamment, si on les laisse travailler au-dedans sans encombre, l'un d'eux finit toujours par percer le sac, les autres se faufilent derrière lui, et bientôt ils rongent toute la maison.

J'ai suivi avec une grande attention les désordres parisiens que l'on a appelés « Mai 68 », cette dangereuse pantalonnade révolutionnaire jouée par de petits messieurs qui menacèrent la stabilité d'un pays entier et de toute l'Europe. Chez nous aussi, sous l'effet du mimétisme juvénile et de la propagande extérieure, des mouvements de protestation proliférèrent mais je veillai à ce qu'ils soient réduits sur-le-champ, car l'arbre qui se tord en grandissant doit être immédiatement corrigé dans sa croissance. Parmi les rats qui essayaient de s'échapper du sac que constituait notre ordre sacré, on retrouvait aussi les séparatistes acharnés à nous nuire. A nouveau, le terrorisme basque assassinait gardes civils et policiers, tandis que l'attitude ambiguë d'une partie du clergé catalan encourageait des mouvements nationalistes qui ne voulaient pas se contenter d'un sain régionalisme mais reprenaient au contraire le chemin séparatiste-aventuriste emprunté par Luis Companys le 6 octobre 1934. De tous les symptômes d'agitation qui me parvenaient du sac, celui qui me peinait le plus était cependant l'attitude de l'Église, notamment de l'Église espagnole qui, après avoir béni notre Croisade jadis, en arrivait maintenant à demander pardon dans ses homélies pour sa complicité avec le « fascisme » en 1936. La génération des Gomá et des Plá y Deniel avait cédé la place à une nouvelle cuvée d'évêques conduits par Tarancón qui agitaient le drapeau du libéralisme ou du « christianisme de base », simple camouflage pour la pénétration marxiste des paroisses.

Carrero Blanco, bien informé sur ces nouvelles tendances au sein du catholicisme, m'expliquait ainsi cette attitude déconcertante de tant d'évêques et de prêtres qui semblaient avoir oublié le caractère sacré de notre Croisade : « Au Vatican, le ver est dans le fruit, Montini en personne a été par le passé un allié des gauches et des secteurs les plus antifranquistes de la Démocratie chrétienne italienne. » Visiblement, ce dernier, en ouvrant la boîte de Pandore qu'était Vatican II, n'était plus en mesure de contrôler des théologiens qui ressemblaient plus à des saìanologues tant le diable se servait d'eux pour dynamiter l'Église de l'intérieur. « La Curie italienne, me disait Carrero Blanco, est minée par le marxisme, il faudrait désitalianiser la direction de l'Église catholique universelle. » Était-il concevable que le supérieur des jésuites, le Basque Arrupe, puisse publier dans l'Osservatore Romano un article dans lequel l'unique citation revenait à Ernesto Che Guevara, ce déséquilibré qui signait les chèques de la Banque centrale cubaine d'un simple « Che » ?

Ce n'était pas moi qui avais cherché l'affrontement avec l'Église, on le sait. Mais il est certain que les dissensions au sein du Mouvement et les distances prises par la hiérarchie catholique à notre égard redonnèrent courage à nos ennemis. Communistes et socialistes tenaient réunion dans les églises, dans les soutanes protectrices de certains prêtres ou évêques. Tandis que Marcelino Camacho, le chef des syndicalistes rouges des « commissions ouvrières », se bécotait avec des religieux comme Gamo, Llanos ou Díez-Alegría, Santiago Carrillo chargeait ses émissaires de présenter à notre ambassadeur à Rome, Garrigues, son plan de « réconciliation » entre marxistes et catholiques. Il avait confié à l'intellectuel communiste Manuel Azcárate le soin de vendre cette ratatouille, lui dont la famille avait été à l'origine de la funeste Institution d'enseignement libre, et Garrigues m'envoya un compte rendu détaillé de cette surréaliste rencontre. Après avoir ironisé sur le grand respect que le communisme portait à la liberté, ce que l'on pouvait vérifier à l'Est, il leur avait glissé qu'ils seraient agréablement surpris s'ils avaient l'occasion de parler avec moi car j'avais pour habitude de faire l'éloge des réalisations pratiques de l'URSS, œuvre d'un peuple incontestablement discipliné et conscient de son rôle dans le destin universel. Mais ces curieux messagers n'avaient pour seul but que de semer l'ivraie sur un terrain hélas propice puisque certains prêtres en étaient arrivés à interdire dans leur église de disposer des bouquets devant les plaques commémoratives reproduisant le nom de ceux qui étaient tombés pour Dieu et pour l'Espagne. Pendant ce temps, les ennemis du régime espagnol au Vatican multipliaient leurs pressions sur la Curie et sur le pape par le biais de deux campagnes orchestrées successivement, qui furent appelées « Opération Moïse » et « Opération Aaron ». Ce qui sonnait plus juif qu'évangélique.

Le père Higueras est mort dans une maison de retraite pour prêtres de Colmenar Viejo. Sa maladie avait commencé en 1965, et jusqu'à sa disparition en 1971 je lui ai rendu trois ou quatre visites, toujours sur les instances de ma mère qui cessèrent lorsque la pauvre en vint à devoir se soucier plus de sa propre mort que de celle du curé, notre protecteur. Je me rendais compte que mes visites lui faisaient plaisir, et qu'il se tenait au courant de tout ce qui se passait dans le pays : « Après avoir été pasteur des âmes, je suis maintenant un pasteur de souvenirs. » En l'une de ces trop rares occasions (à chacun d'assumer ses remords), il m'apprit qu'au début de la République il s'était réfugié au domicile de l'une de ses ouailles parce que, m'accusa-t-il, « vous autres, vous faisiez la chasse aux soutanes en ces temps-là », mais qu'il ne s'était jamais senti franquiste, surtout après la chute de Madrid et les excès des revanchards. « Mon père était aiguilleur dans un dépôt de chemin de fer de Lorca », me révéla-t-il encore peu avant de mourir, en ajoutant : « Il était plutôt anarchiste que marxiste. » Mais il ne se caractérisa pas lui-même. C'était, tout simplement, un grand bonhomme.

Au sein de tous les gouvernements que j'ai eu à présider, les affrontements qui pouvaient se produire ont presque toujours cessé sur un simple regard ou sur un mot définitif de ma part. A l'exception du choc causé par le remaniement fondamental de 1957, il en a toujours été ainsi mais je dus constater que, comme dans la rue, l'éloignement progressif de la tension de la guerre et de l'après-guerre accentuait l'audace critique et les rivalités chez mes ministres. Cet état d'esprit se développa au sein du cabinet formé en 1962 qui, tout en jouant un rôle éminemment positif en relevant les défis de la croissance économique, du développement du tourisme et du parachèvement de notre dispositif constitutionnel, ne sut pas rester étranger aux divisions et à la hâte réformatrice décelable dans certains secteurs de la société espagnole. Un exemple : Lora Tamayo rendit son portefeuille de l'Éducation nationale en 1968 parce que Camilo, le ministre de l'Information, avait exigé de se charger de la rébellion estudiantine, et tous ceux qui se trouvaient sur le chemin reçurent des coups de cette bagarre, à commencer par le recteur de l'Université qui n'avait pas compris qu'il valait mieux prendre ses distances à temps : au cours de l'une des rencontres avec les agitateurs universitaires, ce dignitaire essuya une sérieuse correction, et Lora m'adressa une lettre de démission des plus respectueuses. Je n'y répondis même pas, préférant partir à la pêche dans les Asturies et demander à Carrero Blanco de prendre les mesures nécessaires. Par la suite, j'accordai une audience au ministre démissionnaire et je lui glissai au moment de lui donner l'accolade d'adieu : « Vous m'avez vaincu, mais non convaincu. » Et il partit tout confus mais content. On est esclave de ce que l'on dit et maître de ce que l'on tait, donc je gardai pour moi ce que je pensais, à savoir que monsieur le recteur avait bien eu ce qu'il méritait pour se mêler de ce qui ne le regardait pas, de même que les professeurs Aranguren*, García Calvo, Montero Díaz et Tierno Galván, qui se firent arroser par la police lors d'un affrontement avec les étudiants, puis suspendus et expulsés de leur chaire.

Les dissensions au sein du cabinet, par ailleurs si satisfaisant, furent essentiellement provoquées par les divergences entre Carrero Blanco et le ministre des Relations extérieures, Castiella, à propos de la décolonisation de la Guinée, du renouvellement des accords avec les États-Unis, et de Gibraltar, ainsi que par les passes d'armes entre, d'une part, les « technocrates » dirigés par López Rodó et soutenus par Carrero Blanco, et, de l'autre, un Solíz Ruiz obligé bien souvent à contrecœur de défendre les positions de la Phalange, alors que les phalangistes l'accusaient régulièrement de trahison. Les conflits entre ces deux derniers camps culminèrent avec l'affaire Matesa. Sans me perdre dans les détails, car cette péripétie est désormais entrée dans l'Histoire, on avait découvert qu'un entrepreneur catalan, le señor Vila Reyes, n'exportait aucunement les métiers à tisser qu'il déclarait pourtant au service de subventions des exportations. Il s'agissait là d'un délit qui exposait politiquement les ministres ayant couvert ou ignoré par négligence de telles menées, mais ce qui aurait pu rester un cas épineux avalé et digéré par le seul Conseil des ministres se transforma en scandale public à cause d'une campagne de la presse, pourtant théoriquement au service de l'État. La responsabilité de tout ce bruit revenait donc à Solíz Ruiz, chef de la presse et de l'agence d'information du Mouvement, et à Fraga Iribarne, ministre de l'Information et du Tourisme. Les phalangistes en profitèrent pour sonner l'hallali contre l'Opus Dei, sous prétexte que l'entreprise Matesa appartenait à cette institution et bénéficiait de la protection de ses ministres. Après lecture détaillée d'un dossier composé de milliers de pages, je conclus que ceux qui étaient visés en premier lieu par la campagne du Mouvement, López Rodó et López Bravo, étaient hors de cause. En revanche, malgré toute leur bonne foi, rien ne pouvait être fait pour sauver les trois ministres concernés : Navarro Rubio, ancien ministre des Finances et gouverneur de la Banque d'Espagne au moment où éclata le scandale, García Moncó, le ministre du Commerce, et Espinosa San Martín, le successeur de Navarro Rubio aux Finances. Mais Ruiz et Fraga méritaient aussi un châtiment politique pour avoir laissé le scandale éclater et l'avoir attisé : ils furent donc destitués, ce qui entraîna un remaniement ministériel jugé monochrome, surtout parce que ce fut López Bravo qui reprit le portefeuille des Relations extérieures, abandonné par Castiella.

A quelque chose malheur est bon : ce changement ministériel m'obligea à aborder les années soixante-dix entouré de visages et de talents nouveaux, surtout si l'on ajoute la perte de Camilo, qui, à force de souligner qu'il vieillissait comme moi, apparut incapable de continuer à diriger un ministère aussi explosif que l'Intérieur, n'ayant su ni maîtriser la tempête universitaire ni la montée de la subversion dans les usines menée par les communistes des commissions ouvrières. On n'avait pas non plus pris à temps les mesures qui s'imposaient face à la résurgence du nationalisme radical de l'ETA, qui me révolvérisait mes policiers et eut même le toupet de me provoquer de front lorsque Elósegui, militant nationaliste connu, s'immola par le feu au fronton de pelote basque d'Anoeta, comme un bonze, et tomba de l'amphithéâtre telle une flamme humaine en ma présence. Ce fut le dernier cabinet que je formai au titre de chef de gouvernement, la cuvée suivante allant relever de la responsabilité directe de Carrero Blanco quand, en 1973, je le nommai président du Conseil des ministres. J'attendais qu'Alfredo Sánchez Bella, nouveau ministre de l'Information et du Tourisme, brillant historien autant que remarquable diplomate et informa-

teur – à tel point que la correspondance confidentielle était chez
lui un vice –, remette au pas les moyens d'information car,
malgré les restrictions stipulées par la Loi sur la presse,
l'arrogance de certains journaux comme le Diario de Madrid,
téléguidé par l'opus-déiste Calvo Serer, était allée jusqu'à
applaudir la démission de De Gaulle, dans l'intention évidente
de suggérer la mienne. Personne n'était encore allé aussi loin,
jamais : le journal fut suspendu de manière foudroyante, se
retrouva en mauvaise posture économique, et ses propriétaires,
ouvertement hostiles au régime, firent sauter l'édifice, en partie
pour tirer profit du terrain à bâtir et en partie pour faire de cette
explosion un symbole de résistance numantine à la persécution
officielle.

J'espérais aussi que la nouvelle équipe, contrairement à la
précédente, s'abstiendrait de me pousser à donner un plus grand
rôle au prince, requêtes qui avaient le don d'exaspérer mes
proches car elles étaient non seulement politiquement contre-
productives mais aussi grossières puisqu'elles revenaient à me
demander sans cesse de céder la place. Au sein du cabinet
précédent, cette impatience à voir le prince monter sur scène
avait pris un tour parfois scandaleux, même chez des ministres
aussi peu « politiques » que celui des Finances qui en était arrivé
à vouloir me donner des leçons à ce sujet : « Il serait bon que le
prince s'aguerrisse un peu, il ne peut pas passer sa vie à
inaugurer des expositions. Cela risque de nuire à son image. »
« Et que voudriez-vous qu'il fasse ? » « Qu'il ne soit plus muet. »
Et de me remontrer que le peuple devait entendre sa voix, que
l'héritier s'exercerait ainsi à parler en public, « une de ses
principales fonctions à l'avenir... ». « Tout arrivera en son
temps, dites au prince de ne pas s'impatienter. Dites-lui qu'il
vaut mieux être muet que bègue. » Il prit cette remarque à son
compte et se répandit en excuses pour cette ingérence qui,
m'assura-t-il encore et encore, n'avait pas été expressément
commanditée par don Juan Carlos. On n'est jamais assez
prudent.

Je ne doutais pas des compétences des nouveaux venus,
cependant ils n'avaient pas directement participé à la Croisade et
faisaient passer les raisons de l'efficacité avant celles de la

politique, pour ne pas parler de l'idéologie. De plus, j'avais des difficultés à me souvenir de ces jeunes ministres, sauf quand je les recevais en audience privée. Parfois j'avais l'impression de commander un navire servi par des marins efficaces mais fatalistes, dont les moindres gestes étaient dictés par les faits, les indications statistiques, et cette relative vérité qui veut que l'équipe est bien supérieure à l'individu. Travail d'équipe, commissions ? Moi, je me fie aux hommes, pas aux commissions. Ce qui n'a pas de tête est un monstre. Par ailleurs, j'étais excédé par le langage hermétique que certains d'entre eux utilisaient, un sabir d'initiés que l'Espagnol moyen ne pourrait jamais comprendre, quand moi-même je n'y entendais goutte. Les économistes étaient ceux qui me hérissaient le plus, leur façon de s'exprimer s'était terriblement compliquée, ils pratiquaient un jargon inaccessible au commun des mortels, aussi pris-je l'habitude de les soumettre à un examen détaillé avant de les charger du ministère, pour leur montrer qu'ils ne s'adressaient pas à un profane. Il m'arrivait de déconcerter les ministres les plus imbus d'eux-mêmes, qui, je le répète, sont en général les titulaires des portefeuilles économiques, persuadés de détenir la science infuse et ne connaissant pas toujours ma vieille passion pour l'économie. Par exemple, quand ils traitaient du contrôle de l'inflation et énuméraient les produits de base choisis pour évaluer la hausse des prix, je pouvais me lasser de tous ces chiffres, points, virgules et autres tours de passe-passe pour demander brusquement : « Et le prix du chocolat, alors ? » Ils restaient bouche bée, fourrageaient dans leurs notes, et ne pouvaient jamais répondre. Je n'ai jamais pu avoir un ministre des Finances, du Commerce ou du Plan capable de connaître le prix d'une tablette de chocolat. Mais comment peut-on connaître le taux d'inflation si l'on ignore ce que coûte le goûter des enfants ? Ou bien les enfants d'Espagne ne goûtent-ils plus, comme moi et mes frères et sœur jadis, de pain et de chocolat ? Mais hélas ! un chef d'État ne peut être partout à la fois...

C'est López Rodó qui donne le fin mot de l'histoire du chocolat dans ses Mémoires, car c'est lui qui avait dû endurer l'interrogatoire sur le prix des friandises, semble-t-il provoqué non pas par vos souvenirs d'enfance mais par un processus comparable à celui qui fut à l'origine de la sombre affaire de l'épaule et du décolleté trop exposés de la chanteuse Rocío Jurado. Un après-midi au Pardo, et je ne sais si le bras imputrescible de sainte Thérèse était là ou pas, doña Carmen s'était plainte devant vous de la cherté des bonbons au chocolat. D'où votre question à López Rodó, qui vous avait répondu que ni les bonbons au chocolat, ni le caviar, ni le champagne n'étaient pris en compte dans l'échantillon de prix consulté pour déterminer la hausse du coût de la vie. La même mécanique s'était enclenchée avec l'apparition d'une jeune et splendide Rocío Jurado devant les caméras de la télévision nationale, ses généreux appas à découvert ayant provoqué le regard révulsé de trois dames aussi influentes que votre épouse, celle d'Alonso Vega et celle du tout-puissant Carrero Blanco. A peine ces dignes femmes avaient-elles mis en action leurs yeux pour regarder et vous vos oreilles afin d'enregistrer leurs protestations, que ce genre d'audaces furent définitivement bannies de la télévision nationale, bien que l'exception ait pu confirmer la règle comme lors du fabuleux strip-tease inachevé de Ian Eory dans l'*Histoire de la frivolité* d'Ibañez Serrador, qui faillit déclencher un nouveau soulèvement national de « généraux ».

La preuve indiscutable de la loyauté de Carrero Blanco me fut donnée par les procès de Burgos en 1970, quand des criminels avérés de l'ETA furent condamnés à mort et se retrouvèrent donc soumis à ma décision suprême : ou l'amnistie, ou l'exécution. Ces scélérats avaient tué des policiers et endommagé des biens de l'État, mais l'anti-Espagne se mobilisa pourtant en leur faveur dans le monde entier, tandis que chez nous tous les collectifs antifranquistes, à la tête desquels se distinguaient plusieurs prêtres basques et catalans, se laissèrent manipuler par les communistes pour transformer le procès du terrorisme en celui du franquisme. Carrero Blanco se montra à la hauteur des événements : « Excellence, permettez-moi d'assumer la responsabilité des exécutions. » Nos troupes étaient prêtes à se mobiliser pour manifester en faveur de l'une ou l'autre de nos décisions, mais avant de me décider je voulus prendre l'avis de quelques ministres, à commencer par celui des Relations extérieures, López Bravo. Influencé par la progressive normalisation de notre place dans le concert international, il préconisait l'amnistie et pensait que la majorité du cabinet était aussi de cet avis : « Laissez les ministres parler pour eux, monsieur. » Le conseil était convoqué pour le 30 décembre. Ce jour-là, contrairement à mon habitude, j'arrivai à la réunion revêtu de mon uniforme de parade de général d'infanterie, et en recevant avec une poignée de main chaque ministre je fixais un regard pénétrant dans leurs yeux. Je ne vais pas violer un secret d'État, mais je dirai qu'après le tour de table commencé par López Bravo, et alors que je gardais en tête un surprenant éditorial d'ABC qui, le matin même, avait estimé que notre régime était assez fort pour faire preuve d'indulgence, j'accordai l'amnistie. Peut-être, ce jour-là, avons-nous ouvert les vannes aux attaques de plus en plus violentes de l'opposition, qui allaient coûter la vie à beaucoup, à commencer par Carrero Blanco. Jusqu'à la dernière minute de ce conseil, il était resté à attendre un simple regard de moi pour monter au créneau en défense de ma position, aussi sévère fût-elle.

En effet, Général, vous vous étiez présenté ce jour-là en uniforme, pour intimider les ministres civils ou peut-être pour impressionner les militaires. Vos collaborateurs civils voyaient une vague de sang s'apprêter à déferler sur eux, et ils n'avaient pas autant de tripes que leurs prédécesseurs de 1963, qui eux avaient approuvé la ratification de la peine de mort pour Julián Grimau. Mais ce que vous ne saviez pas alors, c'est que l'un des ministres, López de Letona, s'était personnellement rendu la veille au bureau du très influent directeur d'*ABC*, Torcuato Luca de Tena, pour lui demander de publier un éditorial prônant la clémence. *ABC* avait toujours habité votre conscience, depuis la table du salon d'El Ferrol jusqu'à ce matin de décembre 1970 en passant par l'aide apportée à votre Croisade par les Luca de Tena. Le journaliste ne s'était pas formellement engagé devant le ministre, mais celui-ci avait poussé un soupir de soulagement en voyant le lendemain matin que l'éditorial d'*ABC* portait pour titre : « Justice et clémence ». Ainsi, il avait des chances de sortir de la réunion du conseil sans s'être trempé les mains dans le sang.

Je laissais toujours la parole à mes ministres, intervenant rarement, mais toujours à bon escient. Malgré leur rigidité mentale, ils manifestaient sans nul doute un soutien entier à ma personne, seulement distrait par leurs fréquentes visites au palais de la Zarzuela, la résidence du prince Juan Carlos. Or je savais pertinemment grâce à Carrero Blanco tout ce qui se racontait aux téléphones du palais royal, et c'est pourquoi je peux dire que leur attente impatiente du changement n'amoindrissait pas leur respect envers ce que je représentais en restant fermement assis à la table du Conseil des ministres, sans jamais la quitter alors qu'eux, si jeunes pourtant, étaient incapables de tenir toute une réunion sans se lever.

La discipline mentale peut dériver de celle du corps, et réciproquement. A mon avis, elles sont intrinsèquement liées. Cette fameuse aptitude à m'abstenir de me lever sans cesse, que j'ai conservée malgré mon âge, remonte à mon enfance, quand j'observai déjà avec un certain mépris ces outres à urine qui devaient quitter la classe à tout instant pour aller se vider dehors. «Mais cet homme ne boit jamais!» s'exclament, paraît-il, mes ministres. Bien sûr que je bois, de l'eau, mais je dispose d'un corps discipliné et bien éduqué, qui ne devient pas pour rien le compagnon loyal de toute une vie car il vous traite comme vous le traitez. Mangeur frugal, bien que Vicentón Gil se soit toujours obstiné à vouloir me dicter la composition de mes repas, je bois ce qu'il faut de vin, quelquefois un xérès, en tout cas quand je mange du fromage je prends du vin, puisque, comme disaient nos anciens, vin et fromage font bon ménage. C'est en dominant ses appétits que l'on parvient à l'équilibre. Et il se peut que l'incapacité de mes ministres à contenir la pression de leur urine ait procédé de la même incapacité à accepter le cours du processus historique, à comprendre qu'il faut tout faire sans hâte mais aussi sans relâche. Qu'aurait donc été l'histoire de l'Espagne si je m'étais hâté comme Sanjurjo en 1932, hâté de prendre Madrid en 1936, hâté de restaurer la monarchie en 1942, hâté de dissoudre le Mouvement en 1945, hâté de définir nos

principes idéologiques et constitutionnels dans les années cinquante ? Chaque chose à sa place, chaque chose en son temps,
ainsi les solutions nécessaires s'imposent d'elles-mêmes et révèlent celles qu'il aurait été malvenu de choisir. Cependant, la
désignation du prince en tant qu'héritier de la couronne fut le
signal d'une débandade générale, le coup d'envoi de mouvements souterrains destinés à se rapprocher du futur roi
d'Espagne et à créer des groupes hostiles à ma personne ou
acharnés à me pousser vers la retraite. Les insensés : ni en 1936,
ni en 1970, ni aujourd'hui encore en 1975, ils n'ont été capables
de rester maîtres de leurs propres entrailles.

Suivre ce qui se passe et donner mon avis me coûte de plus en
plus d'efforts, et néanmoins en mon for intérieur je suis resté le
même, je continue à préserver mon équilibre en suivant une
existence bien réglée. Les fenêtres de mes appartements privés
au Pardo donnent sur la cour où le clairon sonne tous les matins
la diane pour me réveiller en me donnant l'impression que je suis
toujours un cadet. Je prends mon petit déjeuner en famille, je
feuillette les journaux – on me signale ensuite ce qu'il faudrait
lire avec plus d'attention –, et pendant des années j'ai joué
chaque matin au tennis ou fait du cheval dans les collines du
Pardo, exercices que je ne peux plus me permettre désormais et
que j'ai remplacés par le golf. Ensuite, un horaire immuable
depuis 1951 jusqu'à la mort de Carrero Blanco, et c'est à cette
régularité que je dois ma bonne santé, si difficile à préserver
pour un chef d'État. En été, l'Azor, le manoir de Meirás, Ayete,
« La Piniella » où j'ai si souvent pêché le saumon et la truite et
qui conserve tous les souvenirs de ma rencontre avec la famille
Polo, la bouteille de Piper Brut Extra que nous n'avions pu
déboucher pour notre nuit de noces, le portrait de Carmen par
Sangroniz, les deux sapins qui furent à l'origine de cette
compétition entre ma femme et moi... On ne doit pas bouger les
choses quand elles sont à leur place. A « La Piniella », Carmen
conserve aussi sa collection de presse-papiers, une parmi tant
d'autres, et un écusson héraldique familial que j'ai gravé de mes
propres mains et qui a toujours eu les éloges des spécialistes
auxquels il a été montré.

Vos familiers et vos courtisans ne pouvaient que constater votre décrépitude. Lorsque vous deviez assumer une rencontre importante, on vous administrait une dose de médicaments plus forte et c'est ainsi que vous vous étiez bien tiré de votre rendez-vous avec un Charles de Gaulle abattu par sa défaite et son artériosclérose mais ayant tenu à venir en Espagne pour serrer cette main qui jadis avait touché celle du maréchal Pétain. Il avait fait votre éloge, Général, parce que finalement tous les militaires se respectent mutuellement, au-delà de la distance intellectuelle entre un homme qui avait su avoir un Malraux pour ministre de la Culture et vous qui n'aviez pas dépassé le niveau de Sánchez Bella, parce qu'il éprouvait envers vous une solidarité corporatiste et une certaine jalousie pour vos prérogatives de despote à vie, sentiments qui avaient vaincu les derniers scrupules démocratiques qu'il pouvait encore ressentir devant vous. Mais nous, le tout-venant, nous ne pouvions pas entièrement mesurer l'ampleur de votre décadence politique et biologique, des désertions qui commençaient à se faire sentir dans votre entourage au fur et à mesure que s'amplifiait le siège opportuniste du palais de la Zarzuela, là où votre héritier attendait le « fait biologique », euphémisme inventé par le professeur Jiménez de Parga pour ne pas prononcer le mot « mort »... « Quand se produira le fait biologique... » Moi, je ne pouvais imaginer votre mort, je commençais à me fatiguer de toute cette tension historique, précisément à ce moment-là, au début de la fin. La politisation s'étendait par clonage, même les lycées connaissaient leurs cellules, leurs lancers de tracts, la diffusion d'un langage crypto-critique qui, à partir des cercles culturels clandestins et de revues comme *Triunfo*, descendait pour influencer le jargon de la multitude progressiste. Réalisant que mon fils s'apprêtait à passer son baccalauréat, je lui expliquai la nécessité de choisir un engagement politique, qui ne dépendrait que de lui, sans tenir compte des pressions familiales... Il me coupa : « J'en ai déjà parlé mille fois avec Maman. » « Et donc ? » « Débrouillez-vous, avec vos histoires. » « Qu'entends-tu par là ? » « Maman et toi, vous êtes deux esclaves de la mémoire. Mais moi, je n'en ai pas encore, de mémoire. » Le petit ange n'avait alors que quatorze ans.

Alors que la subversion se diversifiait et se sophistiquait, le régime manquait d'instruments assez raffinés pour détecter les causes et les origines du malaise social grandissant qui marqua la fin des années soixante et le début des années soixante-dix. Carrero Blanco me proposa de mettre sur pied, dans le cadre du ministère de l'Éducation, un service de renseignements spécialement consacré aux étudiants et au monde intellectuel en général, mais au bout de quelques mois nous nous rendîmes compte que nous avions affaire à une subversion politique multiforme et unifiée puisque les mouvements d'étudiants, d'enseignants, professionnels, séparatistes, cléricaux, etc., étaient liés les uns aux autres et se complétaient. Carrero Blanco créa donc un nouveau service destiné à traiter de la subversion en tant que philosophie et des subversifs en tant qu'agents de l'intoxication des masses et de la corrosion de notre appareil d'État. De ses activités, supervisées notamment par le colonel José Ignacio San Martín, allait naître le Livre rouge de la subversion qui me fut remis fin 1970 ou début 1971. A la fin de ce rapport, figurait une phrase d'Osorio qui provoqua en moi une véritable illumination : « Les régimes politiques ne s'effondrent ni ne périssent sous les attaques de leurs adversaires mais par l'inquiétude et la désaffection de ceux qui auraient dû les soutenir. » C'était un rapport explosif qui mettait en cause des personnalités en apparence fidèles à notre régime, et certains se sentirent tellement menacés qu'ils intriguèrent en vue de la liquidation de ce courageux service de renseignements, mais je dis à Carrero Blanco : « Savoir c'est pouvoir », et l'amiral se mit au garde-à-vous une nouvelle fois, avec cette allure de percheron tranquille qui était la sienne lorsqu'il saluait. José Ignacio San Martín était un militaire expérimenté, un bon soldat, et le fils de l'un de mes professeurs de l'Académie de Tolède. Nous évoquâmes son souvenir lors de notre premier entretien, quant au second il s'est estompé dans ma mémoire, il figure dans mes notes mais sans aucune observation, comme s'il y avait eu un blanc.

Il n'est pourtant pas resté en blanc dans les Mémoires de San Martín, un des fomentateurs du coup d'État avorté du 23 février

1981 : « C'était à la mi-70, le panorama avait alors totalement changé [par rapport à la première rencontre] car le Caudillo, beaucoup vieilli et approchant des soixante-dix-huit ans, parlait à peine... Jusqu'au moment, fort pénible pour moi, où en cherchant à articuler quelques mots il donna l'impression qu'il allait s'asphyxier, qu'il était à l'article de la mort. Ces quelques secondes, voire dixièmes de seconde, me suffirent à imaginer le pire. Je me voyais déjà appeler les aides de camp à lui venir en aide. Je ressortis de l'audience fortement impressionné... »

Vous étiez atteint de la maladie de Parkinson, Général, assez gravement atteint mais on ne vous en avait parlé qu'à moitié. Tous ceux qui vous entouraient agissaient chaque jour davantage pour leur propre compte, Carrero Blanco lui-même devant avouer, quelques mois avant sa mort, qu'il était atterré par la lenteur avec laquelle vous deviez prendre les décisions les plus faciles. Vous vous endormiez devant Gerald Ford, Kissinger, et malgré l'impression que vous pouviez donner à des visiteurs comme le colonel San Martín il vous arrivait de retrouver soudain un étrange dynamisme grâce au traitement qu'avaient mis au point des spécialistes américains avec l'approbation de votre médecin dévoué, Vicente Gil, le fameux Vicentón. Vous aviez la maladie de Parkinson depuis 1960, le médicament s'appelait L. Doppa et grâce à lui vous résistiez même si les symptômes allaient en s'accentuant – tremblements, somnolences, rigidité faciale, sautes d'humeur, et ce teint blafard qu'avait pris votre visage comme si vous interprétiez déjà votre dernier rôle dans un musée de cire.

Ceux qui vous entouraient tâchaient de profiter de votre inexorable affaiblissement, avec précaution, redoutant vos soudaines résurrections. Dans le cercle des plus ultimes, connu sous le nom de « clan du Pardo », on intriguait en faveur du mariage de l'aînée de vos petites-filles, Carmen, avec don Alfonso de Bourbon-Dampierre, le prince « charmant », pour mieux l'opposer au prince tout court qu'était Juan Carlos. Votre gendre se prit à rêver de voir don Alfonso prendre la place d'héritier dynastique que vous aviez réservée à son cousin en 1969, mais la maladie de Parkinson rendit sans doute un dernier service à Juan Carlos : vos idées fixes, immuables même, vous empêchèrent de remarquer la manœuvre matrimoniale. Les noces furent quasiment royales, mais vous détonniez dans un contexte aussi élégant. Selon votre indispensable nièce Pilar, « quand sous la conduite de Fuertes de Villavicencio mon oncle parcourt les salons où se pressent les invités, il prête à peine attention aux autres, me reconnaît à peine lorsque je viens le saluer, avance en traînant les pieds, la bouche entrouverte, et il fait peine à voir. Toute l'assistance, je crois, éprouve cette triste impression, et peut-être son état physique apparaît-il encore plus poignant en contraste avec toutes ces belles femmes élégamment vêtues et couvertes de bijoux, tous ces uniformes solennels et tous ces habits de cérémonie. Tout a été préparé en son honneur plus encore qu'en celui des jeunes mariés, mais il n'est plus que l'image pathétique de lui-même, que son fidèle Fuertes laisse à peine approcher. Une ombre qui ne rappelle en aucun cas sa vitalité et ses yeux du temps passé ».

Chevalier sans peur et sans reproche, Carrero Blanco était tout destiné à devenir chef du gouvernement en 1973 car sa fidélité à mon égard n'avait rien à voir avec une foi affectée ou avec la loyauté oppressive d'un Vicente Gil. C'était un homme qui avait la trempe de déclarer qu'il préférait voir le monde détruit par un holocauste nucléaire plutôt que dominé par l'athéisme marxisto-soviétique. Je n'ai toujours eu que le plus grand dédain pour les rumeurs qui l'accusaient d'avoir spéculé pour son propre compte en Guinée équatoriale, et compromis ainsi le règlement de notre contentieux avec les indépendantistes de cette île lointaine. Après les tâtonnements des années quarante, il était devenu un moine de la politique : plus de parties de chasse ni de distractions féminines, il s'était amendé et avait repris à son compte la ligne spiritualiste de l'Opus Dei, prolongation logique de son intégrisme congénital. Il ne vivait que pour s'occuper des affaires publiques avec moi, lire ce qui pouvait renforcer ses convictions, et écrire comme un héraut moderne de la bonne nouvelle franquiste. Quand Basilio Martín Patino, un cinéaste décidé à réinventer l'Histoire pour dénigrer notre cause, réalisa ses Ballades pour l'après-guerre, *Carrero Blanco vit le film et se contenta d'observer : « Ce cinéaste, il* faudrait le fusiller. » *Il me pria aussi instamment de ne pas voir le film, afin de m'éviter une inutile contrariété.*

Carrero Blanco était peut-être un peu trop intégriste à mon goût, mais il incarnait aussi la continuité, la garantie que le régime se succéderait à lui-même, et c'est pourquoi je me résolus à cette nomination, première délégation de pouvoir à laquelle je consentais depuis mon arrivée à la tête de l'État, trente-cinq ans auparavant. Le gouvernement sous contrôle, les Cortès régis par un inconditionnel, Rodríguez de Valcárcel, la sécurité intérieure aux mains d'Arias Navarro, les armées à leur poste... Il ne restait plus qu'à s'occuper du prince. Carrero Blanco, qui veillait à ce que la monarchie soit une réinstallation dans la continuité de notre action et non une restauration visant à nous éliminer, avait pris ses précautions : les activités de la Zarzuela étaient contrôlées, et les rapports du colonel San Martín m'ouvrirent les yeux jusqu'à l'ébahissement sur le double jeu de certains ministres, même si je conservais le visage impavide du chef. Un nouveau remaniement ministériel s'imposait, qui vit notamment López Rodó passer du Plan aux Relations extérieures, et Julio Rodríguez Martínez, un homme de Carrero Blanco, prendre le secrétariat général du Mouvement et la vice-présidence du gouvernement.

Alors que les élections syndicales et celles des représentants de la famille aux Cortès démontrèrent encore la capacité d'infiltration des marxistes, le pauvre Carrero Blanco s'employait à me rassurer, à préparer le projet de loi sur les associations politiques et à assumer la routine de sa vie de fidèle serviteur. Et ce fut cette routine qui lui coûta la vie. Lui qui m'avait proposé en 1942 (aujourd'hui je peux le révéler) de me faire couronner roi allait sans le savoir vers la mort, car dans les sous-sols de Madrid les tueurs de l'ETA préparaient le piège de dynamite qui lui serait fatal. A ce qu'il paraît, ils pensaient d'abord l'enlever et l'utiliser comme monnaie d'échange pour obtenir la libération d'autres terroristes, mais Carrero Blanco était trop solidement escorté, et il n'était pas du genre à se laisser intimider par un pistolet. Ils décidèrent donc de construire un tunnel qui mènerait jusque sous la rue Claudio Coello qu'il empruntait chaque jour pour aller suivre la messe et se confesser à l'église des jésuites de la rue Serrano. Le 20 décembre à neuf heures du matin, alors que Carrero Blanco revenait de ses dévotions, trois charges de dynamite, 75 kilos en tout, explosèrent au passage de son véhicule. Le choc fut tel que la voiture fut projetée en l'air avec ses occupants et retomba dans la cour d'un couvent, de telle sorte que pendant un moment on pensa à un sortilège : où était passé l'amiral, où était passée la voiture ? Par la suite, mes experts m'expliquèrent que cette opération, techniquement magistrale, pouvait difficilement avoir été conçue par les seuls hommes de l'ETA. Et l'Internationale franc-maçonne, communiste ? L'ETA n'y appartenait-elle pas, sous son déguisement de mouvement nationaliste toujours dans les jupes de ses curés et de ses évêques ? Avec le plus grand cynisme, le secrétaire général du PCE, Santiago Carrillo, déclara au quotidien français L'Humanité que cela n'avait pas été un travail d'amateurs. Comme s'il ne le savait pas, lui qui derrière tous ses sermons sur la « réconciliation » n'avait pas hésité à apporter un soutien logistique à l'ETA quand cette organisation en avait eu besoin !

Ce même jour s'était ouvert le procès des membres de l'état-major des commissions ouvrières, avec à leur tête le communiste Marcelino Camacho, Julián Ariza, le curé García Salve et Nicolás Sartorius, un Rouge, fils de bonne famille et héritier d'un titre de noblesse que l'un de ses ancêtres, polonais, s'était jadis vu octroyer pour le seul mérite d'avoir fait la cour à la fougueuse Isabelle II. Si les peines prononcées furent lourdes, elles ne pouvaient compenser le crime qui venait d'être commis contre l'État, ni dissiper le climat d'inquiétude que je sentais autour de moi non seulement à cause de la disparition de Carrero Blanco mais aussi parce que, deux jours après l'attentat, les pays producteurs de pétrole réunis au sein de l'OPEP décidèrent d'une hausse sauvage du prix du brut : la crise économique, comme en 1956, surgissait à nouveau devant nous sans crier gare, tétanisant toutes ces grosses têtes de spécialistes qui avaient voulu me donner tant de leçons... Affecté par la mort de mon chef de gouvernement, j'étais cependant un militaire, je devais me situer au-dessus des catastrophes, et, malgré l'émotion qui me saisit quand je présentai mes condoléances à sa veuve, il

me vint ensuite une phrase qui a été le mot d'ordre de toute mon
existence : « A quelque chose malheur est bon. »

Ce fameux leitmotiv, dans un tel contexte, n'avait pas été
parfaitement bien compris, même par le ministre de l'Information et du Tourisme de l'époque, Fernando Liñán, qui de par sa
charge avait dû rédiger une bonne partie de votre discours : « Je
me présentai devant le Généralissime pour lui dire que sur
instruction de l'amiral Carrero Blanco j'avais rédigé un brouillon
pour son discours de fin d'année, et que j'attendais ses ordres au
cas où il aurait besoin d'informations sur de nouveaux thèmes
qu'il voudrait peut-être ajouter. Il me convoqua deux jours plus
tard, me montra la version définitive qui comportait une série de
suppressions et d'ajouts, notamment celui de la phrase, pas très
heureuse en référence à la mort de Carrero Blanco : " A
quelque chose malheur est bon. " Je ne pus savoir si la rédaction
avait été le fait du Caudillo lui-même, ou d'un autre de ses
collaborateurs. »

Sérénité, dans mon cas, ne pouvait signifier défaillance. De la
rue, où se trouvaient mes fidèles partisans – hélas mal dirigés par
Blas Piñar et par d'autres chefs ultras pourtant bien intention-
nés –, j'entendais que l'on osait crier : « Tarancón au poteau ! »,
tant la trahison de l'Église, dont de nombreux secteurs et digni-
taires s'étaient rangés dans le camp de l'anti-Espagne, soulevait
d'indignation. Cette trahison était d'autant plus aberrante pour
moi, qui avais jusqu'au bout tenu à respecter le principe de ne
pas m'affronter à l'Église, même devant les provocations de
certains évêques trop « sociaux » ou trop « nationalistes ». Qui
avait donc ouvert la boîte de Pandore, et quand ? Oui, 1973 avait
été une année noire, et 1974 s'ouvrit dans un contexte menaçant.
On me reparlait de crise économique, on m'accablait de
précisions savantes, taux d'inflation, augmentation de 20 % des
prix industriels alors que le pouvoir d'achat des ménages avait
progressé de 21 %, risque de crise énergétique... « Eh bien,
réglez-moi tout ça, vous êtes là pour, non ? » avais-je envie de
dire à tous ces bons conseillers, mais je me retenais. Face à la

conjuration internationale des maçons, des communistes, des décolonisateurs, des curés démocrates, des multinationales prêtes à fondre sur l'Espagne, je regarde autour de moi, presque tous les visages de mes souvenirs militaires et politiques ont disparu, et ceux qui sont encore là me renvoient l'image inquiétante de la vieillesse. Et Vicentón, qui me blessait en répétant que j'étais cerné par les profiteurs et les traîtres ? Pourquoi Vicentón ne vient il plus me voir ?

Il s'était montré très actif au cours des jours qui suivirent la mort de Carrero Blanco, quand j'eus l'occasion de lui trouver un remplaçant plus en phase avec mon sens de l'histoire et moins affecté par le long processus qui avait conduit à la proclamation de Juan Carlos. Mais qui serait-il ? J'avais déjà mon favori, mais il me plaisait d'écouter toutes sortes d'avis. Dès le lendemain de l'attentat, Vicentón Gil m'attendait quasiment au saut du lit pour me dire : « Je vois que vous avez très mal dormi, Général... Mais ne vous en faites pas... Nous sommes encore un bon paquet d'Espagnols avec assez de c... pour aller chercher les marrons dans le feu. » Je ne lui avais pas répondu, me rendant à la salle de bains où je m'étais mis à réfléchir à voix haute devant mon aide de camp, Juanito : « Nieto Antúñez, oui, c'est le mieux... Je le connais depuis toujours. » A ces seuls mots, Juanito était sorti de la pièce, et quelques minutes plus tard j'avais devant moi un Vicentón surexcité qui m'interdisait, m'interdisait à moi, de nommer « ... ce commerçant... renseignez-vous, renseignez-vous donc sur le compte de ce personnage ». Comme je ne savais comment me débarrasser de lui, je lui avais lancé un autre nom en pâture, Torcuato Fernández Miranda*, qui en principe plaisait bien à mon médecin mais auquel il avait aussitôt trouvé quelque défaut, par exemple celui d'être soupçonné de promouvoir des socialistes dans les instances supérieures du Mouvement. Ma femme, qui était entrée dans la chambre sur ces entrefaites, s'était mise à défendre Nieto Antúñez, que Vicentón traita alors de voyou, d'arriviste, de type bourré aux as, je reprends ses termes. Il me fatiguait tellement que je lui avais demandé de se retirer, et à peine était-il sorti que je vis apparaître Nieto Antúñez en compagnie de Rodríguez de Valcárcel, le président des Cortes. J'étais bien décidé à nommer

Nieto, mais ils commencèrent à discuter, et quand je lui dis que je le voulais lui à la tête du gouvernement, parce qu'il était loyal, même si l'on me faisait remarquer qu'il était déjà fort âgé, il prit un air triste, garda le silence, et comme j'insistais il fit un geste de la main comme pour effacer à jamais une pensée secrète et répondit : « C'est vrai. Un vieux, ce n'est pas le meilleur appui pour un autre vieux. »

C'est-à-dire que l'autre vieux, c'était moi : cette phrase, aussi juste eût-elle été, me causa une durable blessure. Mais je continuai à hésiter entre d'autres noms, pour finir par m'arrêter sur celui de Carlos Arias Navarro. J'avais des réserves à son encontre, mais enfin c'était un politique résolu, sans doute loyal, et toujours tellement aimable que nous pourrions certainement entretenir de bonnes relations. Vicentón soupçonnait qu'il se montrerait trop faible devant la racaille marxiste qui avait commencé à pénétrer les rouages de l'État, mais je passais outre, et dans son discours d'investiture, que la presse appela le manifeste de « l'esprit du 12 février », il n'outrepassa pas les limites de nos principes en prônant l'ouverture, et montra ainsi qu'il se soumettait à mes idées et mes désirs. C'est pourquoi je lui téléphonai pour lui dire : « Arias, aujourd'hui vous avez bien servi le pays. Dieu vous le rende ! » Il le servit mieux encore en me proposant d'approuver la sentence de mort prononcée contre l'anarchiste assassin de policiers Puig Antich*, mesure indispensable si nous voulions couper court à la spirale de la violence. La confirmation de la peine capitale pour Puig Antich servit de baptême de feu au nouveau gouvernement dirigé par Arias, à mon avis trop porté sur l'« ouverture », surtout au niveau des directions générales de ministères. Quand les ministres s'exprimèrent pour ou contre la grâce, je les fixai d'un regard implacable, et quand Arias expliqua qu'il fallait extirper la gangrène à la racine, je mis toute mon autorité en soutien au nouveau chef de gouvernement. Sur le coup, il n'y eut aucune démission, elles se produisirent par la suite, au nom de justifications bâtardes et peu viriles, mais de ce Conseil qui refusa la grâce de l'anarchiste catalan tous sortirent en assumant la responsabilité de la décision.

Il serait difficile de vous expliquer pourquoi l'assassinat légal de Puig Antich, un jeune anarchiste qui avait tué un policier alors qu'ils essayaient de s'arracher mutuellement des mains un pistolet, suscita si peu de réactions en Espagne. L'opposition, qui commençait à entrevoir la sortie du tunnel, avec au bout votre cercueil, Excellence, ne voulut pas risquer les territoires de liberté récupérés *de facto* pour sauver de la mort un anarchiste. Il y eut quelques manifestations, surtout à Barcelone, de l'extrême gauche, des « chrétiens pour le socialisme », de citoyens tout simplement horrifiés par cet acte sanguinaire, mais les états-majors des partis, soucieux de se trouver assez de respectabilité pour garantir un passage consensuel du pays à la démocratie, voulurent garder leur distance. Je ne veux pas dire pour autant que nous avions avalé facilement ce cadavre, et qu'il n'avait pas fallu une débauche de persuasion verbale pour nous le faire digérer. Marcelino Camacho, le leader des commissions ouvrières, avait affirmé que ces exécutions « étaient le prix à payer pour notre liberté de demain ». Pourtant, quand j'avais entendu quelqu'un dire à côté de moi que « le meurtre de ce jeune est une preuve de la faiblesse du franquisme », j'avais pensé : « Et de la nôtre. » Mais, probablement, je ne l'avais pas dit tout haut.

Dans la dernière période, j'ai ressenti chez Arias Navarro de l'affection pour moi, certes, mais avec une nuance protectrice, comme s'il doutait de mes capacités. Directeur général de la Sécurité, il avait appliqué nos lois d'une main de fer ; maire de Madrid, il avait démontré un grand sens de la communication avec tous les secteurs de la société ; Carmen le trouvait distingué, pondéré, et il a toujours proclamé en public qu'il se laissait guider par la petite lumière venue de mes appartements du Pardo, comme si elle était le phare et le point de référence de ses actes. Il parlait de moi comme Vicentón... Vicentón ! Pourquoi n'est-il plus mon médecin ? Quand je regarde en arrière, je me rends compte que j'ai toujours accordé ou refusé ma confiance dès le premier contact, et que cette intuition a en général été toujours confirmée. Ainsi, Vicente Gil qui, dans son rôle de médecin personnel, m'apportait une sécurité physique pourtant mise en doute par certains membres de mon entourage. *Pendant vingt ans, mon gendre Cristóbal n'a cessé de me répéter : « Choisissez un médecin plus expérimenté, avec un curriculum plus présentable. »* Mais peut-on attendre meilleur curriculum que celui d'avoir consacré toute sa vie et tout son savoir à me soigner ? Je vous ai déjà raconté ma première rencontre avec Gil à la maison paternelle des Asturies, puis sa tentative d'embrasser la carrière militaire, sans doute par respect pour ma personne. Étudiant en médecine à Valladolid, il rejoignit la Phalange puis fit la guerre en attendant un moment plus propice pour terminer son cursus. Grièvement blessé dans les montagnes de Castille, il empêcha les médecins de lui amputer son bras droit en les menaçant d'un pistolet, mais le membre ne se rétablit jamais, ce qui l'obligea à renoncer à la chirurgie et à devenir généraliste. Je l'avais croisé quelquefois pendant la guerre, toujours très « tête brûlée », je l'appelai auprès de moi à mon QG, le fis entrer dans mon escorte personnelle après guerre tout en le poussant à achever ses études, et lorsqu'il s'en acquitta je le nommai médecin de ma famille et de ma personne, me fiant plus à sa loyauté et à sa volonté d'apprendre qu'à son savoir réel. Commencèrent ainsi pour lui trente années de présence fidèle et de soins vigilants qui finirent par devenir étouffants, et pour moi de coexistence avec un « josé-antoniste pur » comme il aimait se définir, « seulement plus franquiste que josé-antoniste », ajoutait-il immanquablement.

Il avait épousé une jeune actrice de théâtre, María Jesús Valdés, union risquée car on ne sait jamais ce qui peut advenir d'un mariage entre un spécialiste et une comique, mais Vicentón avait imposé des conditions drastiques, l'actrice accepta d'abandonner les planches et si elle ne se mêla jamais à la vie du palais, non en raison de quelque hostilité de ma part mais parce que Vicentón le voulait ainsi, elle ne fit non plus jamais d'ombre à la carrière de son époux que j'avais également nommé président de la Fédération espagnole de boxe, gardant en tête l'admiration qu'il vouait à ce sport, les poings solides qu'il avait brandis en son temps de phalangiste de choc, et la frustration que lui causait son bras estropié. Je dois dire que j'avais noté dès le début une sérieuse et mutuelle antipathie entre Vicente et mon gendre, non *dépourvue de jalousie. Mon nouveau médecin, le docteur Pozuelo, est aussi libéral et posé que Vicentón était indiscret et autoritaire, surtout à propos de l'alimentation. Il m'a libéré des diètes que l'autre s'acharnait à m'imposer, il est ravi que je pêche, que je chasse, que je joue au golf, activités qui mettaient Vicente Gil hors de lui. Mal vu par nombre de mes proches, il se sentait pourtant personnellement responsable de ma santé devant l'Histoire. Un jour, il alla jusqu'à me supplier de ne pas aller pêcher de nuit parce que je m'exposais à un attentat commis par un homme-grenouille, à une torpille, ou encore à une attaque de sous-marin. «Bon, Vicente, d'où sortirait donc cet homme-grenouille, ou cette torpille, ou ce sous-marin ?» Et lui : «La franc-maçonnerie et les marxistes pensent à tout, Excellence.» «Quoi, c'est toi qui vas m'apprendre de quoi sont capables les francs-maçons et les marxistes ?» La réplique lui cloua le bec.*

Gil versait peut-être dans la paranoïa, Excellence, mais ses Mémoires rejoignent trop souvent des constatations et des diagnostics émis par un autre de vos fidèles, votre cousin le lieutenant Franco Salgado-Araujo, pour ne pas donner à réfléchir. Plus vous vieillissiez et décliniez, plus Gil se considérait unique dépositaire de la santé de tout un pays, qui bien sûr dépendait de la vôtre. Et donc il parlait, il commentait, essayant d'influencer les coteries du palais pour préserver de la dérive l'œuvre de son Caudillo. Les scandales financiers du régime l'inquiétaient, il vous en parlait et repartait toujours stupéfait par votre indifférence devant la corruption flagrante qui se déchaînait autour de vous, sans comprendre qu'elle était pour vous un moyen de pression politique sur des fidèles moins loyaux que le pauvre Gil. Quand Carrero Blanco lui raconte que le ministre de l'Éducation est un «cinglé» qui a reçu le sous-secrétaire d'État au Tourisme dans son sauna et qui a manqué l'asphyxier en l'y faisant rester tout habillé, ou que le ministre de l'Intérieur est une «calamité», il se fâche et lui dit qu'en tant que vice-président du gouvernement c'est lui le responsable, mais Carrero Blanco lui répond que le Caudillo ne l'écoute pas, et qu'il est de plus en plus lent à réagir... Le fidèle Gil devait aussi faire le mort quand il vous voyait vous enfoncer dans une sénilité parfois angoissée et parfois paisible, ou quand il vous avait surpris dans la baignoire en train de remuer les lèvres comme pour une prière : en s'approchant, il avait découvert que vous étiez en train de lire à voix haute le mode d'emploi de la lotion après-rasage, sans oublier l'adresse du fabricant.

Les ministres concernés, au sein du gouvernement Arias comme dans celui de Carrero Blanco, n'arrivaient pas à trouver une solution à la crise économique. On continuait à tout me soumettre selon le rituel des Conseils, mais je remarquai qu'ils me consultaient sur des points toujours moins importants, moins décisifs ; je les regardais droit dans les yeux pour tenter de vérifier la sincérité de leur attitude, mais ils étaient d'une autre espèce qu'avant, le monde changeait, et pas en bien. Les prévisions alarmistes sur notre développement économique émises par le Club de Rome, un cénacle de grosses têtes où ne manquaient certes ni les marxistes, ni les francs-maçons, ni les juifs, firent souffler un vent de panique. Le roi du Maroc, non content de revendiquer l'impossible, c'est-à-dire Ceuta et Melilla, revenait à la charge avec ses prétentions d'annexer illégalement nos possessions au Sahara occidental. Comme si tout cela ne suffisait pas, la révolution portugaise, dite « des œillets », vint me rappeler que l'homme est l'unique animal à pouvoir trébucher deux fois sur la même pierre.

Une armée coloniale comme celle du Portugal, aguerrie dans la lutte contre la subversion communiste en Angola et au Mozambique, avait donc pu se laisser infecter par l'idéologie qu'elle prétendait combattre, et des officiers supérieurs comme Spinola, qui devaient tout à Salazar ou à Caetano, patronnaient une révolution dans l'intention de la contrôler, avec les encouragements de la CIA... C'était à nouveau le jeu d'un Fermín Galán, de mon frère Ramón, d'un Queipo de Llano, apprentis sorciers qui en croyant ouvrir la porte à la démocratie convoquaient en fait le communisme. Encouragés par l'exemple de ce hâbleur de Spinola, les subversifs se mirent à forger chez nous le mythe du général Manuel Díez-Alegría*, qui parlait beaucoup moins que Spinola mais écrivait beaucoup trop, à commencer

*par un projet de loi sur l'objection de conscience qui rencontra
une vive opposition aux Cortes et qu'il finit par retirer en 1971.
On me disait que, avec d'autres militaires de même tendance, il
était bien vu aux États-Unis et au palais de la Zarzuela. Que
nous préparaient-ils donc dans le dos du Mouvement? Ce
général commit cependant une erreur de taille en se laissant aller
à des proclamations excessives en faveur de sa fameuse « ouverture » lors d'une rencontre avec le dictateur communiste de
Roumanie Ceausescu : sur proposition d'Arias Navarro,
j'ordonnai sa destitution du poste de chef du Grand État-Major,
ce qui en fit une idole même des communistes.*

*Avec des informations proprement incroyables faisant état de
contacts entre des cadres de la présidence du gouvernement et la
direction clandestine du PSOE, voire même du PCE, la santé du
Conseil des ministres ne pouvait qu'inspirer l'inquiétude, mais
Arias m'assura que tout était sous contrôle, tout comme le firent
les ministres militaires, alors que la conspiration des officiers
« démocrates » de l'UMD devait être démasquée quelques mois
plus tard. Je savais aussi que l'opposition intérieure continuait à
envoyer des monocles au général Díez-Alegría, en souvenir de
celui que portait le Kerenski portugais, Spinola, et pour le
pousser à devenir le Kerenski espagnol. « Et celui-là, vous le
contrôlez aussi ? » « Inutile, Excellence, il se contrôle lui-même,
c'est un homme fidèle à Votre Excellence, il ne bougera pas tant
que vous demeurerez maître de la situation, avec votre poigne
tranquille et votre dévouement à la patrie. » Très bonnes paroles
d'Arias, mais tous ne partageaient pas son opinion. La chute de
Nixon ne jouait pas non plus en notre faveur, puisqu'elle laissait
présager un retour des démocrates alors que la guerre du Viêt-
nam avait mal tourné pour l'armée américaine, trahie par des
politiciens et des civils que manipulait la franc-maçonnerie.
Était-elle étrangère, celle-là, au travail de sape qui, quelques
semaines plus tard, allait faire vaciller le régime pourtant solide
des colonels en Grèce ?*

Et Pacón, Général ? Vous semblez avoir totalement oublié
votre orphelin de cousin. Début 1971, ayant abandonné son
poste symbolique de secrétaire militaire entre guillemets, il cesse

de rédiger les notes qui reprenaient vos monologues, parce que Pacón, finalement, a été comme un esclave maïeutique interrogeant son cousin socratique. Dans sa dernière note, il synthétise ses griefs à votre encontre, rappelle qu'il a sacrifié sa carrière pour mieux vous servir, que vous ne l'en avez jamais récompensé, mais : « Je sors de tout cela la conscience aussi propre que tranquille. C'est une satisfaction spirituelle qui vaut mieux que rien. » Pacón n'a même pas été capable de vous survivre : poussant le syndrome de l'orphelin jusqu'au bout, il est mort en 1975, comme vous. Mais ses héritiers n'ont pas voulu en rester là et ont fait publier ses notes, visions notariales inscrites sur la rétine d'un perdant congénital, tout lieutenant général avec charge de commandant de place militaire qu'il aurait pu devenir si vous lui en aviez laissé le loisir.

Soudain j'eus envie de repos, de calme, et je commençai à attendre l'été comme au temps de mon enfance. La subversion ne nous laissait plus de répit, l'ETA se relayant avec le FRAP, une force terroriste téléguidée de l'extérieur par le franc-maçon Alvarez del Vayo, pour assassiner gardes civils et policiers. A l'annonce de chaque nouvel attentat, je me mettais à pleurer. J'étais fatigué. J'avais besoin de l'été. Mais juillet 1974 débuta fort mal pour moi. Ma jambe droite me faisait souffrir, je crus déceler un œdème à partir de la cheville mais Vicentón prit un air renfrogné et entreprit d'appeler d'autres médecins, signe qu'il ne se sentait pas en terrain connu. On me prescrivit un traitement qui resta sans résultat. Les médecins voulaient m'hospitaliser, Arias Navarro préférait me voir rester en observation au Pardo, moi je rêvais de changer d'air mais je les laissais parler, en braquant de temps en temps mes yeux perspicaces dans les leurs pour deviner leurs intentions secrètes. Finalement, Vicentón décida de me faire entrer à la clinique provinciale Francisco Franco, et quand je lui demandai comment Cristóbal allait le prendre il haussa les épaules en lui reprochant de se trouver à Manille en compagnie de ses amis les Marcos, pour assister à l'élection de Miss Monde. « Ce sera une bombe politique », lui fis-je remarquer, à quoi il répliqua tout de go : « La bombe serait encore plus grosse si vous cassiez votre pipe, Excellence! » Sous cet angle, il avait raison.

Sur mon lit d'hôpital, donc, je les entendis parler de thrombo-phlébite, d'aggravation de la maladie de Parkinson, et je vis comment Vicentón s'assombrit lorsqu'il apprit que dans le passé Cristóbal avait consulté en secret un médecin canadien à mon propos, initiative finalement pleine de tact qu'il interpréta comme un manque de confiance et qu'il prit pour une insulte personnelle. Il se rattrapa en adoptant le rôle de geôlier à l'entrée de ma chambre, ne laissant entrer que ma famille, Arias Navarro, le prince Juan Carlos, et Girón qui avait toute sa confiance. Arrivé en fanfare, Cristóbal me soumit à un examen sommaire, m'annonça que j'étais parfaitement bien et que je devais laisser entrer les journalistes pour qu'ils le vérifient et me prennent en photo. Vicente eut un entretien avec lui. J'avais du mal à entendre ce qu'il lui disait mais Nenuca me raconta qu'il lui avait manqué de respect et qu'il avait ordonné au gouverneur militaire du Pardo de tirer sans sommation sur tout journaliste qui tenterait de franchir ma porte. Moi, en tout cas, je ne me sentais pas aussi bien qu'ils voulaient le croire. Quand se déclencha une hémorragie stomacale, tout le monde s'affola, à part Cristóbal qui me dit : « Ne vous inquiétez pas, c'est votre taux d'urée qui est un peu monté. » Comme mon père était mort exactement de cela, on se doute de l'effet que me fit cette information. Certes, Vicente me conseilla aussitôt de ne pas l'écouter, mais je n'appréciai pas du tout l'entrée d'Arias Navarro venu me demander la passation de mes pouvoirs au prince héritier, « une mesure de caractère transitoire, bien entendu, Excellence ». Plus exactement, il n'avait pas osé me le proposer de front, et ce fut Vicente, que je voyais s'échauffer, qui se lança dans une harangue à mon intention : « Mon général, il y a en Espagne des lois qui doivent bien servir à quelque chose, et moi je crois qu'elles servent à être appliquées. L'article 2 de la Loi organique d'État stipule qu'en cas de maladie ou de voyage à l'étranger du chef de l'État c'est le prince qui assume ses pouvoirs, le temps que le Caudillo revienne à son poste. Vous pourriez, en ce moment même, être en train de pêcher le saumon en Alsace, ou bien là où vous en auriez envie. Par malchance, vous vous trouvez ici, couché dans un lit d'hôpital. »

Je fus enchanté par cette histoire de pêche au saumon en Alsace, qui avait de quoi dédramatiser la situation, si bien que je me retournai vers Arias et, dissimulant le mécontentement que m'inspirait son attitude indécise, je lui ordonnai : « Appliquez la loi, président. »

Je n'ai jamais pu savoir par la suite ce qui s'est vraiment passé entre Cristóbal, Arias et Vicente, mais bien vite je me suis rendu compte que la présence de ce dernier n'était plus aussi constante, jusqu'au jour où il disparut entièrement. Lorsque j'interrogeai Carmen, ma fille, mes collaborateurs, à son propos, tous se montrèrent évasifs, puis ma fille finit par m'annoncer : « Papa, prépare-toi à ne plus voir Vicentón, il a été assez grossier pour insulter et essayer de frapper Cristóbal. Il lui a même envoyé un coup de poing. » « Et il l'a atteint ? » ai-je interrogé, émerveillé par les impulsions de boxeur qu'il avait conservées. « Non, mais tous les deux formaient un spectacle lamentable. Et nous ne pouvons pas renvoyer Cristóbal. » Comme toujours, ma fille faisait preuve de bon sens. Lorsque j'appris le nom de mon nouveau médecin, j'étais sorti de la crise de thrombophlébite et j'avais hâte de reprendre les rênes au plus vite, non sans inquiétude devant tout ce qui s'était passé autour de moi et avec la sensation pénible que tous les réseaux de fidélité avaient été modifiés et repensés en fonction de spéculations sur l'avenir. Ce pressentiment était fondé : dans mon entourage, tout le monde s'était mis à me regarder comme si je personnifiais le passé et à considérer le prince comme le symbole du futur. Il devait en être ainsi, biologiquement et politiquement, mais bien que nullement obsédé par le pouvoir j'avais reçu un mandat de Dieu, de notre Histoire, de nos martyrs, qu'il me fallait accomplir jusqu'à mon dernier souffle, avec encore plus de détermination désormais puisque j'avais senti passer sur moi le courant d'air de la dissidence.

En effet, Général, Vicente Gil était entré tout échauffé dans votre chambre pour vous demander d'accepter la passation de pouvoir. Il avait dû pour cela écarter de la porte votre gendre qui lui s'opposait à cette mesure. Pendant toute votre maladie, depuis son retour des Philippines, le marquis de Villaverde avait passé son temps à tourner en dérision votre médecin personnel et les autres praticiens, estimant qu'ils ne faisaient pas le poids devant lui, le seul à pouvoir sauver son beau-père. Quand vous avez transmis vos pouvoirs au prince, votre gendre s'en est pris à Vicentón, l'accusant de servir les intérêts de « ce morveux de Juanito », oui, c'est ainsi qu'il appelait le prince Juan Carlos, le petit-fils de votre très respecté Alphonse XIII. Et c'est lui qui a poussé la mère et la fille à traiter en vassal le président de la Fédération de boxe et qui, pas encore satisfait, est venu au devant de Gil quand celui-ci sortait dans le couloir après vous avoir examiné, l'a bousculé vers le coin où attendaient les officiels et les pleureuses de service. Voyant qu'il se disposait à lui envoyer deux claques, le médecin et président de la Fédération de boxe a alors donné une bourrade à votre gendre tout en lui adressant un crochet du droit qui n'a pas atteint son but mais qui a ramené à la réalité l'outrecuidant marquis, lequel s'est dissimulé derrière les visiteurs avec plus de hâte que de dignité. « J'ai alors compris, raconte le docteur Gil, que cet individu pour le moins sournois avait l'intention de m'administrer deux gifles devant tout ce monde. D'un coup de coude, je l'ai envoyé contre le mur, dans sa lancée il m'a arraché tous les boutons de ma blouse. Malheureusement, ma droite m'a trahi, mais alors que je fondais sur lui il s'est jeté en courant dans le groupe du général Iniesta. " Si tu es un homme, lui ai-je lancé, viens avec moi au jardin. Allez, descends avec moi dans le jardin. " " Ah ça non ! Ah ça non ! " criait-il de derrière la véritable muraille humaine qui s'était formée entre nous. Je suis resté un moment en alerte, pour voir s'il se trouverait un instant à découvert, que je le bousille. »

Ensuite, votre gendre a feint une alerte à l'infarctus du myocarde, et a lancé un ultimatum à sa belle-mère comme à son épouse : « C'est ou cette brute de Vicentón, ou moi. » Et Vicente Gil a été congédié, et il a suivi de loin tout ce que vous avez subi par la suite, dans l'impuissance d'un nourrisson auquel on a retiré son sein préféré. Avec les souvenirs de trente-six années passées à s'occuper de vous, il a toujours espéré que vous sauriez faire taire vos femmes et votre gendre pour le rappeler auprès de vous. Bien des matins, il est allé au Pardo sans se présenter à l'entrée officielle, afin de vous regarder vous promener dans le jardin par un trou de la clôture. Vous n'avez pas pu voir cet œil noyé de larmes qui vous suivait de loin, cet œil rempli de retrouvailles impossibles comme dans les mélodrames, et Vicentón Gil a encore pleuré à gros bouillons, comme une rivière des Asturies, le jour où Pepe Iveas, votre dentiste et ami commun, lui a raconté que Franco avait pris des nouvelles de sa situation financière. « Il s'en tire bien ? » « Ne vous en faites pas, Excellence, un bon ami, un franquiste loyal, Valero Bermejo, lui a tendu la main et lui a donné un poste de médecin dans l'une de ses entreprises nationalisées. » Et vous aussi avez pleuré, Général. Et Vicentón pleurait. De loin. De loin aussi, de pas très loin, vous êtes mort, et Vicente Gil aussi, Général, en 1980. Mais il reste encore une scène de « mélo », si grandiose que je préfère laisser à l'intéressé la responsabilité devant l'Histoire de sa narration du mélodrame. Vous étiez, avec tout mon respect, en train de mourir, quand quelqu'un annonça à Vicentón : « Franco veut te voir... »

Et donc : « Je me suis précipité au Pardo. Pepe Iveas m'attendait en bas, nous sommes montés ensemble à la chambre du Caudillo. Avant d'entrer, je suis tombé sur Cristóbal, pour la première fois depuis l'incident de la clinique. Le Caudillo était au plus mal, et semble-t-il c'est Cristóbal qui, cette fois, m'avait fait appeler pour que le Caudillo puisse me revoir avant de mourir. Nous avons échangé un regard glacé, mais Cristóbal m'a donné l'accolade et m'a dit :

« – Vicente, pardonne-moi pour tout le mal que je t'ai fait.

« Je suis entré dans la chambre. Pepe Iveas, qui était devant, s'est approché du lit et lui a annoncé :

« – Mon général, Vicente est là. Vous voulez lui dire quelque chose ?

« Je l'ai salué, bras tendu :

« – Mon général, à vos ordres, comme toujours.

« Puis je me suis approché pour l'embrasser sur le front.

« Le Caudillo a bredouillé quelque chose. Il m'a regardé, a voulu me parler, mais il n'y est pas arrivé.

« Je suis rentré chez moi dans un état d'extrême tension, j'ai raconté cette scène à ma femme et à ma fille et nous sommes restés tous les trois enlacés, en pleurs. »

Au cours de votre longue agonie, Gil cherchait encore des remèdes possibles qu'on ne lui a jamais laissé proposer, et à l'annonce de votre mort, quand un ami lui a demandé ce qu'il comptait faire, il a répondu : « Enfiler ma chemise bleue, et aller le veiller. » Puis il est tombé malade et il a laissé son petit testament, moins lu que le vôtre, Général, mais sans nul doute le testament d'un homme qui vous avait aimé comme une mère.

Le renvoi de Vicentón prouva une nouvelle fois qu'à quelque chose malheur est bon. J'ai toujours eu le plus grand respect pour ceux qui surveillaient ma santé, car qui veut commander doit savoir obéir. Mon nouveau médecin, don Vicente Pozuelo Escudero, arriva auréolé non seulement de son prestige scientifique mais aussi de sa condition de fils de médecin militaire qui, enfant, avait assisté à l'entrée providentielle de la Légion dans Melilla. De plus, l'une de ses premières initiatives fut de supprimer le régime terriblement monotone que m'avait imposé Vicentón : un yaourt et une prune au petit déjeuner, un jus d'orange en cours de matinée, des légumes bouillis, du poulet grillé et deux prunes au déjeuner, du thé et trois biscuits à cinq heures et pour dîner une julienne, de la morue bouillie et trois prunes. Très sain, mais très déprimant, commenta-t-il en ordonnant au cuisinier, à mon grand soulagement puis à ma plus grande joie, de me surprendre, de m'offrir de temps à autre un apéritif varié, quelques tranches de jambon par-ci, quelques petites gambas par-là, du fromage, une bière, avant de m'annoncer un menu toujours stimulant. Le cuisinier, qui s'était habitué à la gastronomie laconique de Vicentón, accueillit d'abord Pozuelo avec réticence, à l'instar des autres employés du palais. On le considérait comme un intrus ayant usurpé la place de Vicente, ce qui m'amusait beaucoup et me conduisait à le rassurer : « Ne faites pas attention, docteur Pozuelo, ils sont jaloux de vous parce que vous passez tout ce temps avec moi. La jalousie est le grand défaut des Espagnols. » Quand la nouvelle équipe médicale qu'il dirigeait publia un communiqué reconnaissant pour la première fois que j'étais un peu affecté par la maladie de Parkinson, secret de Polichinelle qu'avaient prétendu garder deux pusillanimes de la taille de Carrero Blanco ou de

Vicente, cela ne me fit rien, et même je me sentis comme libéré du poids d'un secret d'État. Pozuelo, qui faisait preuve d'une perspicacité remarquable à mon égard, eut l'idée afin d'accélérer ma rééducation de me faire défiler aux accents de la marche de la Légion, Je suis le fiancé de la mort, *ou de l'hymne de l'Infanterie. Avec ses lèvres il me donnait le rythme et nous obtenions une victoire complète tous les deux, nonobstant la contrariété de Carmen qui observa les préparatifs du premier défilé comme si Pozuelo lui faisait l'effet d'un malade mental. Après ma sortie d'hôpital, il se révéla aussi être un organisateur efficace, un stratège résolu. Ainsi, comme je désirais partir me reposer à Meirá et comme le moyen de transport le plus adéquat était l'avion, il se dit que je devrais absolument faire bonne figure quand je gravirais la passerelle de l'avion à Barajas, sous les yeux des centaines de journalistes qui ne manqueraient pas d'être là. Il fit donc amener au Pardo un des escaliers mobiles d'Iberia, et me demanda de le monter et de le descendre jusqu'à parvenir à l'assurance dont je fis preuve au jour J.*

Plein de tact et d'attention durant les séances d'orthophonie que je devais suivre pour améliorer ma diction lors de mes discours, Pozuelo n'était cependant pas le compagnon de chasse et de pêche que j'aurais pu attendre. Il prétendait que son rôle était de sauver des vies et qu'il répugnait donc à tuer, mais il m'encouragea à ne pas changer mes habitudes, dont le rôle dans ma convalescence était tout à fait positif. Pendant toutes les vacances, il resta à mes côtés, surveilla mes parties de golf, mes promenades, s'abstenant de tout commentaire à propos des événements politiques en cours. C'est aussi à lui que je dois d'avoir entrepris la rédaction de mes Mémoires, même si je gardai le secret à propos de cette autobiographie, sur laquelle je m'escrimais depuis des années déjà. A vrai dire, les encouragements de Pozuelo en ce sens éveillèrent quelques soupçons dans mon entourage et même dans ma famille, alors que pourtant le docteur mit en place un système de contrôle scrupuleux, tout ce que je dictais au magnétophone devant être tapé à la machine à écrire par une personne de confiance et les originaux conservés dans un coffre. Il m'apporta des biographies de la reine Victoria, de Napoléon, d'un médecin allemand, pour me servir d'exem-

ples, et lui-même rédigea un résumé biographique très fidèle à celui que j'avais préparé à partir de mes propres archives, ainsi qu'une notice bibliographique de mes discours, et une autre encore sur la Guerre civile. Enfin j'ai commencé à dicter, l'épouse de Pozuelo à dactylographier les enregistrements, puis je corrigeais les feuillets avant de les ranger. Nous étions arrivés au quatrième enregistrement, c'est-à-dire à mon incorporation aux troupes d'Afrique, quand je fus soumis à de fortes pressions pour abandonner cette entreprise car, malgré toutes les précautions prises, des fuites étaient toujours à craindre. J'ai donc fait traîner en longueur cette affaire afin de ne pas offenser le bon Pozuelo, tout en poursuivant en secret la rédaction de cet ouvrage que je vous offre aujourd'hui, jeunesses d'Espagne, anxieux qu'une fausse image de moi vous soit un jour présentée, qui serait donc une fausse image de notre pays.

Vous aviez suivi d'une oreille et d'un œil distants le procès de Luciano Rincón, qui avait signé sous le pseudonyme de Luis Ramírez le livre *Francisco Franco : Histoire d'un messianisme*. Publié en 1964 par « Ruedo Iberico », un éditeur espagnol exilé à Paris, l'ouvrage était la première tentative d'interprétation de votre psychopathologie du pouvoir. Vos services mirent du temps à identifier son auteur et à le juger, mais il se prit six ans de prison tandis que vous continuiez à imaginer à distance et avec défiance comment ce livre mettait à mort votre mythe. Savez-vous comment il se termine, encore sous le choc de l'assassinat de Julián Grimau ? « Franco a fait de l'Espagne une tour de Babel où les seuls qu'il comprenne sont ceux qui ne parlent pas, les morts. » Vous, vous redoutiez la mise à l'épreuve de l'écriture, et de vous rappeler avec une trop grande précision des faits qui pourraient troubler votre vieillesse, de même que vous vous masquiez les yeux devant des séquences de cinéma trop poignantes. Mais combien de Luis Ramírez attendaient votre mort, tapis dans l'ombre, pour vous jeter bas du piédestal de la mémoire historique ?

Le traitement de Pozuelo opérait des miracles : je me sentais si bien que j'allai quelquefois voir comment se passaient les

527

Conseils des ministres placés sous la présidence intérimaire du prince Juan Carlos, et j'aimais parler avec les ministres pendant les interruptions de séance, en flânant dans les jardins, tranquillement. A part le renforcement du terrorisme et le regroupement de l'opposition catalane sous la tutelle communiste, ce qui me préoccupait le plus était l'attitude menaçante de Hassan II envers le Sahara, Ceuta et Melilla. Le prince saurait-il se sortir de cette mauvaise passe ? Ne devais-je pas reprendre mes pouvoirs pour régler au moins le dossier du Sahara ? Arias Navarro me dit que non, mais contrairement à ma fille ni Cristóbal ni Carmen ne dissimulait leur inquiétude de me voir réduit à un rôle subalterne, dangereux pour la stabilité de l'Espagne. A la suite d'un petit sondage, je découvris que certains ministres, tels que Pío Cabanillas, allaient même jusqu'à penser que l'autorité intérimaire du prince devait être déclarée irréversible. Les traîtres se démasquaient enfin, ces nabots infiltrés que dénonçait le parti nationaliste « Fuerza Nueva ». Le 31 août, au manoir de Meirás, Cristóbal organisa une consultation médicale dont le résultat ne pouvait être plus clair : on me donnait l'exeat. Et donc moi je me considérai de retour à la direction de l'État, mais cette fois environné de traîtres comme Pío Cabanillas, franc-maçon certainement, que je limogeai le 29 octobre sans qu'Arias ne bouge le petit doigt, au contraire. Je remarquais que ma décision de reprendre les pleins pouvoirs déplaisait surtout à deux personnes, le prince Juan Carlos et ma fille Nenuca. Le premier n'en dit rien, mais la seconde me lança : « Si les autres ne te tuent pas, c'est toi qui vas te tuer tout seul. » Mais, à mon âge, on ne se tue pas. On meurt.

Le renvoi de Pío Cabanillas était d'autant plus justifié qu'à la tête du ministère de l'Information il avait scandaleusement laissé la bride sur le cou aux journaux, permettant par exemple à l'un d'eux de surnommer Arias Navarro « le charbonnier consort » sous prétexte que le président du gouvernement, par sa femme, était apparenté à une riche famille du León active dans l'exportation et l'importation de charbon. La démission de ses plus proches collaborateurs me parut aussi logique que souhaitable, mais quand des départs en chaîne suivirent, à commencer par celui du ministre des Finances Barrera de Irimo puis du responsable de l'INI Fernández Ordóñez, on eut affaire à un scandale, à une véritable rébellion politique. Et l'explication que m'en donna Arias Navarro n'était guère plus satisfaisante : « Ils préparent leur avenir. » Je le regardai fixement en lui demandant : « Mais quel avenir ? Démissionner aujourd'hui, c'est ne plus avoir de futur. » Et Arias s'empressa d'ajouter qu'en effet ils s'étaient trompés en faisant leurs calculs d'avenir...

La Providence était-elle en train de m'abandonner ? Après l'odieux assassinat de Carrero Blanco, je perdis dans un accident d'auto le jeune Fernando Herrero Tejedor, formé à l'école de la Phalange loyaliste et capable de conduire le Mouvement de l'avant. Des pressions auxquelles personne ne se serait jadis risquées m'assaillirent en rafales, et pour calmer les partisans de Girón, qui voyaient Arias Navarro d'un mauvais œil, je proposai pour le remplacer un de ses collaborateurs qui avait aussi travaillé avec Fraga et Utrera Molina, et donc pouvait satisfaire plusieurs familles du Mouvement, notamment celle de Girón. Au temps de Carrero Blanco, mon avis aurait eu valeur de décret, mais Arias Navarro se buta, se permit même d'élever la voix devant moi et décida de n'en faire qu'à sa tête, c'est-à-dire que je dus renoncer à mon candidat, cet excellent Pepe Solís encore une fois, si amusant, si vif, si andalou. La mort emportait fondateurs et héritiers du Mouvement, l'ambition favorisait l'indiscipline... Où étaient passés mes preux ? Je téléphonai à Nicolás pour lui expliquer la situation, qu'il dédramatisa comme à son habitude. Je lui répondis que je prenais très au sérieux notre tradition familiale qui consistait à mourir par ordre d'ancienneté, et que son tour venait donc en premier : « A ton âge, à quoi te serviraient des preuves de loyauté, Paco ? Tu en as déjà eu bien assez dans ta vie... » Vicentón, lui au moins, réagissait toujours avec passion, il me proposait des mesures fantaisistes contre les traîtres mais, au moins, il réagissait. Ma femme, ma fille, mon gendre ne cessaient de m'exhorter au calme, de me dire que tout était en ordre, que les traîtres n'oseraient jamais pénétrer dans le sanctuaire spirituel de la Victoire. « Et s'il le faut j'abandonnerai la médecine pour me lancer dans la politique », me proposa mon gendre, mais je fis *semblant de ne pas avoir entendu, car si la politique est un art difficile pour un militaire, comment serait-elle simple pour un médecin ? Carmen, devenue très mélancolique depuis la mort de Carrero Blanco, ne parle plus qu'avec les petits-enfants. Quand nous sommes tous les deux, elle reste à regarder un point qu'elle est la seule à voir, et si ses yeux viennent rencontrer les miens ils refusent toutes les questions que leur pose mon regard incisif. Elle n'a jamais été très impressionnée par mes yeux implacables, sauf quand ils lui rappelaient ceux d'un guerrier des Zenata... Et Pilar ? Pourquoi Pilar ne vient-elle plus me voir ?*

Vos frères et sœur avaient compris qu'ils n'étaient que des parents subalternes. Quand vous étiez tombé malade, Pilar se plaignit d'avoir été empêchée de voir son « pauvre frère moribond ». « Et quand ils font dire une messe pour Paco, ils ne me préviennent même pas », ajoutait-elle. Elle avait cependant essayé d'assister à l'une de ces messes à la Vallée des Martyrs, mais vous aviez prévu des escaliers beaucoup trop rudes pour une octogénaire : « Je suis restée une demi-heure à tousser après avoir fait l'ascension. » Et quand vous avez définitivement perdu conscience, cette cour qui dépendait de vous, même moribond, pour survivre, n'accorda plus aucun intérêt aux Franco.

La famille de votre gendre, en revanche, les Martínez Bordiu, soulageait doña Carmen de la sensation de petitesse que lui avaient toujours inspiré les Franco, ce milieu de militaires médiocrement enrichis qui ne lui rappelaient même pas la société, restreinte mais si brillante, d'Oviedo. Si Pilar était révoltée par ce dédain, Nicolás le prenait avec bonhomie et continua d'utiliser son nom pour diriger l'entreprise FASA, qui permettait l'assemblage de voitures françaises en Espagne, ou pour s'abstenir de payer une lettre de créance de quatre millions de pesetas au banquier Rato, qui avait senti sur lui l'œil inquisitorial et dissuasif de l'inspecteur général des Impôts quand il avait pensé porter plainte contre lui. Jusqu'à votre mort, Général, ce banquier eut peur de remettre l'affaire sur le tapis et il faut dire qu'à ce moment Nicolás était déjà trop vieux, quasiment mort malgré l'audace qu'il avait eue de vous survivre, sans respecter l'ordre biologico-hiérarchique. Ayant aussi été mêlé à plusieurs scandales immobiliers, il conclut sa brillante carrière d'horloger en se retrouvant impliqué dans l'affaire de la REACE, la disparition de tonnes et de tonnes d'huile des dépôts de Redondela qui agita tant la presse que vous, l'épée la plus propre d'Europe, aviez exigé d'Arias Navarro la tête du ministre de l'Information Pío Cabanillas pour avoir permis la mise en cause de votre frère.

« Tu n'es plus celui que tu as été, Paco », vous avait fait remarquer un vieillard larmoyant qui ne faisait plus guère penser au play-boy de Cannes s'affichant aux côtés de la vamp d'*Eden Roc*. Dans ses ultimes années, Nicolás donnait l'impression d'ignorer que son frère était mort, et qu'il avait pour sa part dilapidé tout ce qu'il avait si facilement gagné. En février 1977, il mourut juste à temps pour ne pas voir comment ses héritiers mettaient sous séquestre l'appartement du *paseo* de la Castellana, ni pour réaliser qu'il avait un fils aussi pragmatique, capable d'accepter la mission que lui confia le roi et qui consistait à aller rencontrer à l'étranger, en compagnie du directeur d'Europa Press, le secrétaire général du PCE Santiago Carrillo. Nicolás Franco Pascual de Pobil, donc, et José Mario Armero s'étaient présentés devant le dirigeant communiste qui avait certainement connu un plaisir doux-amer à entendre un neveu du Caudillo lui demander : « Don Santiago, seriez-vous disposé à rester patient en attendant, dans un délai aussi court que possible, la légalisation du Parti communiste ? »

Mes proches s'efforçaient de me le cacher, mais comment pouvais-je ignorer que dans le monde entier on spéculait déjà sur ma mort politique, que notre opposition communiste s'enhardissait chaque jour plus au sein de la main-d'œuvre espagnole émigrée, que les « Alliés » lui donnaient carte blanche, que les idées pernicieuses rendaient chaque jour plus facile la tâche aux rats bolcheviques sortis de leur sac ? Alors que les terroristes me tuaient des policiers et des gardes civils, à quoi avait servi la généreuse amnistie des assassins de l'ETA en 1970 ? Les prisons se remplissaient à nouveau de criminels, et on attendait de moi la clémence : mais les terroristes en manifestaient-ils ?

Vous donniez toujours l'image d'une idole solitaire, encore nécessaire mais inanimée, et votre héritier le prince d'Espagne recommandait à tous ceux qui vous rendaient visite de vous faire cadeau de l'illusion d'optique qui vous rendait encore indispensable, mais ils connaissaient déjà mieux le chemin de la Zarzuela que celui du Pardo. Votre ancien ministre Vicente Mortes raconte que le prince lui avait conseillé de solliciter une audience en expliquant que vous vous sentiez « très seul » : « L'audience me fut aussitôt accordée. Elle fut des plus cordiales. Sur les conseils du prince, je donnai à la conversation un tour amène et chaleureux, ce qui lui fit passer un moment agréable, un moment de détente, et je repartis avec le dernier souvenir vivant de l'homme qui avait été l'Espagne à lui tout seul. Mais ce n'était plus le même homme (...) Pour le monde extérieur, le régime de Franco était terminé. Son fondateur, malade, ne devait lui survivre que l'espace de quelques semaines. »

Je me souvenais des emportements jaloux de Vicentón, de certaines de ses obsessions, et les faits lui donnaient virtuellement raison. Mais je ne pouvais le rappeler à moi sans soulever les objections de Cristóbal et de Carmen, tandis que les problèmes provoqués par la Marche verte des Marocains sur le Sahara occidental et par l'insoumission généralisée chez nous m'accaparaient. Je scrutais le visage des nouveaux dirigeants politiques, certains avaient l'âge de mes petits-enfants mais on retrouvait en beaucoup d'entre eux la prestance des gardiens de l'esprit du Mouvement, comme chez Adolfo Suárez, qui débuta en tant que gouverneur d'Avila, passa à la direction de la télévision nationale, puis se retrouva dans les instances supérieures du Mouvement, et qui me dit un jour : « Nous suivons votre enseignement. En trente-neuf ans de votre commandement, l'Espagne a réalisé plus que ne purent en rêver les Espagnols après un siècle et demi de promesses démagogiques. » Voilà, c'est exactement le langage que je veux entendre sur les lèvres de nos jeunes. Mais quelle allait être la force de caractère de générations nées dans toute cette abondance, qui grâce à moi, comme disait Pílar, étaient passées des espadrilles à la Seat 600, et même à de meilleures marques encore ? Les arbres qui grandissent droit témoignent mieux que tout de la grande œuvre divine. *Ces derniers temps, je me suis souvent arrêté devant mes arbres pour leur parler, pour les interroger sur les mystères de la création tout comme j'interrogeais jadis mes aînés sur l'effet que faisait le passage des années, des décennies, des lustres, sur ces cercles concentriques de la vie qui marquent aussi l'avancée de la mort.*

Lors des conseils de guerre d'El Goloso, les terroristes de l'ETA et du FRAP furent condamnés à mort sans même que j'aie eu besoin cette fois-là d'adresser un regard éloquent à Arias Navarro, car il avait été le premier à comprendre que la fermeté était nécessaire pour préserver l'arbre du régime d'une mauvaise croissance et de la pourriture. Personne n'était prêt à évoquer sérieusement le risque de nous attirer l'opprobre de la populace que formait l'anti-Espagne, et quand quelques ambassadeurs décidèrent de s'en aller après la sentence, quand nos ambassades et consulats furent attaqués et que l'on me brûla en effigie, je retrouvai la même sensation qu'en 1964, lorsque des milliers d'Espagnols s'étaient rassemblés sur la place d'Orient pour repousser les ingérences étrangères. L'histoire se répétait, ce fut à nouveau la place d'Orient, avec le prince à mes côtés, droit comme un arbre qui s'était épanoui grâce à mes soins et malgré les influences débilitantes de ceux qui prétendaient rechercher son bien, le prince qui avec fermeté prenait sa part de responsabilité dans le défi que nous lançâmes alors. *Mais je serais imbécile de prétendre que cette satisfaction pouvait faire oublier le vide qui grandissait peu à peu en moi et qui encourageait ma voix faiblissante à dicter au plus vite la fin de ce livre. Quelque chose en moi me disait que ma fin pouvait être proche.* Il ne s'agissait pas d'une menace extérieure que je pouvais regarder en face, comme celle des traîtres ou celle des masses fanatiques marchant sur notre Sahara face à ceux que le cadet Francisco Franco Bahamonde pourrait toujours animer au combat en brandissant sa mitraillette belge. *Non, je voulais conclure la construction de cette autobiographie en forme de testament qui ferait vivre en chaque Espagnol le souvenir de mon entreprise, qui ruinerait toute tentative de la réduire au narcissisme d'un militaire ayant voulu s'arroger la conduite de l'Histoire nationale. Oui, j'ai été l'Histoire de l'Espagne, sans rechercher cette* identification même s'il est vrai que j'ai fait du salut de l'Espagne la cause de toute mon existence terrestre.

« Espagnols, à l'heure de remettre mon âme aux mains du Tout-Puissant et de comparaître devant Son jugement sans appel, je prie Dieu de m'accueillir avec bienveillance auprès de Lui, car j'ai voulu vivre et mourir en catholique. Au nom du Christ sanctifié, j'ai toujours voulu être un fils loyal de l'Église, au sein de laquelle je vais m'éteindre. Je demande pardon à tous de même que je pardonne de tout mon cœur à ceux qui se sont déclarés mes ennemis mais que je n'ai pas tenus comme tels. Mes seuls ennemis, je le crois et je l'espère, n'ont été que les ennemis de l'Espagne, que j'aimerai et que j'ai promis de servir jusqu'à mon dernier souffle.

« Je veux remercier ceux qui ont participé avec enthousiasme, abnégation et constance à la grande œuvre de construction d'une Espagne unie, forte et libre. Pour cet amour que je ressens envers notre Patrie, je vous demande de préserver l'unité et la paix, d'entourer le futur roi d'Espagne, Juan Carlos de Bourbon, de la même affection et de la même loyauté que vous m'avez témoignées, et de lui prêter à tout moment le même soutien compréhensif que vous m'avez réservé. N'oubliez pas que les ennemis de l'Espagne et de la civilisation chrétienne n'ont pas désarmé. Soyez vous aussi vigilants, faites passer les intérêts suprêmes de la Patrie et du peuple espagnol avant toute considération personnelle. N'épargnez aucun effort pour que tous les hommes d'Espagne connaissent la justice sociale et accèdent à la culture pour tous. Faites-en votre principal objectif. Préservez l'intégrité et l'unité des terres d'Espagne, en faisant de la riche diversité de ses régions la source de la puissance et de la cohésion de la Patrie.

« Je voudrais, à ma dernière heure, réunir le nom de Dieu et celui de l'Espagne, vous prendre tous dans mes bras et crier avec vous, au seuil de ma mort : " Arriba España ! Viva España ! "

« Et quand la mort viendra, je la regarderai droit dans les yeux, sachant qu'elle est à jamais aveugle. Je n'espère pas la dissuader de son intention, bien au contraire, mais lui adresser un regard qui lui dise tout ce que je peux dire de moi, puis lui commande : " Repos ! " »

Épilogue

J'ai remis le manuscrit de notre autobiographie, Général, avec un certain retard sur le programme prévu, harcelé par les coups de fil de la secrétaire d'Ernesto Amescua : « La Foire du livre va nous tomber dessus, et il faut penser aux programmes de lecture du bac pour l'année prochaine. » Ce qui devait être un texte destiné à un avenir conséquent commençait déjà à être manipulé comme une marchandise périssable. « En plus, Pombo, n'oublie pas que 1992 est le premier centenaire de la naissance de Franco, si nous le publions après l'été on va penser que nous avons fait exprès de tomber le plus près possible de sa date de naissance... » Ce dernier argument m'était parvenu de la bouche même d'Ernesto Amescua, le patron de la maison d'édition, Général, le maître des destins de notre projet. Moi, je lisais et relisais, soudain je me souvenais d'un oubli que les historiens allaient évidemment me reprocher sans comprendre que, dans notre cas, l'objectif n'était pas de parvenir à l'exhaustivité des faits mais à la signification exhaustive des actes. Les faits n'ont pas de sens, les actes si.

Quand j'ai mis la dernière touche au manuscrit, j'ai encore attendu quelques jours avant de l'apporter à l'éditeur : l'épaisse chemise est restée sur la table basse où je laisse, comme vous, les affaires en souffrance destinées sans doute à souffrir pour toujours, mais dont je me souviens une par une, comme si j'aimais entendre des appels auxquels je ne répondrai jamais. Finalement, je l'ai saisie, l'ai portée dans la voiture et l'ai conduite chez l'éditeur comme on conduit à la gare un fils qui part au service militaire. Je la trouvais belle, cette chemise, l'ultime héritière de quatre ou cinq autres qui étaient allées en se détériorant au fur et à mesure que notre travail augmentait, décroissait, augmentait à nouveau, dans un exercice continuel de récolte et d'ensemencement qui m'avait occupé des mois et des mois. Ernesto Amescua n'étant pas visible, je répugnais à confier notre œuvre à la secrétaire et j'ai donc demandé à voir le directeur littéraire de la maison, un camarade de faculté d'Ernesto qui venait d'être nommé. Quand il a soupesé la taille de la livraison, il n'a pu retenir une moue de surprise et un commentaire auquel il n'était pas autorisé : « J'attendais quelque chose de plus synthétique. » De quel droit pouvait-il attendre quelque chose de plus synthétique, ou de plus analytique, ou de plus vitaminique, ou de plus protéinique ? La chemise est restée sur cette table en verre où ne se trouvait ni une feuille de papier en trop ni un détail de confort bureaucratique en moins, à la porte j'ai fermé les yeux pour entrer en relation mentale avec son contenu, et je suis parti, le cœur en boule, un nœud dans la gorge, mais d'une certaine manière soulagé, comme si on m'avait soulagé d'un poids, dirais-je pour paraphraser votre style peu recherché.

Sitôt revenu à la maison, j'ai commencé les calculs : cinq jours en lecture, au moins, puis un appel pour prendre rendez-vous, quelques remarques bizarres, ce genre de remarques que les éditeurs adorent faire pour souligner que leur travail aussi est d'ordre intellectuel, qu'ils participent au processus de création... Et finalement, le chèque. Lucy avait pu parler avec je ne sais trop qui à la Communauté autonome de Madrid, si bien que le traitement d'Angela nous reviendrait presque gratis, je veux dire « me » reviendrait puisque Lucy tout en me donnant cette information au téléphone, a souligné avec malveillance qu'elle était aussi habile à obtenir les faveurs du gouvernement autonome que j'étais incapable de les solliciter : « Pourtant, c'est une coalition de socialistes-communistes, non ? » « Nous n'y faisons que de la figuration, avais-je répondu, et puis je n'ai jamais aimé recourir au trafic d'influence. » « Trafic d'influence, toi ? Mais quelle influence tu pourrais trafiquer ? » J'allais lui citer l'influence de ma mémoire, mais j'étais fatigué, et puis Angela avait quitté le lit, enfouie dans un vieux peignoir gris à moi, pieds nus, la peau de cette couleur grise qu'elle avait depuis quelque temps et des yeux qui lui mangeaient le peu de visage qui lui restait : « Tu ne changeras jamais, Papa, ou bien tu tapes à la machine ou bien tu te disputes avec Maman. » Je l'ai obligée, enfin façon de parler, à retourner au lit et je suis parti lui faire chauffer un bouillon, seule nourriture que son estomac tolérait. Ensuite, assis à côté d'elle, j'ai attendu qu'elle le boive, le cœur serré en pensant qu'elle pourrait vomir ou avoir une crise mais en lui racontant quelque chose que j'avais entendu à la radio dans la voiture, un de ces rares sujets auxquels nous pouvions nous intéresser, elle et moi, je ne sais plus, les histoires de fiançailles du prince Felipe, car voyez-vous, Général, il ne tient plus en place depuis que l'on veut contrarier ses amours avec une très jolie fille, Isabel Sartorius, une nièce de Nico, mon camarade de Parti pendant tant d'années, mais elle n'a rien à voir avec tout ça.

Et c'est sur ces entrefaites que le téléphone a sonné : la secrétaire d'Ernesto me donnait rendez-vous pour l'après-midi même. Moins de vingt-quatre heures après ma livraison. Comment avait-il bien pu lire le manuscrit ? La secrétaire n'était pas là pour répondre à ce genre de questions, mais pour me dire que Monsieur Amescua m'attendait à cinq heures et que je devais essayer d'être ponctuel parce qu'il avait déjà tout l'après-midi et une bonne partie de la soirée déjà pris. Vingt-quatre heures pour se faire une idée, ou disons deux impressions, d'un travail qui avait demandé des mois et des mois : cette accélération temporelle me paraissait à la fois encourageante et menaçante, et pourtant ma très longue expérience m'avait inculqué une sorte de tranquillité, non dépourvue d'une inquiétude que je ne pouvais partager avec personne. J'ai été sur le point de m'en ouvrir à Angela, qui avait l'air absent mais restait placidement assise sur l'oreiller, les genoux dans ses bras, toujours enveloppée dans mon vieux peignoir. Mais pour cela il aurait fallu remonter à Adam et Ève et rien qu'en entendant votre nom, Général, elle aurait eu une mine excédée : « Encore ce plan ? » Donc je suis resté tout mon soûl en conversation avec moi-même, j'ai à peine déjeuné et j'ai somnolé, hypnotisé par le rite de l'abattement à la sortie de table. Avant de partir, j'ai surveillé le sommeil de ma fille, redoutant soudain qu'elle se réveille un jour pour me laisser à nouveau et se lancer sur des routes que je n'avais pas su lui tracer ; nous, les gens normaux, remplaçons les tendances suicidaires par l'apitoiement sur soi-même, une façon plus ou moins bénigne de s'amoindrir à ses propres yeux. J'étais un vulgarisateur chevronné qui allait rencontrer un éditeur inexpérimenté. Ou plutôt, j'étais un vieux vulgarisateur qui allait rencontrer un jeune éditeur.

Je n'ai pas fait antichambre, et n'ai donc pas eu le temps de décider quelle serait l'ambiance de l'entretien, ni quelle attitude j'allais adopter. Pourtant c'était l'assurance, la maîtrise de soi que devait exprimer ma démarche à la fois délibérément élastique et décontractée, dans la veine de l'Actor's Studio : d'ailleurs, James Dean n'aurait-il pas eu à peu près mon âge s'il ne s'était pas bêtement tué en voiture ? Ernesto était en train de parler avec son directeur littéraire mais j'ai à peine noté qu'il lui donnait des instructions, lui rendait sa liberté et que l'autre passait à côté de moi en me saluant d'un bref signe de tête, tant mon attention était captivée par la chemise noire, bourrée à craquer, qui paraissait mal à son aise sur le bureau d'Ernesto. Comme s'il avait ressenti la paralysie de mon regard, il s'est penché sur elle, l'a saisie de ses mains longues et fortes, bronzées même, d'un brun surprenant pour cette époque de l'année, et l'a élevée dans les airs pour me la montrer, tandis qu'en arrière-plan il me souriait, puis il s'est dirigé vers une table basse où deux chaises nous attendaient. Il a posé la chemise en plein milieu de la table, m'a prié de m'asseoir, en a fait de même, a croisé les jambes, joint les extrémités de ses doigts, m'a regardé fixement dans les yeux et a laissé le silence trahir ma respiration obscurcie par la nicotine et la nervosité.

— Marcial, c'est du bon travail.

J'allais pousser un soupir de soulagement quand je me suis rendu compte qu'il n'avait pas tout dit, et en effet ses mains se sont séparées pour délimiter un espace encore vide, seulement occupé par son visage un peu perplexe que dominaient des lèvres prêtes à me dire ce que j'étais bien obligé d'écouter.

— Oui, du bon travail... Mais pas celui dont nous avions convenu. Splendide compilation de matériel, judicieuse, peut-être excessive pour un livre de vulgarisation. Excellent, le ton que tu as su donner à Franco, si, on n'a pas de mal à croire qu'il pense de cette manière, qu'il écrive ainsi. Voilà, Marcial, je ferme les yeux et je m'imagine ce livre, ce même livre reprenant strictement ce que dit le général, et alors je te dis : *Chapeau !*[1] C'est là du Marcial Pombo de tout premier ordre, tu as fait plus fort qu'avec cette délicieuse biographie de Raquel Meller ou même de Lili Alvarez, dont on a moins parlé mais qui, soit dit entre nous, est une merveille en matière de reconstitution d'une époque. Ah, ces années vingt et trente que tu me donnais dans ce livre ! Extraordinaire. Bon, donc quand Franco parle, s'explique, même si tu l'inhibes avec ta présence, avec ta vigilance permanente... Si, si, ne dis pas non, ce défaut est tout le temps là, Franco parle sous ta pression, même si l'on ne tient pas compte de tes interruptions incessantes, on va y revenir, mais enfin il est certain que Franco aurait dit d'autres choses sans tout ton *pressing*. Mais bon, c'était un risque à assumer, je pensais même que cela pourrait muscler davantage le livre, parce que je savais que tu es assez intelligent pour ne pas tomber dans la parodie. Une parodie, ça non, je ne te l'aurais pas pardonnée. Enfin, pour Franco je n'ai rien à dire... Mais tous ces bruits !

De quels bruits était-il en train de parler ? De quel *pressing* ? C'était quoi, tout ça ?

– Marcial, en nous situant sur le plan de la théorie de la communication, tu sais ce qu'est un bruit ? Pour commencer, résumons : on appelle bruit tout phénomène qui dans une communication n'appartient pas au message initialement émis. C'est-à-dire qu'un message établit une connexion entre un émetteur actif et un récepteur passif, au travers d'un canal. Or, tout ce qui dans ce canal fait obstacle à la trajectoire correcte, naturelle du message, qui est d'aller de l'émetteur au récepteur, est un « bruit ». Eh bien, je te propose un message : Franco explique aux générations de l'avenir qui il a été, pourquoi il a été qui il a été, et c'est très bien expliqué, mais ce message est constamment gêné par tes bruits.

De quels bruits était-il en train de me parler ? Je me suis risqué à lui poser la question.

1. En français dans le texte. *[N.d.T.]*

– De quels bruits tu parles ?

– Au début, tu t'en tiens prudemment à ton rôle, mais peu à peu tu interromps toujours plus le général, tu te mets à le contredire, à apporter des notations subjectives qui à toi te paraissent objectives mais qui annulent le message du Généralissime. Ces bruits appartiennent à une vision critique de l'Histoire qui aura de moins en moins de sens, qui dépend de la mémoire de ceux qui ont vécu l'époque de Franco, même pas de ta propre mémoire uniquement. Mais le pire, c'est que tu ne te contentes pas de gêner le discours cohérent, c'est-à-dire le message du général, non, tu te mets à lui raconter ta vie, tu mêles ta vie à la sienne, ou celle de tes parents, ou de ta femme, ou de tes enfants, de tes maîtresses... Ça finit par devenir inaudible. Que viennent foutre ces foutus bruits dans ce canal, dans ce message ? Qu'est-ce que les générations de l'avenir en ont à foutre, que tu aies essayé de gâcher sa fête à Franco en jetant des tracts contre Eisenhower, ou que doña Carmen ne pouvait pas sentir Serrano Suñer, ou je ne sais quoi encore ?

– Mais tu es en train de me dire que Franco est le seul maître de son image. Que moi je n'ai pas le droit de le démasquer...

– Ça, c'est l'affaire des historiens.

– Les historiens de demain, et même ceux d'aujourd'hui, n'auront pas eu l'expérience de la cruauté, de la prétention, de la médiocrité du franquisme.

– Et alors ? Tu te soucies de savoir si Hannibal était un type brillant ? Ou Constantin le Grand ? Qu'importe ? Qu'importe une cruauté aussi momifiée que ses victimes ?

– Mais j'ai été torturé, moi-même...

– Parfait ! Un de ces jours je te commanderai un livre sur l'évolution de la torture à travers l'Histoire.

– C'est le franquisme qui a été un bruit, oui, un bruit qui est venu interrompre le message de la démocratie... De la liberté...

– Arrête ton char, Marcial, tu me fais un meeting ou quoi ?

Il s'est laissé aller contre le dossier de sa chaise pour m'observer comme s'il découvrait une espèce zoologique qu'il n'avait encore jamais remarquée.

– Mon père et toi vous avez été trop... historiques, en donnant un sens moral à ce mot. L'Histoire ne tient que par les faits, ce qui est fait est fait, le seul intérêt réside dans ce que la causalité peut avoir de curieux, pas de moral. Comment peux-tu juger la cause de quelque chose qui s'est déjà produit ? En fin de compte, Franco est celui qui a fait l'Histoire, et vous ceux qui l'ont endurée. Pas de chance, voilà tout. Dans cent ans, vos sentiments de haine, d'impuissance, de défaite, de peur se seront envolés mais Franco, lui, sera toujours ne serait-ce qu'une entrée dans les dictionnaires encyclopédiques, quelques lignes dans les manuels d'histoire, ou sur les vidéos, ou sur les disquettes, bref sur le support que l'avenir choisira pour stocker sa mémoire. Et dans ces quelques lignes il n'y aura aucune place pour vos souffrances, votre rage, votre ressentiment.

Et il s'était rendu compte de tout cela en vingt-quatre heures ? Mais en combien d'heures, de minutes, de secondes de ces vingt-quatre heures avait-il lu le manuscrit ? Comment l'avait-il lu ? En diagonale ? En zigzag ? J'ai pensé à un meeting, je ne me souvenais plus duquel, un meeting des débuts de la transition postfranquiste. Quel meeting ? Pourquoi est-ce que je pensais à un meeting ? Puis j'ai revu le commissaire Conesa quand il nous disait que lui était un professionnel, que l'on aurait toujours besoin de lui, changement de régime ou pas, qu'il pleuve ou qu'il fasse beau. Mais je n'ai pu me réfugier dans la caverne de mes souvenirs, parce que le verdict était en train d'être prononcé.

– Je garde le livre. Je respecte notre accord contractuel. Mais je crois que je vais seulement utiliser le monologue du général, c'est-à-dire que je vais supprimer tous les bruits. Nous sommes pressés, la programmation est faite, mais si nous avions du temps et si tu pouvais laisser reposer un peu le manuscrit, tu comprendrais la justesse de ma décision.

Je me sentais trop fatigué pour faire assaut de dignité. La chemise était en train de dégonfler sur la table, comme si s'échappaient d'elle toutes les âmes de l'antifranquisme pour laisser le général en tête à tête avec lui-même, un « Franco par lui-même » à la manière de la littérature de vulgarisation de la France des années cinquante. Dans le comportement d'Ernesto, je retrouvais l'esprit de cette bande d'historiens « objectifs » qui sont en train de réécrire votre histoire, Général, en la lardant de « oui, mais... » et de « non, mais... », obsédés par l'asepsie historique, à la recherche du désodorisant historique capable de combattre l'odeur du sang et de la charogne. La phrase était magnifique, je l'avais déjà sur les lèvres mais Ernesto a sorti prestement son chéquier de la poche intérieure de sa veste, ainsi qu'un stylo Caran d'Ache or... Caran d'Ache... Enfant, j'avais rêvé de posséder une de ces boîtes en fer de crayons de couleur Caran d'Ache, mais j'avais dû me contenter d'Alpinos, pas même des Fabers rouge et bleu dont vous aimiez tant vous servir, Général. La plume d'or Caran d'Ache d'Ernesto a tracé rapidement les signes voulus et semble-t-il nécessaires, puis la main a arraché le chèque de sa matrice pour me le tendre avec autorité. Il y avait là mon nom. J'attendais deux millions, il y en avait trois. Ernesto souriait. « Dans cette maison, on t'aime bien, tu sais. » J'avais déjà pris le chèque et je le tenais en l'air, comme pour l'encourager à la lévitation.

— Avec ce livre tu vas te faire du blé, Marcial, tu vas voir comment il va marcher, année scolaire après année scolaire, peut-être pas tout de suite mais d'ici à cinq ans il sera sur la liste des lectures conseillées.

— On ne pourrait pas garder les notations critiques, historiques ? Se passer des miennes, mais conserver celles de Serrano Suñer, ou de Hidalgo de Cisneros, ou de sa nièce...

— Des bruits.

Le chèque était déjà plié en deux, dans ma poche. Oui, il y aurait encore beaucoup à ajouter sur la théorie du bruit : tandis que mes lèvres essayaient d'opposer un bruit quelconque au message du chèque mes doigts l'avaient déjà plié et je l'avais fourré dans ma poche presque sans y penser, et de là il envoyait des signaux, des messages en fait des plus réconfortants.

— Je peux au moins signer d'un pseudonyme ?

— Pas question. Je ne te paie pas cette ânerie pour la publier sous le nom d'un inconnu. Tu as un nom, en milieu scolaire. Tu as un public de jeunes.

En revenant à la maison, je pensais que de toute façon même sans notations critiques vous vous condamneriez tout seul, puisque le poisson pourrit toujours par la tête, à l'enfer de la mémoire des temps futurs. Et puis quoi, je n'étais pas l'unique exécuteur du jugement de l'Histoire, je n'étais pas la conscience critique du monde ! Pourquoi devais-je assumer la responsabilité de ressusciter vos victimes, Général ? En arrivant, j'ai découvert qu'Angela s'était ouvert les veines, mais pas trop. Une ambulance s'apprêtait à l'emmener, tandis qu'une Lucy vociférante de rage me traitait de tous les noms pour avoir laissé ma fille seule dans cet état. Stupidement, je lui ai répondu que c'était Angela qui m'avait laissé dans cet état, et elle ne pouvait pas comprendre cette réplique puisque je ne la comprenais pas moi-même. Et puis je me suis mis à pleurer, les coudes sur la table, la tête dans le creux de mes mains, les yeux fixés sur le chèque de trois millions de pesetas bouchant l'horizon du halo de lumière qui tombait du lustre. Avec cet argent, je paierais un voyage à Angela. Pourquoi pas un séjour à Pérouse, où elle pourrait étudier l'histoire de l'art pour laquelle elle était si douée déjà petite, à me poser des questions sur la maladie de la pierre ou sur ce détail tellement intéressant dans le frontispice de Fromista ? Qu'est-ce que c'était, déjà, ce détail ? Général, de ma propre initiative j'ai pris une copie du manuscrit et j'ai commencé à enlever toutes les notations qui vous contredisaient ou vous présentaient, comme les personnages de Fu Manchu, sous un jour peu flatteur. Mais avant que se termine notre étrange relation, et puisque à l'évidence vous n'avez pas vécu assez pour raconter vos derniers instants ni pour connaître ce qui a suivi votre disparition, je voudrais relater une partie de ces événements, de ces faits qui furent des actes répondant, hier comme aujourd'hui, à votre volonté de ne pas mourir et d'échapper à la sanction de l'Histoire, à cet ersatz de Jugement dernier.

Je vous ai laissé en ce 18 octobre 1975, quand vous rédigiez votre testament en faisant encore une fois la coquette devant l'Histoire, avec vos tics de vieillard au-delà du bien et du mal, de vieillard qui avait confessé au docteur Pozuelo que toute sa vie il avait prononcé chaque soir la même prière : « Seigneur, donne-moi la force d'accomplir mon œuvre. Je ne connais pas la hâte, et je ne veux pas de relâche. » Vous étiez sorti au balcon sur la place d'Orient pour saluer ceux qui vous exprimaient leur soutien inébranlable après l'exécution de cinq des neuf condamnés à mort des procès contre l'ETA et le FRAP, et dans la fraîcheur de cette soirée d'automne vous vous étiez enrhumé.

Votre nez coulait trop, Général, et aussi vos yeux parce que vous n'arriviez pas à accepter de voir Hassan II marcher sur le Sahara occidental, ni de devoir choisir entre Utrera Molina et Arias Navarro qui s'accusaient mutuellement de trahison. Le premier vint vous dire que le second se vantait de pouvoir vous faire accepter tout ce qu'il voulait puisque vous étiez gâteux, entre autres de supprimer le secrétariat général du Mouvement d'un trait de plume.

Vous sentiez qu'Arias vous manifestait peu de considération dans les derniers temps, surtout quand vous vous endormiez devant lui. On était loin de l'affection cauteleuse du début. Mais à peine Utrera était-il venu le dénoncer qu'Arias arriva au palais du Pardo pour vous obliger à signer le limogeage d'Utrera, ce traître, ce perfide, disait-il. Votre bunker se révélait une forteresse de papier. Vous aviez peur, à tel point que cette nuit-là vous avez dormi avec votre chère mitraillette belge sous votre lit, au cas où le bras de sainte Thérèse n'aurait pas suffi à écarter le Malin. « Ils veulent détruire l'Espagne », répétiez-vous sans cesse, comme une obsession. Qui ? Les Maures infidèles ? Les démons familiers ? Vous dormiez mal, au bord de l'asphyxie, vous n'appréciez même pas la projection de *Horizons lointains* au petit théâtre du Pardo, entre autres parce que la copie est en anglais. Le palais se remplit d'équipements destinés à détecter les infarctus, que l'on peut brancher sur vous où que vous vous trouviez, y compris aux réunions du Conseil des ministres, devenues de véritables farces, certes de courte durée. Dans la pièce d'à côté, le docteur Pozuelo surveille votre électrocardiogramme et peut donc lire votre âme historique puisque vous vous troublez surtout chaque fois que l'on aborde la question du Maroc, comme si les Berbères étaient à nouveau sur le sentier de la révolte. Toujours obsédé par la trahison, vous vous demandez qui pourrait succéder à Rodríguez de Valcárcel lorsque, à la fin de son mandat, il abandonnera la présidence des Cortes et du Conseil du royaume.

C'est une pièce maîtresse dans la logique de la succession, mais quoi, qu'entendez-vous ? Quel criminel vous a dit que les États-Unis subventionnaient l'opération marocaine au Sahara occidental ? Et cette accolade échangée avec Eisenhower, alors ?

Vous êtes de plus en plus malade, mais Villaverde et Pozuelo se taisent, cachent même à Arias Navarro la gravité de votre état, et puis finalement il faut se résoudre à publier le premier bulletin médical sur votre compte, surtout quand Arias sort un jour de votre bureau en pleurant, votre déchéance ayant réussi à le déprimer : « Dans le cadre d'une affection grippale, Son Excellence a subi une crise d'insuffisance coronarienne aiguë, qui évolue favorablement... » On met en route les plans spéciaux destinés à prévenir... prévenir quoi d'ailleurs, le chaos, la révolution ? Il est question par exemple de « surveiller la vente des produits alimentaires sur les marchés, au cas où les gens tenteraient de constituer des stocks abusifs »... Le Pardo est devenu un village occupé par les journalistes venus du monde entier attendre votre mort. Arias et Villaverde négocient avec le prince une passation des pouvoirs intérimaire : « Intérimaire, pas question ! » « Mais pour qui se prend ce morveux ? »

Et votre tableau clinique, alors : insuffisance cardiaque, œdème pulmonaire, aggravation secondaire de l'hémorragie gastrique... L'archevêque de Saragosse vous apporte le manteau de la Vierge del Pilar pour l'étendre sur votre lit, sans vous faire renoncer au bras de sainte Thérèse, ni à la mitraillette belge. On ne veut pas vous dire que la passation des pouvoirs immédiate est désormais inévitable parce que, affirme-t-on à votre propos, « le chagrin pourrait le tuer ». Votre estomac est en sang, vous remuez les lèvres pour que des oreilles charitables s'en approchent assez pour entendre : « Comme c'est dur, de mourir ! » Après toute une vie de boucher, vous faites enfin l'expérience intime de la mort. Tuer et mourir, ce n'est pas du pareil au même. Ils veulent vous opérer au Pardo pour ne pas vous donner en spectacle, mais Pozuelo s'y oppose, estimant l'intervention inutile. On vous opère quand même dans un bloc opératoire improvisé, avec les bocaux de plasma suspendus au-dessus de votre lit, avec toute une suite de serviteurs, de familiers et de soldats prêts à donner leur sang pour la transfusion permanente qu'exige votre hémorragie, ce flot de sang qui sort de votre corps, Général, qui éclabousse les draps, les escaliers et les allées des jardins quand on vous transporte au bloc, tandis qu'un commandant retransmet toute l'opération aux politiques et aux subalternes regroupés au mess des officiers du régiment comme pour suivre la retransmission d'un match de football. Le 4 novembre au matin, les médecins épuisés ont réussi à contenir l'hémorragie : vous, votre régime, votre clan du Pardo, pourrez donc jouer les prolongations. Mais vous ne bougez pas la tête, c'est à peine si vous pouvez ouvrir les yeux et quand vous le faites c'est pour les plonger, incisifs, dans ceux de quiconque se trouve auprès de vous, pour le cas où ce serait la mort elle-même, « face à face » n'est-ce pas, et puis on vous transfère au centre sanitaire de La Paz où votre agonie va mobiliser tout un étage pendant treize jours, tandis que vos sphincters, enfin, se révoltent contre une si tenace discipline. Pas un sphincter sans tube, ni même une veine : vous faites peine à voir, transformé en légume relié au néant par toutes sortes de canaux inutiles.

Quand il faut vous opérer à nouveau, on vous laisse avec l'estomac réduit au quart de son volume normal, et les bulletins de santé abandonnent leur réserve habituelle pour proclamer *urbi et orbi* ce qui se passe dans vos entrailles, à la limite du poème scatologico-surréaliste, « ... fèces sanguinolentes en forme de mélæna », etc. Quel tapage autour de votre mort, comparé au silence qui entourait celles que vous aviez causées, quand elles n'étaient pas aussi expéditives qu'un simple lynchage ! Il y avait tant de bulletins médicaux, il était si clair que ceux qui vous maintenaient en vie poursuivaient par là même leur propre survie que des plaisanteries ont couru, et vous pardonnerez à votre gendre de ne pas vous les avoir rapportées mais il était trop occupé à orchestrer frénétiquement cette opération de basse politique, ou de science-fiction, qui consistait à prolonger votre existence. L'une de ces blagues populaires parodiait ainsi le ton pompeux des communiqués officiels : « Victimes d'épuisement physique, sont décédés aujourd'hui tous les membres de l'équipe médicale habituelle. Signé : Francisco Franco. » Le genre de plaisanteries que vous aimiez, pourtant. Mais saviez-vous que vous avez cohabité à la clinique avec un prisonnier, détenu pour avoir protesté contre vos dernières exécutions ? Transféré à La Paz parce que vos policiers étaient allés trop loin dans leur « habile interrogatoire », il s'appelait Juan Alberto Sevilla, étudiant de l'École polytechnique.

Pendant ce temps, au palais de la Zarzuela, on prépare l'avenir, quelqu'un affirme qu'il est impossible de garantir une transition démocratique sans passer par la légalisation du Parti communiste... Et cela alors que vous êtes encore en vie, Général, même s'ils vont vous ouvrir encore une fois, en une boucherie acharnée qui horrifie votre propre fille, mais Cristobal se démène autour de vous tel un nouveau docteur Frankenstein redoutant que votre mort n'emporte avec elle une bonne part de son statut social. L'un des fils de Herrero Tejedor rapporte que Fraga, rentré à Madrid quelques heures après votre décès, avait encore la tête qui résonnait du rire auquel il avait été contraint quand la reine d'Angleterre lui avait raconté une histoire drôle à propos de votre agonie. Tenez, la voici : « Franco, sur son lit de mort, entend monter jusqu'à lui les cris de ses partisans : " Qu'allons-nous faire sans toi, qu'allons-nous faire sans toi ! " Et lui de demander : " Mais où partent donc tous ces gens ? "... »

Le 19 novembre, vous décidez de mourir. Les autres s'en aperçoivent et tentent de vous en empêcher en vous couvrant le corps de sacs de glace pour faire baisser la température. Ils veulent que vous teniez jusqu'au 20, les uns prétendant qu'ainsi votre mort coïnciderait avec l'anniversaire de l'exécution de José Antonio Primo de Rivera, les autres parce qu'ils attendent le miracle de votre résurrection. Très officiellement, vous vous êtes éteint dans la nuit du 19 au 20 novembre, mais votre sœur Pilar a toujours pensé que vous étiez mort avant, dans le secret. L'avis de décès a été lu par ce ministre de l'Information qui vous tapait toujours sur les nerfs en vous rapportant les campagnes de la presse internationale contre votre régime, et qui s'appelle encore León Herrera. Votre testament, c'est l'inquiétant Arias Navarro qui l'a déclamé devant les caméras avec une voix faite pour le NO-DO, en reniflant. Mais le plus logique de tout, Général, est que les premiers bénéficiaires de votre mort ont été les « curés rouges », puisqu'une circulaire du ministre de l'Intérieur recommanda aussitôt aux autorités locales de libérer les prêtres emprisonnés pour atteinte à l'ordre public et de leur pardonner leurs peines et leurs amendes, « en souvenir de l'amour tant de fois manifesté à l'Église par Son Excellence le chef de l'État ».

Il y eut des réactions immédiates pour tous les goûts, depuis les milliers et milliers de bouteilles de « cava », notre champagne national, qui firent pleuvoir leur bouchon par-dessus le *skyline* des villages et des villes d'Espagne jusqu'aux queues gémissantes qui se formèrent pour venir contempler votre dépouille. Entre toutes, je choisis, pour sa charge évocatrice de fatigue et de sagesse historiques, celle de Horacio Fernández Inguanzo, vieux militant communiste asturien qui, après vingt ans passés dans les prisons, se trouvait en régime de détention à domicile. Ce matin du 20 novembre, il s'apprêtait à commencer ses exercices de bicyclette d'appartement, sous la surveillance de quatre policiers, oui, Général, quatre... Tout d'abord, il embrassa impétueusement sa femme, puis se demanda « pourquoi » : « Pourquoi Franco était-il mort ? Pourquoi notre liberté devenait-elle possible ? Je ne pouvais répondre. Je suis revenu à la bicyclette, j'ai pédalé le temps prescrit par les médecins. Je ne ressentais pas de joie, je ne pensais plus à Franco. J'étais obsédé par l'image de mon père fusillé, de mes deux frères morts des suites de la guerre, du père et du frère de ma femme, eux aussi disparus pour la même raison, de tous ceux que j'ai vus partir tant de matins vers le peloton d'exécution durant ces interminables onze mois où moi aussi j'attendais en prison la peine de mort. Je repensais à mes illusions ruinées par le 18 juillet, alors que je m'apprêtais à entrer à l'École normale, j'étais pris par le désir de sceller à jamais ce chapitre de l'histoire d'Espagne qui, pour moi, avait signifié la perte de tant d'êtres chers, près de vingt-deux ans de prison et treize de totale clandestinité, quand me fallait échapper à l'" avis de recherche ". En descendant de ma bicyclette, puis en me rendant comme chaque jour dans cette petite salle où se tenaient les agents de police, je suis tombé sur l'un de ceux qui défendaient avec le plus d'ardeur le régime qui s'éteignait avec Franco. Nous nous sommes regardés, nous nous sommes dit bonjour comme d'habitude. Ses yeux étaient tristes et fatigués, les miens n'étaient pas apaisés. Mais dans ce regard, il y avait un respect mutuel. Et j'ai pensé : maintenant, nous, les Espagnols, nous pouvons vivre comme des êtres humains... »

Et moi, alors ? La camarade de Maravillas venait juste de me laisser tomber, j'étais revenu habiter chez mon père – ma mère était morte l'année d'avant –, assumant une situation impossible puisque lui ne voulait plus vivre et, moi, je ne pouvais m'occuper de lui à la mesure, sinon de mon désir, du moins de mon impératif catégorique culturel de fils unique. Il décida tout seul de partir dans une maison de retraite correcte du jour où il toucha une pension « de rêve », soixante-dix mille pesetas, une fois reconnus ses droits de fonctionnaire de la IIe République victime de la répression. Mais ce jour-là, il était encore dans la chambre d'à côté, dans ce sombre appartement où j'étais revenu pour finir de payer mes dettes et d'enterrer mes morts, et je ne savais s'il fallait le réveiller ou non. Finalement, je suis entré dans ce qui avait été l'alcôve parentale et qui paraissait désormais trop grand pour ce corps chétif perdu dans les draps du lit. Il respirait comme s'il vivait à peine, je l'ai retourné délicatement, pas assez puisqu'il s'est réveillé en sursautant, et dans ce regard j'étais un inconnu menaçant. « Franco est mort. » Il s'est redressé laborieusement, conscient qu'il devait trouver quelque chose de peu commun à dire, et le dire dans une position digne du moment, mais il est resté là, muet, le dos contre l'oreiller. Il a jeté un coup d'œil à la fenêtre et m'a demandé : « Comment est la rue ? » « Pour l'instant, calme. » Toiletté, rasé, silencieux comme tous les matins, il a ensuite assisté de loin au coup de fil que j'ai passé à Lucy pour la mettre au courant, à tout hasard Mais elle l'était déjà, et bien mieux que moi car elle m'a fait un rapport téléphonique complet sur les conjurations qui étaient en train de se nouer autour de l'héritage politique. J'avais une bouteille de « cava » dans la glacière, le Frigidaire plutôt, mais je continue à l'appeler ainsi, comme cette glacière que mon père avait achetée d'occasion chez un chiffon-nier de la rue Cuchilleros. Je n'osais pas en proposer un verre à mon père, je voyais qu'il s'assombrissait, et puis il s'est enfin décidé à me dire ce à quoi il pensait : « Cache-toi. Ces gens vont te chercher. Leur chef est mort. Ils vont être paniqués. Je n'aurais jamais dû revenir de La Havane. »

Je ne me suis pas caché. Dix-sept ans ont passé depuis ce matin-là, et vous n'arrêteriez pas de vous signer et de vous résigner si vous saviez tout ce qui est arrivé. Le roi a congédié Arias, le Mouvement s'est autodissous, oui, vous entendez bien.

Les partis politiques sont revenus, communistes y compris, avec la Pasionaria, Excellence, la Pasionaria... Vos partisans les plus malins sont devenus des démocrates, parce que nous avions déjà une société dominée par une copieuse classe moyenne plutôt cultivée et consumériste. L'extrême droite a encore voulu intimider le public en assassinant des étudiants, des syndicalistes, des communistes, histoire de nous mettre en garde contre toute orientation trop tentée par la rupture historique, mais presque tout le monde se satisfaisait du cours des événements puisque deux ans après votre mort les centristes ont remporté les élections générales, centristes qui, pour une bonne part, provenaient de cette nouvelle jeune garde du Mouvement... Fraga est quasiment resté gros Jean comme devant, les communistes ont fait un score mitigé, mais, en revanche, les socialistes ont profité à la fois de la mémoire et de l'amnésie : beaucoup ont voté pour eux parce qu'ils avaient été la gauche majoritaire jusqu'en 1936, et beaucoup d'autres parce qu'ils n'avaient pas témoigné d'une très grande volonté de résistance après 1939. Les communistes, au contraire, faisaient peur en reparaissant au grand jour avec leurs martyrs, leurs mutilés de résistance, leurs héros excessifs, et quand je les ai vus en tête des manifestations, quand je les ai entendus appeler « front de la jeunesse » des Santiago Carrillo, des Pasionaria, des Sánchez Montero, des Marcelino Camacho, j'ai compris que l'Histoire ne se comporterait pas avec eux comme ils le méritaient.

Et encore ne connaissais-je qu'à peine la moitié de cette défaite car, et je vous le dis en me demandant si vous allez me croire, le communisme n'existe quasiment plus : l'Union soviétique a disparu, Général. Non, je ne veux pas me payer votre tête, c'est la vérité. L'Espagne est aujourd'hui un « État des autonomies » vaguement fédératif. Fraga, ainsi, est devenu le Companys de la Galice, Jordi Pujol celui de la Catalogne, qui veut recevoir le roi Juan Carlos aux accents d'un hymne séparatiste, Les Faucheurs. Il y a eu des conspirations de militaires, mais sans réel soutien civil, ni de la part des patrons ni de celle de l'Église, et cette démocratie s'est étendue telle une couche de mélasse sur les toasts de petits déjeuners paisibles et routiniers, bien que de temps à autre le terrorisme basque revienne tuer, et qu'il ne manque pas de prophètes pour prédire une désintégration de l'Espagne quand l'unité européenne sera parachevée. Car nous sommes dans l'Europe, dans l'OTAN, à tu et à toi avec les Yankees même si ce sont les petits-enfants de Prieto qui nous gouvernent depuis 1982, depuis dix ans, Général, presque un tiers de votre temps, les socialistes conduits par Felipe González, cet « Isidro » – son pseudonyme de clandestinité – en lequel les franquistes défaitistes voyaient d'après vos informations un moindre mal, tant ils savaient que le franquisme mourrait avec vous.

Au chapitre familial, c'est d'abord Nicolás qui est mort, pas très riche, et son fils a joué un certain rôle dans les négociations avec les communistes pour qu'ils réduisent leurs prétentions s'ils voulaient être légalisés. Puis Pilar, toute triste d'avoir été empêchée de vous voir sur votre lit de mort. Puis votre épouse, après avoir manqué de brûler dans un accident qui avait tout l'air d'un attentat, l'incendie de l'hôtel Corona de Aragón à Saragosse, où toute votre famille était descendue pour assister à la cérémonie de prestation de serment de votre petit-fils Cristóbal à l'Académie militaire de cette ville. Le marquis de Villaverde est crédité d'aventures sentimentales avec des jeunettes de l'âge de ses filles, tandis que votre fille, Carmen, Nenuca, continue à assister dignement aux rares et peu massives manifestations franquistes. Les petits-enfants, eux, n'ont pas tourné comme vous l'espériez. Cristóbal a quitté l'armée, Carmen s'est séparée de son prince « bleu » et s'est mariée avec un antiquaire français. Ledit « prince charmant » a donc suivi son chemin marqué par la guigne de sa branche dynastique, et a fini par se décapiter tout seul sur une piste de ski. Mariola, votre petite-fille, est toujours en ménage avec un architecte qui n'est autre que le rejeton d'un militaire républicain, alors que votre petit-fils Francis, en pleine crise matrimoniale, a payé un certain prix pour s'être appelé Francisco Franco et non Francisco Martínez Bordiu : personne n'a pris au sérieux ce nom postiche, et ce petit n'a pu remplir le costume que lui avait taillé l'Histoire. Merry, « la Ferrolana », s'est mariée à un fils de ces Giménez-Arnau, phalangistes « authentiques » et écrivains qui vous avaient tellement agacé pendant et juste après la guerre. Jimmy, votre éphémère petitgendre, a tiré de son expérience de coexistence avec ce qui restait des Franco un livre superbement lucide mais aussi attristant, comme le sont les portraits jaunis par toutes sortes de déchéance. Non que vos descendants soient dans la gêne, et pas seulement grâce à vos économies, quelque vingt millions de pesetas que votre veuve a conservés pour les distribuer directement à vos héritiers de la seconde génération car elle ne faisait aucune confiance à leur père, le marquis de Villaverde. C'est peut-être Merry, séparée de Jimmy et à l'heure où j'écris habitant avec sa fille à une adresse inconnue, qui vit le moins à l'aise, les autres ont de la marge, ils ont vendu ou s'apprêtent à vendre ces propriétés que vous aviez tant soignées mais qui sont à présent abandonnées, ou encore d'autres biens demeurés secrets d'État.

Car l'État s'est assez bien comporté à votre égard et envers les vôtres. Les retours critiques sur le passé ont été des plus rares, personne n'a voulu se prendre dans la figure le boomerang de la mémoire. L'idée accouchée par le sociologue Linz, dont la mère avait dirigé la section féminine de la Phalange, selon laquelle vous avez été non pas « totalitaire » mais « autoritaire », a fait des ravages et a redonné une figure à tous ceux qui l'avaient perdue, plus ou moins au garde-à-vous, impassibles, à force de la tourner vers le soleil et la lune qui ont éclairé tant de fusillades et de tortures. On vous a déclaré matériau humain livré au jugement de l'Histoire, et ceux qui tiennent le manche aujourd'hui sont cette race d'historiens objectifs distribuant les responsabilités et les fautes qui peuvent être distribuées mais oubliant toujours votre culpabilité première, celle d'avoir commencé à tirailler au milieu de tout ce désordre et de ne pas avoir lâché votre mitraillette jusqu'à la fin de vos jours, totalitaire ou autoritaire cela vous était bien égal, à quelque chose malheur est bon, aujourd'hui l'enclume, mais demain, sans hâte et sans relâche, le... marteau.

Sans hâte mais sans relâche nous sommes en train de vous oublier, Général, et oublier le franquisme revient à oublier l'antifranquisme, cette exigence culturelle, éthique, pleinement généreuse, mélancolique, héroïque, avec laquelle vous ont résisté tous ces hommes et ces femmes de la trempe de Matilde Landa, de Quiñones, de Tomás Centeno, de Peiró, des anarchistes qui avaient voulu vous tuer afin de tuer la mort, de Ruano, de Marcelino Camacho, de Marcos Ana, de Nicolás Redondo, de Sánchez Montero, de tous ces jeunes nationalistes qui prirent le maquis parce que vous étiez maître des vallées et que vous aimiez chasser les rebelles qui avaient une cause... Je ne veux pas établir l'inventaire des martyrs, ni des blessures, ni du temps perdu. J'ai bien peur que, d'ici à cinquante ans, les encyclopédies audiovisuelles auront encore réduit la partie à vous consacrée : deux ou trois images, deux ou trois attitudes, deux ou trois situations, et une voix off contrainte à la brièveté et à l'objectivité historique : « Francisco Franco Bahamonde, El Ferrol 1892-Madrid 1975. Militaire et homme politique espagnol (eh oui, général, homme politique). S'est distingué dans les campagnes d'Afrique du début du XXe siècle, puis a commandé le camp nationaliste durant la Guerre civile espagnole (1936-1939) face aux républicains. Chef de l'État espagnol jusqu'à sa mort en 1975, a gouverné avec une autorité s'apparentant parfois à la dureté, mais sous sa direction a commencé le développement néo-capitaliste qui a fait de l'Espagne une puissance industrielle moyenne dans le dernier quart du XXe siècle. » *Grosso modo*, ce sera tout. Les historiens iront un peu plus loin, mais pour vous objectiver et nous objectiver : semblable cruauté des deux camps pendant la guerre, autoritarisme en échange du développement... Mais enfin l'Histoire est bidimensionnelle et ne laisse pas de place aux bruits, qu'il s'agisse de gémissements, de cris de rage, ou de terreur. Et chaque fois qu'un citoyen du futur lira cette Histoire objectivée ou regardera ces vidéos réductrices, ce sera comme si vous apparaissiez à l'horizon juché sur un bulldozer noir et fantomatique, pour recouvrir d'une nouvelle couche de terre toutes les victimes de vos idées et de vos actes, toutes vos victimes en pratique et par omission.

Lucy m'a appelé de l'hôpital. La petite est hors de danger. Je l'ai appris au téléphone à mon fils Vladimir, qui était tout indigné parce que les commissions ouvrières et l'UGT avaient décrété une grève générale pour le 28 juin. Ils ne respectent même pas 1992, l'année internationale de l'Espagne ! Avec l'Exposition universelle de Séville ! Et les jeux Olympiques de Barcelone ! Je ne voulais pas la guerre, je ne suis pas entré dans son jeu. J'ai envie de m'apitoyer sur moi. Depuis je ne sais combien de temps, probablement depuis le jour où je nous ai vus tous les trois dans la salle du tribunal où l'on allait juger mon père et ainsi nous juger nous aussi, ma mère et moi, pour avoir perdu l'Histoire comme on perd une guerre, dans cette salle où ma mère m'avait conduit pour m'inspirer de la compassion. Je nous ai vus, tous les trois, et j'ai eu le pressentiment que, malgré les apparences, nous ne reviendrions jamais à la maison. Et vous, derrière le tribunal, à côté du crucifix, vous étiez là, avec votre portrait évidemment retouché pour souligner l'intensité de votre regard : « Paquito, tu as des yeux incisifs... »

Index biographique

Abd el-Krim (1882-1963) : dirigeant de l'insurrection nationaliste contre le pouvoir colonial franco-espagnol au nord du Maroc après la Première Guerre mondiale. Vainqueur à Anoual (1921), vaincu après le débarquement d'Al-Hoceima, il se rend aux Français qui l'exilent à Madagascar. En 1947, il s'enfuit et se réfugie en Égypte.

Albornoz, Gil Alvarez Carrillo de (1310-1367) : prélat espagnol, archevêque de Tolède, puis légat du pape en Italie, où il contribue à la pacification des États pontificaux.

Alcalá Zamora, Niceto (1877-1949) : homme politique qui a commencé sa carrière politique comme député puis ministre de la monarchie. En 1930, il rallie le Comité républicain et deviendra le président modéré du gouvernement provisoire, puis le premier président de la IIe République. Remplacé en 1936 par Manuel Azaña, il prend alors le chemin de l'exil.

Alonso Vega, Camilo (1889-1971) : général, asturien et ami de la famille Polo, il est un proche compagnon de Franco, enseignant à l'Académie militaire de Saragosse lorsque ce dernier en était directeur. Monarchiste, catholique, il sera un ministre de l'Intérieur répressif jusqu'en 1969, date à laquelle il est admis à la retraite.

Alonso, Dámaso (1898-1990) : poète, critique, professeur, philologue, il suit de très près le cours de la poésie espagnole contemporaine, qu'il analyse dans de nombreux ouvrages. Par ailleurs, il est l'auteur d'un volume de poèmes, *Hijos de la ira* (1944), dont le premier vers est emblématique : « Madrid est une ville de plus d'un million de cadavres... »

Alphonse XIII (1886-1941) : après la régence de sa mère Marie-Christine de Habsbourg-Lorraine, il accède au trône en 1902. Son règne est marqué par la crise croissante du système politique issu de la Restauration de 1874. Conflits sociaux croissants, persistance de la guerre coloniale au Maroc, difficultés économiques accrues, rôle grandissant des militaires dans la vie politique le poussent à accepter la dictature de Primo de Rivera en 1923. Son trône résistera peu de temps à l'effondrement de cette dernière et il abdiquera après le succès des républicains aux élections municipales de 1931, prenant alors le chemin de l'exil.

Aranguren, José Luis (1909-) : philosophe, essayiste, universitaire, sa carrière commence dans les milieux intellectuels proches du régime, dont il s'éloigne progressivement. En 1965, son appui aux manifestations estudiantines lui vaut de perdre sa chaire à l'Université. Il part s'installer un temps aux États-Unis, où sa pensée évolue vers des positions plus radicales.

Areilza, José María de (1909-) : homme politique conservateur et monarchiste, il appuie le soulèvement franquiste. Maire désigné de Bilbao puis ambassadeur, après 1975, il soutient l'évolution démocratique espagnole depuis des positions conservatrices. Ministre des Affaires étrangères en 1975, député, puis parlementaire européen à partir de 1979.

Arias Navarro, Carlos (1908-1989) : un des hommes de confiance du général Franco, il devient chef du gouvernement espagnol en 1973. A la mort de Franco, en 1975, il cherchera à incarner la continuité du régime contre les tenants de la transition démocratique.

Arias Salgado, Gabriel (1904-1962) : ancien séminariste, fidèle de Franco, il joue un rôle essentiel dans le fonctionnement de la censure.

Arrabal, Fernando (1932-) : auteur dramatique, c'est à Paris principalement qu'il fait connaître une œuvre souvent provocatrice, caustique, qui n'a pas toujours le succès escompté en Espagne. Arrabal est également réalisateur de cinéma.

Arrese Magra, José Luis de (1905-1986) : architecte, homme politique navarrais, dirigeant du « Movimiento », le Mouvement, parti héritier de la Phalange et aux ordres de Franco, il devient ministre du Logement.

Azaña, Manuel (1880-1940) : écrivain, homme politique, il développe une intense activité intellectuelle à partir de la Première Guerre mondiale au sein des principales revues de l'époque et à l'Ateneo de Madrid. Militant républicain actif, il devient ministre de la Guerre dans le premier ministère républicain, puis chef du gouvernement (1931-1933), s'efforçant de mettre en œuvre une politique de séparation entre l'Église et l'État, ainsi que des réformes militaires ou agraires. Signataire du pacte de Front populaire, il revient au pouvoir en 1936 et devient président de la République (1936-1939). Le cours de la Guerre civile et les conflits internes au camp républicain lui font prendre ses distances face à des événements devant lesquels il se comporte souvent plus en observateur avisé qu'en acteur. Réfugié en France après l'effondrement du front catalan en 1939, il démissionne de ses fonctions de président. Il meurt à Montauban quelques mois plus tard.

Azevedo (ou Acevedo) Isidoro (1867-1952) : militant socialiste des Asturies. En 1921, il est un des minoritaires qui se prononce en faveur de l'adhésion à la IIIe Internationale et il participe à la création du PCE. Auteur d'un roman social (1930) et de reportages élogieux sur l'URSS dans les années vingt. En 1939, il se réfugie en URSS où il meurt en 1952.

Aznar Zubigaray, Manuel (1894-1976) : journaliste et diplomate ; propagandiste, relativement modéré, du franquiste.

Azorín, José Martínez Ruíz, *dit* (1873-1967) : chroniqueur, romancier, essayiste, journaliste révolté et anarchisant dans sa jeunesse, puis député conservateur, il a laissé une œuvre abondante et riche, souvent pointilliste, qui témoigne de l'évolution de l'Espagne au lendemain de la défaite de 1898.

Bahamonde y Pardo de Andrade, Pilar (1860-1934) : mère du général Franco, issue d'une vieille famille galicienne installée au Ferrol.

Baroja, Pío (1872-1956) : après des études de médecine, il entame une carrière littéraire brillante. Chroniqueur de presse, il est surtout l'un des principaux romanciers de sa génération.

Batista, Fulgencio (1901-1973) : homme politique cubain, président une première fois (1940-1944), il exerce le pouvoir d'une façon de plus en plus dictatoriale pendant son second mandat à partir de 1952. Les révolutionnaires menés par Fidel Castro le renverseront en 1958, l'obligeant à s'exiler en Espagne.

Bécquer, Gustavo Adolfo (1836-1870) : sans doute le principal poète espagnol du XIXᵉ siècle, où il représente un courant romantique tardif avec *Rimas* (éd. posthume, 1871). Il est aussi l'auteur de nombreux récits courts et de chroniques.

Berenguer Fusté, Dámaso (1873-1953) : militaire, il est brièvement président du Conseil après le départ du général Primo de Rivera en 1930 et jusqu'à la proclamation de la République.

Bergamín, José (1895-1983) : fils d'un ministre de la monarchie, catholique, il est pourtant animé d'un esprit de révolte qui le conduit à s'éloigner de son milieu d'origine et à se rapprocher des avant-gardes esthétiques. Créateur de la revue *Cruz y Raya*, il prend une part active à la Guerre civile du côté républicain. Exilé au Mexique et en France, il rentre en Espagne en 1970. Poète, essayiste, il laisse une œuvre abondante et diverse.

Cabanellas, Miguel (1862-1938) : militaire espagnol, directeur de la Garde civile sous la République, il appuie le soulèvement militaire en 1936.

Calvo Sotelo, José (1893-1936) : avocat et homme politique, ministre des Finances sous la dictature de Primo de Rivera, il se rapproche des courants fascisants en 1934. Son assassinat en juillet 1936 par des gardes d'assaut républicains servira de justification au soulèvement militaire.

Camacho, Marcelino (1918-) : syndicaliste, condamné comme l'un des principaux fondateurs et dirigeants des commissions ouvrières clandestines ; il en deviendra officiellement le secrétaire général en 1976 et sera député communiste au lendemain des premières élections démocratiques.

Cambó, Francesc (1876-1947) : économiste, l'un des principaux fondateurs au début du siècle du mouvement nationaliste catalan, la « LLiga regionalista ». Ministre de l'Économie dans le gouvernement de la monarchie (1921-1922), il n'est pas hostile à la dictature de Primo de Rivera. Député sous la République, il appuie le soulèvement franquiste mais s'exile à la fin de la guerre. Fortuné, compétent, conservateur, il est une des figures clés de la bourgeoisie catalane et de ses ambiguïtés politiques.

Carrero Blanco, Luis (1903-1973) : chef d'état-major de la Marine pendant la Guerre civile du côté franquiste ; conseiller de Franco, membre de l'Opus Dei ; vice-président du gouvernement entre 1969 et 1973, puis chef du gouvernement, il est tué dans un attentat revendiqué par l'ETA à Madrid.

Carrillo Solares, Santiago (1915-) : secrétaire des Jeunesses socialistes, il contribue à leur fusion avec les Jeunesses communistes au début de la Guerre civile. Membre du Comité central du PCE à partir de 1937, dont il devient secrétaire général en 1960. Sous sa direction, le PCE tentera de proposer une politique de « réconciliation nationale » et de développer un « eurocommunisme ». Il joue un rôle important dans la « transition démocratique » espagnole après 1975 mais ses méthodes de direction sont contestées au sein de son parti. Élu député en 1977, il doit laisser après 1982 le secrétariat général du PCE dont il abandonne les organes de direction en 1985, qu'il quitte définitivement, se rapprochant des socialistes.

Casado, Segismundo (1893-1968) : officier de carrière demeuré fidèle à la République en 1936. En 1939, alors qu'il commande le front de Madrid, il est un des promoteurs du coup d'État contre le gouvernement Negrín qu'il accuse de prolonger inutilement le conflit avec l'appui du PCE. Casado organise avec des dirigeants militaires (Mera, ancien milicien anarchiste devenu officier) et civils (les socialistes Besteiro, W. Carrillo...), une junte qui, brisant les dernières résistances militaires madrilènes, cherche à négocier avec Franco une reddition honorable censée limiter les représailles : c'est oublier un peu vite que, se voyant vainqueur, Franco ne sera disposé à aucune concession. La junte de Madrid, après quelques jours de combats fratricides, livre la capitale et se disperse, Casado obtenant un laissez-passer pour Londres.

Claudín, Fernando (1915-1990) : dirigeant et théoricien du PCE ; avec Jorge Semprún, il s'opposera aux analyses, jugées trop rigides et schématiques, de la majorité de ses camarades et notamment celles de Santiago Carrillo. Expulsé du PCE en 1965, il se rapprochera du parti socialiste.

Companys, Luis (1882-1940) : avocat, fondateur de la Esquerra Republicana, représentative de la gauche du nationalisme catalan, il devient président du gouvernement autonome, la Generalitat, en 1934. Arrêté après les événements d'octobre 1934, condamné à trente ans de prison, puis libéré par la victoire du Front Populaire en 1936, il reprend sa place à la tête de la Generalitat. Exilé en France à la fin de la Guerre civile, il sera arrêté par les forces d'occupation allemandes et livré à Franco, qui le fera fusiller dans le fort de Montjuich.

Cunqueiro, Alvaro (1911-1981) : journaliste et écrivain ; son œuvre, poétique, romanesque ou dramatique, est tantôt écrite en galicien, tantôt en castillan.

Díez-Alegría Gutiérrez, Manuel (1906-1987) : général, chef d'état-major (1970-1975), il représente un secteur libéral des forces armées qui sera favorable à la Constitution après 1978.

Fanjul Goñi, Joaquín (1880-1936) : militaire, sous-secrétaire au ministère de la Guerre (1934-1935). Chargé d'organiser le soulèvement militaire de juillet 1936 à Madrid, il sera jugé et fusillé après l'échec du mouvement dans la capitale.

Fernández Miranda, Torcuato (1916-1980) : ministre de l'Éducation (1954), puis du Travail (1962), il devient secrétaire général du Mouvement (1969-1974). Président des Cortes entre 1975 et 1977, il est un des inspirateurs de la transition démocratique.

Fraga Iribarne, Manuel (1922-) : universitaire, membre de la direction du Mouvement, puis ministre de l'Information et du Tourisme, il est, à ce titre, l'auteur de la Loi sur la presse de 1966. Il abandonne ses fonctions en 1969. Ultérieurement, il devient ministre de l'Intérieur (1975-1976), secrétaire général, puis président du parti Alianza Popular, et à ce titre chef de l'opposition parlementaire après l'arrivée du parti socialiste au pouvoir. Démissionnaire en 1986, il se fera élire président du gouvernement autonome (Xunta) de Galice, région dont il est originaire.

Franco Bahamonde, Nicolás (1891-1977) : frère aîné du général Franco ; joue un rôle politique de conseiller pendant la Guerre civile à ses côtés et aura des fonctions secondaires par la suite, notamment au Portugal.

Franco Bahamonde, Pilar (1895-1987) : sœur du général Franco.

Franco Bahamonde, Ramón (1896-1938) : frère du général Franco, aviateur, il se rend célèbre par le raid aérien du *Plus Ultra* qui rallie Buenos Aires sans escale. Il prend part à toutes les agitations révolutionnaires des années trente, mais rallie le camp de son frère en 1936. Mort dans un accident d'avion au-dessus de la Méditerranée.

Franco Martínez Bordiu, Francisco (1951-) : premier des petits-fils de Franco.

Franco Polo, Carmen, *dite* Nenuca (1926-) : fille du général Franco, elle épousera le chirurgien Martínez Bordiu, marquis de Villaverde.

Galán, Fermín (1899-1930) : militaire en garnison à Jaca (Aragon), il tente un soulèvement républicain contre la dictature de Primo de Rivera qui échoue ; il sera condamné et fusillé.

Gil-Robles y Quiñones, José María (1898-1980) : dirigeant catholique, il est à la tête de la Confédération espagnole des droites autonomes (CEDA), de tendance autoritaire et monarchiste, lorsqu'il est nommé ministre de la Guerre en 1933. Il participe à la préparation du soulèvement militaire de 1936, mais il quitte le pays durant la Guerre civile. Membre du conseil privé de don Juan de Bourbon, il agira dans le sens d'une restauration monarchique qui aurait remplacé le régime de Franco.

Giménez Caballero, Ernesto (1899-1988) : professeur de littérature, écrivain, publiciste. Dans les années vingt, il s'inscrit dans les milieux d'avant-garde (*Carteles*, 1927 ; *Yo, inspector de alcantarillas*, 1928), où il impulse la brillante revue *La Gaceta literaria*. A partir de 1929 et après un voyage à Rome, il devient un défenseur enthousiaste de l'esprit nationaliste (*Genio de España*, 1932) et du fascisme, un pamphlétaire souvent contradictoire mais toujours exalté et parfois non dépourvu de talent.

Girón de Velasco, José Antonio (1911-) : l'un des fondateurs avant guerre du mouvement d'extrême droite JONS, notable du Mouvement, et ministre du Travail (1941-1957) du régime franquiste. Il représente le secteur populiste et plus proprement fascisant du franquisme.

Goded, Manuel (1882-1936) : général, responsable du soulèvement de 1936 à Barcelone où il échoue. Arrêté, jugé et fusillé.

Grimau, Julián (1912-1963) : dirigeant clandestin du PCE en Espagne. Arrêté, il est jugé pour des délits supposés commis à Barcelone, où il était policier durant la Guerre civile. Malgré l'intervention de nombreux chefs d'État et de personnalités, Franco refusera sa grâce et il sera exécuté en 1963.

Hedilla, Manuel (1902-1970) : membre de la direction de la Phalange, il en assume la direction après la disparition de José Antonio Primo de Rivera. Opposé au décret d'unification qu'impose Franco à tous les mouvements qui le soutiennent, il est condamné à mort en 1937, puis voit sa peine commuée.

Hidalgo de Cisneros, Ignacio (1894-1956) : militaire, aviateur, il participe aux mouvements républicains à la fin de la dictature de Primo de Rivera et deviendra le commandant en chef de l'aviation républicaine pendant la Guerre civile. Aristocrate, il adhère néanmoins au PCE, ainsi que son épouse, Constancia de la Mora.

Ibarruri, Dolores, *dite* **la Pasionaria** (1895-1989) : jeune militante, elle participe aux luttes ouvrières dans la Biscaye industrielle et à la création du PCE. Elle se rend célèbre durant l'insurrection des Asturies (1934), devient député en 1936, participe activement à la Guerre civile durant laquelle elle acquiert une grande popularité, notamment du fait de son éloquence véhémente. A la fin de la guerre, elle se réfugie à Moscou et devient secrétaire générale du PCE (1942), dont elle sera présidente en 1960. Rentrée en Espagne après 1975, elle retrouvera son siège de député dans les premières Cortes démocratiques (1977).

Jaraiz Franco, Pilar (1912-) : nièce du général Franco.

Juan de Bourbon et de Battenberg (1913-1992) : fils d'Alphonse XIII, il fait longtemps figure de possible relève monarchique à la dictature de Franco auquel il s'oppose, depuis l'exil, en diverses occasions. C'est finalement son fils, Juan Carlos, que Franco désignera comme son successeur. En 1977, don Juan renonce à son droit au trône en faveur de son fils.

Juan Carlos Ier (1938-) : fils de don Juan de Bourbon et marié avec Sophie de Grèce, il est désigné comme son successeur par Franco en 1969. Roi d'Espagne à partir de novembre 1975, il appuie la transformation du régime en une démocratie parlementaire.

Largo Caballero, Francisco (1869-1946) : militant socialiste, il dirige le syndicat UGT, dont il devient le secrétaire général en 1918. Après avoir accepté une certaine collaboration avec les institutions corporatives de la dictature, il est ministre du Travail sous les premiers gouvernements républicains (1931-1933). Favorable au mouvement insurrectionnel de 1934, il incarne dès lors l'aile révolutionnaire du parti socialiste. En septembre 1936, il devient chef du gouvernement républicain, qu'il abandonnera après la crise de mai 1937. Exilé en France après 1939.

Lerroux, Alejandro (1864-1949) : homme politique, journaliste, il commence sa carrière populiste dans la presse madrilène. Installé par la suite à Barcelone, il y gagne son surnom d'«Empereur du Parallèle», du nom d'une avenue et d'un quartier populaire mal famé, où il conquiert une large audience, notamment parmi les immigrés castellanophones. Fondateur du parti radical, député, violemment anticlérical et démagogue, il est aussi hostile au catalanisme. Abandonnant ses positions extrêmes, devenu républicain conservateur, il sera chef de gouvernement à diverses reprises entre 1933 et 1935. Mêlé à un scandale financier, il abandonne la politique à la veille de la guerre, qu'il observe depuis le Portugal.

Líster, Enrique (1907-) : militant communiste, il reçoit une formation en URSS. De retour en Espagne, il est l'un des principaux organisateurs du 5e régiment, constitué par le PCE dans les premiers jours de la guerre, puis l'un des chefs militaires importants des armées républicaines. Exilé en URSS en 1939, où il prit part à la Seconde Guerre mondiale, il revient en Espagne en 1977. Entre-temps, il a rompu avec le PCE et fondé en 1971 son propre parti, plus proche de l'Union soviétique.

López Bravo, Gregorio (1923-) : ingénieur naval, directeur général du Commerce extérieur (1959), puis ministre de l'Industrie. C'est lorsqu'il est ministre des Affaires étrangères entre 1969 et 1973 que s'amorce une certaine ouverture vers l'Est, l'ex-RDA et la Chine populaire. Il est l'un de ceux que l'on désigne comme les « technocrates de l'Opus Dei ».

López Rodó, Laureano (1921-) : éminence grise de l'amiral Carrero Blanco, membre de l'Opus Dei comme lui, professeur de droit administratif, catalan, il accède très tôt aux fonctions de secrétaire général de la présidence ; il devient par la suite ministre du Plan et du Développement – c'est à lui que l'Espagne devrait en grande partie le tournant libéral de son économie des années soixante –, puis, en 1973, ministre des Affaires étrangères. Il passe pour être un de ceux qui ont organisé la succession de Franco par Juan Carlos.

Luca de Tena, Juan Ignacio (1897-1975) : journaliste, fils du fondateur et directeur lui-même du journal monarchiste *ABC* entre 1929 et

1939, il est aussi auteur d'œuvres théâtrales. Élu à l'Académie en 1944.

Machado, Antonio (1875-1939) : son œuvre poétique, ses essais et, dans une moindre mesure, son œuvre théâtrale écrite en collaboration avec son frère Manuel constituent des éléments essentiels dans l'histoire de la littérature espagnole contemporaine. Machado, en outre, sera le symbole de la fidélité à une certaine idée de la République, pour laquelle il prend parti durant la Guerre civile. C'est en quittant son pays, au lendemain de l'effondrement du front catalan, que Machado meurt à Collioure en 1939.

Madariaga, Salvador de (1886-1978) : journaliste, universitaire, essayiste, il est chargé de diverses fonctions extérieures par le gouvernement républicain, qu'il représente notamment à Genève. Il ne rentre en Espagne qu'en 1976. Il relate son expérience et expose ses réflexions sur l'histoire de l'Espagne dans un ouvrage non dénué d'intérêt, *España* (rééd. 1978).

Marañón Posadillo, Gregorio (1887-1960) : endocrinologue, essayiste, historien, il a laissé des œuvres de réflexion marquées par une approche psycho-historique de ses personnages. Républicain modéré, il joue un rôle politique actif dans les premiers temps de la République, mais s'en écarte au moment de la Guerre civile.

March Ordinas, Juan (1880-1962) : homme politique et financier, fondateur de la Banque March, enrichi de façon souvent peu claire, il devint député sous la République. Poursuivi pour des délits financiers, il s'évade de prison (1933) et contribue au financement du soulèvement militaire. Une des principales fortunes d'Espagne sous le franquisme.

Martín Artajo, Alberto (1906-1979) : catholique militant, il devient ministre des Affaires étrangères du régime franquiste (1945-1957), entreprend des négociations avec le Vatican qui aboutissent au Concordat, et avec les États-Unis qui débouchent sur les accords de 1953.

Martínez Bordiu, Cristóbal, marquis de Villaverde (1916-) : chirurgien, cardiologue et gendre de Franco.

Martínez Fuset, Lorenzo (1899-1961) : auditeur général de guerre, conseiller de Franco pour les peines de mort et les grâces.

Maura Montaner, Antonio (1853-1925) : d'abord libéral, puis conservateur, plusieurs fois président du Conseil entre 1903 et 1921, il veut, après la défaite espagnole de 1898, « régénérer » l'Espagne par une politique dite de « révolution par le haut » qui prétend combiner réformes administratives et techniques et autoritarisme.

Mella, Julio Antonio (1903-1929) : dirigeant étudiant cubain, il prend part aux manifestations en faveur d'une pleine souveraineté de Cuba face aux États-Unis, puis il dirige les luttes estudiantines contre le dictateur Machado. Un des fondateurs du parti communiste cubain qu'il dirige (1924), il manifestera certains désaccords avec le Komintern. Forcé de s'exiler au Mexique, il y est assassiné en 1929, par des agents de Machado, pense-t-on.

Millán Astray, José (1879-1954) : général, fondateur de la Légion étrangère, mutilé de guerre. On lui attribue, face à Unamuno, en octobre 1936 à Salamanque, le fameux cri : « Vive la mort ! » qui allait provoquer l'indignation du philosophe.

Mola Vidal, Emilio (1887-1937) : général ayant fait ses armes au Maroc, chef de la Sécurité dans les derniers temps de la dictature de Primo de Rivera, gouverneur militaire de Pampelune en 1936 où il prend la tête du soulèvement militaire avec l'aide des volontaires carlistes, les *requétés*. Marchant sur Madrid à la tête de quatre colonnes, il annonce que la capitale sera prise par la « Cinquième Colonne », celle de ses partisans clandestins dans la ville, créant ainsi une expression qui restera dans l'Histoire. Tué dans un accident d'avion en 1937.

Muñoz Grandes, Agustín (1896-1970) : commanda la « division Azul » des volontaires espagnols aux côtés des Allemands sur le front russe pendant la Seconde Guerre mondiale. Ministre des Armées (1951-1957), il fut vice-président du gouvernement (1962-1967).

Navarro Rubio, Mariano (1913-) : ministre des Finances et responsable de la réforme économique néo-libérale. Membre de l'Opus Dei.

Negrín, Juan (1892-1956) : physiologue, membre du parti socialiste, député en 1931. Ministre des Finances dans le gouvernement Largo Caballero, il donne l'ordre du transfert de l'or de la République à Moscou. Devient chef du gouvernement républicain entre 1937 et 1939. Il a été partisan de la résistance jusqu'au dernier moment contre ceux qui prônaient les négociations avec Franco et favorable à un renforcement de l'armée et de l'État républicain ; il s'est appuyé notamment sur le PCE.

Ortega y Gasset, José (1883-1955) : philosophe libéral, auteur de nombreux essais, dont *España invertebrada* (1921) et *La Rebelión de las masas* (1929) qui ont eu une influence considérable à leur époque.

Plá y Deniel, Enrique (1876-1968) : évêque de Salamanque, il est l'un des premiers à apporter le soutien officiel de l'Église au soulèvement militaire de 1936, qu'il qualifie du terme de « croisade » dès sa pastorale *Les Deux Cités* (septembre 1936).

Polo Martínez-Valdés, Carmen (1902-1988) : épouse du général Franco, originaire d'une famille aisée des Asturies, elle ne joue aucun rôle politique officiel mais pèse dans un sens conservateur et catholique sur les décisions de son mari.

Prieto Tuero, Indalecio (1883-1962) : socialiste, député depuis 1919, opposant à la dictature de Primo de Rivera et partisan de la République, il est ministre des Finances (1931-1933). Représentant l'aile dite « modérée » du parti socialiste, il entre en conflit avec Largo Caballero. Néanmoins, il est son ministre de la Marine, puis de la Défense jusqu'en 1938, date à laquelle, opposé à Negrín et à sa ligne favorable à la résistance, opposé aussi aux communistes, il quitte le gouvernement. Exilé au Mexique après la fin de la guerre.

Prim, Juan (1814-1870) : général libéral, mais qui n'hésite pas à réprimer les mouvements populaires à Barcelone ou, plus tard, aux Antilles. Principal agent de la révolution de 1868 qui détrône Isabelle II, il sera tué dans un attentat.

Primo de Rivera y Orbaneja, Miguel (1870-1930) : général, né à Jerez de la Frontera, gouverneur militaire de la Catalogne lorsqu'il prend la tête d'un coup d'État (1923) qui conserve la monarchie mais lui enlève tout caractère parlementaire et lui donne une dimension dictatoriale. Proche par certains côtés du fascisme, notamment italien, il lui manque le relais d'un véritable parti politique et un projet cohérent qui lui permettrait d'asseoir son pouvoir. En 1930, constatant son échec, il démissionne, s'exile à Paris où il meurt quelques mois plus tard.

Primo de Rivera y Saénz de Heredia, José Antonio (1903-1936) : fils du dictateur, il crée d'abord la revue *El Fascio* puis la Phalange espagnole (1933), d'inspiration clairement fasciste, recevant d'ailleurs l'appui de Mussolini. Idéologue assez confus d'un national-syndicalisme qu'il voudrait proprement espagnol, il s'oppose violemment à la République. Battu aux élections de 1936, il sera arrêté pour activités subversives. Après le soulèvement militaire, il sera jugé et fusillé.

Puig Antich, Salvador (1950-1974) : jeune militant anarchiste catalan, accusé d'avoir tué un policier lors de son arrestation ; il sera condamné à mort et exécuté en 1974.

Queipo de Llano, Gonzalo (1875-1951) : général d'orientation plutôt républicaine. Directeur général du corps de carabiniers sous la République, la victoire du Front populaire et l'élection d'Azaña à la présidence le décident à rallier la conspiration militaire. En juillet 1936, il prend Séville presque sans coup férir et mène une brutale répression en Andalousie qu'il gouverne sans quasiment rendre de comptes pendant longtemps. Ses émissions de Radio Sevilla sont restées tristement célèbres.

Quevedo y Villegas, Francisco Gómez de (1580-1645) : poète et érudit, connu pour ses poèmes d'amour, ses satires et ses pamphlets. Toute son œuvre révèle cependant un grand pessimisme qui débouche sur la mort.

Ridruejo, Dionisio (1912-1975) : phalangiste, chef de la propagande franquiste pendant la guerre, volontaire de la division Azul, il s'éloigne progressivement du régime au point de devenir un opposant résolu vers la fin de sa vie. Par ailleurs, poète et dramaturge.

Rojo, Vicente (1894-1966) : officier de carrière, il reste fidèle à la République lors du soulèvement de 1936 et il sera le principal dirigeant militaire de la défense de Madrid en novembre 1936. Colonel, puis promu général, il assumera par la suite d'importants commandements comme chef de l'état-major général, notamment au moment de la bataille de l'Èbre en 1938. Exilé en 1939 en France, puis en Amérique latine.

Ruiz Giménez Cortés, Joaquín (1913-) : catholique d'inspiration démocrate-chrétienne, ministre de l'Éducation. Rendu responsable de l'agitation universitaire de 1956, il est contraint de démissionner. Il évolue progressivement vers une opposition au régime.

Sainz Rodríguez, Pedro (1898-1986) : monarchiste, premier ministre de l'Éducation du général Franco.

Salazar, Antonio de Oliveira (1889-1970) : homme d'État portugais. Ministre des Finances du général Carmona (1926), président du Conseil (1932), il établit une dictature de fait et apparaît comme un des alliés privilégiés de Franco.

Sanjurjo Sacanell, José (1872-1936) : général « africaniste », puis directeur général de la Garde civile, il est relevé de ses fonctions en 1931. Condamné à mort, peine commuée puis amnistiée en 1934, pour une première conspiration contre la République (1932), il réside au Portugal lors du soulèvement militaire de 1936 dont il doit prendre la tête. Mort dans l'accident survenu à son avion au moment du décollage.

Serrano Súñer, Ramón (1901-) : beau-frère de Franco (mari de la sœur de Carmen Polo, épouse du général), conseiller politique, ministre de l'Intérieur dans la zone franquiste, puis ministre des Affaires étrangères, il se fait le porte-parole du rapprochement avec les puissances de l'Axe et en particulier de l'Allemagne durant la Seconde Guerre mondiale. Il subit une relative disgrâce lorsque la victoire des Alliés commence à se dessiner.

Solís Ruiz, José (1913-) : andalou, d'une famille de propriétaires terriens, il est longtemps ministre-secrétaire du Mouvement et délégué national des syndicats, jusqu'à sa sortie du gouvernement en 1969. Incarnation de la Phalange et de sa base « ouvrière », il représente, au sein du franquisme, l'aile opposée à la montée de l'Opus Dei et de ses technocrates.

Trujillo, Rafael Leónidas (1891-1961) : élu président de la République dominicaine en 1930, il instaure une dictature et meurt assassiné en 1961.

Unamuno, Miguel de (1864-1936) : professeur de philologie grecque, philosophe, romancier, poète, dramaturge, il a laissé une œuvre particulièrement abondante et riche, qui en fait une des figures clés du XXe siècle espagnol. Socialiste dans sa jeunesse, mais très tôt préoccupé par les questions religieuses, il a une importante activité publique, comme publiciste et parfois pamphlétaire. Recteur de l'université de Salamanque, il est démis de ses fonctions par les autorités pour des articles qui ont déplu ; banni par la dictature de

Primo de Rivera aux Canaries, dont il s'enfuit pour s'exiler en France ; membre de la première Assemblée républicaine, ses positions évoluent vers une interprétation de plus en plus angoissée de la réalité espagnole. Favorable dans un premier temps au soulèvement militaire de 1936, il s'affrontera directement aux dignitaires du nouveau régime en octobre de cette même année, quelques semaines avant sa mort.

Varela, Enrique (1891-1951) : général carliste, un des organisateurs du soulèvement de 1936 et le premier à attaquer Madrid. Ministre des Armées, puis haut gouverneur au Maroc jusqu'à sa mort.

Yagüe, Juan (1892-1952) : un des chefs de la Légion à la tête de laquelle il réprime l'insurrection asturienne de 1934. Avec les troupes marocaines, il joua un rôle important dans les victoires militaires franquistes durant la Guerre civile, notamment à Badajoz, Tolède puis Barcelone.

Chronologie

1892	Naissance de Francisco Franco dans le port galicien du Ferrol.
1898	*18 avril :* déclaration de la guerre entre l'Espagne et les États-Unis à propos des conflits coloniaux à Cuba et aux Philippines. *1er mai :* défaite de la flotte espagnole à Cavite, dans la baie de Manille face à la flotte des États-Unis. *3 juillet :* défaite de la flotte espagnole à Santiago de Cuba face à la flotte des États-Unis. *10 décembre :* traité de Paris qui consacre la perte par l'Espagne de ses dernières colonies, où elle est remplacée par la présence nord-américaine.
1902	Fin de la Régence et avènement d'Alphonse XIII.
1906	Conférence internationale d'Algésiras sur le Maroc ; la pénétration européenne se précise malgré les constants accrochages militaires.
1909	*26 juillet :* après un nouveau désastre militaire au Maroc, « Semaine tragique » : organisée contre l'envoi de conscrits au Maroc, la grève générale à Barcelone se transforme en insurrection anticléricale, réprimée par l'armée. Exécution de Francisco Ferrer.
1912	Traité franco-espagnol qui consacre le protectorat sur le Maroc et attribue à l'Espagne le contrôle et l'administration de la zone nord, le Rif.
1914	*Juillet :* l'Espagne proclame sa neutralité dans la guerre qui éclate.
1917	Le régime est menacé : *1er juin :* création des juntes militaires de défense, organismes corporatifs d'officiers et sous-officiers pénin-

sulaires qui protestent contre les promotions avanta-geuses accordées à ceux qui combattent au Maroc.
19 juillet : réunion des députés d'opposition au régime, impulsée par les députés catalans.
Août : grèves révolutionnaires brisées par la répression militaire, à laquelle participe Franco.

1918-1920   Recrudescence des opérations au Maroc, où l'opposi-tion aux Espagnols se développe notamment sous l'impulsion d'Abd el-Krim. Création de la Légion étrangère (1920), dont Franco devient vite comman-dant. Renforcement de la caste « africaine » au sein de l'armée espagnole.

1921   *21 juillet :* désastre militaire d'Anoual au Maroc : les Espagnols perdent plus de 10 000 hommes face aux troupes d'Abd el-Krim. Graves répercussions en Espagne, où une commission d'enquête parlementaire est organisée.

1921-1922   Campagne pour déterminer les « responsabilités » du désastre d'Anoual : les militaires, et même le roi, sont mis en cause par l'opinion. La commission Picaso est chargée de faire la lumière sur les événements.

1923   *13 septembre :* coup d'État militaire du général Miguel Primo de Rivera. Fermeture du Parlement, interdiction des partis politiques. Le rapport Picaso n'est pas publié.

1925   *28 juillet :* accord pour une action commune au Maroc entre la France et l'Espagne.
8 septembre : opération conjointe franco-espagnole dans la baie d'Alhucemas au Maroc.

1926   *Mai :* Abd el-Krim se rend aux forces françaises ; pacification du Rif.

1930   *28 janvier :* démission de Primo de Rivera, suivie quelques jours plus tard par la formation du gouverne-ment du général Berenguer.
12 décembre : échec du soulèvement militaire à Jaca, en Aragon, de militaires favorables à la proclamation de la République, menés par Fermín Galán et Angel García Hernández qui seront exécutés ; agitation prorépubli-caine dans diverses provinces ; coup de main républicain sur l'aéroport de Cuatro Vientos, auquel participe Ramón Franco.

1931   *Février :* gouvernement d'Aznar.
12-14 avril : les partis républicains remportent les élections municipales dans la plupart des grandes villes ; proclamation de la République. Abdication d'Alphonse XIII et gouvernement provisoire.
3 juillet : fermeture de l'Académie militaire de Saragosse dont Franco a été le directeur depuis 1928.
14 octobre : Manuel Azaña devient chef du gouvernement.
9 décembre : l'Assemblée constituante adopte la Constitution de la IIe République espagnole.

1932   *10 août :* échec des tentatives de soulèvement militaires monarchistes que dirige le général Sanjurjo.

1933   *12 janvier :* les gardes d'assaut massacrent des paysans anarchistes qui ont participé à un soulèvement d'inspiration anarchiste à Casas Viejas (province de Cadix).
29 octobre : fondation de la Phalange espagnole par José Antonio Primo de Rivera, fils de l'ancien dictateur, sur le modèle fasciste.
19 novembre : victoire électorale de la coalition des partis de droite.

1934   *4 octobre :* entrée des monarchistes dans le gouvernement présidé par Alejandro Lerroux, dénoncée par la gauche comme une mise en cause de la République, voire un pas vers le fascisme..
5-18 octobre : grève générale. Tentative de soulèvement en Catalogne nationaliste, vite réprimée ; soulèvement dans les Asturies où de violents combats se produisent entre les mineurs et les troupes du général Franco chargées de réprimer le mouvement.

1935   *17 mai :* Franco est nommé chef de l'état-major général.

1936   *7 janvier :* dissolution du Parlement.
15 janvier : pacte du Front populaire.
16 février : victoire du Front populaire aux élections. Formation du gouvernement Azaña.
mars-avril : réunions secrètes de généraux en vue d'un soulèvement militaire, qu'anime le général Mola, directeur de la Sûreté, mais dont la tête visible sera le général Sanjurjo.
10 mai : Azaña président de la République.

11 juillet : l'avion *Dragon rapide* rejoint les Canaries pour se mettre à la disposition de Franco qui, soupçonné de comploter, a été envoyé comme gouverneur militaire dans l'archipel.

12 juillet : assassinat du lieutenant des gardes d'assaut Castillo, attribué aux forces d'extrême droite.

13 juillet : en représailles, assassinat par les gardes d'assaut du dirigeant de droite Calvo Sotelo.

17 juillet : soulèvement militaire au Maroc.

18-19 juillet : soulèvement militaire dans les garnisons de la Péninsule.

20 juillet : mort dans un accident d'avion du général Sanjurjo, un des chefs de la conspiration.

24 juillet : création à Burgos de la junte de défense nationale.

Août : la France et l'Angleterre proposent la politique de « non-intervention ».

27 septembre : les troupes du général Varela entrent dans Tolède et mettent fin au siège de l'Alcazar par les forces républicaines.

29 septembre : dans la zone insurgée, par un décret à la rédaction ambiguë Franco est nommé « chef du gouvernement de l'État espagnol » et généralissime des armées.

19 octobre : début de la bataille de Madrid.

25 octobre : interdiction de toute activité politique et syndicale dans la zone franquiste.

4 novembre : formation du gouvernement républicain présidé par le socialiste Largo Caballero et comprenant quatre ministres communistes.

7 novembre : l'offensive des troupes franquistes est arrêtée aux portes de Madrid.

20 novembre : exécution par les républicains du fondateur de la Phalange, José Antonio Primo de Rivera.

1937   *Février-mars :* résistance républicaine sur le Jarama et défaite du corps expéditionnaire italien à Guadalajara.

19 avril : dans l'Espagne franquiste, décret de constitution, sous les ordres de Franco, du parti unique par fusion des divers partis de droite et d'extrême droite. Arrestation du chef de la Phalange, Hedilla *(25 avril)*.

26 avril : bombardement de Guernica.

3-6 mai : Barcelone : crise politique et affrontements armés entre anarcho-syndicalistes et membres du

POUM d'un côté, forces de l'ordre républicaines et militants du PSUC de l'autre. Formation du gouvernement Negrín *(17 mai)*.

3 juin : mort du général Mola dans un accident d'avion.

Juin-octobre : combats et chute du front nord, Pays basque-Asturies.

1938

30 janvier : formation du premier gouvernement de Franco à Burgos. Loi d'administration centrale de l'État.

Mars : adoption d'une législation répressive ; abolition des lois laïques de la République. Fuero del Trabajo (Charte du travail).

Avril : abolition du statut d'autonomie de la Catalogne. Les troupes franquistes atteignent la Méditerranée et coupent le camp républicain en deux *(14 avril)*.

Juillet : bataille de l'Èbre.

30 décembre : Serrano Suñer, beau-frère de Franco, est nommé ministre de l'Intérieur du gouvernement de Burgos.

1939

26 janvier : entrée des troupes franquistes à Barcelone.

5 février : le gouvernement franquiste promulgue la Loi de responsabilités politiques, avec effet rétroactif, qui constituera le cadre juridique de la répression.

février : contacts secrets du colonel républicain Casado avec les forces franquistes en vue d'une possible capitulation négociée de la capitale.

5 mars : Casado forme un Conseil de défense à Madrid. Combats entre républicains.

26 mars : Franco refuse toute concession à Casado.

28 mars : entrée des troupes franquistes dans Madrid.

1er avril : fin de la Guerre civile.

4 septembre : neutralité de l'Espagne.

20 novembre : transport des restes de José Antonio à l'Escorial.

1940

26 janvier : constitution du syndicat unique et vertical.

13 juin : la neutralité devient non-belligérance.

14 juin : occupation de Tanger, jusque-là sous statut international, par les troupes espagnoles.

17 octobre : Serrano Suñer devient ministre des Affaires étrangères.

23 octobre : entrevue Franco-Hitler à Hendaye.

1941   *12-14 février :* Franco rencontre successivement Mussolini et Pétain.
28 février : mort d'Alphonse XIII en exil.
7 juin : protocole d'accord avec le Vatican relatif à la nomination des évêques, l'enseignement, le financement de l'Église, etc.
27 juin : début du recrutement pour la « division Azul » (volontaires pour le front russe).

1942   *17 juillet :* création des nouvelles Cortes corporatives et désignées.
3 septembre : le général Jordana remplace Serrano Suñer.
Novembre-décembre : la Grande-Bretagne et les États-Unis offrent des garanties à l'Espagne.

1943   *1er octobre :* retour à la neutralité.
3 novembre : retrait de la « division Azul » du front russe.

1944   *2 mai :* accords économiques entre les Alliés et l'Espagne.

1945   *19 mars :* manifeste de don Juan de Bourbon demandant le départ de Franco.
19 juin : la nouvelle Organisation des Nations unies refuse l'adhésion espagnole.
13 juillet : Fuero de los Españoles (charte définissant en principe les devoirs et les droits des Espagnols).
21 juillet : Martín Artajo, représentant des secteurs catholiques, devient ministre des Affaires étrangères.

1946   *9 février :* condamnation du régime franquiste par l'ONU.
1er mars : fermeture de la frontière entre la France et l'Espagne.

1947   *Avril-juillet :* l'Espagne devient officiellement une monarchie sans roi. Loi sur la succession du chef de l'État approuvée par référendum.

1948   *Février :* réouverture de la frontière franco-espagnole.

1950   *4 novembre :* l'assemblée générale de l'ONU annule ses décisions antérieures relatives à l'Espagne. Premiers crédits nord-américains à l'Espagne.

1951   *Mars :* boycott des transports et grève à Barcelone.
Juillet : remaniement ministériel : entrée de Carrero Blanco au gouvernement.

1952	*Novembre :* admission de l'Espagne à l'UNESCO.
1953	*27 août :* Concordat avec le Saint-Siège.
	26 septembre : accords économiques et militaires avec les États-Unis.
1954	Rencontre entre Franco et don Juan de Bourbon pour organiser l'éducation du prince Juan Carlos.
1955	*14 décembre :* entrée de l'Espagne à l'ONU.
1956	*Février :* troubles universitaires à Madrid, suivis en avril par des grèves dans différentes localités.
	24 avril : négociations Franco-Mohammed V relatives au Maroc.
1957	*26 février :* entrée de membres de l'Opus Dei au gouvernement.
	22 mars : loi répressive contre les mouvements de grève.
	Septembre : le PCE lance le mot d'ordre de « grève nationale pacifique » comme moyen d'en finir avec la dictature.
1958	*Janvier :* la répression se poursuit : conseils de guerre expéditifs.
	17 mai : adoption des « principes du mouvement national », destinés à remplacer les « points » hérités du programme phalangiste.
1959	*Février :* création de l'ETA.
	Juin : loi relative à l'ordre public.
	21 juillet : décret-loi sur la nouvelle politique économique.
	21 décembre : le général Eisenhower est reçu à Madrid.
1960	*Février-mars :* attentats et répression.
1962	*Avril-juin :* grèves dans les Asturies et agitation dans le pays.
	5-6 juin : conférence de Munich des diverses oppositions au régime à l'exclusion du PCE.
	10 juillet : officialisation de la politique de libéralisation économique par un gouvernement où les « technocrates » de l'Opus Dei occupent une place grandissante. M. Fraga Iribarne obtient le portefeuille de l'Information et du Tourisme.
1963	*Avril :* exécution du dirigeant communiste arrêté quelques mois plus tôt, Julián Grimau, pour des délits remontant à la période de la Guerre civile.

Juillet-août : grèves dans les Asturies ; attentats à Madrid ; exécutions de militants anarchistes.
16 novembre : plan de développement économique ; création du tribunal d'ordre public, à la place des tribunaux militaires en matière d'activités subversives.

1964 Célébration en grande pompe des « vingt-cinq années de paix ».

1966 *18 mars :* Loi sur la presse, assouplissant le régime de censure.
22 novembre : Loi organique de l'État, qui tente de rationaliser et d'élargir l'assise du régime et tient lieu de substitut de Constitution ; approbation par référendum *(14 décembre).*

1967 *Mai :* manifestations ouvrières à Madrid où se fait sentir le poids grandissant des commissions ouvrières, développées au long des années soixante et dans lesquelles les militants communistes tiennent un rôle dirigeant.

1969 *Juillet :* Franco désigne en Juan Carlos de Bourbon son futur successeur en tant que chef de l'État.

1970 *Décembre :* procès de Burgos contre des militants de l'ETA ; condamnés à mort, puis peine commuée.

1973 *8 juin :* l'amiral Carrero Blanco est nommé chef du gouvernement et Arias Navarro devient ministre de l'Intérieur.
20 décembre : assassinat de Carrero Blanco dans un attentat revendiqué par l'ETA. « Procès 1001 » contre les dirigeants des commissions ouvrières, condamnés à de lourdes peines.

1974 *8 janvier :* condamnation à mort du militant anarchiste Salvador Puig Antich
31 janvier : Carlos Arias Navarro nommé chef du gouvernement.
13 juin : destitution du chef d'état-major des armées, le général Díez-Alegría.
octobre : congrès du Parti socialiste espagnol à Suresnes ; désignation de Felipe González comme secrétaire général.
20 décembre : statut des associations politiques qui demeure très restrictif.

1975 *25 avril :* état d'exception au Pays basque.

7 août : arrestation de militaires membres de l'Union démocratique militaire.

Août-septembre : loi antiterroriste ; condamnations à mort de divers militants du FRAP et de l'ETA.

Octobre-novembre : « Marche verte » organisée par Hassan II pour revendiquer le Sahara ex-espagnol.

30 octobre : le prince Juan Carlos assume les fonctions de chef de l'État par intérim du fait de la maladie du général Franco.

20 novembre : mort du général Franco.

22 novembre : Juan Carlos Ier roi d'Espagne.

Table

DU MÊME AUTEUR

La Solitude du manager
Le Sycomore, 1981
UGE « 10/18 », 1988

Meurtre au comité central
Le Sycomore, 1982
UGE « 10/18 », 1991

Les Oiseaux de Bangkok
Éditions du Seuil, 1987
UGE « 10/18 », 1991

Les Mers du Sud
UGE « 10/18 », 1988

La Rose d'Alexandrie
Christian Bourgois, 1988
UGE « 10/18 », 1990

Le Pianiste
Éditions du Seuil, 1988
et « Points Roman », n° R 415

La Joyeuse Bande d'Atzavara
Éditions du Seuil, 1989
et « Points », n° P 184

Les Thermes
Christian Bourgois, 1989
UGE « 10/18 », 1991

Happy End
Complexe, 1990

Vu des toits
Pocket, 1990

Ménage à quatre
Éditions du Seuil, 1990
et « Points Roman », n° R 511

Tatouage
Christian Bourgois, 1990
UGE « 10/18 », 1992

Histoires de politique fiction
Christian Bourgois, 1990
UGE « 10/18 », 1992

Le Tueur des abattoirs
Éditions du Seuil, 1991
et « Points Roman », n° R613

Hors Jeu
Christian Bourgois, 1991
UGE « 10/18 », 1992

Paul Gauguin
Flohic, 1991

Le Labyrinthe grec
Christian Bourgois, 1992
UGE « 10/18 », 1994

Histoires de famille
Christian Bourgois, 1992
UGE « 10/18 », 1995

Galíndez
Éditions du Seuil, 1992
et « Points Roman », n° R638

Recettes immorales
Mascaret, 1993

Mémoires de Barcelone
La Sirène, 1993

Histoires de fantômes
Christian Bourgois, 1993

Manifeste subnormal
Christian Bourgois, 1994

J'ai tué Kennedy
ou Les Mémoires d'un garde du corps
Christian Bourgois, 1994

Assassinat à Prado del Rey
et Autres Histoires sordides
Christian Bourgois, 1994

Sabotage olympique
Christian Bourgois, 1995

Trois Histoires d'amour
Christian Bourgois, 1995

La Gourmandise
Textuel, 1995

Aperçu de la planète des singes
Pamphlet
Éditions du Seuil, 1995

Les Recettes de Pepe Carvalho
Christian Bourgois, 1996

Questions marxistes
Christian Bourgois, 1996

Au souvenir de Dardé
Christian Bourgois, 1996

Les Travaux et les Jours
Actes Sud, 1996

L'Étrangleur
Éditions du Seuil, 1996

Roldán, ni mort ni vif
Christian Bourgois, 1997

IMPRESSION : **BUSSIERE CAMEDAN IMPRIMERIES**
A SAINT-AMAND (CHER)
DEPOT LEGAL : MARS 1997. N° 28963 (4/227)